Los fuegos del Edén

Dan Simmons

Los fuegos del Edén

Traducción de
Silvia Komet

CÍRCULO DE LECTORES

A Robert Bloch,
que nos ha enseñado que el horror
es sólo un curioso elemento
dentro de la más amplia fiesta
de la vida, el amor y la risa.

Agradecimientos

Me gustaría expresar mi agradecimiento a Tara Ann Forbis por la corrección de pruebas, su ayuda y sus perspicaces comentarios. También al amable personal de Mauna Kea Beach Resort, del Kona Village Resort, del Hotel Hanamaui y del Parque Nacional de Volcanes de Hawai. La investigación para este libro fue laboriosa, pero cada momento al sol, cada chapuzón y cada arco iris valieron la pena.

Algunas de las fuentes que me han resultado útiles, y que pueden ser provechosas para los lectores interesados en las leyendas del archipiélago de Hawai, son: las veinticinco «Cartas de las islas Sandwich» (1866), de Mark Twain para el *Sacramento Union*, recopiladas más tarde en *Roughing It* (1872); *Six Months Among the Palm Groves, Coral Reefs and Volcanoes of the Sandwich Islands* (1890), de la viajera de la época victoriana Isabella L. Bird; el fascinante *The Burning Island: A Journey Through Myth and History in Volcano Country, Hawai'i* (1991), de Pamela Frierson; *The Legends and Myths of Hawai'i*, de Su Majestad de Hawai Kalakaua (1888), y *Myths and Legends of Hawaii: Ancient Lore Retold by W. D. Westervelt* (1913). Hay muchos otros libros maravillosos sobre Hawai y la diosa Pele, pero éstos son un buen comienzo para el lector interesado.

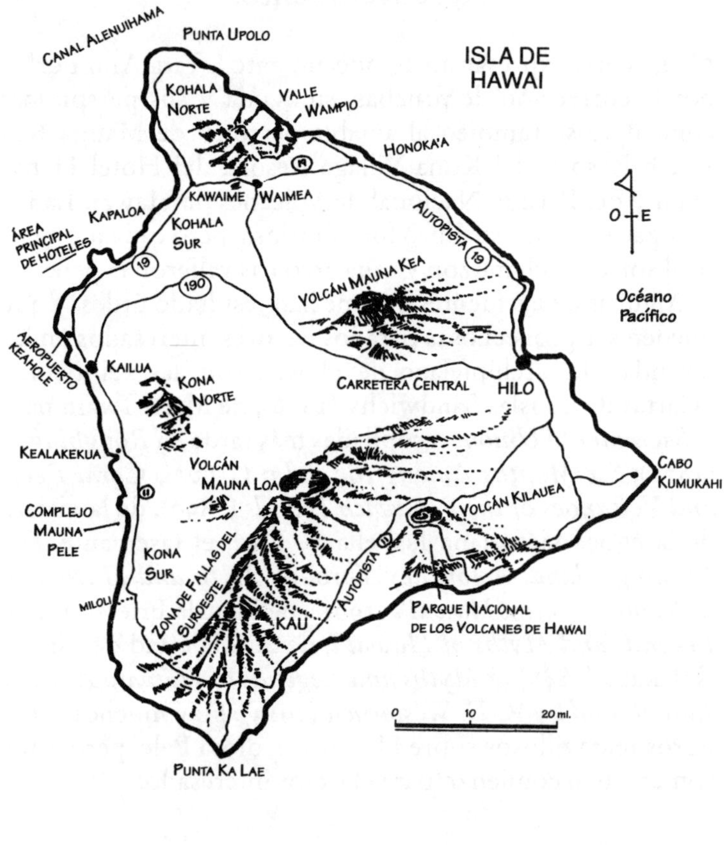
ISLA DE HAWAI
Canal Alenuihama
Punta Upolo
Kohala Norte
Valle Wampio
19
Honoka'a
Kawaime
Waimea
Kapaloa
Kohala Sur
Área principal de hoteles
Autopista 19
19
190
Volcán Mauna Kea
O E
Océano Pacífico
Aeropuerto Keahole
Kailua
Kona Norte
Carretera Central
Hilo
Kealakekua
Volcán Mauna Loa
Cabo Kumukahi
11
Complejo Mauna Pele
Volcán Kilauea
Kona Sur
Autopista 11
Miloli
Zona de Fallas del Suroeste
Kau
Parque Nacional de los Volcanes de Hawai
0 10 20 ml.
Punta Ka Lae

I

¡E Pele e! La Vía Láctea gira.
¡E Pele e! La noche cambia.
¡E Pele e! El rojo resplandor cubre la isla.
¡E Pele e! El alba roja asoma.
¡E Pele e! La luz del sol arroja sombras.
¡E Pele e! El rugido está en tu cráter.
¡E Pele e! El uhi-uha está en tu cráter.
¡E Pele e! Despierta, asciende, vuelve.

Hulihia ke au («La corriente vuelve»)

Al principio sólo se percibe el gemir del viento.

El viento del oeste ha soplado libremente a lo largo de seis mil kilómetros de océano vacío, sin toparse con nada más que olas espumosas y, por supuesto, la ocasional gaviota, antes de chocar contra los acantilados de lava negra y las rocas de piedra pómez con forma de gárgolas que bordean la despejada costa del sudoeste de la isla de Hawai. Pero el viento, al encontrarse con este obstáculo, gime y aúlla entre las negras rocas; un sonido que casi ahoga el constante batir de las olas contra los acantilados y el susurro de las hojas del oasis artificial de palmeras de esta selva de lava negra.

En estas islas hay dos tipos de lava, y sus nombres hawaianos las describen muy bien. La *pahoehoe* suele ser la más antigua y siempre es la más lisa. Se endureció formando una superficie ondulada y suave o ligeramente trenzada. La *a'a* es nueva y dentada, de afilados bordes, de formas moldeadas como torres grotescas y gárgolas caídas. A lo largo de la costa sur de Kona, la *pahoehoe* baja en forma de ríos grises de los volcanes hasta el mar; pero son los acantilados y los vastos terrenos de *a'a* los que protegen los ciento cincuenta kilómetros de costa occidental como si fueran hileras de guerreros afilados como navajas y congelados en piedra negra.

Y ahora el viento gime por estos laberintos de piedra cortante, silba a través de las grietas de los pilares de *a'a*, aúlla entre las fisuras de antiguas fumarolas por debajo de las gargantas abiertas de tubos de lava vacíos. A medida que el viento aumenta, cae la noche. El crepúsculo se ha arrastrado desde los campos costeros de *a'a* hasta la cumbre del Mauna Loa, a cuatro kilómetros sobre el nivel del mar. La mayor parte del escudo volcánico se eleva como una masa negra que cubre el cielo por el norte y el oeste. Cincuenta kilómetros más allá, por encima de la caldera ennegrecida, las bajas nubes de ceniza volcánica brillan anaranjadas por obra de invisibles erupciones.

–Venga, Marty. Acepta la penalización y ve a buscar la bola de una vez.

Las tres figuras apenas se distinguen a la luz del atardecer; sus voces casi se pierden bajo el gemido del viento. El llamado campo de golf Robert Trent Jones Junior es un estrecho y sinuoso sendero de césped, una alfombra suave y verde que se abre paso en zigzag a través de kilómetros de *a'a* negra y enmarañada. Unas pocas palmeras que bordean la pista se agitan y murmuran al viento. Sólo hay tres hombres en el campo. Ya es de noche y las luces del Complejo Hotelero Mauna Pele parecen estar muy lejos del hoyo quince, donde se apiñan las tres figuras para poder oírse por encima del ruido del viento y de las olas. Cada uno tiene su propio cochecito electrónico y los tres vehículos también parecen acurrucarse para protegerse del viento que gime.

–Te digo que está en las malditas rocas –comenta Tommy Petressio.

El resplandor del anaranjado volcán arroja una luz encarnada sobre los cortos brazos y la bronceada cara del hombre. Petressio lleva un equipo de golf a cuadros escoceses rojos y amarillos que desentonan, y una gorra encasquetada sobre unas duras facciones. Está mascando un grueso cigarro apagado.

–No está en las malditas rocas –replica Marty DeVries. Se frota las mejillas y media docena de anillos le raspan la barba.

–Pues en el césped tampoco está, joder –se queja Nick Agajanian. Lleva una camisa verde lima, que se le abre a causa de la voluminosa barriga, y las anchas perneras del pantalón corto escocés terminan unos quince centímetros por encima de las rodillas blancas y nudosas. Remata el conjunto con altos calcetines negros–. Si estuviera en el césped, la habríamos visto –añade–. Y aquí no hay ningún accidente; sólo el césped y esta roca de mierda que parece una cagada petrificada de oveja.

–¿Dónde has visto mierda de oveja? –dice Tommy desde la penumbra apoyándose sobre el volante de madera.

–He visto muchas cosas de las que no suelo hablar –protesta Nick.

–Sí –responde Tommy–, probablemente, cuando de niño tratabas de follarte a una oveja pisaste su mierda. –Ahueca la mano y prende una cerilla para intentar encender el cigarro por quinta vez. El viento la apaga en un segundo–. ¡Coño!

–Vosotros, a callar –dice Marty DeVries–. Buscadme la bola.

–Tu bola está en la roca de mierda de oveja –responde Tommy con el cigarro en la boca–. Y fue idea tuya venir a este complejo turístico de los cojones.

Los tres tienen poco más de cincuenta años, son jefes de ventas de agencias de automóviles de la zona de Newark y hace años que salen juntos de vacaciones para jugar al golf. A veces llevan a sus esposas, a veces a sus amiguitas del momento, pero casi siempre van solos.

–Es verdad –se queja Nick–. Vaya coñazo de lugar. Todas las habitaciones vacías y ese volcán asqueroso.

Marty se acerca al borde del interminable campo de *a'a* y mete el palo de hierro número cinco entre dos rocas altas.

–¿Qué gilipolleces dices? ¿Por qué hemos venido? –gruñe–. Es el complejo turístico más nuevo de todo Hawai. Es la niña mimada de Trumbo...

–Sí –se ríe Tommy–, pues no parece que el Gran T vaya a forrarse con él.

–Callaos de una puta vez –dice Marty DeVries– y venid a ayudarme a buscar la bola. –Pasa entre dos rocas negras de *a'a* del tamaño de Volkswagens volcados. En esa parte, casi todo el suelo es de arena.

–Basta –se queja Nick–. Muévete de una puta vez, Marty. Se está haciendo de noche. No veo ni a un palmo de mis narices. –Grita la última frase por encima del viento y las olas mientras Marty se interna un poco más en el laberinto de roca.

El trayecto hasta el hoyo quince discurre a lo largo del acantilado sur del oasis de palmeras que constituye la parte principal del complejo turístico. Las olas rompen a menos de doce metros de donde están los tres hombres.

–Eh, aquí hay una senda que baja hasta el mar –señala Marty DeVries–, creo que ahí está mi..., no, coño, es una pluma de gaviota o algo así.

–¡Joder, sal de ahí y acabemos de una vez! –grita Tommy–. Nick y yo no pensamos ir. Esas rocas son la hostia de afiladas.

–¡Eh! –vuelve a gritar Nick Agajanian hacia la masa de piedras negras. Ahora ya no se ve ni la gorra amarilla de Marty.

–Ese capullo no nos oye –dice Tommy.

–Ese capullo va a conseguir que nos perdamos –protesta Nick.

El viento le arranca la gorra y Nick echa a correr por el césped tras ella hasta que uno de los cochecitos la detiene.

–Es imposible perderse en un campo de golf –dice Tommy Petressio con una mueca.

Nick regresa con la gorra y un palo de metal del seis.

–En éste seguro que sí –comenta señalando con el palo el campo de *a'a* y las olas que rompen–, con todas esas rocas de mierda de oveja.

Tommy intenta encender otra vez el cigarro. El viento apaga la cerilla.

–¡Coño!

–Yo ahí no voy –dice Nick–; seguro que me rompo una pierna.

–O a lo mejor nos muerde una serpiente.

Nick se aleja un paso del montón de bloques de ceniza petrificada.

–En Hawai no hay serpientes, ¿no?

Tommy hace una mueca.

–Sólo boas constríctor. Y cobras..., montones de cobras.

–Gilipolleces –responde Nick sin convencimiento.

–¿No has visto esta tarde esa especie de comadrejas que había entre las flores? ¿Qué dijo Marty que eran? ¿Mangostas?

–¿Sí? –Nick echa una mirada por encima del hombro. La última luz del crepúsculo se ha rendido a la noche y, a lo lejos, sobre el océano, empiezan a verse las estrellas. Las luces del complejo turístico parecen muy distantes. La costa sur no está iluminada. El volcán emite un tenue resplandor hacia el noroeste–. ¿Y?

–¿Sabes lo que comen las mangostas?

–¿Bayas y mierda?

Tommy niega con la cabeza.

–Serpientes. Sobre todo cobras.

–Vete a la mierda –dice Nick–. Espera un minuto –añade al cabo de un momento–. Creo que he visto algo sobre eso en la televisión por cable. Esas comadrejas...

–Mangostas.

–Lo que sean. En la India tienen mangostas y los turistas pagan para ver cómo comen cobras en las esquinas.

Tommy asiente con prudencia.

–El problema de las serpientes era tan grave aquí que Trumbo y los otros constructores tuvieron que importar miles de mangostas. Si no, te despertarías con una boa constríctor enroscada en los muslos y una cobra mordiéndote la polla.

–Cabrón, mientes más que hablas –responde Nick mientras se acerca, por si acaso, a su cochecito de golf.

Tommy mueve negativamente la cabeza y se mete el cigarro en el bolsillo de la camisa.

–Esto es una estupidez. Está demasiado oscuro para terminar la partida. Si hubiéramos ido a Miami, como siempre, habríamos podido jugar en un campo bien iluminado. Pero en cambio estamos aquí, en el quinto... –Hace un ademán despreciativo a los campos de lava y al negro arco del volcán, a lo lejos.

–En el quinto coño y rodeados de serpientes –comenta Nick, quien se mete en el cochecito y guarda el palo de metal del seis–. ¿Por qué no mandamos todo esto a la mierda, volvemos al hotel y buscamos un bar?

–Me parece bien –corrobora Tommy dirigiéndose a su propio vehículo–. Si Marty no vuelve por la mañana, ya pensaremos en avisar a alguien.

En ese momento empiezan los gritos.

Marty DeVries había seguido lo que parecía una senda entre las rocas de *a'a*, un tortuoso paso de arena y maleza a través de los montículos de lava. Estaba seguro de que la pelota había bajado por allí. Si la encontraba en la arena, todavía podía lanzarla al campo con un golpe corto y conservar su dignidad. Vaya, aunque no la encontrara en la arena, podía levantarla de un golpe corto. Joder, ni siquiera tenía que darle un golpe, sino arrojarla con la mano y dejar que volase... Nick y Tommy estaban demasiado ocupados para seguirle hasta allí abajo, así que lo único que verían sería un golpe corto, perfecto, procedente de toda esa mierda de lava, y la pelota que caía en medio del campo, preparada para el golpe fácil de un palo de metal hasta el *green*. En su época de lanzador en el equipo de béisbol Legion de Newark, solía tener buen tiro.

Diablos, ahora que lo pensaba, ni siquiera tenía que buscar la maldita pelota. Se metió la mano en el bolsillo y sacó una Wilson Pro-Sport del mismo número que la que buscaba. Se volvió para lanzarla al campo.

¿Dónde coño estaba el campo?

Los montículos de ceniza volcánica *a'a* y las rocas le habían despistado. Vio estrellas en el cielo. La «senda» que había seguido para bajar ya no se distinguía; había senderos de arena que iban para todas partes. En realidad, se había metido en un maldito laberinto.

–¡Eh! –gritó Marty.

Cuando Tommy y Nick respondieran tiraría la pelota hacia el lugar de donde procedían las voces, pero nadie contestó.

–¡Eh! No jodáis, cabrones.

Marty se percató de que estaba bastante cerca de los acantilados porque el ruido de las olas era mucho más fuerte. Los muy capullos, probablemente no le oían por culpa de ese viento y de esas olas de mierda empeñadas en golpear la roca. Ojalá hubieran ido a Miami como de costumbre.

–¡Eh! –volvió a gritar. Hasta él mismo encontró débil su voz.

Los montículos de ceniza volcánica tenían en aquel lugar tres metros y medio de altura o más, y la piedra pómez estaba iluminada por el dichoso resplandor naranja del volcán. La agente de viajes les había dicho que el volcán estaba en actividad, pero que en el sur de la isla, donde estarían ellos, no había ningún peligro; que la gente afluía a montones a la isla de Hawai porque las erupciones eran muy pequeñas, que cada vez que había un poco de actividad volcánica llegaban en manadas. Había añadido que los volcanes hawaianos jamás habían hecho daño a nadie; que eran, simplemente, como unos bonitos fuegos artificiales.

«¿Y cómo es que este dichoso Mauna Pele de Trumbo está tan condenadamente vacío?», pensó Marty, como dirigiéndose a la agente de viajes. Esperó.

–¡Eh! –volvió a gritar.

Oyó un ruido a su izquierda, por los acantilados. Parecía un gemido.

–Eh, gilipollas –masculló en voz baja.

Seguramente, uno de esos payasos, o los dos, había bajado por esa mierda de oveja para buscarle y se había lastimado. Quizá se había torcido un tobillo o roto una pierna. Ojalá fuera Nick; prefería jugar con Tommy, porque pasarse el resto de las vacaciones esperando a que Nick se espabilase para salir de las trampas de arena era un coñazo.

Volvió a oír el gemido; era tan débil que casi quedaba ahogado por el ruido del viento y las olas.

–Ya voy –gritó Marty; y echó a andar cuesta abajo entre los montículos de lava. Volvió a meterse la pelota en el bolsillo y utilizó el palo de golf a modo de bastón.

Tardó más tiempo del previsto. Fuera quien fuese el idiota que se había lastimado al bajar, se había perdido. Lo único que Marty esperaba era no tener que cargar con el estúpido de su amigo cuesta arriba.

Volvió a oír el gemido, que terminaba con un corto y sibilante suspiro.

«¿Y si no es Nick ni Tommy?», se le ocurrió de repente. La idea de tener que sacar de esas rocas a un perfecto desconocido no le atraía. Había ido a esta isla de mierda a jugar al golf, no a hacer de buen samaritano. Como fuera un nativo o algo por el estilo, le diría que esperase tranquilo y se iría al bar del hotel. El complejo hotelero estaba casi vacío, pero ya encontraría a alguien que se dedicara a rescatar imbéciles descalabrados.

Volvió a oír el sibilante gemido.

–Ya voy –gruñó. Sentía en el aire la humedad del mar. Los acantilados debían de estar cerca, en alguna parte. Eran bajos: se hallaban a unos seis metros del agua. Más le valía andarse con cuidado. Se veían las estrellas en lo alto. Lo único que le faltaba para convertir estas vacaciones de mierda en una auténtica pesadilla era caerse de cabeza en el océano Pacífico.

–Ya voy –dijo jadeando al oír de nuevo el gemido, del que sólo le separaba un montículo de roca negra.

Marty pasó por una estrecha abertura entre la lava y se detuvo sobre la arena. Había un cuerpo tirado. No era Nick ni Tommy. Y era un «cuerpo», no un hombre vivo. Marty había visto cadáveres, y éste era uno. Fuera quien fuese el que gemía, no era este imbécil.

La figura estaba casi desnuda. Llevaba sólo un pantalón corto y una especie de prenda mojada enrollada en la cintura. Marty se acercó y vio que era un hombre, bajo, robusto, con los músculos de la pantorrilla bien marcados, como si fuera un corredor o algo por el estilo. Al parecer hacía ya tiempo que estaba allí; la piel se veía blanca como una goma de borrar, casi despellejada por la descomposición. Los dedos del sujeto parecían gusanos blancos que iban a empezar a menearse por la arena en cualquier momento. Había otras cosas que permitían a Marty afirmar que este individuo no era el de los gemidos: el pelo largo estaba lleno de algas; tenía los párpados abiertos; en un ojo se reflejaban las estrellas mientras que el otro había desaparecido completamente; y de la boca abierta salía un cangrejo pequeño o alguna porquería semejante.

Marty reprimió una arcada y se acercó un poco más enarbolando el palo de golf. En aquel momento percibió el tufo del cadáver, una mezcla nauseabunda de podredumbre y olor a mar. Las olas debían de haberlo arrastrado hasta allí arriba, porque el cuerpo yacía sobre una de esas rocas de lava bajas y afiladas que parecían estalactitas, o estalagmitas, o lo que coño fuesen.

Tocó el cadáver con la base del palo de golf y el cuerpo se movió un poco, con pesadez, como si estuviera lleno de agua de mar.

–Dios mío –murmuró Marty.

A menos que tuviese la columna destrozada y retorcida porque el mar lo hubiera golpeado contra las rocas, era el cadáver de una especie de enano contrahecho, con una joroba como Quasimodo. Y sobre la joroba había un extraño tatuaje.

Marty se acercó más, apoyándose en el palo e intentando que el olor no le hiciera vomitar.

En efecto, tenía un extraño tatuaje en la joroba: la imagen de la boca de un tiburón se extendía sobre la ancha protuberancia, entre los omóplatos, y desaparecía debajo de los brazos. Era muy raro, casi tridimensional; quienquiera que lo hubiese hecho, había coloreado con tinta negra la boca abierta del tiburón y con blanca los dientes.

«Algún nativo», pensó Marty. Tenía que volver con Nick y Tommy, tomarse un par de whiskys y comunicar a los del hotel que un nativo se había caído de una barca o de donde fuese. Les diría que no había prisa, que el tío no se iría a ninguna parte.

Marty se incorporó, apretó la joroba con la punta del palo de golf y deslizó el metal por la tinta negra de la boca. La cabeza del palo se metió en una cavidad.

–¡Joder! –dijo; y tiró del palo, pero no lo suficientemente rápido. La boca del tiburón se cerró sobre el metal. Marty oyó el rechinar de los dientes afilados sobre el metal.

Cometió el error de perder unos preciosos segundos tirando del palo –un regalo de Shirley, su ligue actual–, pero se dio cuenta de que en este juego de hacer fuerza estaba perdiendo, así que lo soltó como si fuera una brasa ardiente y se volvió para echar a correr.

No había dado ni tres pasos cuando un movimiento en las rocas lo detuvo.

–¿Tommy? –murmuró–. ¿Nick? –Mientras preguntaba se dio cuenta de que no eran ellos.

Las sombras se deslizaron por la abertura de *a'a*.

«No voy a gritar –pensó Marty mientras notaba que el valor se le escapaba junto con la orina que le mojaba los pantalones–. No voy a gritar. Esto no es real. Es alguna broma estúpida, como aquélla de Tommy cuando llevó a una puta vestida de policía a mi cumpleaños. No voy a gritar.» Abrió la boca y dio un paso atrás con cuidado. Respiraba con dificultad.

Los dientes del tiburón se cerraron sobre su tobillo. Marty empezó a gritar.

Tommy y Nick acaban de llegar a los cochecitos cuando empiezan los gritos. Ambos se detienen y escuchan. El ruido del viento es tan fuerte, el sonido de las olas tan grande, que los gritos tienen que ser terribles para que se oigan por encima de todo ese estrépito.

Tommy se vuelve hacia Nick.

–Probablemente se ha roto una pierna.

Nick está sentado en su cochecito, tan pálido que su cara ni refleja el resplandor del volcán.

–O le ha mordido una serpiente.

Tommy saca el cigarro apagado del bolsillo y se lo pone entre los dientes.

–En Hawai no hay serpientes, coño. Era una broma.

Nick le lanza una mirada asesina.

Tommy suspira y se encamina al laberinto de lava.

–Eh, ¿te vas a meter en esa mierda de oveja? –pregunta Nick.

Tommy se detiene junto al borde de *a'a*.

–¿Qué sugieres? ¿Que lo dejemos?

Nick cavila un instante.

–Podríamos pedir ayuda, ¿no?

Tommy hace una mueca.

–Sí, ¿para volver y no encontrarlo en la oscuridad? ¿Y regresar después a casa y decirles a Connie y Shirley que lo dejamos morir por ahí? Ja, ja. Además, lo más probable es que el muy imbécil haya metido el pie entre las rocas o algo así.

Nick asiente, pero se queda en el cochecito.

–¿Vienes? –pregunta Tommy–. ¿O te vas a quedar ahí para que Marty te considere un cagado el resto de tu desgraciada vida?

Nick se queda pensando un minuto, asiente para sí y baja del vehículo. Empieza a caminar hacia la lava, se detiene, vuelve al cochecito, saca un palo de metal y cruza el oscuro césped en dirección a Tommy.

–¿Para qué coño quieres eso?

–No lo sé –responde Nick–. A lo mejor hay alguien.

Ahora han cesado los gritos desde los campos de lava.

–Sí, está Marty.

–A lo mejor hay alguien más, digo.

Tommy sacude la cabeza disgustado.

–Oye, esto es Hawai, no Newark. Ahí no habrá nadie con quien no podamos. –Se interna en las rocas siguiendo la débil huella dejada por los zapatos de golf de Marty sobre la arena.

Al cabo de un momento vuelven a comenzar los gritos. En esta ocasión se trata de dos voces. En el campo de golf no hay nadie y el edificio del complejo se reduce a unas lejanas luces que la agitación de las hojas de las palmeras tapa de vez en cuando. El viento silba sobre la porosa *a'a*. El oleaje estalla en la orilla, fuera de la vista.

Al cabo de uno o dos minutos cesan los gritos y sólo el viento y las olas llenan la noche con sus gemidos fantasmagóricos.

2

Son famosos los hijos de Hawai,
siempre leales a su tierra.
Cuando llega el mensajero del mal
con su codicioso documento de falsedad.

ELLEN WRIGHT PENDERGAST
Mele'Ai Pohaku
(«Canción del comepiedras»)

Nevaba en Central Park. Desde el quincuagesimosegundo piso de su torre de acero, vidrio y piedra, Byron Trumbo observaba de lejos la nieve, que oscurecía parcialmente el esqueleto de peladas ramas de los árboles de Sheep Meadow, mientras trataba de recordar la última vez que había caminado por el parque. Hacía años. Probablemente antes dc haber ganado sus primeros mil millones. Quizás antes de haber reunido su primer millón. Sí, ahora lo recordaba, hacía catorce años; él tenía veinticuatro, acababa de llegar a la ciudad, fresco y presumiendo de su éxito con las cajas de ahorros de Indianápolis, y estaba preparado para tomar por asalto Nueva York. Recordaba haber levantado la vista hacia las torres que asomaban por encima de los árboles de Central Park mientras se preguntaba en cuál de los edificios instalaría sus oficinas. En aquel lejano día de primavera ni siquiera se imaginaba que construiría su propio rascacielos de cincuenta y cuatro pisos y ocuparía los cuatro últimos con sus oficinas y su ático de lujo.

Los críticos de arquitectura llamaban al edificio de Trumbo «esa monstruosidad fálica». Todos los demás lo llamaban el «Gran T». Algunos habían intentado llamarlo la Torre Trumbo, pero la semejanza con el nombre de los edificios de Donald Trump había obligado a Byron Trumbo a eliminar esa denominación rápidamente y para siempre. Detestaba a Donald Trump y evitaba cualquier asociación con él. Además, el «Gran T» describía mejor el aspecto de la parte superior del rascacielos, con los cinco últimos pisos en voladizo; una superestructura de acero y cristal que, según Trumbo, parecía el puente del barco más alto del mundo. Además, *Gran T* era el apodo de Byron Trumbo desde que tenía trece años. En aquel momento, Trumbo pedaleaba en su bicicleta fija en un rincón del voladizo, justo donde se unían formando un ángulo agudo dos paredes de cristal. Desde allí tenía la impresión de estar en un pequeño promontorio alfombrado, a cincuenta y dos pisos de la Quinta Avenida y del parque. La nieve flotaba a pocos centímetros del cristal y se arremolinaba hacia arriba por la fachada del edificio. Nevaba tanto que Trumbo apenas divisaba las oscuras paredes del Dakota, en el lado oeste del parque.

Pero en aquel momento Trumbo no estaba mirando el paisaje. Hablaba por un teléfono de auriculares, con la cabeza gacha, moviéndose al compás de los comentarios que hacía al pequeño micrófono mientras jadeaba y pedaleaba furiosamente. La camiseta de algodón estaba empapada a la altura del tupido pecho y entre los omóplatos.

–¿Qué quieres decir con eso de que han desaparecido tres huéspedes más? –soltó.

–Quiero decir que han desaparecido tres huéspedes más –le llegó la voz de Stephen Ridell Carter, director del Complejo Hotelero Mauna Pele, propiedad de Trumbo en la isla de Hawai. La voz de Carter sonaba cansada. En Nueva York eran las ocho y media de la mañana y en Hawai las tres y media de la madrugada.

–Mierda –dijo Trumbo–. ¿Cómo sabe que han desaparecido? A lo mejor se han ido a alguna parte.

–No han dicho que se marchaban del hotel y tenemos un hombre en la puerta las veinticuatro horas del día –respondió Carter.

–A lo mejor siguen en las instalaciones, pero en otra... ¿cómo se llama?..., *hale*, en una de esas chozas de paja, de otra persona. ¿Ha pensado en esa posibilidad?

Se oyó una interferencia que seguramente tapó un suspiro.

–Los tres salieron a jugar al golf a última hora, poco antes del atardecer, señor Trumbo. A las diez, cuando vimos que no regresaban, los chicos fueron a buscarlos y encontraron los cochecitos en el hoyo catorce. Los palos seguían allí, algunos en los cochecitos y otros desparramados por las rocas, cerca de los acantilados.

–Mierda –repitió Trumbo. Hizo una seña a Will Bryant, su asistente ejecutivo. Con el pulgar y el meñique simulando la forma de un auricular le hizo un gesto que le indicaba que cogiera la extensión inalámbrica–. Los otros no desaparecieron cerca del campo de golf, ¿verdad?

–No –respondió Carter cansado–. Las dos californianas fueron vistas por última vez el pasado noviembre en la pista de *jogging* de los campos de petroglifos. La familia Myer, los padres y la hija de cuatro años, paseaban junto a la piscina poco después del anochecer. El cocinero, Palikapu, regresaba a su casa por los acantilados del sur del campo de golf.

Will Bryant levantó una mano con los cinco dedos extendidos y la otra, con la que sostenía el teléfono, con cuatro.

–Sí, ahora tenemos nueve –señaló Trumbo.

–¿Perdón, señor T? –dijo Stephen Ridell Carter por encima del zumbido de la línea.

–Nada –respondió Trumbo–. Escuche, Steve, durante un par de días tendrá que evitar que los periódicos publiquen la noticia.

Se oyó un sonido que acaso fue un bufido de incredulidad.

–¿Evitar que la publiquen? ¿Y cómo voy a hacerlo? Los periodistas tienen contactos con la policía. En cuanto presente la denuncia, por la mañana, la policía del Estado, los polis de homicidios locales de Kailua-Kona, y Fletcher, el del FBI, volverán a venir.

–No presente la denuncia –dijo Trumbo. Dejó de pedalear y empezó a respirar hondo. Abajo, las nubes se desplazaban hacia el edificio.

Se produjo un silencio.

–Señor Trumbo, eso va contra la ley –respondió Carter al fin.

Byron Trumbo cubrió el micrófono con una mano sudorosa y echó una mirada a Will Bryant.

–¿Quién contrató a este cagón? –le preguntó.

–Usted –contestó Will.

–Y también voy a despedirlo –dijo; y retiró la mano del micrófono–. Steve, escúcheme.

–Sí, señor.

–¿Está al tanto de la reunión de mañana en San Francisco con el Grupo Sato?

–Sí, señor.

–¿Sabe lo que significa para mí sacarme de encima este muerto antes de que perdamos la mitad del capital que invertimos en él?

–Sí, señor T.

–¿Y sabe lo estúpidos que son Hiroshe Sato y sus inversores?

Carter no dijo nada.

–Esos tíos perdieron la mitad de su dinero al comprar Los Ángeles en los ochenta –explicó Trumbo–; y ahora, en los noventa, están dispuestos a perder la otra mitad comprando el Mauna Pele y otras porquerías de Hawai, Steve, pero... ¿Steve?

–¿Sí, señor?

–Puede que sean estúpidos, pero no son ni sordos ni ciegos. Ya han transcurrido tres meses desde la última desaparición y quizá crean que todo ha terminado. Detuvieron a ese separatista hawaiano..., ¿cómo se llama?

–Jimmy Kahekili –dijo Carter–, pero como no pudo pagar la fianza todavía está preso en Hilo. Así que es imposible que haya sido él...

–Me importa un carajo –interrumpió Trumbo–, siempre y cuando los japoneses piensen que el asesino está a buen recaudo. Los japoneses son muy cagados, Steve. Los turistas nipones tienen miedo de ir a Los Ángeles, miedo de ir a Miami, miedo de venir a Nueva York, tienen un miedo que se cagan de casi todo Estados Unidos, pero de Hawai no. Supongo que piensan que ahí no hay armas, o creen que, como ellos son los dueños de medio Hawai, no está lleno de chiflados norteamericanos. En fin, quiero que Sato y su grupo piensen que Jimmy Kaheka..., o como se llame, es el asesino y que está todo resuelto, finito. Al menos hasta que dejemos bien atadas las negociaciones. Tres días, Steve, quizá cuatro. ¿Es mucho pedir?

Hubo un silencio.

–¿Steve?

–Señor Trumbo, usted sabe lo difícil que ha sido que los nativos siguieran trabajando aquí después de las otras desapariciones. Tenemos que trasladar al personal en autobús desde Hilo; y ahora, con el volcán...

–Eh –interrumpió Trumbo–, se supone que ese volcán es la atracción del lugar, ¿no? ¿Dónde están los jodidos turistas ahora que el volcán ha empezado a montar el numerito?

–... ahora que el volcán ha cortado la Autopista 11, tenemos que buscar ayuda temporal en el extremo norte, en Waime –continuó Carter–. Los chicos que han encontrado los cochecitos de golf ya se lo han contado a sus amigos. Aunque viole la ley y no haga la denuncia, no hay manera de mantenerlo completamente en secreto. Además, esos hombres desaparecidos tienen familia, amigos...

Trumbo apretó el manillar de la bicicleta con tanta fuerza que los nudillos se le pusieron completamente blancos.

–¿Para cuánto tiempo era la reserva de esos gilipollas..., esos huéspedes, Steve?

Hubo una pausa.

–Para siete días, señor.

–¿Y cuántos días llevaban ahí antes de su desaparición?

–Llegaron esta tarde, señor..., quiero decir, ayer.

–¿Así que nadie los espera hasta dentro de seis días?

–No, señor, pero...

–Déme tres de esos días, ¿de acuerdo, Steve?

Ruidos de interferencias.

–Señor Trumbo, no le puedo prometer más de veinticuatro horas. Es el tiempo que podemos justificar ante la policía como una investigación interna para ver si efectivamente han desaparecido, pero más... Se trata del FBI, señor. No están muy satisfechos con la ayuda que les hemos prestado en los últimos casos. Y creo que...

–Cállese un momento –dijo Trumbo. Desconectó el micrófono y se volvió hacia Bryant–. ¿Qué hacemos?

El asistente hizo lo mismo con su teléfono.

–Creo que tiene razón, señor T. De todas formas, los polis entrarán en acción dentro de uno o dos días. Si creen que estamos encubriendo algo, bueno..., será peor.

Byron Trumbo asintió y miró al parque. La nieve caía por las lomas formando como negros crespones. El lago era un escudo blanco. Trumbo sonreía cuando volvió a levantar la vista.

–¿Qué tenemos para los próximos días, Will?

Su asistente no tuvo que consultar la agenda.

–El Grupo Sato llega a San Francisco esta noche a última hora. Tiene usted una reunión con ellos mañana, en nuestra casa central de la Costa Oeste, para empezar las negociaciones. Una vez finalizadas, si estamos de acuerdo, Sato quiere llevar a sus inversores al Mauna Pele para jugar al golf durante un par de días antes de regresar a Tokio.

Trumbo ensanchó la sonrisa.

–¿Aún no han salido de Tokio?

Will echó una mirada al reloj.

–No, señor.

–¿Quién está con ellos? ¿Bobby?

–Sí, Bobby Tanaka, nuestro mejor hombre en Japón, tanto para hablar japonés como para negociar con los jóvenes multimillonarios de Sato.

Trumbo meneó la cabeza con impaciencia.

–Muy bien, vamos a hacer lo siguiente: llama a Bobby y dile que la reunión se ha trasladado al Mauna Pele. Haremos las negociaciones allí y dejaremos que al mismo tiempo jueguen al golf.

Will se arregló la corbata. A diferencia de su jefe, que solía vestir de un modo informal, Bryant llevaba un traje de Armani.

–Creo que comprendo...

–Claro que sí –se rió Trumbo–. ¿Cuál es el único sitio desde el que podemos controlar las noticias que llegan? El complejo propiamente dicho.

Will Bryant dudó.

–Los japoneses detestan cambiar de planes...

Trumbo bajó de un salto de la bicicleta, cruzó la alfombra a grandes zancadas, cogió una toalla de un perchero cerca de su escritorio y se enjugó la frente.

–Me importa un huevo lo que detesten. Además..., eh..., el volcán está en actividad, ¿no?

–Ambos volcanes, creo –respondió Will–. Evidentemente hace una década que...

–Sí –le interrumpió Trumbo–, y quizá no vuelva a repetirse en el resto de nuestra vida, ¿no es eso lo que dijo Hastings, nuestro idiota del volcán? –volvió a conectar el micrófono–. ¿Steve, sigue usted ahí, muchacho?

–Sí, señor –dijo Stephen Ridell Carter, que tenía quince años más que Byron Trumbo.

–Escuche, dénos veinticuatro horas. Lleve a cabo una investigación interna, ponga el lugar patas arriba, haga lo que tenga que hacer para quedar bien. Después llame a la bofia. Pero dénos veinticuatro horas antes de que la mierda empiece a desparramarse, ¿de acuerdo?

–Sí, señor. –Por el tono de su voz no parecía satisfecho.

–Y limpie bien la suite presidencial y mi barraca personal –añadió Trumbo–. Yo llegaré esta noche; y el Grupo Sato más o menos a la misma hora.

–¿Aquí, señor? –Carter pareció despertar de repente.

–Sí, ahí, Steve, y si quiere el uno por ciento de este negocio, por no mencionar un retiro de lujo, más vale que todo esté en orden y que mantenga las cosas lo más tranquilas y normales que pueda mientras estemos ahí admirando el volcán y cerrando este trato. Después, en cuanto nuestros abogados hayan dado los últimos retoques por mí puede soltar a los asesinos del hacha para que se carguen a los japoneses. Pero no antes de que hayamos cerrado el trato, *¿comprende?*[1]

–Sí, señor –se oyó la voz tensa de Carter–, pero dése cuenta de que tenemos pocos huéspedes, señor Trumbo. Hemos tenido tan mala publicidad..., quiero decir que la gente de Sato sin duda notará que hay unas quinientas habitaciones y *hales* vacías. Quiero decir...

–Les diremos que hemos vaciado el lugar en honor a ellos –dijo Trumbo– y que no queríamos perder la oportunidad de ver el maldito volcán. Me importa un comino lo que les digamos siempre y cuando logremos vender ese hotel de mierda. Haga lo que tenga que hacer para organizarlo todo antes de que lleguemos ahí, Steve.

–Sí, señor, pero creo que...

Trumbo colgó.

–Will, que venga el helicóptero a la terraza dentro de veinte minutos. Llama al aeroparque y diles que preparen el Gulfstream para salir en cuanto yo llegue. Llama también a Bobby y dile que su puesto depende de conseguir que el Grupo Sato cambie de destino sin problemas. Por último, llama a Maya..., no, la llamaré yo..., tú llama a Bicki y dile que voy a estar fuera unos días. No le digas dónde. Manda el otro Gulfstream a recogerla para que la lleve a la casa de Antigua. Me reuniré con ella en cuanto haya acabado lo que a ti te parezca que se supone que estoy haciendo. Y..., mierda, ¿dónde está Cait?

–Aquí, en Nueva York, señor. Con sus abogados.

Trumbo emitió un ruido grosero. Entró en el cuarto de baño de cristal y mármol que había detrás del escritorio. La pared exterior de la ducha daba al parque. Se quitó el pantalón corto y la camiseta y abrió el grifo.

–Que se jodan ella y sus abogados. Asegúrate de que no se entere de dónde estoy ni de dónde está Maya, ¿de acuerdo?

Will asintió y siguió a su jefe al baño.

–Señor T, el volcán está en erupción de verdad.

1. En español en el original. *(N. de la T.)*

Trumbo asomó la cabeza y los peludos hombros.

–¿Qué?

–Digo que el volcán está haciendo cosas extrañas. El doctor Hastings dice que es la actividad sísmica más fuerte desde los años veinte..., quizá la más fuerte del siglo.

Trumbo se encogió de hombros y volvió a meter la cabeza debajo del agua.

–¿Y qué? –gritó–. Creí que la actividad del volcán nos iba a llenar de turistas hasta el culo, ¿no es así?

–Sí, pero hay un problema con...

Trumbo no le escuchaba.

–Llamaré a Hastings desde el avión –gritó con el agua en la cara–. Tú llama a Bicki. Dile a Jason que tenga lista mi bolsa dentro de cinco minutos y dile a Briggs que venga él solo. No quiero espantar a los japoneses con demasiado personal de seguridad.

–¿Le parece prudente...? –empezó a preguntar Will.

–Venga, Will, muévete –le interrumpió Byron Trumbo. De pie bajo el chorro de la ducha apoyó sus pesadas manos contra la pared de vidrio salpicada de agua y miró hacia abajo, al parque–. Vamos a venderle ese muerto a la panda de japoneses más idiotas que ha habido desde los generales que aconsejaron a Hirohito bombardear Pearl Harbor... y vamos a utilizar ese capital para iniciar nuestra recuperación. –Se volvió y miró a su asistente a través del chorro. El agua manaba como saliva por los gruesos labios de Trumbo–. Muévete, Will.

Will Bryan se movió.

3

> Siempre he deseado el privilegio de vivir en lo alto de una de esas montañas de las islas Sandwich que dominan el mar.
>
> MARK TWAIN

Una vez, cuando Eleanor Perry le preguntó a su tía Beanie, de setenta y dos años, por qué se negaba a viajar en avión –desde entonces habían pasado veinticuatro años y la anciana seguía viviendo sola–, la tía sacó un libro sobre historia de la trata de esclavos y le mostró a Eleanor el dibujo de unos hombres apretujados en «bodegas» de no más de un metro de altura.

–¿Te das cuenta de cómo van: tirados, apretados y encadenados, revolcándose en su propia inmundicia durante el largo viaje? –le había preguntado tía Beanie al tiempo que señalaba la ilustración con una mano que ya entonces era huesuda y tenía esas manchas de la edad que Eleanor, de niña, consideraba «manos de sopa Campbell».

En aquella ocasión, ella acababa de cumplir veintiún años y de terminar la carrera en Oberlin, la misma institución donde ahora enseñaba. Eleanor había mirado el dibujo del barco de esclavos con los africanos apilados como leña y había arrugado la nariz.

–Me doy cuenta, tía Beanie, pero ¿qué tiene esto que ver con que no quieras ir en avión a Florida para visitar a tío Leonard?

Tía Beanie había sacudido la cabeza.

–¿Sabes por qué apiñaban a esos pobres negros como toneles de melaza aunque la mitad muriese durante la travesía?

Eleanor había negado con la cabeza y arrugado otra vez la nariz al oír la palabra «negros». En 1970, cuando Eleanor terminó la carrera en Oberlin, la expresión «políticamente correcto» aún no se había acuñado; pero, acuñada o no, era políticamente incorrecto decir «negros», y aunque tía Beanie era la persona con menos prejuicios que conocía, el vocabulario de la anciana delataba que había nacido antes de principios de siglo.

–¿Por qué apiñaban a los negros como toneles de melaza?

–Simplemente por dinero –había respondido tía Beanie mientras retiraba la mano huesuda y cerraba el libro–. Beneficios. Si metían allí dentro a seiscientos africanos y morían trescientos, ganaban más que si cargaban cuatrocientos y les permitían viajar como seres humanos y se morían ciento cincuenta. Ganancia, lisa y llana.

–Sigo sin entender por qué... –empezó Eleanor y se calló, comprendiendo–. Tía Beanie, los aviones no van tan llenos.

La anciana no respondió; se limitó a levantar una ceja.

–De acuerdo, van llenos –concedió Eleanor–, pero en avión sólo se tarda unas horas en llegar a Florida, y si te lleva en coche el primo Dick tardaréis dos o tres días...

Se detuvo cuando vio que tía Beanie apoyaba la mano huesuda en el libro como si fuera a decir: «¿Crees que ellos tenían tanta prisa por llegar adonde iban?».

Ahora, veinticuatro años más tarde, Eleanor estaba sentada en un avión 747, comprimida entre dos gordos en la fila central de cinco asientos y oyendo el parloteo de más de trescientos pasajeros apretujados que tenía detrás. Estiró la cabeza para ver el parpadeo de la película en la pantalla y se dio cuenta de que, una vez más, la tía Beanie tenía razón. «El modo de viajar es tan importante como el lugar adonde nos dirigimos.»

Pero esta vez no.

Eleanor suspiró y se inclinó con dificultad para sacar el maletín que tenía debajo del asiento. Rebuscó hasta encontrar el pequeño diario de cartas de la tía Kidder encuadernado en piel y tanteó a fin de encender la luz de arriba para leer. El gordo de la derecha roncaba asmáticamente y tenía una mano sudorosa sobre el apoyabrazos, lo que obligó a Eleanor a moverse un poco hacia el gordo de la izquierda. Abrió el diario de Kidder justo en la página deseada; sus dedos ya lo conocían bien.

3 de junio de 1866, a bordo del Boomerang.

Todavía con dudas sobre este viaje no planeado para ver el volcán de Hawai y, quizá, más ilusionada con la perspectiva de pasar una semana tranquila en la casa de huéspedes de la misión de la señora y el señor Lyman, en Honolulú. A pesar de todo, ayer me dejé convencer de que ésta sería la única oportunidad de mi vida de ver un «volcán vivo»; por lo tanto, esta mañana hice las maletas, embarqué y vino a despedirnos casi toda esa gente maravillosa con la que hemos pasado las últimas semanas, tan divertidas y al mismo tiempo instructivas. Nuestro «grupo» está compuesto por la señora Lyman, su sobrino Thomas y una enfermera, la señora Adams, el señorito Gregory Wendt, el más tonto de los gemelos Smith, que ya he mencionado y que asistió al baile de Honolulú acicalado como un pingüino de lino almidonado, la señora Dryton, del orfanato, el reverendo Haymark (no el pastor bien parecido que mencioné en mi carta anterior, sino un viejo y gordo miembro del clero, cuyo hábito de aspirar y estornudar violentamente a cada momento me mantendrían en la soledad de mi camarote si no fuera por las cucarachas) y un irritante joven, corresponsal de un periódico de Sacramento que he tenido la buena suerte de no leer nunca. El nombre del caballero es Samuel Clemens, pero el «brillante» seudónimo literario con el que se jacta de publicar sus artículos refleja la poca seriedad de su escritura: Thomas Jefferson Snodgrass.

Además de ser vulgar, presumido, y estar muy satisfecho de sí mismo debido a que era el único corresponsal en las islas Sandwich hace dos semanas, cuando los supervivientes del malogrado clíper Hornet *recalaron allí, el señor Clemens va terriblemente desaliñado y es bastante fanfarrón y grosero. Sazona sus malos modales con constantes intentos de ser di-*

vertido, pero la mayor parte de sus chistes son tan deslucidos como sus lánguidos bigotes. Hoy, mientras nuestro barco, el Boomerang, *salía del puerto de Honolulú y el señor Clemens nos describía, a la señora Lyman y a algunos de nosotros, las glorias de su «primicia» sobre los cuarenta y tres días de desdichas en alta mar de los supervivientes del* Hornet, *no pude evitar hacerle preguntas basadas en ciertas informaciones que me había dado la encantadora señora Allwyte, esposa del reverendo Patrick Allwyte, que trabajaba de voluntaria en el hospital y que me había contado algunas cosas cuando la historia del* Hornet *era la novedad de Honolulú.*

–Señor Clemens –le interrumpí con aire ingenuo, adoptando mi pose de admiradora impresionada–, ¿dice que ha entrevistado al capitán Mitchell y a algunos otros supervivientes?

–Pues... sí, señorita Stewart –respondió el pelirrojo corresponsal–. Era mi deber y mi placer profesional interrogar a esos desafortunados hombres.

–Una obligación que posiblemente le hará progresar aún más en su carrera –sugerí con modestia.

El corresponsal mordió la punta de su cigarro y la escupió por encima de la barandilla como si estuviera en una taberna. No vio la mueca de la señora Lyman; y yo fingí que tampoco la veía.

–En efecto, señorita Stewart –dijo el escritorzuelo–; incluso diría que me convertirá en el hombre «honesto» más conocido de la Costa Oeste.

Confieso que tiene sonrisa de niño, aunque según mis informadores ya ha cumplido los treinta; así que no es muy niño que digamos.

–En efecto, señor Clemens –lo imité–, qué suerte la suya: visitar el hospital justo cuando llegaban el capitán Mitchell y sus hombres...

Aquí el corresponsal dio una calada al cigarro y se aclaró la garganta, obviamente incómodo.

–Visitó usted el hospital para realizar las entrevistas, ¿no es cierto?

El corresponsal carraspeó.

–La entrevista se llevó a cabo en el hospital durante la convalecencia del capitán Mitchell y sus hombres, sí, señorita Stewart.

–Pero ¿ha estado usted alguna vez en el hospital, señor Clemens? –le pregunté; la ingenuidad, en cierta manera, había desaparecido de mi voz.

–Eh..., no..., eh..., no personalmente –dijo el escritorzuelo pelirrojo–. Eh..., les pasé las preguntas a través de la agencia de mi amigo el señor Anson Burlingame.

–Ah, claro –exclamé–. El señor Burlingame..., ¡el próximo delegado de nuestro país en China! Estuvo encantador en el baile de la misión. Pero, díganos, ¿cómo es posible que un hombre de su talento e instinto utilizara a un intermediario para un artículo tan importante? ¿Por qué no visitó al capitán Josiah Mitchell y sus supuestos caníbales en persona?

Algo en el tono con que pronuncié «supuestos caníbales» debió de sugerirle al señor Clemens que estaba tratando con una persona de cierta agudeza, y esbozó una leve sonrisa, aunque seguía obviamente incómodo mientras nuestro pequeño grupo le miraba.

–Estaba..., eh..., indispuesto, señorita Stewart.

–Espero que no fuera nada grave, señor Clemens –apunté. Debido a los buenos oficios de la indispensable señora Allwyte, sabía perfectamente el motivo de la indisposición de nuestro recientemente famoso corresponsal.

–No, nada grave –respondió el señor Clemens, que ahora mostraba abiertamente los dientes a través de los bigotes–, sólo una ligera indisposición. Había pasado los últimos cuatro días a caballo.

Me cubrí el rostro con el abanico como una ingenua en su primer baile.

–Se refiere a... –empecé.

–Me refiero a ampollas del tamaño de un dólar de plata causadas por la silla de montar –dijo el señor Clemens; la historia de su triunfo literario, por el momento había quedado de lado–. Tardé una semana en poder caminar y tardaré toda la vida en volver a montar un animal de cuatro patas. Deseo fervientemente, señorita Stewart, que los nati-

vos de Oahu celebren alguna ceremonia pagana en la que sacrifiquen en el volcán criaturas equinas; y que el primer penco que decidan echar al caldero sea esa bestia de lomo hundido que me infligió semejante desdicha.

La señora Lyman, su sobrino, la señora Adams y los demás no supieron cómo reaccionar ante esta confesión. Yo me abaniqué satisfecha.

–Bueno, por suerte estaba el señor Burlingame –dije–. Quizá sería justo que se convirtiera en la segunda persona «honesta» más conocida de la Costa Oeste.

El señor Clemens dio una honda calada a su cigarro. El viento había aumentado considerablemente cuando salimos entre las islas, a mar abierto.

–El feliz destino del señor Burlingame es partir hacia China, señorita Stewart.

–Efectivamente, señor Clemens –señalé–, pero no hablamos de qué destinos han quedado forjados por este acontecimiento, sino únicamente de quién ha hecho el trabajo para forjarlos.

Y dicho esto bajé a tomar el té con la señora Lyman.

Eleanor Perry descansó el diario de tapas de piel en su regazo y notó que el gordo de la izquierda la estaba mirando.

–¿Interesante el libro? –preguntó. Su sonrisa denotaba esa falsa sinceridad de las personas dedicadas a las ventas. Tenía casi cincuenta años, algunos más que Eleanor.

–Bastante interesante –respondió ella. Cerró el diario de la tía Kidder y lo guardó en el maletín, que a su vez metió de una patada debajo del asiento. *Carguero de esclavos*.

–Camino de Hawai, ¿eh? –preguntó el vendedor.

Como era el vuelo directo de San Francisco al aeropuerto de Keahole-Kona, Eleanor consideró que la pregunta no merecía respuesta.

–Yo soy de Evanston –dijo el vendedor–. Me parece que la vi en el avión de Chicago a San Fran.

«¿San Fran?», pensó Eleanor sintiendo una punzada de resignación que se parecía bastante al mareo.

–Sí –respondió.

–Trabajo en ventas –continuó el hombre sin darse por vencido–. Microelectrónica. Juegos, sobre todo. Otros dos vendedores y yo ganamos el premio de incentivos de nuestra división: cuatro días en el Hyatt Regency Waikoloa. Es un complejo donde uno puede bañarse con los delfines. No es broma.

Eleanor hizo un gesto de admiración.

–Estoy soltero –dijo el vendedor–. Bueno, divorciado en realidad. Por eso viajo solo. Los otros dos recibieron dos billetes cada uno; pero la compañía da sólo uno a los ganadores que no están casados. –El gordo le dedicó una débil sonrisa, más sincera por su falta de convencimiento–. En fin, por eso voy a Hawai solo.

Eleanor le sonrió comprensivamente y pasó por alto la pregunta implícita: «¿Y usted por qué va sola a Hawai?».

–¿Va a algún complejo hotelero? –preguntó el vendedor de microelectrónica tras un prolongado silencio.

–Al Mauna Pele –respondió Eleanor. En la pequeña pantalla, cinco filas más adelante, Tom Hanks gesticulaba y hacía una mueca infantil. La gente que llevaba puestos los auriculares se reía.

El vendedor silbó.

–Vaya, el Mauna Pele. Es el complejo más caro de la costa oeste de la isla de Hawai, ¿no? Más lujoso que el Mauna Lai, el Kona Village o el Mauna Kea.

–No lo sé –mintió Eleanor.

Cuando hizo la reserva en la agencia de viajes de Oberlin, la mujer trató de convencerla de que había otros sitios igual de bonitos y mucho más baratos. No le mencionó los asesinatos, pero había hecho lo posible para disuadir a Eleanor de ir al Mauna Pele. Ante la insistencia de ésta, la encargada le dio unos precios que la dejaron perpleja.

–El Mauna Pele es como un campo de recreo para nuevos ricos, ¿no? –comentó el vendedor–. Vi algo en la televisión. Debe de tener usted un trabajo muy bueno para permitirse unas vacaciones en ese lugar –sonrió astutamente–; o estar casada con alguien que tiene un trabajo muy bueno.

–Me dedico a la enseñanza.

–¿Ah, sí? ¿En qué escuela? Me recuerda a mi maestra de tercer grado.

–En Oberlin –dijo Eleanor.

–¿Es un instituto?

–Una universidad. En Ohio.

–Qué interesante –comentó el vendedor con una voz que denotaba su súbita pérdida de interés–. ¿Y enseña algo en particular?

–Historia –respondió Eleanor–. Sobre todo historia del pensamiento de mediados del siglo XVIII. La Ilustración, para ser exactos.

–Ah –exclamó el vendedor. Evidentemente, no tenía nada que decir sobre ese tema y frunció un poco el entrecejo–. El Mauna Pele es un complejo nuevo. Está más al sur que los otros, ¿no? –Trataba de recordar qué había oído en los informativos últimamente sobre el Mauna Pele.

–Sí –respondió Eleanor–. Está abajo, en la costa sur de Kona.

–¡Asesinatos! –dijo el vendedor de microelectrónica chasqueando los dedos–. Ha habido un montón de asesinatos desde que lo inauguraron el pasado otoño. Lo vi en el programa *Casos de actualidad*

Eleanor trató de no hacer una mueca ante la vulgaridad del sujeto.

–No lo sé –respondió mientras sacaba la revista de la compañía aérea del bolsillo del asiento.

–¡Sí! Ha habido mucha gente asesinada o desaparecida o algo así. Es el complejo que construyó Byron Trumbo, el Gran T. Detuvieron a un hawaiano loco, ¿no?

Eleanor sonrió para demostrar su desconocimiento y se puso a leer un anuncio de maletas. La gente, alrededor, reía mientras Tom Hanks le gritaba algo en silencio a una joven actriz.

–Señoras y caballeros, les habla el comandante de a bordo. Estamos a unos cuarenta y cinco minutos del norte de la isla de Hawai. Nos dirigíamos hacia el aeropuerto de Keahole-Kona, pero..., eh..., el centro de Honolulú nos acaba de informar de que todo el tráfico aéreo ha sido desviado a Hilo, en la costa este. Probablemente, por las mismas razones por las que muchos de ustedes se dirigen a la isla de Hawai en este momento, o sea: la actividad de los dos volcanes del extremo sur, el Mauna Loa y el Kilauea. No hay peligro; las erupciones no amenazan ninguna zona poblada..., pero los vientos reinantes esta tarde proceden del este y los dos volcanes arrojan bastante ceniza e impurezas, lo que crea sobre la pista una capa de polución de casi cuatro mil quinientos metros; no es más grave que la que flota sobre Los Ángeles, pero las disposiciones de la Agencia Federal de Aviación no nos permiten atravesarla aunque no haya peligro real.

»Así que, a menos que cambie el viento o los volcanes terminen su espectáculo de esta tarde, aterrizaremos en el Aeropuerto Internacional de Hilo, al este de la isla. Lamentamos los inconvenientes que este cambio pueda ocasionarles. Antes de aterrizar, nuestros auxiliares de vuelo les proporcionarán los datos necesarios para ponerse en contacto con el personal de tierra de United a fin de efectuar reservas hoteleras y les informarán de los medios de transporte alternativos para desplazarse a la costa de Kona.

»Pedimos disculpas nuevamente por los trastornos que todo esto pueda causarles en sus planes de viaje. Llegaremos antes del anochecer, de modo que les sugiero que se pongan cómodos y espero que podamos tener una buena vista de la actividad de madame Pele antes de aterrizar en Hilo. Volveré a comunicarme con ustedes y les mantendré informados de la situación. *Mahalo*.

Eleanor oyó el murmullo de la banda sonora de la película, procedente de los auriculares de los pasajeros, antes de que los comentarios de éstos, en voz baja pero enfadados, lo ahogaran. El gordo de su derecha se había despertado durante el aviso y maldecía para sí. El vendedor de la izquierda no parecía tan fastidiado.

–¿Qué quiere decir *mahalo*? –preguntó.

–Gracias –respondió Eleanor.

El hombre hizo un movimiento de cabeza.

–Bueno, estoy seguro de que los del hotel Hyatt vendrán a buscarme mañana o esta noche. Qué importan unos cientos de kilómetros cuando uno ha llegado al paraíso, ¿no?

Eleanor no contestó. Había sacado su maletín y desplegado el mapa de la isla de Hawai que compró en la librería de Oberlin. Había sólo una carretera de circunvalación en la isla: la Autopista 11, que iba desde Hilo por el sur; la Autopista 19 iba por el norte. Por cualquiera de los dos caminos había más de ciento cincuenta kilómetros hasta el Mauna Pele.

–*Merde* –dijo en voz baja.

El vendedor de microelectrónica sonrió y asintió.

–Sí, eso es lo que digo yo. No hay que crearse problemas por tonterías. Al fin y al cabo todo es Hawai, ¿no?

El 747 continuó su descenso.

4

... sólo siete de las treinta y dos erupciones del Mauna Loa desde 1832 tuvieron lugar en la zona de la grieta del sudoeste, y únicamente dos tuvieron efectos sobre el lugar del proyecto.

Estudio final del impacto ambiental del Complejo Riviera de Hawai, diciembre de 1987.

–¿Qué demonios significa que no podemos aterrizar en Kona?– Byron Trumbo estaba furioso. Su Gulfstream 4 de veintiocho millones de dólares iba veinte minutos por delante del abarrotado 747 de Eleanor Perry y descendía hacia el sur de Maui, listo para dar la vuelta final por la costa oeste de la isla de Hawai–. ¿Qué coño pasa aquí? He pagado parte de las mejoras de este jodido aeropuerto, ¿y ahora dicen que no nos dejan aterrizar?

El copiloto asintió. Estaba apoyado sobre el respaldo de uno de los asientos de piel color tabaco de la cabina principal del Gulfstream y observaba el pedaleo de Trumbo en su bicicleta fija, delante de una de las grandes ventanillas circulares. La luz dorada del atardecer iluminaba a Byron, que iba en camiseta, pantalón corto y sus sempiternas zapatillas de baloncesto Converse AllStar.

–Dígales que aterrizamos –ordenó Trumbo. Jadeaba ligeramente, pero el rumor de los motores y ventiladores del avión casi ahogaba el ruido de su respiración.

El copiloto negó con la cabeza.

–No podemos, señor T. El centro de Honolulú nos ha desviado. La nube de ceniza está sobre el área de Kailua-Kona y el aeropuerto de Keahole. Las disposiciones no permiten...

–A la mierda las disposiciones –exclamó Byron Trumbo–. Quiero llegar esta noche antes de que aterrice la gente de Sato... Joder, esto significa que probablemente también desviarán el avión de Tokio, ¿no?

–Así es. –El copiloto se echó hacia atrás el pelo negro y corto.

–Vamos a aterrizar en Keahole-Kona –dijo Trumbo– y el avión de Sato también. Informe al aeropuerto.

El copiloto hizo una pausa.

–Podríamos mandar el helicóptero grande del complejo a Hilo...

–Me cago en el helicóptero grande –dijo Trumbo–. Si la gente de Sato aterriza en Hilo y tiene que recorrer el sur de la isla en helicóptero va a pensar que el Mauna Pele está a cientos de kilómetros de todo.

–Bueno –replicó el copiloto–, está a más de cien kilómetros de...

Trumbo dejó de pedalear. Su robusta estructura de un metro setenta y cinco se puso rígida.

–¿Va a llamar al aeropuerto o tendré que hacerlo yo, coño?

Will Bryant se acercó con el teléfono en la mano. El Gulfstream contaba con un sistema de comunicaciones vía satélite que pondría celoso hasta a un avión de la Fuerza Aérea.

–Señor T, tengo una idea mejor. El gobernador espera en la línea.

Trumbo dudó sólo un instante.

–Claro –dijo; y le hizo señas al copiloto de que volviera a la cabina–. Johnny, soy Byron Trumbo... Sí, me alegro de que te haya gustado; la próxima vez que estés en Nueva York volveremos a hacerlo... Sí, escucha, Johnny, tengo un pequeño problema... Te llamo desde el Gulfstream... Sí... Estamos acercándonos a Keahole y de repente, no sé por qué estupidez, tenemos que desviarnos a Hilo...

Will Bryant demoró la vista en el sofá de cuero pardo que ocupaba el tercio trasero de la cabina principal y vio a Trumbo girar los ojos mientras tamborileaba sobre la mesa, que todavía tenía los restos de la cena. Melissa, la única auxiliar de vuelo, salió de la zona del personal y empezó a retirar el servicio para el aterrizaje.

–Sí, sí, lo comprendo –interrumpió Trumbo. Se desplomó en el asiento de la ventanilla y miró fuera en el momento en que aparecía el Mauna Kea, con las cúpulas del observatorio en la cumbre brillando blancas como la nieve–. Lo que tú no comprendes, Johnny, es que tengo una reunión con el Grupo Sato en Mauna Pele esta noche, y si tenemos que ir al quinto co..., perdón, gobernador... si tenemos que desviarnos... Sí, van a llegar más o menos dentro de una hora... Si los dos tenemos que desviarnos a Hilo, Sato y sus muchachos van a preguntarse si esto es un centro turístico serio o estamos manejando una empresa tipo ratón Mickey... ja, ja, ja. –Trumbo volvió a poner los ojos en blanco–. No, Johnny, estamos hablando de ochocientos millones de dólares que van a ir a parar a la región... Sí... por lo menos otro campo de golf, y casi seguro que quieren un montón de urbanizaciones... Sí... así es... hacerse socios de clubes de golf en Japón les cuesta un par de cientos de miles; les sale más barato comprar el lugar y mandar a los jugadores aquí... Sí.

Trumbo miró hacia arriba mientras pasaban por el oeste del volcán Mauna Kea y vio la tremenda masa de ceniza de las erupciones del Mauna Loa y el Kilauea. La nube de ceniza gris y de vapor se alzaba sobre la cumbre más meridional y los poderosos vientos alisios la esparcían cien kilómetros hacia el oeste. Toda la costa suroccidental estaba oscurecida bajo un denso manto.

–Me cago en... –dijo Trumbo–. No, Johnny, perdona... acabamos de pasar el Mauna Kea y hemos visto todo ese espectáculo del volcán... Sí... impresionante... pero aun así tenemos que aterrizar en Keahole, y el avión de Sato también... Sí, conozco las disposiciones de la Agencia Federal de Aviación, pero también sé que he hecho donaciones para la pista de aterrizaje de Keahole, como un favor a ti y los muchachos, en lugar de construir mi propio aeropuerto. Y sé que estoy metiendo más dinero que nadie desde Laurence Rockefeller en los sesenta en esta isla golpeada por la recesión... Sí... Sí... Bueno, no te estoy pidiendo otra rebaja de impuestos; sólo te digo que si no nos permiten aterrizar ahí esta noche, probablemente el negocio se irá a pique y tendré que vender el Mauna Pele al peor postor. Sí... en poco tiempo el lugar parecerá un descampado... todo lleno de hierbajos y mierda... Los únicos residentes van a ser los que cultiven marihuana.

Trumbo se apartó de la ventana y escuchó durante un minuto. Al final miró a Will Bryant y sonrió.

–Gracias, Johnny... Sí..., seguro que sí... espera y verás la fiesta que vamos a dar cuando el estudio lance al nuevo Schwarzenegger... Sí, gracias otra vez. –Trumbo colgó el teléfono y se lo pasó a Will–. Ve a decirles a los muchachos de la cabina que tendremos que sobrevolar la zona en círculos durante unos minutos, pero que en cuanto el gobernador se ponga en contacto con los tíos del centro de Honolulú nos darán permiso para aterrizar.

Bryan asintió y se detuvo a observar la nube de ceniza.

–¿Cree que es seguro?

Trumbo emitió un ruido grosero.

–Dime una maldita cosa en la vida que sea segura y que valga la pena –masculló. Señaló el telefóno y añadió–: Ponme con Hastings.

–Seguramente está de guardia en el observatorio del volcán...

–Me da igual, ponme con Hastings aunque se esté tirando a su mujer –ordenó Trumbo sacando unas frutas de la pequeña nevera colocada debajo de la mesa.

El Gulfstream 4 voló en círculos a quince kilómetros de la costa de Kohala, a siete mil metros de altura, al norte del manto de humo y ceniza gris que surgía del Mauna Loa y se esparcía hacia el oeste sobre el Pacífico. El sol estaba bajo y las partículas de la erupción convertían el cielo occidental en un aluvión rojo y anaranjado. El efecto era inquietante, como observar un atardecer a través del humo de un edificio en llamas.

De vez en cuando, mientras el avión giraba en dirección opuesta a las agujas del reloj y se ladeaba, Trumbo divisaba la erupción a través de la bruma: una llama naranja, que se elevaba unos trescientos metros o más por encima de los cuatro mil ciento sesenta y nueve metros del volcán, y otros resplandores naranjas que indicaban las erupciones del Kilauea, más al sur. El vapor que se producía en el lugar donde la lava del Kilauea llegaba al océano, se elevaba más que la nube de ceniza: un penacho blanco que alcanzaba los diez mil metros.

–Dios mío, todos los hoteles de esta isla están repletos para ver el espectáculo y nosotros tenemos quinientas habitaciones vacías...

Will Bryant salió de la cabina.

–Ha llamado la torre de Keahole. Aterrizaremos dentro de diez minutos. Aquí tengo al doctor Hastings... –y le pasó el teléfono a Trumbo.

El multimillonario enchufó el teléfono en un amplificador del brazo del asiento.

–Quiero que escuches esto, Will –dijo–. ¿Doctor Hastings?

–¿Sí, señor Trumbo?

El vulcanólogo era viejo, la comunicación estaba llena de interferencias y la voz sonaba como una grabación prehistórica.

–Doctor Hastings, nuestra conversación se oye por el altavoz. Mi asistente ejecutivo, Will Bryant, está aquí. Volamos en el Gulfstream y vamos a aterrizar en Keahole.

Hubo un momento de ruidoso silencio.

–Creí que el aeropuerto de Keahole estaba cerrado...

–Acabo de abrirlo, doctor. Le llamo porque necesitamos un informe sobre esta erupción.

–Sí, muy bien, no tengo inconveniente en explicarle todos estos sucesos, señor Trumbo, conforme a nuestro acuerdo, pero me temo que en este momento estamos muy, muy ocupados y...

–Sí, lo sé, doctor... pero eche un vistazo a su contrato. Nuestros acuerdos de asesoramiento tienen prioridad sobre su trabajo en el observatorio. Le pagamos mucho más que ellos. Si quisiera, podría ordenarle que fuese al Mauna Pele y se sentara allí a responder a las preguntas de los turistas.

El altavoz zumbó con el silencio del doctor.

–Por supuesto no es eso lo que pretendo –continuó Trumbo en voz baja–. Ni siquiera me gusta interrumpirle, especialmente al tener en cuenta las investigaciones científicas que estará realizando a propósito de todas estas erupciones. Sin embargo, existe esa pequeña cuestión del asesoramiento sobre el complejo hotelero de seiscientos millones de dólares para el que lo contratamos, y ahora necesitamos que nos asesore.

–Sí, adelante, señor Trumbo.

Trumbo sonrió a Will.

–De acuerdo, doctor: necesitamos saber qué pasa.

Algo parecido a un suspiro se oyó a través de las interferencias.

–Pues, supongo que está al tanto de la presente actividad del Moku'aweoweo, que se extiende por la falla, es decir, la grieta del suroeste, y del creciente flujo del O'o-Kupaianaha...

–Caramba, doctor, un momento –dijo Trumbo–. Creí que los que estaban en actividad eran el Mauna Loa y el Kilauea. Ni siquiera sé dónde están el Muku..; como se llame, ni el O'o cra... lo que sea.

Esta vez el suspiro fue más claro.

–Señor Trumbo, todo estaba en mi informe de agosto del año pasado.

–Dígamelo otra vez, doctor Hastings –dijo Byron Trumbo. Su tono no daba lugar a discusión.

–La erupción del Kilauea, en lo que a usted respecta, es irrelevante. La erupción del O'o-Kupaianaha que tiene lugar ahora es sólo una continuación más violenta del flujo de lava que se produce desde 1987. Es cierto que hay una actividad creciente en Pu'u O'o y en Halemaumau, partes del volcán Kilauea, pero la lava fluye invariablemente hacia el sureste, de modo que no representa ninguna amenaza para su complejo. Por otro lado, Moku'aweoweo es la caldera de la cumbre del Mauna Loa –explicó Hastings; la voz ronca tenía ahora más timbre–. La erupción actual empezó allí hace tres días. Naturalmente que el actual flujo de lava, con la salida de gases, se extiende enseguida por numerosas fisuras y conductos de la grieta suroccidental...

–Espere –interrumpió Trumbo inclinándose hacia la ventanilla–. ¿Se refiere a esa especie de cortina de fuego que veo extenderse por la ladera del gran manantial?

–Sí –respondió Hastings–. La erupción actual del Mauna Loa sigue el mismo esquema que las de 1975 y 1984, es decir, la lava empieza a salir en Moku'aweoweo, cerca de la cumbre, y se extiende por la zona de fallas del suroeste; en 1984 la actividad se centró en la zona de grietas del noreste...

–En dirección a Hilo –dijo Will Bryant.

–Sí –confirmó Hastings.

–Pero esta vez se dirige al suroeste –intervino Trumbo–. Hacia mi complejo hotelero.

–Sí.

–¿Significa que los seiscientos millones de inversión, por no hablar de mí ni de los japoneses que quieren comprarlo, van a quedar enterrados bajo la lava en los próximos días, doctor Hastings? –preguntó Trumbo con voz tranquila.

–Es muy improbable –dijo el vulcanólogo–. El actual flujo de lava se extiende por la falla hasta unos dos mil metros sobre...

–Un momento –intervino Trumbo apoyado contra la ventanilla–, desde aquí parece que hubiera fuego y lava casi hasta el mar.

–Es muy probable –llegó la respuesta seca de Hastings–. La cortina de fuego, como usted ha dicho, se extiende en este momento unos treinta kilómetros.

–¡Treinta kilómetros! –silbó Trumbo.

–Sí –dijo el doctor Hastings–, pero el flujo de lava está al sur de su complejo, y llegará al océano en la relativamente despoblada zona desértica de Ka'u, al oeste de South Point.

–¿Seguro? –preguntó Trumbo. El indicador de abrocharse el cinturón de seguridad parpadeaba, pero él lo ignoró.

–No hay nada seguro, señor Trumbo. Pero hay pocas

probabilidades de que haya un flujo simultáneo hacia el este y el oeste de la zona de fallas.

–Pocas probabilidades –repitió Trumbo–. ¡Qué tranquilizador!

–Sí –dijo Hastings, que evidentemente no había captado el sarcasmo en el tono de Byron Trumbo.

–Doctor Hastings –intervino Will Bryant–, en su informe del pasado agosto y en el estudio que hizo para nosotros antes de que construyéramos el complejo, ¿no dijo que había más probabilidades de una catástrofe por un maremoto que por una invasión de lava?

–Sí, así es –replicó Hastings con el tono de un autor animado por el orgullo de que su trabajo hubiera sido leído–. Como expliqué en el informe, el proyectado Complejo Hotelero Mauna Pele... bueno, supongo que ya no se puede decir «proyectado»..., el complejo está construido sobre el flanco suroeste del Mauna Loa que se extiende dentro del océano. En realidad, es una de las laderas submarinas más empinadas del planeta. Este flanco es lo que llamamos «sin sostén», y los bloques están sujetos a corrimientos importantes en las fallas...

–En otras palabras –interrumpió Trumbo–: que todo el maldito trozo de costa podría caer en el Pacífico.

–Pues... –dijo Hastings tranquilamente por encima de las interferencias–, sí. Pero no iba a eso.

Trumbo puso los ojos en blanco y se echó hacia atrás en el asiento de cuero, que crujió. El Gulfstream descendía vertiginosamente; los motores cambiaron la velocidad. El humo y la ceniza barrieron las redondas ventanillas.

–¿Adónde quiere llegar, doctor? –preguntó Trumbo.

–Lo que digo... lo que dije en los dos trabajos que preparé para usted... es que incluso un corrimiento menor de los bloques podría provocar un *tsunami*...

–Una ola sísmica producida por un maremoto –dijo Will.

–¡Ya sé lo que es un jodido *tsunami*! –soltó Trumbo.

–¿Cómo dice? –se oyó la voz de Hastings.

–Nada, doctor –dijo Trumbo–. Termine de una vez. Aterrizaremos dentro de un minuto.

–Bueno, no hay mucho más que decir. En 1951 un terremoto de intensidad seis punto cinco azotó la zona donde está ahora el Complejo Mauna Pele. Desde entonces y hasta hace cuatro días, cuando empezó esta serie de erupciones, hubo más de mil movimientos sísmicos, pero parece que aumenta la presión...

–Creo que comprendo, doctor –interrumpió Trumbo abrochándose el cinturón de seguridad mientras el Gulfstream pasaba por una turbulencia en medio de la nube de ceniza–. Si el Mauna Pele no queda enterrado bajo la lava, o se hunde en el mar o desaparece con un maremoto. Gracias, doctor. Nos mantendremos en contacto. –Colgó el teléfono en silencio. El avión dio una sacudida y un salto–. Will, ¿por qué la Agencia Federal de Aviación no permite aterrizar con este tipo de nubes?

Bryant levantó la vista del contrato que estaba estudiando.

–En la nube hay piedras y partículas de ceniza que podrían ahogar los motores de un jet.

Byron Trumbo sonrió.

–¿Y ahora me lo dices? –preguntó en voz baja.

El paisaje, fuera de las ventanillas, era casi negro. El Gulfstream derrapó y rebotó.

Will Byrant levantó una ceja. Algunas veces no sabía cuándo su jefe bromeaba.

–Joder –se rió Trumbo–. Si el avión se estrella, probablemente nos hará un favor. O el avión de los japoneses. Si el cabrón de Sato no compra este lugar, desearemos habernos matado.

Will Bryant no dijo nada.

–Son cosas que a uno le hacen pensar en la gente, ¿no, Will?

–¿A qué se refiere?

Trumbo señaló con la cabeza la nube de ceniza que pasaba volando junto a la ventanilla.

–Miles de personas pagarían fortunas por venir a ver una erupción como ésta... se arriesgarían a un maremoto y a quedar sepultados bajo la lava para no perderse el espectáculo... Pero diles que hay un asesino de mierda por ahí, que han desaparecido sólo seis personas, y salen corriendo como locos. Es extraño, ¿no?

–Nueve personas.

–Qué? –preguntó Trumbo apartando la mirada de la ventanilla.

–Han desaparecido nueve personas. No se olvide de los tres de ayer.

Trumbó resopló y se puso otra vez a observar la nube por la que pasaban. Se oyeron ruidos en el fuselaje, como si unos niños tirasen piedras contra una cacerola.

El Gulfstream continuó su descenso.

5

Un hombre esto, la mujer aquello.
Un hombre nació en los tiempos de la negra oscuridad.
La mujer nació en los tiempos inciertos,
en la oscuridad.

Del *Kumulipo*, cántico hawaiano de la creación compuesto alrededor de 1700.

Eleanor apartó el sencillo mapa de la agencia de alquiler de coches y puso su plano de carreteras de la isla sobre el mostrador.

–¿Qué dice? ¿Que no puedo llegar hasta allí?

La mujer rubia y delgada que estaba al otro lado negó con la cabeza.

–No, no, que no puede ir por el sur. La Autopista 11 está cortada por la ceniza y la lava. –La mujer clavó un dedo huesudo sobre la línea negra que recorría el extremo sur de la isla–. Aquí, justo en el límite del Parque Nacional de los Volcanes.

–¿Y está a... cuanto? ¿Sesenta y cinco kilómetros de aquí?

–Sí –respondió la rubia enjugándose el sudor que tenía bajo el flequillo–. Pero la Autopista 19 está abierta.

–La ruta del norte –dijo Eleanor–. Hay que ir por la costa, cruzar hasta Waimea o Kamuela. ¿Cómo se llama? He visto el nombre de la ciudad escrito de las dos maneras.

La mujer se encogió de hombros.

–En el correo la llaman Kamuela. Nosotros decimos Waimea.

–Cruzar las montañas hasta Waimea –continuó Eleanor,

trazando el camino con el dedo–, bajar hasta la costa de Kohala y, después, al sur hasta Kona...

–Allí la Autopista 19 se convierte en la Autopista 11 –explicó la mujer. El chicle que mascaba olía a menta vieja.

–Y, a continuación al sur hasta el Mauna Pele –concluyó Eleanor–. Unos ciento noventa kilómetros.

La mujer situada detrás del mostrador volvió a encogerse de hombros.

–Algo así. ¿Está segura de que quiere ir conduciendo? Es casi de noche. Muchos huéspedes de la costa de Kona van a pasar la noche en hoteles de Hilo hasta que los complejos manden furgonetas por la mañana a buscarlos.

Eleanor se frotó la mejilla.

–Sí, la compañía United me ha ofrecido esa posibilidad, pero preferiría llegar esta noche.

–Es casi de noche –repitió la mujer en un tono revelador de que no le importaba en absoluto que la *haole* quisiera vagar por la isla de Hawai en la oscuridad.

–¿Qué tal está esta carretera? –preguntó Eleanor mientras señalaba una línea negra que salía de Hilo hacia el norte y cruzaba la isla por el centro.

La rubia sacudió la cabeza tan obstinadamente que se le agitó el flequillo.

–No, no, por ahí no puede ir.

–¿Por qué no?

Eleanor se apoyó sobre el mostrador. La caseta de alquiler de coches estaba fuera, justo frente a la terminal principal. La atmósfera pesaba por la humedad y el aire olía a mar y a miles de perfumes de flores. Como muchas veces que había estado en los trópicos, Eleanor olvidaba el agradable golpe de calor, humedad y deseos de aire libre que se apoderaban de ella en cuanto salía de la terminal. El aeropuerto de Hilo era lo suficientemente pequeño y abierto como para que los aromas y sonidos de Hawai la envolvieran nada más bajar del avión. Había pasado por Hawai sólo una vez, camino de un paraje más lejano y exótico en algún momento de sus casi tres décadas de viajes, y se había quedado impresionada por lo *norteamericanizado* que estaba todo.

–¿Por qué no puedo ir por Saddle Road? –repitió Eleanor–. Parece mucho más corta que la Autopista 19, que sube más al norte.

La mujer seguía sacudiendo negativamente la cabeza.

–No se puede; es una violación del contrato de alquiler. –Señaló los papeles que Eleanor acababa de rellenar.

–¿Por qué? ¿No está asfaltada?

–Bueno... más o menos... pero no se puede ir en coche por allí. Está en muy malas condiciones. Está muy aislada. Ni siquiera hay casas. Si tiene alguna avería, no hay manera de avisar.

Eleanor sonrió.

–Acabo de alquilar un jeep de setenta dólares por día. ¿Me está diciendo que puede averiarse?

La mujer se cruzó de brazos.

–No puede ir por Saddle Road. Ni siquiera está señalada en el mapa que le hemos dado.

–Ya lo he visto.

–Violaría nuestro contrato.

–Comprendo.

–No permitimos que nuestros vehículos circulen por esa carretera.

–La creo –dijo Eleanor. Cogió el contrato y señaló el cielo oscuro–. ¿Puede darme las llaves del jeep? Se está haciendo de noche.

Tardó casi una hora en encontrar la salida de la carretera de Saddle Road, en los suburbios de Hilo. Mientras serpenteaba entre las últimas casas y palmeras y entraba en los matorrales de la montaña, miraba por el retrovisor la cortina de nubes que venían del este. A poco más de un kilómetro de la costa llovía con fuerza y la lluvia se dirigía hacia ella.

Había perdido quince minutos comprobando el jeep descapotable. Era un Wrangler nuevo, con menos de treinta kilómetros y cambio de marchas automático, que ella hubiera pagado por no tener, pero la capota de vinilo no estaba ni detrás ni debajo del asiento. Eleanor había alquilado vehículos de cuatro ruedas en cuatro continentes, y hasta el

Rover o el Toyota descapotable más destartalados tenían algún tipo de protección para el mal tiempo.

–Ah, se refiere a la capota bikini –dijo la rubia.

Eleanor había tenido que volver a la agencia y esperar a que otro cliente terminara su transacción.

–No sé cómo se llama, pero por lo general se ata o tiene un cierre de Velcro.

La mujer asintió, obviamente aburrida.

–Ya no la incluimos con esta nueva flota de vehículos. Las sacamos y las guardamos.

Eleanor probó el viejo truco de contar hasta diez en griego. A veces le impedía atacar a los idiotas.

–¿Y por qué? –preguntó al fin en voz baja, en ese tono que invariablemente llenaba de ansiedad a sus alumnos.

La mujer seguía mascando chicle.

–Porque la gente las pierde. O pierde esas cosas que sirven para atarlas.

Eleanor sonrió y se acercó a la chica.

–¿Vive en Hilo, señorita?

El globo del chicle explotó y la mujer empezó otra vez a mascar.

–Sí, claro.

–¿Sabe la cantidad de lluvia que cae en esta parte de la isla al año? ¿Cuántos metros por año?

La mujer se encogió de hombros.

–Yo no vivo aquí, pero puedo decirle la cantidad de lluvia que cae al año. Más de tres metros con setenta y cinco centímetros al año, a veces incluso hasta cinco metros en el valle. –Se acercó un poco más–. Ahora, ¿va a darme algún tipo de capota para el jeep o tengo que subir esos escalones con el vehículo, aparcar sobre la acera y esperar a que aparezcan los periodistas mientras hago una llamada de larga distancia al presidente de su compañía?

Mientras Eleanor avanzaba por la avenida Waianuenue, pasaba por Rainbow Falls y giraba al oeste por la carretera Saddle Road, la «capota bikini» flameaba y resonaba al viento y se agitaba delante de la tormenta, y ella suponía que esa estúpida tira de vinilo la mantendría relativamente seca a menos que tuviera que conducir a través de un huracán.

Era la hora del crepúsculo, y el jeep se abría paso por una serie de curvas, pasaba junto a los carteles que indicaban las cuevas de Kaumana, el Campo de Golf Hilo, y se internaba en el reino de los arbustos de montaña. La carretera se fue estrechando hasta llegar a un tramo en el que apenas cabían dos vehículos, pero había pocos coches y el asfalto estaba en buenas condiciones.

La lluvia la pilló a menos de quince kilómetros de Hilo. El brillante diseño de la División de Jeeps de la Chrysler garantizaba que, gracias a la combinación del recto parabrisas y la ondulante capota de vinilo, la lluvia le cayera justo encima de la nuca y mojase todo el interior del cristal. Los ruidosos limpiaparabrisas despejaban la parte del exterior de éste, pero Eleanor tuvo que buscar un Kleenex en el bolso y limpiarlo por dentro. El compartimiento trasero del coche empezó a llenarse de agua al cabo de diez minutos, de modo que tuvo que sacar el bolso y ponerlo sobre el asiento del pasajero para que no se mojara. Aunque las nubes bajas y la lluvia habían provocado un anochecer prematuro, en algún punto del oeste todavía lucía un espléndido atardecer.

Eleanor divisó por última vez las luces de Hilo por el retrovisor, y pronto pasó por la cresta de una loma donde lo único visible era el bulto de los dos volcanes a ambos lados de la estrecha carretera y la maraña de achaparrados arbustos. Delante no había luces; la carretera no tenía raya en el medio y provocaba el efecto de entrar en un túnel de oscuridad. Eleanor puso la radio pero sólo se oían interferencias. La apagó y empezó a tararear alegremente al compás del ruido de los limpiaparabrisas.

De repente la carretera se internó en un amplio valle entre los dos volcanes: el Mauna Kea a la derecha y el Mauna Loa a la izquierda. Las nubes se separaron durante un instante y vio el resplandor del atardecer en lo alto, sobre la helada ladera del Mauna Kea. Algo metálico, quizás uno de los observatorios, reflejaba un haz de luz sobre el valle oscuro. Pero lo más impresionante era la erupción naranja del fuego del Mauna Loa. La envergadura del volcán, previamente oculto por las nubes, se revelaba ahora a la luz de su propia llama, que se reflejaba en el penacho de ceniza. Eleanor tuvo la fugaz impresión de penetrar por el corredor de una casa en llamas con pesadas columnas a ambos lados. Hacia el oeste, los últimos rayos del atardecer se mezclaban con el resplandor del volcán y encendían las nubes en una lenta combustión de colores. A la izquierda, al paso del jeep, vio un arco iris doble y, aunque había leído en alguna parte que las leyes ópticas no permiten que uno llegue al arcoiris, sintió que lo atravesaba.

A continuación empezó a llover otra vez y el atardecer desapareció. El reflejo de la erupción al otro lado del Mauna Loa se convirtió en un brillo sombrío.

Eleanor comprendió por qué la empleada del alquiler de coches era tan reacia a que fuera por Saddle Road. La estrecha carretera serpenteaba y se retorcía, como si tratara de echar a cualquier vehículo molesto. Los árboles del valle eran bajos y feos, pero lo suficientemente tupidos como para bloquear la vista, de modo que la obligaban a disminuir la velocidad en cada curva de una carretera que era toda curvas. Se cruzó dos veces con coches destartalados, y en ninguno de los dos casos vio los faros hasta pocos segundos antes del cruce. Al cabo de quince o veinte kilómetros de este recorrido agotador, vio la única otra carretera con la que se encontraría en todo el trayecto; un pequeño cartel indicaba un camino estrecho que salía a la derecha, hacia el Parque Estatal Mauna Kea y el Mauna Kea propiamente dicho. Sabía por el mapa y por la guía que el camino terminaba cerca de la cumbre del volcán, a unos veinticinco kilómetros y a dos mil quinientos metros de altura, pero habría sido fácil girar equivocadamente y descubrirlo después de haber hecho todo el duro camino. Eleanor trató de imaginar el esfuerzo de los astrónomos que vivían y trabajaban allí arriba, respirando el aire enrarecido a casi cuatro mil doscientos metros, para sacar fotografías y efectuar mediciones antes de que el mal de altura y la estupidez que produce la falta de oxígeno les obligara a bajar a fin de descansar y recuperarse. Siempre había pensado que el ambiente del campus universitario produce una estupidez semejante, pero, por lo menos, allí uno puede respirar.

Después del cruce del Mauna Kea, la carretera se deterioraba. Unos carteles, que apenas se veían en la semipenumbra teñida de anaranjado, anunciaban que estaba prohibido detenerse en el arcén y advertían de la existencia de minas sin explotar. Eleanor vio dos veces a su izquierda vehículos blindados que traqueteaban y se abrían paso a través de la maleza con unas débiles luces que lanzaban haces a través de la lluvia como si fueran linternas. En un momento dado tuvo que frenar de golpe, con la boca abierta por el susto, mientras otros cuatro colosales tanques cruzaban la carretera delante de ella y dejaban sus huellas sobre el asfalto como si éste fuera barro.

Cuando se fueron, Eleanor avanzó lentamente mirando a derecha e izquierda. Aunque esos malditos monstruos ya no se veían, todavía se les oía entre los arbustos. En la penumbra apareció un cartel con una redundante inscripción casi invisible por la lluvia: ¡CUIDADO! CRUCE DE VEHÍCULOS MILITARES. Eleanor supuso que todo el valle era una especie de reserva militar. De no ser así, habría parecido que el Ejército de Estados Unidos hubiera declarado la guerra a Hawai.

Continuó su camino mientras secaba el interior del parabrisas. Tenía la espalda mojada, el pelo chorreando y las alpargatas empapadas por el charco de cinco centímetros que se había formado debajo de su asiento y en torno al acelerador. Movía los ojos de un lado a otro como un piloto de combate, siempre listo para toparse con otro convoy de tanques, o estegosauros, o lo que fuera eso que había aparecido o desaparecido hacía apenas un momento.

De pronto mientras cogía una curva cerrada hacia la derecha, con el asfalto tan arrugado que hasta le vibraron los empastes de las muelas, tuvo que esquivar un coche gris oscuro que estaba entre la cuneta y la calzada. Una silueta humana echada sobre la carretera asomaba por debajo de la parte trasera izquierda del vehículo. Eleanor se mordió el labio y forcejeó con el enorme volante mientras el jeep amenazaba con saltar hacia un lado e ir a parar directamente a los arbustos, a la izquierda de la carretera. Tardó medio minuto en poder controlar el todoterreno y centrarlo en la estrecha franja de asfalto. Echó una mirada al retrovisor, pero el coche y la forma humana se habían perdido de vista detrás de la loma que acababa de pasar.

–Maldición –murmuró, y detuvo el jeep. La lluvia le golpeaba la nuca.

La persona que acababa de ver era baja y corpulenta. No había levantado la mirada cuando ella pasó. No le hizo ninguna señal pidiendo ayuda. Pero a Eleanor le quedó grabado en la retina un vestido sin forma pegado al cuerpo.

La carretera era demasiado estrecha y las cunetas demasiado profundas para arriesgarse a dar una vuelta en redondo, de modo que puso marcha atrás en la caja automática y empezó a retroceder por la loma, con la esperanza de que si aparecían de repente otros faros tendría al menos un segundo para verlos.

No hubo luces. Eleanor bajó el jeep por la loma, se limpió las gafas empapadas de lluvia y se detuvo en la cuneta a la altura del otro coche. Era un vehículo de alquiler barato. La parte posterior izquierda estaba levantada, pero parecía como si el asfalto se hubiese hundido debajo del gato y el coche se hubiera metido más en la cuneta. La persona agachada junto a la parte trasera se puso de pie.

–Vaya mierda de coche –dijo una voz ronca–. La rueda de recambio es una de esas porquerías para una emergencia que sólo te llevan hasta la próxima gasolinera. Cuando el gato se salió del borde de la carretera, el maldito chasis cayó sobre la rueda de recambio y la dejó hecha polvo.

–¿Está usted bien? –preguntó Eleanor.

Vio que era un mujer. Bajita, con la cara llena, el pelo largo aplastado sobre la frente y las orejas, el vestido de verano –lo que la madre de Eleanor habría llamado un vestido de andar por casa– completamente empapado sobre unas caderas muy anchas, una barriga protuberante y unos senos pequeños.

La mujer se apartó el pelo de los ojos y los entrecerró para ver a Eleanor a través de la lluvia.

–Es un coche alquilado y voy a dejarlo aquí. ¿Va a la costa oeste?

–Sí. ¿Quiere que la lleve?

Antes de terminar la pregunta, la mujer ya había abierto la puerta trasera del coche y sacado dos viejas maletas. Las arrojó en la parte posterior del jeep, sin preocuparse por el charco de agua.

Se subió al asiento del pasajero, levantó el bolso de Eleanor y demás pertrechos y dijo:

–¿Le importa que ponga todo esto detrás, encima de mis cosas?

–No, no hay problema.

–Se mojará. Pero también se mojará si lo pongo aquí debajo.

–Detrás está bien.

Eleanor no era una experta en acentos, pero se enorgullecía de captarlos, y la mujer tenía uno. No era de Hawai. Venía del Medio Oeste; Eleanor suponía que de Illinois, aunque también era posible que de ciertas regiones de Indiana u Ohio.

Puso el jeep en marcha y volvió a subir la loma. La penosa carretera continuaba serpenteando entre árboles bajos. El reflejo de las llamas del Mauna Loa teñía todo de un resplandor espectral.

–¿Se le salió el coche de la carretera? –preguntó Eleanor con su propio acento del Medio Oeste. Era una costumbre que se permitía cuando estaba fuera del campus, puesto que su acento natal se le había borrado durante los años pasados en Columbia y Harvard antes de regresar a Oberlin.

La mujer se secó la cara con unas manos regordetas y llenas de grasa por el trabajo efectuado debajo del coche. Eleanor notó la naturalidad del gesto, más propio de un hombre que de una mujer.

–No, no se salió de la carretera –respondió ésta–. Un jodido TBP salió de los arbustos y casi me embiste. Metí una rueda en la cuneta y tuve otro pinchazo, pero al menos evité convertirme en una muerta en la carretera Tormenta del Desierto. El chófer del jodido TBP ni siquiera miró atrás.

–¿Qué es un TBP? –Eleanor usó un fajo de Kleenex para limpiar la parte interior del parabrisas. Parecía que la lluvia amainaba.

–Transporte Blindado de Personal –respondió la mujer–. Son del Campamento Militar de Pohakuloa, por el que estamos pasando. Los chicos salen a jugar a sus cosas.

Eleanor asintió.

–¿Trabaja usted para los militares?

–¿Yo? –La mujer rió con la misma naturalidad con que se había limpiado la cara: una risa ronca y profunda que tía Beanie habría llamado «risa aguardentosa»–. Dios mío, no –dijo con voz divertida–. No tengo nada que ver con el ejército, salvo que dos de mis seis hijos hicieron el servicio militar.

–Ah –replicó Eleanor, decepcionada en cierto modo por su errónea especulación. Le parecía coherente que esta mujer un poco absurda estuviera en el ejército–. Como sabía lo que era un TBP –explicó, y mientras lo decía se dio cuenta de que era una tontería.

La mujer volvió a reírse.

–Sí, pero lo sabe todo el mundo. ¿Acaso usted no miraba la CNN durante la Guerra del Golfo?

–No –respondió Eleanor; su voz vibraba mientras saltaban sobre el ondulado pavimento. La carretera subía.

La pasajera la miró a través de la penumbra y después se encogió de hombros.

–Bueno, mi hijo Gary estaba allí, así que seguramente tenía más razones que otros para prestar atención. Y... tengo que reconocerlo, después de haber vivido lo de Vietnam y el asunto de los rehenes de Irán, no me disgustó ver cómo dábamos una patada en el culo a alguien que no fuéramos nosotros mismos.

La mujer, como recordando algo que había olvidado hacer, le tendió la mano.

Eleanor, sorprendida, levantó la suya del volante y se la estrechó.

–Me llamo Cordie Stumpf... ese, te, u, eme, pe, efe... y le agradezco mucho que se haya parado a recogerme. Teniendo en cuenta el poco tráfico que hay, podría haberme quedado mucho tiempo ahí fuera. Salvo esos jodidos TBP, claro, pero no creo que yo hubiera querido ir adonde van ellos.

–Eleanor Perry –dijo Eleanor, y retiró la mano para hacer girar el volante en otra curva cerrada–. Me ha dicho que va a la costa oeste. ¿A qué parte?

–A uno de esos complejos finos –respondió Cordie Stumpf. Se frotaba los brazos desnudos como si tuviera frío. Eleanor se dio cuenta de que con la altura, la oscuridad y la lluvia hacía frío.

–¿A cuál? –preguntó Eleanor mientras encendía la calefacción–. Yo voy al sur, al Mauna Pele.

–Sí –dijo Cordie.

Eleanor la miró intrigada. Le costaba creer que esa mujer con su vestido estampado y sus maletas viejas y destartaladas fuera a unos de los complejos hoteleros más caros de Hawai. «Yo –pensó–. He tenido que ahorrar cinco años para esta disparatada aventura de una semana.»

–Sí, yo también voy allí –añadió Cordie–. ¿Viajó en el avión de United que desviaron a Hilo?

–Sí –contestó Eleanor.

No la había visto durante el vuelo; pero era normal, con unas doscientas personas apretujadas en la cabina. Se consideraba buena observadora, aunque, la verdad, no había razones para recordar a la mujer como no fuera precisamente por su vulgaridad.

–Viajé en primera –comentó Cordie como si le hubiera adivinado el pensamiento–. Supongo que usted iba detrás. –Lo dijo sin ningún tipo de afectación.

Eleanor asintió otra vez y sonrió en silencio.

–Raramente viajo en primera –dijo.

Cordie rió de nuevo con su tono aguardentoso.

–Yo nunca había volado. Francamente es un estúpido derroche de dinero. Pero los billetes eran parte del premio.

–¿Del premio?

–«Vacaciones con los millonarios» –se rió Cordie entre dientes–. Un concurso de la revista *People*. ¿Lo recuerda?

–No, me lo perdí. –Leía *People* exactamente una vez al año, cuando iba al ginecólogo para la visita anual.

–Yo también, pero mi Howie mandó el cupón con mi nombre y gané. Al menos por Illinois.

–¿Por Illinois? –preguntó Eleanor mientras pensaba: «Lo sabía. De alguna parte de fuera de Chicago».

–Sí, la idea era que una persona afortunada de cada estado ganara una semana con los millonarios en el Mauna Pele. Es el gran invento de Byron Trumbo, el hombre que construyó el complejo, según *People*. Una especie de Miss Illinois; sólo que yo de «miss» no tengo nada. En fin, lo curioso es la parte que los organizadores del concurso no quisieron decirme, pero soy la única de las cincuenta ganadoras que ha venido. El resto no aceptó y cobró el equivalente en efectivo o espera hacerlo.

–¿Por qué? –dijo Eleanor, aunque se lo imaginaba. Cordie Stumpf levantó la ceja.

–¿No ha oído nada sobre las seis personas que desaparecieron en ese lugar? Algunos dicen que han asesinado a más pero que la gente de Trumbo lo oculta. Salió en el *Enquirer*. El titular decía: «Complejo turístico de mil millones de dólares construido sobre un antiguo cementerio hawaiano. Mueren y desaparecen turistas».

En aquel momento, la carretera se estrechó y la subida se hizo mas empinada. La ladera oeste del Mauna Kea y el Mauna Loa eran presencias en la oscuridad que bordeaban el valle a ambos lados de la carretera.

–Algo he leído –dijo Eleanor. Su reticencia la hizo sentirse como una mentirosa. Había recortado todo lo publicado sobre las desapariciones, incluido ese absurdo artículo del National Enquirer–. ¿Y no está nerviosa por ir a semejante lugar?

Cordie se rió en voz baja.

–¿Por qué? ¿Porque el hotel está construido sobre un cementerio indígena y los fantasmas se llevan a los turistas? He visto una historia parecida en la película *Poltergeist*, hace varios años, y en un montón de películas así. Mis hijos no paraban de alquilar esos vídeos de terror.

Eleanor decidió cambiar de tema.

–¿Tiene seis hijos? ¿De qué edades?

–El mayor tiene veintinueve –dijo Cordie–. En septiembre cumplirá treinta. El menor, diecinueve. ¿Y qué edad tienen sus hijos?

Eleanor solía ponerse tensa cuando la gente le hacía esas preguntas dando por sentado que estaba casada. Pero había algo en Cordie Stumpf que le impidió enfadarse: su naturalidad, similar a la de sus movimientos físicos. Era una mujer ancha, gorda casi, que se tomaba las cosas tal como venían.

–No tengo hijos –respondió Eleanor–. Ni marido.

–¿Nunca se ha casado?

–Nunca. Soy profesora. Estoy bastante ocupada. Y me gusta viajar.

–Profesora –dijo Cordie. Se movió en el asiento para mirar a Eleanor más cuidadosamente. La lluvia había parado y los limpiaparabrisas chirriaban–. Yo tuve mala suerte con mis profesores. Supongo que es profesora de universidad. ¿De historia quizá?

Eleanor asintió sorprendida.

–¿En qué está especializada? –preguntó Cordie con un genuino interés en la voz.

Eleanor se quedó más sorprendida aún. Generalmente, la gente reaccionaba como había hecho el hombre del avión, con los ojos muertos, la mirada inmóvil y ese aire de monotonía que da la indiferencia.

–En realidad, mis estudios y mi trabajo giran en torno a la historia del pensamiento de la Ilustración –dijo Eleanor levantando la voz por encima del ruido del motor y de las enormes ruedas que chirriaban y crujían–; siglo XVIII –añadió.

Para su asombro, Cordie Stumpf asintió.

–Se refiere a Voltaire, Diderot, Rousseau... y todos esos tipos.

–Así es –respondió Eleanor acordándose de lo que tía Beanie le había enseñado hacía treinta años: «No subestimes a la gente»–. ¿Ha leído... quiero decir, conoce sus obras?

Cordie se rió más fuerte que nunca.

–¿Yo? ¿Leer a Voltaire? De lo único que tengo tiempo es de leer alguna revista cuando voy al lavabo. –La mujer volvió su cara redonda hacia la carretera–. Ja, ja, no, Eleanor, jamás leí a ninguno de esos. Mi segundo marido, Bert, quería tener cultura y compró la *Enciclopedia Británica* entera para los niños. Y con la compra recibió también toda una colección de libros... *Grandes Obras*. ¿La conoce?

–Sí –dijo Eleanor.

–Es como una colección de libros importantes para la gente preocupada por su falta de cultura. En fin, cada tomo de las *Grandes Obras* tenía un cuadro con todo –continuó Cordie–. Una página desplegable. Estaban Voltaire y todos los demás. Cuándo nacieron, cuándo murieron. Ayudé a Howie a rellenar un cuestionario cuando terminó con todas esas página desplegables.

Eleanor asintió. Se acordó también de otra cosa que le había dicho tía Benie hacía treinta años: «Y tampoco sobreestimes a la gente».

De repente, la carretera llegó a una cresta desde donde se dominaba lo que debía de ser el comienzo de la costa oeste de la isla de Hawai. El resplandor del volcán se reflejaba en lo que seguramente era el océano Pacífico, a muchos kilómetros al oeste. Eleanor creyó ver unas luces a lo lejos, hacia el norte.

Llegaron a una bifurcación. El cartel que indicaba el norte decía: WAIMEA.

–Tenemos que ir al sur –dijo Cordie Stumpf.

En la costa hacía más calor y el cielo estaba despejado. Eleanor se dio cuenta del frío que hacía en lo alto de la carretera que habían dejado atrás, Saddle Road con los helados vientos alisios a sus espaldas y la lluvia golpeándolas. El aire se había vuelto más denso y agradable desde que habían tomado la Autopista 190 hasta el desvío de Waikoloa y pasado por las primeras zonas pobladas, con luces dispersas cerca de la autopista de la costa. Allí estaba otra vez el perfume de los trópicos, el olor a sal y a podrido del mar, el viento húmedo que agitaba el corto cabello de Eleanor y el rumor casi subliminal de las olas, que apenas se oían bajo el ruido del motor y las ruedas.

Esa noche había poco tráfico en la carretera de la costa. Pero después de la desolación de Saddle Road, hasta un coche ocasional era un sobresalto. Eleanor esperaba un sitio mucho más poblado; sin embargo, salvo unas luces poco visibles en Waimea, cincuenta kilómetros atrás, y algunas casas dispersas en Waikaloa, camino a la costa, no había casi nada. Las luces de los faros iluminaban sobre todo los bordes de los grandes campos de lava, que a veces quedaban suavizados por matorrales. A medida que se acercaban a la zona de los complejos turísticos, empezaron a aparecer mensajes: palabras y frases escritas con trozos de coral dispuestos sobre la negrura de la lava. La mayoría de los mensajes no pasaban de la categoría de grafitis adolescentes: DON Y LOVEY; PAULA QUIERE A MARK; TERRY OS SALUDA..., pero Eleanor descubrió enseguida que no había ni obscenidades ni vulgaridades, como si el esfuerzo de buscar y colocar montones de piedras de coral blanco para cada mensaje eliminara la habitual grosería de los grafitis urbanos. Muchos de los mensajes eran saludos: ¡LOS TAJEDA DAN LA BIENVENIDA A GLENN Y MARCI!; ¡ALOHA TARA!; DAVID DA LA BIENVENIDA A DAWN Y PATTI; MAHALO A LOS LAYMAN. Eleanor se sorprendió buscando su propio nombre, como si esperase una bienvenida escrita en coral.

Los complejos turísticos eran cualquier cosa menos invisibles; mostraban su presencia a lo largo de la autopista con luces, entradas vigiladas y caminos hacia el mar en medio de la negra lava. Eleanor echó una mirada a alguna de esas entradas mientras se dirigían al sur: el Hyatt Regency Waikoloa, donde dormiría al día siguiente el vendedor gordo; más adelante, las luces lejanas del Royal Waikoloan, del Aston Bay Club; quince kilómetros de carretera vacía y, después, la entrada iluminada del Kona Village –el complejo en sí no se veía al otro lado de los campos de lava–; otros quince o veinte kilómetros en la oscuridad y, al fin, las lámparas de vapor de sodio en la autopista y unas luces más brillantes aún en dirección al mar que indicaban el aeropuerto Keahole.

–Hay aviones aterrizando –dijo Cordi Stumpf.

Eleanor, perdida en sus pensamientos, se sobresaltó. Casi había olvidado que iba con otra mujer.

–Lo habrán abierto –comentó mirando las estrellas en el cielo–. Habrá desaparecido la nube de ceniza o se habrá desplazado hacia el sur.

–Sí –corroboró Cordie–; o ese avión lleva pasajeros más importantes que nosotros. Las reglas se rompen fácilmente para la gente poderosa.

Eleanor frunció el ceño ante ese cinismo simplón, pero no dijo nada. A varios kilómetros del aeropuerto, las luces de Kailua-Kona brillaban hacia el oeste. Eleanor entró en el pueblo para llenar el depósito del jeep y encontró una sola gasolinera abierta. Se sorprendió al ver que no era autoservicio. Un adormilado empleado salió a atenderlas. Se quedó más sorprendida aún al ver que era casi medianoche: habían tardado más de tres horas en recorrer los ciento treinta kilómetros desde Hilo.

–¿Cuántos kilómetros faltan hasta el Mauna Pele? –le preguntó al perezoso hawaiano.

Eleanor, cansada, casi esperaba que el hombre levantara la mirada, soltase la manguera de gasolina y dijera algo así: «¡No, no vayan allí!», como en una vieja película de terror de Hammer.

Pero, en cambio, el sujeto ni la miró.

–Treinta y cinco kilómetros –respondió–. Son siete con cincuenta y cinco.

Después de Kona, la carretera se hacía traicionera, los acantilados caían en precipicios hacia el mar y las nubes volvieron a ocultar las estrellas.

–Dios mío –dijo Cordie, fatigada, por encima del ruido del viento–, no han puesto ese hotel en un lugar de fácil acceso, que digamos.

Quizá debimos quedarnos en Hilo como los demás –comentó Eleanor, que hablaba para mantenerse despierta– y dejar que nos trasladaran mañana. –Echó una mirada al reloj–. Mejor dicho hoy.

Cordie sacudió la cabeza.

–No, no. El premio es para siete días y seis noches y empieza a contar esta noche. No pienso perder ni una sola noche de mis vacaciones gratis.

Eleanor sonrió. Las laderas eran allí más empinadas hacia el este; la masa del Mauna Loa se intuía en medio de la noche. El ligero resplandor naranja de la lejana erupción se veía a través de las nubes bajas. De no haber sido por una pocas casas y algunos centros comerciales del sur de Kona, a lo largo de la estrecha carretera no había, al parecer, nada más que campos de lava y acantilados. Ni siquiera mensajes escritos en coral blanco, lo que daba un aspecto más tenebroso y duro a los campos de *a'a*.

Eleanor había tomado nota del cuentakilómetros en la gasolinera: unos veintiocho kilómetros después, la carretera se apartaba de los acantilados y se internaba dos o tres kilómetros. El asfalto, iluminado por los faros, se confundía con la masa negra de lava y sólo destacaban las rayas blancas. La sensación de penetrar en un desierto de piedra era aún más fuerte.

–Seguro que no se parece al Medio Oeste, ¿no? –le comentó Eleanor a su pasajera, sobre todo para volver a escuchar una voz. La fatiga y la tensión de conducir durante tanto tiempo le habían dado dolor de cabeza.

–No se parece a ninguna zona de Illinois que yo conozca –contestó Cordie Stumpf–. Ni a Ohio. La zona que rodea a Oberlin es muy bonita.

–¿Ha estado alguna vez allí?

–El caballero con el que me casé antes que con el difunto señor Stumpf tenía negocios con la universidad. Cuando se escapó con la chica de Las Vegas, me refiero a Lester, porque el señor Stumpf era demasiado religioso para ni siquiera ir a Las Vegas, me hice cargo del negocio de Ohio y contacté con la Universidad de Oberlin.

–¿Qué negocio? –preguntó Eleanor. Había dado por sentado que la señora Stumpf era sólo ama de casa.

–Recogida de basura –dijo Cordi–. Eh, allí arriba hay algo.

El «algo» resultó una entrada, una pared de piedra, una choza con techo de paja a modo de caseta de vigilancia y una docena de focos de gas de mercurio que iluminaban todo aquello. Las grandes letras de cobre sobre el muro de piedra, con una tipografía parecida a la de *Parque Jurásico*, decían: MAUNA PELE.

Eleanor se sorprendió lanzando un suspiro que ni ella misma se esperaba.

–¡Llegamos! –dijo Cordie. Se incorporó en el asiento y se colocó el pelo lacio detrás de las orejas.

Un hombre de aspecto adormilado, con uniforme de guardia, salió de la caseta iluminada. Una gruesa cadena bloqueaba el camino.

–*Aloha* –saludó, sorprendido al verlas–. ¿En qué puedo servirlas?

–Tenemos reservas en el Mauna Pele –dijo Eleanor mientras echaba un vistazo a su reloj. Eran las doce y media.

El guardia asintió y consultó la tablilla que llevaba en la mano.

–¿A qué nombre, por favor?

Eleanor le dio los dos nombres y durante un segundo se sintió extraña, como si ella y esa peculiar mujer de cara rellena, vestido de andar por casa y dedos enrojecidos fueran viejas amigas y compañeras de viaje. Apartó la idea de su mente, como una mezcla de *déjà vu* y puro cansancio. Le encantaba viajar, pero nunca dormía bien la noche anterior a la partida.

–Sí, bienvenidas al Mauna Pele –dijo el guardia–. Pensábamos que los huéspedes que llegaran hoy se quedarían todos en Hilo. –Desenganchó la cadena y la dejó caer sobre el camino–. Sigan por este sendero unos tres kilómetros. El camino está un poco mal por las obras, pero mejorará en cuanto se acerquen a la Gran Hale. No se desvíen por ninguno de los caminos de tierra que atraviesan la lava... Llegarán a un barracón. Pueden dejar el jeep en el cobertizo de vehículos, con las llaves puestas, y nos ocuparemos de aparcarlo.

Cordie se inclinó hacia delante.

–¿Qué es la Gran Hale?

El hombre sonrió; sus facciones quedaron iluminadas por el parpadeo de la farola.

–*Hale* significa casa. El Mauna Pele tiene más de doscientas pequeñas *hales*. Son como chozas de paja pero mucho más cómodas, y la Gran Hale es el edificio principal de seis plantas donde está el centro de conferencias, los restaurantes y las tiendas. También hay unas trescientas habitaciones.

–Gracias –dijo Eleanor–. *Mahalo*.

El hombre saludó y las observó mientras se alejaban. Eleanor vio por el retrovisor que volvía a poner la cadena.

–¿Qué es un cobertizo para vehículos? –preguntó Cordie.

Eleanor tenía desde los tres años un miedo exagerado a hacer lo que pudiera parecer una pregunta estúpida. Por consiguiente, y para evitar mostrar su ignorancia, se había dedicado a buscar las cosas en los libros desde muy pequeña. Sentía respeto por la capacidad de Cordie de preguntar lo que no comprendía.

–Es una especie de aparcamiento techado junto a una entrada. Resulta muy útil en los trópicos.

El camino particular estaba en peores condiciones que la Saddle Road. El jeep vibraba sobre el irregular asfalto y Eleanor se concentraba en avanzar sin salirse hacia los lados, cubiertos de lava. Había máquinas para remover la tierra estacionadas en las proximidades y dos veces vio cabinas de acero cercadas y con luces de vigilancia.

–La entrada es bastante primitiva para ser uno de los complejos hoteleros más caros del mundo –comentó Eleanor.

–¿Cuánto cuesta una habitación o una *hale* por noche? –preguntó Cordie.

–Hummmm... Creo que la mía cuesta unos quinientos dólares por noche –dijo Eleanor–, pero con desayuno incluido.

Cordie silbó.

–Con esos precios podrían arreglar el camino.

A los dos kilómetros y medio, según el aparato registrador, el camino se hizo más ancho y uniforme. De repente se dividió en dos carriles bordeados por un seto de buganvilla púrpura y separados por una sucesión de flores tropicales y helechos muy bien cuidados. A cada metro, unas farolas iluminaban la ruta y los diseminados oasis de palmeras. Eleanor se dio cuenta de que el serpenteante camino pasaba por un sofisticado campo de golf. Los aspersores ocultos rociaron el jeep a su paso. El aire olía a hierba húmeda y tierra negra. Al final de una curva vieron las luces eléctricas.

Una mujer robusta vestida con un *muumuu* salió de debajo del cobertizo para recibirlas con *leis* y acompañarlas al vestíbulo. La Gran Hale era en parte un hotel y en parte una gigantesca cabaña con techo de paja estilo Walt Disney, con *lanais* privadas fuera de cada habitación y cascadas de plantas en flor que caían de cada balcón como si hubiese intentado que el lugar pareciera una recreación de los Jardines Colgantes de Babilonia.

Eleanor se sintió vieja en el momento de salir del jeep. Le dolía la espalda y la cabeza. El olor del *lei* en flor le llegó, a través de la bruma de su fatiga, como un grito distante. La mujer del *muumuu* se había presentado como Kalani y, ahora, Eleanor la seguía, a ella y a Cordie –una con una falda de flores, la otra con un floreado vestido de andar por casa–, por unas escaleras de baldosas hasta un hermoso vestíbulo con dos Budas dorados que flanqueaban la entrada. Cruzaron un patio interior con pájaros dormidos en jaulas de un metro de altura, pasaron por una terraza que dominaba la copa de las palmeras, cuyas hojas se agitaban y reflejaban las luces de las farolas. Eleanor realizó las formalidades de registrarse y dar su tarjeta de crédito. A Cordie no le hizo falta: se limitó a recibir las felicitaciones de Kalani, que le dijo que estaban muy contentos de dar la bienvenida a una de las ganadoras del concurso. Los que «estaban contentos» eran Kalani y el hombre bajo de tez oscura que apareció detrás del mostrador. Eleanor vio que iba con una camisa hawaiana y pantalones blancos y que sonreía tan abiertamente como Kalani.

A continuación saludó con la mano a Cordie, a la que acompañaron hasta un ascensor –evidentemente, las ganadoras del concurso se alojaban en la Gran Hale–, mientras el hombrecillo llevaba a Eleanor hacia la terraza trasera. Se sentía un poco atontada, pero advirtió que la Gran Hale estaba construida sobre la ladera de una colina; la entrada de la planta baja del lado del cobertizo para vehículos estaba unos diez metros más arriba que el terreno que daba sobre el lado del océano. El portero la acompañó escaleras abajo hasta un pequeño vehículo eléctrico que esperaba con su bolsa de viaje en la parte posterior.

–¿Se aloja en la *hale* tahitiana número treinta y nueve? –preguntó el hombre. Eleanor miró su llave, pero en realidad no había sido una pregunta–. Esas *hales* son muy bonitas, muy bonitas. No hay tanto ruido como en la Gran Hale.

Eleanor echó una mirada atrás, a la Gran Hale, mientras se alejaban por un estrecho sendero de asfalto que discurría entre las palmeras. El hotel principal estaba a oscuras; sólo unas pocas habitaciones se veían iluminadas detrás de las cortinas. Las farolas chisporroteaban al viento de la noche. No daba la sensación de que hubiera mucha gente ni de que en la Gran Hale pudiese haber nunca mucho ruido.

Pasaron junto a lagunas, bajaron de la colina por un jardín cuyo intenso perfume le produjo náuseas, cruzaron un puente sobre un lago estrecho y otro puente sobre una cascada, rodearon una pequeña piscina, apareció después la playa, con unas olas que rompían fosforescentes, y volvieron a un bosquecillo de palmeras. Eleanor notó que había pequeñas cabañas entre los árboles. Las construcciones se elevaban unos dos o tres metros sobre el nivel del sendero por el que avanzaban en el pequeño vehículo, que emitía un zumbido. Unas luces eléctricas amortiguadas iluminaban el terreno, ocultas en medio del tupido follaje tropical, pero las farolas de luz de mercurio no estaban encendidas; quizá las habían apagado a una hora prudente.

Eleanor percibió con extraña certeza que la mayoría de esas cabañas caras estaban vacías, que casi todo el Mauna Pele estaba vacío –la Gran Hale y las pequeña *hales*–, cientos de hectáreas casi vacías, habitadas únicamente por el personal y los trabajadores nocturnos en la isla de luz formada por el vestíbulo principal, el patio y la terraza. Rodearon otra laguna con rocas en la orilla, giraron a la izquierda por un pequeño sendero y se detuvieron delante de una *hale* de techo de paja, emplazada a unos tres metros de altura, a la que se accedía por una escalera de piedra.

–La treinta y nueve tahitiana –dijo el guía–. Muy bonita. –Sacó la bolsa de viaje, subió la escalera rápidamente y le abrió la puerta.

Eleanor entró en una *hale* como en un sueño. Era de muy buen gusto, con un porche, un pequeño recibidor y un estrecho pasillo que llevaba al baño, a una sala de estar y a un dormitorio con una cama grande y de aspecto cómodo cubierta por una brillante colcha de estampado isleño con dos lámparas encendidas a ambos lados, ventanas en cada pared con postigos semicerrados y un techo alto con dos ventiladores que giraban lentamente. Vio un *lanai* privado detrás de los ventanales y oyó el ruido de la bomba de reciclado del *jacuzzi* particular.

–Muy bonita –repitió el guía con un ligero tono de pregunta en su voz.

–Sí, muy bonita –respondió Eleanor.

El hombre sonrió.

–Me llamo Bobby. Por favor, si necesita algo de mí o del resto del personal para que su estancia resulte más agradable, no dude en llamarnos. El desayuno se sirve en la Gran Hale y en el *lanai* del bar El Naufragio de siete a diez y media. Aquí está todo explicado. –Le señaló una gruesa carpeta y unas guías de servicios en la mesilla de noche–. No tenemos carteles de «No molestar», pero si quiere estar tranquila ponga este coco en el porche delantero y nadie la molestará. –Levantó un coco con el logo del Mauna Pele, un volcán, pintado–. *¡Aloha!*

«Propina», pensó Eleanor en medio de las brumas de su cansancio. Rebuscó en el bolso. Sólo encontró un billete de diez dólares; cuando se volvió con el bolso en la mano, Bobby se había marchado. Oyó el zumbido del vehículo eléctrico, pero ya se había perdido de vista cuando ella se acercó a la ventana.

Eleanor exploró la *hale* durante unos minutos, encendió y apagó las luces de los diferentes ambientes, se cercioró de que la puerta corredera trasera y la puerta de entrada estuvieran cerradas y se sentó en la cama, demasiado cansada para deshacer el equipaje o desvestirse.

Seguía sentada allí, medio adormilada, soñando con el accidentado viaje por Saddle Road y con los enormes monstruos metálicos que aplastaban los arbustos, cuando algo o alguien empezó a gritar justo al lado de su ventana.

6

Mientras me preparo para dormir, una sonora voz surge de la tranquilidad de la noche, lejana, como si este océano de roca se extendiera hasta los confines de la tierra, en la que reconozco un aire familiar. Pero las palabras parecen confusas:

«Waikiki lantoni oe Kaa hooly hooly wawhoo.»

Que traducido significa: «Cuando atravesábamos Georgia.»

MARK TWAIN
Roughing It in the Sandwich Islands

7 de junio de 1866, Hilo, Hawai.

Nuestro señor Clemens se está convirtiendo en una especie de fastidio activo.

El viaje de dos días de Honolulú a la isla de Hawai podría describirse como una de las experiencias menos agradables de la vida. No bien salimos del puerto, el Boomerang, *una vieja embarcación a hélice de unas trescientas toneladas, empezó a bambolearse y a cabecear. La mayoría de los pasajeros se retiraron a sus literas para hacer frente a las náuseas con relativa privacidad, aunque a bordo de aquel horrible barco no había intimidad ni separación de sexos. A un nativo hawaiano, un caballero de Honolulú, una dama británica, un chino y un vaquero, los metieron juntos en unas condiciones extremadamente promiscuas. El único camarote no es más que una prolongación del salón donde se come, se bebe, se pasea y se juega a las cartas.*

Tras mi ya mencionada victoria verbal sobre el agotador señor Clemens, me retiré a mi litera en el abigarrado cama-

rote, pero en el momento de penetrar en los oscuros confines de esa habitación común me encontré con dos cucarachas en la cama que me tocaba. Aunque he dejado constancia muchas veces de que detesto y temo a las cucarachas más que a los osos pardos o a las panteras de las Montañas Rocosas, debo añadir que aquéllas no eran corrientes. Aquellos monstruos tenían el tamaño de langostas, ojos rojos y antenas en las que se podía colgar el sombrero y el paraguas.

Además de los ruidos poco delicados de nuestros más delicados pasajeros, que devolvían el almuerzo ingerido antes de la partida de Honolulú, se oían ronquidos de los indiferentes dormilones, amontonados como troncos en la periferia de la habitación común. Noté que la señora Windwood usaba la cabeza de un adormilado caballero como escabel para descanso de sus pies, y más tarde descubrí que el sujeto era el gobernador de Maui.

Sin perder de vista a las cucarachas, que al parecer se acomodaban en mi almohada a fin de prepararse para hacer una larga siesta, me retiré nuevamente a la cubierta superior, donde acepté un colchón a manera de «litera» cerca del yugo de popa. Curiosamente, el señor Clemens también había decidido pasar gran parte del viaje «aquí fuera, donde el aire no ha sido respirado más que una vez»; por lo tanto, volvimos a embarcarnos en otra conversación. El señor Clemens y yo hablamos durante varias horas de cuestiones irrelevantes y con frecuencia irreverentes, antes de que el agotamiento nos llevara a nuestras respectivas «literas» de cubierta. Creo que el corresponsal estaba sorprendido de conocer a una dama joven que disfrutaba de las bromas y las anécdotas divertidas tanto como él. Su jovial rusticidad jamás le abandonaba del todo, ni su terrible hábito de encender un cigarro barato sin muchos «con su permiso», pero, como he viajado por la soledad de las Montañas Rocosas y por el salvaje Oeste hasta San Francisco, estoy más o menos acostumbrada a la falta de modales. Reconozco que la charlatanería del corresponsal mantenía mi mente, y mi estómago, al margen del vaivén del Boomerang *y de la posibilidad de que las cucarachas me asesinaran.*

Cuando le mencioné la repugnancia que me inspiraban esos bichos, el señor Clemens admitió que «habían contribuido» a que también él subiera a cubierta.

–Mis cucarachas huéspedes eran del tamaño de hojas de melocotonero –dijo–, con largas y vibrantes antenas y unos ojos malignos y feroces. Rechinaban los dientes como los gusanos del tabaco y parecían molestas por algo.

Le describí al bicho del tamaño de una langosta que reclamaba el derecho a mi almohada.

–Traté de pinchar una con mi sombrilla –dije–, pero la más pequeña de las dos me la arrebató para utilizarla como una especie de tienda.

–Es mejor que haya renunciado a seguir luchando –comentó el señor Clemens–. Tengo constancia de que estos insectos del tamaño de un reptil tienen la costumbre de comerse completamente las uñas de los pies de los navegantes dormidos. De ahí viene mi abrumador deseo de subir a dormir bajo la lluvia.

Y así, en esta vena absurda, pasamos buena parte de aquella noche.

A las cinco de la mañana, el barco entró en Lahaina, el pueblo más grande de la isla de Maui. El señor Clemens tenía muchas ganas de bajar a tierra. Desgraciadamente para ambos, para él y para su interlocutor, que hubiera agradecido un respiro de su parlanchina presencia, el capitán del Boomerang *envió a tierra sólo unas chalupas con correo y provisiones, que regresaron con lo mismo. El periodista tuvo que quedarse apoyado en la barandilla, aspirando el aire perfumado de sándalo de esa isla meridional mientras me obsequiaba con historias de su visita a las verdes colinas durante una estancia de tres meses en las islas.*

Partimos de Maui a primera hora de la tarde. El canal entre esa isla y su hermana mayor, al sur, es la zona más agitada que nadie haya visto hasta ahora. El recorrido nos llevó seis horas, pero a la mayoría de los pasajeros les pareció más largo, y algunos de ellos rezaron pidiendo morir para salvarse del mal de mer *antes de que llegáramos a las aguas costeras de Hawai. El señor Clemens continuó sin sentirse afectado por todo aquel meneo y agitación; más bien parecía desconcertado por el meneo y la agitación de los afligidos pasajeros, y cuando yo hice un comentario sobre su aguante me confesó que, antes de la guerra, había «servido un tiempo» como patrón de un barco fluvial.*

Le pregunté por qué había cambiado esa profesión por la de corresponsal. El señor Clemens se inclinó sobre la barandilla, encendió otros de esos detestables cigarros y dijo con ojos brillantes:

–Me disgustó mucho hacerlo, señorita Stewart. Me refiero a dedicarme a la carrera literaria. Intenté encontrar un trabajo honesto; que la Providencia me convierta en metodista si no es verdad. Lo intenté, pero fracasé y sucumbí a la tentación de ganarme la vida sin tener que trabajar.

–¿Pero echa de menos ser patrón de barco, señor Clemens? –le pregunté sin dejarme distraer por su broma infantil.

En lugar de responder con otro torpe chiste, el corresponsal pelirrojo miró el océano como si contemplara algo muy lejano de la escena que teníamos delante. Era la primera vez que lo veía serio.

–Me gustaba ser patrón de barco; quizá nunca vuelva a gustarme tanto nada ni nadie –señaló con una voz y un acento menos exagerados que hasta entonces–. Mi época en el río fue la más libre que un ser humano pueda imaginarse. No consultaba a nadie, no recibía órdenes de nadie. En esta vida no se puede aspirara mayor libertad de movimientos.

En cierto modo me sorprendió la seriedad de su respuesta.

–¿Y su río era tan bello como este océano no tan pacífico? –pregunté.

El señor Clemens se tomó su tiempo para inhalar el venenoso humo de su cigarro.

–Mis primeras épocas en el río fueron tan seductoras como lo es pasear por el Louvre, señorita Stewart: hallaba una inesperada belleza por todas partes. Me pilló, como dijo un vaquero al encontrar una serpiente en su bota, un poco desprevenido. Pero esa belleza empezó a desaparecer a medida que me convertía en un patrón más experto.

–¿Debido a la familiaridad?

–No –respondió el señor Clemens arrojando la colilla de su cigarro al mar–, debido al dominio que adquirí del lenguaje del río.

Lo miré sin comprender e hice girar mi sombrilla.

El corresponsal sonrió otra vez con aquella sonrisa de niño.

–El río era como un libro, señorita Stewart. La superficie del agua, tanto río arriba como río abajo, era como un pergamino antiguo, pero descubierto hacía poco, escrito en una lengua muerta. A medida que aprendía esa lengua, la de los traicioneros troncos que flotan a la deriva, la de los arrecifes ocultos y los bajíos, no por su belleza, sino porque me ayudaban a buscar el canal de navegación seguro; a medida que todos los secretos de ese libro maravilloso cedían ante mí, también lo hacía la belleza natural del río, el silencio del amanecer, la callada incitación crepuscular; todo se retiraba, como si la belleza estuviera limitada al misterio.

Admito que la súbita transformación del caballero, de rústico escritorzuelo a poeta frustrado, me dejó muda durante un instante. Quizás el señor Clemens lo notó, o se avergonzó de su arranque de imaginación, porque sacó otro cigarro y lo agitó como una vara.

–En todo caso, señorita Stewart, un barco de río podría matarla: puede explotar la caldera, uno de esos encantadores arrecifes ocultos puede arrancarle el casco en un segundo; pero nunca le provocaría el desarreglo en el cuerpo que esta masa flotante ha causado en nuestros pobres pasajeros.

En aquel momento dejé al señor Clemens y entré en una animada conversación con Thomas Lyman, el señor Wendt y el viejo reverendo Haymark sobre los pros y los contras de los misioneros y su influencia en las islas. El señor Wendt y el señor Lyman eran de la opinión, tan de moda hoy en día, de que los misioneros han tenido un efecto desastroso en la economía, la salud y la autonomía de las islas, mientras que el afectado reverendo defendía el punto de vista, más tradicional, según el cual los nativos eran paganos devoradores de niños antes de que su padre y sus amigos les llevaran la palabra de Dios y la civilización. Reconozco que a medida que la conversación seguía su inevitable curso me pregunté con qué trivialidad podría intervenir el señor Clemens, pero éste había pedido que le pusieran un colchón debajo de un toldo y se retiró a dormir durante el momento más caluroso del día.

A última hora de la tarde apareció Hawai en el panorama, pero las nubes tapaban todo el paisaje salvo las cumbres de dos poderosos volcanes que brillaban, blancos por la nieve. La mera idea de nieve en semejantes latitudes me produjo vértigo. En aquel momento decidí romper la promesa que había hecho a todos mis amigos misioneros: no intentar llegar a la cumbre del Mauna Loa o de su volcán hermano.

Ya era de noche cuando entramos en Kawaihae, en la costa noroeste de Hawai. Otra vez hubo un breve intercambio de correo y carga y volvimos a partir por el canal que separa Maui del extremo más septentrional de Hawai. Aquí, aunque el cielo estaba despejado y las estrellas brillaban como yo nunca había visto, salvo en mis excursiones a los picos más altos de las Rocosas, el mar estaba más agitado que antes y convirtió el salón común de abajo en un fatigoso depósito de sufrimiento humano.

Esa noche no hubo conversaciones junto a la barandilla con el señor Clemens ni con ningún otro pasajero. Acepté gustosa mi colchón bajo el toldo, cerca del ventilador, y pasé gran parte de las siguientes siete horas agarrada a la malla de alambre y a la repisa de metal para no salir rodando por la cubierta. A veces, cuando me soltaba para dormir, el colchón se deslizaba hacia la barandilla, para volver luego a su sitio contra el conducto del ventilador en el momento en que el barco se mecía en dirección opuesta. Entonces empecé a comprender por qué aquella embarcación se llamaba Boomerang.

El sol salió esplendoroso, con rayos y un arco iris, y el mar se calmó como si una mano invisible lo hubiera alisado. La costa noreste de Hawai apareció claramente en el panorama, y no podía ser más diferente de las colinas sorprendentemente marrones y los campos negros de lava que habíamos divisado en la costa noroeste durante el crepúsculo del día anterior. Aquí todo era verde, miles de sombras de verde que iban desde el esmeralda hasta los matices más sutiles y apagados del color del apio. La costa norte era como una linterna mágica proyectando impresionantes acantilados llenos de vegetación, interrumpida por abruptos desfiladeros que daban a verdes valles decorados con ocasionales calas que brillaban, blancas o negras, y con una serie de cascadas que caían libremente treinta metros o más, salpicando agua desde lo alto de selváticos barrancos hasta lagunas de roca.

A lo largo de todo este imprevisible trecho de costa, rompían las olas, que sonaban –según me aseguró el reverendo Haymark– como la artillería de la última guerra. Las rugientes crestas estallaban en algunos lugares contra las cuevas y las grietas del acantilado; el rocío se elevaba y salpicaba los helechos que crecían por toda la pared de roca gris.

Durante casi cincuenta kilómetros de esta costa norte nos recreamos la vista con su magnificencia, sin rastro de ocupación humana salvo unas pocas iglesias de paja de los nativos emplazadas en los claros, cerca del borde de los acantilados; pero, más o menos a unos quince kilómetros de Hilo, divisamos las primeras plantaciones de azúcar, con esos dulces campos de un verdor aún más asombroso que aquél al que ya se habían acostumbrado nuestros ojos y salpicadas de casas de un blanco deslumbrador y humeantes chimeneas, que añadían un placentero contraste a toda esa insensata vegetación. A partir de allí había más casas, más valles, más plantaciones, y los desfiladeros y acantilados iban disminuyendo de altura hasta recordarme las costas más indulgentes de Nueva Inglaterra. Al fin llegamos a nuestro destino, Hilo.

En cuanto entramos en la bahía en forma de cuarto creciente que protege a esta comunidad, me di cuenta de que Hilo es el auténtico paraíso del Pacífico; un paraíso que ciudades que aspiran a serlo sólo pueden observar con envidia. A causa de la humedad y de las condiciones ideales del aire y el cielo para la vegetación, la ciudad propiamente dicha no se veía: se insinuaba. Por todas partes había gigantescos cocoteros, árboles de la cera, árboles del pan y miles de flores, hele-

chos y enredaderas tropicales que ocultaban todo a nuestros ojos salvo un destello de madera blanca o un chapitel.

Aquí el ruido de las olas no era de artillería, sino que parecía un coro de voces infantiles que, junto con la bóveda del follaje, las majestuosas casas y las chozas de paja, se balanceaba al ritmo de la música de la naturaleza. Era como si nuestro barco, tan infectado de males y bichos durante la dos jornadas de travesía, se hubiera transformado en un esplendoroso navío celestial que llevaba a sus afortunados peregrinos a esta antesala del Paraíso parecida al Edén.

Fue un momento sublime, y habría sido perfecto si el señor Clemens no hubiera prendido una infernal cerilla contra la suela de su bota para encender uno de sus indescriptibles cigarros, al tiempo que decía secamente:

–Esos árboles parecen una colección de plumeros quemados por un rayo, ¿no?

–En absoluto –dije con toda la frialdad que pude, tratando de retener ese sublime resplandor que semejante impacto visual irradiaba necesariamente en cualquier alma sensible.

–Y esas chozas de paja –continuó el señor Clemens– parecen hechas de piel de oso, ¿no le parece?

No respondí. Esperaba que mi silencio actuara como reprobación.

Sin hacer caso de mi desdén, el pelirrojo patán exhaló una nube de humo de cigarro que se interpuso entre el paisaje y yo.

–No veo cráneos ni cazadores de cabelleras –añadió–, pero no hace tanto que el viejo Kamehameha y sus muchachos adornaban estas playas con las cabezas de sus víctimas y clavaban los palos utilizados en los sacrificios humanos junto a las paredes de sus templos.

Abrí mi sombrilla y me aparté. Me negaba a seguir escuchando esa ofensiva burla. Pero antes de retirarme a la proa, donde estaban apiñados mis auténticos compañeros de viaje, oí al tonto corresponsal murmurar como para sí:

–Es una cochina vergüenza el daño que la salvación y la civilización hacen a un lugar. Luego, lo que ven los turistas es decepcionante.

7

Cuando te sientas triste, esto es lo que tienes que hacer:
no dejes que te engañen, menéate con el hula,[1]
con el hula, ríete con el hula, con el hula,
con el hula, con el viejo y buen blues del hula.

Canción popular de los años treinta.

El día amaneció fresco y despejado en el Complejo Hotelero Mauna Pele. La luz del sol avanzaba lentamente por el extremo sur del volcán y daba relieve al verdor de miles de hojas de palmera, mientras una moderada brisa alejaba la nube de ceniza hacia el sur y convertía el cielo en una bóveda perfectamente azul; el mar estaba en calma, las olas parecían poco más que unas suaves ondas sobre la playa de arena blanca. Y a Byron Trumbo, todo esto le importaba un comino.

Los japoneses habían llegado puntuales la noche anterior. Se abrió el aeropuerto el tiempo suficiente para que aterrizara su avión una hora después que el de Trumbo; el viaje en limusina y la breve recepción en el Mauna Pele habían salido según los planes. Alojaron al señor Hiroshe Sato y su comitiva en la suite real de la Gran Hale, un ático casi tan lujoso como la suite presidencial de Trumbo. Todos los miembros del grupo de Sato se habían retirado poco después de llegar con la excusa del *jet-lag*, a pesar de que éste raramente es un problema en los viajes de este a oeste. El complejo, al ser tan tarde, más que sorprendentemente vacío parecía normalmente tranquilo. Trumbo había situa-

1. Hula-hula: baile mímico de Hawai. *(N. de la T.)*

do a su equipo de seguridad en tres hileras alrededor de la suite real. Por la mañana, el director, Stephen Ridell Carter, informó que no habían encontrado a los tres vendedores de coches de Nueva Jersey, pero que, al menos, no había desaparecido nadie más durante la noche.

Byron Trumbo seguía nervioso.

–¿Qué programa tenemos para hoy? –preguntó a Will Bryant–. ¿La primera reunión es durante el desayuno?

–Voy a comprobarlo –dijo Byrant–. Nuestro equipo se reunirá con el de los japoneses en la terraza donde ellos desayunan. Usted y el señor Sato intercambiarán cumplidos y regalos. Le acompañará a dar un paseo. Después, nuestro equipo y el suyo trabajarán en las cifras preliminares mientras el señor Sato y usted juegan al golf.

Trumbo frunció el entrecejo al tiempo que tomaba café.

–¿Mi equipo?

Todo el mundo sabía que Byron Trumbo se ocupaba personalmente de llevar a cabo sus propias negociaciones a partir de la primera oferta, que ya había sido hecha hacía semanas.

–Yo soy su equipo –señaló Will Bryant con una sonrisa.

Llevaba un traje gris de verano y el pelo largo, su única afectación, pulcramente recogido en una cola de caballo.

–Tenemos que tener todo esto resuelto más o menos en un día –replicó Trumbo ignorando el comentario de su ayudante.

Trumbo llevaba lo que siempre usaba en el Mauna Pele: una camisa hawaiana de tela brillante, pantalones cortos desteñidos y zapatillas de deporte. Sabía que el joven Sato también iría con ropa informal, en tanto que sus siete u ocho asistentes llevarían traje gris. En este tipo de situaciones, informalidad equivalía a poder.

Will Bryant meneó con preocupación la cabeza.

–Las negociaciones son una cuestión muy delicada...

–Y será mucho más delicado y jodido que maten a alguien del equipo de Sato mientras conversamos –interrumpió Trumbo–. Tenemos que tenerlo todo bien atado en un día. Dejemos que Sato se harte de golf y que los demás se marchen de aquí con la tinta todavía húmeda sobre el papel. *Capisce?*

–Sí –respondió Bryant. Cogió un fajo de papeles, los ordenó cuidadosamente y los metió en una carpeta que guardó en un maletín de piel de becerro–. ¿Listo para empezar la partida?

Byron Trumbo gruñó y se puso de pie.

Eleanor se despertó con un concierto de pájaros. Se incorporó confusa durante un momento y vio la intensa luz que entraba por los postigos reflejada en miles de hojas de palmera. Sintió el aire húmedo y cálido sobre su piel, aspiró el perfume de las flores y oyó el suave murmullo de las olas.

–Mauna Pele –susurró.

Recordó el grito que había oído junto a su ventana. No vio nada a través de la persiana, de modo que cuando aquellos inhumanos gemidos recomenzaron buscó algo pesado a su alrededor. Lo único que encontró fue un paraguas, obsequio del hotel, en el armario, y lo cogió con energía antes de abrir la puerta. Los gritos procedían del follaje próximo al sendero que llevaba a su *hale*. Eleanor había esperado casi un minuto antes de que el pavo real apareciera en el sendero, apoyando las patas como si las tuviera llagadas para desplegar las plumas y volver a plegarlas. Graznó por última vez y anadeó por la vereda hasta perderse de vista.

–Bienvenida al paraíso –se había dicho a sí misma.

No era la primera vez que veía este tipo de aves. Tiempo atrás, en la India, había acampado en un lugar lleno de pavos reales. Pero los graznidos nunca tenían otro propósito que el de exigir atención. Jamás había oído a ninguno graznar por la noche.

Eleanor se levantó y se duchó, disfrutando del perfume del jabón en forma de concha marina. Se secó mecánicamente el corto cabello, se puso unos pantalones cortos azul marino y una blusa blanca sin mangas, cogió el folleto de bienvenida del complejo y el mapa, los guardó en el bolso de paja junto con el diario de la tía Kidder y salió.

El espectáculo de las plantas en flor y la suave brisa marina producían en ella el mismo efecto de siempre en todos los parajes tropicales: se preguntó por qué trabajaba y vivía en un lugar en el que el invierno y la oscuridad ocupaban gran parte del año. El sendero de asfalto serpenteaba en medio de una selva muy bien cuidada. Las *hales* se alzaban sobre pilotes de madera rodeados de hojas de palmera que se agitaban a ambos lados del sendero mientras pájaros de brillantes plumas saltaban y volaban por la bóveda del follaje. Eleanor consultó el pequeño mapa del complejo para comprobar su camino a medida que se encontraba con otros senderos, lagunas, puentes de madera, pasarelas de piedra y sendas de tierra bien cuidadas que llevaban a la selva artificial. A la derecha divisó campos de lava que se extendían a lo largo de kilómetros hasta la autopista. El escudo del Mauna Loa se veía hacia el noreste por entre las hojas de palmera que se agitaban y la nube de ceniza, que no era más que una pincelada gris sobre la nítida línea del horizonte. A la izquierda, el océano era una presencia para todos los sentidos salvo el de la vista: el sibilante rumor de las olas, el olor a agua de mar y vegetación marina, la caricia de la brisa oceánica y el vago gusto a sal en sus labios.

En el siguiente sendero, consistente en una serie de afiladas piedras volcánicas que discurrían entre una explosión de flores y palmeras, giró a la izquierda y pasó junto a una piscina vacía hasta llegar al borde de la playa del Mauna Pele: un semicírculo de arenas blancas de un kilómetro, con un cabo rocoso a la izquierda y un banco de arena y lava a la derecha. Junto a la orilla, en ambas direcciones, estaban las *hales* más caras, grandes construcciones samoanas de madera de secoya brillante. Desde allí, a través del bosquecillo de palmeras de la playa principal, también se veía la Gran Hale de seis pisos. Eleanor observó unas olas gigantescas fuera de la bahía, con sus blancas crestas que rompían contra las rocas y la arena como un géiser de espuma; pero dentro de la piscina natural el oleaje era más uniforme y lento y moría sobre la playa produciendo un ruido casi indolente.

En aquel perfecto semicírculo de playa no había nadie,

salvo dos empleados que rastrillaban la arena, un camarero con camisa hawaiana en el bar instalado en una cabaña de techo de paja junto a la piscina y Cordie Stumpf en una tumbona, muy cerca del ir y venir de las perezosas olas. Eleanor sonrió. Cordie iba con un bañador floreado que parecía comprado en los años cincuenta pero estrenado aquel día. Sus brazos y sus gordos muslos parecían trozos de masa blanca, pero ya tenía la cara roja y sudorosa por el sol de la mañana. No llevaba gafas de sol, por lo que entrecerró los pequeños ojos mientras Eleanor cruzaba la arena, que todavía no estaba lo suficientemente caliente para obligarla a correr.

–Buenos días –saludó a Cordie con una sonrisa; y miró el lugar donde la piscina natural se encontraba con el rompiente–. Bonito día, ¿no?

Cordie Stumpf gruñó y se puso la mano a modo de visera.

–¿Será posible que en este lugar no sirvan el desayuno hasta las seis y media? ¿Cómo se puede empezar un día de vacaciones sin comer nada hasta esa hora?

–Vaya –corroboró Eleanor. Había dejado el reloj en su cabaña, pero sabía que había salido antes de la siete y media. Eleanor se levantaba temprano cuando tenía clase y cuando viajaba en verano, pero no era realmente una persona madrugadora. Cuando podía fijar su propio horario, trabajaba, leía o escribía hasta las dos o las tres de la madrugada, y dormía hasta las nueve–. ¿Y dónde ha desayunado al fin?

Cordie hizo un ademán para señalar la Gran Hale sin volverse hacia las terrazas que se veían por encima de las palmeras.

–Por ahí tienen un lugar para comer al aire libre. –Se protegió los ojos y miró a Eleanor–. O todos estos ricos duermen hasta muy tarde o no hay mucha gente.

Eleanor asintió con la cabeza. El sol y el efecto de las olas la llenaban de vitalidad. No se imaginaba que en un lugar así pudiera suceder nada terrible. Se cambió el bolso de hombro inconscientemente y sintió el diario de Kidder sobre la cadera.

–Bueno, voy a desayunar. Quizá nos veamos más tarde.

–Sí –dijo Cordie con la mirada puesta otra vez en el mar.

Eleanor pasaba junto al bar –El Naufragio, vio que se llamaba, y después observó un pequeño barco de vela a un lado sobre la arena, entre los árboles, al otro lado de la piscina–, cuando Cordie la llamó en voz alta.

–¡Eh! –gritó–. ¿No ha oído nada durante la noche?

Eleanor sonrió. Supuso que Cordie Stumpf nunca había oído el graznido de un pavo real. Le explicó lo que había oído y visto.

Cordie asintió.

–Sí, pero no me refería a las aves, sino a algo más lejano. –La mujer vaciló un instante, con la mano sobre los ojos fruncidos y el cuello lleno de pliegues–. ¿No vio por casualidad un perro?

–¿Un perro? No.

Eleanor se quedó esperando. El camarero se apoyó sobre la lustrosa barra y también esperó.

–Vale, vale –dijo Cordie; y volvió a reclinarse en la tumbona con los ojos cerrados.

Eleanor esperó otro instante y miró al camarero; ambos se encogieron mentalmente de hombros y ella se marchó a desayunar.

La reunión durante el desayuno en la terraza privada que daba a la colina salió más o menos según lo planeado y, al terminar, Byron Trumbo se llevó a sus invitados de paseo. La procesión de cochecitos de golf salió del garaje privado, siete pisos más abajo de la suite presidencial, en el orden determinado por el protocolo: Trumbo y Sato, solos en el primer vehículo, conducido por aquél; en el segundo, conducido por Will Bryant, iban el anciano Masayoshi Matsukawa, asesor principal del joven señor Sato, en el asiento delantero, y Bobby Tanaka –el hombre de Trumbo en Tokio– y el joven Inazo Ono, compañero de copas de Sato y jefe de las negociaciones, en el asiento de atrás. El tercero lo ocupaban el director del Mauna Pele, Stephen Ridell Carter, al volante y vestido de un modo tan conservador como los asistentes japoneses, con el doctor Tatsuro, médico personal de Sato, y los ayudantes de Sato, Seizaburo Sakurabayashi y Tsuneo *Sunny* Takahashi. En los siguientes tres cochecitos iban los abogados y los compañeros de golf de los dos jefes. A discreta distancia, iban otros tres vehículos con los equipos de seguridad de Trumbo y Sato.

Los cochecitos de golf avanzaron por el llano sendero de asfalto, pasaron el Mirador de Ballenas y cruzaron el Prado Marino, un barranco de pendiente y suave césped bien cuidado como el de un campo de golf, bordeado por macizos de flores y plantas exóticas. Un arroyo artificial atravesaba el prado y caía en cascadas desde unas rocas de lava hasta unos estanques adornados como grutas que separaban la zona de la playa de la zona de la Gran Hale. Se internaron en un bosque de cocoteros y salieron al Paseo de la Playa.

–Todos los días bombeamos más de ochenta y tres millones de litros de agua de mar para alimentar estos estanques y arroyos –dijo Trumbo–. Y otros cincuenta y seis millones para mantener frescas las lagunas.

–¿Es reciclable? –preguntó Hiroshe Sato.

Trumbo dudó un instante. Había oído: ¿es *leciclable*? Sato podía hablar casi sin acento cuando se lo proponía, pero raramente lo hacía durante las negociaciones.

–Claro que es reciclable –respondió–. El problema no son los estanques y arroyos, sino las piscinas y los *koi*. Tenemos tres piscinas principales para los huéspedes, más una laguna para nadar y treinta y seis piscinas privadas para los huéspedes de las *hales* de lujo de la península samoana. Y los estanques de carpas requieren agua de la misma calidad que las piscinas. En total, son más de siete millones de litros de agua fresca al día.

–Ah –dijo el joven Sato. Sonrió y añadió misteriosamente–: *Koi. Hai.*

Trumbo giró a la derecha en dirección norte por el Paseo de la Playa, alejándose del bar El Naufragio.

–Éstos son los estanques de mantas. Tenemos reflectores de dos mil vatios bajo el agua. Por la noche, uno puede ponerse sobre esa roca, estirar la mano y tocar las mantas que son atraídas por la luz.

Sato respondió con un gruñido.

–Esta playa es la mejor de la costa sur de Kona –continuó Trumbo– y probablemente de toda la costa oeste de la isla de Hawai. Tiene que serlo; trajimos más de ocho mil toneladas de arena blanca. La piscina natural ya estaba.

Sato asintió con la barbilla clavada en los pliegues del cuello. El rostro del joven era imperturbable; su cabello negro brillaba bajo un sol de justicia. La procesión de cochecitos pasó con su zumbido junto a pabellones para cenar, jardines y lagunas, y entró en otro sendero bordeado de cocoteros. Unas *hales* altas y lujosas se alzaban sobre unos pesados pilares.

–Aquí empieza la península samoana –explicó Trumbo. Los cochecitos pasaron por senderos rodeados de plantas de flores tropicales perfectamente cuidadas, por puentes anchos y entre rocas de lava–. De las más o menos doscientas *hales* que hay en la propiedad, éstas son las más grandes. Tienen espacio para alojar cómodamente a diez personas en cada una. Ésas de allá, en el extremo de la península, tienen piscina y mayordomo propio.

–¿Cuánto? –preguntó Sato.

–¿Perdón?

–¿Cuánto cuestan por noche?

–El bungalow Samoano Real cuesta tres mil ochocientos dólares por noche, sin incluir propinas ni comidas.

Sato sonrió y Trumbo tuvo la sensación de que para el multimillonario de Tokio era una ganga.

La comitiva salió de la península y se internó en un bosque de palmeras y pinos.

–Éste es el más cercano de los tres centros de tenis. Cada uno tiene seis pistas de Flexi-Pave. A través de esos árboles verá el puerto deportivo y el centro de buceo. Se puede alquilar de todo, desde piraguas y catamaranes hasta una lancha a motor Mauna Pele; tenemos seis, y cada una nos ha costado trescientos ochenta mil dólares. El centro de buceo ofrece clases y excursiones por la costa. Además tenemos veleros, tablas de *windsurf* y planeadoras. Pero todo esto hay que practicarlo mar adentro porque las malditas regulaciones medioambientales nos impiden hacerlo en nuestras propias lagunas; excursiones y cenas al atardecer, surf..., en fin, las tonterías de siempre.

–Las tonterías de *siemple* –repitió Sato, que parecía a punto de dormirse tras sus gafas de sol.

Trumbo guió a la procesión otra vez hacia la Gran Hale para dirigirse a la laguna.

–¿Qué tamaño tiene el complejo? –preguntó Sato.

–Quince mil hectáreas. –Trumbo sabía que Sato tenía todos esos datos memorizados por el folleto–. Contando los cincuenta y seis mil metros cuadrados de campos de petroglifos.

Los vehículos serpentearon cerca de la *hale* principal y rodearon unas lagunas bordeadas de rocas en las que doradas carpas se asomaban a la superficie. Los cochecitos se cruzaron con unos pocos peatones. Pasaron junto a la goleta de la playa, detrás del bar El Naufragio, junto a una piscina de veinte metros en la que sólo chapoteaba una familia, y atajaron cruzando unos jardines de orquídeas. Trumbo notó que Sato no preguntaba por qué había tan poca gente en la playa o sobre la hierba, a la sombra de los cocoteros de treinta metros de altura, y echó un vistazo al reloj. Todavía era temprano.

–¿Cuántas habitaciones? –preguntó Sato.

–Eh..., doscientas treinta y seis *hales*, cabañas, y otras trescientas veinticuatro habitaciones en la Gran Hale. A algunos de nuestros huéspedes les gusta lo rústico. Tenemos muchas estrellas de cine y famosos que desaparecen en las *hales* durante una o dos semanas. Madonna estuvo el mes pasado. Norman Mailer y Ted Kennedy son clientes habituales, así como el senador Harlen. Les gustan los bungalows samoanos y que los dejen tranquilos. En cada cabaña hay un coco pintado: si uno lo deja en los escalones nadie le molesta, ni siquiera para llevarle la correspondencia. A otros les gusta el servicio de habitaciones, la televisión por cable, teléfonos directos y fax en la habitación. Intentamos amoldarnos a los gustos de todos.

Sato tenía los labios fruncidos, como si se hubiera tragado algo amargo.

–Casi seiscientas habitaciones –dijo en voz baja–. Dos campos de golf. Dieciocho pistas de tenis. Tres piscinas principales.

Sonó algo así como «*tles* piscinas *plincipales*».

Trumbo esperó, pero Sato no dijo nada más.

–Sí, tenemos mucho espacio y servicios para el número de habitaciones –comentó Trumbo adivinando la opinión de Sato–. No tratamos de competir en huéspedes con el Hyatt Regency, creo que tienen alrededor de mil doscientas habitaciones, ni con el Kona Village en tranquilidad, ni con el Mauna Kea en clientes de solera..., aunque también llegamos a esos clientes. Nuestro servicio de recepción es más eficiente, nuestras actividades recreativas no están pensadas para la diversión de la familia, se ajustan más a los gustos de los famosos, y nuestras tiendas se parecen más a las de Tokio o Beverly Hills. Nuestros restaurantes son mejores, tenemos cinco en las instalaciones, además del servicio de habitaciones en la Gran Hale y el servicio de *catering* en los bungalows reales samoanos; nuestras pistas de tenis están más vacías y los campos de golf mejor diseñados.

–Golf –dijo Sato, esta vez sin ningún acento. El tono era casi nostálgico.

–La próxima parada –respondió Trumbo dirigiendo el vehículo hacia una enorme roca. Sacó un mando a distancia del bolsillo de la camisa, apuntó a la roca de lava y apretó el único botón del aparato. Un panel del tamaño de la puerta de un garaje se levantó de la roca y la procesión avanzó por el sendero de asfalto, entrando en un túnel brillantemente iluminado.

Eleanor había visto pasar la caravana de cochecitos de golf mientras desayunaba en el Mirador de las Ballenas, una amplia terraza del primer piso que se proyectaba sobre la hierba y los jardines de abajo como la proa de un transatlántico. Todas las caras que había divisado eran japonesas; había visto grupos de turistas semejantes en casi todos los extraños lugares del mundo que había recorrido. Eleanor se preguntó si los turistas japoneses estarían tan unidos en los complejos de superlujo como en los de clase media.

El *lanai* era amplio y agradable; por las ventanas correderas entraba el perfume de las flores a cada golpe de viento. El parqué era oscuro, de eucaliptus lustrado; las mesas, de madera clara; y las sillas, caras, de bambú y mimbre. Las servilletas eran de lino rojo y los vasos de cristal. Había espacio para un par de cientos de personas en la lujosa terraza, pero sólo vio a unas diez, además de ella. Todas las camareras eran hawaianas, y todas se movían con gracia con sus floreados *muumuus*. Una suave música clásica salía de altavoces ocultos, pero la auténtica música era el susurro de las palmeras y el lejano sonido del mar.

Eleanor había examinado cuidadosamente el menú, tomado nota de especialidades tales como beicon portugués y tostadas de pan francés con jarabe de coco, y al fin se había decidido por una pasta corriente y café. El café era excelente, Kona recién molido, y mientras lo tomaba despacio miró a su alrededor.

Era la única comensal que estaba sola en el *lanai*. No resultaba una experiencia nueva para ella; durante toda su vida adulta, Eleanor Perry se había sentido como una mutante solitaria en un planeta poblado de parejas clónicas. Una mujer que viajaba, iba al cine, al teatro o al ballet, comía fuera o estaba en un sitio público sola, incluso en Estados Unidos postfeminista era algo infrecuente. En muchos otros países del mundo por los que había viajado durante sus veranos ambulantes, era directamente peligroso.

No le importaba. Esta mañana, ser la única mujer sola, la única persona sola en este *lanai*, le parecía natural. Hacía años que llevaba libros para leer cuando comía fuera –en realidad, en aquel momento tenía el diario de la tía Kidder sobre la mesa–, pero en cierto momento de su vida, después de terminar la carrera, se dio cuenta de que el libro era un escudo, un parachoques contra la soledad en medio de todas esas familias y parejas felices. Por lo tanto, de vez en cuando todavía leía mientras comía –pensaba que era uno de los grandes beneficios de seguir soltera–, pero nunca se sumergía en un libro al comienzo de la comida. Eleanor Perry se había convertido en una mirona de restaurante, una auténtica experta en juzgar a los extraños que la rodeaban. Le daban lástima las parejas y familias, tan abstraídas en sus conversaciones de siempre que se perdían el psicodrama que se desarrollaba en todos los restaurantes y lugares públicos.

Esta mañana, sin embargo, no había mucho psicodrama en el *lanai* del Mauna Pele. Sólo unas seis mesas estaban ocupadas, todas al lado de la ventana y todas por parejas. Eleanor los caló al primer vistazo: todos norteamericanos salvo la pareja japonesa y los canosos, que debían de ser alemanes; los hombres, vestidos con ropa cara informal, el pelo muy corto y bronceados; las mujeres en pantalón corto, con peinados elegantes y un bronceado más suave ahora que estaba de moda la preocupación por el cáncer de piel; conversaciones en voz baja o casi inexistentes; ellos hojeaban el *Wall Street Journal* y ellas estudiaban el programa de actividades que había en cada mesa o se limitaban a quedarse con la mirada en blanco mientras desayunaban.

Eleanor miró por encima de las palmeras la pequeña bahía con el mar detrás. Algo grande y gris rompió de pronto la uniformidad de la superficie en dirección al horizonte. La luz se reflejó sobre una aleta; y una salpicadura de agua señaló el lugar donde la gigantesca forma había desaparecido con la misma velocidad empleada al emerger. Eleanor contuvo el aliento y observó con atención hasta que vio un chorro de agua a unos veinte metros de donde había aparecido el mamífero. El Mirador de Ballenas merecía su nombre.

Miró a los otros clientes. Aparentemente, ninguno había visto nada. Una mujer, a unas tres mesas de distancia, se quejaba de lo poco que se podía comprar en el lugar. Quería volver a Oahu. Su marido asintió con la cabeza, mordió un trozo de tostada y siguió leyendo el periódico.

Eleanor suspiró y se puso a leer el programa de actividades especiales de aquel día en el Complejo Hotelero Mauna Pele. Estaba impreso en letra cursiva sobre un papel gris de hilo que había encima de la mesa, tan elegante como una invitación. Incluía las actividades recreativas que cabía esperar de un sitio como aquél, y ninguna le interesaba, pero dos le llamaron la atención: a las nueve y media había una visita artística guiada por el doctor Paul Kukali, encargado de arte y arqueología del Mauna Pele, y a la una del mediodía una caminata por los campos de petroglifos, también dirigida por el doctor Kukali. Eleanor sonrió. Pobre doctor Kukali: antes de que terminara el día ya estaría cansado de ella. Miró su reloj, sonrió e hizo una seña a la camarera que esperaba para volver a llenarle la taza de café. Más allá de la bahía, vio una ballena que aleteaba en el agua; le pareció –pese a que sabía que ésa era la peor clase de antropomorfismo– que celebraba la belleza del día.

Trumbo dirigió la procesión a través de un largo túnel horadado en la lava. Unas luces empotradas en el techo se ocupaban de iluminar el lugar.

–El problema en estos malditos complejos –le decía Trumbo a Hiroshe Sato– es que los huéspedes se cruzan con casi todos los servicios de mantenimiento. Pero aquí no.

Giró a la derecha en un cruce ancho. Unas señales blancas en las paredes indicaban la dirección. Pasó otro vehículo de servicio y, después, una mujer en bicicleta con el uniforme del hotel. Unos grandes espejos redondeados situados en lo alto de las paredes de piedra permitían a conductores y peatones ver en las curvas.

–Todo el personal de mantenimiento está aquí abajo –continuó Trumbo mientras señalaba las oficinas iluminadas frente a las que pasaban. Las ventanas daban al pasillo, como si fuera un centro comercial–. Aquí, la lavandería... En plena temporada trabaja más que ninguna otra de Hawai. Hay más de diez kilos de ropa blanca en cada habitación y cabaña. ¿Huele eso?: es la panadería. Hay ocho panaderos fijos. Se trabaja mucho toda la noche..., debería ver cómo huele a las cinco de la mañana. Ahí está el florista; subcontratamos el servicio con un jardinero local, pero tiene que haber alguien para cortar y preparar más de diez mil arreglos florales por semana. Aquí está la oficina de nuestro astrónomo permanente... Ah, y ahí el despacho del vulcanólogo, el doctor Hastings, que esta semana está en el volcán. Pero mañana vendrá a hablar con nosotros. Aquí, la carnicería del complejo. Traemos toda la carne del rancho Parker, en Waimea..., la tierra de los *paniolo*, que son los vaqueros hawaianos. Y allí está el despacho del encargado de arte y arqueología... Paul es un sujeto extraordinario, hawaiano nativo, estudios en Harvard, nuestro peor enemigo cuando planeábamos la construcción del complejo. Así que..., qué demonios, lo contraté. Mejor tener al diablo por amigo que por enemigo, ¿no le parece?

Hiroshe Sato dirigió una mirada neutra al multimillonario estadounidense. Trumbo giró a la izquierda por otro corredor. La gente observaba por las puertas y ventanas iluminadas y saludaba con la cabeza al reconocer al dueño, quien devolvía el saludo con la mano, ostentosamente, y de vez en cuando llamaba a los empleados por su nombre.

–Seguridad... Allá, mantenimiento..., el servicio de agua tiene una oficina especial... El coordinador medioambiental... Masajistas..., tenemos grandes masajistas, Hiroshe... El director de fauna; habrá notado que tenemos pájaros, mangostas y otros bichos muy interesantes por todas partes... Transportes, allí...

–¿Cuántos? –preguntó Sato.

–¿Eh? ¿Cómo? –preguntó Trumbo. Detrás de él, Will Bryant se reía de algo que había dicho el señor Matsukawa.

–¿Cuántos empleados?

–Ah, alrededor de mil doscientos –respondió Trumbo.

Sato apoyó la barbilla contra el pecho.

–Unas quinientas y pico habitaciones. Digamos una capacidad media de... ¿ochocientos huéspedes?

Trumbo asintió. Sato había calculado bien el número.

–Tiene un *empreado* y medio por cada huésped.

–Sí –dijo Byron Trumbo–, pero son clientes de primerísima categoría, gente que reserva habitaciones en el Oriental cuando están en Bangkok, que veranea en las mejores mansiones privadas de Suiza. Esperan el mejor servicio del mundo. Y pagan para tenerlo.

Sato asintió a medias.

Trumbo suspiró y subió por una rampa. Una puerta se abrió automáticamente y salieron a un sol brillante y cegador.

–Pero todo esto son detalles, Hiroshe. Aquí está lo que hemos venido a buscar esta mañana.

La caravana avanzó bajo la sombra de unos altos cocoteros hacia los edificios de cedro y cristal que rodeaban el primer hoyo.

–Ahhhh –exclamó Hiroshe Sato levantando la cabeza al tiempo que sonreía por primera vez en aquel día–. ¡Golf!

8

El humo se cierne sobre Kaliu.
Creía que mis lehuas[1] *eran tabú.*
Los pájaros de fuego los devoran;
se llevaron mis lehuas
y no me queda ninguno.

Canto de la hermana de Pele Hi'iaka sobre la traición de ésta.

14 de junio de 1866, volcán de Kilauea

Los huesos magullados, los músculos doloridos y una fatiga tan abrumadora que asusta: todo me hace desistir de afanarme en escribir este apunte, pero nada puede impedirme dejar constancia de la exaltación, la emoción, la grandeza y el puro e indescriptible terror de las últimas veinticuatro horas. Escribo a la luz de la ardiente obra de madame Pele.

Creo que ya he escrito que Hilo me parece «el auténtico paraíso del Pacífico»; y es un verdadero y delicioso jardín botánico, con sus calles llenas de flores, sus pintorescas cabañas blancas, su exótica vegetación: el lauhala, *la pandánea, arroja por doquier su fúnebre follaje, mientras sus raíces aéreas caen sobre las aceras de madera como si se prepararan para sumarse a los caminantes nocturnos. De los plataneros penden conos rojos, cerrados sus capullos como orgullosas condecoraciones, y cada rincón está adornado de gardenias, eucaliptus, guayabos, bambúes, mangostanes,* kamani, *chirimoyos goteros. Los misioneros que habitan este especial jardín me ofrecieron tales atenciones en forma*

1. Mirto de Hawai. *(N. de la T.)*

de invitaciones sociales que tuve que esperar toda una frustrante semana para poder empezar mi viaje al volcán. Fuera por lo que fuese, el señor Clemens también se vio retenido; por lo tanto, empezamos juntos nuestra aventura.

Debo mencionar que los habitantes de Hilo, tanto los nativos como los inmigrantes, suelen montar a caballo con una habilidad y un talento que nunca he visto, y todos, excepto las mujeres de edad, lo hacen perfectamente a horcajadas. Por lo tanto, cuando elegí mi corcel, un bello roano con una silla mexicana repujada y estribos con faldones de cuero para proteger mis botas cuando crucé por la maleza, no me sorprendió ver que debía montar a la manera local. Todos los caballos para esta aventura tenían más de seis metros de cuerda enrollada alrededor del cuello y las alforjas llenas de pan, plátanos y termos de té.

El grupo para esta excursión estaba compuesto por el más joven y tonto de los gemelos Smith, el señorito Thomas McGuire (sobrino de la señora Lyman), el corpulento reverendo Haymark y nuestro presuntuoso corresponsal, el señor Clemens. El señorito Wendt, el primero en proponer este atrevido asalto a los reinos de Pele, enfermó y se limitó a ordenar desde su lecho que partiéramos sin él.

Confieso que tenía sentimientos muy contradictorios respecto a la inclusión del señor Clemens en nuestro grupo. Por un lado, su cínica presencia amenazaba con reducir la dimensión espiritual de lo que podía ser una experiencia trascendente; por el otro, los chicos Smith y McGuire eran aburridos, totalmente faltos de ingenio e incapaces de mantener una conversación inteligente, y el asmático reverendo Haymark sólo parecía interesado en la Epístola a los Gálatas o en comer. Por consiguiente, recibí las expresivas cejas, los rebeldes rizos y los agresivos bigotes del señor Clemens como algo que se acercaba al alivio.

Nuestro guía, Hananui, vestido y con guirnaldas en el más esplendoroso estilo nativo, no perdió tiempo en presentaciones ni explicaciones del viaje que nos aguardaba, sino que espoleó el caballo y nos sacó de Hilo al galope. En aquel momento tuve dos opciones: o pretendía guiar mi caballo o me cogía al saliente de la montura con ambas manos para no caerme de la bestia. Elegí esta última.

Pronto perdimos de vista las bellas casitas blancas y los chapiteles y nos internamos en una selva tan salvaje como nunca había visto. Continuamos subiendo por aquella exuberancia, avanzando por una senda de lava negra que tenía como máximo una anchura de sesenta centímetros. Agarrada a la silla de montar y con el sombrero de ala ancha pero blanda, que había comprado hacía unos meses en Denver, colgando de mi garganta, lo único que podía hacer era vigilar las ramas bajas y las enredaderas para que no me tirasen del caballo, una bestia intratable que yo creía que se llamaba Leo, *aunque más tarde descubrí que, en hawaiano, ésa es la palabra genérica para nombrar al caballo:* lio. *Salimos del bosque, avanzamos por unos cañaverales igualmente densos y nos detuvimos a una hora de camino de Hilo mientras Hananui nos servía té frío en unas tazas de metal.*

Después de tomar el té, dejamos atrás a paso largo los cañaverales y los últimos bosquecillos y avanzamos por el pahoechoe, *o lava lisa, que continuaba por la ladera de la montaña hasta perderse de vista. Tal desolación a lo largo de los siguientes treinta y siete kilómetros, sólo interrumpida por la abundancia de helechos y hierbas que suavizaban la negra emisión de lava, habría bastado para hacer regresar incluso a esta endurecida viajera. A medida que íbamos subiendo y el Pacífico brillaba abajo, a lo lejos, detrás de nosotros, con la intensa luz de la tarde, yo iba descubriendo distintas variedades de helechos, incluyendo la encantadora* Microlepia tenuifolia, *la* Gleichenia hawaiiensis *fibrosa y las ohias* (Metyrosideros polymorfa) *de hojas pequeñas con sus rojos capullos.*

La compañía humana no era de un colorido tan variado. Allí, sobre los campos de lava, la senda era más ancha, y nuestra cuadrilla se dividió en parejas que conversaban. Hananui y el locuaz señor Clemens encabezaban la marcha. Detrás iban los jóvenes señoritos Thomas McGuire y Smith (a los gemelos nunca se les llamaba por el nombre de pila porque era muy difícil diferenciarlos), y el reverendo

Haymark y yo cerrábamos la comitiva. El clérigo no parecía muy cómodo sobre la silla, tampoco el pequeño caballo que tenía debajo parecía muy cómodo con el tamaño de su jinete, y esta combinada falta de entusiasmo hacía que todos los demás aflojaran el paso más que si se hubiesen tenido que amoldar a mi lento ritmo.

El señorito Wendt nos había dicho que no era un viaje fácil –más de cincuenta kilómetros por extensos campos de lava hasta alcanzar los mil doscientos metros de altura–, pero nunca pensé que pudiera sentirme tan agotada como cuando Hananui dijo que nos hallábamos en «la casa de mitad del camino», un término que me hizo evocar imágenes de cómodas sillas, té caliente y bizcochos, pero que resultó una destartalada choza de paja. Aun así, me habría desplomado en su refugio –había empezado a lloviznar y la empapada ala de mi sombrero goteaba–, pero «la casa de mitad del camino» permanecía bien cerrada.

Hananui estaba visiblemente preocupado por la idea de que no pudiéramos llegar a nuestro objetivo antes de la noche. Ató su caballo y se acercó a cada uno de nosotros para cerciorarse de que llevábamos espuelas, unas pesadas y oxidadas espigas mexicanas con estrellas de cuatro centímetros de largo. A una pregunta del señor Clemens, Hananui admitió que teníamos al menos cinco horas de dura cabalgata por delante, sin agua ni ningún lugar para descansar.

Poco después de partir de «la casa de mitad del camino» me rezagué; mis extremidades no aguantaban más esa postura, tan nueva para mí, consistente en rodear el pecho del animal como si fuera un barril. Apenas me quedaban fuerzas para seguir espoleando al cansado caballo mientras me agarraba a la silla. Me di cuenta de que si movía la cabeza a un lado, el agua de la lluvia, que ahora era un chaparrón, caía al suelo sin mojar mis piernas ni el cuello del animal.

Me sorprendí cuando levanté la mirada y me encontré al señor Clemens cabalgando a mi lado. Su solicitud, si eso es lo que era, me irritaba; por lo tanto, espoleé a Leo *para darle bríos.*

El corresponsal fumaba uno de sus terribles cigarros; la brasa de la punta quedaba protegida de la lluvia por el ala extremadamente ancha del sombrero que usaba. Noté también con cierta envidia que llevaba una especie de guardapolvo encerado, largo hasta los tobillos, que, aunque fuera caluroso en semejante clima, parecía muy útil para repeler la lluvia. Según había calculado durante las interminables explicaciones del reverendo a propósito de la Epístola a los Gálatas, mis faldas y capas de ropa de montar debían de pesar cerca de cincuenta kilos, empapadas como estaban por la llovizna de la tarde.

–Un país magnífico, ¿no es cierto? –me preguntó el ex patrón de barco.

Asentí tan evasivamente como pude.

–Bonito detalle por parte de los nativos haber perfumado así el aire para nosotros, ¿no? –insistió–. Y elegir esta clase tan especial de luz sabática.

–¿Luz sabática? –pregunté. No era sábado ni domingo.

El señor Clemens se volvió e hizo una seña detrás de nosotros y, por primera vez en horas, giré sobre mi silla y miré hacia el este. Allí donde estábamos, sobre la negra ladera de lava, llovía, pero a lo lejos, sobre el mar, el sol, bajo, encendía las olas de un cegador dorado y blanco. Otras nubes de borrasca arrojaban sombras sobre el océano y se movían como animales furtivos en busca de refugio del resplandor general. A nuestra izquierda, donde la luz del atardecer pasaba por el valle entre el volcán Mauna Kea y nuestro Mauna Loa, los rayos del sol se abrían paso a la altura del horizonte. La dorada luz semejaba sólida al iluminar la bóveda del follaje de la selva, a la que confería un verde tan intenso que no parecía de este mundo.

–En cierta forma, hace que uno se pregunte por qué los paganos no se rindieron y se convirtieron al cristianismo incluso antes de que llegaran los primeros misioneros, ¿no? –murmuró despacio el señor Clemens.

Cabalgaba con la arrogante seguridad de quien ha pasado gran parte de su vida sobre una silla de montar. El agua caía de su sombrero en pequeñas cascadas.

Me senté más recta, cogiendo las riendas con la mano izquierda como si controlara al caballo.

–No le gusta mucho la iglesia, ¿eh, señor Clemens?

Mi compañero no deseado dio una calada en medio de lo que quizá fuera un reflexivo silencio.

–¿A qué iglesia se refiere, señorita Stewart?

–A la iglesia cristiana, señor Clemens. –Estaba empapada y dolorida, sin humor para lo que en Missouri o California habría podido pasar por una broma.

–¿A cuál, señorita Stewart? Incluso aquí, los paganos tienen varias para elegir.

–Sabe muy bien lo que quiero decir, señor Clemens –respondí–. Sus comentarios muestran gran desprecio por los esfuerzos de estos valientes misioneros. Y desprecio por la creencia que los ha enviado tan lejos de sus cómodos hogares.

El señor Clemens movió la cabeza suavemente y se tocó el borde del sombrero para que cayera el agua.

–Una vez conocí a una misionera a la que mandaron aquí, a las islas Sandwich. Algo extraodinario, de veras. La enviaron desde Saint Louis. En realidad, yo conocía a su hermana... imposible encontrar una mujer más generosa... vaya, si uno quería algo y esa bondadosa mujer lo tenía, se lo daba inmediatamente, sin ningún reparo.

El corresponsal parció perderse en la feliz contemplación de sus recuerdos, así que al cabo de un momento de silencio, sólo interrumpido por el ruido de la lluvia que nos golpeaba con fuerza y el de los cascos de los caballos, dije:

–Bueno, ¿y qué pasó?

El señor Clemens volvió su bigote y su humeante cigarro hacia mí.

–¿Con quién? –preguntó.

–Con la misionera –respondí con cierta exasperación–. Con la hermana de su amiga, la misionera que vino a las islas Sandwich.

–Ahhh –exclamó sacándose el cigarro para tirar la ceniza por encima de la perilla de la montura–. Pues bien, se la comieron.

Admito que parpadeé.

–¿Cómo dice?

–Se la comieron –repitió el señor Clemens con el cigarro otra vez entre los dientes.

–¿Los nativos? –dije, impresionada, con un hilo de voz–. ¿Los hawaianos?

El señor Clemens me miró con cierta sorpresa.

–Los nativos, claro. ¿Quiénes si no, señorita Stewart..., los otros misioneros?

–¡Qué horror!

Asintió, ahora obviamente interesado en su propio relato.

–Dijeron que lo sentían. Los nativos, naturalmente. Cuando la familia mandó a buscar las cosas de la pobre mujer, los paganos dijeron que lo sentían muchísimo, que había sido un accidente, que no volvería a suceder.

No pude hacer otra cosa que mirarle fijo en la creciente oscuridad. Nuestros caballos apoyaban con cuidado las patas sobre la lava mojada.

–¿Un accidente? –repetí con un claro tono de burla.

Movió el cigarro.

–Estoy de acuerdo con usted, señorita Stewart. No fue un accidente. Vaya, una cosa así no puede ser un accidente. –Levantó un brazo y señaló el cielo–. Fue la Divina Providencia lo que hizo que se comieran a la hermana de mi amiga de Saint Louis... ¡Todo forma parte del plan cósmico!

El señor Clemens me miró con una especie de sonrisa bajo el bigote y espoleó a su caballo, que giró alrededor del reverendo y los dos jóvenes, sumidos en un silencio total, alcanzando de nuevo a Hananui.

Delante, al otro lado de la cortina de árboles –el primer bosquecillo que veíamos en horas–, el cielo y la tierra eran de un rojo encendido más intenso que el reflejo del atardecer, que ya había pasado. Los charcos de agua que nos rodeaban se habían transformado en estanques púrpuras. Debo reconocer que tuve imágenes de paganos realizando sacrificios humanos sobre la roca negra y dejando estos estanques a su paso llenos de sangre.

Miraba al glorioso volcán. Nos acercábamos al fuego de madame Pele.

Eleanor dio un paseo por los terrenos del Mauna Pele para hacer tiempo antes de la conferencia de arte. Empezaba a entender la disposición del lugar. Al este de la Gran Hale estaban los jardines, un bosque de palmeras, uno de los tres centros de pistas de tenis y los dos campos de golf de dieciocho hoyos; uno giraba hacia el norte en dirección a la costa, el otro hacia el sur. Al oeste estaba la Colina del Mar, más jardines, cascadas, lagunas, el bar El Naufragio, el estanque de mantas y una playa en semicírculo de cuatrocientos metros. Si se caminaba por la playa hacia el sur se veía el espeso bosque en el que estaban casi todas las *hales*, incluida la de ella. Si uno se dirigía hacia el norte por la playa y seguía la península rocosa que se internaba en el mar, se llegaba a los llamados bungalows samoanos, unas enormes *hales* con piscina y jardín propios. En los extremos este, sur y norte estaban los campos de lava, kilómetros de montículos de *a'a*. La bahía y la playa, así como el resguardado centro de navegación del lado norte de la península, eran los únicos sitios por los que se podía entrar al mar; el Pacífico embestía directamente contra los acantilados del sur y del norte.

Eleanor ya había localizado la zona de petroglifos: una senda de *jogging* pasaba por el límite sur de los terrenos de lava hacia la costa, justo detrás de la parte más meridional del campo de golf. Al comienzo de la senda, una pequeña placa explicaba que los dibujos sobre las rocas habían sido pintados por hawaianos primitivos y que el Complejo Hotelero Mauna Pele los protegía escrupulosamente. Otros carteles aconsejaban a los corredores que no se quedaran en la senda y que volviesen antes del anochecer, puesto que los campos de *a'a* eran lugares peligrosos, llenos de grietas y conductos de lava hundidos.

Tras un rápido examen del terreno, Eleanor regresó a la Gran Hale. Le quedaban veinte minutos para explorar antes de que comenzara la excursión artística. Pasó junto a la escalera que llevaba al Mirador de Ballenas y a varios selectos restaurantes cerrados durante el día, y cruzó una amplia escalera que conducía al patio. Enseguida se dio cuenta de que la Gran Hale era todo un complejo hotelero en sí misma; los huéspedes podían quedarse dentro de las instalaciones de este edificio y tener la sensación de que habían pasado unas vacaciones exóticas.

El exterior del edificio engañaba: un techo de paja con un amplio saliente, y seis pisos de terrazas que derramaban sus plantas de tiestos, con ese estilo de «choza nativa» de todo el complejo; pero, visto desde el patio o desde los vestíbulos interiores, la estructura era de una extremada elegancia. La Gran Hale estaba construida sobre la ladera de una colina; si alguien se acercaba por el este, veía sólo cuatro pisos. Si se entraba por el lado del océano, como había hecho Eleanor, se pasaba por tiendas y restaurantes hasta llegar a un bosque de bambúes y después a un sendero que discurría por terrazas, junto a estanques y orquídeas colgantes. El interior de la Gran Hale quedaba a cielo abierto, y de cada terraza, en distintos niveles y todas ellas sobre el patio interior de madera, colgaban enredaderas y plantas en flor. Eleanor pensó que, efectivamente, así debió de ser Babilonia.

El vestíbulo estaba situado dos pisos por encima del nivel más bajo. El suelo de baldosas brillaba y los dorados Budas sonreían a la entrada, quedando abierto a los vientos alisios que soplaban sin obstáculos desde la escalinata de entrada, del este hacia el oeste, por la terraza que había sobre el Mirador de Ballenas. Eleanor vio unos pocos empleados que se movían discretamente por los soleados pasillos, pero su principal impresión fue de limpieza y silencio, sólo roto por las olas, el susurro del follaje y los pájaros, dentro y fuera, puesto que tanto el patio como el vestíbulo tenían diversas jaulas con cacatúas, guacamayos, loros y otras aves exóticas que silbaban y charlaban.

Eleanor había tenido una prolongada relación amorosa con un arquitecto, y ahora su mirada sabía apreciar los muebles caros, los bruñidos metales, el cedro lustroso, la caoba bien trabajada, las molduras de hierro forjado de las ventanas, los sutiles marcos de mármol alrededor de los ascensores, las galerías japonesas tradicionales y las dimensiones que, de alguna manera, hacían que esta mezcla resultara extrañamente posmoderna y atractiva a la vez. Toda la estructura evitaba el insulto Hyatt/Disney sin renunciar al impacto visual. O, por lo menos, así se imaginaba ella la descripción que al respecto haría su ex amante.

En aquel momento, pensó que le gustaría que le arreglaran el cabello en la peluquería. Por lo general llevaba el pelo corto –una amiga le había dicho que se parecía a Amelia Earhart–, pero en primavera solía dejárselo crecer sólo para que se lo cortaran en el lugar donde estuviese en verano. Lo primero que hacía después de instalarse en el hotel de cualquier ciudad era vagar por las calles hasta encontrar una peluquería de señoras, un «salón de belleza» (tía Beanie le había enseñado a reírse de este nombre cuando tenía cinco años). Y una vez allí, mientras le hacían el terrible corte de pelo que estuviera de moda en aquella ciudad o aquel país, casi siempre conseguía abrirse paso a través de las barreras del idioma y la cultura para establecer contacto con otras mujeres. Después de que le arreglaran el pelo, y a veces las uñas, salía con suficiente información sobre la ciudad para encontrar los restaurantes auténticos, comprar en las tiendas y los mercados auténticos, ver los paisajes auténticos; y muchas veces terminaba comiendo y viajando con alguna mujer que había conocido debajo del secador. Había sufrido cortes de pelo en Moscú, Barcelona, Reykjavik, Bangkok, Kioto, Santiago, La Habana y Estambul... Al final, el pelo siempre crecía, y en otoño se lo volvía a cortar en el campus. Mientras tanto, muchas veces la confundían con una habitante del país que visitaba. Comprar ropa en las tiendas que frecuentaban las mujeres que conocía en los salones de belleza era el segundo punto de su agenda, y también ayudaba a romper barreras.

Ahora se preguntaba a qué peluquería irían las mujeres que trabajaban en el Mauna Pele. Allí no, seguro. El salón de belleza del complejo habría podido estar en Beverly Hills. Eleanor sabía que el personal venía de la costa de Kona y se trasladaba kilómetros; algunos venían incluso de Hilo.

Echó una mirada al reloj. Era la hora de la excursión artística. El programa sólo decía que el punto de encuentro era el vestíbulo principal, al lado de los Budas, pero Eleanor no vio a nadie más esperando. Los Budas parecían de bronce chapado en oro y, cuando los inspeccionó de cerca, vio que no eran Budas. Eleanor había viajado lo suficiente por la costa del Pacífico para indentificar esas imágenes como discípulos budistas de rodillas, con las manos juntas para orar y unos cuerpos delgados bajo las túnicas de bronce dorado y brillante. Le parecieron de Tailandia o Camboya.

–Tailandia –dijo una agradable voz detrás de ella–. Finales del siglo XVIII.

Eleanor se volvió y vio a un hombre de su estatura, quizás unos años mayor, con unos rasgos que denotaban claramente antepasados asiáticos o polinesios. Tenía el pelo un poco canoso y corto, aunque se le veía una mata de rizos. Unos ojos grandes y expresivos asomaban detrás de las gafas Armani. Iba bien afeitado y tenía la piel del mismo color tostado de las molduras de madera del interior de la Gran Hale. Llevaba una camisa ancha de seda azul marino, pantalones de lino y sandalias.

–¿Doctor Kukali? –dijo ella tendiéndole la mano.

Su forma de estrechar la mano era agradable.

–Paul Kukali –dijo con el mismo tono de barítono que la había hecho volverse–. Y, por lo que parece, usted es la única integrante de mi grupo.

–Eleanor Perry –se presentó ella.

–Encantado de conocerla, señora Perry.

–Puesto que nuestro grupo es tan pequeño, será mejor que me llame Eleanor –dijo–. Estos discípulos son maravillosos –añadió volviéndose nuevamente a las dos figuras arrodilladas en la entrada.

Paul Kukali la miró con gesto de aprobación.

–Veo que sabe para qué se utilizan. ¿Ha notado que hay pequeñas diferencias entre ambos?

Eleanor dio un paso atrás.

–Ahora sí. Las narices son un poco diferentes. Ambos tienen los lóbulos de las orejas largos, que significa sangre real...

–*Lakshana* –dijo el encargado de arte y arqueología.

–Sí, pero las orejas de éste son un poco... más largas.

El encargado se acercó y puso la mano sobre la superficie lacada de la pieza.

–Son retratos idealizados de los donantes. Se encuentra lo mismo en los retablos del Renacimiento europeo. Los donantes raramente podían resistirse a ver su propia imagen cerca del objeto de veneración.

Eleanor miró las esculturas que había a su alrededor, en el vestíbulo: mesas labradas, tapices, boles, tallas y altares budistas.

–Este lugar parece un auténtico museo.

–Es un museo –dijo Paul Kukali con una pequeña sonrisa–, pero convencí al señor Trumbo de que no pusiera placas metálicas ni explicaciones en las piezas. Distribuidas por la Gran Hale y por otros edificios del Mauna Pele forman la colección de arte asiático y del Pacífico más interesante del Estado de Hawai. Nuestro único competidor es el Mauna Kea, un poco más al norte sobre la costa, y eso porque Laurence Rockefeller era coleccionista de arte.

–¿Por qué convenció al señor Trumbo de que no pusiera ninguna inscripción en estos tesoros? –preguntó Eleanor. Había cruzado el vestíbulo para mirar un *tansu* japonés de al menos metro y medio de alto y más de dos metros de largo.

–Bueno, mi idea era que los huéspedes descubriesen las piezas como si fueran de visita a la casa de un amigo y se encontrasen con estas maravillas, no como si estuvieran en un museo.

–Bonita idea –dijo Eleanor.

Sobre el *tansu* había dos placas votivas que le parecieron tailandesas.

–Además –continuó Paul Kukali–, era una manera de asegurarme el empleo como guía artístico cuando no doy clases en la Universidad de Hilo.

Eleanor se rió. El encargado señaló la escalera principal y empezó la visita guiada.

El Mauna Pele tenía dos campos de golf: el «fácil», de seis mil doscientos cuarenta metros, setenta y dos golpes por partida, diseñado por Robert Trent hijo, y el más nuevo y más difícil, de seis mil seiscientos noventa y cuatro y setenta y cuatro golpes, diseñado por Bill Coore y Ben Crenshaw. Ambos campos parecían esculturas verdes grabadas en el interminable paisaje de kilómetros de lava. Byron Trumbo pensó que aquel día Hiroshe Sato preferiría jugar en el más fácil, en el que estaba más al sur; al día siguiente jugarían en el de Coore-Crensaw, bastante más complicado.

Los primeros ocho hoyos fueron bastante bien. En el primer partido doble tenían que haber jugado Trumbo, Sato, Inazo Ono y Will Bryant, pero, para infinita irritación de Trumbo, Bryan no había querido aprender a jugar al golf, por lo que tuvo que quedarse en los cochecitos mientras su jefe jugaba. Trumbo aceptó a Bobby Tanaka como cuarto, y, aunque éste jugaba constantemente en Japón como parte de su trabajo de enlace y negociador, tenía, como mucho, un juego carente de inspiración. Sato, por su parte, jugaba de una manera casi tan agresiva como Byron Trumbo.

Trumbo sabía que si llegaba a un acuerdo con Sato sería en el campo de golf. Con este objetivo, refrenaba sus golpes iniciales para que la pelota cayera cerca de la de Sato. Llevaba a su caddy habitual del Mauna Pele, Gus Roo; Sato, por su parte, se había traído un viejo que en una aldea de pescadores habría parecido menos fuera de lugar que en un complejo hotelero de cinco estrellas.

El día era claro y agradable, con una temperatura de alrededor de veintisiete grados y casi sin humedad por la brisa marina. Sato iba a uno o dos golpes de diferencia de Trumbo, que tenía el handicap más bajo y era terriblemente competitivo en el golf, como en todo lo demás, pero que se habría dejado ganar repetidamente si eso significaba sacarse de encima el Mauna Pele. Mientras el tiempo siguiera perfecto, la nube de ceniza estuviese fuera de la vista y ningún río de lava bajara burbujeante para enterrar a los compradores, Trumbo tenía esperanzas de que la tarde fuese productiva y de dejar resuelta toda la cuestión.

Las cosas empezaron a salir mal a partir del octavo hoyo. Después de meter en él la pelota y mientras esperaba que Sato dejara de refunfuñar y la metiese también, Will Bryant le llamó desde el cochecito de golf. Acababa de hablar por teléfono.

–Malas noticias. Sherman ha llamado desde Antigua. Bicki está cabreada. Le hizo una escena a Félix hasta que éste accedió a llevarla en el Gulfstream.

–Joder –murmuró Trumbo. Sato tiró, un golpe fácil de un metro ochenta, y erró por veinticinco centímetros. Trumbo sacudió la cabeza y le hizo una seña de lástima–. ¿Adónde demonios va? –preguntó a Bryant en voz baja.

–Viene hacia aquí.

–¿Aquí?

–Aquí.

Trumbo apretó el palo con fuerza suficiente para doblar el metal.

–Joder. ¿Quién le ha dicho dónde estaba yo?

Will Bryant se encogió de hombros.

–Pero ésa no es la mala noticia. –Trumbo se quedó mirándolo–. La señora Trumbo y su abogado han salido de Nueva York hace unas cuatro horas.

–No me digas que vienen hacia aquí –dijo Trumbo. Sato volvió a tirar y erró por cinco centímetros.

–Sí, vienen hacia aquí –dijo Will Bryant–. Es evidente que están dispuestos a ejercer el derecho de retención sobre el Mauna Pele. Koestler debió de enterarse de la venta.

Byron Trumbo vio la imagen de Myron Koestler, canoso y con una cola de caballo, que en otros tiempos había defendido a los Panteras Negras y a los radicales pacifistas y ahora se dedicaba a los divorcios de las esposas de los multimillonarios; trató de recordar el número de teléfono de aquel tipo de la mafia que le habían presentado en Detroit.

–Caitlin, Caitlin –murmuró para sí–, voy a tener que hacer que te maten, cariño.

–Hay más –dijo Bryant.

Sato se agachó para golpear suavemente la pelota. Trumbo se volvió.

–¿Maya? –exclamó.

Will Bryan se frotó la barbilla con el teléfono y asintió.

–¿Viene hacia aquí?

Trumbo trató de imaginar a las tres mujeres de su vida en el mismo sitio simultáneamente. Lo había intentado otras veces; no tuvo más éxito en esta ocasión.

–Barry no está seguro –respondió Will Bryant–. Salió de compras esta tarde y no ha regresado.

Trumbo sonrió. Maya tenía su propio jet privado.

–Averígualo –ordenó–. Si viene hacia aquí, comunica al aeropuerto que no le den permiso para aterrizar. Si consigue el permiso, manda a Briggs al aeropuerto con un misil Stinger para derribar el avión.

Will Bryant echó una mirada al corpulento jefe de seguridad, pero no dijo nada.

–Qué coñazo –dijo Byron Trumbo.

–Sí –corroboró su asistente.

Hiroshe Sato golpeó y metió la pelota. Trumbo aplaudió y sonrió.

–Que Briggs derribe todos los aviones –le dijo a Will Bryant mientras se alejaba.

El grupo avanzó hacia el hoyo nueve.

La visita artística guiada debía durar una hora, pero pasó una hora y media antes de que Eleanor y Paul Kukali se percataran del tiempo. Mientras recorrían los siete pisos de la Gran Hale y los jardines exteriores, el encargado le había mostrado delicados cuencos hawaianos, máscaras rituales de Nueva Guinea de un metro y medio de altura, una escultura budista japonesa Kamakura del siglo XIV, tallas tailandesas del período Ayudhya, un bellísimo Buda de la India, de Nagapattinam, oculto bajo una higuera del jardín, bronces de leones alados que guardaban la entrada de la suite presidencial, una divertida cabra agachada tallada en madera lacada roja, y muchos otros tesoros. Eleanor pocas veces había disfrutado tanto de una conversación sobre arte.

Durante el paseo, se enteró de que Paul Kukali era viudo

desde hacía seis años, y él de que ella estaba soltera. Había adivinado que era profesora, pero se sorprendió al conocer su especialidad, la Ilustración, puesto que ambos tenían un profundo interés en el zen y descubieron que habían visitado los mismos jardines formales en Japón. Los dos tenían auténtica pasión por la comida tailandesa y un disgusto total por la política universitaria. Además, se reían con los mismos tontos juegos de palabras.

–Lamento haberme pasado del horario –dijo Paul cuando terminaron la visita en el vestíbulo–. Fue por culpa del Buda sentado. Siempre me olvido del tiempo cuando hablo de Buda.

–Por favor –replicó Eleanor–. Me ha encantado. Si no me la hubiera mostrado, nunca habría notado la «rueda de la ley» inscrita en su palma.

El encargado de arte sonrió.

–Fue muy bonito por su parte dejar una flor allí; y correcto.

Eleanor echó una mirada a su reloj.

–Pues bien... Casi me da vergüenza decirlo, pero tenía pensado ir a la visita de los petroglifos. ¿Se hará igualmente la excursión aunque sea la única participante?

Paul sonrió ampliamente, mostrando unos dientes perfectos.

–Si es la única, quizá la excursión dure más. –Miró su reloj–. Tengo una idea. Si le parece bien, podríamos comer juntos en el *lanai* e ir directamente desde allí al campo de petroglifos. –Se calló durante un instante–. Vaya, ha sonado como una orden, ¿no?

–No, ha sonado como una invitación –respondió Eleanor–, y acepto.

En el *lanai* había menos de diez personas pero una de ellas era Cordie Stumpf, envuelta en un albornoz floreado a juego con el traje de baño. Sorbía una bebida de un vaso alto con varias flores dentro y fruncía el ceño mientras leía el menú, como si estuviera escrito en un idioma extranjero.

–Ah, hay alguien que quiero presentarle –dijo Eleanor–. Vamos a preguntarle si le importa que comamos con ella.

–Por supuesto –dijo Paul con una sonrisa, como aliviado por la propuesta de Eleanor.

Cordie Stumpf frunció los ojos al verlos y levantó la mirada. Tenía la nariz quemada por el sol.

–¿Por qué no se sientan conmigo? –les propuso–. ¿Pueden creer que aquí sirven delfín? Estaba pensando en pedir un bocadillo de foca.

La cosas empezaron a ir realmente mal para Byron Trumbo a partir del hoyo catorce.

El segundo golpe lo dejó sobre el *green*, mientras Sato no conseguía salir del obstáculo y caía después en el hoyo de arena. El juego del multimillonario japonés se había ido a la mierda. Bobby Tanaka e Inazo Ono también tenían problemas, de modo que Trumbo se limitó a quedarse en el borde del *green* con Guss, el cadi, mientras observaba los apuros de Sato. Trumbo deseó lanzar la maldita pelota a los campos de lava y acabar con aquello.

Sato al fin logró llegar al *green* y se acercó a su viejo cadi, que le tendió un pañuelo de seda para que se secara la cara sudorosa.

–*Pol favol*, Byron-san, su turno.

–Ya ha llegado, Hiroshe –comentó Trumbo con una sonrisa amistosa. Will Bryant acababa de informarle que el avión de Caitlin efectivamente se dirigía al aeropuerto de Keahole-Kona y que ella y su abogado habían hecho reservas en el Mauna Pele. Trumbo tenía ganas de vomitar, pero antes quería doblar el palo de golf alrededor de una palmera–. Por favor –dijo con la mano extendida con el universal gesto de «usted primero».

Sato sacudió la cabeza; era el primer signo de arrogancia que Trumbo le veía.

–No, por favor, tire usted mientras yo reflexiono sobre los pecados que me han hecho merecer este castigo.

Trumbo gruñó y se dirigió a la pelota. Era un tiro de unos tres metros. Guss se acercó a la banderola y empezó a levantarla, y después se quedó inmóvil mirándose los zapatos.

–Sácala, Gus.

–Pero señor T... –El cadi miraba el palo y sus zapatos como si estuvieran clavados en el lugar.

–Saca la banderola y quítate de enmedio coño –gritó Byron Trumbo con una voz de mando que raramente usaba.

Gus levantó la banderola y se apartó. Caminaba de una forma extraña. Trumbo se preguntó con indiferencia si el cadi no tendría un infarto en aquel momento y tomó nota mental de mandarle flores si así sucedía. Lo último que Trumbo necesitaba ahora eran problemas con el idiota del cadi.

Tardó sólo un instante en afinar la puntería. Golpeó suavemente y vio que la pelota entraba. Levantó la mirada para recibir la sonrisa aprobadora de Sato, pero el otro multimillonario le estaba susurrando algo a Inazo Ono, que se las había arreglado para poner su bola en el borde del *green* en cuatro golpes. «Que te zurzan», pensó Trumbo; y caminó hasta el hoyo para sacar la pelota.

Al principio, cuando sus dedos tocaron los otros dedos en el hoyo, Byron Trumbo no reaccionó. Era como si hubiese alguien bajo tierra tratando de darle la mano; la sensación fue tan rara que, salvo el pinchazo agudo en la nuca, no tuvo otra reacción que la de quedarse rígido, agachado, con el brazo extendido en el hoyo.

Trumbo se asomó y miró adentro. Allí estaba su pelota, justo debajo del nivel del *green*, apoyada delicadamente sobre los cuatro dedos y el pulgar extendidos de una mano derecha amputada.

Sin cambiar de posición, notó por el rabillo del ojo que Sato y Ono se volvían para mirar y que el último golpe de Bobby Tanaka lo había acercado al *green*. Giró la cabeza para mirar a Gus Roo. El cadi, aún con la banderola en la mano, levantó la otra mano con un gesto de impotencia. El rostro de Gus, para ser el de un hawaiano, estaba terriblemente pálido. Trumbo observó que la base del mástil de la banderola estaba manchada de rojo.

Miró hacia atrás, a Sato, y sonrió; todavía tenía sus dedos a pocos centímetros de los dedos levantados que sostenían la pelota. «¿Y si esa cosa está viva ahí abajo y, de pronto, se levanta de la tierra?»

–Buen golpe, Trumbo-san –dijo Sato con poco entusiasmo.

Trumbo volvió a sonreír. Seguía inmóvil en su incómoda posición. Vio que Will Bryant lo miraba; obviamente se preguntaba qué estaría pasando; quizá le preocupara que su jefe tuviese un pinzamiento en la espalda.

Trumbo se enderezó, cogió la pelota y se la puso despreocupadamente en el bolsillo.

–¿Qué? ¿Vamos a tomar una copa?

Sato y los demás fruncieron el ceño.

–¿Una copa, Byron-san? Sólo estamos en el hoyo catorce.

Trumbo se acercó a ellos y se encogió de hombros ampulosamente.

–Bueno, hace calor y hemos trabajado duro; pensé que podríamos hacer un descanso de unos minutos y tomarnos algo fresco a la sombra. –Señaló unas palmeras que se agitaban al otro lado del hoyo de arena.

–Tengo que tirar –replicó Hiroshe Sato claramente contrariado por la actitud de su anfitrión hacia el golf.

Trumbo sacudió la cabeza; seguía sonriendo estúpidamente.

–Es un truco, Hiroshe.

–¿Un... truco?

–Claro –exclamó Trumbo levantando las manos–. Si de cualquier forma la va a meter.

Sato frunció más el ceño.

–Estoy a más de ocho metros del hoyo, Byron-san.

–Sí, pero hoy está jugando estupendamente, Hiroshe –afirmó Trumbo. Hizo señas a Will Bryan con los ojos y las cejas para que se acercara. El asistente cruzó el *green* sin hacer caso de las miradas de desaprobación de los invitados japoneses al ver que pisaba el césped con los zapatos–. Hay algo en el hoyo –le dijo Trumbo al oído–. Coge una toalla de Gus y saca esa porquería de ahí. Hazlo sin que Sato y los demás lo vean. ¿Está claro?

Will Bryant miró a su jefe, asintió discretamente y se dirigió al cadi.

Trumbo se acercó al multimillonario japonés y le pasó el brazo por el hombro. Sintió que Sato se ponía tenso.

–Hiroshe, quiero enseñarle algo. –Trumbo dirigió el grupo hacia el lugar donde estaban los vehículos. Abrió el maletín de Will y sacó los folletos y mapas del lugar con los que habían trabajado durante el desayuno. Desplegó el plano del campo de golf sobre el asiento trasero del cochecito como si les reservara una increíble sorpresa. Sato, Tanaka y Ono estaban a su alrededor, así como el viejo caddy de Sato, y Trumbo sintió que todos le miraban como si se hubiera vuelto loco. «A lo mejor es verdad», pensó; y señaló con el dedo el hoyo catorce–. Lo siento, Hiroshe, pero he estado pensando en ello durante los últimos hoyos y quería decírselo. ¿Se ha dado cuenta de la posibilidad de edificar chalés de lujo aquí... y aquí... y aquí? Sé que ha estado pensando en convertir el Pele en un club de golf muy exclusivo, con una cuota de ingreso de unos doscientos mil dólares...

Sato miró a su anfitrión como si estuviera echando espumarajos por la boca. Que los japoneses quisieran cerrar el Mauna Pele como complejo hotelero y convertirlo en club de golf era algo entre líneas que ninguna de las dos partes podía mencionar en las negociaciones.

–Sí, pero debo tirar –dijo Hiroshe Sato; y echó a andar hacia el *green*.

Trumbo divisó a Will Bryant agachado sobre el hoyo con la toalla cuidadosamente extendida y a Gus Roo sentado sobre una roca de lava con la cabeza entre las manos.

–Piense en lo siguiente –continuó Trumbo volviendo a cogerlo del hombro para que mirase el mapa. Sintió que el cuerpo del magnate japonés se ponía rígido para resistir la invasión de su persona–: si se nivela la zona al este de esos hoyos... ¿La ve?... Se plantan árboles, se ponen unos estanques y todas esas tonterías que hicimos en el oeste... ¿Por cuánto se podrían arrendar? ¿Dos millones cada uno?

–Byron –dijo Bobby Tanaka–. Creo que...

–Cállate –replicó Trumbo.

Sato miraba el mapa con tristeza; se había apartado bruscamente del abrazo de Trumbo, que echó una mirada por encima del hombro y vio a Will Bryant dirigiéndose al manto de *a'a* con una pesada toalla.

–Bueno –señaló Trumbo–, era un idea y quería comentarla. Muy bien, sigamos jugando. –Miró a Tanaka–. Le ha llevado un tiempo llegar al *green*, ¿no?

Inazo Ono le decía algo a su jefe.

–Sugiero que el señor Sato sea el siguiente en tirar –tradujo.

Trumbo asintió. Había oído las palabras «extranjero» y «loco». Le importaba un comino. Se oyó débilmente vomitar a alguien detrás de las palmeras y las rocas de lava.

Sato se inclinó sobre su palo. Trumbo vio a Will Bryant emerger de detrás de las rocas. Nadie más lo había notado. Sato, increíblemente, metió la pelota. Todos aplaudieron salvo Gus Roo, que seguía sentado con la cabeza entre las manos.

De camino a los cochecitos y al hoyo quince, Bryant se acercó a su jefe y le susurró:

–Espero una gratificación por esto.

9

> ... existía [en la cultura polinesia] una concepción binaria del mundo en la que las categorías se oponían entre sí. La más común y poderosa era la dicotomía masculino-femenino, en la que las cualidades «masculinas» representaban el bien, la fuerza, la luz, y las «femeninas» principalmente la debilidad, el peligro y la oscuridad (pero, paradójicamente, también eran esenciales como fuentes de vida).
>
> WILLIAM ELLIS, *Polynesian Researches* («Investigaciones polinesias»)

Después de la comida, Eleanor, Cordie y Paul Kukali pasearon tranquilamente por los campos de petroglifos. El sendero de *jooging* pasaba por las rocas de *a'a* como una cinta llana sobre una playa de guijarros. A la derecha estaban los acantilados que daban al océano; a la izquierda, las palmeras, los aspersores y la frondosidad de los campos de golf. Eleanor oía de vez en cuando las exclamaciones de los jugadores, pero aparte de eso sólo el viento y las olas acompañaban a la tranquilidad.

–Cuando Trumbo y su consorcio planeaban construir el complejo aquí –decía Paul Kukali–, llegamos hasta el Tribunal Supremo del Estado para proteger estos antiguos estanques de peces y petroglifos hawaianos.

–¿Qué estanques de peces? –preguntó Cordie mirando de un lado a otro.

–Precisamente –respondió Kukali–, antes de que consiguiéramos la orden de paralización de las obras ya había pasado la excavadora. Amenacé con armar un escándalo internacional si destruían los petroglifos, así que se conservaron estas pocas hectáreas..., salvo la parte por la que pasa el sendero de *jooging*, naturalmente.

Se detuvieron en el lugar donde una placa señalaba una roca baja con pequeños agujeros y el dibujo erosionado de una figura masculina.

–¿Son éstos los famosos petroglifos? –preguntó Cordie.

–Sí –contestó Paul.

–¿De cuándo son? –Cordie se había agachado junto a la roca, con las pesadas piernas separadas. Apoyó una tosca mano en la piedra.

–No se sabe muy bien –explicó Paul–, pero éste es uno de los sitios más antiguos de las islas. Probablemente las rocas se remontan a la época en que mis primeros antepasados polinesios aparecieron por aquí, hace quizás unos mil cuatrocientos años.

Cordie silbó y tocó la roca.

–¿Y qué son estos agujeritos?

Paul y Eleanor se agacharon junto a Cordie.

–Se llaman *piko* –respondió Paul–, cordón umbilical. La tradición dice que cuando los recién nacidos perdían el cordón, lo ponían en estos agujeros y lo tapaban con pequeñas piedras. Las familias tenían que viajar mucho con el *piko* en una calabaza para poder ponerlo aquí. Tenemos una idea muy incompleta del motivo de que a este lugar se le considerara poseedor de tanta *mana*.

Cordie levantó sus tupidas cejas en señal de interrogación.

–*Mana* es poder espiritual, ¿no? –dijo Eleanor.

Paul asintió.

–Para los hawaianos primitivos, todo lo del mundo material era una cuestión *mana* –explicó–. Algunos lugares, como éste, al parecer eran especialmente poderosos.

Eleanor se levantó y fue hasta una roca en la que varias pinturas llenaban el espacio entre los *pikos*. Examinó una figura con patas de pájaro, el pelo de punta y un prominente pene.

Cordie también se acercó.

–Este tipejo tiene una polla como una flecha. ¿Significa más *mana*?

Paul Kukali se rió.

–Probablemente. Todo lo que los hawaianos hacían o pensaban tenía que ver con el *mana* o el *kapu*.

–¿Los tabúes? –dijo Eleanor.

Paul se sentó sobre una roca y apoyó la mano en la figura humana que Cordie había admirado.

–Los *kapus* no sólo eran las reglas de lo que se podía o no se podía hacer. Durante miles de años los hawaianos estuvieron obsesionados con el *mana*, con el poder espiritual que surgía de la tierra, los dioses y las personas, y el *kapu* ayudaba a que el poder siguiera en su sitio..., ayudaba a evitar que lo robaran.

Cordie se frotó la nariz.

–¿Pensaban que el poder se podía robar?

El encargado de arte asintió.

–Hasta el extremo de que cuando el *ali'i*, la realeza, pasaba, los plebeyos como usted o como yo tenían que tumbarse en la tierra y ocultar su cara. Incluso permitir que nuestra sombra los tocara se castigaba con la muerte. El *mana* era un bien escaso, y la vida de la aldea y de la gente dependía a menudo de ello. Los castigos eran muy severos.

Cordie miró el manto de lava.

–¿Y había cosas como... sacrificios humanos?

Paul se cruzó de brazos.

–Casi seguro. Esta zona de la costa es rica en *heiaus*, templos antiguos donde se realizaban sacrificios. Hasta los grandes postes que clavaban en el terreno exigían el cuerpo de un esclavo en cada agujero.

–Vaya –exclamó Cordie.

–Pero había otros *heiaus*, como Puuhonua o Honaunau, más al sur, en la costa. La llamada «ciudad de refugio», donde los débiles podían refugiarse para huir del terror.

Eleanor se acercó más.

–¿No había un *heiau* por aquí..., en la bahía quizá..., cuya tradición dice que fue construido en una sola noche por los *caminantes de la noche*?

Paul Kukali la miró sorprendido.

–Exactamente en este lugar, aunque no se ha encontrado ningún vestigio del *heiau*. Fue una de las razones por las que llevamos a juicio la cuestión del impacto medioambiental, para fortalecer el tema de la conservación en este lugar.

–*¿Los caminantes de la noche?*

Paul se volvió hacia la mujer bajita y sonrió.

–Procesiones de muertos... *ali'i*, realeza. Según esos cuentos..., si uno los ve está perdido. Cuenta una leyenda que los caminantes de la noche construyeron el *heiau* de este lugar en una sola noche de 1866. –Paul se volvió hacia Eleanor–. ¿Cómo sabe esa historia?

Eleanor dudó un instante.

–Creo que por Mark Twain.

Paul asintió.

–Ah, sí, había olvidado las cartas de Hawai. Por lo que recuerdo de una investigación que hice, él estaba en la isla de Hawai el verano en que los muertos vivientes construyeron el *heiau*. Pero me parece que esa carta en particular nunca se publicó... Todavía está entre sus papeles, ¿no?

Eleanor no dijo nada.

–¿Es usted hawaiano puro? –preguntó Cordie con una curiosidad tan directa como la de un niño.

–Sí –respondió Paul Kukali–. Para ser franco, no hay muchos. Leí en alguna parte que hay unas ciento veinte mil personas en estas islas que afirman ser hawaianos puros, pero los etnólogos creen que sólo quedan unos cientos. –Se calló durante un momento–. Creo que es un buen signo, ¿no?

–La diversidad significa generalmente fuerza –dijo Eleanor.

–¿Vemos el resto de los campos de petroglifos? –preguntó Paul–. El campo de golf destruyó una buena parte del terreno, pero aún quedan algunos buenos ejemplos de figuras de cabeza de halcón sobre las que nadie tiene aún ninguna teoría.

Avanzaron sobre el sendero de *jooging* conversando mientras se internaban en el manto de *a'a*.

Trumbo pensaba que el puñetero juego de golf no acabaría nunca. El cadi había quedado tan impresionado que tuvo que mandarlo al edificio del club. El sobrino adolescente de Gus, Nicky Roo, lo reemplazó durante los últimos hoyos. Trumbo estaba también tan impresionado que envió a Will Bryant a que controlara los últimos hoyos y trampas de arena por... si había algo.

–Tenemos que informar de esto –le había murmurado Bryant antes de poner en marcha su cochecito de golf.

–¿Informar de qué? –le contestó Trumbo conteniendo la ira–. ¿Que tenemos manos amputadas escondidas en los hoyos de nuestro campo de golf de doce millones de dólares? ¿O que has tirado a los campos de lava pruebas de un homicidio para que Hiroshe pudiera embocar la pelota? A la bofia local le encantaría.

Will Bryant no se inmutó.

–Tenemos que informar.

–Primero tienes que volver y encontrar la mano –le susurró Trumbo mientras echaba una mirada a Sato y sus compinches, que cacareaban en japonés. Los últimos hoyos le habían salido bien al muy idiota.

Bryant tampoco se inmutó.

–¿Ahora?

–No, ahora no. Primero quiero que vayas a revisar los siguientes hoyos. No quiero que Hiroshe y sus colegas metan la pelota encima de una cabeza cercenada o de un pie cuando logren salir de la trampa de arena.

Bryant, pálido y con los labios tensos, asintió.

–Después quiero que vayas a buscar a Stevie Carter y le digas que nos parece que hemos encontrado a uno de los tipos de Nueva Jersey..., bueno, una parte de él. –Trumbo dudó–. Era la mano de un hombre, ¿no?

–Sí –respondió Bryant–. La mano derecha, con las uñas impecables.

Trumbo se estremeció ligeramente.

–Durante un segundo no me di cuenta. Me pareció natural que alguien me diera la pelota cuando me agaché a recogerla.

–Tenemos que llamar a la poli –murmuró Bryant.
–No hasta que concluyamos este maldito trato.
–Ocultar pruebas...
–No me va a costar tanto en honorarios de abogados como mantener este inmundo complejo. Nos jugamos mucho con esto, Will.
Bryant dudó sólo un instante.
–Sí, señor. ¿Qué debo decirle a Carter cuando insista en que llamemos a la policía?
–Dile que me prometió veinticuatro horas y que todavía no han pasado –respondió Trumbo. Echó una mirada a los hombres de negocios que esperaban–. Manos a la obra. No te olvides de revisar entre los arbustos. Han desaparecido tres hombres..., puede que haya veinte o treinta sorpresas como aquélla aguardándonos entre este lugar y el local del club. No quiero agacharme sobre el hoyo dieciocho y encontrar una polla.
Bryant parpadeó.
–Muy bien. Comprendido –y se alejó en su cochecito.
Ahora, mientras se tomaba un trago fresco con Sato, Bobby Tanaka, Inazo Ono, Masayoshi Matsukawa, el doctor Tatsuro, Sunny Takahashi y Seizaburo Sakurabayashi, alrededor de una gran mesa redonda desde la que se veían los maravillosos jardines del Mauna Pele y el techo de paja de la Gran Hale sobre los cocoteros, Trumbo se permitió suspirar aliviado.
Pero el alivio no duró mucho. Stephen Ridell Carter se acercó a la mesa; todavía iba vestido con el traje de color tostado y llevaba el canoso cabello tan impecable como siempre, pero tenía una expresión de agotamiento y ansiedad. Trumbo le ordenó silencio con la mirada.
–Steve, siéntese –le dijo–, tómese una copa con nosotros. Estábamos comentando los últimos cinco hoyos de Hiroshe. Un juego perfecto.
Su mirada, sin embargo, decía: «Una sola palabra sobre lo que ha pasado y terminarás dirigiendo el motel más cutre de Ottumwa, Iowa».
–¿Puedo hablar un minuto con usted, señor Trumbo?

Trumbo volvió a suspirar. El alivio había desaparecido completamente.

–¿Ahora? –Trumbo señaló con la cabeza la copa casi llena, un *chi-chi* de frutas adornado con una sombrilla.

–Si no le importa, señor. –La voz de Carter estaba al borde de..., del pánico, quizá; de la insubordinación, probablemente.

Trumbo gruñó, se disculpó con Sato y se acercó al director. Se alejaron de la terraza y caminaron hasta un lugar cercano a las pistas de tenis donde no pudieran oírles.

–Mire, Carter, he salido para decirle que no llamemos ahora a la policía aunque insista. Hay muchas cosas en juego en este jo...

–No, no es eso –le interrumpió Stephen Ridell Carter con voz monótona–. El señor Bryant me llevó al lugar para mostrarme la mano, pero no estaba.

–¿No está?

–No.

–Coño –dijo Trumbo pensativo–, eso sí que es una noticia. Bueno, a lo mejor los cangrejos o...

–No –interrumpió el director–, ésa no es la noticia.

Trumbo levantó sus tupidas cejas y esperó.

–La noticia es que el señor Wills ha desaparecido.

–¿Quién?

–El señor Wills..., Conrad Wills, nuestro astrónomo.

–¿Cuándo? –dijo Trumbo.

–En algún momento de la mañana. Lo vieron durante el desayuno y después no se presentó a la reunión de personal del mediodía.

–¿Dónde? –preguntó Trumbo.

–Casi seguro que en las catacumbas...

–¿En las qué?

–En las catacumbas –repitió Stephen Ridell Carter–. Así llama el personal a los túneles de servicio.

–¿Y cómo saben que desapareció allí?

–Su despacho..., bueno, tengo que enseñárselo, señor Trumbo. El jefe de seguridad Dillon está ahora allí. Es terrible, terrible...

Trumbo tenía ganas de darle una bofetada o una palmada en el hombro antes de que el director del hotel empezara a balbucear, pero no hizo ninguna de las dos cosas.

–Bueno, no necesitamos un astrónomo ni hoy ni mañana, ¿verdad? Digo yo que no habrá un eclipse precisamente esta noche ni nada por el estilo, ¿no es cierto?

Stephen Ridell Carter lo miró horrorizado. Trumbo se dio cuenta en aquel momento de que el hombre llevaba peluquín. «No me sorprende que vaya siempre tan bien peinado», pensó.

–¡Señor Trumbo! –dijo el director con voz de espanto.

Durante un instante, el multimillonario pensó que Carter estaba espantado porque él le miraba la peluca, pero recordó el comentario fuera de lugar que había hecho.

–No lo tome a mal; buscaremos al pobre señor..., ¿cómo?

–Wills.

–Sí. Le diremos a Dillon que ponga a todo el equipo de seguridad a buscar al señor Wills, y mañana, sin duda, informaremos a la policía..., o cuando sea... Quizá, bueno, quizá Wills pensó que no era necesaria su presencia porque con tan pocos huéspedes no hacía falta un astrónomo.

–No creo que...

–Pero no lo sabemos, ¿no? –dijo Trumbo apoyando una pesada mano en el hombro de Carter, que era más alto que él–. No lo sabemos; y, mientras no lo sepamos, sería un suicidio inútil dar publicidad a todo este asunto sólo por unas pocas... irregularidades.

–Irregularidades –repitió el director del complejo. Hablaba más alto de lo habitual y parecía casi drogado.

Trumbo apretó el hombro de su empleado lo suficientemente fuerte para que éste diera un respingo y retiró la mano.

–Dejemos que la gente de seguridad haga su trabajo mientras yo hago el mío, ¿de acuerdo, Steve? Todo va a salir bien. Confíe en mí.

Carter parecía haberse tragado algo demasiado grande como para que pasara.

–Pero el despacho...

–¿El despacho de quién, Steve? –La voz de Trumbo era tranquilizadora, casi arrulladora. Este tono había funcionado con algunas de las mujeres más histéricas y tensas de Estados Unidos; pensaba que tenía que funcionar con semejante idiota con peluquín.

–El despacho del señor Wills.

–¿Qué pasa con el despacho, Steve?

El director respiró hondo y su voz recobró algo de fuerza.

–Tiene que verlo para comprender, señor Trumbo.

El multimillonario echó una mirada a su Rolex. Tenía algo de tiempo. Sato y su equipo querían descansar un poco y almorzar en su *lanai* privado antes de que ambas partes se volvieran a reunir para las negociaciones de la tarde.

–De acuerdo, enséñemelo –dijo palmeándole el hombro amistosamente.

Carter echó a andar.

–¿Sabe?, ahora no quieren estar ahí.

–¿Quiénes? –preguntó Trumbo experimentando la sensación de que la conversación empezaba otra vez–. ¿Dónde?

–El personal. Todos los que tienen los despachos en los túneles de servicio o que tienen que ir allí. Nunca les ha gustado, señor Trumbo. Siempre ha habido rumores, pero ahora, con esto...

–Que se vayan a la mierda –exclamó Trumbo, cansado de hacer de señor comprensivo–. Dígales que si quieren cobrar tienen que trabajar ahí abajo.

–Pero el despacho de Wills... Es demasiado extraño para explicárselo...

–No me lo explique –replicó Trumbo. Volvió a mirar el reloj y obligó al turbado director a apretar el paso hacia las catacumbas–. Enséñemelo.

–¿Qué son estos agujeros en el terreno? –preguntó Cordie señalando el lugar en el que se veía un túnel irregular entre las rocas, más allá de los petroglifos y los peñascos de *a'a*.

–Conductos de lava –respondió Paul Kukali. Señaló hacia el este–. Bajan unos treinta o cuarenta kilómetros por la ladera del Mauna Loa.

–No me joda –dijo Cordie Stumpf.

–No la jodo –confirmó el encargado de arte y arqueología.

–Los conductos de lava son una fuente de *mana*, ¿no? –intervino Eleanor.

Paul asintió.

–*Po nui ho'olakolako*, la gran noche que provee. La leyenda cuenta que las bocas de oscuridad son como los úteros de las mujeres, canales por los que fluye ese poder.

Cordie rió como si la idea le resultara divertida y trepó a las rocas para asomarse al foso negro.

–Cuidado –le advirtió Paul.

–Es una especie de túnel –dijo Cordie, como si hubiera dudado de la explicación de Paul–. No consigo distinguir dónde empieza a ascender por la colina. Las paredes son de..., ¿cómo se llama?..., tienen como unos rebordes.

–Estrías hechas por la lava enfriada y contraída –puntualizó Paul.

–Sí. –Cordie parecía pensativa–. Podríamos caminar por ahí dentro. ¿Es seguro?

Paul Kukali se encogió de hombros.

–El hotel no lo recomienda.

–¿Por qué? ¿Hay murciélagos? –preguntó Cordie.

El encargado de arte negó con la cabeza.

–No, la mayoría de los murciélagos de la isla de Hawai viven en los árboles. El hotel teme que alguien se caiga. Los conductos de lava son muy extensos. Uno puede perderse fácilmente.

–Quizá todos esos huéspedes desaparecidos se perdieron ahí dentro.

Paul Kukali se calló, como si se hubiera sentido avergonzado por la súbita mención de las dificultades del complejo hotelero.

Eleanor le observó.

–¿No arrestaron al sospechoso de los secuestros..., asesinatos... o lo que fueran?

Paul asintió.

–Jimmy Kahekili. Pero pronto tendrán que dejarlo en libertad.

–¿Por qué? –preguntó Eleanor.

Paul la miró inexpresivamente.

–Porque no es culpable. O, mejor dicho, sólo es culpable de tener una boca muy grande y ser un fanático del movimiento separatista.

Cordie volvió por entre las rocas y se detuvo en el sendero de *jooging*.

–¿Qué movimiento separatista? –preguntó.

–Un número creciente de hawaianos..., de hawaianos nativos..., quieren que el Gobierno de Estados Unidos devuelva la soberanía a las islas –respondió Paul.

–¿Ah, sí? ¿Antes era un país? –inquirió Cordie–. Siempre había pensado que antes de que llegara la gente de las plantaciones de caña de azúcar sólo era una isla con nativos y chozas de paja.

Eleanor dio un ligero respingo, pero vio que Paul sonreía.

–Había nativos y chozas de paja –dijo–, pero hasta un día de enero de 1893 Hawai era una nación y tenía su propio gobierno, una monarquía. La reina Liliuokalani ocupaba el trono cuando llegaron los hacendados blancos, y los infantes de marina de Estados Unidos invadieron ilegalmente las islas y se las anexionaron... Así fue. No hace mucho, el presidente Clinton firmó un documento en el que se disculpaba por la anexión. Eso ablandó a algunos hawaianos, pero otra gente, como Jimmy Kahekili, quiere que se restaure la monarquía y se devuelva todo.

Cordie Stumpf se rió de la idea.

–Eso es como si los indios pidieran que les devolviesen Manhattan, ¿no?

Paul abrió la manos.

–Sí, si se demanda soberanía total sobre todas las islas. Ninguna persona sensata pensaría que Estados Unidos va a devolver Waikiki y todas las bases militares. Pero algunos creemos que es posible algún tipo de soberanía limitada..., como con el territorio de los nativos americanos.

–¿Una reserva? –preguntó Eleanor.

El encargado se frotó la barbilla.

–¿Ha oído hablar de Kahoolawe?

–Sí, claro –repondió Eleanor.

–¿Qué? –preguntó Cordie. Las gafas de sol tenían una montura blanca de plástico que en aquel momento brillaba en dirección a sus dos acompañantes, más altos–. ¿Qué?

Paul Kukali se volvió hacia ella.

–Kahoolawe es una isla de Hawai a la que no va nadie. Mide sólo diecisiete kilómetros de largo por diez de ancho, pero era una isla sagrada para la mitología hawaiana y aún conserva muchos *heiaus* y otros tesoros arqueológicos.

–¿Y por qué no va nadie? –inquirió Cordie.

–Fue propiedad de un hombre, de un ranchero blanco, hasta 1941. Al día siguiente de Pearl Harbor, la marina de Estados Unidos confiscó toda la isla como campo de pruebas y desde entonces ha sido bombardeada con todo tipo de proyectiles.

Cordie Stumpf sonrió, enseñando unos dientes pequeños.

–¿Y los hawaianos quieren eso como reserva? –preguntó–. ¿Un campo de pruebas? Yo pediría al menos el Complejo Hotelero Mauna Pele.

Paul Kakuli le devolvió la sonrisa.

–Yo también. Pero nos estamos alejando del tema.

–¿Se refiere a quién mató a los huéspedes? –dijo Cordie.

–No –respondió Paul echando un vistazo a su reloj–. Me pagan por hablar de los petroglifos. Y nos quedaremos sin tiempo.

Los tres continuaron su marcha por el sendero de asfalto que serpenteaba sobre la roca negra. En toda la tarde no habían visto ni una sola persona haciendo *jooging*.

–Háblenos de Milu y la entrada en el otro mundo –pidió Eleanor.

El encargado se detuvo y levantó una ceja.

–Sabe usted bastante de las leyendas locales.

–No mucho –respondió Eleanor–. Leí algo en un trabajo

sobre la visita de Mark Twain a las islas. La entrada está por aquí, ¿no?

Antes de que Paul Kukali respondiera, Cordie Stumpf chasqueó los dedos.

–Ya está..., tenemos toda la trama de por qué desapareció esa gente. El hotel está construido sobre un antiguo cementerio hawaiano. Y no sólo eso; es la entrada al..., ¿cómo lo ha llamado?..., al otro mundo. Los dioses, los fantasmas y todas esas cosas están cabreados y vagan por el lugar, y arrastran a los huéspedes a los túneles para merendárselos. Sería una buena película. Coño, tengo una amiga que conoce a una mujer casada con un productor de Hollywood. Podríamos venderles la idea.

Paul sonrió.

–Lo siento, pero aquí no hay ningún cementerio. Y la entrada al otro mundo que mencionó Eleanor, se supone que estaba cerca de la costa, en la boca del valle Waipio, en la otra punta de la isla, en diagonal respecto a donde estamos. A horas de viaje de aquí.

–Qué lástima, coño –exclamó Cordie mientras se quitaba las gafas de sol y las limpiaba con su vestido floreado.

Eleanor se detuvo.

–¿No había una segunda entrada al otro mundo de Milu? ¿Una puerta trasera? Tendría que estar en esta costa, ¿no es cierto?

–Eso quizá según Mark Twain –respondió Paul con voz tranquila–. Pero según nuestra mitología había sólo una entrada que Pele selló tras una terrible batalla con los dioses de la oscuridad. Desde entonces, ningún demonio o espíritu maligno..., ni siquiera un fantasma, ha fastidiado a nadie. Supongo que depende de a quién quiera creer..., si a los hawaianos que inventaron las leyendas o a Mark Twain que estuvo aquí unas pocas semanas y las oyó de segunda mano.

–Tiene razón –respondió Eleanor. Miró el reloj–. Son casi las tres. Le hemos entretenido bastante, Paul. Ha sido muy interesante.

–Sí –dijo Cordie–, ha sido un paseo cojonudo. Lo que

más me gustó fue el dibujo del tipo con el pito en forma de flecha.

Emprendieron el regreso a la Gran Hale, charlando y señalando por el camino algunos de los petroglifos más pintorescos, cuando un enorme perro negro salió de entre las rocas y avanzó por el sendero de *jooging*. Los miró moviendo la cola. Tenía una mano humana en la boca.

10

Después vi el Vesubio,
pero, comparado con éste,
era un juguete, un volcán para niños.

Descripción de MARK TWAIN del Kilauea.

14 de junio de 1866, volcán Kilauea.

Llegamos a la Casa del Volcán, junto al borde del cráter, poco antes de las diez de la noche. La aproximación al lugar había sido bastante espectacular por el resplandor rojo sangre del volcán en actividad que iluminaba las nubes bajas, de modo que la luz púrpura se derramaba sobre nuestro grupo y hacía que los ojos de los caballos brillasen como rubíes y nosotros pareciéramos despellejados. Media hora antes de que viésemos la Casa del Volcán, el olor a azufre llegó hasta nosotros mezclado con la brisa. Me cubrí la cara con un pañuelo, pero noté que el tufo no parecía perturbar al señor Clemens.

–¿No le molesta el olor? –le pregunté.

–No es un olor desagradable para un pecador –respondió.

Le ignoré durante el resto de la subida.

Hacía rato que escuchaba el rumor de las olas, pero el mar estaba a cincuenta kilómetros, así que debía de ser el ruido de la lava y el vapor que había debajo de las rocas por las que avanzábamos. A medida que nos acercábamos, vimos altas columnas de vapor que parecían postes retorcidos sosteniendo el techo de nubes. Aunque los caballos ya habían hecho este viaje, conforme nos acercábamos a la caldera empezaron a patear nerviosos y a girar los ojos.

Yo pensaba que la Casa del Volcán sería un hotel corrien-

te, y no fue una desilusión tan grande como la «casa a mitad de camino». El cuidador de este establecimiento solitario salió a recibirnos, y algunos empleados nativos se ocuparon de nuestros agotados caballos. El hombre quería llevarnos a la única mesa del comedor para servirnos una cena tardía y después a nuestras habitaciones, pero, a pesar del cansancio, todos deseábamos ver el volcán y salimos a la galería que colgaba literalmente sobre el cráter.

–Dios mío –dijo el reverendo Haymark cuando nos acercamos a la barandilla. Y creo que habló por todos.

El volcán Kilauea tiene más de quince kilómetros de circunferencia y nuestra pequeña galería colgaba sobre un precipicio a unos trescientos metros de la superficie de un lago seco. El cuidador señaló una construcción diminuta, que él llamaba «el mirador», iluminada por el resplandor del cráter, y dijo que estaba a cinco kilómetros al otro lado del borde del volcán.

–Parece una pajarera colgada del alero de una catedral –dijo el señor Clemens.

Entre nosotros y el mirador, la base del volcán era un laberinto de grietas, dibujos geométricos de lava con géiseres de lava, ríos de fuego y columnas de vapor hirviente que se elevaban hacia la nube sangrienta que pendía sobre el cráter como un dosel de seda roja. Eché una mirada a las arrobadas caras de mis compañeros y noté que tenían la tez ardiente por la luz del volcán y los ojos rojos y brillantes como los caballos.

–Parecen diablos medio cocidos, ¿no? –dijo el señor Clemens sonriéndome.

Mi primer impulso fue ignorar los comentarios del corresponsal para no animarle a seguir haciendo chistes, pero la exaltación del momento me hizo desechar esa reacción.

–Ángeles caídos –señalé–; sólo que no tan bellos como los de Milton.

El señor Clemens se rió y volvió a mirar el impresionante espectáculo. Había encendido otro de sus atroces cigarros, que tenía un humo tan rojo como el resto de los sulfurosos vapores que se elevaban del foso.

En casi toda la caldera había lagunas, grietas y ríos de lava ardiente que fluían, pero el gran resplandor provenía del lago situado en el extremo más meridional del cráter, Halemau-mau, o «la casa del fuego infinito», que la mitología local designaba como la morada de la temida diosa Pele. Este lago, con sus cinco kilómetros de diámetro de lecho de lava, arrojaba más fuego y luz que todo el resto del cráter junto.

–Quiero ir allí –dijo el señor Clemens.

Los otros se quedaron perplejos.

–¿Esta noche? –dijo el cuidador del hotel, obviamente impresionado.

Miré la brasa del cigarro del corresponsal, que subía y bajaba.

–Sí, esta noche; ahora.

–Es casi imposible –dijo el cuidador–. Ninguno de los guías habituales bajaría al cráter.

–¿Por qué no? –preguntó el señor Clemens.

El cuidador se aclaró la garganta.

–Tras la erupción de la semana pasada, la lava está mucho más activa. Hay un sendero, pero es difícil de ver en la oscuridad, incluso con linternas. Si uno se sale del camino es bastante probable que se hunda por la quebradiza corteza de lava y caiga a cientos de metros. Es una muerte segura.

–Hummm –dijo el señor Clemens quitándose el cigarro de la boca–. Creo que unos trescientos metros no me irían mal.

–¿Cómo dice? –preguntó el cuidador.

El señor Clemens agitó la cabeza.

–A pesar de todo me gustaría ir esta noche. ¿Tendría la amabilidad de prestarme una linterna e indicarme el camino? –Se calló y nos miró–. ¿Alguien quiere acompañarme?

–Creo que esta noche dormiré bien y esperaré la luz del día –dijo el señorito McGuire.

–Buena idea –corroboró el gemelo Smith, obviamente horrorizado ante la perspectiva de entrar en la caldera esa misma noche.

Curiosamente, el reverendo Haymark se enjugó la cara con un pañuelo y dijo:

–Pues..., yo ya he estado en el sendero de día y creo que podré encontrarlo de noche. Iré y le serviré de guía.

El cuidador empezó a enumerar los peligros de salirse del camino, pero el señor Clemens se limitó a sonreír por debajo de su pelirrojo bigote.

–Perfecto –comentó. Y luego, volviéndose hacia mí, añadió–: Señorita Stewart, si no estamos de regreso al amanecer, disponga de mi caballo alquilado como le parezca.

Suspiré.

–Tendrá que arreglar el asunto del caballo de otra manera, señor Clemens, porque pienso acompañarles, caballeros –dije.

–Pero..., pero..., mi querida señorita... –balbuceó el reverendo Haymark, con la cara de un rojo aún más intenso.

Rechacé sus objeciones con determinación.

–Si para ustedes, caballeros, no es una locura, tampoco lo es para un tercer miembro de la expedición. Y si es una locura... pues entonces la cometeremos juntos.

El señor Clemens volvió a meterse el cigarro en la boca y yo observé que la brasa subía y bajaba.

–Es cierto, es cierto. La señorita Stewart será una excelente integrante de esta expedición de locos.

El reverendo Haymark resopló, pero no logró encontrar palabras para expresar sus recelos. Por lo tanto, mientras los criados se apresuraban a preparar una cena para el señorito McGuire y el adormilado señor Smith, el señor Clemens, el jadeante sacerdote y yo nos preparamos para una estadía de medianoche en el más espectacular lugar de nuestra sorprendente Tierra.

Byron Trumbo y Stephen Ridell Carter fueron recibidos por sus respectivos jefes de seguridad, Briggs y Dillon, a la entrada de la Gran Hale por la que se accedía a las catacumbas. Los dos hombres eran un compendio de contrastes: Briggs, un metro noventa de estatura, calvo, corpulento; Dillon, bajo, con barba, mirada impasible y manos rápidas. Trumbo había contratado a los dos y los utilizaba para diferentes propósitos.

–¿Habéis encontrado algo? –preguntó Trumbo.

Ambos negaron con la cabeza, pero Dillon dijo:

–Señor Trumbo, tenemos un problema.

Bajaron al retumbante túnel por una rampa.

–No sé por qué dices eso –replicó Trumbo–, a menos que consideres un problema unos huéspedes descuartizados y la desaparición de un astrónomo.

–No, no me refiero a eso –respondió Dillon. Trumbo se volvió para mirarlo fijamente–. Es decir, sí, eso es un problema –continuó–, pero me refería a..., bueno, al encargado de arte, Kukali, y dos huéspedes que están en el salón de la administración. Dicen que acaban de ver a un perro corriendo con una mano humana en la boca.

Trumbo se detuvo tan bruscamente que los otros tres hombres casi chocaron con él.

–¿Un perro? ¿Con una mano? ¿Dónde?

Unos pálidos rostros los espiaban por las ventanas de las diferentes oficinas e instalaciones de servicio de los túneles subterráneos.

Dillon se tocó la barba y amagó una sonrisa. La situación parecía divertirle.

–En la pista de *jogging*, entre el campo de golf del sur y la costa.

–Maldición –exclamó Trumbo bajando la voz para que la conversación no retumbara por el pasillo–. ¿Y dices que los tres lo han visto?

–Sí. El doctor Kukali y dos...

–Kukali es empleado, ¿no?

–Sí, es el encargado de arte y arqueología. Es el...

–Es el cabrón hawaiano que iba a llevarnos a juicio por lo de los petroglifos y los estanques de peces –terminó el multimillonario–. Joder, lo contraté para que mantuviera la boca cerrada sobre todo aquello. Y ahora tengo que encontrar la manera de que guarde silencio sobre esto. ¿Has dicho que están en el salón de la administración?

–Los iba a traer aquí abajo, a mi despacho –dijo Dillon–, pero con el problema del señor Wills...

–¿Wills? –preguntó Trumbo. Parecía perdido en sus pensamientos–. ¿Quién...? Ah, sí, el astrónomo. Steve, será mejor que pospongamos la excursión hasta que haya hablado con Kukali y los huéspedes...

El director del hotel sacudió la cabeza. Parecía decidido.

–Estamos sólo a cien metros, señor Trumbo. De verdad creo que debería usted verlo. Después le acompañaré a hablar con el doctor Kukali. El encargado me debe un favor.

Trumbo resopló.

–De acuerdo; si es tan puñeteramente importante, enséñeme el jodido despacho.

Las persianas de la pequeña ventana estaban cerradas. La placa de la puerta decía: DIRECTOR DE ASTRONOMÍA. Carter rebuscó la llave en el bolsillo.

–Estaba cerrado cuando vinimos a buscar al señor Wills –explicó el director del hotel.

Trumbo asintió y siguió a Carter a la pequeña habitación. No estaba preparado para lo que encontró.

El despacho era pequeño, no medía más de tres metros y medio por cuatro y medio; no había ninguna otra puerta, ni siquiera cuarto de baño ni armario, y casi todo el espacio estaba ocupado por un escritorio, archivadores y un telescopio grande sobre un trípode. Había algunos mapas del cielo clavados en las blancas paredes. El único rastro de desorden era el sillón del escritorio, que estaba tirado, y una grieta de dos metros y medio de alto en la pared de detrás del escritorio: una raja que iba del suelo al techo y comunicaba con la oscuridad. Y la sangre.

–¡Dios mío! –murmuró Trumbo.

Había sangre sobre el sillón tirado, sobre las blancas paredes, sobre el escritorio, sobre los papeles del escritorio; chorros de sangre sobre la silla al otro lado del escritorio, sobre los mapas del cielo y sobre el telescopio.

–¡Dios mío! –repitió Trumbo; y dio un paso atrás, hacia el pasillo. Miró a uno y otro lado del túnel débilmente iluminado y volvió al despacho del astrónomo–. ¿Alguien ha visto esto?

–No –dijo Carter–, sólo la señora Windemere, de contabilidad, que vino a buscar al señor Wills porque habían quedado para almorzar juntos. Estaba aquí cuando el señor Dillon abrió la puerta.

A Trumbo le costaba creerlo.

–¿La puerta estaba cerrada? ¿Alguien hizo esto mientras Wills estaba dentro con la puerta cerrada? –Se quedó mirando la grieta de la pared. No era lo bastante ancha para que pasara un hombre–. ¿Adónde da eso? ¿Cómo se ha abierto?

–No lo sabemos –respondió Dillon poniéndose detrás del escritorio. Sacó una linterna del bolsillo de la chaqueta e iluminó la grieta. La áspera superficie estaba impregnada de... algo–. Verá, estos terrenos están llenos de viejos conductos de lava. Aquí detrás debe de haber uno. Los albañiles encontraron muchos cuando realizaban las excavaciones para los túneles de servicio.

Trumbo se acercó un paso asegurándose de no pisar ninguna de las manchas de sangre del suelo. Trató de no tocar el escritorio, ni la silla, ni nada.

–Sí, pero ¿cómo se abrió esa grieta? Yo no he notado ningún terremoto. –Se volvió hacia Stephen Ridell Carter–. ¿Ha habido algún temblor?

El director estaba muy pálido. Apartó la mirada de los papeles manchados del escritorio de Wills y tragó saliva.

–Eh..., pues..., llamé al doctor Hastings al observatorio del volcán y me informó que entre las ocho de la mañana y las dos de la tarde hubo más de veinte movimientos sísmicos relacionados con las erupciones, pero ninguno de ellos se notó aquí; por lo menos, ninguno de los trabajadores de las catacumbas..., eh..., del túnel de servicio, notó nada. –Carter miró la grieta fijamente, como si algo fuera a aparecer por allí–. Si esto fue provocado por un terremoto, tiene que haber sido algo muy, muy localizado.

–Evidentemente –dijo Trumbo–. ¿Por qué estaba cerrada la puerta? –le preguntó a Dillon.

El director de seguridad alargó la mano y cogió una revista que había entre los papeles del escritorio del astrónomo. Estaba toda manchada de sangre entre dos páginas, pero Trumbo vio que era una foto en color de una mujer desnuda tumbada de espaldas y con las piernas abiertas.

–Fantástico –exclamó Trumbo–. A nuestro astrónomo le gustaba cascársela antes del almuerzo. –Volvió a mirar a Carter–. ¿Quién es esa tal señora Windemere de contabilidad? A lo mejor entró, se encontró a Wills con las manos en la masa, se puso celosa y lo cortó en pedazos con un cuchillo de carnicero o algo así.

El director lo miraba perplejo.

–Me parece bastante improbable, señor –dijo al fin–. La señora Windemere vino a buscarlo porque el señor Wills no se presentó a almorzar. Y cuando vio el estado del despacho se desmayó. Todavía está en la enfermería bajo los efectos de los sedantes.

–Perfecto. ¿Cuánto tiempo podemos mantenerla así?

–¿Cómo dice, señor? –preguntó Carter.

–También tenemos que mantenerla callada. No podemos mandarla a casa. Dígale al doctor Scamahorn que venga a verme. A lo mejor podemos tenerla dormida durante todo el día de mañana.

La expresión de Stephen Ridell Carter demostraba su opinión del plan.

Trumbo miró a su alrededor y llamó a Briggs con la mano.

–¿Con qué se le puede hacer esto a un hombre?

El corpulento jefe de seguridad se encogió de hombros.

–Con muchas cosas, jefe. Ha mencionado un cuchillo de carnicero. Cuando a alguien le clavan una de esas cosas sale mucha sangre arterial. Un hacha también sirve. Hasta un cuchillo grande o un arma automática, digamos una metralleta Uzi o una Mac-ten, llenarían todo de sangre. La gente suele subestimar la cantidad de sangre que tenemos.

Trumbo asintió.

–Sin embargo, hay un problema con eso –dijo Dillon con una mirada rápida, como de hurón, debajo de las tupidas cejas.

–¿Con qué? –preguntó Trumbo.

–Con los cuchillos de carnicero, las hachas o las armas automáticas. Desparraman sangre, pero siempre queda el cuerpo; al menos, partes del cuerpo. –Señaló la habitación vacía y levantó las manos–. A menos que hayan arrastrado a nuestro señor Wills por ahí... –e indicó con el pulgar la mellada grieta que tenía detrás.

–Para pasar por ahí tendrían que haberlo cortado en pedazos –comentó Briggs con una inflexión de interés profesional. Sacó su propia linterna del bolsillo de la chaqueta y se acercó a la grieta a mirar–. Por aquí detrás parece más grande, como un túnel o algo así.

–Que vengan unos hombres con picos –ordenó Trumbo– y que tiren esa pared abajo. Briggs, y tú, Dillon, comprobad qué hay ahí detrás.

–Señor Trumbo –dijo Stephen Ridell Carter, perplejo–, éste es el escenario del crimen. La policía se pondrá furiosa si tocamos algo. Creo que va contra la ley destruir pruebas.

Trumbo se pasó la mano por la frente. Tenía un terrible dolor de cabeza.

–Steve, no sabemos si es el escenario de un crimen. No sabemos si Wills está muerto. A lo mejor está en Kona, en un bar de *topless*. Lo único que veo es un despacho todo desordenado y una grieta en la pared que puede ser peligrosa. Tenemos que cerciorarnos de que no corre peligro la estructura. ¿Dillon?

–Sí, señor.

–Quiero que tú y Briggs echéis abajo la pared. Personalmente. No quiero más curiosos por aquí.

El hombre pequeño y barbudo frunció el ceño; Briggs, en cambio, parecía contento con la idea de tirar una pared.

Stephen Ridell Carter empezó a decir algo, pero en aquel momento alguien llamó a la puerta. Briggs abrió.

Will Bryant estaba allí y parecía preocupado.

–Señor T, ¿puedo hablar con usted un minuto?

Trumbo, en lugar de hacer pasar a su asistente, salió al pasillo. En el túnel, el aire era más fresco.

–Tenemos un problema –dijo Bryant.

Trumbo sonrió ligeramente.

–¿Sato?

–No, ellos están bien, a punto de terminar de almorzar. Empezaremos la próxima reunión dentro de una hora.

–¿Qué pasa entonces? ¿Más trozos de cuerpo?

Will Bryant negó con la cabeza.

–El avión de la señora Trumbo acaba de aterrizar. He mandado una limusina a recogerlos; a ella y a Kostler. Tienen una suite reservada aquí.

Trumbo no dijo nada. Trataba de imaginar qué cosa había hecho pasar a la fuerza por una grieta abierta en la pared el cuerpo descuartizado de un astrónomo cachondo. Se preguntaba si a aquella cosa, fuera lo que fuese, se la podría tentar para secuestrar a una férrea bruja, producto típico de Nueva Inglaterra, llamada Caitlin Sommersby Trumbo.

–Pero ése no es el problema –le estaba diciendo Bryant.

Trumbo casi se rió.

–¿No, Will? ¿Cuál es el problema?

Will Bryant raramente se mostraba nervioso, pero en aquel momento se echó el largo pelo hacia atrás con un gesto alterado.

–El Gulfstream de Maya Richardson acaba de ponerse en contacto con la torre de control. Aterrizará dentro de dos horas.

Trumbo se apoyó contra el muro. La áspera pared estaba fría y ligeramente húmeda bajo sus palmas frías y ligeramente húmedas.

–Bueno, sólo nos queda Bicki. Supongo que en este preciso momento, ahora mismo, debe de estar tirándose en paracaídas.

–Deavers ha llamado desde el aeródromo Lindbergh de San Diego –informó el asistente–. Su avión repostó allí hace una hora. El plan de vuelo tiene prevista la llegada a las ocho y treinta y ocho hora local.

Byron Trumbo asintió con la cabeza pero no dijo nada. Se estaba aguantando las ganas de reír. Carter, Dillon y Briggs salieron del despacho del astrónomo. El director cerró la puerta con llave.

Trumbo pasó una mano por el hombro de Will.

–Bueno, recibe a Caitlin y a ese cabrón chupasangre de Koestler de mi parte, ¿de acuerdo, Will? Dales *leis*, besos, frutas y la suite Ali'i, en el lado norte de la Gran Hale. Dile a ella que iré a verla en cuanto hable con el encargado de arte y un par de huéspedes sobre un perro y una mano desaparecida.

Bryant asintió comprensivo. El grupo avanzó a paso resuelto por el pasillo, débilmente iluminado.

Eleanor estaba cansada de las evasivas. Paul, Cordie y ella habían pedido ver al director, quien estaba ocupado, así que terminaron hablando con un hombrecillo barbudo que era el jefe de seguridad, un tal señor Dillon, quien les había pedido que repitieran la historia a su ayudante, un simpático negro llamado Fredrickson, mientras él iba a alguna parte. Paul Kukali también empezaba a aburrirse de repetir la historia.

–Vimos un perro que llevaba una mano humana en la boca –decía el encargado de arte–. Eso es todo. ¿No debería mandar a alguien a buscarla y... a buscar el resto del cadáver?

El señor Fredrickson sonrió con unos dientes muy blancos.

–Sí, señor. No se preocupe por eso. Pero empecemos otra vez. ¿Hacia dónde se fue el perro?

–Hacia el océano, por los campos de lava, justo al lado del sendero de *jogging* –respondió Cordie Stumpf echando una mirada a su reloj barato–; y hace más de cuarenta y cinco minutos que estamos contando la misma historia. Ya está bien. Tengo que volver a mis vacaciones. –Se puso de pie. El señor Fredrickson y Paul Kukali la imitaron.

En aquel momento se abrió la puerta de la sala y entró el señor Dillon con un hombre de mediana estatura y aspecto agresivo, que vestía un viejo pantalón corto y una camisa hawaiana desteñida. Eleanor lo reconoció inmediatamente por los reportajes en el *Time* y en el *Wall Street Journal*.

–¡Paul! –dijo Trumbo avanzando rápidamente y dando un apretón de manos al encargado de arte–. Hace mucho que no nos vemos.

Paul Kukali le devolvió el apretón con mucho menos entusiasmo que su jefe.

–Señor Trumbo, vimos...

–Ya sé, ya sé –interrumpió Trumbo volviéndose hacia Cordie y Eleanor–. Terrible. ¿Y quiénes son estas señoras tan encantadoras? –preguntó con una amplia sonrisa.

Cordie Stumpf apoyó su peso sobre la otra pierna y se cruzó de brazos.

–Estas encantadoras señoras son dos tercios del trío que vio a un perro correr por su propiedad con la mano de alguien en la boca –respondió–. Y, si me lo pregunta, le diré que este complejo hotelero está muy mal organizado.

La sonrisa de Trumbo siguió en su sitio; ahora empezaba a parecer un rictus.

–Sí, sí, el señor Dillon me lo ha dicho. –Se volvió hacia el encargado de arte–. Paul, ¿está usted seguro de que era una mano humana? A veces los cangrejos blancos se parecen mucho...

–Era una mano –interrumpió Paul–; y la vimos los tres.

Trumbo asintió, como si estuviera sopesando nueva información. Se volvió hacia las mujeres.

–Pues bien, señoras, quiero pedirles disculpas personalmente por este desagradable suceso. Desde luego que lo investigaremos. Y me disculpo de nuevo por cualquier trastorno o inconveniente que pudiera haberles producido. Nos haremos cargo de su estancia en el Mauna Pele, y si podemos hacer algo más por ustedes, no duden en decírnoslo y nos ocuparemos en el acto..., de manera gratuita, por supuesto. –Volvió a sonreír.

–¿Y listo? –exclamó Cordie.

–¿Cómo dice? –preguntó Trumbo a través de la sonrisa.

–¿Y listo? ¿Le estamos diciendo que hay un perro dando vueltas por aquí con una mano en la boca, y nos da una habitación gratis y nos echa?

Byron Trumbo suspiró.

–Señorita..., eh...

–Stumpf –repuso Cordie–; y señora.

–Señora Stumpf: el señor Dillon y los demás caballeros con los que han hablado están muy preocupados por todo esto, y, naturalmente, encontraremos al perro y... lo que haya que encontrar. Pero creemos saber el origen de este... desgraciado incidente.

Paul, Cordie y Eleanor esperaron. El señor Fredrickson también parecía esperar.

–Lamentablemente, hace poco hubo un desgraciado accidente. Alguien se ahogó en el mar a pocos kilómetros de aquí –explicó Byron Trumbo–. Un nativo se cayó por la borda de la barca y se ahogó. Se encontró parte del cuerpo, pero..., bueno... los tiburones ya se habían ensañado y los restos no estaban... intactos. Es probable que ese perro..., que, a propósito, debe de ser un animal abandonado, porque en el Mauna Pele no tenemos perros..., ese perro abandonado habrá encontrado algunos de los restos y los habrá traído aquí. Nos disculpamos sinceramente por el trauma que pueda haberles causado todo esto.

Paul Kukali tenía el ceño fruncido.

–¿Se refiere al chico samoano que se ahogó en Miloii?

Trumbo dudó y miró a Dillon. El jefe de seguridad asintió.

Paul Kukali sacudió la cabeza.

–Eso fue hace tres semanas; y el cuerpo del chico se encontró al norte, a kilómetros de aquí. La mano que vimos era la de un hombre blanco.

El señor Dillon lanzó un grosero bufido.

–Cuando un cuerpo ha estado semanas en el agua...

–Lo sé –interrumpió Paul–, pero esa mano no estaba blanca ni hinchada. Se veía el bronceado. Y no creo que haya estado en el agua. Era la mano de un hombre blanco...

–No veo ninguna razón para seguir molestando a las señoras –dijo Trumbo señalando a las dos huépedes–. Estoy seguro de que la señora Stumpf y la señora..., eh...

–Perry –dijo Eleanor–. Señorita.

–Estoy seguro de que la señora Stumpf y la señorita Perry preferirían seguir disfrutando de sus vacaciones mientras nosotros discutimos este asunto. –Trumbo sacó dos tarjetas de la cartera y garabateó algo en ellas–. Señoras, si tienen la amabilidad de entregarle esto a Larry, en el bar El Naufragio, les preparará mi cóctel favorito..., una fórmula secreta... que llamo Fuego de Pele. Cortesía del Mauna Pele, naturalmente.

Cordie miró la tarjeta y después levantó la vista y miró al multimillonario.

–Todo eso está muy bien, Trumbo, pero voy a decirle una cosa: yo ya lo tengo casi todo gratis. Gané el concurso de Vacaciones con los Millonarios por el estado de Illinois.

–Ah –exclamó Byron Trumbo con la sonrisa todavía en su sitio–. Un estado muy bonito. Conozco muy bien a uno de los senadores de Illinois.

Cordie levantó la cabeza.

–¿Ah, sí? ¿A cuál?

–Al senador más antiguo –respondió el multimillonario, seguro de que esa mujer pálida y regordeta no conocería el nombre–. Al senador Harlen.

Cordie Stumpf se rió.

–Entonces ya somos dos –dijo.

–¿Cómo dice? –preguntó Trumbo.

–No importa. –Cordie miró a Eleanor–. ¿No está cansada de todo este absurdo?

Eleanor asintió, pero dudó un instante. Miró al jefe de seguridad y al propietario.

–Es verdad que hemos visto la mano. Parecía como si la hubieran amputado limpiamente..., casi quirúrgicamente. Y Paul tiene razón: era la mano de un hombre blanco, con las uñas cuidadas, y no tenía aspecto de haber estado en el agua.

Trumbo afirmó con la cabeza, cansado, al tiempo que su sonrisa desaparecía.

–Señorita Perry... –Eleanor esperó–. Le pediría como un favor personal que ninguna de ustedes dos mencionara esto a los otros huéspedes. Los inquietarían sin... motivos. Les aseguro que llegaremos al fondo de todo esto.

–Si no hablamos, ¿nos meterá en el ajo? –inquirió Cordie.

Trumbo parpadeó.

–¿Perdón?

–Si nos dirá lo que descubran, si nos tendrá al tanto de lo que encuentren.

–Naturalmente –respondió Trumbo. Miró al jefe de seguridad–. Señor Dillon, tome nota de mantener informadas a las señoras de cualquier novedad en la investigación.

El hombrecillo asintió con la cabeza, sacó un bloc y una pluma del bolsillo de la chaqueta y apuntó algo ostentosamente.

–Supongo que la policía local querrá hablar con nosotras –dijo Eleanor.

–Casi seguro –corroboró Trumbo en voz baja.

Eleanor dudó.

–Me alojaré aquí toda la semana –dijo–. Sus empleados ya saben en qué *hale* estoy.

–Gracias –replicó Trumbo con voz zalamera–. Señora Stumpf, ¿podemos hacer algo más por usted?

Cordie ya había abierto la puerta antes de que Dillon o Fredrickson lo hicieran.

–Sí, salude a Jimmy de mi parte la próxima vez que lo vea.

–¿Jimmy? –preguntó Trumbo sonriendo otra vez.

–El senador –respondió.

Eleanor y Cordie salieron juntas.

14 de junio de 1866, volcán de Kilauea.

Con el reverendo Haymark como dudoso guía, el señor Samuel Clemens y yo nos preparamos para el descenso de medianoche al cráter del Kilauea.

Sabía que la expedición era una locura, pero la conciencia de cometer una locura raramente me ha disuadido de embarcarme en una aventura. Y tampoco en este caso me sirvió de disuasión. Nuestros preparativos fueron modestos: el cuidador nos dio una linterna a cada uno, unos sólidos bastones para caminar, una bolsa de lona y pan, queso y vino para «un picnic en el volcán» cuando llegáramos al lago activo de lava, a varios kilómetros de la base del cráter.

Como ni Hananui ni ninguno de los nativos quisieron servirnos de guía en esa noche en particular –al parecer, otra caldera de la base del cráter amenazaba con desbordarse–, nuestro guía anterior nos llevó hasta la «escalera», un abrupto sendero esculpido en una grieta de la pared del cráter, a mitad de camino entre la Casa del Volcán y el mirador de techo de paja. El reverendo Haymark aseguró que ése era el camino por el que había descendido en previas expediciones, y con el corpulento ministro en cabeza, yo en medio y nuestro corresponsal de California cerrando la marcha, empezamos a bajar por una tortuosa escalera de lava de trescientos metros hasta la base del cráter. Creo que el hecho de que estuviese tan oscuro era una ventaja –las paredes de roca que nos rodeaban apenas reflejaban la luz del volcán, que tornaba rojas la cara y las manos–: los pequeños círculos en balanceo que dibujaban las linternas no nos permitían ver el terrible destino que nos aguardaba si tropezábamos con un escalón o hacíamos un movimiento en falso.

Cuando llegamos a la base del cráter resultó evidente que, así como la superficie de lava tibia parecía bastante sólida desde nuestra ventajosa posición de arriba, en realidad se trataba de miles de rajas, grietas y fisuras a través de las cuales se veía debajo la roja superficie de la lava todavía derretida. El reverendo Haymark afirmó que recordaba el camino. Con la linterna, encontró el trecho de lava uniforme que tenía delante y empezamos a cruzar la base del cráter.

La lava, aunque «enfriada», todavía estaba lo suficientemente caliente como para entibiarme la planta de los pies a través de las robustas botas. No podía imaginarme el calor que en aquel momento tendría la lava que hervía a la altura de nuestra cabeza y más arriba, en burbujeantes calderos a pocos metros a derecha e izquierda.

–Creo que sólo son unos cientos de metros por esta parte difícil –anunció el reverendo; y echó a andar a través de la piedra caliente con cierta prisa. Seguí el haz de luz de la linterna, que apenas me permitía no perder al clérigo. Mis abultadas faldas hacían reverberar el calor contra las botas. El señor Clemens también caminaba de prisa, detrás, con el cigarro en la boca todavía encendido, lo cual, en aquel lugar infernal, era como una redundancia. Pero, por lo menos allí el tufo de azufre tapaba el olor del cigarro.

Me resulta imposible, a pesar del poco tiempo transcurrido desde que viví esta experiencia, describir adecuadamente lo maravilloso que es estar en medio de un volcán en actividad. Si bien al principio parecía que nos moviéramos en un vacío iluminado de rojo, sólo rocas, muy pronto nuestros ojos se acostumbraron más a la ardiente iluminación que nos rodeaba que a los haces de luz de nuestras linternas, de manera que la base del volcán se convirtió en un lugar fantástico: terrazas de piedra negra, lagos de llamas, cataratas, acantilados, conos, ríos de fuego líquido, montañas de ceniza, grandes masas de lava cayendo, escarpados abismos llenos de humo y vapores sulfurosos. El Kilauea lanzaba, respiraba, jadeaba y vomitaba su ardiente veneno por encima de nosotros, sin pensar en nosotros, tan indiferente a nuestra intrusión como lo haría el gran dios Vulcano ante la tímida presencia de tres pulgas en su gran horno llameante.

Y eso era: un horno llameante. Creo que hasta el señor Clemens se dio cuenta de que nuestra impulsiva decisión había sido una locura, porque cuando el reverendo se detuvo para comprobar el sendero y enjugarse el sudor de la cara, el corresponsal gritó desde el otro lado de la crujiente y quebradiza piedra tibia:

–¿Está usted seguro de que conoce el camino?

–Durante el día, y con guía, es más fácil –respondió el clérigo con los ojos en blanco y vacíos por la horrible luz. Debió de ver preocupación en nuestros rostros, porque no tardó en añadir–: Pero pronto habremos pasado la peor parte. Y después sólo se trata de caminar sobre roca.

Resultó que quedaban unos cuatrocientos metros de «la peor parte» y tuvimos que saltar sobre estrechos precipicios donde la lava fluía por debajo, a decenas de metros. Imaginar las consecuencias de fallar el salto me habría paralizado, así que dejaba a un lado mis pensamientos y saltaba. La temperatura del aire recalentaba mis faldas. En un momento dado caí en un agujero que no había visto, sintiendo que las llamas lamían mis botas; sin esperar a que los asustados caballeros bajaran las linternas para sacarme, apoyé las manos en la roca y salí sola. La piedra, debajo de mis palmas, estaba tan caliente que los gruesos guantes de piel de perro que llevaba casi se quemaron. Las manos se me llenaron de ampollas como si las hubiese apoyado sobre una superficie candente.

No les dije nada a mis compañeros; me limité a levantar la linterna y seguí al reverendo en su lento y dificultoso avance por la base del cráter.

Debimos de tardar poco más de una hora en cruzar el cráter del Kilauea, pero a causa de la débil luz, el constante peligro y la permanente necesidad de mirar dónde pisábamos, aun a sabiendas de que era absolutamente imposible ver, el viaje nos pareció interminable. Hasta que, de repente y sin ningún aviso, llegamos junto al fuego, al mismísimo borde del Hale-mau-mau.

Las palabras comunes para describir aquello son casi inútiles. Las que me vienen a la mente: fuentes, surtidores, fuego, chorros, explosiones, no trasmiten la completa y abrumadora sensación de estar en otro mundo, la fuerza absoluta y la aterradora grandeza de lo que vimos.

El lago era de unos ciento cincuenta metros de ancho en su parte más estrecha y casi ochocientos de largo. Las orillas eran paredes perpendiculares que ascendían de la masa de lava negra –el mismo material «enfriado» sobre el que caminábamos y que hacía que mis botas humearan por el calor–, ninguna de las cuales tenía menos de un metro y medio de alto; algunas más de sesenta. Parecían los negros acantilados de Dover pero emergiendo, incandescentes, de canales de fuego estancado, con grandes bocanadas de vapor y niebla sulfurosa que lo teñían todo de profundos rojos y naranjas de la hirviente lava. Estas nubes de vapor llegaban hasta el borde del cráter, que ahora estaba a una inapreciable distancia encima de nosotros, y hasta la ardiente cortina de nubes bajas.

Pero fue el lago de fuego lo que atrajo entonces mi atención; y, creo, lo que nunca olvidaré.

La lava brotaba en grandes olas que estallaban sobre sí mismas y sobre los negros acantilados, que intentaban contenerla. Burbujeaba por delante, por encima, y se arremoli-

naba en miles de ardientes torbellinos que hacían chocar la piedra derretida sobre los muros de contención. Justo delante de nosotros, once fuentes de fuego coagulado eyaculaban su efluvio incandescente en el aire, que luego volvía al lago de fuego que lo había generado. Por todas partes se oía el silbido y el crujido de rocas que se petrificaban, el murmullo del vapor que surgía de mil grietas ocultas, el rugido de las superficies que se expandían y contraían... y, debajo de todo esto, las constantes ondas de calor de este océano de fuego, este lago de nueva creación que se revolvía y respiraba a nuestros pies.

Me volví hacia el reverendo Haymark, pero el clérigo estaba mirando con la boca abierta, los ojos vidriosos, mientras murmuraba algo a propósito del espectáculo:

–Nunca lo había visto de noche... Nunca lo había visto de noche...

Entonces me volví hacia el señor Clemens, como retando al joven y descarado corresponsal a que no se tomara en serio esta maravilla; pero éste había tirado el cigarro y miraba con expresión exaltada como de religioso respeto. Se volvió hacia mí, pues había percibido mi mirada –las cejas, el bigote y los rizos pelirrojos se habían teñido de color naranja por la luz del lago–, y abrió la boca como para hablar, pero no dijo nada.

Asentí con la cabeza y me puse a ver el espectáculo con él.

Estuvimos durante más de dos horas a orillas del Halemau-mau, la morada de madame Pele, y observamos cómo se formaban bancos de lava endurecida, rampas e islas en el lago de fuego, que sucumbían al calor y se convertían en roca líquida una vez más mientras las olas se elevaban, el nivel de la lava crecía, el calor nos empujaba hacia atrás y la materia incandescente volvía a convertirse en roca negra que creaba nuevas orillas y bajíos, nuevas paredes de acantilados y conos. Y durante todo el tiempo, los conos que surgían de este foso de llamas líquidas vomitaban sus chorros incendiarios hacia las nubes. Hasta la roca sobre la que estábamos parados se rajó y se movió ofreciéndonos nuevas vistas del magma que teníamos debajo. Fue allí donde hicimos el picnic; comimos el pan y el queso que nuestro anfitrión nos había dado y bebimos vino en vasos que había envuelto cuidadosamente y guardado en nuestras bolsas.

–Será mejor que regresemos –dijo al fin el reverendo Haymark con voz ronca, como si hubiera estado gritando, pese a que habíamos guardado silencio casi todo el tiempo que permanecimos sobre la infernal orilla.

El señor Clemens y yo nos miramos, como si fuéramos a protestar, a amotinarnos y a quedarnos donde estábamos, toda la noche, todo el día, hasta la gloria de otra noche en el reino de Pele.

Pero no nos amotinamos, claro, aunque creo que ambos adivinamos ese momento de locura en los ojos del otro. En cambio, asentimos y nos alejamos sin perder de vista el mar de llamas, hasta que la cordura nos obligó a vigilar dónde poníamos el pie y a seguir el balanceo de la linterna de nuestro guía.

Confieso que dejé mi linterna en el suelo en cuanto vi el mar de fuego y no volví a cogerla; ni volví a acordarme de ella cuando me alejé de aquel terrible océano. La rojiza luz era tan brillante y estaban mis sentidos tan cautivados por toda la inquietante grandeza que me rodeaba que no pensé en la linterna. No pensé en nada más que en el espectáculo y en los olores, que se habían apoderado de mí como jamás me sucedió antes en mis treinta y un años de vida. Otra vez en medio de los dos caballeros, y viendo que el señor Clemens llevaba su linterna y que el reverendo avanzaba con su habitual regularidad, caminé distraída y laboriosamente con mis botas llenas de humo sobre la negra superficie de lava, demasiado fatigada y abrumada para pensar.

Por lo tanto, me sobresalté cuando la asustada voz del reverendo gritó:

–¡Alto!

Tanto el señor Clemens como yo nos quedamos inmóviles, a unos tres metros el uno del otro.

–¿Qué pasa? –preguntó el corresponsal con voz un poco tensa.

–Nos hemos salido del sendero –respondió el clérigo.

Oí que su voz temblaba. Mis piernas también empezaron a agitarse levemente.

Los dos, Haymark y Clemens, levantaron inmediatamente las linternas sin moverse del sitio, pero a nuestro alrededor todo era una negrura interrumpida sólo por el resplandor de la lava a través de las estrechas grietas.

–Aquí la superficie es más alta –dijo el reverendo Haymark–. Estamos mucho más arriba de la capa gruesa. La lava es quebradiza; hay una capa muy fina. Me di cuenta de la diferencia del ruido mientras caminaba. Reconozco que no estaba prestando atención.

El señor Clemens y yo no dijimos nada.

–Si volvemos sobre nuestros pasos... –dijo por fin el corresponsal.

La linterna del reverendo se balanceaba desesperadamente iluminando de vez en cuando su aterrorizada cara.

–Eso va a ser muy difícil, señor. Nos hemos alejado mucho de montículo en montículo. Un paso en falso y traspasaríamos la superficie, de manera que caeríamos desde trescientos metros de altura sobre la lava.

–Creo que unos doscientos metros serían suficientes –repitió el señor Clemens el chiste que había hecho hacía unas horas.

Yo estaba tan aterrorizada ante la posibilidad de traspasar la traicionera corteza que sentí que no podía respirar.

–Podríamos esperar a que amanezca –propuse. Pero faltaban horas para el alba y comprendí que no podíamos quedarnos allí de pie toda la noche. Así lo dije.

–Podríamos volver con mucho cuidado hasta encontrar el sendero –dijo el reverendo Haymark, y, dando un único paso, desapareció, al traspasar la corteza de lava.

Mi grito debió de sonar en la oscuridad como un lastimoso gemido en medio del rugido de la lava y el silbido del vapor.

11

Mientras la luz de la lava
brille sobre el lago de lava
deslumbrando a la luz de las estrellas;
mientras, de día, el plateado vapor
flote sobre la montaña,
la gloria de Kapiolani se asociará
en Hawa-i-ee con todo eso.

ALFRED LORD TENNYSON
Kapiolani, 1892

El jefe de seguridad Matthew Dillon, Matt, no estaba de mal humor cuando cruzó las puertas señaladas con el cartel SÓLO PERSONAL AUTORIZADO y bajó por la rampa hasta las catacumbas, en el subsuelo del Mauna Pele. Dillon había trabajado brevemente para el FBI, y después, un cambio raro, para la CIA durante siete años hasta entrar en la esfera de la seguridad privada. Su especialidad era la lucha antiterrorista, concretamente el terrorismo dirigido a grandes instalaciones. Para ser un experto en proteger esas instalaciones, Dillon se había convertido en un experto en aterrorizarlas. Hasta había llegado a ofrecer sus servicios a los militares cuando los idiotas que rodeaban al presidente Carter planeaban el rescate de los rehenes de la Embajada de Estados Unidos en Irán. Dillon se había alegrado de que el Ejército no aceptara la ayuda del FBI y, en cambio, considerase su participación en aquella monumental cabronada.

Cuando Pete Briggs, que había asistido a un curso que él dio sobre seguridad de ejecutivos, le propuso que trabajara para Byron Trumbo hacía ya cinco años que Dillon se ganaba la vida como asesor privado. A Dillon no le interesaba un empleo así, el trabajo sedentario de seguridad le aburría espantosamente, pero Briggs había insistido, lo llevaron en un avión privado de San Diego a Nueva York y Trumbo lo entrevistó personalmente. El empleo parecía interesante –más que ser un simple director de seguridad, su labor consistía en resolver problemas por el vasto imperio de empresas, casinos y hoteles– y le pagaban el doble de lo que ganaba como asesor incluso en esos brillantes momentos de secuestros de ejecutivos y atentados, así que Dillon aceptó.

Durante un año o dos le había divertido viajar por todo el mundo para investigar amenazas de chantaje y fallos en la seguridad, descubrir a los ladrones en los casinos y oficinas del señor Trumbo y hasta dar una buena paliza a los enemigos más cutres del señor T. cuando había que hacerlo. Dillon nunca había tenido muchos miramientos para trabajar en las zonas oscuras de la legalidad, ni para descender a la abierta ilegalidad cuando el trabajo lo exigía. Trumbo se había dado cuenta de ello y utilizaba a Dillon en consecuencia.

Cuando empezaron las desapariciones en el Complejo Hotelero Mauna Pele, hacía seis meses, Dillon había volado rumbo al oeste. Su plan era llegar extraoficialmente para hacerse una idea del lugar. Al principio se divirtió tomando el sol y pasándose las tardes en el bar El Naufragio mientras se hacía el turista idiota para ver qué pasaba. Stephen Ridell Carter dirigía el barco severamente. El entonces jefe de seguridad del Mauna Pele, un ex policía hawaiano llamado Charlie Kane, era un vago, pero no totalmente incompetente. La policía local había investigado las posibilidades más previsibles: ex empleados enfadados, locos del lugar, alguien con algún odio personal contra Trumbo; pero no había encontrado nada. Tras una semana de infructuoso trabajo clandestino, Dillon se había presentado a Carter y a Kane, así como a la policía local, y había empezado a trabajar con ellos. Pero sin resultados.

El fracaso le hacía sentirse frustrado. Cuando Trumbo, después de despedir a Charlie Kane, le pidió que asumiera el puesto de jefe de seguridad del complejo «hasta que todo esto se resuelva», Dillon había aceptado pensando que sería cuestión, como mucho, de unas pocas semanas. Dejar un misterio sin aclarar no era su estilo.

Ahora, al cabo de seis meses, Matthew Dillon estaba harto de Hawai, harto del Mauna Pele, harto del sol, el aire puro y el ruido de las olas. Quería estar en Nueva York en invierno, con sus calles sucias y sus taxistas maleducados. Quería vigilar algún casino del señor T. en Las Vegas o Atlantic City; trabajar de noche en un espacio cerrado en el que no se supiera si era de día o no.

Y, ahora, esto. Trozos de cuerpo en el campo de golf. Tres desaparecidos de Nueva Jersey. El astrónomo evaporado en medio de chorros de sangre. Matthew Dillon sonrió y apretó el paso por el túnel de servicio mientras se palmeaba la funda de la pistola sobre la cadera.

La oficina del astrónomo estaba abierta. Dillon desenfundó la Glock nueve milímetros y empujó la puerta suavemente.

Pete Briggs estaba de pie en el centro de la habitación con un mazo de diez kilos y frotándose la barbilla. Dillon volvió a guardar la semiautomática.

–¿De verdad vas a tirar abajo esa pared?

Briggs no se volvió. Dillon sabía que aquel hombretón, aunque parecía un atleta medio tonto, era astuto. Y un buen empleado de seguridad. Dillon conocía a un montón de profesionales peores para proteger a alguien.

–Sí –respondió Briggs.

–La bofia local se va a cagar en nuestros muertos.

–Sí –repitió Briggs. Evidentemente no le interesaba cómo reaccionaría la policía local. Cambió la maza del hombro izquierdo al derecho y miró a Dillon–. Te estaba esperando.

Dillon levantó una ceja tupida.

Briggs le señaló con la cabeza la linterna de seis pilas.

–Supongo que será mejor que yo ilumine mientras tú tiras la pared –dijo Dillon levantando la linterna.

–De acuerdo.

Briggs cogió unas gafas protectoras, se las puso, apartó el

escritorio con una manaza, apoyó el mazo apreciativamente sobre la parte más ancha de la grieta y dijo:

–Será mejor que te apartes.

No había mucho espacio por detrás; Dillon se apoyó contra la pared opuesta y levantó la linterna.

–Saca la pipa, también –pidió Briggs.

Dillon lo miró con gesto de extrañeza.

–¿Para qué? ¿No pensarás que eso que se ha llevado a Wills va a salir de la grieta a buscarte?

Briggs no sonrió.

–Mientras pico, mantén la linterna y la Glock apuntadas sobre el agujero.

A Dillon no le gustaba aceptar órdenes, pero se encogió de hombros y sacó la nueve milímetros de la funda. Las luces del techo eran suficientes para la pequeña habitación, pero apuntó la linterna que sostenía con la mano izquierda hacia el agujero, justo encima de la derecha, en la que tenía la pistola, tal como le habían enseñado: cañón y haz de luz juntos.

–Listo –dijo.

Pete Briggs levantó la maza y la dejó caer con toda su fuerza sobre la pared.

Eleanor había observado la puesta de sol sobre el océano desde la playa cercana a su *hale*. Después se dirigió al bar El Naufragio para tomarse una copa. Había pocos huéspedes, dispersos en algunas de las muchas mesas colocadas debajo del techo de paja y en la terraza de piedra que daba al mar. Eleanor se sentó sola en un extremo de la terraza, pidió un gintónic y se lo bebió despacio mientras, sobre el oeste, el rosa del cielo pasaba al rojo y al violeta oscuro. Las siluetas de las palmeras se recortaban contra el firmamento. Eleanor divisó el resplandor del este a medida que la luz del volcán iluminaba la nube de ceniza, que había cambiado otra vez de dirección, nublando la costa de Kona. La playa estaba vacía cuando apareció, corriendo por el sendero, un solitario hawaiano cubierto simplemente con el taparrabos tradicional. Portaba una antorcha con la que encendía las lámparas de gas que bordeaban los caminos. Las llamas se agitaron y arremolinaron al viento.

Eleanor estaba absorta en sus pensamientos –los sucesos del día, el perro con su siniestro juguete y lo que ella buscaba en este viaje– cuando levantó la mirada y vio a Cordie Stumpf con una botella en la mano.

–Eh, Nell, ¿te importa que me siente? –preguntó Cordie. Empezaba a tutearla.

–No, claro que no –respondió Eleanor.

«¿Nell?», pensó. Le gustaba bastante. Las solteronas de cada generación de su familia habían tenido un sobrenombre durante los últimos años de su vida: tía Kidder, tía Mittie, tía Tam, tía Beanie... Ella podía ser «tía Nell».

–Esta tarde nos han dado largas, ¿no? –comentó Cordie tomando un trago de cerveza.

Eleanor asintió sin apartar los ojos del cielo, que se iba oscureciendo.

–Definitivamente, Trumbo quiere esconder todo esto debajo de la alfombra –continuó Cordie–. La policía no se ha puesto en contacto conmigo. ¿Y contigo?

–No.

–Apuesto a que Trumbo ni la llamó.

–¿Y por qué no va a llamarla? –Se interesó Eleanor.

Mar adentro, se recortaba la silueta triangular de un barco contra la línea violeta del horizonte. A pesar del viento que empezaba a levantarse, el océano parecía completamente en calma; las olas casi no rompían sobre la arena, a unos quince metros de distancia.

Cordie se encogió de hombros.

–Probablemente trata de evitar la publicidad.

Eleanor se movió para mirarla fijamente.

–¿Cómo va a hacer algo así? Se expone a que lo comentemos con alguien, o a que llamemos a la policía esta noche..., o ahora mismo.

Cordie se sirvió más cerveza, bebió y se lamió la espuma de los finos labios.

–Sí, pero no lo vamos a hacer. Estamos de vacaciones.

Eleanor no sabía si Cordie bromeaba.

–Además –continuó–, creo que Trumbo trata de vender este lugar. Quizás intenta tapar la noticia hasta que se lo endose a esos jodidos nipones que paseaba esta mañana.

Eleanor dio un respingo al oír la palabra «jodidos».

–¿Cómo sabes lo de Byron Trumbo? –preguntó.

–Por el *National Enquirer* y *A Current Affair* –respondió Cordie–. ¿No has oído nada de los problemas con su mujer y sus novias?

Eleanor negó con la cabeza.

–Es peor que lo de Donald Trump hace unos años con... como se llame. Trumbo se está divorciando de una mujer lista; le ayudó a levantar su imperio, o, por lo menos, eso es lo que dice el abogado de ella. Y después empezó a salir con esa supermodelo...

–Maya Richardson –dijo Eleanor; y se acabó el *gin-tonic*.

Cordie sonrió.

–El *National Perspirer* sí que lo lees.

–Sólo echo un vistazo a los titulares cuando estoy en la cola del supermercado.

–Sí –dijo Cordie–, ja, ja. Bueno, en *A Current Affair* dicen que Trumbo tiene un romance con una modelo más joven, que Maya todavía no ha descubierto quién es. –Hizo una seña para llamar al camarero. Cuando el joven se acercó a la mesa, Cordie le enseñó la tarjeta que les daba derecho a beber gratis durante toda su permanencia–. Probaremos uno de los tragos favoritos del señor Trumbo –pidió–. El Pelo de Pele.

–El Fuego de Pele, querrá decir –corrigió el camarero, un joven rubio, guapo y bronceado.

–Lo que sea –replicó Cordie–. Traiga dos –y le miró el trasero mientras se retiraba.

–No sé si debo mezclar bebidas –dijo Eleanor.

Cordie levantó las cejas.

–Ah, ¿no querías probarlo? –Esperó un momento y sonrió–. Vaya, ¿tienes apetito después de lo que hemos visto hoy?

Eleanor titubeó.

–Empiezo a dudar de lo que he visto.
–Pues no lo dudes. Hemos visto lo que hemos visto. Y yo he visto cosas aún más raras.
Eleanor iba a preguntarle qué cosas aún más raras había visto, pero Cordie continuó hablando:
–¿Qué sabes del perro?
–Sólo vi que era negro y grande. Una especie de labrador gigante.
–Yo lo he visto esta mañana temprano, al amanecer –dijo Cordie aproximándose más–. Corría por la playa.
–Ah, sí –recordó Eleanor–, me preguntaste si había visto un perro negro. Lo había olvidado.
Cordie asintió.
–¿Le viste los dientes? Por eso te pregunté esta mañana si lo habías visto.
–¿Los dientes? –Eleanor trató de recordar. El perro había estado delante de ellos sólo unos segundos antes de desaparecer por los campos de lava. Se acordaba del susto que había tenido al darse cuenta de lo que llevaba en la boca, y la sensación que experimentó de que en el animal había algo raro, pero no recordaba nada especial respecto a sus dientes–. ¿Qué pasa con los dientes?
Cordie se echó hacia atrás mientras le servían la copa y esperó a que el chico se marchara.
–Tenía dientes humanos –respondió.
Eleanor parpadeó.
–De veras –recalcó Cordie Stumpf mientras se acercaba el vaso. Era alto, rojo, y tenía una rodaja de naranja flotando–. Pongo a Dios por testigo de que el maldito perro tenía dientes humanos. Como una dentadura postiza. Esta mañana, en la playa, ese bicho me sonrió.
–Debes de estar confundida.
–Ja, ja. He tenido tantos hombres como perros y sé muy bien cómo son. Esta tarde, con esa mano que le colgaba de la boca, si no hubiera sabido lo que debía mirar no me habría dado cuenta; pero lo sabía y vi que era verdad: que tenía dientes humanos.
Eleanor se sentía ligeramente mareada. Cordie Stumpf le

caía bien y no quería que resultara una loca. Para ocultar la confusión, se acercó el vaso, retiró la pequeña sombrilla y una ramita de menta y dio un sorbo.

–Es dulce; me pregunto qué llevará.

–De todo –dijo Cordie–. Se parece al té helado Long Island, que lleva licor de cereza y al menos cuatro bebidas alcóholicas más. Me tomo dos de éstos y me pongo a bailar desnuda en el bar.

Eleanor trató de imaginársela, pero apartó rápidamente la imagen de su cabeza.

–Hablando de bailar desnuda –continuó Cordie–, ¿qué piensas de Paul?

Eleanor casi se atragantó.

–¿Qué pasa con él?

–Parece que le pones cachondo, Nell –sonrió Cordie.

Que ella recordara, nadie había usado esa frase en su presencia. Tardó unos segundos en contestar.

–Te equivocas.

–Ja, ja.

–El doctor Kukali no me interesa. –Se dio cuenta de lo enfática que sonaba, como un profesor riñendo a un alumno, pero no podía evitarlo.

–Lo sé –replicó Cordie sin parar de sonreír–; se te nota. Pero estoy segura de que el doctor K. no te diría que no. Los hombres, a veces, son más complicados que un laberinto.

Eleanor decidió cambiar de tema.

–De todas formas, el doctor Kukali me dijo que esta tarde volvía a Hilo. Sólo trabaja en el Mauna Pele una vez por semana.

–No creo –replicó Cordie–; me parece que esta noche se queda aquí.

Eleanor tomó otro trago. Era demasiado dulce, pero agradable.

–¿Por qué lo dices?

Cordie señaló con la cabeza la entrada de la terraza.

–Porque acaba de entrar en el bar y viene hacia nuestra mesa.

14 de junio de 1866, volcán Kilauea.

Cuando el reverendo Haymark atravesó la capa de lava seca, mi primer pensamiento fue: «¡Se va a volatilizar y las llamas nos consumirán a todos!». Fue un pensamiento indigno y la hipótesis no pudo demostrarse, puesto que el robusto clérigo sólo se hundió hasta sus brazos extendidos.

-¡No se muevan para salvarme! –gritó.

Su altruismo era, evidentemente, mucho mayor que el del señor Clemens o el mío, puesto que ninguno de los dos había hecho, ni pensado hacer, el menor movimiento para rescatar a nuestro guía. Dudo de que, en efecto, en aquel momento yo fuera capaz de dar un paso.

El clérigo se levantó solo, con mucho esfuerzo y jadeando, y se alejó del agujero a cuatro patas. A través de la abertura irregular se veía el resplandor del magma. El reverendo se puso de pie cuidadosamente y recogió la linterna que se le había caído.

–Busquen el sendero alrededor. Es una superficie más dura y seca que ésta.

El señor Clemens y yo miramos ansiosamente de un lado a otro sin mover un pie sobre la traicionera superficie, pero toda la zona alumbrada por la linterna parecía igual. Fuera cual fuese la superficie del sendero, la luz de la linterna no conseguía iluminarla. Estábamos irremediablemente perdidos en una quebradiza corteza sobre un lago de lava.

–Rápido, apaguen las linternas –gritó el reverendo.

El corresponsal lo miró tan sorprendido de la sugerencia como yo, pero seguimos el ejemplo de nuestro robusto guía. Al cabo de un minuto todo era oscuridad salvo el diabólico resplandor del lago de lava que habíamos dejado atrás y de las numerosas fisuras que nos rodeaban.

–No me di cuenta de que habíamos perdido el sendero por el aspecto de la superficie –explicó el reverendo Haymark en voz baja, como si cualquier ruido fuerte nos fuera a precipitar a través de la quebradiza corteza–, sino por el sonido.

–¿Qué quiere decir? –preguntó el señor Clemens.

–El sendero está liso por el uso. Las zonas que nadie ha pisado tienen esas finas agujas de lava. Escuchen. –Movió la

bota por la superficie y oímos el débil crujido de las agujas aplastadas por su pie–. Fue este ruido el que me indicó que nos habíamos perdido.

Miré a mi alrededor en la oscuridad. Quizá volveríamos a ver el sendero cuando lo encontráramos, pero por ahora era invisible.

–¡Cierren los ojos! –exclamó el reverendo; y empezó por hacerlo él mientras mantenía el peso de su cuerpo sobre la pierna izquierda y movía el pie derecho en pequeños círculos.

El señor Clemens y yo nos percatamos inmediatamente de la sensatez de la maniobra de nuestro guía. Cerramos los ojos y empezamos a buscar el crujido indicador debajo de nuestras botas. Si alguien nos hubiera visto, le habríamos parecido un espectáculo cómico: los tres aventureros sobre una sola pierna en aquella oscuridad diabólica, moviendo la otra en círculos pequeños como si practicáramos un paso de ballet con los ojos cerrados y una evidente expresión de miedo cada vez que avanzábamos el pie para aumentar el área de nuestra búsqueda. Con cada movimiento, yo temía traspasar la superficie y estaba segura de oír un crujido generalizado, como si estuviéramos sobre una capa de hielo quebradizo que fuera a romperse bajo nuestros pies.

–¡Lo he encontrado! –gritó Samuel Clemens.

El reverendo y yo abrimos los ojos y le vimos con la pierna derecha completamente estirada y pasando la bota por encima de una superficie a nuestra izquierda. Yo no sabía cómo se las arreglaba para mantener el equilibrio en esa posición tan cómica.

–Tiene otro sonido –dijo–. Voy a dar otro paso para ver si mis oídos son fiables. A lo mejor es una capa más fina.

–¡Por favor, tenga cuidado, señor Clemens! –exclamé. Mientras lo decía me di cuenta de lo obsurdo de mi petición.

El corresponsal me echó una mirada; le brillaban los ojos debajo de las espesas cejas.

–Señorita Stewart –empezó seriamente.

–¿Sí?

–Si la superficie no me aguanta, ¿puede llevar un mensaje a California?

Mi corazón dio un vuelco. Hablaba con voz afligida.

–Sí, señor Clemens.

–¿Podría averiguar quiénes son las jóvenes que he cortejado alguna vez y decirle a cada una de ellas que fui al encuentro de la muerte con su nombre en los labios?

Como no había respuesta para semejante impertinencia me limité a decir:

–Adelante, señor Clemens.

El corresponsal dio un largo salto y cayó con ambos pies, como un niño jugando a la pídola. La superficie aguantaba su peso. Se agachó y palpó el terreno con ambas manos.

–Aquí está el sendero –anunció–. Desde aquí veo adónde conduce.

Los cinco o seis pasos que tuvimos que dar el reverendo y yo para llegar a terreno sólido fueron el viaje más largo de mi vida. Una vez que tuvimos la certeza de que, efectivamente, era el sendero que habíamos seguido hasta el lago de lava y que nos llevaría de regreso, encendimos las linternas y avanzamos con más cuidado que antes. Los cientos de metros que aún tuvimos que recorrer sobre la superficie caliente y llena de estrechas grietas, que tan aterradora nos pareció en la caminata de ida, fueron un juego de niños después de los horrores del Hale-mau-mau y nuestro subsecuente percance.

Cuando subimos los últimos metros de la escalera y salimos al borde del cráter, ya casi era de día. Hananui nos estaba esperando allí, feliz como un perro fiel al ver a sus amos. Yo creí al principio que nuestro guía estaba en su puesto por lealtad profesional, pero, a través de su exaltada cháchara, me pareció que había sucedido algo extraordinario aquella noche en la Casa del Volcán.

–Despacio, despacio –le dijo el reverendo Haymark apoyando sus manazas sobre los hombros del hawaiano como si calmara a un niño–. Explícanoslo despacio.

–Misioneros; vinieron de Kona –jadeó el hombrecillo con los ojos abiertos como platos– y huyeron.

El señor Clemens estaba encendiendo un cigarro. Parecía haber esperado salir sano y salvo del cráter sólo para poder fumar.

–¿Huyeron de qué? –preguntó.

–¡De Pana-ewa! –jadeó Hananui–. ¡De Ku y Nanaue!

El reverendo Haymark dio un paso atrás con expresión de disgusto, por no decir de repugnancia, en el rubicundo rostro.

–¿Qué? –preguntó el señor Clemens chupando del cigarro para encenderlo. Tenía cara de algo parecido al interés profesional.

El clérigo agitó una mano, como restándole importancia.

–Son dioses locales –dijo con voz despreciativa–. Semidioses, en realidad. Monstruos.

El señor Clemens se acercó al guía, quien, obviamente, estaba aterrorizado.

–¿Qué pasa con ellos? –preguntó.

–Sueltos. Todos sueltos. Matar mucha gente abajo, en pueblo de Kona. Matar a la mayoría de los misioneros. Los de la Casa del Volcán escapar. Escapar a Hilo.

El señor Clemens sacudió el cigarro hacia arriba y sus ojos brillaron con la anhelante malicia que le había visto en el cráter.

–¿Dices que han asesinado a los misioneros de la costa de Kona?

Hananui asintió, pero evidentemente no era ésta la causa de su perturbación.

–La puerta de Milu estar abierta –murmuró.

El reverendo Haymark le dio la espalda.

–Creo que ese Milu es su dios del mundo subterráneo –explicó–; una especie de Plutón.

Hananui asentía y negaba con la cabeza al mismo tiempo.

–Lugar de Milu. Mundo subterráneo de Milu. Tierra de Milu donde viven los fantasmas.

El reverendo Haymark suspiró y levantó la linterna.

–Regresemos. Tenemos que enterarnos de lo que les ha pasado a los misioneros de Kona.

Avanzamos laboriosamente los últimos cientos de metros que nos faltaban hasta el hotel, el reverendo y yo delante, demasiado cansados para hablar, y el señor Clemens detrás con una mano en el hombro del balbuceante Ha-

nanui mientras le hacía preguntas y escuchaba las confusas respuestas. Yo estaba demasiado cansada para prestar atención.

Byron Trumbo y su equipo estaban en la mitad de una cena larga y relativamente formal –Trumbo iba vestido con ropa «aloha»: camisa hawaiana, pantalones y calzado de deporte– con Hiroshe Sato y su gente cuando empezó el mal tiempo y las malas noticias.

El mal tiempo venía, evidentemente, del este, trayendo los fuertes vientos del volcán que habían cubierto el cielo desde últimas horas de la tarde. Al anochecer, las hojas de las palmeras danzaban salvajemente bajo el *lanai* del sexto piso que ocupaba Sato y empezó a oler a lluvia. La lluvia no era un problema, puesto que el *lanai* estaba techado y protegido con toldos, pero el viento dificultaba la conversación y la operación de servir.

Después, los ayudantes de Will Bryant empezaron a entrar con malas noticias, la mayoría de las cuales llegaban también del este. Bryant escuchaba al ayudante y esperaba el momento oportuno, en el que todo el mundo hablaba, para limpiarse la boca con una servilleta y susurrar algo al oído a su jefe.

–La señora Trumbo y su abogado quieren hablar con usted. Están en la suite Ali'i. La señora insiste en que quiere verlo esta noche –le dijo en el momento en que sirvieron los langostinos.

Trumbo se limitó a sacudir negativamente la cabeza y Will salió solo a tratar con la bruja. Regresó diez minutos más tarde.

–Insiste en que sea esta noche. Dice que es importante. Koestler estará con ella. Dice que, si no va, vendrá ella aquí e interrumpirá la cena. Está al tanto de lo de Sato –le explicó Bryant en voz baja.

–Joder –murmuró Trumbo; y sonrió al doctor Tatsuro, que estaba enfrente. Éste levantó la vista sorprendido.

El abogado que representaba a Trumbo en el divorcio,

Benny *Carne Cruda* Shapiro, todavía estaba en Nueva York. Caitlin no jugaba limpio.

–La señora Richardson acaba de llegar –susurró Will a las ocho menos cuarto, entre la sopa y los platos de pescado–. Le hemos dado la *hale* Premiere Taiti, en el promontorio.

Trumbo asintió. El promontorio de la península era el lugar ideal para alojar a Maya por ser el más alejado de la Gran Hale y de Caitlin. Por suerte, lo que a la ex modelo le gustaba era el lujo y que la sirvieran –y la *hale* Premiere Taiti tenía piscina propia, cocinero y mayordomo–; por lo tanto, no tendría ningún motivo para ir al edificio principal.

–Dice que necesita hablar con usted –murmuró Will Bryant.

–¿Esta noche?

–Inmediatamente.

–Me cago en Dios –dijo Trumbo; y sonrió otra vez al doctor Tatsuro, que movía la cabeza como uno de esos muñecos para coches.

A las ocho y media, durante el plato principal, de ternera criada en el rancho Parker, en la costa de Kohala, Will susurró:

–Bicki acaba de aterrizar. Viene hacia aquí.

El ayudante de Trumbo prefería en general nombrar a la gente por los títulos o los apellidos, pero Bicki había sido siempre Bicki, por lo menos desde que Trumbo la conocía: una modelo en ascenso que había alcanzado la jerarquía de Prince, Madonna u otras celebridades de un solo nombre. A Trumbo le gustaba esa sencillez; equilibraba el pendiente en la nariz y en la lengua que su nueva aventura había exhibido durante el último mes. Trumbo detestaba la sensación que le producía besar a Bicki y encontrarse con esas diminutas bolas de acero en el anverso y reverso de la lengua de la chica. Ella insistía en que lo tomara como si fuese un caramelo, pero a Trumbo tampoco le hacía gracia la idea de besar a alguien con la boca llena de golosinas. Por lo tanto, huía de la parte de los besos, que, de todos modos, nunca había sido para él muy importante. Pero le ordenó que no se perforase los pezones ni ninguna otra parte más al sur. Bicki se enfurruñó, pero había obedecido.

–¿Dónde la ponemos? –le cuchicheó a Will.

–Tenemos el viejo barracón de la construcción –respondió el asistente.

Durante un segundo, Trumbo pensó que Will bromeaba, pero recordó esa cómoda casa que habían levantado en el extremo sur de la bahía cuando construían el Mauna Pele. El «barracón de la construcción» era en realidad una casa de tres dormitorios situada cerca del hoyo catorce del campo de golf, a unos cientos de metros de los senderos que llevaban a las *hales*. Nadie se había alojado allí más que Trumbo, que la usaba cuando visitaba las obras. El barracón no tenía playa, pero estaba en una loma baja con unas preciosas vistas a la bahía y la península sur. El lugar lo usaban de vez en cuando ocasionales y lascivas personalidades, como el senador de Illinois, que exigía permanecer totalmente invisible con sus compañeras menores de edad.

–Buena idea –dijo Trumbo–. Bicki es demasiado tonta para darse cuenta de lo aislada que está. Asegúrate de que tenga un cocinero y un criado.

–Ya lo he hecho –respondió Will antes de volver a sentarse a la mesa.

–Ah –exclamó Trumbo llamando a su asistente con el dedo–. ¿A quién ha puesto Briggs para proteger a Bicki y a Maya? –A Trumbo no le importaba que el «asesino del Mauna Pele» se cargara a Caitlin y a su abogado de mierda.

Will Bryant se acercó otra vez a su jefe y se agachó al lado de la silla. Vaciló un momento antes de contestar.

–He puesto a Myers para que vigile a la señora Richardson y a Courtney para que vigile a Bicki.

–¿Los has puesto tú? ¿Dónde está Briggs?

–Bueno, tenemos un pequeño problema.

Sato, el doctor Tatsuro y Sunny Takahashi miraban a Trumbo por encima de los trozos de carne. Trumbo creía francamente que si oía la palabra «problema» una vez más vomitaría. Se inclinó sobre Bryant tratando de parecer completamente tranquilo e indiferente.

–¿Qué problema?

–Parece que el señor Briggs y el señor Dillon han desaparecido –murmuró.

Trumbo se contuvo para no arrancar mechones de pelo: ni los suyos ni los de Will Bryant.

–Les dije a Briggs y Dillon que echaran abajo esa pared de la oficina del astrónomo.

Will asintió. También sonreía, como si fuera sólo un lacayo de Trumbo comentándole alguna divertida trivialidad a su jefe.

–Sí, la pared ha desaparecido, igual que Briggs y Dillon. Hay allí una especie de cueva. El señor Carter me ha pedido que le pregunte si quiere que entre alguien a buscarlos.

Trumbo se lo pensó durante un instante.

–Que se jodan –dijo. Y se volvió hacia sus invitados–: Buena carne, ¿no?

–Muy tierna –dijo Hiroshe Sato.

–Muy buena –dijo Sunny Takahashi.

–Deliciosa –dijo el viejo Matsukawa.

–Muy mala para las arterias –dijo el doctor Tatsuro.

Con la llegada de la tormenta, Eleanor, Cordie y Paul Kukali se habían trasladado del bar El Naufragio al comedor principal, en la terraza del Mirador de Ballenas, para seguir conversando.

Paul, cuando las vio en el bar, había sentido vergüenza de acercarse a ellas, pero le pareció que debía disculparse por lo que habían visto y lo que les había pasado aquella tarde. Antes de que Eleanor dijera nada, Cordie lo invitó a charlar con ellas y después continuaron la conversación en el comedor. Fuera, un fuerte viento agitaba las palmeras y sacudía las buganvillas.

Paul les explicó que se había quedado a pasar la noche para asegurarse de que la información que ellos habían dado no cayera en saco roto.

–Deberíamos llamar a la policía –dijo Eleanor.

Paul sonrió.

–Ya lo he hecho. Charlie Ventura, el *sheriff* de Kona, es amigo mío. Me ha dicho que es jurisdicción de la policía estatal...

–Sí –interrumpió Cordie–, Hawai Cinco Cero, como en la tele.

Paul volvió a sonreír.

–Es un departamento un poco diferente. En fin, Charlie no estaba seguro de que hoy hubiera alguien de la policía estatal por aquí. Están muy ocupados con los poblemas que el cierre de carreteras está causando entre Hilo y esta zona. Y la gente de Charlie está muy ocupada con los turistas que llegan de la costa norte de Kona...

–¿Pero mandarán a alguien? –preguntó Eleanor.

Paul asintió.

–Charlie me dijo que últimamente no se había denunciado la desaparición de nadie. Y mencionó que el chico samoano se había ahogado...

–Hace tres semanas.

–Sí.

–Bueno, veo que no le ha hecho mucho caso al señor Byron Trumbo. Espero que no se quede sin trabajo por esto –dijo Eleanor.

Paul Kukali volvió a mostrar sus blancos dientes.

–No sería una gran pérdida. Todavía tengo mi empleo de profesor en la universidad. El dinero extra no está mal... me ha permitido comprar una casa cerca de Waimea... pero no fue ésa la razón de haber aceptado el trabajo.

Hablaron un rato sobre su casa cerca de Waimea, sobre la conservación de los lugares de interés arqueológico, sobre una cosa y otra, hasta que el viento, cada vez más fuerte, les obligó a trasladarse al comedor.

–Supongo que una mano no basta para quitarnos el apetito –comentó Cordie mientras se dirigían a una mesa junto a la ventana–. A lo mejor, si el perro hubiera vuelto con más pedazos de cuerpo me habría conformado con poca cosa, pero ahora mismo tengo un hambre que me comería un caballo.

–El caballo no lo recomiendo –sonrió Paul–, pero el *a'u* es bastante bueno.

–¿Pero eso no es lava? –preguntó Cordie mientras se ponía unas gafas de montura negra para estudiar el menú.

–No –dijo Paul–, la lava es a *a'a*. *A'u* es pez aguja o pez espada; carísimo pero excelente.

Cordie dejó el menú.

–Perfecto. Yo no pago; aquí el que paga es el dueño del burdel, el señor Trumbo. Que sea un *a'u*.

Paul también pidió un *a'u* y Eleanor se decidió por el *ulua*, un pescado de cabeza plana que había probado, con diferentes nombres, en Sudamérica y otros lugares.

El camarero les preguntó si querían algún aperitivo y, antes de que nadie rechazara la oferta, Cordie pidió Fuego de Pele para todos. Al cabo de un momento la conversación empezó a girar en torno al trabajo de Eleanor.

–Si se ocupa de los filósofos de la Ilustración, debe de estar desconcertada por el universo creador de mitos de mis antepasados –comentó Paul.

–En absoluto –replicó Eleanor–. Eran los filósofos los que estaban desconcertados por el esquema mental creador de mitos de quienes les habían precedido, o sea, los cristianos y los judíos, pero ellos se esforzaron en volver a un enfoque esencialmente pagano, aunque con un científico giro racionalista. –Dio un sorbo a su roja copa y sonrió al sentir el calor que se expandía por su cuerpo.

–Sí, un giro hacia el racionalismo científico.

Eleanor asintió.

–Para los filósofos, el esquema mental creador de mitos era un velo que había que atravesar por medio de una crítica sistemática, tal como habían codificado los griegos y ordenado los romanos.

Cordie Stumpf los miraba como una espectadora en un partido de tenis.

–Pero la creación de mitos era una fase por la que había que pasar –insistió Paul mientras jugueteaba con la ensalada–. Un velo que oscurecía tanto como protegía.

Eleanor volvió a asentir.

–Sí, pero con la pérdida de ese velo perdimos también el brillo iridiscente de la experiencia inmediata, esa excitación que producía acercarse a las cosas como fuerzas vivas, tanto en su antigua cultura como en la mía.

–¿En la antigua cultura de usted? –dijo Paul.

–La Europa precristiana –respondió Eleanor–. Los místicos celtas. Y tengo algunos antepasados nativos americanos... siux, creo.

–Aun así, para los hawaianos todo era una fuerza viva... una fuente de *mana*. Me resulta difícil imaginar a Diderot, Voltaire, Lessing, Rousseau o David Hume cerca de este enfoque epistemológico.

El camarero retiró los platos de ensalada. Los tres bebieron agua de unos vasos muy altos. Detrás de las ventanas, el viento traía el ruido de las olas, un sonido tan extrañamente arrullador como el del agitarse de las palmeras.

–La lucha entre la creación de mitos y la certeza racional es anterior a la época de la Ilustración –dijo Eleanor. Sentía el calor de aquellas copas tontas apoderándose de todo su ser. Parte de su mente pensaba que era raro ir con una blusa de seda de manga corta y cenar con las ventanas abiertas y una brisa cálida en lo que aún era una noche de invierno–. En la obra de Lucrecio *De rerum natura* se repite constantemente lo siguiente: «Esta aterradora oscuridad de la mente no requiere, sin embargo, los rayos del sol ni las brillantes flechas del día; sólo la desvanecerá el conocimiento de la forma de la naturaleza».

Paul sonrió otra vez.

–Sin embargo, los hawaianos que vivieron en esta misma costa hace quince siglos tenían un conocimiento íntimo de la naturaleza, de las plantas, los animales, las criaturas del mar, el volcán.

Cordie, inclinada hacia delante como si esperase su oportunidad de intervenir, dijo:

–Háblenos del volcán.

Paul Kikali parpadeó.

–¿Del Kilauea o del Mauna Loa?

–De los dos.

–Es infrecuente que los dos estén activos al mismo tiempo –respondió–. Los habitantes de la isla de Hawai estamos acostumbrados a las erupciones. Son más o menos constantes y, por lo general, amenazan sólo a las construcciones que la gente levanta en sitios absurdos.

–¿El complejo Mauna Pele es un sitio absurdo? –preguntó Cordie.

Paul dudó un instante.

–Según la mayoría de los estudios hechos, no. Es una zona que ha tenido actividad volcánica... erupciones de lava incluso... pero no en este siglo. Como han podido observar durante estos días de intensa actividad, lo único que se ve aquí es una nube de ceniza y el reflejo de la luz del volcán.

Cordie se acabó su Fuego de Pele.

–Una vez vi una película con... Paul Newman, creo, Ernest Borgnine, James Franciscus y muchos otros actores de esos que trabajaban en esas viejas películas de desastres como *Aeropuerto*, que trataba de un hotel en los trópicos que quedaba enterrado en lava... –Eleanor y Paul permanecieron esperando seguir el hilo de la historia–. Pues bien –continuó Cordie al cabo de un momento–: tiene bastante que ver con lo que hablamos.

Paul negó con la cabeza.

–Ha sido un error construir el Mauna Pele, pero no porque vaya a quedar sepultado bajo la lava en un futuro inmediato. –Parecía casi arrepentido de haberlo dicho.

–Me gustaría ver de cerca los volcanes –se oyó Eleanor decir a sí misma. El alcohol la había afectado más de lo que creía.

–Es difícil –respondió Paul–. Ahora, el Parque Nacional de los Volcanes está cerrado debido a las erupciones. Si la gente acudiera en tropel con todos esos gases sería mortal.

–¿No fue eso lo que sucedió con los enemigos del rey Kamehameha, que murieron por el efecto de los gases venenosos? –preguntó Eleanor.

Empezaba a lloviznar. El ruido del agua sobre el techo del *lanai* era agradable; el aroma de la vegetación, casi erótico.

–Sí –respondió Paul–. En 1790, cuando el jefe Keoua regresaba de un ataque contra los aliados de Kamehameha, decidió dividir su ejército en tres partes y volverlas a reunir en la caldera para ofrendar sacrificios a Pele. Cuando dos de los grupos alcanzaron al primero, se los encontraron a todos muertos, hombres, mujeres y niños, por el efecto de una nube de gas venenoso que descendía por la ladera de la montaña.

–Eso no les habrá subido mucho la moral –dijo Eleanor.

Paul movió negativamente la cabeza.

–Al año siguiente, Keoua se rindió; lo asesinaron y ofrendaron su cuerpo como sacrificio. Y Kamehameha consolidó su dominio sobre todas las islas.

–¿Fue muy lejos de aquí? –preguntó Cordie.

–¿Qué?

–Lo del gas.

–No, en la ladera de esta misma zona de fallas suroccidental. Las huellas del ejército en retirada de Keoua todavía se ven sobre el barro solidificado.

En aquel momento llegó la comida. Durante un rato, la conversación giró en torno a lo deliciosos que eran los platos de pescados.

–Ya veo por qué no es posible acercarse ahora a los volcanes –dijo al fin Eleanor.

Paul se quedó mirándola con el tenedor en el aire.

–La única forma de ver la erupción es desde un helicóptero. Naturalmente, todos los de la isla están reservados desde hace semanas. Salen de los grandes complejos del norte y de Hilo. Los vuelos, que suelen costar unos cien dólares, ahora están por los quinientos o seiscientos.

–Demasiado caro para mí. Y tampoco puedo quedarme varias semanas.

Paul bajó el tenedor.

–Creo que podría arreglarlo.

Eleanor observó con atención al encargado de arte. No parecía que hubiera ninguna segunda intención en sus ojos ni en su conducta.

–¿De veras? –exclamó–. Bueno, no es tan importante, y...

Paul la detuvo con una mano.

–Tengo un amigo que tiene un helicóptero en Maui. Mañana vendrá a la isla de Hawai; y me debe un favor. Llegará a última hora de la tarde, pero por la noche es la mejor hora para ver la erupción.

–No quisiera que se molestase... –empezó Eleanor.

Paul rechazó las protestas con la mano.

–No, creo que es una buena idea. A mí también me gustaría ver las erupciones y sería una oportunidad perfecta. De veras, si no quiere ir no hay problema, pero, si le apetece, arreglaré una pequeña excursión para mañana a última hora.

Eleanor vaciló sólo un segundo.

–Me encantaría –se volvió hacia Cordi–. ¿Tú también quieres ver las erupciones?

–No mucho –respondió ésta–. No me gusta el fuego, y tampoco las explosiones; y detesto volar. Id vosotros y después me lo contáis.

Eleanor y Paul trataron de convencerla, pero ella se mostró inflexible.

–Mi idea de las vacaciones no incluye caerme de un helicóptero dentro de un lago de lava –dijo para acabar con el tema.

Se callaron un momento para oír el rugido de la tormenta, cada vez más feroz. Las hojas de las palmeras se agitaban enloquecidas junto a la terraza. Los relámpagos iluminaban el cielo y se cortó la electricidad. Como ya había velas en las mesas no cundió el pánico entre los pocos clientes que cenaban, pero los camareros se apresuraron a llevar lámparas con velas más luminosas. Muy pronto el comedor quedó alumbrado por una luz suave e íntima. Los relámpagos continuaron su viaje hacia el sur y el oeste.

–¿Esto sucede a menudo? –preguntó Eleanor a Paul–. Los cortes de luz, quiero decir.

–De vez en cuando. El complejo tiene su propio generador para las cosas indispensables: neveras, iluminación de las catacumbas, las suites de los ejecutivos del señor Trumbo...

–¿Catacumbas? –preguntó Cordie levantando la cabeza como un perro de caza.

Paul Kukali les explicó lo de las áreas de servicio subterráneas.

–Creo que hay una visita guiada el miércoles –añadió mientras tomaba un trago de vino.

–A mí no me gustan las visitas guiadas, pero me gustaría ver esas catacumbas –comentó Cordie.

El encargado sonrió.

–Mi despacho está allí abajo. Podemos ir después de cenar, si quieren. Estoy seguro de que va contra las reglas llevar a los huéspedes del hotel, pero como ya tengo problemas con el jefe, en fin... qué importa.

Brindaron por ello con unas copas de vino.

–¿Qué puede contarme sobre Pana-ewa, Nanaue y Ku? –preguntó Eleanor al cabo de un rato.

Paul dejó el tenedor.

–¿Por qué me lo pregunta?

–Porque he leído sobre ellos.

Paul Kukali la observó con gesto serio.

–Son monstruos, dioses, espíritus. –Miró a Cordie Stumpf–. Por aquí no hay ningún antiguo cementerio hawaiano, pero se supone que esos seres están sepultados cerca.

Los ojos de Cordie brillaron.

–Cuéntenos.

Paul respiró hondo y comenzó a hablar de Pana-ewa, Nanaue y Ku con el rostro iluminado por la oscilante llama de la vela.

12

Las estrellas, la luna, están en llamas;
arden los meses fríos;
vuela el polvo sobre la isla, la tierra está reseca;
el cielo está bajo, se encrespan los mares en el abismo,
el océano se agita, surge la lava del Kilauea,
olas de fuego cubren la llanura:
Pele está en erupción.

Canto tradicional a Pele

Briggs y Dillon se habían adentrado unos treinta metros por el conducto de lava.

–Esto está jodido –dijo Dillon mientras iluminaba con la linterna el rastro de sangre sobre el negro basalto.

Los dos habían sacado las pistolas –Dillon, la Glock nueve milímetros semiautomática; Briggs, una treinta y ocho especial de la policía– y Dillon seguía aguantando la linterna.

Un momento antes, Briggs había terminado de echar abajo la pared y cuando apareció la caverna y las huellas de coágulos de sangre que se alejaban, dejó el mazo y pasó por encima de los escombros seguido de Dillon. El conducto de lava era más liso que la mayoría de las cuevas. Tenía unos tres metros de altura, con unas franjas estriadas allí donde la lava se había secado y encogido hacia ambos lados. La textura le recordaba a Dillon la pared muscular de los intestinos: una imagen no muy tranquilizadora.

Habían actuado con prudencia profesional, como dos policías que entran en una casa de drogadictos donde hay un sospechoso de asesinato: pistolas en mano –Dillon con la linterna– y con coraje; hombro con hombro, cubriéndose mutuamente.

Todo estaba en calma. La cueva no tenía estalactitas ni estalagmitas. El suelo era de basalto liso y se elevaba ligeramente al perderse de vista en un recodo a la derecha, hacia donde Dillon calculaba que estaba el océano. El ancho rastro de sangre se alejaba hacia la izquierda.

–Tal vez necesitaríamos refuerzos, ¿no? –había dicho Dillon mientras apuntaba hacia el recodo por el que desaparecía el rastro de sangre.

–Sí –respondió Briggs al tiempo que avanzaba hacia la curva del túnel–. Veamos al otro lado del recodo; puede que..., ¿cómo se llama?..., que Wills esté allí.

Dillon podía elegir entre seguirlo o dejar que el hombretón entrara solo en la oscuridad. Decidió seguirle. Al cabo de cinco minutos, después de otras dos curvas y unos treinta metros, deseó haberse quedado a la entrada.

–Esto está muy jodido –repitió.

Empezaban a cansársele los brazos de sostener la Glock en posición de disparo y a la vez la linterna. Avanzaban lo más cuidadosa y silenciosamente que podían y se detenían cada pocos segundos para escuchar y vigilar lo que dejaban detrás. Dillon recordaba, por las sesiones de entrenamiento de hacía unos años, que Briggs era muy rápido y ligero para un hombre de su tamaño. El haz de luz recorría la negra lava y las estrías de las paredes.

–Lo que haya cogido a Wills lo arrastró un buen trecho –susurró Briggs. Ambos se esforzaban por oír cualquier ruido.

Dillon asintió. La sangre brillaba a la luz de la linterna.

–¿Has visto esa película..., *Alien*? –preguntó en voz baja.

–Cállate –respondió Briggs–. Ilumina allá abajo. –Se agachó cerca de una mancha de sangre sobre el basalto, alargó la mano y levantó del suelo un trozo de tela.

–¿Qué es?

–Un trozo del traje del pobre capullo, creo. Lino gris.

–Sí, Wills vestía bastante bien.

–Está mojado –dijo Briggs–; como...

–¿Como qué?

Dillon movía la linterna en rápidos círculos, sin dejar ningún área demasiado tiempo a oscuras. Tenían una visibilidad de unos diez metros entre curva y curva.

–Como si lo hubieran masticado –respondió Briggs.

–Vaya –repuso Dillon–. En fin, voy a regresar. Creo que si hago venir a todo el equipo de seguridad podemos tener a unos treinta hombres con radios y armas automáticas. Lo que sea o quienquiera que se haya llevado a Wills lo habrá arrastrado a kilómetros de aquí. Estos túneles son enormes.

–¿Ah, sí? –dijo Briggs. Volvió a dejar en su sitio el trozo de tela masticado–. Estás cagado, ¿no?

Dillon suspiró. Ya puedes enseñarles a estos idiotas lo que quieras: a pesar de todo, siguen confundiendo cerebro con testosterona.

–Llámalo como quieras. Voy a volver para pedir refuerzos y la linterna se va conmigo. Si quieres, quédate aquí –dijo Dillon; y dio media vuelta, balanceando la linterna mientras se alejaba.

Briggs esperó sólo unos segundos antes de seguirle sin dejar de apuntar a la oscuridad. Dillon, en aquel momento, esperaba toparse con algún grave peligro –quizá media docena de fanáticos nacionalistas hawaianos con hachas al otro lado de la curva–, pero sólo oyeron el ruido de sus propias pisadas hasta que superaron el último recodo y vieron la luz de la oficina del astrónomo que iluminaba la entrada de la cueva. Dillon no paraba de volverse y vigilar lo que dejaba atrás, para luego enfocar la linterna en la dirección opuesta. Cuando llegaron a la grieta, hasta se asomó para asegurarse de que no había nada en el despacho de Wills. Menuda broma si los atrapaban y mataban tan cerca del final. La oficina estaba vacía y los fluorescentes del techo les deslumbraban terriblemente, acostumbrados ya a la oscuridad de la cueva.

Todavía dentro del túnel, se detuvieron un minuto ante la pared derrumbada.

–El señor T se va a cabrear de verdad –dijo Briggs. Dillon se encogió de hombros. No era problema de ellos–. No podemos meter a treinta hombres aquí debajo –continuó Briggs–. La ex del señor T está aquí y pronto llegarán sus dos ligues. Van a necesitar protección. Además hay algunos hombres de seguridad que se ocupan del grupo de Sato.

–Muy bien –corroboró Dillon–, entonces pondremos diez hombres en el túnel con radios y metralletas y convertiremos el despacho en centro de operaciones. La cuestión es que no estemos tú y yo solos con una linterna tropezando por ahí como esos gilipollas de las películas de monstruos. Ya sabes: «Separémonos; tú vas por allí y yo por aquí», y ese tipo de idioteces.

Briggs asintió con un gruñido.

–¿Quién habrá hecho esto? ¿Cómo ha podido pasar el cuerpo de Wills por esa estrecha grieta?

–Cómo coño voy a saberlo –empezó a decir Dillon; pero en aquel momento se apagaron las luces.

Ambos reaccionaron con presteza y se agacharon, con el brazo que sostenía la pistola extendido. Dillon recorría el túnel con el haz de luz de la linterna.

–Entra en el despacho –murmuró–. Yo te sigo. Cúbreme cuando entre.

Briggs acababa de levantarse para pasar por la grieta cuando Dillon oyó el ruido.

–¡Shhhh! –murmuró.

Briggs se quedó inmóvil y volvió el arma hacia atrás.

Algo arañaba y gemía en dirección a la huella de sangre. Dillon se apoyó sobre una rodilla, sosteniendo con firmeza la Glock y la linterna. El haz de luz iluminaba la pared de la cueva a la altura del recodo.

–¿Qué coño es eso? –susurró Briggs.

El ruido era cada vez más fuerte, una especie de ronquido, resuello y bufido; y, fuera lo que fuese... ¡era grande! Dillon se imaginó a un luchador japonés asmático.

–Dos disparos de advertencia –murmuró. Pensó que el señor T preferiría que cogieran vivo al cabrón.

–De acuerdo –replicó Briggs en voz baja–. Yo dispararé mis dos tiros de advertencia en la cabeza del hijo de puta. Tú dispárale los tuyos en el pecho.

Dillon no respondió. El resuello, el bufido y el ronquido eran cada vez más fuertes y cercanos; sin duda provenían del otro lado de la curva. Por lo tanto no habría sorpresas. Tardó dos segundos en mover el haz de luz hacia la derecha y luego hacia la izquierda. Algo áspero rascaba sobre la piedra. Unos pies, quizá. ¿Pezuñas? Parecían más de dos pies. Dillon oyó la respiración, un jadeo ronco por debajo de los bufidos y los resuellos. Ya se había preocupado de poner un cargador nuevo en la semiautomática y de quitar el seguro. El percutor estaba preparado; el haz de luz, absolutamente inmóvil.

El ronquido y el pesado jadeo se interrumpieron durante un instante al otro lado del recodo; los arañazos sonaban vacilantes y Dillon se dio cuenta de que también él contenía la respiración. Briggs se agachó a su lado con la treinta y ocho cogida con las dos manazas.

De pronto recomenzó el resuello, se intensificaron los arañazos y la luz iluminó algo muy grande.

–¿Qué coño es eso? –exclamó Briggs; y se puso de pie.

El cerdo era gigantesco, de más de un metro de altura y alrededor de un metro ochenta de largo. Dillon apenas podía calcular el peso... ¿unos doscientos kilos? Las patas parecían demasiado finas para soportar semejante envergadura. Se detuvo a unos siete metros, sin parar de resollar; sus extraños ojos rojos brillaban a la luz de la linterna.

–¿Qué cojones es esto? –dijo Briggs bajando una mano de la treinta y ocho.

–Cuidado –le advirtió Dillon, quien siguió agachado, con la linterna y la Glock inmóviles–. Estas colinas están llenas de cerdos salvajes..., jabalíes. Son terriblemente peligrosos.

El cerdo, a la luz de la linterna, se veía enorme pero no especialmente peligroso; parpadeaba confuso, deslumbrado por la luz. Tenía algo extraño en los ojos. El animal se acercó un poco más.

–Pero, por favor, ¿estás diciendo que este cerdo de los cojones rompió la pared, sacó a Wills por una grieta de veinte centímetros y se lo comió? –dijo Briggs con los brazos extendidos pero bajando el arma.

–No, pero..., ¡joder! –exclamó Dillon. Acababa de darse cuenta de lo que había de raro en los ojos del animal. Tenía demasiados. Por lo menos cuatro a cada lado del descomunal hocico, unos ojos pequeños y muy juntos que, ahora que el cerdo se había acercado, resultaban perfectamente visibles. Dillon apartó el haz de luz durante unos segundos y los ojos siguieron brillando solos, como si el rojo le viniera de un fuego propio.

Volvió a iluminarlo en el preciso momento en que el animal abrió la boca. No eran los dientes de un puerco, sino de algo así como un jaguar, todos ellos colmillos e incisivos, y también brillaban.

–¡Dios mío...! –exclamó Briggs; y volvió a levantar la treinta y ocho.

En aquel momento, el animal se movió increíblemente rápido; las pezuñas rascaron la lava por encima de la sangre y los dientes brillaron mientras se precipitaba sobre ellos. Las explosiones, unidas a los destellos de luz, retumbaron en el túnel cuando Briggs y Dillon abrieron fuego.

15 de junio de 1866, Casa del Volcán.

Un día muy extraño. Estoy tan cansada por la excursión de anoche y las terriblemente difíciles decisiones de hoy, que apenas tengo fuerzas para acercar la pluma al papel.

Si es que anoche dormí, el sueño se limitó a una agitación intermitente, llena de visiones del infierno y pesadillas de demonios. Todos nos despertamos temprano, hasta los tres peregrinos del cráter, para seguir escuchando la historia de la terrible desgracia de los cinco misioneros que se han refugiado aquí en su huida de Hilo.

El señor Clemens, el reverendo Haymark, Hananui y yo llegamos al hotel del volcán poco antes del alba, demasiado cansados de nuestra aventura incluso para hablar entre nosotros, pero asombrados de encontrar la Casa del Volcán iluminada con lámparas y llena de gente que conversaba.

Hananui no había exagerado la gravedad de la cuestión. Cinco miembros de la misión de Kona –tres mujeres, un niño y un anciano– habían llegado en medio de la noche con dos nativos cristianos que habían arriesgado su vida para salvar a los haoles *guiándolos hasta el volcán. Hay caminos más fáciles para salir de Hilo –el rústico sendero que cruza el valle entre los dos grandes volcanes, el Mauna Kea y el Mauna Loa, es el más fácil–, pero los misioneros estaban seguros de que si iban por él les tenderían una emboscada; por lo tanto, emprendieron la ruta del volcán, mucho más larga y difícil.*

Debo mencionar los nombres de los fugitivos: la señorita Charity Whister (hermana del reverendo Whister de Kona), el señor Ezra Whister (el anciano padre del reverendo Whister), la señora Constance Stanton (la hija casada del reverendo Whister), Theodore (el hijo de nueve años de la señora Stanton) y la señora Taylor (hermana del pastor ayudante de la misión). Todos ellos se encuentran en un estado de gran perturbación; la señora Stanton es quien mejor ha resumido los terribles acontecimientos de hace dos noches que les obligaron a huir atravesando las alturas volcánicas.

El reverendo Whister (a quien el reverendo Haymark conoció brevemente en Honolulú) y sus familiares habían llegado a Kona hacía diez meses. Como los salvajes de esa costa inaccesible tenían, según la señora Stanton, una terrible necesidad de ayuda para la salvación, otro ministro ya se había instalado en Kona. El reverendo Haymark explicó más tarde que se trataba de la iglesia de Kona del famoso reverendo Titus Coan, amigo y consejero del reverendo «Padre» Lyman de Hilo, más famoso aún. Hasta yo había oído hablar del señor Coan durante mi estancia en Hilo. El asombroso pastor había recorrido en muchas ocasiones los quinientos kilómetros para circunvalar la isla a pie y en canoa, fundando iglesias y bautizando, por su cuenta, a unos doce mil adultos y cuatro mil niños en la fe de la Iglesia Universal. Por esta razón, la lealtad de los nativos se había volcado sobre el reverendo Coan y sus sucesores, lo que produjo dificultades a la sencilla iglesia («menos liberal», en palabras de la señora Stanton), de prédicas más severas, del reverendo Whister. Tras diez meses de ardua labor en las li-

des bautismales, el reverendo Whister y sus seguidores sólo habían conseguido salvar un alma hawaiana, y hasta ésta había recaído en la celebración de algunos ritos paganos, por lo que el reverendo, muy desilusionado, tuvo que excomulgar al converso. En resumidas cuentas, el ministerio Whister había sido un fracaso en Kona. Por lo tanto, hacía sólo un mes que el reverendo, con su mujer, hermana, hija, yerno y otras dos familias blancas y cristianas, habían abandonado la primera iglesia para trasladarse al sur de la costa de Kona, a una región menos explorada del sur de Kealakekua, donde fue asesinado el capitán Cook en 1779.

La señora Stanton nos relató estos hechos en un tono amargo, como si el destino hubiera tendido una trampa especialmente horrible a su padre y a su familia, que en todo lo apoyaba. (El señor Stanton, el marido, se estaba preparando para convertirse en ministro, y, al parecer, el padre, el reverendo Whister, tenía cierta fama en Amherst, Massachusetts, lugar del que procedía la desafortunada familia.)

Al principio, el traslado parecía haber resultado positivo. Los hawaianos de las aldeas costeras de esos desolados campos de lava no sentían especial cariño por el reverendo Coan y, en cambio, estaban dispuestos a presentarse los domingos para escuchar los sermones del reverendo Whister sobre el fuego y el azufre que les aguardaba. Efectivamente, la ardiente retórica del reverendo parecía atraer a esos paganos que vivían literalmente a la sombra de la espiral de humo del volcán. Me animaría a decir que la creciente actividad del Kilauea durante el último mes –esa actividad que me ha llevado a mí misma a la isla– también había aumentado el interés de los asustados nativos por los sermones del reverendo Whister.

Pero hace dos semanas empezaron las amenazas. La señora Stanton nos relató la intimidación y el terror que ejercían los seguidores locales de Pele –la diosa del fuego que ya he mencionado– sobre las familias cristianas que acababan de asentarse en esa avanzada zona del sur de Kona. En aquel momento empezaban a construir la iglesia, según nos dijo la señora Whister dejando de llorar para explicárnoslo.

Parece que los kahunae (o sacerdotes) locales de Pele eran unos hermanos –hombre y mujer– voluminosos (digo «voluminosos» porque la señora Stanton nos juró que pesaban por lo menos ciento ochenta kilos cada uno) que veían al reverendo y su congregación como serios rivales por las muestras de fidelidad y afecto que les mostraban los adoradores de Pele. Según ella, las primeras intimidaciones, precursoras del futuro terror, llegaron al reverendo Whister en forma de «avisos» del sacerdote de Pele. Éste anunció candorosamente al clérigo que estaba a punto de suceder algo terrible, que acababan de abrirse las mismísimas puertas del infierno en aquella región y que los cristianos –los «no creyentes, desprotegidos de la benevolencia de Pele», según las paganas palabras del sacerdote– corrían mayor peligro.

–¿Qué tipo de peligro? –preguntó el señor Clemens en aquel momento, sentándose a horcajadas en la silla de una manera francamente maleducada e inclinándose hacia delante con ese brillo malévolo en los ojos que le producía escuchar la desgracia ajena.

La señora Stanton explicó que el sacerdote les había dicho algunas ridiculeces sobre una puerta a los infiernos hawaianos situada cerca de allí, una abertura que Pele, en una ocasión, había cerrado a cal y canto tras una batalla con los dioses del mal y los demonios malignos que en otra época vagaban por la costa. Según el sacerdote, esos demonios eran tan temibles que los nativos tuvieron que vivir alejados de esa parte de la costa de Kona durante siglos. Pele, en un acto de generosidad, selló la entrada para que la gente de Kamehameha pudiera regresar a la región.

–Ridiculeces, naturalmente –había sentenciado la señora Stanton–. Triviales fantasías para ocultar las auténticas intenciones de terror del villano.

Aquí, para sorpresa de todos, nuestro guía de Hilo interrumpió a la señora Stanton.

–¡No! ¡No! –gritó, olvidándose de cuál era su sitio entre los blancos–. ¡Los infiernos de Milu existir! Haber dos entradas: la cueva de Waipio, por donde entrar los muertos para convertirse en fantasmas, y la abertura de Kona, de *donde escapar antiguamente los demonios más viles. ¡Madame Pele hacer algo muy bueno cuando cerrar la entrada al mundo de los fantasmas!*

–¡Silencio! –gritó el posadero, claramente ofendido por la grosera intrusión del nativo.

Pero el señor Clemens hizo callar a su vez al posadero, levantando una mano imperiosa para que el hombre no siguiera riñendo al asustado guía.

–Hananui –le dijo con amabilidad–, no te preocupes. Dinos qué o quiénes viven en esos infiernos.

Hananui echó una mirada al enfadado posadero y a los misioneros, que fruncían el ceño muy fastidiados, pero siguió valientemente:

–Es como yo decir anoche. En los infiernos vivir Milu, el rey del otro mundo; Pana-ewa, un demonio muy malo, hombre reptil; Ku, que a veces aparecer como un perro. Todos los fantasmas de abajo ser muy malos.

El señor Clemens asintió. Evidentemente quería saber más, pero no deseaba seguir irritando a la señora Stanton y sus compañeros. Debo añadir que la señora Whister estaba presente pero se limitaba a llorar; el niño, Theodore, y su bisabuelo, Ezra, dormían; y la señora Taylor, la tercera mujer, no dijo nada durante todo el tiempo. Se quedó sentada con la mirada fija en alguna visión interna.

–Los avisos... –continuó la señora Stanton con los labios tensos y blancos por la intromisión del nativo–... las fantasías contadas a mi padre, el reverendo Whister, se produjeron hace quince días. Después, hace cuatro noches, empezaron a pasar cosas terribles...

Aquí, la normalmente irreductible señora Stanton mostró signos de derrumbamiento, pero el posadero le llevó un vaso con agua y la mujer continuó a pesar de la intensa emoción que la embargaba.

–Al principio fueron las... visiones. Cosas extrañas, por la noche, en las calles de la aldea.

–¿Qué tipo de cosas? –preguntó el señor Clemens, todavía con las piernas a horcajadas de la silla como si montara a caballo.

–A eso voy, señor –respondió la señora Stanton con labios tensos–. Los nativos contaban historias espantosas sobre extraños animales. Sobre una... –echó una mirada reprobadora a Hananui– una... lagartija enorme. Sobre un jabalí. Sobre una especie de ave de rapiña aterradora. –Volvió a mirar a nuestro guía de Hilo–. Sobre un perro negro. Todo ridiculeces, por supuesto.

El corazón me latía aceleradamente mientras ella contaba todo eso. Esa historia resultaba mucho más inquietante, incluso a pleno día, por el hecho de estar al borde de un volcán en erupción.

–Fueron ridiculeces hasta que empezó la pesadilla –continuó la señora Stanton–. Mi marido fue el primero en morir.

Éramos unos doce en la habitación; sin embargo, el silencio era completo, como si sólo respirase la señora Stanton.

–Hace cuatro noches –prosiguió, respirando hondo– se oyó un grito terrible procedente de la aldea. Nuestra choza era la más cercana... Mis padres vivían en una casa un poco más sólida sobre la colina, cerca de la iglesia provisional. August, mi marido, cogió el mosquete y decidió ir a ver qué pasaba. Le rogué que no fuera. Le dije que la vida de ningún pagano, perdida en el altercado que fuera, valía la de un cristiano. Me acarició la cinta del pelo, me dijo que había venido a este remoto lugar precisamente para demostrar lo contrario, dio instrucciones al pequeño Theodore de que cuidase la casa hasta que volviera y se marchó con Kaluna, uno de nuestros sirvientes conversos.

»August no regresó. La aldea estaba llena de rugidos y de gritos. Pensé que nos matarían a todos... a Theodore, a la señora Taylor y su marido en la casa de la colina, a mi padre y a mi madre, a todos... pero los demás no reaccionaron; y yo estaba demasiado aterrada para salir a buscar ayuda en la oscuridad.

»Por la mañana, cogí a Theodore y corrimos a casa de mis padres. Mi padre reunió a los hombres, el abuelo, el señor Taylor y dos hawaianos conversos fiables, y se fueron al pueblo. Encontraron a Kaluna en las afueras, con la cabeza cubierta de sangre, vivo pero sin ningún recuerdo de lo que

había sucedido durante la noche. Encontraron a August en los campos de lava...

Aquí, la señora Stanton se desmoronó.

El reverendo Haymark la consoló y durante un rato no hubo más noticias terribles.

Los dos hawaianos que habían guiado a los cristianos fugitivos le explicaron el resto de la historia al posadero, quien más tarde se ocupó de contársela al señor Clemens, quien a su vez se la explicó al reverendo Haymark.

Ellos trataron de ahorrarme los detalles de ese horror, pero colocándome en sitios estratégicos del pequeño hotel logré oír los cuchicheos.

Habían encontrado al señor Stanton en los campos de lava con la garganta abierta, como un animal desangrado. Aquella noche, los blancos se reunieron en la casa del reverendo Whister, cerca de la iglesia provisional. Según lo que explicaron los hawaianos en voz baja, había sido una noche de terror puro: ruidos extraños, monstruos que se arrastraban por las rocas de lava, gritos inhumanos; todo con la luz de fondo de las mismas erupciones del Hale-mau-mau que había presenciado la noche anterior. Algo rascaba y arañaba la choza de los aterrorizados blancos –el señor Taylor y el reverendo Whister tenían sus viejos mosquetes preparados mientras las mujeres cuidaban de las oscilantes linternas–, pero debió de ser una rata empeñada en atravesar las paredes, pues nadie entró.

El reverendo les había dicho que era una señal del poder de Jesús contra las fuerzas de las tinieblas; nadie supo si se refería a los nativos o a los demonios.

Esa mañana –¡tan sólo hace cuatro días, mientras yo estaba en una fiesta y charlaba con las familias de los misioneros de Hilo!–, los cristianos salieron temerosos de su casa y se encontraron a todos los caballos degollados y con la patas cortadas. (Esta parte se la contó el posadero al señor Clemens y al reverendo Haymark en voz aún más baja, como si la carnicería de los caballos fuera peor que el degüello del pobre señor Stanton.)

A pesar de este siniestro descubrimiento, el señor Taylor

insistió en dirigirse a Kona. Llevándose a un hombre de confianza, prometió volver con ayuda al día siguiente. La señora Taylor trató de oponerse a este plan, pero su marido la besó en la cinta del pelo y rechazó sus súplicas. Evidentemente, el reverendo Whister estaba de acuerdo con la idea; se daba cuenta de que, con su padre anciano y su hijo aún pequeño, el grupo no llegaría a Kona ni en dos días, mientras que un hombre solo arribaría, incluso a pie, en veinticuatro horas.

El señor Taylor y el nativo, Kaluna, a quien ya he mencionado, partieron alrededor de las diez de la mañana. A las cinco de aquella misma tarde regresó Kaluna... solo. El nativo, con voz temblorosa y las manos paralizadas por una terrible emoción, dijo que un enorme reptil con ojos de hombre había saltado sobre ellos desde una roca a poco más de seis kilómetros de la casa. Contó que el señor Taylor había disparado el mosquete contra el animal desde una distancia de menos de dos metros, pero que el reptil ni se había inmutado. El animal aplastó la cabeza del señor Taylor como si fuera un coco –sus palabras exactas– y se entretuvo tanto comiéndose al cristiano que por eso él pudo escapar, si bien se había herido al caerse en los escarpados campos de lava. Kaluna añadió que unos seres como diminutos enanos lo habían perseguido a lo largo de unos tres kilómetros y que, a pesar de todo, había logrado huir.

A esta altura, la credulidad del reverendo Whister pareció haber llegado a su fin, pues acusó a Kaluna de mentiroso y de agente de los sacerdotes de Pele.

El nativo lo negó. A continuación, el hawaiano herido y el misionero ofendido discutieron. En cierto momento, Kaluna sacó su cuchillo para jurar sobre él, según explicaron los nativos cristianos que habían ayudado a escapar al resto de los blancos, pero el reverendo Whister malinterpretó el gesto y disparó el mosquete sobre el cuerpo del indefenso hawaiano, quien tardó varias horas en morir.

Volvió a caer la noche y, una vez más, el reverendo Whister, la aterrorizada esposa, el anciano padre aquejado de senilidad, la hija, el nieto, la hermana y la enmudecida señora

Taylor soportaron los ruidos de jadeos, pies que se arrastraban, rugidos y arañazos.

Al final, según le explicaron los nativos al posadero, mientras las mujeres, el niño y el abuelo dormían en la segunda habitación de la casa, se oyó un ruido terrible procedente de la habitación en la que montaban guardia el reverendo Whister y su mujer. Hubo gritos y gemidos inhumanos. La explosión de un disparo de mosquete. Más gritos.

La señora Stanton trató de abrir la puerta, pero en aquel momento los nativos amigos rompieron la pared de detrás y se llevaron a los aterrados supervivientes por un sendero de los campos de lava para ponerlos a buen recaudo en medio de la noche. Llegaron a la Casa del Volcán tras un viaje de cuarenta horas por uno de los peores terrenos del mundo. No vieron rastros de sus perseguidores, aunque los guías informaron sobre extraños ruidos en los campos de lava y luces fantasmagóricas en las rocas situadas detrás de ellos.

Así terminó el cuento. Fue bastante terrible ver al señorito McGuire y al gemelo Smith hablar con Hananui para partir inmediatamente a Hilo. El posadero también decidió marcharse esa misma mañana, cerrar la Casa del Volcán y dejarla a merced de los vientos y los vapores.

Los nativos, tanto los criados del posadero como los guías leales de los cristianos, estaban aterrorizados ante la perspectiva de volver a viajar durante la noche, pero dispuestos a hacerlo si eso significaba alejarse de los horrores de la costa de Kona.

Hace tan sólo unos minutos, mientras todos terminaban de prepararse para partir, he oído en la galería una conversación increíble entre el señor Clemens y el reverendo Haymark.

–Yo no vuelvo a Hilo con ustedes –dijo el corresponsal–. Debo ver qué ha sucedido. Sea cual fuere la verdad de estos terribles acontecimientos, y sospecho que no se trata de nada más sobrenatural que la venganza de un chamán celoso, ¡promete ser un artículo más impresionante que el hundimiento del Hornet*!*

El reverendo Haymark frunció el ceño por el egoísmo del

periodista ante esta evidente tragedia, pero me sorprendió cuando dijo:

–Iré con usted. Hananui, McGuire, el posadero, Smith y los demás pueden cuidar de las mujeres mientras bajan a Hilo.

Este anuncio, obviamente cogió por sorpresa al corresponsal, que insistió en que podía afrontar el peligro solo. Pero el reverendo lo detuvo con la mano.

–No voy para cuidar de usted, señor. Conocí al reverendo Whister y su yerno en Honolulú y no sabemos qué ha sido de ellos. Casi todo lo que he oído no pasa de muestras de pánico femenino y supersticiones de los nativos. Es mi deber para con el reverendo y los demás ver si se puede hacer algo. Aunque más no sea, se merecen un entierro cristiano. Sin duda enviarán una goleta desde Hilo enseguida y llegará poco después que nosotros. No habrá gran peligro.

Los dos hombres se dieron la mano. Me fui a mi habitación, preparé mis cosas, me puse las botas más sólidas y las mejores faldas para montar.

El señor Clemens y el reverendo todavía no lo sabían, pero los iba a acompañar a la costa de Kona.

Sato y los suyos se retiraron a sus respectivas suites después de la interminable cena y, alrededor de las diez y media, Byron Trumbo quedó en libertad para ocuparse de sus desastres.

Cogió el ascensor con Will Bryant para ir a la suite de su mujer y el abogado.

–Cinco minutos –dijo Trumbo tocándole el brazo a Will–; ni uno más. Di que es una emergencia; no me importa lo que inventes. Cinco minutos.

Will Bryant asintió y desapareció detrás de las macetas de palmeras.

Trumbo tocó el timbre de la suite y puso la cara más afable que era capaz de poner aquella noche.

Abrió la puerta Myron Koestler. El abogado llevaba el rizoso pelo peinado con su habitual cola e iba con un grueso albornoz con el escudo del Mauna Pele. Tenía en la mano un vaso con varios dedos de whisky.

Trumbo cambió la cara de afabilidad.

–¿Estás cómodo, Myron? ¿Cait y tú habéis ya probado el *jacuzzi*?

–Cait te está esperando –respondió el abogado con una sutil sonrisa.

–Sí –dijo Trumbo; y entró en la suite. Todo en ella era de cuero brillante y algodón de calidad. Las baldosas de mármol y las alfombras persas parecían brillar con luz propia. El viento de la tormenta agitaba las cortinas de los ventanales de la pared occidental. Trumbo percibió el olor a lluvia por encima del aroma a sándalo y cera–. ¿Dónde está?

–En la terraza.

Para irritación de Trumbo, el abogado lo siguió hasta el *lanai*. Daba al norte y, durante el día, se veía la falda del Mauna Loa y, detrás, la blanca cumbre del Mauna Kea, pero esta noche sólo se divisaba el agitado follaje de las palmeras que los relámpagos iluminaban de vez en cuando.

Caitlin Sommersby Trumbo llevaba también un albornoz del Mauna Pele y sostenía una copa. Vodka con hielo; Trumbo lo sabía. Estaba sentada en una tumbona, con los pies elevados y una pierna flexionada de la que se veía un buen trozo de carne prieta. La lámpara le iluminaba el largo cabello rubio miel como una cascada de claroscuros.

Trumbo sintió la vieja excitación que lo había llevado a casarse con ella... Eso y el hecho de que valía varios millones de dólares. Era una lástima que fuese una bruja.

–Cait –dijo–. Me alegro de verte.

Durante un momento, ella se limitó a mirarlo. En una época, Trumbo pensaba que tenía unos ojos azules como la flor de aciano; ahora sabía que eran azules como el hielo.

–Me has hecho esperar –respondió al fin.

Trumbo nunca había podido definir ese tono: en parte de joven enfurruñada, en parte de niña de papá malcriada, en parte de reina fría, en parte de ejecutiva imperiosa.

–Estaba ocupado –dijo Trumbo. Oyó que su voz caía en el viejo tono áspero.

Caitlin Sommersby Trumbo exhaló aire por su elegante nariz; antes de que volviera a hablar, Trumbo trató de tomar la iniciativa:

–¿Sabes que tu presencia aquí viola los términos de la separación?

–Tú sabes que no es así –respondió ella con los ojos brillantes–. Ésta no es tu residencia. Es un hotel.

Trumbo sonrió.

–Y esto de estar aquí con Myron... –hizo una seña en dirección al jurista repantigado–. Sería mejor que te cuidaras, Cait; puedo tener cámaras de vídeo instaladas en el dormitorio.

–No me sorprendería –replicó ella levantando la barbilla–. Al Gran T siempre le ha gustado más mirarlo que hacerlo.

Trumbo se dio cuenta de que estaba rechinando los dientes.

–¿Qué quieres?

–Tú sabes lo que quiero.

–No puedo dártelo –respondió Trumbo–; está invertido.

–Quiero el Mauna Pele.

–Tampoco puedo dártelo.

–Te hemos hecho una oferta justa –dijo ella levantando la barbilla un poco más.

Trumbo se rió.

–Cait, Cait, Cait... Me he gastado más de ochenta millones de dólares en esta jodida arquitectura paisajista.

–No uses ese obsceno vocabulario conmigo.

–Cómo coño iba a hacer algo así; ni en sueños, joder.

Koestler se aclaró la garganta.

–Me gustaría sugerir...

–Cállate, Koestler –ordenó Trumbo.

–Cállate, Myron –dijo Caitlin.

El abogado volvió a arrellanarse en el sillón y tomó un trago de whisky.

–Mira, Cait –Trumbo trataba de que su voz pareciera razonable–, sé por qué estás aquí, pero es contraproducente. En lugar de intentar quedarte con el Mauna Pele a precio de saldo, sería mejor que esperases a que me lo saque de encima, se lo coloque a los japoneses y te lleves tu cochina parte.

Su ex esposa tomó un trago de vodka y lo miró por encima del borde del vaso.

–Quiero el Mauna Pele.

–¿Para qué? Nunca vienes. Tampoco tienes lazos sentimentales con el lugar. Y sabes tan bien como yo que es una ruina.

–Lo quiero –repitió Caitlin Sommersby Trumbo en un tono que no dejaba lugar a discusión–. Si me lo vendes, conseguirás algo. Si no lo puedes vender, terminará siendo mío de todas maneras, según los términos del acuerdo.

Trumbo volvió a reírse, pero esta vez la carcajada sonó más hueca.

–Nunca lo conseguirás. Antes quemaría este jodido complejo. Y lo venderé.

Caitlin sonrió con dulzura.

–¿Sabe algo el señor Sato de todos los asesinatos de este último año?

–Desapariciones –corrigió Trumbo.

–Seis asesinatos –ronroneó Caitlin–. Este lugar es más peligroso que el Central Park de noche. Y no creo que el señor Sato ni ninguno de sus inversores quiera comprar el Central Park.

–Manténte alejada de Sato... –empezó Trumbo, asombrado de poder hablar a pesar de estar mordiendo con fuerza.

–¿O qué, T?

–O verás lo peligroso que puede ser el Mauna Pele...

–¡Lo he oído! –gritó Koestler poniéndose de pie y enseñando las peludas piernas por los faldones del albornoz–. Eso ha sido una amenaza; soy testigo.

–Ha sido una advertencia –replicó Trumbo volviéndose hacia el abogado de familia para apuntarle con el dedo como si se tratara de un revólver–. Y te lo advierto a ti también... Este lugar no es seguro; pasan cosas raras. Tengo personal de seguridad destinado a la protección de Sato y su equipo, pero no puedo prescindir de ningún hombre para proteger a visitantes inesperados.

–Otra amenaza –dijo Koestler–. Podemos ponerte una demanda y...

–Cállate, Myron –interrumpió Caitlin; y miró fijamente a Trumbo con sus ojos claros–. ¿No vendes, entonces?

Trumbo le devolvió la mirada con la misma intensidad.

–Cait, en una época te hubiera regalado el Mauna Pele. Vaya, estuve a punto de hacerlo hace tres años, en Navidad. Ahora no te lo daría ni aunque me quemase vivo, y es lo único que puedo decir.

Sonó el timbre. Koestler fue a abrir.

–Jefe –dijo Will Bryant tendiendo a Trumbo el teléfono–. Siento molestarle, pero el doctor Hastings llama desde el Observatorio del Volcán. Dice que el flujo de lava del Mauna Loa no se está desplazando hacia el sur como habían previsto, sino que baja directamente por la vieja zona de fallas hacia el Mauna Pele.

Trumbo suspiró.

–Atenderé fuera. –Señaló a Cait con el dedo–. No jodas esta venta; lo digo en serio.

Caitlin dejó el vaso vacío y le echó a Trumbo una mirada que habría congelado el hidrógeno.

–Y yo también hablo en serio cuando digo que quiero el Mauna Pele.

Trumbo giró sobre sus talones y salió con Will Bryant. Mientras bajaban en el ascensor echó una mirada al reloj.

–Bicki se va a quedar sentada en la cabaña mirando la televisión hasta el amanecer, pero debo ir a ver a Maya antes de que venga a buscarme. –Miró a su asistente–. ¿Un torrente de lava hacia el Mauna Pele? Vaya, te dije una emergencia, pero... Dios mío, Will.

Will Bryant miró a su jefe y le tendió el teléfono.

–No estaba bromeando. Tiene usted que llamar a Hastings. Dice que debemos evacuar el lugar esta misma noche.

13

La época en que la tierra se calentó,
la época en que los cielos se doblaron,
la época en que el sol se oscureció
para que brillara la luna.
La época de la ascensión de las Pléyades.
El barro fue el origen de la
tierra...

Del *Kumulipo*, canto de la creación

Eleanor estuvo a punto de no acompañar a Cordie Stumpf y Paul Kukali a las catacumbas.

La cena había sido agradable a pesar de –o quizá debido a– la tormenta que se desarrollaba fuera del *lanai* y los quinqués con su tenue luz. Cuando volvió la electricidad, casi una hora más tarde, los pocos comensales que había en la terraza parpadearon por el brillo de las suaves luces eléctricas. Al principio, Paul parecía reticente a hablar de los mitos sobre los que Eleanor le había preguntado, pero cuando se percató de que no había aires de superioridad en la profesora de historia de Oberlin, entró en el tema. Le explicó la diferencia entre *moolelo*, la tradición oral de las hazañas de los dioses, tan grandiosas que sólo podían recitarse a la luz del día, y *kaao*, sencillas leyendas de héroes humanos, ideales para ser contadas al amor de la lumbre. Habló sobre las jerarquías del animismo hawaiano: los *aumakua*, o dioses de familias importantes; los *kapua*, o hijos de los dioses que habitaban entre los mortales, como Hércules u otros semidioses griegos; los *akua kapu*, quienes, como los fantasmas de los nativos americanos, se limitaban a asustar a la gente y a presagiar mala suerte; y los *akua li'l*, literalmente «pequeños espíritus», que rondaban los casi interminables panteones hawaianos como personificaciones animistas de árboles, cascadas, de climas y elementos de la naturaleza.

–Todo tiene que ver con el *mana* –dijo Paul dando un sorbo al café mientras retiraban el último plato–. Robar *mana*, conservar el *mana* y descubrir nuevas fuentes de *mana*.

–Poder –dijo Cordie, que había escuchado con mucha atención.

–Sí, poder individual, poder sobre los demás, poder sobre el medio.

–No ha cambiado eso mucho con los años –se rió Cordie.

La camarera, una hawaiana robusta y seria que lucía un broche con el nombre «Lovey» prendido en el *muumuu*, les preguntó si querían postre. Eleanor y Paul declinaron la oferta, pero Cordie aceptó. Los tres oyeron la letanía de numerosos y elaborados postres, la mayoría de los cuales tenían coco. Cordie, sin embargo, eligió un helado con frutas, nata y... virutas de coco. Cuando se lo sirvieron, Eleanor se arrepintió de no haber pedido uno.

–¿Y por dónde encaja Ku dentro de todo esto? –le preguntó a Paul.

–Ku es uno de los más antiguos dioses polinesios que se trasladaron aquí en canoa con los primeros hawaianos –respondió mientras dejaba la taza de café–. Es el dios de la guerra. Muy cruel. Se le ofrendaban sacrificios humanos. Cuando se mezclaba con los mortales podía asumir diversas formas.

–¿Incluyendo la de un perro? –preguntó Cordie mientras chupaba la cuchara.

Paul Kukali vaciló; sólo un instante, pero se notó.

–A veces. De hecho, casi siempre se presenta como un perro. ¿Está pensando en el que hemos visto hoy? –Sonrió para destacar la ironía de su pregunta.

–Sí –replicó Cordie sin devolverle la sonrisa.

–Entonces, temo tener que desilusionarla. Ku..., o al menos su encarnación canina, fue asesinado por el gran jefe

Polihale hace siglos. Cortaron en dos el cuerpo de Ku y cada parte se convirtió en una piedra... Es posible verlas en Oahu.

–Se puede matar a un perro pero no se puede matar a un dios, ¿no? –dijo Cordie. Se había terminado el helado y tenía una fina raya de nata en el labio superior.

Paul miró a Eleanor.

–Me parece que Voltaire y Rousseau habrían disentido.

Eleanor no respondió al sarcasmo, sino que preguntó:

–¿Mandarían a Ku, tras su muerte, a los infiernos de Milu?

El hombre, esta vez, vaciló durante unos momentos.

–Algunos sacerdotes *kahuna* dirían que sí. Y otros que no.

–¿Pero está Milu donde están los fantasmas humanos?

–Sí.

–¿Y donde moran los *kapuas* y los *mo-os*?

Paul se frotó la nariz.

–Mencioné los *kapuas*, pero no recuerdo haber hablado de los *mo-os*.

–¿Y quiénes son? –preguntó Cordie.

–Los *mo-os* o *mokos* son demonios importantes. Pueden controlar la naturaleza y tomar diversas formas. Y sí, los *kapuas* y los *mo-os* desaparecieron en el mundo de los muertos de Milu tras una feroz batalla con Pele.

Los relámpagos iluminaron el cielo y los truenos retumbaron por las ventanas como si subrayaran las palabras de Paul. Los tres se miraron y sonrieron.

–Bueno, creo que ya hemos hablado bastante –dijo Paul mirando el *lanai* vacío–. Parece que hemos cerrado el lugar. Pero al menos ha vuelto la electricidad. –Miró de nuevo a Cordie–. ¿Todavía quiere ir a ver las catacumbas? –El tono indicaba que era demasiado tarde.

–Sí –respondió Cordie sin dudarlo.

Paul asintió.

–Eleanor, ¿y usted?

–Creo que no. Tengo un poco de sueño. Me parece que me iré a mi *hale*.

Paul señaló la lluvia, que caía más fuerte que antes.

–Ha dicho que está en una de las *hales* de la parte sur del complejo, ¿no?

–Sí, pasado el bar El Naufragio y la piscina pequeña. –Eleanor miró a Paul intrigada por lo que el encargado parecía sugerir.

–Es una larga caminata bajo la lluvia. El hotel proporciona paraguas, pero los túneles de servicio..., las catacumbas..., tienen una salida a pocos metros de su *hale*.

–No me importa... –empezó Eleanor.

–Ay, Nell, ven con nosotros –le pidió Cordie.

Eleanor dudó un segundo.

–De acuerdo, si es un atajo.

Los tres se pusieron de pie.

–Es un atajo –confirmó Paul–. La acompañaremos hasta la puerta de su cabaña y después la señora Stumpf y yo volveremos a la Gran Hale; así por el camino veremos la parte subterránea del complejo.

Se retiraron del restaurante, saludando a Lovey y al *maître* al salir. La lluvia azotaba la vegetación tropical alrededor del vestíbulo vacío. Paul las llevó por una rampa hasta una puerta en la que destacaba el cartel de SÓLO PERSONAL AUTORIZADO, insertó una tarjeta magnética en un escáner, esperaron hasta que una luz verde empezó a parpadear y entraron por la rampa en las catacumbas.

–¿Qué es esa idiotez de evacuar el Pele? –gritó Trumbo al venerable doctor Hastings por teléfono.

El científico tenía voz de cansancio.

–Me limité a dar el parte de la situación al señor Carter y al señor Bryant y sugerí que considerasen la posibilidad. Las autoridades civiles ya han avisado a los habitantes de Ocean View y del rancho Kahuku...

–Pero todo eso está al sur –replicó Trumbo.

–Sí, pero se han abierto algunas fisuras laterales que pueden desviar un torrente secundario de lava hasta Punta Keananuionana.

–Sigue estando al sur del Mauna Pele.

–Sí, pero cada torrente secundario abre la posibilidad de una nueva actividad lateral. Debo recordarle que en abril de 1868 toda la zona sobre la que está construido el Mauna Pele fue el centro de una ola sísmica, de un río de lava y de un corrimiento catastrófico en la falla de Hilina Pali...

–Y yo debo recordarle –replicó Byron Trumbo– que me importa una mierda lo que pasó en el jodido 1868. Quiero saber qué pasa ahora.

Hubo un largo silencio que hizo pensar a Trumbo y Bryant que el anciano vulcanólogo había colgado. Pero, al cabo de un rato, Hastings continuó como si no le hubieran interrumpido.

–El suceso de 1868, que consistió en una erupción simultánea del Mauna Loa y el Kilauea, es quizá bastante análogo a la situación actual de la zona de fallas del suroeste. Las familias de misioneros, que vivían casi exactamente donde ahora está instalado el complejo, dejaron constancia de que la tierra tembló durante interminables minutos bajo sus pies, como un océano agitado, y de que todas las construcciones levantadas por el hombre en la costa sur de Kona fueron barridas. A continuación, un alud de barro se desplazó cinco kilómetros en menos de tres minutos y arrasó todas las aldeas de la costa. Acto seguido rompió un *tsunami*, produciendo olas de veinte metros de altura que se llevaron todas las ruinas enlodadas al mar. Cinco días más tarde, el epicentro se extendió del Kilauea al Mauna Loa; el volcán mayor hizo erupción con toda su fuerza y la lava surgió de repente por una nueva fisura, justo encima de donde ahora se halla el rancho Kahuku.

–¿Y? ¿Adónde quiere ir a parar? –inquirió Trumbo.

El experto en volcanes suspiró.

–Le sugiero que considere la posibilidad de evacuar el complejo si continúa la actividad.

–El gobernador no me ha dicho nada –replicó Trumbo.

–Ni lo hará, señor Trumbo. El gobernador, como todos en esta isla, le tiene miedo. No desea darle noticias que usted no quiere oír.

Trumbo se rió.

–Pero usted, doctor Hastings, no me tiene miedo, ¿no?

–Soy un científico. Mi tarea consiste en reunir los datos más fiables y comunicar nuestras evaluaciones basadas en esos datos. La de usted es garantizar la vida y la seguridad de sus huéspedes y del personal.

–Sí, es mi trabajo, doctor Hastings. Y le agradezco que me haya recordado cuáles son las responsabilidades de cada uno.

El vulcanólogo se aclaró la garganta.

–Pero, después de comunicárselo, debo añadir que en cuanto los datos confirmen claramente que existen amenazas contra la vida y la propiedad en la costa de Kona, donde se emplaza su hotel, voy a dirigirme a los medios de comunicación, señor Trumbo.

El multimillonario tapó el auricular e insultó al científico con vehemencia. Después volvió a coger el aparato.

–Comprendo, doctor Hastings, y sé que tenía prevista para mañana una visita aquí; pero ahora veo que sus ocupaciones le impedirán hacerla.

–Al contrario –replicó el científico–; espero explicar a sus invitados...

–No se preocupe –interrumpió Trumbo con voz segura–. Usted ocúpese de las cosas de ahí arriba, que nosotros nos ocuparemos de las de aquí abajo. Y si la lava viene hacia aquí, llámeme, ¿de acuerdo? –Trumbo colgó sin darle tiempo a responder–. Will, me llevo el cochecito de golf para ir a ver a Maya a la península...

–Está lloviendo –advirtió su asistente.

–Me importa una mierda que llueva. Me llevo la radio. Tú quédate con la tuya; así podremos mantenernos en contacto. Quiero que bajes a los túneles de servicios y veas qué coño pasa con Briggs y Dillon.

Will Bryant asintió.

–Cuando termine con Maya iré al barracón a ver qué quiere Bicki. Le diré que se vaya mañana; así que asegúrate de que el avión esté preparado para despegar después del desayuno. Y dile a Bobby Tanaka que vaya a verme a la suite..., trabajaremos hasta muy tarde para cerrar ese trato mañana. Quiero que Sato y sus colegas firmen y se larguen al atardecer. ¿Alguna pregunta?

Will Bryant sacudió negativamente la cabeza.

–Muy bien. Nos vemos más o menos dentro de una hora.

Trumbo se dirigió al cochecito de golf y a la península.

–La mayoría de las oficinas de aquí abajo están cerradas a esta hora –dijo Paul Kukali–, pero la lavandería trabaja mucho y en la panadería empieza el ajetreo después de medianoche.

Los tres caminaban por la madriguera de túneles. Se cruzaron con un solo cochecito de golf; las dos mujeres que iban en él saludaron al encargado de arte por su nombre.

–El personal parece llevarse bien –comentó Cordie.

–Conozco a la mayoría de los empleados. Molly y Theresa fueron alumnas mías en Hilo. La isla es grande, pero la comunidad es relativamente pequeña.

–¿Cuánta gente vive? –preguntó Eleanor.

–Alrededor de cien mil, pero un tercio vive en Hilo. En cuanto a densidad de población, ésta es la isla más despoblada del archipiélago.

Giraron a la izquierda, entraron en otro túnel y se detuvieron un momento a la puerta de la ajetreada lavandería. Eleanor percibió el olor a lejía y a ropa blanca caliente. Los iones de las secadoras le picaban en la nariz.

–¿Tiene problemas el señor Trumbo para encontrar personal? –preguntó Cordie.

–Sí y no –respondió Paul–. No porque siempre hay gente que quiere cobrar los sueldos relativamente altos del hotel... La isla sufre una grave recesión desde hace décadas. Desgraciadamente, con la pérdida de la industria de la piña y el azúcar, y ninguna o casi ninguna industria autóctona para reemplazarlas, la clase obrera local se ha visto obligada a entrar en el sector servicios. Pero sí, el señor Trumbo tiene dificultades para encontrar personal porque el complejo está bastante aislado y... –Se calló.

–¿Y porque el Mauna Pele tiene fama de peligroso? –terminó Cordie la frase.

–Sí. –Paul amagó una sonrisa–. Aquí está mi oficina... me temo que no hay nada interesante dentro. Y aquí el despacho del director de astronomía... Vaya, qué raro, la puerta del señor Wills está abierta...

En aquel momento se cortó la luz.

Eleanor había estado una vez en una cueva, en Francia, en la que habían apagado las luces durante unos minutos para que la gente viera el efecto de la oscuridad total. Todavía tenía pesadillas sobre aquella experiencia. Y, ahora, se sorprendió conteniendo el aliento y con cierto dolor en el pecho como consecuencia de la presión de la negrura que la rodeaba.

–Maldición –dijo Paul–. No se muevan –añadió–; hay generadores de emergencia para estos túneles. Sus luces se encenderán en uno o dos segundos.

La oscuridad continuó siendo completa.

–No comprendo. Las luces de emergencia se encienden automáticamente. Ya deberían haberse... –se sorprendió Paul.

–¡Shhh! Escuchen –dijo Cordie.

Eleanor prestó atención. Los ruidos que hacía unos minutos llenaban el pasillo: zumbidos de la ventilación, el rumor de las lavadoras y secadoras industriales de la lavandería, el suave susurro de los fluorescentes del techo, fragmentos de conversaciones procedentes de la panadería..., todo se había desvanecido. El silencio resultaba tan absoluto como la oscuridad. Era como si las pocas personas que habían visto hubiesen desaparecido con la luz.

–No com... –llegó la voz de Paul.

–Cállese –ordenó Cordie.

De pronto, Eleanor lo oyó, a su izquierda, aunque creía que allí sólo había una pared y varias oficinas cerradas. Era un ruido extraño: en parte como algo que se arrastrara, en parte como un jadeo; en parte, algo como oleoso deslizándose sobre la piedra. Sintió que sus manos se convertían en apretados puños mientras sus ojos se esforzaban por ver en la oscuridad.

Oyó el ruido de unas llaves que se agitaban.

–Quédense aquí –dijo Paul en la penumbra–. Iré a tientas hasta mi oficina. Hay una linterna en el cajón y...

–No se muevan –se oyó la voz de Cordie. El tono era tan seguro y autoritario que los otros dos se quedaron inmóviles en su sitio. De repente se vio una llama; Eleanor se volvió para ver a Cordie Stumpf agachada sobre una rodilla y levantando un encendedor con la mano izquierda. Sintió un alivio tan grande al ver luz..., al «ver»..., que tardó un segundo en reaccionar cuando advirtió que Cordie metía la mano en el bolso que llevaba al hombro y sacaba un revólver. El arma parecía absurdamente pesada y el cañón terriblemente largo; Cordie, apoyada sobre una rodilla, apuntaba en dirección al ruido de algo que se arrastraba. Fuera lo que fuese, estaba fuera del círculo de luz. En ese momento, Eleanor oyó voces al otro lado de la curva del túnel, cerca de la lavandería.

–Mueva la luz hacia allí –dijo Paul, que era sólo una sombra a la izquierda– y encontraremos mi despacho.

–No –exclamó Cordie, otra vez en un tono que no admitía réplica–. No se muevan.

Se puso de pie, con el feo vestido abultado a su alrededor, el encendedor levantado y la mano derecha rígida como una roca sujetando la pistola. La mujer retacona avanzó rápidamente hacia el origen del ruido. Eleanor la siguió sólo para estar dentro del bendito círculo de luz.

Lo primero que Eleanor vio fueron los ojos. Cordie no se detuvo.

–¡Dios mío! –exclamó Cordie Stumpf.

Eleanor tardó sólo un instante en reconocer al hombre barbudo tirado contra la pared del túnel: era Dillon, el director de seguridad que los había entrevistado hacía unas horas. El hombrecillo tenía una mirada opaca, como conmocionado. Eleanor se dio cuenta del motivo de esa mirada cuando Cordie se acercó un poco más con la luz. Parecía como si hubiera tenido un accidente de coche: estaba con las ropas desgarradas, hechas jirones –le faltaba una manga de la americana, la camisa que llevaba debajo estaba destrozada– y tenía sangre en la cara, en las manos y en el pelo enmarañado. Le salía saliva por la boca abierta y le corría por la barba.

Paul se precipitó hacia Dillon mientras éste se hundía más aún y los lustrosos zapatos se deslizaban por el suelo.

–Tenemos que llevarlo a un médico –exclamó.

Cordie se volvió rápidamente y levantó el encendedor y la pistola hacia el sitio por donde habían venido. En la oscuridad, se oyeron pisadas que avanzaban de prisa hacia ellos.

17 de junio de 1866, costa de Kona.

No he escrito nada durante los dos últimos días porque han estado llenos de acontecimientos, demasiado extraordinarios para apreciarlos en su justa medida incluso a efectos de este diario privado. Aun ahora, mientras acerco la pluma al papel en esta destartalada barraca al tiempo que me llegan los espantosos ruidos de la noche que empiezan a oírse de nuevo por encima de los rumores de fondo de las olas y del viento –sé que quizás estos sonidos nocturnos presagian nuestra terrible muerte–, apenas puedo dar crédito a mis sentidos y a mi memoria.

Me parece como si hubiera pasado un siglo desde que decidí impulsivamente acompañar al corresponsal y al clérigo a la costa de Kona. Para mi sorpresa, sus objeciones no fueron prolongadas ni vehementes. Quizá nuestra aventura de la noche anterior les había hecho verme como una compañera capaz de cualquier empresa que pudieran idear.

Ahora casi pienso que ojalá no hubiera sido así.

Sea como fuere, aquella mañana partimos tarde de la Casa del Volcán; Hananui, McGuire, Smith, el posadero y los guías cristianos escoltaban a los misioneros fugitivos de regreso a Hilo. En el hotel del volcán había media docena de caballos e igual número de mulas; al menos, todos los blancos podrían montar durante el último trecho de su huida al este. Tanto el posadero como sus criados de confianza tenían mosquetes, que cargaron antes de la partida.

Hubo discusión acerca de si nuestro pequeño grupo debía ir armado o no. El reverendo Haymark rechazó la sugerencia del posadero de que nos quedáramos con uno de los mos-

quetes, pero el señor Clemens pensaba, obviamente, que no era mala idea. Al final, el corresponsal aceptó un revólver.

–¿Ha disparado algún arma? –preguntó el posadero, claramente inseguro de las habilidades del periodista–. ¿Ha estado usted en la guerra?

El señor Clemens levantó la vista del viejo revólver.

–Señor, he tenido el honor de ser miembro de las milicias irregulares que servían a la Confederación –respondió.

–Ah –exclamó el posadero con gesto comprensivo.

–Y deserté al cabo de tres meses –añadió el señor Clemens.

–¿Eh? –dijo el posadero levantando las cejas.

El señor Clemens se metió el arma en el bolsillo de su chaqueta y señaló con el dedo.

–Y el sur cayó.

Debo precisar, antes de describir las terribles imágenes de los siguientes días, que el humor del señor Clemens, aunque pudiera resultar exasperante, era continuo. Un ejemplo digno de mencionar sería el libro de visitantes del volcán que nos pidieron que firmáramos a pesar de nuestra precipitada partida. Si bien algunos de los comentarios escritos consistían en valiosas observaciones sobre los detalles de la erupción, la mayoría no valían nada y eran del tipo: «Unas chispas de poca importancia», «Madame Pele, alicaída» o «Un solemne chisporroteo». Estos comentarios solían tener firmantes ingleses. Las contribuciones estadounidenses no eran muy inspiradas: «9 de junio de 1865... Bajé por el cráter y visité a Madame Pele. Encontré el pequeño lago muy activo; me recordó a un mar agitado. El espectáculo era espantoso al mismo tiempo que grandioso y sublime...». O éste, fechado el 4 de agosto de 1865: «El profesor William T. Brigham y el señor Charles Wolcott Brooks bajaron al cráter y pasaron la noche a tres metros de la caldera hirviente. La escena fue auténticamente espectacular. Por la mañana, una vaharada de gas sulfuroso despertó al profesor Brigham y al señor Brooks de un sueño profundo y tuvieron que partir de manera precipitada, dejando tras de sí mantas, etcétera».

He copiado textualmente estas frases para dar un poco de contexto al relato del señor Clemens:

Casa del Volcán, viernes, 15 de junio de 1866

Como otros que ya estuvieron, yo también he llegado. Seguro de que hay una Providencia protectora sobre todos nosotros, no sentí miedo. Sin embargo, tuvimos bastantes problemas con el tiempo, que, en general, no fue bueno (y, para ser sincero, tampoco todo lo demás).

Mis compañeros de viaje fueron el reverendo Haymark y la señorita Stewart de Ohio... Pero como la descripción de las experiencias triviales de los viajes a lugares remotos no siempre es apropiada en un libro destinado a los fenómenos volcánicos, ni siquiera en el caso de que uno de los viajeros fume y el otro tenga un fuerte temperamento, pasemos a nuestro tema en concreto.

Visitamos el cráter y teníamos intenciones de pasar allí la noche, pero la botella que contenía nuestras provisiones se rompió y nos vimos obligados a volver. Y cuando estábamos cerca del Lago Sur, digamos a unos doscientos cincuenta metros de distancia, vimos un montón de lodo del tamaño de un pedazo de greda. «Algo raro va a suceder», dije en aquel momento. Pero poco después observé otro terrón más o menos del mismo tamaño. Se movió, se agitó y se dejó caer en el lago.

¡Dios mío! Fue horrible.

Nos tomamos un trago.

Muy pocos turistas tendrán alguna vez la oportunidad de disfrutar de experiencias como las mencionadas.

Mientras permanecíamos allí, nos invadió una vaharada de gas; saltamos y salimos corriendo por la lava de la manera más ridícula, dejando atrás nuestras mantas. Lo hicimos porque eso es de buen tono y hace que uno parezca haber tenido una aventura de lo más emocionante.

Nos tomamos otro trago.

Y hecho esto, acampamos un poco más cerca del lago, ya de regreso.

«Cómo llena el alma de poéticos y majestuosos pensamientos e imágenes soberbias esta esplendorosa manifestación de la terrible y sublime magnificencia del poder celestial; y qué abrumadora solemnidad», dije en tono reflexivo.

(Aquí, la botella de ginebra resbaló de las manos de mi estimado compañero clérigo y guía aficionado, traspasó la corteza de lava

y partió rauda en busca del Foso Feroz de Azufre sobre el que nuestro pastor tan a menudo y tan apasionadamente había predicado; y se rompió. Destituimos a nuestro tambaleante guía por haber sido tan descuidado con nuestras provisiones, y la señorita Stewart de Ohio y yo decidimos que debíamos poner fin a toda reflexión filosófica.)

El reverendo Haymark se rió a carcajadas de este vano intento de «ingenio», pero yo lo transcribo para mostrar el talante de mi compañero de viaje incluso en un momento tan serio.

Ningún nativo quiso acompañarnos a la costa de sotavento, a pesar de que el señor Clemens les ofreció una impresionante recompensa. Todos estaban aterrorizados, incluido Hananui. Al final, partimos precipitadamente con un mapa que nos había dibujado el posadero y con los caballos que nos llevamos de la Casa del Volcán cargados con provisiones para varios días.

No hubo contratiempos en la primera parte de nuestro descenso del volcán, aunque fue bastante impresionante, con los géiseres de lava detrás y las emanaciones de gases sulfurosos sobre nosotros como una pestilente nube. El Mauna Loa se asomaba a nuestra derecha, con la cumbre a casi cuatro mil doscientos metros de altura, unos tres mil metros más alto que su hermano menor, el Kilauea. No se veían erupciones de lava, pero una nube se elevaba de la caldera y se dirigía hacia el este, como un mal presagio para nuestra tarea.

La tierra aquí, en la parte de sotavento de la isla, es terriblemente monótona: campo de lava tras campo de lava. La pahoehoe *endurecida con miles de ingratas formas, las estribaciones de basalto y los silenciosos conos de ceniza crean un paisaje que parece una mezcla de las descripciones dantescas y las minas de carbón de Pittsburgh. El sendero –parte de un antiguo camino hawaiano que los nativos llaman Ainapo– serpentea hacia el suroeste, entre el macizo del Mauna Loa y los acantilados del sur. Durante las primeras horas no vimos mucho más que lava negra; apenas ciertos horribles arbustos que los nativos llaman* ohi'a *y algunos resistentes helechos,* ama'u, *que, según el reverendo Haymark, crecen en los campos de lava que tienen menos de un año.*

Como esta parte del sendero es menos transitada y más escarpada que la que está entre Hilo y Kilauea, apenas habíamos recorrido treinta kilómetros cuando cayó la noche. Debo dedicar un momento a describir ese atardecer tropical. Habíamos avanzado lo suficiente hacia el oeste para que la costa de sotavento de la isla de Hawai se viera a lo lejos; la vista del extremo norte de la orilla estaba obstruida sólo por la parte inferior de la ladera suroccidental del Mauna Loa; desde nuestro ventajoso punto de observación, todavía a unos seiscientos metros o más sobre el nivel del mar, veíamos el extremo sur de la isla y toda la amplitud del océano hacia el sur y el oeste. Había sido una tarde despejada, soplaba viento del oeste que alejaba las nubes volcánicas de nosotros y sólo nos separaba de la línea recta del horizonte un cielo azul.

Interrumpimos el proceso de montar el campamento y de atar a los fatigados caballos para mirar el crepúsculo: el sol era una esfera roja y perfecta que dudaba sobre el horizonte como un pretendiente que odia despedirse de su amada por una noche. Al fin desapareció, lentamente devorado por la abrupta línea de una nube que flotaba encima del horizonte. Yo había observado la puesta de sol con mirada lírica, pero el señor Clemens debió de mirarla con el ojo entrenado de un ex patrón de barco fluvial, porque dijo secamente:

–Si para el viento, esa nube puede traernos problemas antes del amanecer.

Su advertencia parecía poco verosímil. Comimos carne seca, hicimos nuestras abluciones nocturnas lo mejor que pudimos entre las rocas de a'a *y nos preparamos para dormir, con los caballos atados a un solitario árbol* lauhala, *las sillas de montar puestas del revés a manera de almohada y el cielo como un dosel de brillantes estrellas. Mientras me lavaba la cara con agua de lluvia acumulada en una hondonada de lava, escuché de lejos a los hombres discutiendo la conve-*

niencia de hacer guardia aquella noche. El reverendo Haymark estaba en contra de la idea debido a que, tal vez, asustaría a «la dama».

–Yo pienso más bien que muy pocas cosas podrían atemorizar a esta dama en particular –replicó el señor Clemens con una carcajada.

Admito que no supe muy bien cómo tomar este comentario, pero me molestó el tono jocoso que usó para la palabra «dama».

En cualquier caso, nadie hizo guardia, aunque tuve la impresión de que ambos confiaban en que los caballos harían ese trabajo.

Por la mañana se confirmaron las predicciones del señor Clemens, puesto que nos despertó un chaparrón antes de los primeros rayos de luz. Como no había ningún lugar para guarecerse salvo el solitario lauhala, *abandonamos la idea de hacer café sobre el minúsculo fuego que había encendido el periodista y cargamos las mantas y alforjas para el descenso del día. Yo ya tenía dudas sobre la oportunidad de mi autoinclusión en ese extraño viaje. Mientras los caballos se dirigían al suroeste sobre resbaladizos campos de lava y el ruido de los cascos retumbaba entre las rocas de* a'a, *recordé que si hubiera acompañado a los demás podría estar disfrutando de las comodidades de Hilo.*

Entonces aún no sabía lo poco importantes que resultarían las simples comodidades al cabo de unas horas.

Todo aquel día (ayer) bajamos por la ladera más meridional del Mauna Loa y salimos a las tierras altas de la costa de Kona. Desde nuestra ventajosa posición, a unos trescientos metros sobre el nivel del mar, vimos unos trozos de terreno, de un verde brillante, donde los cocoteros señalaban las tierras fértiles cercanas a los acantilados. Digo acantilados porque incluso desde esa distancia veíamos las olas enloquecidas revolviéndose allí donde el iracundo Pacífico se topaba con la orilla escarpada y rocosa. Sólo se divisaban unas pocas playas y bahías en unos quince kilómetros de costa, en la que los peñascos no permitían que recalara barco ni bote alguno. En aquellos lugares, los Whister, los Stanton y otras familias habían hallado la muerte. Divisábamos este paisaje a través de nubes que llegaban del oeste, cuyos bordes se curvaban contra la gran mole del volcán que teníamos detrás.

–Creí que ésta era la zona seca –comentó el señor Clemens lacónicamente.

–Y lo es –dijo el reverendo Haymark; el agua goteaba de su sombrero de ala corta–. Esta lluvia es de lo más infrecuente en junio.

–Es extraño que el tiempo elija siempre lo infrecuente para su lugar común –murmuró el corresponsal.

Continuamos nuestro descenso; las nubes parecían descender con nosotros. El día estaba más oscuro y sombrío conforme se acercaba el tardío crepúsculo.

Llegamos a una especie de boscosa plataforma a menos de un kilómetro de los acantilados y nos topamos con una senda que serpenteaba entre los árboles y la espesa maleza de esta elevación.

–Éste es el sendero principal entre Kona y las misiones de Kau y South Point –dijo el reverendo Haymark girando el hocico del caballo hacia el norte.

–¿Falta mucho? –pregunté, alarmada de oírme hacer la quejumbrosa súplica de todos los viajeros indisciplinados.

–Faltan unos doce, quince kilómetros –respondió el clérigo moviéndose sobre la silla–. Me temo que con los caballos tan cansados y este tiempo inclemente no llegaremos a la aldea antes de que anochezca.

–Quizá sea para mejor –comentó el señor Clemens.

Me llevó sólo un momento comprender lo que decía. No sabíamos qué nos esperaba. Si los nativos todavía estaban en armas, si habían masacrado a las familias de la misión, no era sensato que apareciéramos a la luz del día.

El reverendo Haymark asintió.

–Hay un lugar a dos o tres kilómetros al norte, creo. Un sitio de ritos paganos. Podríamos refugiarnos allí.

Así que a última hora de la tarde llegamos al gran heiau, *donde tendrían lugar los terribles acontecimientos de aquella noche.*

La entrada en el heiau *fue un tanto premonitoria: tuvi-*

mos que seguir una senda entre dos altas paredes de piedra por la que los sacerdotes paganos –según comentó el reverendo Haymark con voz triste– arrastraban a sus víctimas al sacrificio, sobre los mismos enormes escalones de piedra que nos aguardaban.

–Kamehameha el Grande construyó este templo antes de ir a conquistar Oahu –explicó el clérigo mientras los caballos se detenían al pie de la terrible estructura.

–Anoche soñé con Kamehameha –dijo el señor Clemens en un tono que distaba mucho de ser burlón–. Soñé que una figura oscura y macilenta aparecía en nuestro campamento y me llevaba otra vez al cráter del Kilauea. Allí, en esa cámara subterránea, mi espectral guía señalaba una roca grande y gritaba: «¡Contempla la tumba del último Kamehameha!». Recuerdo que apoyé el hombro contra la roca, ésta se movió y aparecieron los restos momificados del gran rey.

–Un sueño perturbador –señaló el reverendo Haymark enjugándose el colorado rostro con un pañuelo al tiempo que me miraba de reojo.

–Y más perturbador aún –continuó el corresponsal en un tono serio que le oía por primera vez– fue que el rey muerto me apoyó una mano esquelética sobre el hombro y trató de hablar a través de unos labios marchitos que habían sido cosidos. El sonido que emitió fue un gemido humano de lo más terrible, pero yo estaba seguro de que quería avisarme de algo.

–No me parece un momento muy apropiado para cuentos de fantasmas –dije levantando la vista hacia las paredes de piedra que se alzaban sobre nosotros.

El señor Clemens pareció salir de golpe del ensueño.

–Sí, lo siento.

Sorprendida por su disculpa, la primera del viaje, me distraje calculando el tamaño del heiau. *Tenía forma de paralelogramo irregular de más de sesenta metros de largo; las paredes, hechas de piedras volcánicas encajadas sin ningún tipo de argamasa, eran de seis metros de altura por unos tres metros y medio de ancho en la base, afinándose hasta llegar* al metro y medio en lo alto. Esto en cuanto a las paredes que daban al interior de la isla, o mauka. Las del lado del mar, en algunos sitios estaban semiderrumbadas y tenían sólo unos dos metros y medio de altura, siendo planas en lo alto para facilitar las cosas a los jefes y sacerdotes en sus ceremonias. Había un patio interior en el extremo sur; el reverendo Haymark comentó que era allí donde se alzaba el ídolo principal, Tairi, de aspecto feroz, con un casco adornado con plumas rojas: el dios de la guerra de Kamehameha. En este lugar se sacrificaron cientos, quizá miles, de personas para posibilitar los objetivos del rey.

En aquel momento llovía con más fuerza y confieso que mi espíritu estaba tan empapado como mi ropa y mi cuerpo. Todo era gris y estaba húmedo. El sitio, más que falto de vida, parecía drenado de vida, si es que esto tiene algún sentido.

Había tres chozas abandonadas desde hacía mucho tiempo, a unos cincuenta metros al norte del ominoso heiau, y fue allí, en la choza menos destruida, donde decidimos atar a los caballos y pasar la noche. Una vez a cubierto, el señor Clemens se las arregló para encender un pequeño fuego en el suelo con los restos más secos de la choza, y así conseguimos preparar café para acompañar la carne salada y los mangos. Yo hubiera preferido té, pero el caliente líquido nos sirvió para reanimarnos y, mientras oscurecía, hablamos de lo que quizá nos encontraríamos al día siguiente. El reverendo Haymark pensaba que el kahuna local había conspirado para aterrorizar a los misioneros, pero que era muy posible que el reverendo Whister y los demás siguieran vivos.

–¿Y qué pasa con los monstruos? –preguntó el señor Clemens–. ¿El hombre reptil, el hombre perro y todos los demás que mencionó Hananui?

El reverendo Haymark mostró desprecio ante semejantes supersticiones.

–Seguramente serían mejor material para un artículo que unos hoscos nativos.

–¿Por qué el periodismo siempre se preocupa por lo grotesco y lo perturbador? –inquirí con desdén.

–Señorita Stewart –sonrió el señor Clemens–, la muerte y el descuartizamiento, la locura y el canibalismo, son buenos temas cristianos que hacen que los analfabetos aprendan a leer los periódicos. Cuanto más truculento es el suceso, tanto mejor es la lectura del desayuno.

–Pero sin duda es un signo del sensacionalismo de nuestra época –comenté.

–Sí –corroboró el señor Clemens–, y del de todas las épocas anteriores y del de todas las que vendrán. La naciones crecen y mueren, se inventan máquinas que se vuelven obsoletas, las modas florecen y se marchitan como flores de verano... pero un buen asesinato antes del desayuno, señorita Stewart, es el material de la eternidad. Si el artículo es la mitad de sensacionalista que la historia del Hornet*, se lo podré vender a cualquier periódico, sea en 1866, en 1966 o en el año 2066.*

Sacudí negativamente la cabeza frente a semejante ridiculez. En aquel momento los caballos empezaron a relinchar y a resoplar con la inconfundible expresión del puro pánico equino.

14

Pana-ewa es una isla de grandes lehuas;
un bosque de ohias tierras adentro.
Caídas están las rojas flores del lehua,
podridos están los rojos frutos del ohia:
calva está la cabeza de Pana-ewa.
Hay humo sobre la tierra;
arde el fuego.

Canto de la hermana de Pele a Pana-ewa

Byron Trumbo yacía de espaldas, desnudo y exhausto, destapado, mientras miraba el girar de las paletas de madera del ventilador de techo y Maya dormitaba bajo su brazo. Una delgada capa de sudor cubría sus cuerpos. Trumbo respiraba por la boca tratando de recuperar el aliento. Había olvidado lo agotadores que podían llegar a ser estos encuentros con Maya Richardson.

La mujer acostada con la cabeza sobre su pecho era alta, delgada, joven, bella, famosa, rica y apasionada más allá de todas las expectativas de Trumbo. Hacía poco más de dos años que se acostaban juntos y casi el mismo tiempo que él le prometía casarse con ella y veía la foto de los dos en todas las revistas del corazón y columnas de cotilleos de los periódicos sensacionalistas. Trumbo no sabía muy bien cuándo se había cansado de Maya, sólo sabía que estaba cansado de su implacable belleza, cansado de su narcisismo de modelo profesional, cansado de su entrecortado acento y su maligno ingenio británicos, cansado de su intrépida pasión y su infatigable técnica sexual. Bicki había sido la solución: la joven cantante negra de rock equilibraba de alguna manera la encantadora maldad de Caitlin y la amanerada belleza de Maya. Las tendencias sexuales de Bicki, egoístas y torpes, de alguna manera hacían más tolerables, interesantes incluso, la frigidez de Caitlin y el salvaje abandono de Maya. Era extraño que la combinación de las tres mujeres en su vida le proporcionara una relación satisfactoria, pero así era, y lo aceptaba. Lo difícil era conservarlas.

Trumbo no se hacía ilusiones de que Maya aceptase la existencia de Bicki si salía a la luz, por lo que se había asegurado de que no saliera a la luz. Pero últimamente la prensa sensacionalista había publicado algunos cotilleos y ciertos rumores sobre una nueva relación de Trumbo; suerte que Maya era demasiado fina para leer ese tipo de publicaciones.

–Mmmmmmm –gimió la supermodelo revolviéndose en su sueño ligero. Llevaba elegantes anillos en la mano con la que le acariciaba el vello del pecho.

–Mmmmmm tú solita –replicó Trumbo dándole una palmada en el perfecto trasero–. Mueve la cabeza, niña. Tengo que vestirme.

–Nooo –protestó Maya; y apoyó la cabeza en el codo mientras Trumbo se sentaba en el borde de la cama–. Quédate a pasar la noche.

–Lo siento, chica, pero Will, Bobby Tanaka y los demás me esperan. Tenemos varias horas de trabajo para preparar la sesión de mañana con Sato.

–Mmmmm –dijo Maya–. ¿No te ha gustado mi pequeña sorpresa?

Trumbo se había puesto los pantalones y la miró por encima del hombro. Tenía los pechos pequeños pero perfectos; los pezones, rosados y perfectos. No se tapó con la sábana.

–Me refiero a mi visita sorpresa –aclaró recalcando cada sílaba con su preciso acento británico.

El dossier de prensa de Maya decía que se había criado y educado en Inglaterra, pero Trumbo sabía que había crecido en Nueva Jersey. El acento era producto de seis meses de aprendizaje intensivo cuando tenía diecisiete años y se había convertido en modelo profesional.

–Sí, me ha gustado –respondió Trumbo–, pero estoy terriblemente ocupado. Sabes lo importante que es esta venta. –Se puso de pie para buscar la camisa. El ventilador giraba lentamente en el techo.

–No me interpondré –dijo Maya enfurruñándose ligeramente.

–Ya lo sé, chica, porque mañana por la mañana te irás. –Se puso la camisa hawaiana y empezó a abotonársela.

–¡No!

–Sí.

–Hace dos años que me prometes vacaciones en el Mauna Pele.

–Dios mío, Maya, no has podido escoger peor momento. Sabes que estoy tratando de quitarme de encima este lugar.

–Por eso quería verlo antes de que lo vendieras. –Se tapó con la sábana.

Trumbo sacudió la cabeza y buscó las sandalias.

–Tienes que marcharte por la mañana.

–¿Por qué? ¿Hay alguien más aquí?

Trumbo se detuvo y se volvió lentamente.

–¿Qué quieres decir?

Maya se estiró en la cama, sacó algo de su bolso y lo desplegó sobre la sábana con sus finos dedos.

Trumbo cogió el periódico sensacionalista, echó una mirada a la portada y lo rompió.

–Son puras estupideces, y tú lo sabes.

–Sé que le dijiste lo mismo a Cait hace dos años cuando la prensa empezó a hablar de nosotros.

Trumbo se rió.

–No hablarás en serio, ¿verdad? Jamás escucho ese tipo de música. Ni siquiera he visto a esa mujer en la MTV.

–¿No? –dijo Maya. Había algo extraño e inseguro en su voz.

–No –respondió Trumbo.

–Bien, porque si descubro que es verdad lo que dicen los periódicos le daré a la prensa algo sobre lo que escribir. –Maya volvió a estirarse en la cama y un pecho perfecto asomó entre las sábanas. Sacó algo más de su bolso.

–Dios mío –exclamó Trumbo mirando fijamente la automática cromada en la mano perfecta. Era una pistola pequeña, probablemente del calibre treinta y dos, pero Trumbo respetaba todos los calibres de las automáticas–. ¿Me estás amenazando, nena?

–No te amenazo –replicó Maya con su acento británico–, pero no pienso dejarme engañar, Byron, créeme.

Trumbo sintió una especie de rabia que le surgía de dentro. Para él ya era suficiente. Las cosas empezaban a escapársele de las manos. Dio un paso hacia la cama, dispuesto a quitarle el arma a esa bruja y zurrarla hasta que gritase.

En aquel momento sonó la radio sobre la silla de mimbre en la que la había dejado. Trumbo se detuvo y la cogió.

–¿Sí?

–Jefe –llegó la voz de Will Bryant–, será mejor que venga.

Trumbo siguió mirando a Maya. No apuntaba la pistola hacia él, la tenía apoyada sobre la rodilla levantada y se miraba las largas uñas. La palma de la mano de Trumbo le picaba de ganas de darle una bofetada.

–¿Para qué? –preguntó al micrófono.

–Se trata de Briggs y Dillon –respondió Will con voz ronca.

–¿Qué les pasa?

–Es mejor que venga.

–Enseguida voy –y apagó la radio. Apuntó con un dedo romo a Maya–. Dame eso.

Los ojos de la supermodelo brillaron.

–No.

–¿Por qué no te pegas un jodido tiro en la cabeza?

–A lo mejor. –Perdía un poco el acento cuando se enfadaba–. La prensa del corazón estaría encantada.

Trumbo dio un paso hacia ella y se detuvo.

–Escucha, querida... Voy a ser honesto contigo. Caitlin está aquí con su abogado. Llegaron anoche sin avisar.

Maya tensó los labios.

–¿Esa bruja? ¿Para qué?

–Trata de joder el negocio con Sato. Koestler y ella formaron un grupo de inversiones y creen que presionándome para que venda pueden sacarme el Pele a un precio ridículo.

Los ojos de Maya cambiaron.

–No te conoce para nada, Byron, ¿no?

–No –respondió Trumbo–. Y ahora aparta eso.

Maya guardó la automática en el bolso. Trumbo consideró la posibilidad de cogérselo, pero no lo hizo.

–Necesito tu ayuda, nena.

–¿Cómo? –Levantó el rostro y la suave luz de las velas iluminó unos pómulos perfectos.

–Márchate mañana. Será mejor que Caitlin no te encuentre aquí para que no añada eso a la lista de cosas de las que quiere vengarse.

Los perfectos labios de Maya hicieron pucheros.

Trumbo se sentó en el borde de la cama y le acarició la pierna a través de la sábana.

–Escucha, nena. Tenemos que esperar más o menos un mes para que acabe toda esta mierda, después nos casaremos. Cuando venda el Mauna Pele, las cosas volverán otra vez a su cauce. Iremos de luna de miel a donde quieras. Confía en mí.

Maya lo miró con la cabeza ladeada.

–¿Entonces no es verdad lo de... esa Bicki?

–Ni siquiera he oído hablar de ella.

Maya se inclinó hacia delante y se frotó el pelo contra el antebrazo de Trumbo.

–De acuerdo. Pero quiero que esta noche vengas a dormir aquí.

Trumbo dudó sólo un segundo.

–Muy bien, pero dame la pistola.

Maya apartó el bolso.

–No; me he enterado de algunas cosas sobre este hotel que me dan miedo, y tú mismo me has dicho que ha desaparecido alguna gente.

Trumbo suspiró. «¿Entonces para qué has venido, estúpida?»

–Querida, tengo a dos hombres vigilando tu *hale* ahí fuera, bajo la lluvia.

Maya miró hacia las ventanas sin cortinas.

–No pueden vernos –siguió Trumbo–. Estamos a tres metros y medio de altura y hacia el oeste sólo hay rocas y el Pacífico. No necesitas la pistola.

–La guardaré hasta que vuelvas.

Trumbo se encogió de hombros. Conocía el tono. Por suerte, la mayoría de las personas con las que tenía que negociar eran hombres.

–De acuerdo, nena. Pero llegaré tarde. Tengo un montón de trabajo.

Maya se deslizó dentro de la cama de modo que quedaron a la vista, por encima de la sábana, sólo sus ojazos.

–Te esperaré despierta.

Trumbo se inclinó y le besó la frente. Una vez fuera, se detuvo en el porche y escuchó la lluvia que golpeaba la paja de la enorme *hale*.

–¿Will? –dijo apretando el botón de la radio.

–Sí, jefe. Cambio.

–¿Qué coño pasa con Dillon y Briggs?

Se oyeron ruidos de electricidad estática.

–No sé si esta frecuencia es segura...

–Dímelo.

–Dillon está en la enfermería. Briggs ha desaparecido. Cambio.

Trumbo se apoyó en la barandilla del porche. Las olas rompían contra las rocas volcánicas a menos de diez metros de la puerta de la *hale*. Los relámpagos iluminaban el cielo.

–¿Qué ha pasado? Cambio.

–Todavía no lo sabemos. Dillon no puede hablar... Debe de haber algo allá abajo, en... –Las interferencias taparon la voz del ayudante mientras sonaban truenos y relampagueaba.

–¿Will? ¿Me oyes?

–Sí. Cambio.

–Voy a ver a... –Trumbo se calló y miró la puerta cerrada tras él–. Voy a la cabaña de construcción antes de volver. Dile a Fredrickson que mande a otro hombre a vigilar la *hale* de Maya y que se reúna conmigo en la cabaña dentro de cuarenta y cinco minutos. Dile que espere fuera.

–De acuerdo, señor T, pero creo que debería...

–Nos vemos dentro de una hora –interrumpió Trumbo. Se guardó la radio en el bolsillo y bajó la escalinata hasta el cochecito de golf cubierto por el toldo. El único faro del vehículo proyectaba un cono de luz, que iluminaba la lluvia y la espesa vegetación, mientras daba la vuelta y se dirigía al sendero asfaltado para regresar de la península. A unos diez metros se detuvo para hablar con una figura oscura que se guarecía debajo de un árbol–. ¿Michaels?

–Sí, señor. –El vigilante llevaba un anorak empapado y una gorra de béisbol que goteaba por la visera.

–¿Dónde está el otro?

–Williams está en el lado norte. Nos turnamos para patrullar.

Trumbo asintió.

–Fredrickson va a mandar otro hombre. ¿Tiene usted radio?

–Por supuesto –respondió Michaels tocándose el auricular de la pequeña unidad enganchada al cinturón.

–Avíseles que le traigan otra arma y déme la suya –ordenó Trumbo.

–Otra... claro –dijo el vigilante mientras metía la mano debajo del anorak y sacaba la pistola–. Es una Browning, señor Trumbo, nueve milímetros. El seguro está en...

–Sí, sí –interrumpió Trumbo–, tengo una igual. Dígale a Fredrickson por radio que le traigan otra.

–Sí, señor.

Trumbo empezó a alejarse, pero cuando levantó la vista vio que Michaels trotaba junto al vehículo.

–¿Qué pasa?

–Eh..., señor Trumbo, me preguntaba si...

–¿Qué?

–Bueno, señor..., eh..., ¿me podría devolver la automática? Quiero decir cuando ya no la necesite. Me la regaló mi primera esposa. Tiene..., ya sabe..., un valor sentimental.

–Dios mío –exclamó Trumbo; y se alejó bajo la lluvia.

17 de junio de 1866, costa de Kona.

Nos habíamos refugiado de la tormenta en la choza abandonada cerca del antiguo heiau *cuando los caballos empezaron a retroceder y a relinchar aterrorizados. El reverendo Haymark se levantó de un salto y el señor Clemens metió la mano en el bolsillo del abrigo para sacar la pistola que le habían dado en la Casa del Volcán. Los tres nos quedamos parados en la entrada y miramos afuera, a través de la oscuridad y la lluvia.*

Las antorchas se movían por las avenidas de piedra del heiau. *Por encima del ruido que hacían los aterrados caballos, alcancé a oír tambores y flautas al compás de un cántico salvaje. Los tres, como si fuéramos uno, salimos a la galería. El reverendo Haymark trató de calmar a los caballos mientras el señor Clemens y yo nos quedamos mirando las luces que se movían por el laberinto de piedra.*

–¡Kapu o moe! *–se oyó un grito procedente de las antorchas en movimiento–.* ¡Kapu o moe!

–¿Qué es eso? –susurré.

El reverendo, que seguía acariciando el morro de los caballos, me contestó con un murmullo:

–Es el grito de aviso para cerrar los ojos o postrarse. Creo que sólo se usa en las procesiones reales, pero también lo utilizan los caminantes de noche.

–¿Los caminantes de la noche*? –cuchicheó el corresponsal todavía con la pistola en la mano. Le brillaban los ojos–. ¿Fantasmas?*

–Los nativos creen que los viejos reyes regresan de entre los muertos en estas marchas –respondió el reverendo levantando un poco la voz para demostrar que no tenía miedo de estas supersticiones–. A veces son los mismos dioses los que marchan.

Justo al otro lado de la pared de piedra más cercana del heiau, *las antorchas y la música pasaban a la altura de donde estábamos. El viento agitaba los árboles, como si soplara un ciclón desde el interior de la isla al mismo tiempo que del mar llegaba la tormenta. A pesar del esfuerzo del reverendo Haymark, los caballos seguían tironeando y enseñando el blanco de los ojos.*

–Vamos –dije; y salí impulsivamente bajo la lluvia.

El señor Clemens me siguió con un trote corto. El reverendo dijo algo pero, después de cerciorarse de que los caballos estaban bien atados, cruzó rápidamente el claro y se unió a nosotros.

Tuvimos que caminar unos quince metros para llegar al extremo de la pared que nos separaba de la entrada y el patio del heiau *y, cuando dimos la vuelta, la procesión ya había pasado. Vimos las luces y oímos los cánticos y también la música en el extremo opuesto del templo pagano.*

Corta de aliento por la carrera efectuada para cruzar el claro, le dije al señor Clemens:

–No parecen fantasmas.

–Quizá –comentó el corresponsal señalando el sendero entre paredes en el que estábamos.

La lluvia del día había convertido el estrecho pasillo en un lodazal. Nuestras propias huellas alrededor del extremo sur de la pared eran bastante claras, como también lo era el ruido de ventosa que hacía el reverendo mientras se acercaba a nosotros. De la procesión que acababa de pasar no había huella alguna en el suelo embarrado.

Me toqué la mejilla.

–¿Habrán ido por otro camino?

Sabía la respuesta. Del otro lado estaba la enorme estructura del heiau *propiamente dicho y para haber visto las antorchas era menester que la procesión hubiera pasado por el embarrado camino.*

–Deberíamos regresar –dijo el reverendo entre jadeos. La lluvia le caía por los hombros y el sombrero–. No tenemos linterna ni velas.

Los relámpagos, como si le respondieran, iluminaron las rocas y las palmeras que nos rodeaban.

–Debo ver esto –dijo el señor Clemens.

Noté que tocaba la pistola en el bolsillo del abrigo. Echó a andar por el sendero y yo lo seguí. El reverendo musitó algo, pero también vino.

Cuando llegamos al lado norte del heiau, *la procesión había entrado en el bosque. Todavía se oía el grito de* kapu o moe. *Seguimos por el sendero hasta los árboles. El follaje de las palmeras estaba tirado y desparramado por el suelo. El señor Clemens miró hacia arriba, en la oscuridad.*

–¿Cómo han cortado las palmeras? ¿Y para qué?

–Según la tradición, cuando los dioses marchan no debe haber nada suspendido por encima de ellos –explicó el clérigo–, pero la tradición también dice que los dioses no marchan acompañados de música; sólo los jefes muertos lo hacen.

Por los chispazos intermitentes de los relámpagos vi que el señor Clemens levantaba una ceja.

–Reverendo, para ser un clérigo sabe usted mucho de las creencias de estos paganos.

–Tuve el placer de trabajar con el señor Hiram Bingham, en Oahu, en su compendio de tratados etnológicos sobre los nativos de las islas Sandwich y sus peculiares creencias –respondió el reverendo con cierto énfasis.

El periodista asintió y señaló hacia el lado por donde se alejaba la procesión.

–Pues bien, si no nos damos prisa, este compendio de peculiares creencias nos va a dejar atrás. Tengo curiosidad de saber qué es tan importante para que estos isleños salgan bajo la lluvia y se mojen las plumas.

Seguimos el sendero y nos internamos en la selva; cada relámpago nos mostraba claramente nuestras huellas sobre el barro. El camino estaba lleno de ramas, como si alguna fuerza invisible hubiese cortado todo lo que hubiera por encima de la procesión a pesar de que la mayoría de los árboles tenían una altura de más de dos metros.

Al llegar a unos cuatrocientos metros al norte del heiau *comprendimos que debíamos regresar. La tormenta se había desplazado hacia el interior de la isla y nos había dejado sin ninguna fuente de iluminación. Me maldije por no haber llevado las velas que tenía en mis alforjas. Aunque volvíamos a ver las antorchas a lo lejos, parecía imposible alcanzarlas. La música ya no se oía. La lluvia había cesado completamente; sólo caían las gotas de la mojada vegetación que nos rodeaba. Mi vestido estaba empapado, así como mi ropa interior.*

Nos habíamos detenido en un pequeño claro para decidir el regreso cuando un fogonazo de luz, procedente de un lejano relámpago, iluminó el escenario que nos rodeaba. A partir de ese punto, el sendero giraba hacia el este y descendía la colina, obviamente en dirección a alguna de las playas que habíamos visto desde nuestra ventajosa posición en lo alto del volcán. Las antorchas se veían en una playa lejana a través de la última barrera de árboles y arbustos, antes de que el sendero bajara por la pared del acantilado. También vimos el pequeño claro en el que estábamos. Había ramas y rocas desparramadas sobre la exuberante hierba, así como algunos cocos caídos como cabezas cortadas. Al mismo tiempo que me percataba de ese espantoso parecido noté una cabeza auténtica sobre la hierba y, después, vi los pálidos hombros. Creo que ahogué un grito mientras el señor Clemens, con pasmada expresión a la luz de otro remoto relámpago, metía la mano en el bolsillo para sacar la pistola.

En el claro, a nuestro alrededor, yacían diversos cuerpos desnudos, una media docena todos inmóviles en las incómodas posturas de la muerte.

Los distantes relámpagos cesaron. La oscuridad total se apoderó de la selva; ni las estrellas ni el lejano resplandor del Kilauea, cubierto por el manto de la tormenta, lograron disiparla.

En aquel momento, en medio de la negrura, mientras oía al señor Clemens maldecir a unos metros de mí y al reverendo Haymark aclararse la garganta unos metros detrás del periodista, sentí claramente una mano fría que me cogía el tobillo entre la alta hierba.

Fue una suerte, pensó más tarde Eleanor, que Cordie Stumpf no disparase su pistola en dirección a los pasos que se acercaban en la oscuridad. La sola idea de que hubiera podido hacerlo, de que hubiese apuntado a lo que fuera o quien fuese en las catacumbas, ya le resultaba espantosa.

Un joven alto, bien trajeado y con el pelo largo pulcramente recogido entró en el círculo de luz. Cordie bajó el arma.

–¡Señor Dillon! –exclamó el joven cruzando rápidamente hasta donde Paul Kukali sostenía al jefe de seguridad, herido, contra la pared. El hombre pasó la mano por delante de los ojos de Dillon, que no parpadearon, y preguntó–: ¿Qué ha pasado?

–No sabemos –respondió Paul–. Pasábamos por aquí justo en el momento en que se cortó la luz.

–¿Usted quién es? –interrogó Cordie al joven mientras guardaba la pistola en su bolso de paja.

–Will Bryant, asistente ejecutivo del señor Trumbo. Usted es la ganadora del concurso... la señora Stumpf, ¿verdad? ¿Qué hace con ese revólver?

Cordie sonrió.

–Verá usted, señor Bryant, ¿no es éste el lugar en el que los huéspedes desaparecen como los canapés en un cóctel?

Will carraspeó y se dirigió a Paul.

–Ayúdeme a llevar a Dillon arriba.

–Por supuesto, pero... –En aquel momento se encendieron las luces. Cordie frunció los ojos por el resplandor y bajó la tapa de su encendedor–. La enfermería para el personal está aquí abajo.

Bryant sacudió negativamente la cabeza.

–Vamos a cerrar por un tiempo los túneles de servicio. Llevaremos a Dillon al servicio médico para huéspedes de la Gran Hale.

–Creo que necesita un hospital de verdad –terció Cordie.

Will Bryant y Paul cogieron al jefe de seguridad de los brazos y lo ayudaron a ponerse de pie. Dillon no protestó, pero no demostró interés alguno en la maniobra.

–Sí, pero primero que lo vea el médico de las instalaciones. ¿Ha dicho el señor Dillon lo que ha pasado? –dijo Bryant.

–No ha dicho nada –intervino Eleanor. Señaló la puerta abierta con el letrero que decía DIRECTOR DE ASTRONOMÍA–. Venía de allí.

Will Bryant asintió.

–Doctor Kukali, ¿podría sostenerlo durante un instante? –pidió. El encargado de arte aguantó a Dillon de pie mientras Bryant se alejaba por el corredor, echaba una mirada dentro del despacho del astrónomo y cerraba la puerta lentamente–. Muy bien –dijo al volver; y se pasó de nuevo un brazo de Dillon por encima del hombro.

El pasillo se había llenado de gente de la lavandería y la panadería que se dirigían a la salida.

–Está todo en orden –anunció Bryant tras identificarse ante los trabajadores–; que los supervisores se dirijan a la oficina del señor Carter. Los demás pueden tomarse la noche libre.

Hubo expresiones de alivio y los empleados locales se dirigieron a la Gran Hale por la escalera y la rampa.

–Yo estaba en el corredor principal cuando se cortó la luz –explicó Will Bryant mientras metían a Dillon en el ascensor del sótano de la Gran Hale–. Vi la llama del encendedor y vine a ver qué pasaba. No quería asustarla.

–No me asustó –replicó Cordie.

–Creo que debería dejar el revólver en recepción para que se lo guarden hasta que se marche –sugirió el ayudante de Trumbo–. Va contra la ley y las normas del hotel tener armas ocultas.

–Apuesto a que va contra las normas del hotel que los perros vayan por ahí con manos humanas y que muerdan al director de seguridad hasta el tuétano, ¿no? –gruñó Cordie.

Will Bryant no dijo nada.

–Me quedaré con la pistola –insistió Cordie–. Si al señor Trumbo no le gusta, haga el favor de decirle que se puede ir a tomar tranquilamente por el culo.

Bryant amagó una sonrisa.

–Bueno, hemos llegado.

Ayudaron a Dillon a salir del ascensor y lo llevaron por el pasillo de baldosas hasta el consultorio médico. Bryant ya había llamado por radio y el doctor Scamahorn esperaba en el vestíbulo.

–Gracias por su ayuda –dijo Will a las mujeres–. Doctor Kukali, ¿puede esperar un momento? Me gustaría hablar con usted.

Paul miró a Eleanor.

–Iba a acompañar a las señoras.

–No necesitamos que nos acompañen –intervino Cordie colgándose el pesado bolso al hombro–. Dénos el paraguas y yo iré con Eleanor hasta su barraca.

Eleanor empezó a decir que no hacía falta que la acompañara, pero algo en el tono de Cordie le indicó que ésta quería hablar. Pasaron juntas por el vestíbulo descubierto, bajaron por la escalera del Mirador de las Ballenas y se dirigieron por el sendero hacia la playa. La tormenta había amainado y sólo caía una suave llovizna. La Gran Hale era como una llamarada de luces a sus espaldas; el sendero estaba iluminado por lámparas de gas y suaves focos eléctricos que marcaban el camino. No se dijeron nada mientras serpenteaban por la vegetación tropical y pasaban al sur del bar El Naufragio y junto a *hales* oscuras que se alzaban sobre pilotes. La luz del porche de la *hale* de Eleanor se había encendido automáticamente, pero las habitaciones estaban a oscuras detrás de los postigos. Eleanor abrió la puerta y se volvió para decir:

–¿Querías...?

Cordie se puso el índice sobre los labios, sacó la pistola, apartó a Eleanor y entró en la *hale* encendiendo la luz inmediatamente.

–Entra –dijo al cabo de un segundo–. No quería ponerme melodramática, pero ha sido un día extraño. Pensé que si algo iba a saltar sobre alguien, era mejor que ese alguien fuera armado.

Eleanor pasó junto a la mujer bajita y encendió las luces de la cama. La *hale* era pequeña pero de aspecto muy cómodo y estaba tan ordenada como la había dejado unas horas atrás. No..., más ordenada. Alguien había hecho la cama y depositado una flor sobre la almohada. Eleanor la cogió e hizo señas a Cordie para que se sentara en una silla de mimbre, a un lado del pequeño escritorio, junto a las ventanas cerradas. Ella tomó asiento en la otra silla y dejó la flor sobre el escritorlo.

–¿Querías hablar?

–Sí –respondió Cordie.

Guardó de nuevo la pistola y sacó del bolso algo más grande. Dejó una botella sobre el escritorio y se dirigió a la cocina a buscar vasos.

–Sheep Dip –leyó Eleanor en la etiqueta–. ¿Escocés?

–¡Ya lo creo! –exclamó Cordie mientras dejaba los vasos y se desplomaba sobre la silla–. Es un escocés de ocho años elaborado con un solo tipo de malta que los ingleses destilan en cubas. ¿Te gusta el whisky?

Eleanor asintió con la cabeza. Durante sus viajes a Escocia, en la época en que salía con un piloto, hacía años, había aprendido a disfrutar de los whiskys caros elaborados con un solo tipo de malta, pero nunca había oído hablar del Sheep Dip.

–Éste y Pig's Nose son mis favoritos –comentó Cordie–. Son mejores que Glenlivet y esas marcas que se anuncian tanto. –Sirvió tres dedos para cada una y tendió uno de los vasos a Eleanor.

–¿Sin hielo? ¿Sin agua? –preguntó ésta.

–¿Hielo o agua con un whisky de esta categoría? ¡Ni hablar! –rió Cordie–. ¡Adentro, Nell!

Bebieron las dos y Eleanor sintió que la suave bebida le expandía su tibieza hasta el estómago. Aprobó con la cabeza.

–¿De qué quieres hablar?

Cordie se apoyó contra el respaldo y miró durante un rato la vegetación que llenaba la ventana a través de los postigos. Cuando volvió en sí, levantó el vaso y dijo:

–Estoy lista para hablar de por qué hemos venido aquí. Pero no de esa mierda de razones banales, sino de las auténticas.

Eleanor la miró fijamente durante un momento.

–De acuerdo –accedió al fin–. Tú primero.

Cordie tragó el whisky y sonrió.

–Mis razones son un poco estúpidas. Supongo que he venido para recuperar parte de mi infancia..

–¿Tu infancia? –preguntó Eleanor sorprendida.

–Se podría decir que tuve una infancia rara –se rió Cordie–. Una parte fue una especie de... aventura. Y cuando me enteré de lo que pasaba en el Mauna Pele..., bueno, pensé que podía tener un poco más de aventura.

Eleanor asintió con la cabeza.

–Pero descubriste que nunca más podrías regresar a casa.

–Thomas Wolfe –corroboró Cordie; y volvió a llenar los vasos. Observó la expresión de asombro de Eleanor–. Creo que lo leí en esas *Grandes Obras*. Y sí, es verdad: ya no es lo mismo. Pero ésa no es la única razón. –Se calló y se quedó mirando fijamente el vaso.

–¿Cuál es la otra? –preguntó Eleanor en voz baja.

–He trabajado muy duro desde joven –explicó Cordie Stumpf mientras agitaba el whisky ámbar en el vaso–. Me crié en medio de un montón de basura; por lo tanto, fue como natural que mi primer trabajo consistiera en conducir un camión de basura en Peoria. Me casé con el dueño de la empresa. –Se calló durante un momento–. Cuando murió, me hice cargo de la compañía y mi segundo marido se casó conmigo justamente por eso: por la empresa. La expandimos juntos. Cuando nos divorciamos, Hubie se quedó con la casa y un montón de dinero y yo conservé el negocio. Mi tercer marido... bueno, tenía su propia empresa de vertederos. Supongo que podría decirse que hicimos una especie de fusión. –Cordie sonrió, se acabó el contenido del vaso y sirvió más whisky–. Venga, Nell, que te voy ganando.

Eleanor bebió y siguió escuchando.

–Durante los últimos años, con los hijos ya mayores, me parecía que lo único que tenía en la vida era dirigir el negocio. Comprendes, ¿no?

Eleanor asintió.

–Hace tres meses vendí la empresa; y después, hace dos meses, me diagnosticaron un cáncer. Cáncer de ovarios. Me dijeron que tenían que quitármelos. «Adelante –les dije–, ya no los necesito.» Y me los quitaron.

–Vaya –susurró Eleanor.

Cordie se frotó el labio inferior y pasó un dedo por el borde del vaso de whisky.

–Me repuse muy pronto de la operación. Siempre tuve una constitución muy fuerte. Me dijeron que creían haberlo extirpado todo, que pensaban que saldría adelante. Después gané estas vacaciones con los millonarios y me pareció que la suerte todavía seguía de mi lado. Ese mismo día fui a que me hicieran una revisión y el médico me dijo que el cáncer se había extendido. Tenía que empezar el tratamiento de quimioterapia y radioterapia esta semana, pero les dije que esperaran seis o siete días, hasta que volviese de Hawai.

Eleanor miró a la robusta mujer a la débil luz de la habitación. Sabía que el cáncer de ovarios, una vez extendido, tenía un mal pronóstico. Su madre había muerto de esa enfermedad.

–Qué mala suerte, por Dios –murmuró Eleanor cuidadosamente; y se acabó el vaso de whisky. Cordie movió la cabeza y sirvió otros tres dedos.

–Así que, en cierto modo, esperaba que en el Mauna Pele hubiera algún tipo de monstruo –continuó Cordie–, o al menos un asesino con un hacha o algo por el estilo. Ya sabes, algo aterrador pero... externo. Algo con lo que yo pudiera luchar de la manera en que..., bueno, algo con lo que yo pudiera luchar.

–Sí –dijo Eleanor.

–¿Sabes?, hoy, cuando observaba este lugar, pensaba: ¿por qué no habrá hospitales oncológicos como este complejo, donde los pacientes puedan tratarse, relajarse y recuperarse en la playa? La mayoría de los hospitales que conozco son como el de Chicago, al que voy a... Prisiones bajo la nieve.

–¿Te refieres a una especie de asilo pero como un hotel de lujo? –preguntó Eleanor.

Cordie negó con la cabeza.

–¿Un asilo? No, no; eso es un lugar para morir mientras los especialistas en terminales te van diciendo en qué etapa deberías encontrarte, ¿no? Antes estabas en la fase de negación, pero ahora pasa a la de aceptación, chica, porque hay otros que esperan. No, que se vayan a la mierda. Estoy hablando, sencillamente, de un hospital de cáncer en el que mientras ves cómo se te cae el pelo puedes broncearte; eso es todo.

Eleanor asintió y abrió los postigos. La vegetación todavía estaba mojada y caían gotas. El aroma del trópico era sensual y un poco triste.

–Sería muy caro; un hospital sólo para ricos –comentó Eleanor.

–¡Noo! Lo caro es el cáncer –se rió Cordie–. ¿Tú te crees esos honorarios absurdos de los hospitales? La diferencia sería sólo el precio de los billetes de avión..., y quizás habría algunas... becas para los pobres diablos. Unas vacaciones-del-cáncer-en-combinación-con-la-lotería. Algo así.

Eleanor le acercó el vaso para que se lo volviera a llenar. El whisky se había expandido por su cuerpo como una llama tibia.

–Creo que el señor Trumbo tiene otras ideas. Parece que los japoneses se quedarán con este trozo de tierra.

–Sí –Cordie se frotó otra vez los labios–, justamente lo que el mundo necesita: más clubes exclusivos de golf. –De repente levantó la mirada–. Nell, ¿has estado enamorada alguna vez?

Eleanor se sobresaltó, pero trató de disimularlo.

–Sí –dijo. Y no se ofreció a ampliar detalles.

Cordie movió afirmativamente la cabeza, como dándose por satisfecha con la sencilla respuesta.

–Yo también. Una vez. Oh... he querido a mucha gente. A dos de mis tres maridos, a todos mis hijos. Esa clase de cariño que se siente o no se siente. Pero enamorada he estado sólo una vez. Cuando era apenas una muchacha. –Se quedó en silencio durante un rato. No se percibía otro sonido que el producido por las gotas que caían de las palmeras–. Creo que él ni siquiera se enteró –dijo al fin.

–¿Nunca se lo dijiste? –preguntó Eleanor dando un trago de whisky.

–No, no. Él también era muy joven y vivíamos en un pueblo pequeño. Se fue a Vietnam, lo hirieron gravemente y después se hizo sacerdote. Sacerdote católico. De esos que ni se casan ni follan.

–Ah –exclamó Eleanor. «¿Lees los periódicos? Follan más de lo que una cree.» Pensó. Pero, en cambio, preguntó en voz alta–: ¿Has vuelto a hablar con él desde que se hizo cura?

–No; y hace mucho que ni siquiera voy al pueblo. Alguien me dijo que hace unos años dejó los hábitos y se casó. Pero, qué importa. Lo menciono porque durante las últimas semanas he pensado en lo que piensa la gente cuando tiene un cáncer terminal. Oportunidades perdidas..., vidas desperdiciadas y todas esas idioteces.

–Tú no has desperdiciado la vida –dijo Eleanor.

–Eso es cierto. Mis hijos están de acuerdo contigo –corroboró Cordie–. Criarlos mientras llevaba la empresa de basura me mantuvo muy ocupada. –Dejó el vaso vacío–. Muy bien, Nell, ahora háblame de ti. ¿Por qué has venido?

Eleanor giró el vaso con la mano.

–¿No crees que haya venido sólo de vacaciones?

El pelo lacio de Cordie se movió mientras agitaba negativamente la cabeza.

–Sé que no has venido sólo de vacaciones. No eres el tipo de mujer que vaga por los gigantescos complejos hoteleros en su tiempo libre. Diría que más bien estás acostumbrada a viajar a pie por Nepal o hacer una de esas excursiones de turismo ecológico por el Amazonas.

Eleanor sonrió.

–Me declaro culpable. Excursión por Nepal hace dos años y hace cinco. Turismo ecológico por el Amazonas en el ochenta y siete.

–Entonces, ¿por qué estás aquí? –Cordie sirvió el resto de la botella de whisky.

Eleanor metió la mano en su bolso, sacó el diario de la tía Kidder y lo apoyó cuidadosamente sobre la mesa evitando que se mojara.

–¿Puedo abrirlo? –dudó Cordie.

–Sí –autorizó Eleanor.

–Esta Lorena Stewart, ¿es alguien importante que debería conocer? ¿Como la segunda esposa de Abe Lincoln o algo así?

Eleanor se rió.

–No, no tan importante, pero escribió unos libros de viajes muy bonitos que ahora han caído en el olvido. Era una parienta lejana mía. Cuando se hizo mayor todo el mundo la llamaba Kidder por su sentido del humor y porque siempre llevaba guantes de cabritilla[1].

Cordie tocó el libro suavemente con la yema de los dedos.

–¿Por qué estás aquí?

Eleanor hizo una pausa, asombrada, incluso a través de los vapores del whisky, de poder hablar de ello.

–En este libro hay varios misterios –dijo al fin–. Uno de ellos, el más fácil..., es el misterio «externo» sobre el que tía Kidder escribe. Pero hay otro más difícil: ¿por qué tía Kidder no se casó con Samuel Clemens?

–¿Samuel Clemens? Ése es Mark Twain, ¿no?

–Sí.

–Una vez fui a Hannibal –comentó Cordie–. Es un pueblo pequeño, con un río muy bonito.

–Sí, yo también he estado –dijo Eleanor, pero no añadió: «Voy cada dos años a visitar el pueblo donde se crió el escritor y el polvoriento museo, como si fuera allí a encontrar alguna clave sobre la decisión de tía Kidder».

–¿Y Mark Twain quería casarse con Lorena Stewart?

–Bueno... –Eleanor se calló otra vez–. Si quieres, puedes leerlo.

Desde que tía Beanie le había regalado el diario..., el talismán..., cuando tenía doce años, Eleanor no lo había compartido con nadie, no se lo había prestado a nadie.

Cordie asintió lentamente, como si comprendiera.

–Te lo agradezco, Nell. Lo leeré esta noche y te lo devolveré mañana, sano y salvo.

Eleanor echó una mirada a su reloj.

–¡Dios mío, es más de la una!

Cordie se puso de pie, se apoyó en la mesa para no perder el equilibrio y guardó el diario en el bolso.

–Bueno, no importa. Estamos de vacaciones –dijo.

–Lamento que tengas que volver sola a la Gran Hale.

1. *Kidder:* bromista, chistoso. *Kid gloves:* guantes de cabritilla o de piel fina. *(N. de la T.)*

–¿Por qué? Ha parado de llover.

–Sí, pero... –dudó Eleanor– pero hay...

–Monstruos –terminó Cordie; y sonrió–. Ojalá. Espero que sí. –Sacó el revólver, lo sopesó y volvió a guardarlo mientras se dirigía a la puerta–. Nos veremos mañana, Nell. No te preocupes por el diario de la tía Kidder; si quieren llevárselo tendrán que pasar por encima de mi cadáver.

–Hasta mañana –gritó Eleanor mientras su amiga desaparecía por la curva del sendero que se internaba entre la vegetación.

15

La grieta de fuego golpea el sol;
el fuego se derrama sobre el mar de Puna:
el mar brillante de Ku-ki'-i.
Los dioses de la noche están en la puerta oriental;
asoma el esqueleto de los bosques.
¿Cuál es el sentido de todo esto?
El sentido es la desolación.

Canto de Hi'iaka a Pele.

Eran más de las cinco cuando Byron Trumbo se acostó a trompicones junto a Maya para dormir alrededor de una hora y media antes de levantarse y ducharse. Tenía un desayuno de trabajo a las siete con el grupo Sato.

La escena que había vivido en la barraca de construcción parecía salida de una de sus fantasías adolescentes. Bicki lo esperaba en la puerta –desnuda– y había saltado hacia él sin darle tiempo a cerrarla; y tampoco los postigos de las ventanas. La bañera caliente burbujeaba junto a la galería que daba al mar. Trumbo llevó en andas a la diminuta estrella de rock, la dejó caer dentro y se quitó la ropa para meterse, pero ella le dio un tirón antes de que se sacara los calzoncillos.

Trumbo nunca subestimaba su propia libido o su vigor, pero noventa minutos de pasión con Bicki, además de la velada con Maya y el fatigoso día, lo dejaron listo para dormirse en la bañera de calientes burbujas. Al fin consiguió salir, vestirse y largarle a Bicki la perorata sobre Caitlin y su interés por arruinar el negocio con Sato –una perorata a la que la joven cantante hizo caso omiso; a Bicki no le interesaban los negocios de Trumbo– para tratar de convencerla de que se fuera al día siguiente.

–Ayyy –refunfuñó la chica, de diecisiete años–, si acabo de llegar. –Estiró una larga pierna color azabache sobre un almohadón–. ¿Te he sorprendido, T?

–Me has sorprendido –respondió Trumbo mientras se abotonaba la camisa–; y no me llames T.

–Vale, T –dijo Bicki–, no te llamaré T. ¿Por qué todos queréis que me vaya?

Bicki era de Selma, Alabama, y le gustaba exagerar su acento sureño; eso, esta noche, a Trumbo le molestaba tanto como las malditas vocales de Nueva Inglaterra de Caitlin y el fingido tono británico de Maya. Además, en el apogeo de la pasión se había olvidado de la maldita lengua perforada y, al tratar de darle un beso de tornillo, casi saltó de la bañera al encontrarse con las dos minúsculas bolitas de metal allí dentro.

–Me distraes, nena –le dijo–. Necesito estar en mis cabales para hacer este negocio.

Bicki se frotaba el muslo con el almohadón.

–No me interesan tus cabales, T.

«Es mutuo», pensó Trumbo.

–Lo sé, nena, pero es un negocio muy delicado.

Bicki se pasó sus largos dedos por el muslo.

–Pero tú sabes mucho de cosas delicadas, T.

Trumbo le interceptó los dedos, se los besó, cogió la radio y la Browning nueve milímetros del suelo y se dirigió a la puerta.

–Vendré a verte por la mañana; pero después regresarás a Antigua.

Al menos, Bicki prefería dormir sola.

–Mañana será otro día –ronroneó ella.

Trumbo se detuvo en la puerta, sacudió la cabeza y trotó bajo la agonizante llovizna hasta el cochecito de golf, donde dio un salto y sacó la Browning de su cinturón en el momento en que una figura oscura como la noche, que salía de la vegetación, pareció ir flotando a su encuentro.

–¡Coño! –exclamó Trumbo volviendo a guardar el arma

bajo el cinturón con dedos temblorosos–. ¡Me has asustado!

–Perdone, señor Trumbo –se disculpó Lamont Fredrickson. El ayudante afroamericano del jefe de seguridad iba completamente vestido de negro.

Trumbo había olvidado que, hacía casi una hora, había ordenado que el hombre se reuniera con él. Miró hacia atrás, hacia las ventanas con los postigos abiertos por las que Bicki resultaba más que visible mientras holgazaneaba en la cama iluminada por una luz amarilla.

–¿Has disfrutado del espectáculo?

El empleado de seguridad tuvo el buen tino de no contestar ni sonreír.

–¿Qué noticias hay de Dillon? –preguntó Byron Trumbo.

Fredrickson tocó el auricular y se encogió de hombros.

–El señor Bryant no ha dicho nada.

–¿Y de Briggs?

–No se sabe nada.

–Bueno –suspiró Trumbo–, quiero que hagas lo siguiente: como Dillon está fuera de combate, serás tú el nuevo jefe de seguridad.

–Sí, señor.

–La principal prioridad sigue siendo proteger a Sato y sus chicos de quienquiera que esté haciendo esta carnicería con los huéspedes y el personal.

–Sí, señor.

–La segunda prioridad es mantener a la señora Richardson y a la joven de esta barraca sanas y salvas; y alejadas la una de la otra y de mi ex esposa. ¿Está claro?

–Sí, señor.

–La tercera prioridad es que tus hombres se muevan lo más discretamente posible. No quiero que Sato piense que esto es un campamento del Ejército. Y no digas «sí, señor».

–Sí, señor. Perdón... –Fredrickson asintió con la cabeza.

–La cuarta prioridad es encontrar a los cabrones que nos están haciendo esto y detenerlos. ¿Comprendes lo que estoy diciendo?

–¿Se refiere a trabajar con la policía y la Brigada Especial?

–No, no me refiero a trabajar con la policía y la Brigada Especial –se burló Trumbo–. Me refiero a detenerlos, a matarlos.

Fredrickson frunció el ceño.

–Sí, señor. Eh..., señor Trumbo, ¿no debería haber una quinta prioridad? La primera de todas, en realidad.

–¿A qué te refieres?

Trumbo había subido al cochecito de golf. El asiento estaba mojado. Puso el vehículo en marcha y frunció los ojos observando la Gran Hale, al otro lado de la curva de la oscura bahía, que se veía como un brillante resplandor por encima de las palmeras. En alguna parte de aquel edificio estaba Caitlin, probablemente en la cama con ese chupasangre de Myron Koestler.

–Me refiero a usted, señor –respondió Fredrickson–. Si el señor Briggs ha desaparecido, ¿quién se va a ocupar de su protección?

Byron Trumbo suspiró.

–Yo mismo. Tú ocúpate de lo tuyo y de que tus hombres también lo hagan.

Trumbo dejó al empleado de seguridad bajo la lluvia y regresó solo al edificio principal a través de la selva cuidadosamente planeada, donde las *hales* más baratas se alzaban oscuras y silenciosas sobre sus pilotes, pasó junto a las dos piscinas y el bar El Naufragio, y, después de rodear el *lanai* del Mirador de las Ballenas, penetró en las tripas de la Gran Hale.

Will Bryant lo esperaba en el vestíbulo principal.

–¿Cómo está Dillon? –preguntó Trumbo.

–Tiene algunas heridas graves, la clavícula rota y mordeduras en el antebrazo que le llegan hasta el hueso. El doctor Scamahorn dice que se encuentra conmocionado.

–¿Mordeduras? –Trumbo se detuvo un instante al lado del ascensor–. ¿Qué tipo de mordeduras?

–Dillon no ha dicho nada y Scamahorn no lo sabe. De algo grande.

–Algo grande –repitió Trumbo–. Fantástico. ¿Dónde está Briggs?

–Parece como si algo lo hubiera arrastrado por el túnel. El señor Carter y yo entramos con dos hombres, pero no...

–Espera un minuto. ¿Qué túnel? –Iban en el ascensor rumbo al último piso.

–El que hay detrás de la pared de la oficina del astrónomo. ¿Recuerda que les dijo a Briggs y a Dillon que vieran qué había?

–Sí, pero no les dije que se dejaran arrastrar ni triturar. –Salieron del ascensor y avanzaron de prisa por el pasillo hacia la suite presidencial–. Así que Dillon está fuera de combate, Briggs ha desaparecido en ese túnel de los cojones y nosotros somos testigos impotentes de toda esta mierda.

–Así es –confirmó Will Bryant–. El doctor Hastings ha vuelto a llamar, pero le dije que estaba usted muy ocupado.

–Bien hecho –dijo Trumbo.

Saludó con la cabeza a Bobby Tanaka y a todos los que estaban en el salón de la suite y se dirigió a su cuarto para ponerse unos pantalones y una camiseta de deporte.

–Pero Hastings dice que la lava fluye lateralmente. Está muy preocupado por la salida de gases...

–La única salida de gases que me preocupa es la del doctor Hastings –exclamó Trumbo–. ¿Tienes listo el contrato con las enmiendas?

–Ahora mismo estábamos trabajando en ello con Bobby.

–Bien. A las siete tenemos una reunión con Hiroshe y ese cabrón de Inazo Ono, y quiero ponerme a trabajar en los detalles finales.

–Ono es un negociador hábil –dijo Will.

Trumbo sonrió, mostrando todos los dientes.

A las seis y media, Trumbo salió de la ducha del bungalow samoano de Maya. La modelo lo miró con ojos adormilados desde las sábanas.

–¿Es una broma?

–Nunca bromeo, nena –replicó Trumbo–. Hoy es un gran día.

–¿Por qué? ¿Qué pasa hoy?

–Bueno, en primer lugar vas a regresar a tu pase en Chicago.

–Mi próximo trabajo es en Toronto.

–Muy bien, entonces te vas a Toronto.

–Prefiero no hacerlo.

–Y yo prefiero que sí.

Maya se puso de pie sin ningún vestigio de pudor y caminó desnuda hasta las puertas correderas abiertas que daban a la galería este. La luz del sol bañó su piel perfecta con un resplandor dorado.

–Voy a preguntártelo de nuevo, Byron: ¿qué pasa hoy?

Trumbo la besó en el cuello.

–Todo –respondió; se dirigió a la puerta y salió.

No tenía ni idea de lo acertada que iba a resultar esa afirmación.

17 de junio de 1866, costa de Kona.

Cuando la mano me cogió el tobillo no grité. El señor Clemens había sacado el revólver y oí que maldecía en voz baja y empezaba a acercarse a mí, pero le dije: «¡No! ¡Quédese donde está!». Me agaché sobre la húmeda hierba, separé la mano del tobillo con suavidad y recorrí con los dedos el antebrazo hasta el hombro.

–Reverendo, ¿tiene fuego? –pregunté.

No habíamos traído velas, pero oí el ruido de algo que rascaba y después vi la llama de una cerilla que se acercaba de prisa. Al nativo que yacía a mis pies le sangraba la cabeza y los párpados le temblaban de dolor. Era apenas un muchacho... un niño... y estaba casi desnudo.

–Tenemos que llevarlo a la choza –dije en voz baja. Las antorchas de la fantasmagórica procesión estaban a varios cientos de metros, pero no sabíamos quiénes habían quedado detrás–. ¿Cómo están los otros?

–Me temo que muertos –respondió el señor Clemens. Había examinado un cadáver detrás de otro, a la débil luz de la segunda cerilla del reverendo Haymark, con una frialdad que parecía contradecir su desprecio por su propio pasado

militar. Se acercó al niño junto con el reverendo y se agacharon–. Le han golpeado con una piedra o con un arma sin punta –afirmó el señor Clemens mientras pasaba la mano por la cabeza del quejumbroso muchacho–. Tiene razón –me dijo–, tenemos que llevarlo a la choza para poder examinarlo a la luz de una vela. –Y dirigiéndose al reverendo preguntó–: ¿Puede llevarlo usted solo?

El corpulento clérigo me pasó el resto de las cerillas, encendí una y vi que levantaba sin problemas al chico.

–¿No va a volver con nosotros? –pregunté al señor Clemens.

Los ojos del corresponsal brillaban. Hizo una seña en dirección al fantasmagórico resplandor.

–Voy a ver eso y enseguida vuelvo.

–Quizá yo también... –empecé.

–¡No! –me interrumpió el señor Clemens. Se dio la vuelta y desapareció en la oscuridad.

Los caballos estaban nerviosos, pero seguían atados en su sitio cuando volvimos a la choza en ruinas. No había cama, mesa, ni siquiera un jergón de paja, pero el reverendo dejó al chico con mucha suavidad en el rincón más seco mientras yo encendía dos velas y sacaba un trozo de tela de mis alforjas para usar como vendas. Reemplacé al clérigo junto al niño, le limpié la herida lo mejor que pude con agua de lluvia y desgarré una combinación para vendarle la cabeza. Levanté la mirada y vi que el reverendo se estaba quitando el abrigo.

–¿Qué sucede? –pregunté.

–Si la desnudez del muchacho la ofende... –me dijo ruborizado y tendiéndome el abrigo como una ofrenda.

–Qué absurdo. Es una criatura de Dios. La inocencia nunca ofende –repliqué rechazando la prenda con la mano.

El reverendo Haymark volvió a ponérsela y miró afuera, a la oscuridad. Había parado de llover y el viento aún agitaba las palmeras.

–No estoy seguro de que estos acontecimientos sean muy inocentes.

En aquel momento el chico, volvió en sí. Al principio gimió y habló en su lengua, pero cuando sus ojos se posaron so-

bre nosotros se las arregló para hablar en un inglés pasable. Se llamaba Halemanu y había sido bautizado –entrando así en la ora loa ia Jesu, *o «vida eterna por la gracia de Jesús»– en la misión de Kona del reverendo Titus Coan cuando tenía seis años; hacía unos siete, según deduje del confuso relato del muchacho. Halemanu vivía en la aldea de Ainepo, al norte del camino de la bahía de Kealakekua, donde fue asesinado el capitán Cook.*

Le dimos agua para beber y mango para comer. El chico se sentó con la espalda desnuda apoyada contra la húmeda paja de la choza y farfulló en un inglés chapurreado. Tenía los ojos brillantes, quizá debido a la contusión sufrida o al terrible miedo que había padecido.

Halemanu había viajado al sur, con su tío y varios guerreros de la aldea, porque el kahuna, *o hechicero, les había anunciado que un mal terrible se cernía sobre la costa de Kona, cerca de Honaunau, la Ciudad de Refugio. Para Halemanu, ésta había sido su primera aventura de hombre.*

El día anterior, o sea ayer, el grupo de hombres había llegado a la aldea sin nombre en la que el reverendo Whister había construido su iglesia. La iglesia estaba vacía. La aldea estaba vacía. El tío de Halemanu reconoció las huellas de esos seres malignos que se habían desatado sobre la región. El grupo siguió hacia el sur con intenciones de visitar una aldea en Kau, donde el tío del chico sabía que vivían las Pele kahuna, *las mujeres que aplacaban a la diosa cuando los demonios asolaban una zona. Cayó la noche y la tormenta sorprendió a la partida de cinco hombres y un chico lejos de cualquier refugio, pero, en lugar de quedarse en un lugar tan aciago, el tío de Halemanu y los demás decidieron apresurarse hasta Kau en medio de la oscuridad.*

Los caminantes de la noche *los habían encontrado aquí, a poco más de un kilómetro de la aldea de las* Pele kahuna, *cerca del antiguo* heiau *que se alzaba junto a nuestra choza.*

–Ridiculeces, muchacho –dijo el reverendo–. Tú eres cristiano; seguramente ya no crees en esas supersticiones infantiles.

Halemanu miró al clérigo como si hubiera pronunciado palabras sin sentido.

–*Haber dos* Ka huaka'i o ka Po *–continuó el chico–. Dos grupos, dos* caminantes de la noche. *Nosotros tratar de escondernos, pero ellos caer sobre nosotros antes de poder huir por la* a'a. *Primero llegar los* aumakua, *los viejos* ali'i, *jefes y guerreros muertos hace mucho tiempo. Los jefes muertos ir mandados por un* alo kapu, *un jefe muerto de cara sagrada, por lo que nadie, ni persona ni animal, poder pasar delante de él sin que lo mataran. Nosotros oír a los* aumakua *gritar:* ¡Kapu o moe! *para avisar a parientes vivos, pero no poder escapar. Mi tío decirnos que nos quitáramos toda ropa y nos tiráramos de espaldas con ojos cerrados. Y lo hicimos. Pasaron los* aumakuas *y yo oír flautas, tambores y el* manele, *las literas que llevan jefes que no son* alo kapu *ni* akua kapu... *esos jefes no matan a nosotros por caminar delante ni detrás. Yo oír a los fantasmas gritar: «¡Vergüenza!», por nuestra desnudez. Todos tener los ojos cerrados, pero yo oír a los jefes muertos decir: «Nos avergüenzan así desnudos. ¡No los toquéis!». Después los* caminantes de la noche *seguir marchando, pero entonces llegar otro* Ka huakia'i o ka Po. *Esta vez no música ni los* aumakua *gritar:* «¡Hapu o moe!». *Yo abrir los ojos y ver las antorchas, éstas mucho más brillantes que las otras, estas antorchas rojas, con cinco delante, cinco en el medio y cinco al fondo, porque cinco es perfecto, un número completo, el* ku a lima. *Yo saber, aun antes de que mi tío decirnos en voz baja que nos quedáramos sobre hierba, que esta* ka huakia'i o ka Po *ser una marcha de dioses. Los dioses marchar de seis en fondo, tres dioses masculinos, tres diosas femeninas, y mi tío que creer que* hi'iaka-ikapoli-o-Pele, *la hermana de Pele, estar en la fila de delante. Después, mi tío avisarnos que cerráramos los ojos y nos quedáramos como muertos.*

Aquí, Halemanu se detuvo para beber un poco de agua y yo miré al reverendo Haymark a la débil luz de la vela. El ministro tenía el ceño fruncido y sacudía negativamente la cabeza como diciéndome que había que dar poco o ningún crédito a la historia del chico herido. Eché una mirada hacia la puerta abierta. Caían gotas de agua de la empapada galería de nuestra choza, aunque la lluvia había parado. No había rastro del señor Clemens.

–Cuando pasar los dioses desfilando, no haber música –repitió Halemanu–; sólo los relámpagos, que ser sus antorchas, y los truenos, que ser los cánticos de sus nombres y grandes hazañas.

»Pasar delante de nosotros por el mismo camino por que ir los jefes muertos, pero los dioses no gritar: «¡Vergüenza!», sino: «¡Matadlos!». Y los guerreros fantasmas que marchan con los dioses para protegerlos, salir de la fila y se acercarse a cada hombre de nuestro grupo, y un dios gritar: «¡Golpead!», y los hombres levantarse de un salto de la hierba, pero los guerreros fantasmas golpearlos con un garrote hasta matarlos. Finalmente, los únicos sobrevivientes mi tío y yo. «Halemanu, no corras cuando griten "golpead"», decirme mi tío. Entonces, el dios gritar: «¡Golpead!», y el guerrero acercarse a mi tío, y mi tío no correr pero el guerrero levantar el garrote y aplastarle la cabeza de todas maneras. Después, el guerrero fantasma acercarse a mí y el dios gritar: «¡Golpead!» y...

–¿Cómo sabías que eran fantasmas y dioses? –interrumpió el reverendo Haymark.

Halemanu parpadeó a la luz de la vela.

–Los dioses, muy altos –dijo el muchacho–. Las cabezas casi llegan a los cocoteros. Los fantasmas, mucho más bajos pero también altos... más de dos metros, quizás. Y los pies no tocar suelo.

El reverendo Haymark resopló.

–Continúa, Halemanu –dije yo, limpiándole aún la sangre de la frente–. ¿Qué pasó cuando el dios gritó «golpead»?

–El guerrero fantasma levantar el garrote para golpearme. Aunque mi tío haberse muerto por no correr, yo hacer lo que él decirme y no correr. Entonces una de las diosas gritar: «¡No! ¡Es mío!». El guerrero fantasma desviar el garrote y golpearme sólo un poco. La diosa gritar otra vez: «¡No! ¡Es mío!». Y el guerrero volver con los dioses. Yo tratar de despertar a mi tío, pero ver que la lluvia caer en sus ojos y él no parpadear. Todos los otros hombres también muertos. Después no recordar nada hasta ver relámpago y diosa nani wahine *de pie sobre mí con* mui muumuu. *Yo*

tocar tus piernas para agradecer. Pero tú no ser la diosa que salvarme, ¿no?

–No, Halemanu, no soy una diosa –dije–, y tú debes descansar.

El muchacho me tiró de la manga.

–¡No, no debernos quedar aquí! Los dioses y los jefes muertos estar aquí porque Pana-ewa y mokos *salir de Milu. Hi'iaka, la hermana de Pele, y los otros dioses y los* kaluna *estar aquí para construir un nuevo* heiau, *para luchar con Pana-ewa. Librarán batalla terrible. Pana-ewa necesitar muchos cuerpos. Comer el alma de los* wahine. *Si vosotros quedar aquí, vosotros morir antes de salir el sol.*

En aquel momento sentimos un estrepitoso ruido detrás de nosotros y el reverendo y yo nos volvimos para ver una figura cruzar la puerta y desplomarse en el suelo sobre una de las velas, que apagó en su caída. Era el señor Clemens, con el pelo más revuelto que nunca, los ojos abiertos de par en par y completamente embarrado.

–¡Señorita Stewart! –exclamó con voz temblorosa–. ¡Señorita Stewart! –repitió.

–¿Está usted herido? –pregunté arrodillándome junto a él, tal como había estado junto al chico unos minutos antes.

–No, no estoy herido, señorita Stewart, pero he visto... –Y se echó a reír con unas extrañas carcajadas.

–¿Qué ha visto, señor Clemens?

En aquel momento me cogió por los hombros y me acercó a él. Confieso que sentí un súbito susto al mismo tiempo que un extraño regocijo por el inesperado contacto.

–He visto prodigios, señorita Stewart. ¡Prodigios!

A pesar de haber trasnochado y de la botella de whisky, Eleanor se despertó a las siete y media con apenas un ligero dolor de cabeza. El whisky escocés, lo sabía, casi nunca produce resaca.

En lugar de ir a desayunar al *lanai* o al bar que había junto al mar, utilizó la cafetera de la *hale* mientras se vestía para ir a hacer un poco de *jogging*. Le pareció un buen detalle que en las *hale* hubiera paquetes de café fresco de Kona en grano y un molinillo. Se tomó una taza de pie, en el pequeño porche.

Los pájaros revoloteaban y cantaban en medio de las palmeras; los pavos reales se contoneaban por el sendero de abajo; a través de la fina cortina de vegetación del oeste se oía el ruido de las olas; hacia el este, el cielo estaba azul sobre los campos de *a'a*, que empezaban a unos pocos metros de su elevada *hale*. Hacia el sur, Eleanor vio una línea de bruma, pero sobre la ladera suroccidental del Mauna Loa el cielo estaba despejado.

Dejó el resto de café en la cafetera eléctrica, salió del bungalow y empezó a correr despacio hacia el sur por el sendero. Pasó por las lagunas artificiales, por la piscina pequeña y por el hoyo catorce, dirigiéndose a los campos de petroglifos. Al cabo de cuatrocientos metros, y cuando ya había dejado atrás el oasis artificial de árboles y arbustos, serpenteó en medio de las rocas de *a'a* de tamaño humano, viendo de vez en cuando las figuras pintadas y los agujeros *piko*. Más adelante, el sendero se acercaba a los acantilados y Eleanor sintió el refrescante toque del rocío de las olas, que se elevaba diez metros desde las rocas de abajo. Los colores del arco iris bailaban en el aire a su alrededor. Al cabo de otros cuatrocientos metros, el sendero terminaba con un cartel que indicaba el límite de la propiedad del Complejo Mauna Pele y advertía a los huéspedes que seguir por los campos de lava podía resultar peligroso. Se detuvo sobre la curva de asfalto durante un momento, vio una escarpada senda de ceniza que se alejaba entre las rocas hacia los acantilados y la siguió corriendo lentamente.

A los diez minutos llegó a una península que daba al norte, hacia el Mauna Pele.

Los acantilados en aquel lugar eran más altos, tenían por lo menos unos doce metros, y no había bahía ni laguna que frenara la fuerza del viento y la marea; el Pacífico rompía contra las rocas con una furia tangible. Eleanor se detuvo, saltando en el lugar y disfrutando de la vista.

Hacia el norte, el Mauna Pele era un verde conjunto de

palmeras y brillante follaje que se extendía desde la bahía perfectamente dibujada; la Gran Hale se recortaba sobre la base de las colinas del Mauna Loa, con el volcán Mauna Kea y su brillante y blanquecina cumbre, que se elevaba más al norte. Las lejanas colinas y las lomas mostraban una combinación de escarpadas rocas y recios y parduscos arbustos.

Eleanor contuvo la respiracion y pensó que ésa no era en absoluto la imagen turística de Hawai.

Hacia el sur, se veían acantilados cada vez más abruptos que se curvaban hacia el este. El gran macizo del Mauna Loa bloqueaba la vista del cielo.

En aquel momento, Eleanor observó claramente las columnas de humo y ceniza que se elevaban al sur sobre el torrente de lava. Otra columna de humo gris llamó su atención: ésta era más espesa que la nube de ceniza que se alzaba como un estratocúmulo sobre la costa a una altitud de doce o quince mil metros. Eleanor divisó unas nubes de vapor que surgían del punto en que la lava se encontraba con el océano, justo en la curva de la costa, probablemente a unos quince kilómetros.

El espectáculo, mientras pensaba en la salvaje energía de la creación desatada allí abajo, le erizó la piel.

Siguió el sendero de la costa hacia el sur, corriendo con facilidad mientras pensaba en sus cosas.

A la luz del día, se sentía terriblemente asombrada de haberle prestado el diario de tía Kidder a Cordie Stumpf. Reconocía lo inverosímil de su amistad con la desconocida de Illinois, pese a que Cordie le caía bien. Sin embargo, era absolutamente impropio de ella haber prestado a alguien el diario. Desde que la tía Beanie se lo confió, hacía más de tres décadas, Eleanor no se lo había mostrado a nadie. Y ahora se preguntaba por las motivaciones que la habían impulsado a hacerlo.

«Quizá necesito un aliado.» Eleanor resopló ante la idea y se enjugó el sudor de los ojos.

El aliado obvio para lo que fuese era Paul Kukali: hawaiano, con cultura sobre historia y mitología de las islas, familiarizado con gentes y grupos con los que Eleanor tendría que ponerse en contacto tarde o temprano..., por no mencionar lo guapo, encantador y sexy que era con sus delicados modales.

Eleanor volvió a resoplar y sacudió las manos para favorecer la circulación. Había conocido a muchos hombres como Paul y, aunque invariablemente eran interesantes y encantadores, nadie entendía por qué ese encanto no había funcionado con la solitaria profesora, ahora de mediana edad, llamada Eleanor Perry. Entretanto, necesitaba los contactos de Paul; una sensación peligrosamente parecida a querer utilizar al encargado de arte.

«Es absurdo. Resolver este viejo misterio le beneficiará más a él que a mí», pensó.

El abrupto sendero se había estrechado hasta un punto en el que se convertía en una serie de falsas sendas entre las rocas. Eleanor decidió que era el momento de regresar. Se había agachado para recobrar el aliento cuando escuchó el ruido.

Era algo extraño, como una especie de explosión marina pero sin sincronía con el ruido de las olas que rompían a su derecha contra las rocas. Primero se oía el ruido de las olas, y luego, diez o quince segundos después, ese estallido que sugería la agitada respiración de un gigante.

Eleanor se volvió a la derecha y se dirigió por la superficie de *a'a* hacia el origen del ruido.

Estaba a unos treinta metros del borde del acantilado. Primero vio la espuma que surgía, semejante al chorro que despide una ballena. Avanzó sobre la roca húmeda y plana y se agachó junto al agujero.

La secuencia era siempre la misma: primero el ruido de las olas a su derecha, después un gemido como de almas atormentadas o como si gente que no supiera música tocase cientos de flautas y oboes, y después el chorro de rocío, tan fino que parecía salir de un atomizador. El agua surgía del agujero con la fuerza de una manguera a presión y Eleanor retrocedió rápidamente las primeras veces; de repente se había dado cuenta de que ese chorro podía cogerla y elevarla decenas de metros por el aire, tal vez cientos de metros. Pero cuando dominó el ritmo y supo que tenía un minuto o más entre explosión y explosión, se agachó cerca del agujero y espió dentro.

Evidentemente el conducto de lava estaba conectado con el mar. Eleanor oía el ruido del mar cuando las olas entraban por el estrecho pasaje, unos diez metros más abajo. Cierta dinámica del conducto de lava hacía subir las olas que rompían por esa grieta en la roca hasta la pequeña abertura junto a la que la mujer estaba agachada. Satisfecha con la explicación, y como no quería que el agua la mojara, había decidido regresar cuando escuchó algo más en medio del gemido del viento y el agua.

Voces. Oyó voces en el conducto de lava.

Eleanor dio un paso atrás cuando surgió el chorro, y en cuanto cesó volvió a agacharse sobre la grieta y a acercar la cara.

Las voces surgían como una discusión rítmica o un cántico. Eleanor, confiando en que el chorro de agua no saliese fuera de su cadencia, pasó la cabeza y los hombros por el agujero y vio que la fisura se extendía unos cinco metros y después se nivelaba con el techo de la cueva. El conducto de lava era más profundo y mucho más estrecho hacia el mar y la ondulada caverna, elevándose como una rampa hacia el agujero. Eleanor notó que los últimos metros tenían un diámetro de poco más de treinta centímetros. Serpenteaba y se nivelaba en dirección opuesta al mar por debajo del campo de lava.

Como bloqueaba el agujero, no habría podido ver todo esto en la oscuridad; pero el conducto no estaba totalmente a oscuras. Estaba iluminado por el brillo de antorchas o una especie de luz verdosa en dirección a *mouka*, hacia el interior de la isla. Oyó la explosión de las olas en dirección opuesta y, de pronto, se acordó del chorro de alta presión, que ya llegaba hasta ella. Se había entretenido demasiado. Hizo fuerza para sacar la cabeza y los hombros de la grieta antes de que el géiser la golpeara como una almádena mientras los dedos le resbalaban por la roca mojada.

Acababa de sacar los hombros cuando unas pesadas manos se apoyaron sobre su espalda.

–¿Te estás quedando conmigo? –Byron Trumbo estaba preparándose para golpear la pelota cuando Will Bryant le informó de la huida del asesino.

–No, señor –respondió su ayudante.

Trumbo frunció el ceño, golpeó, falló, volvió a golpear, falló y, finalmente, la metió. Había quedado dos golpes detrás. Hiroshe Sato no pudo ocultar una sonrisa. Trumbo salió del *green* cogiendo a Will del codo.

La sesión de la mañana había salido bien. El grupo Sato había abierto las negociaciones hacía tres semanas con una oferta de ciento ochenta y tres millones por el Mauna Pele. Trumbo había insistido en quinientos millones por el complejo y la propiedad adyacente. Las discusiones rondaban ahora por los doscientos ochenta y cinco millones.

Cuando llegaran a trescientos, Trumbo aceptaría y utilizaría el capital para cubrir sus impresionantes pérdidas en Atlantic City y Las Vegas, salir del negocio de casinos y hoteles y volver a lo de siempre: bolsa y propiedades inmobiliarias.

Después, mientras acercaba la pelota al hoyo catorce del campo de golf del norte, Will Bryant le había dicho al oído:

–El *sheriff* Ventura está aquí.

–Joder –murmuró Trumbo después de decir al grupo de Sato que siguiera adelante.

Se dirigió hacia las palmeras, donde le esperaba Ventura. El *sheriff* de Kona estaba tan bronceado que parecía hawaiano, pero Trumbo sabía que era de Iowa.

–Charlie, qué buen aspecto tiene usted –saludó Trumbo mientras le estrechaba la mano.

Durante la construcción del Mauna Pele, Trumbo se había impuesto el deber de conocer a todos los políticos y policías de la costa de Kona.

–Señor Trumbo –respondió el *sheriff* retirando una mano enorme. Ventura medía al menos un metro noventa y nunca había dado mucha coba al millonario.

–Will dice que tiene usted noticias sobre Jimmy..., ¿cómo se llama?..., el asesino.

–Kahekili –dijo Ventura con voz monocorde–. Usted

sabe muy bien que las pruebas eran absurdas. Jimmy Kahekili puede cortar a alguien en rebanadas en una pelea de bar cuando está borracho, pero no es un psicópata asesino.

Trumbo levantó una ceja.

–Ésa es su opinión. Pero, de todos modos, Will me ha dicho que ha venido a advertirme sobre él.

Charlie Ventura asintió.

–Me ha llamado el fiscal de distrito de Hilo. Anoche dejaron a Jimmy en libertad. El juez redujo la fianza de cincuenta mil dólares a mil por falta de pruebas. Y la familia de Jimmy depositó el dinero.

Trumbo aguardó.

–Esta mañana, el compañero de celda de Jimmy le dijo a un funcionario que Jimmy se ha tomado todo el asunto de una manera muy personal –continuó Ventura–. Evidentemente se convenció a sí mismo durante las últimas semanas de que usted es el responsable de sus problemas y dijo que iría a buscarlo en cuanto saliera.

Trumbo suspiró.

–¿Puede usted hacer algo?

Ventura hizo un gesto con la mano.

–La policía del Estado ha ordenado que le interroguen sobre las amenazas, pero hasta ahora no lo han encontrado.

–Vivía por aquí, ¿no? –preguntó Trumbo.

–Sí. Un poco más abajo, en la carretera de Hoopuloa. Esta mañana he hablado con su madre y sus dos hermanos. Dicen que no lo han visto. Les he advertido que le hagan saber que si aparece por el Mauna Pele o persiste en sus amenazas, yo mismo me ocuparé de encerrarlo.

Trumbo no dijo nada. Recordaba que Kahekili era un hombre corpulento..., más grande que el *sheriff*..., un gigante. Una vez había destrozado un bar del sur de Kona con un hacha en cada mano.

–En fin –añadió el *sheriff*–, sé que tiene un buen servicio de seguridad en el hotel, señor Trumbo. Así que advierta a sus hombres que vigilen por si aparece Jimmy. Es una persona muy impetuosa y conoce muy bien la región.

–Sí –dijo Trumbo pensando en su guardaespaldas desaparecido, en el jefe de seguridad en estado comatoso y en el idiota que estaba ahora al frente de todo–. Gracias, *sheriff*.

–Otra cosa. ¿Ha venido la policía estatal por lo del perro con la mano humana? –preguntó Ventura.

Trumbo parpadeó. «¿Cómo coño se habrá enterado?»

Ventura tomó el silencio del millonario como un no.

–Pasarán hoy en algún momento para interrogar a los testigos y tomarles declaración.

–Muy bien –respondió Trumbo.

«Ese cabrón encargado de arte, hijo de su madre», pensó.

–Le mantendré informado si tenemos alguna novedad sobre Jimmy –se despidió Ventura.

–Perfecto –repuso Trumbo; y se volvió hacia el *green*.

Will Bryant se dio prisa para alcanzarle. Trumbo se detuvo a unos dos metros de su asistente y le apuntó con la mano a manera de pistola.

–Si hay más malas noticias, te mato.

Bryant, tragó saliva y dijo:

–Tres cosas, jefe. Primero, el señor Carter habló con Hastings otra vez y se ha encargado de comunicar a los huéspedes que el torrente de lava puede causar problemas. «Posibles incidentes tóxicos aerotransportados», según sus propias palabras.

–Imbécil –exclamó Trumbo. Despediría al director y al encargado de arte al mismo tiempo–. ¿Alguien le ha hecho caso?

Will se frotó el labio superior.

–Esta mañana teníamos setenta y tres huéspedes. Cuarenta y dos se han marchado.

Trumbo sonrió. El terreno, debajo de sus zapatos de golf, parecía resbaladizo.

Pensó seriamente que se estaba volviendo loco.

–Dime la peor de las tres cosas, Will. –Bryant no dijo nada–. Venga –continuó sonriendo Trumbo.

–Segundo, Dillon ha desaparecido.

–¿Desaparecido? ¿Qué quieres decir? Esta mañana estaba en la enfermería, sedado.

–En algún momento, después de las ocho, golpeó al doctor Scamahorn en la cabeza con un orinal y huyó. La enfermera dice que todavía va con la bata del hospital.

Trumbo miró hacia los campos de *a'a* como si viera al pequeño y peludo director de seguridad corriendo de roca en roca con el culo al aire.

–Bueno, no es grave –dijo–. Dile a Fredrickson que busque a su antiguo jefe mientras busca a Jimmy como-se-llame con el hacha. ¿Qué más?

Will Bryant vaciló.

–Venga –espetó Trumbo–. Sato me está esperando. ¿Cuál es la tercera?

–Tsuneo Takahashi –dijo Will.

–Sí, Hiroshe me dijo que estuvo de juerga con unas chicas y se había ido a dormir tarde –explicó Trumbo frotándose lo ojos–. Durante el desayuno dormía y no se presentó a la partida. Sato está bastante cabreado con él. ¿Qué pasa?

–Ha desaparecido –respondió Will Bryant. El asistente respiró hondo–. Sunny tenía una habitación privada en el cuarto piso de la Gran Hale... Evidentemente, el resto del grupo Sato está acostumbrado a sus juergas y prefiere mantenerlo al margen del negocio... pero Fredrickson fue a echar un vistazo y dice que algo destrozó las puertas del *lanai* antes del amanecer. La suite está totalmente patas arriba. Al parecer, toda la ropa de Sunny sigue allí..., pero él no.

Trumbo levantó el palo de golf con ambas manos y lo dobló aparentemente sin darse cuenta.

–No te asustes –murmuró.

–¿Perdón, señor? –preguntó Will acercándose a su jefe.

–No te asustes –repitió Trumbo, esta vez en voz más baja. Siguió doblando el palo de quinientos dólares mientras volvía al campo para emprender el hoyo quince–. No te asustes. No te asustes.

16

E Pele, eia ka 'ohelo 'àu;
e taumaka aku wau 'ia 'oe,
e 'ai ho'i au tetahi.
Oh, Pele, aquí están tus bayas de 'ohelo;
te ofrezco algunas
y yo también comeré.

Canto tradicional a Pele.

La señora Cordie Stumpf, de soltera Cordie Cooke, de Elm Haven, en Illinois, se despertó antes del alba, sin resaca pero con el dolor constante que padecía desde hacía dos meses. Salió a caminar mientras amanecía y los pájaros volvían a la vida con sus trinos. Nunca hacía *jogging*; le parecía que correr sin necesidad era absurdo.

Esperó a que abrieran el *lanai* y tomó un descomunal desayuno compuesto de crepes con jarabe de coco, salchichas portuguesas, tortilla francesa, tostadas de pan integral, algunos vasos del excelente zumo de naranja que servían y varias tazas de café. El diario con tapas de cuero que le había dado Nell la noche anterior estaba en su bolso; Cordie no lo sacó mientras desayunaba. La noche anterior, al regresar, no lo había abierto. Cordie no leía mucho, pero ese diario pensaba leerlo de un tirón.

Después del desayuno, paseó por las tiendas de la planta baja de la Gran Hale. La mayoría de las pequeñas boutiques de lujo estaban cerradas, así como el salón de belleza y el centro de masajes. Cordie empezó a preguntarse si los nativos habrían decidido no ir a trabajar.

Stephen Ridell Carter se acercó a ella mientras se dirigía a la playa.

–Señora Stumpf –dijo mirando nervioso una lista de nombres que tenía en un bloc–. Me alegra haberla pillado.

–A mí también –replicó Cordie–. Siempre me alegra que me pillen.

El director se quedó un poco extrañado por la respuesta, pero siguió adelante con la perorata que, evidentemente, ya había repetido muchas veces aquella mañana. Al parecer, las erupciones volcánicas gemelas habían dispersado lava a unos veinte kilómetros del Mauna Pele. El señor Carter estaba seguro de que no había peligro inminente pero, aconsejado por las máximas autoridades del mundo en materia de volcanes, el Mauna Pele pensaba que sus huéspedes quizá desearían regresar o trasladarse a otro buen hotel; por supuesto, con la certeza de la devolución íntegra del importe abonado.

–Yo no he pagado nada –le recordó Cordie–. Estoy de «vacaciones con los millonarios».

El señor Carter sonrió.

–Comprendo. Pero le aseguro que le guardaremos los días de vacaciones que le quedan para cuando este... riesgo sin importancia... haya pasado.

–¿Y eso incluye también el billete de avión? ¿Me regalarán otro billete?

El director dudó sólo un instante.

–Naturalmente.

Cordie enseñó sus pequeños dientes con una sonrisa.

–Gracias, pero no, señor Carter. Ya estoy aquí y supongo que me quedaré.

–Pero si hay un...

–No, pero gracias de todos modos –respondió Cordie dándole una palmadita en el traje de lino–. Me voy a la playa; tengo mucho que leer.

En realidad no fue a leer a la playa; todavía tenía la piel roja del día anterior y no quería exponer el diario a los rayos del sol y el aire salado. En cambio, encontró una tumbona sobre la hierba del jardín, a unos veinte metros de la playa y al sur del bar El Naufragio, a la sombra de unas palmeras pero lo suficientemente cerca de los refrescos. Se instaló sobre los cojines asegurándose de que sus muslos quedaran protegidos de los rayos del sol, abrió el diario y empezó a leer. Leía despacio, pero a última hora de la mañana ya había llegado al relato de los sucesos de la costa sur de Kona acontecidos hacía ciento treinta años.

18 de junio de 1896, en una aldea sin nombre de la costa de Kona.

La noche y el día, desde la última vez que escribí, parecen las visiones medio olvidadas de un mundo con el que he dejado hace mucho de tener contacto. En realidad, creo que he cambiado mi pertenencia a un mundo de sublime belleza por un lugar en el infierno. Pero incluso semejante excursión de descenso a los infiernos exige que el honesto viajero cuente su historia; y eso es lo que haré.

Anoche, el templo pagano, la lluvia, el rescate de Halemanu, el regreso del perplejo señor Clemens... todo parece muy lejano. Pero fue en ese punto donde interrumpí mi relato escrito, y es en ese punto donde debo reemprenderlo.

–¡Prodigios! –había exclamado el señor Clemens, y, sin hacer caso de los ruegos del chico nativo pidiéndonos que nos marcháramos inmediatamente, el reverendo Haymark y yo urgimos al corresponsal para que nos contase lo que le había pasado durante la última media hora.

–¡La última media hora! –había dicho el señor Clemens sacando el reloj del bolsillo del chaleco.

Al comprobar que había estado separado de nosotros sólo media hora, el periodista empezó a reír como un loco. El reverendo se acercó a él, apretó el brazo del corresponsal histérico, haciendo al parecer bastante fuerza, y le acercó una petaca de plata.

–¿Whisky? –preguntó el señor Clemens dejando de reírse el tiempo suficiente para pasarse la petaca por debajo de la nariz.

–Sólo para fines medicinales –respondió el clérigo. Nues-

tro reverendo nos había dado muchas sorpresas durante las últimas noches.

El señor Clemens echó un buen trago y se enjugó el bigote con mano temblorosa.

–Tienen que perdonarme –dijo sin mirarnos–, pero lo comprenderán cuando..., cuando les cuente el prodigio que vi.

Los tres espectadores nos sentamos en silencio mientras el joven y pelirrojo periodista hablaba con su acento de Missouri extrañamente lírico.

–Aunque veía perfectamente las antorchas en la playa, me llevó un rato bajar por el acantilado sin que me descubrieran. En aquel momento me resultaron útiles todos mis años de infancia: el secreto y lo furtivo son el medio natural de los niños. Poco a poco llegué al pie de la colina y busqué un lugar ventajoso desde el cual espiar sin que me vieran. Una piedra en forma de «s», una especie de roca con una hendidura, cerca de donde terminaba el bosque y empezaba la arena, sirvió admirablemente para ese fin. Allí monté guardia, a menos de sesenta metros de donde ardían las antorchas y retozaban las figuras fantasmagóricas. Al haber conseguido acercarme, reconozco que estaba... bueno, asustado quizás es una palabra demasiado fuerte para la emoción que tenía en mi pecho... pero admito cierta sequedad en el departamento de saliva y un exceso de urgencia en otra parte.

»Lo que vi entonces habría bastado para convertirme en metodista. Primero estaban los caminantes... los caminantes que cantaban y tocaban música, los que vimos desde esta misma choza... y otro grupo formado, según parecía, por gigantes de más de dos metros de altura cuya piel brillaba con la misma luz nacarada que sus sobrenaturales antorchas... y más grupos de caminantes que llegaron mientras estaba agachado detrás de la roca. En aquel momento hubiese vendido mi alma por cualquiera de esos catalejos baratos que usaba cuando era patrón de barco.

»Debía de haber más de cien caminantes, allí abajo. Tanto de tamaño humano como de esa variedad más grande, masculinos y femeninos... iban casi sin ropa y la luz de las antorchas y mi mente embriagada bastaban para esa identifica-

ción. Algunos pertenecían, obviamente, a la realeza, porque iban reclinados en parihuelas llevadas por esclavos, esa especie de palanquín abierto que he visto que usa la realeza nativa de Oahu para desplazarse, y daban órdenes mientras los demás trabajaban febrilmente. La realeza suele ser igual en todo el mundo; siempre se la encuentra horizontal.

–Pero los trabajadores... debo decir que trabajaban con mucho empeño. Mientras yo observaba, estos esclavos –porque, para este hijo del Sur, evidentemente eran esclavos– desaparecían en la jungla y reaparecían con el mismo frenesí que las hormigas que van y vienen en su afanosa labor. Cada vez que estos equipos de esclavos emergían de la jungla caminaban bajo el peso de un bloque de piedra de más de un metro de lado, similares, por no decir idénticos, a los bloques de piedra que vimos en el templo abandonado que está justo al lado de esta choza. Vi que los dioses... porque así es como consideré a esas figuras de más de dos metros de altura y de tan noble porte... señalaban el lugar de la playa donde había que colocar los primeros bloques. Los esclavos se apresuraban a hacerlo y luego corrían otra vez a la jungla para cargar más bloques.

–Y así presencié la construcción de un heiau *completamente nuevo, porque eso era. Enseguida reconocí la forma... los anchos escalones para el sacrificio, los muros defensivos. Ah... veo en sus ojos que no me creen. ¿Cómo se puede construir todo un templo en media hora? Por lo tanto, seguramente comprenden mi asombro, señorita Stewart, reverendo Haymark, porque yo estuve escondido detrás de la roca hora tras hora observando esa frenética labor. En un momento dado me llamó la atención que el amanecer aún no hubiera interrumpido la titánica tarea, pero cuando saqué mi reloj para mirar la hora, tal como hice hace unos momentos ante ustedes, habían pasado tan sólo diez minutos desde la última vez que lo miré, antes de bajar por el acantilado. Estaba seguro de que la máquina fallaba. Y, efectivamente, cuando comprobé la segunda manecilla descubrí que estaba inmóvil.*

»Pasaron las horas. En el bosque y la maleza, al pie del

acantilado, montones de esclavos trajinaban bajo esos pesos. La playa estaba llena de dioses y personajes de la realeza que supervisaban la construcción. Las antorchas llameaban. Los tambores repiqueteaban. Los cánticos se elevaban por encima del ruido de las olas. Pasaban las horas. El heiau *estaba casi terminado. Era como si el sol se hubiera eclipsado y pudiesen pasar días enteros bajo el manto de la oscuridad. Miré mi reloj. Habían pasado veinticinco minutos. Miré fijamente, durante un rato interminable, hasta que la manecilla del minutero se movió y vibró.*

»Al fin, increíblemente, el templo estaba acabado. Los dioses, los jefes, los guerreros y sus esclavos se reunieron alrededor de la construcción. El viento, como si le hubieran dado una indicación celestial, rugió desde el mar con el doble de ferocidad que antes. Las antorchas llamearon y se apagaron. La escena estaba iluminada ahora por el resplandor sobrenatural de los cuerpos de los presentes. En mi pueblo de Missouri, cuando era niño, en las noches de verano juntábamos luciérnagas en un bote y las llevábamos al cuarto. La luz se parecía bastante a ese resplandor: pálida, verdosa, impregnada de muerte.

»Lo que pasó a continuación es lo prodigioso. Me resultaba difícil observar desde mi escondite, pero la música y los cánticos cesaron y las pálidas formas de la playa se colocaron según cierta jerarquía... como si esperaran. No aguardaron mucho. Varias figuras emergieron del mar. Los jefes y los brillantes dioses de la playa les hacían sitio a medida que las figuras se abrían paso de las olas hacia la playa, de la playa hacia el heiau, *de la base del* heiau *a las terrazas superiores. Digo figuras porque las formas que emergían del mar eran... fantásticas... por decir algo. La figura central tenía forma de hombre, pero incluso desde mi distante punto de observación vi que era demasiado grande para ser humana, y demasiado incorpórea. Parecía de... de bruma, de rocío marino, de algún vapor inmaterial.*

–¡Pana-ewa! –exclamó el muchacho.

–¡Ridículo! –terció el reverendo Haymark–. Pana-ewa es un mito.

El chico ni siquiera miró al clérigo y se dirigió al señor Clemens en voz baja:

–Pana-ewa tener muchos cuerpos. Kino-ohu *es su cuerpo de bruma. Pana-ewa atacó a Hi'iaka, la hermana de Pele, con su cuerpo de bruma.*

–Bueno –dijo el señor Clemens, quien interrumpió su relato el tiempo suficiente para encender una cerilla y dar lumbre a uno de sus cigarros–, la figura que vi anoche tenía el cuerpo de bruma. Se veía el resplandor de los altos cuerpos a través de la bruma que se arremolinaba. Y no estaba solo. Iba acompañado de una comitiva que incluía a un hombre de aspecto bastante normal, un nativo, que llevaba una especie de capa sobre los hombros. Poco a poco, a medida que se desarrollaban los acontecimientos, los de la playa le dieron a ese hombre una cabra que balaba y él la levantó hacia la figura de bruma...

–¡Pana-ewa! –se asombró Halemanu.

–Sí, llamémosle Pana-ewa –admitió el señor Clemens chupando del cigarro–. El hombre levantó la cabra viva como si se la ofrendara a Pana-ewa, se quitó la capa y se echó la cabra a la espalda, igual que he visto hacer a los pastores cuando llevan algún animal del rebaño. Pero lo que sucedió a continuación... –El señor Clemens se calló y se aclaró la garganta, como si le embargara la emoción.

–¿Qué pasó? –pregunté echando una mirada a la ventana oscura. Un pajarillo se había posado allí y sus trinos me habían asustado.

–La cabra empezó a balar más lastimeramente, era terrible... y, junto con ese frenético balido, se oyó otro ruido... un crujido, un desgarramiento como de huesos y tendones. Y entonces, incluso desde mi alejado puesto de observación, vi que la cabra había... desaparecido.

–¿Desaparecido? –repitió el reverendo Haymark. El clérigo todavía sostenía la pequeña petaca que el señor Clemens le había devuelto.

–Desaparecido –confirmó el periodista en voz más alta–. El hombre se la había tragado por una especie de abertura que tenía en... la espalda. En aquel momento vi que la capa

había ocultado una enorme joroba a la altura de la columna, y que la joroba tenía una abertura.

–Una boca –dijo Halemanu en voz baja–. Es Nanaue, el hombre tiburón. A veces estar al servicio de Pana-ewa.

Los tres miramos al chico.

–En la comitiva había otros –continuó al fin el señor Clemens–. Hombres pequeños y contrahechos... unos extraños gnomos...

*–*Eepas *y* kapuas *–identificó Halemanu–. Ellos muy traicioneros, muy traicioneros. También servir a Pana-ewa.*

El señor Clemens se quitó el cigarro de la boca y se acercó al muchacho, mirándolo con mucha atención.

–También había otra forma que emergió del mar –añadió en voz baja–. Un perro, un perro negro y grande que estaba a la derecha del hombre de bruma.

–Ku –dijo sencillamente Halemanu.

–Ku –repitió el señor Clemens; y se sentó pesadamente sobre el suelo de tierra. Me miró–. Entonces, cuando se comieron a la cabra, cesaron los cantos. El hombre de bruma levantó unos brazos increíblemente largos... No sé cómo describir esto... Y se trasformó en... otra cosa. Vi una cola. Divisé escamas y, recuerdo unos ojos amarillos. Aquella especie de reptil todavía tenía brazos, que seguían levantados. En aquel momento, hubo un relámpago que me cegó durante un instante. –El señor Clemens se quedó un momento mirando el cigarro que tenía en la mano. Volvió a ponérselo en la boca y encendió otra cerilla–. Cuando recuperé la vista, los dioses habían desaparecido, los jefes habían desaparecido, las antorchas habían desaparecido, el perro había desaparecido, los extraños gnomos habían desaparecido y el hombre-reptil de bruma había desaparecido.

Me aclaré la garganta.

–¿Y el heiau *había desaparecido? –pregunté.*

–No. El templo de piedra todavía está allí. Miré el reloj. Según mi percepción, habían pasado muchas horas... quizás un día. Según mi reloj, menos de treinta minutos. Y volví aquí.

Los tres blancos nos miramos fijamente durante un rato con los ojos abiertos.

–¿Y qué pasó después? –inquirí. Halemanu me tironeó de la manga–. Un momento, muchacho –le dije; y seguí mirando a los hombres para que me orientaran. El chico continuó dándome tirones–. ¿Qué pasa? –le pregunté molesta.

–¡Marchémonos!

–Tenemos que hablar... –empecé.

–¡Marchémonos! –gritó.

El señor Clemens lo calmó con una palmada.

–¿Por qué debemos irnos ahora? –le preguntó.

–Pájaros. Pajaritos –respondió Halemanu señalando la ventana.

Miré por el cuadrado negro de la ventana. Los pájaros se habían marchado. Sonreí por el miedo que le daban al muchacho esas amables criaturas de Dios.

–¡Pájaros ser hermanos de Pana-ewa! –dijo el chico levantando otra vez la voz–. Pájaros se van. ¡Pana-ewa viene!

Eleanor sacó la cabeza y los hombros del agujero a pesar de la presión de las manos sobre su espalda y se apartó rápidamente, justo en el momento en que el géiser explotaba por la fisura. Empapada, aunque sin que la hubiera alcanzado la fuerza del chorro, se volvió hacia el hombre que tenía al lado. Era Paul Kukali, con las gafas de sol salpicadas.

–Vaya por Dios, ¿qué demonios está usted haciendo? –gritó Eleanor con los puños levantados.

Detrás de ella, el géiser rugió, se elevó y volvió a bajar.

Paul se quitó las gafas y la miró con cara de no haber roto un plato.

–Lo siento, doctora Perry... La vi, pensé que estaba en apuros y traté de ayudarla a salir...

–¿Empujándome? –le espetó Eleanor.

Se dio cuenta de que tenía los brazos levantados y los puños apretados. Le palpitaba el corazón y sintió una descarga de adrenalina en todo el cuerpo. Si hubiera tenido que zurrarle a Paul Kukali, no le habría dado inútiles golpecitos en el pecho como hacen las tontas de las películas. Años atrás, la habían agredido en Puerto Príncipe, un simple atraco, no la golpearon seriamente ni la violaron, pero la experiencia le bastó para tomar aquel mismo verano clases de defensa personal y, al menos una vez al año, hacía un cursillo de reciclaje. Si hubiera tenido que utilizar los puños con Paul, habría ido directa a la garganta, la nariz y otros puntos sensibles.

–No la empujé, doctora Perry –dijo Paul en voz baja. Se limpiaba las gafas. Tenía los rizos llenos de agua–. Trataba de atraer su atención. ¿No me oyó llamarla?

«¿Le oí?», pensó Eleanor. Había estado atenta al resplandor y al interior de la cueva, así como al ruido del agua que se elevaba hacia ella. No dijo nada.

–Siento haberla asustado –se disculpó Paul, volviendo a ponerse las gafas–. Estos agujeros de los conductos de lava son peligrosos. Temí que no supiera que las olas pasan por debajo.

–Lo sabía –replicó escuetamente. Bajó las manos. «Necesito su ayuda.»–. Lamento haberme enfadado, pero me asustó.

–Comprendo. Le pido disculpas de nuevo.

Oyeron el ruido del agua y ambos se apartaron antes de que el géiser surgiera otra vez.

–¿Qué hacía por aquí? –preguntó Eleanor mientras retorcía el dobladillo de su empapada camiseta.

Paul sonrió.

–En realidad, la estaba buscando. Ha venido mi amigo el *sheriff* Ventura a hacernos unas preguntas sobre el... eh... perro. Encontré a la señora Stumpf, pero a usted no. Un jardinero me dijo que la había visto correr por el camino y salí a ver si la encontraba. Vi las huellas de las zapatillas donde termina el sendero asfaltado y la divisé de lejos, desde los acantilados de la península.

Eleanor lo miró durante un momento.

–Siento no haber estado.

Paul se encogió de hombros.

–No importa. Probablemente, Charlie ya se habrá marchado. De todas formas, deduzco que es una investigación informal que está llevando a cabo. Podemos llamarle luego. En realidad, yo la buscaba por otra razón.

Eleanor esperó. Mientras regresaban por el borde del acantilado pensó en lo que había visto en la cueva y se preguntó si Paul lo sabría.

–Al fin me puse en contacto con mi amigo, el piloto del helicóptero. Como suponía, estará ocupado todo el día en Maui, pero puede venir a última hora de la tarde para llevarnos a dar una vuelta por el volcán.

–Ah, qué bien. –Casi había olvidado lo del viaje en helicóptero. Dudó un segundo–. Paul...

–¿Sí?

–Tengo que pedirle un favor... –Se calló, como si le diera vergüenza.

El encargado de arte y arqueología extendió las palmas y dijo:

–Después de haberla asustado así, haré lo que me pida. Usted dirá.

–Me gustaría visitar a algunos *kahuna* locales, especialmente a los que se ocupan de Pele.

Paul Kukali se detuvo y su sonrisa desapareció.

–¿*Kahuna*? ¿Sacerdotes? ¿Para qué, Eleanor?

–Tengo importantes razones personales. Necesito hablar con ellos –respondió Eleanor deteniéndose también y mirándole a la cara.

El experto en arte volvió a sonreír.

–¿Está pensando en abandonar el racionalismo y convertirse?

Eleanor levantó la mano y la detuvo justo antes de tocar el brazo del hombre.

–Paul, sé que es un gran favor, después de toda la ayuda que ya me ha brindado..., que nos ha brindado a Cordie y a mí..., pero eso significa mucho para mí. –Eleanor observó en silencio su propio reflejo en los cristales de las gafas de Paul.

–¿Qué le hace pensar que conozco a los *kahuna*? –preguntó Paul al fin.

Eleanor se rió entre dientes.

–Creo que conoce a todo el mundo. Pero si no puede, no

puede. Lo comprendo. De todas formas valía la pena pedírselo.

Paul respiró hondo.

–Hay algunos... viven a unos kilómetros de aquí..., más al sur, hacia donde se dirige la lava. Quizá los hayan evacuado. ¿Cuándo le gustaría ir?

Eleanor puso los brazos en jarras y sonrió.

–¿En cuanto me cambie de ropa?

Cordie habría seguido leyendo el diario de la tía Kidder si un grito de niño no la hubiera interrumpido. El sonido venía de la playa. La vista estaba parcialmente obstruida por las palmeras y una loma cubierta de hierba, pero ella logró ver al chiquillo, de unos siete años quizá, que corría gritando de un lado a otro de la playa. Al parecer, no había adultos alrededor. Cordie recordaba vagamente haber visto llegar a dos niños hacía una media hora; uno de ellos llevaba una colchoneta neumática, de ésas sobre las que se suele holgazanear en las piscinas.

Cordie guardó el diario en su bolso, se cargó éste al hombro y se levantó de la tumbona. El niño no sólo no cesaba de gritar, sino que gritaba más fuerte aún. Cordie se precipitó hacia la playa.

El chiquillo corrió hacia ella con las manos crispadas de terror. Tenía la cara roja de tanto gritar y llena de lágrimas. Cordie miró de nuevo a su alrededor para ver si estaban los padres o había algún socorrista, pero no vio a nadie y cogió al niño lloroso por los bracitos.

–Vamos, vamos, cálmate, amiguito –le dijo.

El niño seguía llorando y señaló hacia el resplandor de la piscina natural.

–Mi her... mi hermano –sollozaba–. Le di... dije que no remara tan le... lejos.

Cordie se puso la mano a modo de visera y frunció los ojos. Había un niño a lo lejos, sobre una colchoneta hinchable. Estaba arrodillado encima, de modo que el frágil flotador quedaba doblado por la mitad y sólo sobresalían del agua los dos extremos. Parecía apenas un año mayor que su hermano y se le notaba claramente aterrorizado. Quizá tenía razones para estarlo: la colchoneta se había alejado más de cien metros y empezaba a coger velocidad mar adentro.

Cordie miró a uno y otro lado de la playa. Era increíble, pero no había ningún otro huésped del hotel y la silla del socorrista estaba vacía. «Vaya pleito que le van a poner a alguien que yo sé si el niño se ahoga», pensó. Divisó a una persona detrás del mostrador del bar El Naufragio, pero la cabaña quedaba demasiado lejos para gritar y el camarero estaba de espaldas a la playa. Vio una piragua junto a la caseta del socorrista.

–Ve a buscar a tus padres –le dijo a la llorosa criatura de siete años–, que yo iré a buscar a tu hermano.

«¡Mierda!», se dijo a sí misma. No sabía nadar.

La piragua era de fibra de vidrio y tenía un solo agujero redondo como asiento del ocupante: Cordie casi no cabía. Fue toda una lucha empujar la pequeña embarcación y meterse dentro, aunque se las arregló. Se le cayó el remo doble, quedó flotando sobre el agua. La mujer remó con las manos hasta él y lo recogió. Por suerte casi no había olas.

El niño no había ido a buscar a los padres. Estaba con el agua a la altura de los tobillos gritándole algo más. Cordie se volvió para oírle.

–Gregory remó hasta allí por... por... ¡por el tiburón!

–¿Tiburón? –repitió Cordie levantando los pies dentro de la piragua. Frunció los ojos para ver la colchoneta a lo lejos. Se había alejado otros cincuenta metros hacia la salida de la bahía y, en aquel momento, una enorme ola rompía a esa altura–. ¡No veo ningún tiburón! –le gritó al niño lloroso. Era difícil distinguir con tanta luz, pero le pareció que no había ninguna aleta a la vista. Los niños habían estado nadando en el estanque de mantas, donde las luces nocturnas atraían a los peces alados acostumbrados a alimentarse durante el día–. ¡A lo mejor era una manta! No hacen daño. –Suponía que las mantas no atacaban a la gente, pero no lo sabía.

El niño sacudió la cabeza llorando.

–Era un tiburón pero sin aleta. Y tenía pies.

A Cordie se le puso la piel de gallina a pesar de los treinta grados de temperatura.

–Muy bien –respondió–. Ve a buscar a tus padres como te he dicho y yo traeré a tu hermano. –Dudó un instante–. ¡Eh! –gritó–. Tírame ese bolso de paja. –Por alguna razón, la idea de dejar el diario de la tía Kidder le molestaba.

El niño dio media vuelta, recogió el bolso y se lo lanzó. Cordie tuvo que estirarse, pero consiguió cogerlo con dos dedos sin que se cayera nada de lo que contenía. Levantó los muslos y metió el pesado bolso en el agujero. Después se echó hacia delante y empezó a impulsar la piragua con el remo de dos paletas en dirección al niño que gritaba.

–«¡No jodas!» –se dijo Byron Trumbo.

Estaban en el hoyo diecisiete del campo norte y casi habían terminado el circuito. Hiroshe Sato ganaba por cinco golpes y, obviamente, estaba satisfecho de sí mismo. En aquel momento, Trumbo levantó la mirada y vio al gigante hawaiano, de pie, en el borde del *green*. El hombre iba sin camisa y debía de pesar como doscientos veinte kilos. Llevaba un hacha.

–Ohhh –exclamó Hiroshe Sato mientras levantaba la vista después de golpear y, evidentemente, ver la aparición–. Vaya.

Trumbo echó una mirada hacia atrás. Bobby Yanaka y Will Bryant estaban a medio camino del hoyo con el segundo grupo. En el *green*, con Trumbo, sólo estaban Hiroshe, Inazo Ono y el viejo Matsukawa. El gigante hawaiano se pasaba el hacha de una mano a la otra como haría un niño. Trumbo se palpó el cinturón debajo de la camisa hawaiana: a un lado tenía la radio y al otro la Browning nueve milímetros que no le permitían jugar con destreza.

–Tranquilo, Hiroshe –dijo Trumbo sonriendo al otro millonario–. Es el hombre que nos podaba los arbustos. Tengo un trabajo para él. Siga adelante con el juego, que enseguida vuelvo. –Trumbo dejó el palo, se metió la pelota en el bolsillo de la camisa y avanzó seguro de sí hacia el gigante. En el camino, sacó la radio, la puso en frecuencia de seguridad y dijo–: ¿Fredrickson? ¿Fredrickson? –Nada; sólo interferencias–. ¿Michaels? ¿Smith? ¿Dunning? –Nada. Estaba a seis metros del gigante. Cambió de frecuencia–. ¿Will?

–Sí, jefe.

–Ven aquí. Trae refuerzos. –Volvió a ponerse la radio en el cinturón y se acercó un poco más. El gigante lo observaba. Trumbo vio que el hombre llevaba una especie de collar o amuleto de hueso... Unos largos dientes brillaban a la luz del sol.

Se detuvo a un metro y medio del enorme hawaiano.

–Tú debes de ser Jimmy Kahekili.

El gigante respondió con un gruñido y se pasó el hacha a la mano derecha. Trumbo pensó que la barriga de aquel hombre era más grande que algunos coches que había tenido. Rollos y pliegues de grasa le colgaban de la papada, el pecho y la parte interior de los brazos.

–Bueno, Jimmy Kahekili, ¿qué quieres? –preguntó Trumbo echando un vistazo a su reloj–. Tengo que regresar con mis amigos.

El gigante volvió a gruñir y Trumbo se dio cuenta de que los gruñidos eran sílabas y que las sílabas formaban palabras.

–Nos robaste nuestra tierra.

–He pagado por esta tierra de mierda. Y pago sueldos a tus amigos y vecinos que trabajan aquí.

El hombretón levantó el hacha a la altura de la cintura.

–Nos robaste toda nuestra tierra, todas nuestras islas. Nos robaste nuestro país.

–Ah –suspiró Trumbo mientras se acercaba la mano derecha a la cadera, a pocos centímetros de la Browning–. Estás hablando del imperialismo yanqui y todas esas gilipolleces. Muy bien, os robamos tu país. ¿Y qué? Eso es lo que hacen los países, imbécil: roban los países de los demás. Además, yo no estaba cuando sucedió. –Trumbo trató de leer en los ojos del hawaiano para ver si iba a actuar y cuándo lo haría; pero los tenía ocultos por pliegues de grasa.

–Destruiste nuestro estanque de peces, el *haole*. –Los gruñidos eran ahora más rápidos.

–¿Estanques de peces? Ah, sí... pero salvé los petroglifos.

–No tienes nada del espíritu de *malama*..., no tienes interés por la tierra. Robas y destruyes por dinero.

Trumbo se quedó mirándolo un rato y se encogió de hombros.

–De acuerdo, no voy a discutir contigo. Soy un capitalista..., un empresario. Robar y destruir por dinero es lo mío. Los infantes de marina destronaron a tu reina hace cien años y yo paso la aplanadora por unos estanques de mierda. ¿Y qué vas a hacer...? ¿Cortarnos en pedazos a mí y a mis amigos con el hacha?

Jimmy Kahekili lanzó un gruñido que podía entenderse como un sí y levantó el hacha con ambas manos.

«El cargador tiene nueve balas. No creo que basten», pensó Trumbo. Se preguntó lo rápido que correría una mole de más de doscientos kilos.

–Tengo una idea mejor –comentó en voz alta.

El gruñido del gigante parecía esta vez de interrogación; al menos así lo tomó Trumbo.

–Mira, Jimmy –dijo volviéndose a medias hacia los japoneses, que esperaban a unos doce metros–: yo me retiro de este negocio. A partir de ahora tendrás que negociar con esos tíos. No creo que sea de gran utilidad para tus planes nacionalistas que destroces a su jefe. Si mandas su cuerpo a casa en una bolsa de plástico quizá no sean muy receptivos a vuestra sensibilidad cultural y étnica.

Un gruñido más suave.

–Pero siento simpatía por tus objetivos –continuó Trumbo–. De hecho, voy a demostrarte que siento una simpatía por valor de... diez mil dólares.

El gigante frunció los pliegues de grasa y el millonario le tendió la mano.

–No te engaño. Lo único que tienes que hacer es mantener a tus compañeros patriotas hawaianos lejos de mí durante unos días... una semana como máximo... y el cheque es tuyo. Vaya, te daré el dinero hoy mismo, y en efectivo. Confío en ti.

Un gruñido y el hacha se movió.

–¿De acuerdo? –preguntó Trumbo–. Choca esos cinco, pues.

Al cabo de un instante, el gigante extendió un enorme rollo de grasa que era su brazo. La mano de Trumbo desapareció y, por un momento, el millonario tuvo la sensación de que iba a arrancarle el brazo («Seguro que a Caitlin le encantaría», pensó), pero enseguida reapareció la mano.

Will Bryant se acercó con Michaels y Smith. Los dos hombres de seguridad avanzaban con una mano bajo la chaqueta.

–Acompañen al señor Kahekili a la Gran Hale y que el señor Carter le dé diez mil dólares de la caja de emergencia. Que lo haga constar como trabajos de mantenimiento.

–Jefe... –dijo Will Bryant.

–Ya me has oído. –Trumbo volvió a sonreír al gigante–. Gracias por la visita, Jimmy. Hasta pronto.

Trumbo le dio la espalda al hawaiano y se dirigió de nuevo al *green*.

Eleanor volvió a su bungalow y apagó la cafetera, se dio una ducha rápida, se puso unos pantalones y una camiseta de algodón y se apresuró a reunirse con Paul en la Gran Hale. Por el camino echó un vistazo para ver si Cordie estaba por allí, pero no la vio en la playa ni en el bar El Naufragio, ni tampoco en el *lanai*.

–Me gustaría que Cordie Stumpf viniera con nosotros –dijo al llegar al vestíbulo.

–Por supuesto –respondió el experto en arte. Parecía resignado a no estar jamás a solas con la profesora de historia.

Eleanor llamó a la habitación de Cordie, pero no contestó nadie. Se asomó al Mirador de Ballenas, pero el restaurante estaba vacío. Todo el hotel parecía más vacío que de costumbre. Dejó un mensaje en recepción para Cordie, en el que le decía que se verían por la tarde, y alcanzó a Paul junto a los discípulos de bronce que protegían la entrada.

–Me temo que tendremos que alquilar un jeep –dijo Paul

Kukali–. Tengo mi Taurus aquí, pero los caminos por los que vamos a ir son bastante malos.

–Tengo un jeep. –Eleanor hizo tintinear las llaves que acababa de recoger en recepción.

–¿Y la señora Stumpf? –inquirió Paul mientras se dirigían al aparcamiento percibiendo el perfume y el colorido de un seto de buganvillas que bordeaba el camino.

–No la encuentro –respondió Eleanor–. Supongo que tendremos que ir solos.

Paul Kukali sonrió.

Cuando llegaron al aparcamiento, Eleanor se detuvo sorprendida. Su jeep era uno de los seis o siete vehículos que había allí.

–Parece como si el hotel se hubiera vaciado desde anoche.

–Ésa es otra de las razones por las que la buscaba esta mañana –dijo Paul sentándose en el asiento del pasajero–. El señor Carter está avisando a los huéspedes de posibles riesgos a causa de los torrentes de lava.

Eleanor se sentó en el asiento, que estaba caliente, y esperó un instante antes de girar la llave de contacto.

–¿Torrentes de lava? ¿Pero no están a muchos kilómetros al sur?

–Sí, pero siempre existe el problema de los gases tóxicos. Y el doctor Hastings, el hombre de Trumbo en el observatorio del volcán, cree que otras corrientes de lava avanzan por debajo de las fallas del suroeste aunque todavía no hayan llegado a la superficie.

–Por los conductos de lava –dijo Eleanor.

–Precisamente.

Eleanor se mordió el labio mientras ponía el coche en marcha. Avanzó por el camino privado, pasó junto al campo de golf del norte, los jardines, las canchas de tenis y las hileras de buganvillas. Divisó un grupo en el campo y un único jardinero, con el sombrero echado sobre el rostro, trabajando, pero las canchas de tenis y todo lo demás parecía vacío. Más allá del campo de golf, el camino se deterioraba y serpenteaba sobre un desierto de *a'a*. Con el cielo azul y la falda del Mauna Loa delante de ellos, la deficiente carretera y los abruptos campos de lava no parecían tan amenazadores como la noche en que habían llegado Eleanor y Cordie.

Un guardia salió de la garita de control y los saludó mientras pasaban.

–Todavía hay gente trabajando –comentó Paul mientras giraba para entrar en la Autopista 11.

–¿La gente no viene a trabajar?

–Algunos sí, pero pocos –respondió Paul volviéndose hacia ella.

–¿Por el volcán o por las cosas raras que pasan en el Mauna Pele? –preguntó Eleanor.

No había tráfico hacia el norte mientras se dirigían hacia el sur. Desde allí se veían los acantilados y la península por la que Eleanor había hecho *jogging*.

–La gente del lugar está acostumbrada al volcán.

Siguieron hacia el sur y pasaron por Puuhonua O Honaunau, la llamada Ciudad de Refugio. Más allá de Kealia, una pequeña aldea junto al camino, los únicos signos de civilización eran dos barracas al lado de la autopista y unas estrechas carreteras que iban a los pueblos de Hoopuloa y Milolii, al este. Paul le dijo que habían evacuado los dos pueblos por la lava.

Kilómetros antes de que vieran la lava, Eleanor se maravilló por la cantidad de humo y vapor que parecía estar justo delante de ellos: una columna de humo azul oscuro y, una torre de vapor blanco que se elevaban más de cuatro mil metros. Impresionaba seguir conduciendo hacia un cielo tan dinámico.

Casi no había señales indicadoras del bloqueo de la carretera. En un momento, el jeep circulaba a setenta kilómetros por hora, el viento agitaba el corto cabello de Eleanor, y, después de una curva, se encontraron con barreras, señales luminosas y dos coches patrulla de tráfico que interceptaban el camino a doscientos metros. Eleanor disminuyó la velocidad y frenó junto a un agente que estaba de pie al lado de la primera señal luminosa.

–La carretera está cerrada, señora –dijo el agente, un hawaiano con unos impresionante ojos azules–. El torrente de lava pasa por aquí y un poco más al este. Será mejor que regrese. Ah..., hola, Paul.

–Eugene –dijo Paul Kukali–. Me sorprende que no haya más turistas fisgoneando por aquí.

–Ya tuvimos bastantes –sonrió el agente–. Hasta esta mañana, algunos grandes hoteles mandaban autobuses llenos. Pero hay posibilidad de escapes de gas y nuevos torrentes desde donde tú vienes, así que han dejado de mandar gente. La mayoría de los turistas están instalados en el lado de Hilo. Y además están los helicópteros.

Un helicóptero pasó volando bajo sobre los campos de lava y giró alrededor de la columna de vapor, que se elevaba como si subrayase las palabras del policía.

–¿Puedo mostrarle a la señora Perry cómo es la *pahoehoe* cuando está fresca?

–Claro –respondió el agente–. Aparcad sobre el borde y no os acerquéis demasiado. Esta mañana, una mujer del autobús del Mauna Lanai se cayó y se desmayó. Todavía está muy caliente y los gases son bastante densos.

Paul asintió. Eleanor aparcó el coche. Caminaron por la autopista y pasaron las barreras y los coches patrulla.

–Es increíble –exclamó Eleanor.

Y lo era. Al este, a poco más de un kilómetro, una capa de lava gris de unos dos metros y medio, quizá tres, que procedía del Mauna Loa y se dirigía a la costa, cubría la autopista. La ondulada superficie gris todavía despedía humo. Cuando los gruesos pliegues de *pahoehoe* llegaban al asfalto de la autopista, el resplandor naranja de la lava activa se veía fácilmente, como un resquicio de luz debajo de una puerta. De la viscosa masa de lava, que crujía y se movía, brotaban diminutas chispas que flotaban con la corriente de aire caliente. De hecho, toda la superficie crujía y se movía a medida que se enfriaba. La hierba próxima al río de lava se quemaba o humeaba; los arbustos, a ambos lados de la autopista, o se quemaban o se convertían en tocones chamuscados. Por suerte, el humo se alejaba de ellos hacia el sur, pero el calor era tan intenso que tuvieron que detenerse a cuatro o cinco metros de la capa de lava gris. Mientras Eleanor miraba, los pliegues y curvas de lava se cuarteaban como un huevo; la yema de fuego derretido fluía sobre la autopista y la hierba calcinada. Todo lo que la lava tocaba, ardía.

–Es increíble –repitió Eleanor protegiéndose la cara del calor.

–Esta corriente de lava cruzó la autopista ayer por la mañana –le explicó Paul–. Ya hay por lo menos cinco torrentes de lava que cortan la carretera al sur y al este de donde estamos.

Eleanor echó una mirada a la estribación del volcán, que estaba casi completamente tapada por el humo.

–¿Y las autoridades no pueden ver que se acerca?

–En general sí. Pero esta corriente en particular emergió de un conducto de lava colina arriba, a pocos kilómetros, y cogió a las autoridades por sorpresa. Por eso han evacuado Milolii y Hoopuloa. Simplemente, no están seguros de qué sorpresas reserva el volcán.

Eleanor miró hacia el sudoeste, donde se elevaba la nube de vapor.

–Me encantaría ver de dónde sale el agua. –Echó una mirada al policía y añadió–: ¿Esto significa que no podemos ir a ver a sus amigos los *kahuna*?

Paul Kukali dudó.

–Quizás haya una manera. Sabiendo cómo son esos ancianos, no creo que dejen que las autoridades *haole* los saquen de sus tierras. Pero tenemos que cruzar eso. –Señaló a su derecha la pared de humo y fuego entre la autopista y la costa.

–¿Cruzar eso? –replicó Eleanor sorprendida–. ¿Se refiere a la vieja *a'a*?

–Me refiero a la lava nueva. Por lo menos esta primera capa.

–¿Y cómo vamos a cruzarla? –Dio un paso atrás mientras el horno ardiente fraguaba otro huevo gris.

Paul se encogió de hombros.

–Podemos llegar con el jeep hasta el torrente de lava y

decidir si cruzamos. Es la única manera de ver a los *kahuna* con los que quiere hablar. Lo dejo a su criterio.

Eleanor miró a su compañero un momento. Las ondas de calor reverberaban entre ellos. Si él quería disuadirla sin que discutieran, era una manera muy astuta de hacerlo.

–De acuerdo; vayamos –dijo. Y volvieron al jeep.

Cordie estaba a medio camino de la colchoneta del niño cuando vio la sombra en el agua. Estaba más cerca del aterrorizado chico que de ella y nadaba tranquilamente a unos cinco metros de la superficie. Era blanca. Aun de lejos, Cordie vio la enorme boca y la hilera de afilados dientes. Tenía razón el niño de la playa: era un tiburón.

Remaba frenéticamente y se salpicaba agua en la cara y los brazos. Ahora había cogido el ritmo y notaba cómo la piragua de fibra de vidrio se deslizaba por el agua al impulsarla a golpes regulares..., derecha, izquierda, derecha, izquierda. Los músculos de la espalda protestaban por el ejercicio y le dolían los antebrazos. Cordie sintió las punzadas de dolor en el bajo vientre que padecía desde la operación. Las ignoró, como había hecho durante semanas. Se echó hacia delante, para remar con más fuerza, y notó la opresión de la fibra de vidrio contra los pechos.

–¡Ojo con el tiburón! –gritó el niño, que estaba a menos de diez metros y casi se cae de la colchoneta al señalarlo.

–¡Cuidado! –le gritó Cordie a su vez remando con mayor frenesí. Estaba agotada. La piragua seguía avanzando sobre el oleaje mientras ella recuperaba el aliento y sentía la corriente que había arrastrado al niño hasta allí. Si ahora dejaba la piragua a la deriva, la corriente, la marea o lo que fuera la arrastraría hasta donde estaba el niño, y tanto la colchoneta como su embarcación llegarían al rompiente sobre los arrecifes de coral, unos treinta metros mar adentro. Oía las olas como una serie de explosiones; el rocío caía sobre las aguas, más serenas, de la piscina natural. Se volvió y miró la playa del Mauna Pele por encima del hombro quemado por el sol: parecía quedar a una distancia imposible–.

¡Cuidado! –volvió a gritar. Esta vez con una voz más controlada–. ¡No te caigas!

La colchoneta neumática había perdido casi la mitad de aire y el niño estaba terminando de desinflarla con su enloquecido intento de mantener los pies y las piernas fuera del agua. Parecía uno o dos años mayor que su hermanito de la playa, era delgado y pálido y tenía el pecho hundido y pecas en la espalda.

–¡Ha vuelto! –dijo señalando el trecho de agua entre la embarcación y la colchoneta.

Cordie tenía que asomarse para poder ver el tiburón. Ahora nadaba más profundo, quizás a unos ocho metros de la superficie, pero el agua estaba muy clara. Los dientes del tiburón le sonrieron a través de las fauces abiertas. Pero, aparte de la inconfundible boca, el animal parecía deformado, contrahecho. En lugar del cuerpo perfectamente aerodinámico de los tiburones y una cola bifurcada, aquella forma pálida tenía hinchazones y protuberancias y carecía de aleta.

«Parece la espalda de un ser humano con mandíbula de tiburón al final del espinazo.»

–¡Quédate sobre la colchoneta! ¡No te muevas, que me pondré a tu lado! –gritó Cordie.

–¡No! –chilló el niño, obviamente aterrorizado ante la posibilidad de perder su precario equilibrio.

–¡No voy a tocarte hasta que estés preparado! –le dijo Cordie. La luz del sol bailaba sobre el agua y la obligaba a entrecerrar los ojos. Levantó una mano y se la puso a modo de visera. En aquel lugar, las ondas del mar eran más altas y anchas: la piragua estaba un metro más arriba que la colchoneta y, al momento siguiente, varios centímetros más abajo; pero todo esto no era nada comparado con la violencia de las olas mar adentro–. ¡Aguanta! –añadió remando suavemente. No estaba segura de poder subir al chico a bordo cuando llegara... En el agujero de la piragua sólo había espacio para una persona... pero la colchoneta estaba perdiendo aire muy de prisa.

–¡Cuidado! –volvió a gritar el niño en el mismo instante

en que algo golpeaba el fondo de la piragua con una fuerza tremenda.

La luz se volvió azul. El ruido, de repente, pareció amplificarse y amortiguarse al mismo tiempo. Cordie sintió el choque del agua sobre su rostro y sobre los ojos y se dio cuenta de que no tenía tiempo de aspirar una bocanada profunda de aire antes de que la piragua volcara. Supo inmediatamente que algo la había hecho irse a la banda; había visto cientos de documentales en la televisión por cable en los que algún robusto veinteañero remaba en su piragua y ésta volcaba; sólo que en la tele el muchacho conseguía enderezarla al cabo de unos segundos. Cordie se esforzó, pero quedó boca abajo dentro de la canoa. Las burbujas se elevaban a su alrededor. El propio peso de la embarcación la mantenía invertida. Por mucho que se agitaba, no conseguía volver a enderezar la piragua ni mover la cabeza hacia la superficie, un metro por encima de ella.

Cordie sintió que se le acababa el aire, vio puntos delante de sus ojos mezclados con la cascada de burbujas plateadas y trató de salir del agujero de la embarcación. No sabía nadar y las aguas eran profundas, pero si lograba salir y cogerse al casco, podría usarlo como flotador y llegar pataleando hasta el chico.

«El diario de la tía Kidder.» La idea de que se le cayese cuando consiguiera salir hizo que su terror aumentara. Sentía cómo le latía el corazón. Le dolía el pecho por la urgencia de aspirar y tratar de respirar en el agua.

Cordie, metida en la piragua, trató por última vez de enderezarse y balanceó el cuerpo hacia la izquierda, hacia el plateado techo de la superficie.

Se agitó hacia atrás y quedó colgando cabeza abajo. Algo grande y blanco nadaba justo debajo de ella.

Con el último resto de aire que le quedaba en los pulmones, se echó hacia delante, como hacía mientras remaba, apoyó el pecho contra la superficie de la piragua invertida, se cogió al casco y tiró con toda la fuerza de sus miembros superiores.

La canoa se enderezó sola y Cordie se atragantó con el

aire, tosió agua de mar y tuvo arcadas mientras seguía inclinada y cogida al pequeño barquichuelo, que se agitaba sobre el agua gracias a la fuerza de su voluntad.

El niño gritaba a su izquierda. Cordie levantó la mano para quitarse el agua de los ojos y vio hundirse la colchoneta neumática mientras el niño seguía gritando y señalando.

Unas manos salieron del agua, cogieron la canoa por ambos lados y empezaron a mecerla. Cordie estiró los brazos como un acto reflejo para no perder el equilibrio. La manos, fuertes y morenas, se retorcieron y echaron la piragua hacia la derecha. Cordie golpeó el agua con todas sus fuerzas.

Esta vez no se hundió. Sin parar de golpear el agua, consiguió alejarse y enderezar la embarcación. Al niño, el agua le llegaba hasta el pecho y estaba abrazado a la colchoneta, de la que sólo se veían ambos extremos.

–¡Detrás! –gritó el muchacho en el momento en que algo golpeaba con fuerza la piragua.

Cordie oyó el crujido de la fibra de vidrio al rasgarse y la canoa dio una vuelta completa. Una forma blanca agitó el agua y volvió a sumergirse. Cordie vio la raja en el casco, justo encima de la línea de flotación; los dientes del tiburón habían arrancado de un mordisco un trozo de cincuenta centímetros. La sombra, debajo del agua, dio una vuelta alrededor del niño, que seguía gritando, le rozó los pies y volvió de prisa hacia Cordie.

La mujer tenía problemas para pasar la mano entre los muslos buscando el bolso. Por un segundo pensó que éste se había caído, pero lo encontró y se lo acercó un poco. Oyó que el agua se agitaba delante y detrás de aquella especie de tiburón hostil mientras ella tanteaba dentro del bolso y sentía el peso familiar de la treinta y ocho de cañón largo de su ex marido.

Unos dientes mordisqueaban un lado del casco mientras volaban astillas de fibra de vidrio. Cordie estaba a punto de volver a caerse, pero estiró el brazo con el arma bien apretada para que no se le hundiera en el agua mientras la piragua se balanceaba súbitamente hacia el otro lado. De pronto, se sorprendió apuntando con las dos manos rechonchas a la forma blanca que arremetía contra la colchoneta hundida del niño, que ya estaba en el agua y lloraba mudo de terror.

Cordie disparó cuatro veces y dejó de hacerlo cuando aquella cosa se acercó demasiado al niño. El tiburón se sumergió y, durante un instante terrible, Cordie esperó ver cómo arrastraba el cuerpo del niño debajo del agua. Pero, en cambio, el tiburón desapareció detrás de la colchoneta hundida, mientras el niño seguía llorando en el agua.

–¡Nada! –le gritó Cordie–. ¡Ven aquí! ¡De prisa!

El niño nadó. Movía los brazos, pataleaba y salpicaba agua, pero no avanzaba. Cordie miró a su alrededor para buscar el remo de la piragua, pero no lo vio, y se dio cuenta de que tampoco podía tener la pistola en la mano y remar con la otra para acercar la rajada canoa al niño.

«Ahí está.» La sombra blanca se precipitaba hacia ellos desde detrás de la colchoneta. Se oyó un silbido de aire que se escapaba cuando el tiburón mordió la colchoneta y se lanzó los últimos seis metros. Detrás de los agitados pies del chiquillo, Cordie vio las fauces abiertas, la negrura, unos dientes triangulares, piel blanca, brazos, pelo negro...

Levantó la pistola con toda la firmeza que el acelerado corazón y el balanceo de la piragua le permitían y disparó las últimas dos balas casi entre los pies del niño, que no paraban de moverse. Al menos una de ellas había dado en el blanco, porque oyó un ruido sordo y nauseabundo, como un mazazo sobre carne muerta; a continuación, aquella especie de tiburón se sumergió profundamente.

El niño habría chocado contra el costado de la canoa y se habría golpeado si Cordie no hubiera estirado la mano para levantarlo en vilo del agua y ponerlo sobre el casco, delante de ella.

–¡Monta a horcajadas! –le ordenó. Metió la pistola descargada, en el bolso, miró una vez más alrededor en busca del remo y lo vio arrastrado por la corriente, a unos cincuenta metros. «A la mierda», pensó; y empezó a girar la embarcación remando con las manos–. ¡Ayúdame a remar! –le dijo al niño, que estaba a horcajadas delante de ella, como una rana pálida, ocupado en mantener las piernas y los brazos fuera del agua.

–Pero el tiburón va a...

–Ayúdame a remar o te tiro al agua –le dijo con una voz decidida y absolutamente creíble.

El niño se puso a remar y patalear con energía y empezaron a avanzar contra la corriente, la resaca o lo que aquello fuera.

El viaje de vuelta a la playa debió de durar diez minutos, pero para Cordie fueron una eternidad. Pensó en Sam Clemens y su reloj parado y comprendió que si ella hubiese tenido un reloj que midiera el terror habrían pasado días. Tanto ella como el balbuceante niño no paraban de mirar atrás, a un lado y a otro; esperaban que, en cualquier momento, unas manos, una cabeza o la boca de un tiburón surgieran del agua junto a la canoa.

Pero no había rastros de aquella cosa. Llegaron a la orilla.

–Ayúdame a sacar esto... –empezó Cordie, pero el niño saltó de la piragua y cruzó a toda carrera los últimos tres metros de agua en dirección a sus padres y su hermano, que esperaban en la playa.

Los padres eran rubios y estaban muy enfadados. Comenzaron a gritarle antes de que el chiquillo se abrazara a la cintura de su madre. El hermanito sonreía nervioso.

Cordie estaba segura de que si intentaba salir de la piragua mientras ésta permanecía aún en el agua, aquella especie de tiburón la cogería en la orilla, le mordería y se la llevaría.

–Eh, ayúdenme a... –gritó a la familia. Pero habían dado media vuelta y se alejaban mientras el padre y la madre gritaban y abofeteaban al niño lloroso–. De nada –concluyó.

Respiró hondo, echó la piragua hacia la derecha y tironeó para salir de aquel apretado agujero.

No la atacó nada. Se encontró de pie sobre la arena y enderezó la embarcación para que no le entrara más agua. La arrastró, inmediatamente, por la arena, a unos prudentes seis metros del agua, y se agachó para inspeccionarla.

Había dos rajas dentadas de un metro y medio en el lado

izquierdo del casco y la fibra de vidrio estaba astillada como si fuera serrín. En mitad de la proa, una parte del casco había sido arrancada de un mordisco y sólo el revestimiento interior de plástico había impedido que se llenara de agua. A Cordie le pareció como un bocadillo mordido... por una boca de un metro de ancho.

Una sombra cayó sobre ella y Cordie se sobresaltó hasta que vio que era un socorrista, de pie a su lado: uno de esos atléticos Adonis de veinticinco años, con un bronceado perfecto y completo, el pelo con mechones rubios por el sol y un estómago todo músculos por encima del bañador color naranja.

–¿Qué demonios ha hecho usted con nuestra piragua? –preguntó cogiendo a la mujer del brazo.

Cordie se levantó lentamente, giró sobre una pierna y le lanzó un puñetazo con todo el peso de su cuerpo. Le dio de lleno en el estómago perfectamente ondulado de músculos. El grandullón hizo un ruido muy parecido al del aire saliendo de la colchoneta neumática que la mujer acababa de oír y se desplomó.

–¿Por qué nunca estáis donde os necesitan? –preguntó Cordie.

Sacó el bolso de la piragua, lo abrió para asegurarse de que la pistola estuviera dentro y examinó el diario. Se sintió infinitamente aliviada cuando vio que ninguna de las páginas se había mojado y se marchó hacia el bar El Naufragio, con el bolso al hombro y el libro en una húmeda mano.

El camarero era un hawaiano gordo de su edad, que se inclinó sobre la barra y le sonrió cuando Cordie se sentó sobre un taburete.

–Hola, Ernie. Cuatro Fuegos de Pele, y que sean dobles. Y recuerda que corren a cuenta de la casa... Órdenes del señor Trumbo. Y sírvete algo para ti.

Cuando llegaron las copas, Cordie empezó a chupar de una pajita mientras abría el diario de la tía Kidder cuidadosa, casi reverencialmente, y empezaba a leer donde lo había dejado.

17

¡Oh Kamapua'a,
el de las erizadas púas!
¡Oh jabalí que te revuelcas en los charcos!
¡Oh admirable pez del mar!
¡Oh juventud divina!

Antiguo canto de Kamapu'a, el dios cerdo,
que también se convierte en el pez
Humuhumu-nukunuku-a-pua'a

18 de junio de 1866, en una aldea sin nombre de la costa de Kona.

Aunque la tormenta hubiera pasado, parecía una auténtica locura dejar nuestra choza seca y la luz de las velas para internarnos en la noche sólo por el consejo de un muchacho herido que insistía en que dos pájaros inofensivos eran los hermanos y los espías del dios demonio Pana-ewa. Sin embargo, nos marchamos.

Lo discutimos durante unos prolongados minutos, y tanto el reverendo Haymark como el señor Clemens se acaloraron en el transcurso de la charla. Nuestro clérigo despreció los comentarios del chico como auténticos disparates. El periodista sostuvo que había sido una noche llena de misterios y que los miedos del muchacho no eran más disparatados que la mitad de las cosas que había visto desde el atardecer. Yo me guardé mi opinión.

Por último, los dos se volvieron hacia mí.

–Señorita Stewart –dijo el reverendo Haymark–, ¿tendría la amabilidad de hacer entrar en razón a este... literato?

–Señorita Stewart –soltó el señor Clemens con una risota-

da–, si estamos en una democracia... y confío en que nuestro reverendo Haymark siga creyendo en la democracia... parece que su voto es el decisivo.

Esperé un segundo en silencio. Halemanu me miraba con ojos aterrorizados. Los dos hombres me observaban con expresiones que iban del clerical fastidio a la literaria ironía.

–Debemos irnos. Ahora mismo, esta noche –respondí al fin.

–Pero, señorita Stewart, sin duda... –objetó el reverendo Haymark; su rubicunda cara aparecía más roja aún a la luz de la vela.

–Voto porque nos marchemos –interrumpí las protestas con tono decidido–; no por miedo a algún coco de las islas Sandwich, sino porque tenemos un niño herido que necesita asistencia... e, independientemente de lo que el señor Clemens haya visto esta noche, estamos en tierra sagrada pagana, o debería decir tierra profana, con «caminantes» que no nos desean ningún bien.

El reverendo Haymark se calló, en medio de su protesta, para considerar mis razones.

–El chico dice que conoce el camino a una aldea que está a un kilómetro y medio de aquí –continué–. El lugar adonde quería llegar el grupo de su tío. El muchacho tiene parientes allí, y la llamada Pele kahuna *quizá sepa algo de medicina tradicional que pueda ayudarle. Si mi voto es el decisivo, voto porque partamos de prisa hacia allí.*

–Vaya, vaya... –dijo el señor Clemens.

Le fruncí el ceño mientras recogía mis escasas pertenencias.

–Repito que no temo a ningún hombre, y mucho menos a un impío hecho de bruma.

El señor Clemens se ruborizó ligeramente tras su cigarro apagado.

Nos marchamos de prisa pero sin pánico. Los caballos todavía mostraban señales del terror que habían experimentado cuando los caminantes de la noche *pasaron cerca; hizo falta que los dos hombres me ayudaran a ensillar al habitualmente manso* Leo. *El señor Clemens subió al chico en su silla, delante de él. El muchacho parecía montar cómodamente a pesar de la herida en la cabeza.*

Confieso que contuve el aliento mientras bajábamos por el sendero enfangado, entre las malignas paredes de piedra. Casi esperaba que, de algún escondite, saltaran sobre nosotros los dioses, demonios o jefes guerreros muertos de la historia del señor Clemens. Estaba lo suficientemente oscuro como para que naciones enteras de caníbales paganos acecharan detrás de las viejas piedras empapadas de sangre.

Pero nada saltó sobre nosotros. Halemanu señaló una huella apenas visible, que salía del sendero por el que íbamos rumbo al norte y que se dirigía al este. En medio de una oscuridad sin estrellas, volvimos a subir por la ladera del volcán. El señor Clemens y el chico encabezaban la marcha y mi inquieto Leo seguía de cerca al caballo del periodista mientras el reverendo Haymark se balanceaba detrás. Me sorprendí mirando repetidamente por encima del hombro para asegurarme de que el reverendo nos seguía, de que nada escamoso o con boca de tiburón lo hubiese arrancado del caballo y se inclinara ahora sobre mí. Estaba oscuro, pero se podía distinguir la corpulenta silueta del religioso y oír claramente sus asmáticos jadeos.

Al cabo de un rato aparecieron las estrellas en la noche tropical, y hasta a esa débil luz se entreveían los arbustos y las flores que llenaban el paisaje volcánico que nos rodeaba: ohías y ohelos (especies de arándanos), sadlerias, polipodios y una gran variedad de plantas bulbosas con racimos de bayas que brillaban con un azul necrótico a la luz de las estrellas. Había diversas variedades de palmeras, aunque no se veían cocoteros, y gran abundancia de arbustos, helechos y árboles de la cera y el pan; pero, a medida que subíamos, esta vegetación daba paso primero a una sutil y luego a una dominante sucesión de capas y lechos de lava fibrosa llamada pahoehoe. Avanzábamos despacio y, de vez en cuando, Halemanu parecía despertarse de un semisueño para señalar el camino, mientras nuestros caballos iban con gran cuidado por escalones y terraplenes cubiertos de arbustos.

A medio camino de nuestro destino, nos detuvimos y escuchamos un rítmico ruido que sonaba a lo lejos, detrás, como si un numeroso grupo de hombres cantara en voz *baja; o quizá fuese la cadencia de las olas, aunque estábamos bastante alejados del mar.*

–*¿*Los caminantes*?* –*preguntó el señor Clemens.*

Pero el chico no respondió, y nosotros, no lo sabíamos.

A partir de ese momento espoleamos los caballos para ir más aprisa.

Llegamos al pueblo casi al amanecer, aunque «pueblo» es una palabra demasiado grande para la media docena de destartaladas chozas que encontramos en la oscuridad. No había luces. Ningún perro ladró para desafiar nuestra intrusión. Permanecimos sobre los caballos, convencidos de que quienquiera que hubiese devorado al grupo del reverendo Whister había hecho correr la misma suerte a los familiares que Halemanu tenía en esa aldea. Pero, de pronto, el chico gritó algo en ese líquido torrente de sílabas que es el hawaiano, y yo logré descifrar las siguientes palabras: wahine haole, *que es, por supuesto, «mujer blanca»;* wai lio *de manera interrogativa, que quiere decir «agua para los caballos»;* tutu, *que más tarde me enteré que significaba «abuela»; y* Ka huaka'i o ka Po, *que recordé que era* caminantes de la noche.

De repente, apareció un grupo de sombras que nos rodearon y unas manos que se extendían hacia nosotros. Durante un momento me sentí casi sin voluntad y permití que aquellas manos ansiosas, pero que no parecían hostiles, me bajasen de Leo, *me pusieran de pie y me tocasen con ingenua curiosidad. Oí protestar al señor Clemens y al reverendo Haymark, pero ellos también habían desmontado.*

Halemanu volvió a hablar en voz baja y una de las sombras que estaban cerca de mí respondió con voz de anciano; y, sin más discusión nos llevaron de prisa, a través de la frondosa vegetación, a la cabaña mayor y más cercana.

La aldea, obviamente, no estaba desierta. Ocho ancianos, tres mujeres y una tutu, *una abuelita vieja como el tiempo, tomaron asiento en la larga choza. En aquel momento vimos las caras, las arrugas y los cuerpos a la débil luz de dos diminutas lámparas de aceite. Nos habían hecho sentar entre ellos en círculo: el señor Clemens delante de mí, el reve-*

rendo Haymark cerca de la puerta, y el chico, agotado, junto a la vieja bruja, en el extremo más oscuro de la choza. El anciano que estaba al lado del reverendo volvió a hablar. Los balbuceos de su boca sin dientes habrían resultado incomprensibles aunque hubiese hablado en inglés, pero Halemanu tradujo con facilidad.

–El abuelo preguntar por qué vosotros viajar en una noche tan mala.

El señor Clemens respondió por nosotros.

–Dile que nos dirigimos a la iglesia y la aldea del reverendo Whister.

El anciano emitió otros desdentados ruidos en hawaiano.

–El abuelo decir que la iglesia y la aldea estar destruidas. No quedar nadie vivo. Lugar malo. Kapu. *–Halemanu, en su nuevo papel de traductor, parecía mayor.*

–Pregúntale al abuelo por qué mataron al clérigo y a la gente del pueblo –pidió el reverendo Haymark.

Halemanu hablaba lentamente, con los ojos cerrados por el dolor de la herida. Otro hombre del círculo farfulló una respuesta.

–Mi otro abuelo decir que él y otros kahuna *de esta costa rogar para que ellos morir –dijo Halemanu sin emoción alguna.*

–¿Rogaron para que murieran? –repitió el clérigo con evidente disgusto.

–Sí –respondió Halemanu–, pero los haole *no morir cuando ellos rogar; sólo enfermar. Por eso los abuelos, los* kahuna *más poderosos, hacer los viejos cánticos y abrir la puerta del mundo de los muertos; así, los* eepas, *los* kapuas, *los* mokos *y el mismo Pana-ewa poder salir para librarnos de los hombres sagrados* haole.

–¿Librarnos? –repitió el señor Clemens.

Yo sentía que mi corazón se aceleraba al oír las palabras que había elegido el chico.

–Sí –respondió Halemanu; y abrió los ojos–. Los abuelos ordenar a mi tío y los otros guerreros que nosotros traeros aquí para un sacrificio. A mí permitirme ir como kahuna *más joven. Ser sólo mala suerte encontrarnos con el* Ka hua-

ka'i ka Po *en el corto viaje. A mí salvarme porque yo llevar el nombre del* aumakua *más famoso al servicio de Panaewa.*

El señor Clemens y el reverendo Haymark intentaron ponerse de pie de un salto, pero un anciano que había junto a la puerta hizo un gesto con el meñique y los dos corpulentos hombres cayeron de espaldas como aplastados por enormes pesos. Por mucho que se esforzaban, no lograban levantarse. Yo no lo intenté.

–Halemanu... –empecé.

–Silencio, mujer –interrumpió el chico con una voz imperiosa y mucho más grave que la de un muchacho.

El anciano empezó a cantar. El sonido penetró mi cuerpo como una droga, el interior de la choza comenzó a oscilar a la luz de la lámpara de aceite, y, de repente, sentí los párpados muy pesados. Vi al señor Clemens y al reverendo intentar resistirse al canto, pero sin más suerte que yo.

En aquel momento me volví para mirar a Halemanu. El cuerpo del chico parecía reverberar, como un espejismo en el desierto al mediodía. Entonces su carne empezó a fluir y a moverse, a ablandarse y a derretirse como agua negra que se escurriera por una invisible rejilla.

Apareció una bruma que se movía y flotaba, que se elevó y adquirió la silueta de un hombre; aunque un hombre de una altura imposible, con una cabeza que rozaba el techo a unos tres metros del suelo. Observé cómo la bruma se retorcía a la luz de la lámpara hasta emitir una voz que sonó como el rugido de un enorme animal en un túnel.

–¡Y ahora reclamo lo mío! ¡Kapu o moe, haole kanaka!

La bruma con forma de hombre se abalanzó sobre nosotros.

Eleanor dio la vuelta en el jeep para volver a la Autopista 11 y condujo poco más de un kilómetro hasta el cruce de Milolii y Hoopuloa. Una barrera policial bloqueba la estrecha carretera de acceso.

–No salga de la carretera –le indicó Paul–. La capa de *a'a* destrozaría los neumáticos. –Bajó del vehículo y apartó la barrera. Eleanor avanzó y el experto en arte volvió a poner los pesados caballetes en su sitio.

La carretera era muy estrecha y tortuosa y estaba rodeada por los mismos desolados campos de lava que separaban el Mauna Pele de la autopista. Eleanor condujo lentamente; casi esperaba que las autoridades aparecieran detrás de la siguiente curva y les ordenaran regresar. No había ningún otro coche.

Milolii parecía un pueblo hawaiano de pescadores detenido en el tiempo. Las pocas casas que había estaban vacías y silenciosas, y el único establecimiento público del lugar, una tienda donde se vendía de todo, tenía un cartel de la policía en la puerta con la orden de evacuación y advirtiendo del castigo contra el saqueo. El viento había cambiado y el humo volaba ahora entre los cocoteros, por encima de las pequeñas casas de techos de zinc. Las canoas con batanga yacían en una playa en sombras. Los rayos del sol se abrían paso a través de las nubes de humo y conferían a la escena una indescriptible belleza.

–Gire por esa carretera paralela a la playa –dijo Paul Kukali.

Esa «carretera» era la huella casi invisible de un par de ruedas que discurría por la vegetación tropical y después atravesaba unos campos de helechos.

–La gente de aquí se dedica a la pesca. Es uno de los últimos pueblos auténticamente de pescadores que quedan en Hawai. Pero sacan algo de dinero extra plantando anturios y helechos. Tienen que traer la tierra de otros lugares. Como ve, los campos de lava no dan mucho de sí.

Eleanor lo veía. La tosca huella había dejado atrás las tierras de cultivo y ahora traqueteaban por un terreno de roca al borde de torrentes de lava negra que se extendían hacia todas partes. Las olas del océano rompían contra las rocas a unos cien metros a la derecha y levantaban rocío. Delante, a un kilómetro, el vapor de la corriente de lava seguía trepando hacia la estratosfera. El humo era más denso en aquel lugar; se rizaba sobre la capa de basalto como zarcillos de bruma. Eleanor continuó hacia el sur, paralela a la costa, cuidando de no destrozar los neumáticos con el *a'a* que bordeaba las huellas del camino.

–Pare –dijo Paul al cabo de unos minutos, cuando el humo se hizo demasiado denso para continuar.

Los dos salieron del jeep y siguieron a pie. Por allí pasaba la misma corriente de lava que habían visto sobre la autopista, pero parecía dos veces más alta y cubría la *pahoehoe* y la *a'a*. Eleanor levantó la vista sobre la pared de lava crujiente, sibilante y recién endurecida que se elevaba unos tres metros y medio por encima del terreno y desaparecía hacia el este y el oeste en medio del humo. Todos los arbustos que estaban en un radio de unos diez metros del flujo de lava o se habían quemado o estaban quemándose. La hierba ardía. La lava fresca salía de un montón de grietas bajas, se dispersaba por el terreno y quemaba todo a su paso. Eleanor pensó que olía a otoño en el Medio Oeste, cuando ella era niña y todavía no estaba prohibido quemar las hojas. Pero debajo de ese agradable aroma a hojas quemadas, había un desagradable olor a azufre y otros gases nocivos.

–Creo que no podremos cruzar –dijo Eleanor.

Paul retrocedió y se cubrió la nariz y la boca con un pañuelo rojo. Le lloraban los ojos.

–Los caballeros que desea ver viven al otro lado, a unos quinientos metros.

Eleanor frunció los ojos.

–¿Y cree que todavía deben de estar aquí? ¿Con todo esto?

–Son tercos. –Se encogió él de hombros.

–Yo también –dijo Eleanor.

Caminaba de un lado a otro por el borde de la corriente de lava, tratando de encontrar una parte en la que el calor y el resplandor naranja fueran más suaves. Al final se acercó más, se protegió el rostro del calor y tocó con el pie una burbuja de roca gris. Se desprendieron trozos de lava que se enfriaba y flotaron chispas a su alrededor cuando apoyó el pie.

Estaba muy caliente. Ojalá hubiera llevado otro calzado. Pero las suelas no se derritieron y la corteza de lava no se rompió cuando apoyó su peso sobre el terraplén de piedra nueva. Dio un paso.

–Voy a tratar de cruzar –dijo cuidando de pisar sobre el borde firme, unos cincuenta centímetros más arriba.

Paul Kukali suspiró pero la siguió.

Eleanor cruzó la corriente de lava lentamente, pisando con cautela como si caminara sobre las rocas resbaladizas de un arroyo. Por todas partes había fisuras a través de las cuales surgía sobre ella el auténtico calor de la lava derretida. De las grietas y rajas escapaba humo, vapor y gases sulfurosos que se mezclaban con el manto de humo que borraba el sol. Sentía que las suelas y los lados de las zapatillas empezaban a ablandarse, así que avanzó lo más rápido que pudo, sin quedarse más tiempo del debido en una zona caliente y tratando de no pensar en lo que podía ocurrir si la capa de lava se rompía.

–Por ahí debajo, en algún lugar, la lava de verdad fluye como un río –dijo Paul a medio camino de los sesenta metros de ancho de la corriente–. Y la corteza es más fina justo encima de ese río.

–Gracias –respondió Eleanor deteniéndose para toser–. Trataba de no pensar en ello. –Dio otro paso. A la derecha, el zumbido, los chasquidos y el siseo de la lava que entraba en el océano parecía el ruido de una radio a todo volumen sin sintonizar.

De pronto, el terraplén se rajó bajo sus pies como una capa de hielo, y Eleanor, para escapar de la explosión de lava y calor, no sólo tuvo que retroceder rápidamente sino que también se vio obligada a saltar sobre otra capa de roca gris que estaba a más de un metro. Se quedó temblando durante unos momentos antes de continuar. Siempre había admirado a la tía Kidder por sus aventuras en una región desolada ciento treinta años atrás, pero ahora sentía visceralmente la valentía que había tenido esa mujer para cruzar la corteza del Kilauea con el volcán en erupción. «Quizá sea algo más que un hermanamiento de solteronas lo que nos hace seguir a la tía Kidder de generación en generación –pensó–. Tal vez sea un gen de locura.» Dio otro paso.

Los fuegos del lado norte de la corriente dificultaban cada vez más el cruce, pero al final Eleanor encontró un sitio por el que se podía saltar de terraplén en terraplén a un metro de altura de la hierba chamuscada. Se apartó del calor y permaneció un rato sobre una sólida roca. Le temblaban las piernas, pero también sentía esa especie de sensación de levitar que producen a veces las descargas de adrenalina.

Paul la alcanzó. Tenía la cara tiznada de hollín por el humo –Eleanor pensó que, seguramente, así estaría también la suya– y fruncía el ceño.

–Caramba, y después tendremos que cruzar otra vez. Espero que la lava no llegue al jeep mientras hacemos la visita.

Eleanor respiró hondo. Debieron haber dejado el coche más lejos de la corriente de lava. Todavía no era una experta en volcanes. «Pero estoy aprendiendo», pensó. Caminaron por la espesura de humo y *a'a*, siguiendo las huellas de neumáticos que habían reaparecido al otro lado del torrente.

Los dos ancianos *kahuna* estaban fuera de la vieja caravana. Ambos eran hawaianos, de alrededor de setenta años... por lo menos... y los dos iban con tejanos, camisas vaqueras y gastadas botas tejanas. La semejanza en su aspecto, sus expresiones y posturas, hizo pensar a Eleanor que eran gemelos.

–*Aloha* –saludó el que estaba fumando un cigarrillo; una imagen incongruente en medio del manto de humo que todavía ocultaba el cielo, el océano y todo lo que estaba a quince metros de la caravana–. Os esperábamos –añadió tirando el cigarrillo para aplastarlo con la bota–. Entremos, que el aire está muy malo.

La caravana no era grande y olía a tocino y grasa. Los cuatro se apretaron en los asientos de una mesa adosada: Eleanor y Paul a un lado, los dos *kahuna* al otro. En la otra punta de la caravana había una anciana de pelo blanco y mirada plácida sentada en un sofá de muelles. Eleanor la saludó con la cabeza, pero los hombres, incluido Paul, la ignoraron.

Paul hizo las presentaciones.

–Eleanor, éstos son mis tíos abuelos Leonard y Leopold

Kamakaiwi. *Kapuna*, ésta es la doctora Eleanor Perry. Desea hablar con vosotros.

Leopold, el que estaba sentado en la parte de fuera, se cogió las manos sobre la mesa de formica y le sonrió. Le faltaban algunos dientes, pero los que tenía eran muy blancos.

–Una doctora –dijo moviendo la cabeza como si le agradara–. Qué bien que haya venido. Tengo un dolor en el hombro que me gustaría que me aliviase.

–No soy ese tipo de... –empezó Eleanor; pero se calló al darse cuenta de que Paul la quería hacer pasar por médica. Le devolvió la sonrisa y añadió–: Tendrá que quitarse la camisa.

El anciano levantó las dos manos, como si estuviera impresionado por la proposición.

–¡No, no! *Mahalo nui*, nunca me quito la camisa delante de una bella *wahine* sin haberme tomado unas copas. –Estiró la mano hasta un estante cercano y bajó una botella y cuatro vasos cubiertos de polvo.

–Paul, ¿ésta es tu nueva *ipo*? ¿Habéis *wela kahao*? –preguntó Leonard Kamakaiwi severamente, sin sonreír.

Paul Kukali sonrió.

–No, *Kapuna*. La doctora Perry es huésped del hotel. –Y le dijo a Eleanor–: *Kapuna* significa «abuelo» o «anciano», pero también «el que posee sabiduría». A veces se usa sin mucho rigor.

Leopold se rió.

–Voy a servir un poco de sabiduría –comentó; y llenó los vasos con un líquido oscuro.

Chocaron los vasos y bebieron. Los vapores golpearon a Eleanor casi en el mismo instante en que el alcohol le quemó el esófago y le incendió el estómago. Le supo a petróleo crudo.

–¿Qué es? –preguntó cuando recuperó el habla.

–*Okolehau* –cloqueó Leopold–. Significa «fondo de hierro» y está hecho de raíz de ti. Lo fabricábamos en botes de hierro. Por eso la palabra *hau*, «hierro», forma parte del nombre.

–Vaya, y sin duda me ha llegado hasta el *okole* –dijo Eleanor tomando otro trago.

Hasta el serio Leonard se unió a las risas del grupo.

Leopold le sirvió más y preguntó:

–¿Qué desea, doctora Perry?

Eleanor respiró hondo y decidió jugar todas sus cartas.

–Paul me ha dicho que son ustedes *kahuna*. –Los dos ancianos la miraron sin ninguna expresión. Eleanor tomó el silencio como una afirmación–. En cuyo caso –continuó–, me interesaría saber si son *kahuna ana'ana* o *kahuna lapa'au*.

El primero era un brujo que podía invocar los poderes de la magia negra. El último, un sacerdote que podía curar a la gente, física y espiritualmente.

–¿Por qué? –dijo Leopold enseñando otra vez sus blancos dientes–. ¿Quiere pedir la muerte de alguien?

Leonard desechó lo dicho por su gemelo haciendo un gesto con la mano.

–Hay *kahunas* que tienen los dos poderes –comentó en voz baja.

Eleanor asintió lentamente.

–¿O gemelos que los comparten? –preguntó.

El anciano no respondió.

–No es asunto mío... –empezó ella.

–Es cierto –dijo Leopold con una sonrisa; y tomó un trago de *okolehau*.

–No es asunto mío –continuó Eleanor–, pero creo que están ustedes pidiendo la muerte del hotel Mauna Pele. Me parece que han abierto la puerta del mundo de los muertos de Milu y permitido que escapen los viejos demonios. Pienso que ustedes han traído a Pana-ewa, Nanaue, Ku y los demás. Está muriendo gente y creo que tienen que parar todo esto.

Se calló; sentía que le latía de prisa el corazón y era consciente de que en aquel momento estaba a muchos kilómetros de cualquier parte, en medio de furiosas corrientes de lava y sola con tres hombres de quienes sospechaba que eran, los tres, *kahuna*. Por eso había dejado un mensaje para Cordie en la recepción diciéndole adónde iba y con quién.

Durante el prolongado silencio que siguió a su discurso se oía sin dificultad el siseo y el crujido de la lava que iba a parar al océano, a unos cuatrocientos metros. Eleanor echó un vistazo a la ventana sucia que había sobre la mesa y vio el humo que flotaba, produciendo la ilusión de que volaban a través de las nubes. Por lo que ella sabía, quizás en aquel momento estuvieran volando, efectivamente, a través de las nubes y los *kahuna* la llevarían al volcán para sacrificarla. «Tranquila, Eleanor –pensó–, no pierdas la calma.»

–No queríamos que muriese gente –dijo al fin Leonard–. Créanos.

–Para serle sincero, pensábamos que la antigua magia no funcionaría. –Leopold se encogió de hombros y sirvió más «fondo de hierro».

Paul Kukali le tocó el brazo.

–No fueron sólo el tío Leonard y el tío Leopold –dijo–. Los *kahuna* de toda la isla entonaron antiguos cánticos el mismo día. Fue culpa mía. Les dije que no había nada que hacer cuando los juzgados rechazaron el recurso para salvar el estanque de peces y los campos de petroglifos. Y mis tíos me demostraron que sí se podía hacer algo.

Leonard sacudió negativamente la cabeza.

–Fue un error. Dije que era un error. Los *mokos* estaban mejor enterrados. Era mejor no invocar a los dioses. –Tomó un buen trago.

«Leonard es el *kahuna lapa'au*, el curandero –se dio cuenta Eleanor, sorprendida–. El que invoca a las fuerzas oscuras es el alegre Leopold.»

Éste último le sonrió como si le adivinara el pensamiento.

–¿Pueden parar todo esto? –preguntó ella.

–No –respondieron los dos hombres a la vez–. Hace meses que todos los *kahuna* lo intentan. Ninguno quería que muriera gente. Pero los viejos cánticos sirvieron para liberar a los seres del mundo de los muertos. No sabemos lo suficiente para cerrar la abertura, para mandarlos de nuevo a la oscuridad.

–Pele... –empezó Eleanor.

Leopold agitó la mano con un gesto de desdén.

–Pele está enfadada con nosotros... –Volvió a hacer el mismo gesto de desdén; esta vez en dirección al humo de la ventana–. No nos escucha.

–No nos escucha desde hace generaciones –dijo Leonard de mal humor–. Hemos perdido nuestros viejos modos de obrar. Hemos perdido nuestro orgullo. No nos merecemos que nos escuche.

Eleanor se echó hacia delante.

–¿No hay ninguna *Pele kahuna*? ¿La orden secreta de sacerdotisas que pueden interceder con Pele a favor de ustedes?

Leopold la miró frunciendo los ojos.

–¿Cómo sabe todo esto, *haole*?

–Lee mucho –intervino Paul Kukali con un deje irónico.

Eleanor echó una mirada al experto en arte y volvió a mirar a los gemelos.

–¿Me equivoco?

–Se equivoca –respondió Leonard categóricamente–. Hace cien años había *Pele kahuna*. Hace cincuenta años había *Pele kahuna*. Pero ahora ya han desaparecido todas. Han muerto sin transmitir sus secretos. No queda ninguna.

–¿Ninguna? –repitió Eleanor sintiendo una especie de náusea que le subía por el cuerpo. Todo su brillante plan acababa de ser desbaratado. Miró a la anciana del sofá como buscando ayuda, pero la mirada de la mujer siguió tan vacía e inexpresiva que Eleanor pensó que quizás estaba ciega.

–Ninguna salvo Molly Kewalu –dijo Paul.

Leopold soltó una risotada.

–Molly Kewalu está *pupule*. Loca, chiflada.

–Y no habla con nadie –agregó Leonard.

Leopold volvió a hacer el mismo gesto de desdén que antes.

–Vive en lo alto del volcán, donde no hay camino. Tardaríamos días en subir. La lava, probablemente, ya ha llegado hasta allí.

–¿Cómo vive allí arriba? No se puede cultivar nada. ¿Qué come? –preguntó Eleanor.

–Las mujeres la mantienen –respondió Leopold con otra risotada–. Las mujeres del pueblo todavía creen que tiene *mana*, y hace cincuenta, sesenta años que le llevan, gratis, comida *manauahi*. Pero es una vieja loca, una *pupule*.

Eleanor miró a Paul, que sacudió la cabeza.

–Molly Kewalu sostiene que habla con Pele –dijo–, pero lo mismo dicen la mitad de las hawaianas del pabellón de Alzheimer del hospital de Hilo.

–Pero...

Paul hizo el mismo gesto de desdén que había hecho su tío.

–Eleanor, ¿conoce el mito de que no hay que llevarse ninguna roca del volcán para no ofender a madame Pele?

–Por supuesto –respondió ésta–. Es una de las cosas sobre Pele que saben todos los turistas. A la diosa no le gusta que le roben la lava. Llevarse una piedra trae mala suerte, ¿no es cierto?

–Así es –corroboró Paul–. Todos los años los vigilantes del Parque Nacional reciben cientos de piedras por correo. La mayoría vienen de Norteamérica, pero las hay de todo el mundo...; sobre todo de Japón, últimamente. Los turistas se las llevan y después las devuelven acompañadas de notas en las que explican la mala suerte que han tenido desde que se marcharon de la isla. Cuatro veces al año los vigilantes llevan las piedras al volcán y las dejan con alguna ofrenda..., por lo general una botella de ginebra..., para aplacar a Pele. Eleanor: reciben miles de esas piedras cargadas de culpabilidad. Cuatro veces al año hay una procesión de camiones basculantes llenos de piedras de lava.

–¿Y?

–Que no era un mito, que no era un tabú –respondió Paul.

–No era *kapu* –añadió Leopold.

–Investigué ese mito, esa leyenda para uno de mis artículos –continuó Paul Kukali–. Ese «antiguo tabú» de no robar piedras volcánicas data, en realidad, de los años cincuenta... y lo inventó un conductor de autobús que se cansó de limpiar el polvo que dejaban las piedras cada vez que los turistas bajaban del maldito autobús.

Eleanor se rió despreocupadamente; sentía que el *okoleau* ardía dentro de ella.

–¿Es verdad? –preguntó.

–Sí –respondió Paul.

Eleanor hizo el mismo gesto de desdén que habían hecho los hombres.

–¿Y qué tiene que ver todo esto con Molly Kewalu?

–La misma leyenda falsa –dijo él–. Solía delirar diciendo que tenía una relación de tú a tú con Pele, pero sólo es una vieja loca que se esconde donde nadie la pueda encontrar y echar.

–¿Y dónde se esconde? –preguntó Eleanor.

–En la región vacía, en Ka'u –explicó Leonard–. En una cueva de alguna parte del macizo que los antepasados llamaban Ka-haukomo porque había dos árboles *hau* que crecían donde ahora no crece nada.

–¿*Hau*? Hierro. Como palo de hierro.

Leonard asintió con un gruñido.

–La cueva de Molly Kewalu está cerca de la gran roca que los antepasados llamaban Hopoe –dijo–. Durante cientos de años, esa piedra estaba tan perfectamente equilibrada que el viento la movía. Nuestros antepasados le pusieron ese nombre en homenaje a Hopoe, la famosa bailarina de Puna que enseñó a bailar a Hi'iaka, la hermana menor de Pele. La piedra se cayó en 1866, cuando Pele despertó y mostró su ira.

Eleanor tocó las manos a los ancianos, primero a uno y después al otro, quienes levantaron la mirada de sus copas.

–Han liberado ustedes a esos espíritus con sus cantos –les dijo–. ¿No hay manera de que los manden de nuevo al mundo de los muertos?

La mirada sin esperanza en los ojos de los ancianos fue una respuesta elocuente. La anciana no dijo nada.

Paul miró el reloj.

–Tenemos que regresar –dijo terminándose la bebida–. Si el jeep no está incinerado o quemado.

Eleanor se encogió de hombros.

–Es alquilado.

Saludó a la anciana mientras salía, molesta de que Paul y los otros dos hombres siguieran tratándola como si no existiese.

Fuera, el paisaje era tan surreal como antes. El humo era más denso y pasaba entre ellos más de prisa, arrastrado por el viento del sur. El ruido de la lava hirviente que chocaba con el océano era bastante claro.

–*Kapuna* –dijo Paul a sus tíos abuelos–, las corrientes de lava avanzan rápidamente. Han evacuado todos los pueblos entre este lugar y el Mauna Pele. ¿Por qué no venís con nosotros?

Leonard Kamakaiwi frunció el ceño. Leopold Kamakaiwi se rió. Los dos ancianos volvieron a entrar en la caravana.

El campo de lava parecía más caliente y aún más traicionero durante la caminata de regreso. Eleanor se preguntó si no tendría ampollas en los pies por el calor. Un árbol cercano al jeep había empezado a humear por el calor de nuevos arroyuelos de lava, pero el vehículo estaba bien.

–Tenemos que hablar –dijo Paul cuando llegaron a la Autopista 11 y giraron hacia el norte.

La luz de la tarde derramaba sus sombras sobre las rocas negras mientras el coche avanzaba despacio. El humo todavía era denso; y el tufo a azufre, terrible.

–De acuerdo –accedió Eleanor.

–Mark Twain nunca escribió que los *caminantes de la noche* construyeran alrededor de 1860 un *heiau* cerca de donde ahora está el hotel Mauna Pele. Nosotros... los *kahuna*... lo sabemos sólo a través de los cantos y la tradición oral. Pero usted lo sacó de otra parte.

Eleanor trató de cambiar de tema.

–Paul, ¿es usted un *kahuna* auténtico?

La risa del experto en arte fue cínica y desdeñosa. A Eleanor le recordó a Leonard.

–Nunca seré un *kahuna* auténtico –respondió con la mirada perdida en el humo que tenían delante–. Mi educación occidental me ha robado el grado de fe necesario para aprender. Mis racionalistas ojos *haole* no llegan a ver claramente.

–¿Sin embargo cree en lo que sus tíos y los demás le han hecho al Complejo Mauna Pele?

Paul la miró.

–He visto al perro... Ku... con la mano de su víctima. Y por la noche, he visto otras cosas.

Eleanor no le preguntó por ellas. Aún no había llegado el momento; pero, en cambio, le dijo:

–¿Todavía estoy invitada a dar esa vuelta en helicóptero?

–¿Todavía le apetece? –rió Paul.

–Sí.

–No hay ningún problema. Mi amigo aterrizará en el Mauna Pele dentro de unas horas. Es decir, a no ser que las autoridades obliguen a evacuar el complejo o que para entonces estemos sepultados bajo la lava. ¿Algún otro favor?

–Sólo dígame quién era esa anciana –pidió ella mientras se acercaban a la entrada del Mauna Pele. El humo parecía un poco más ligero, pero todavía se notaba. El viento del sur era cálido y pegajoso.

–¿Qué anciana? ¿Se refiere a Molly Kewalu?

Eleanor entró por el camino del complejo. El vigilante los reconoció, los saludó amablemente y bajó la cadena. Avanzaron en medio de los negros terrenos de *a'a*.

La costa estaba a menos de tres kilómetros, pero el humo cubría todo el lugar.

–No, la anciana que estaba en la caravana con sus tíos.

Paul la miró sorprendido.

–¿Qué anciana? No había ninguna anciana en la caravana.

–Les hemos quitado el sostén y las medias –dijo Byron Trumbo–. Ya los hemos puesto cachondos. ¿Cuándo nos los follamos?

Will Bryant hizo una mueca por la vulgaridad de la metáfora.

–El señor Sato está preocupado por Sunny.

–¡Mierda! –exclamó Trumbo.

A pesar de toda la locura, las negociaciones habían progresado bastante según el plan. A las tres de aquella tarde, tras un maravilloso almuerzo en el comedor privado del *lanai* del séptimo piso y una exhibición de *hula* hecha por cinco bailarinas profesionales que Trumbo había traído de Oahu, volvieron al regateo. A las cuatro y cuarto habían establecido el precio en trescientos doce millones y habían preparado los borradores del contrato. Sato llegó con su escuadrón de abogados; Byron Trumbo tenía ocho abogados de reserva, pero detestaba viajar con ellos si tenía a Will Bryant para revisar los papeles. Will era licenciado en derecho, así como Bobby Tanaka, y ambos se habían pasado una hora examinando la letra pequeña del contrato. A las cinco y media, los papeles estaban listos para ser firmados sobre el brillante escritorio de teca y caoba del anexo de conferencias de la suite presidencial.

Pero Hiroshe Sato estaba preocupado por Sunny Takahashi.

–¡Mierda! –repitió Trumbo por vigésima vez en el día–. ¿Fredrickson no ha encontrado a Sunny?

–No –dijo Will Bryant. Seguía revisando una copia del contrato que convertiría el Complejo Hotelero Mauna Pele en un club de golf japonés y sacaría a su jefe de serios apuros económicos. Las gafas de montura de concha y la coleta del pelo le daban un aire de aplicado estudiante de derecho, pero el traje de tres mil dólares de Donna Karan no encajaba mucho con esa imagen.

–¿Alguna noticia sobre Briggs? –A Trumbo le caía bien el guardaespaldas.

–No.

–¿Y sobre Dillon?

–No, sigue desaparecido.

–¿Le has dicho a Bicki que se largue?

–No, ha ido a nadar.

–¿Y Maya?

–También insiste en quedarse.

–¿Caitlin?

–Ella y el señor Koestler han llamado a Nueva York. Evidentemente, aún piensan que pueden forzarle a usted a vender al precio que ellos quieran. Su ex esposa ha intentado dos veces ver al señor Sato, pero el personal de seguridad se lo ha impedido.

Trumbo se apoltronó en el sofá y apoyó los pies calzados con zapatillas de baloncesto sobre un cojín.

–Estoy cansado.

Will Bryant asintió y pasó a la página siguiente del contrato.

–¿Está seguro de que quiere que Sato efectúe el pago a través de nuestro grupo de empresas Miami Entertainment?

–Sí –respondió Trumbo–. El asunto de los impuestos será más sencillo de ese modo: declararemos las pérdidas a través de Miami Entertainment S. A. y después la liquidaremos. Transferiré el grueso del capital a las cuentas de las islas Caimán y venderemos los dos casinos como parte de la misma operación. De esta manera amortizaremos el follón de los impuestos y nos quedará todo el dinero disponible para invertir en la fusión de Servicios de Cable y Satélite Hughes y refinanciar el acuerdo Ellison.

–Sí, quizá funcione –asintió Bryant.

–¡Claro que funcionará! –Trumbo se incorporó–. ¿Crees que Sato se habrá tragado la historia de que Sunny estuvo de juerga toda la noche y después salió a beber a alguna parte con las chicas?

Will Bryant dejó el contrato sobre la mesita de café.

–Bueno, Sunny es famoso por sus juergas, pero también por llegar puntual al día siguiente. El señor Sato está muy cabreado.

–¿Bobby ha examinado las cintas?

Trumbo, por pura rutina, había pinchado los teléfonos y puesto escuchas en la suite de Sato. El equipo de seguridad del japonés, por pura rutina también, había hecho un barrido de las habitaciones, revisado los teléfonos y sacado todas las escuchas. Trumbo había utilizado entonces micrófonos parabólicos instalados a cientos de metros para registrar todas las vibraciones de voz sobre las ventanas de la suite y reconstruir después las conversaciones mediante ordenadores. También había empleado los últimos adelantos en vídeos de fibra óptica y aparatos de audio finos como un cabello humano, ocultos entre la profusión de plantas de la suite de Sato. Toda esa información también se había enviado a grabadoras de la suite de Trumbo. Bobby Tanaka y dos hombres de seguridad se habían pasado la tarde controlando las conversaciones.

–Bobby dice que el señor Matsukawa está en contra del acuerdo –comentó Will mientras tomaba un trago de agua con hielo de un vaso alto.

–Viejo de mierda. Ojalá ese monstruo se lo hubiera llevado a él en vez de a Sunny –murmuró Trumbo.

–Inazo Ono sigue entusiasmado –continuó Will–; y es el mejor amigo del señor Sato y el jefe de las negociaciones.

Trumbo cerró los ojos y se frotó el puente de la nariz.

–Por cuatro millones de dólares, que tanto me han costado ganar, es mejor que ese cabrón siga entusiasmado con el trato. Y, probablemente, Hiroshe le dará un buen pellizco del club de golf y una recompensa por las duras negociaciones.

–Sí –corroboró Will–. Bueno, todo está en orden salvo la firma.

–Tiene que ser hoy –murmuró Trumbo, aún con los ojos cerrados–. El jodido humo del volcán está empeorando y creo que no podremos seguir aguantando las cosas otro día. ¿Cuántos huéspedes quedan?

–Hummm –respondió Will mientras controlaba el bloc de notas–. Once.

–Once –repitió Trumbo. Parecía al borde de un ataque de risa–. Tenemos quinientas habitaciones cojonudas y nos quedan once clientes de pago.

–El señor Carter advirtió a la gente que...

–¡Carter! –exclamó Trumbo sin abrir los párpados–. ¿Ese pájaro todavía está por aquí?

–Pues... sí. Técnicamente aún no lo ha despedido usted –respondió Will acabándose el agua.

–Quizá debería hacerlo matar –dijo Trumbo–. Lo que me recuerda algo... ¿Qué ha pasado con el gordo hawaiano del hacha?

–Jimmy Kahekili.

–Sí. ¿Se ha marchado?

–No. Lo último que he sabido es que está abajo, en la cocina, comiendo pasteles. Todavía tiene el hacha. Michaels lo está vigilando.

–Muy bien. Me alegro de que no se haya ido. Con gente como Caitlin, Myron Koestler y Carter dando vueltas por aquí, quizás el señor Kahekili nos resulte útil –sonrió Trumbo mientras se masajeaba la ceja.

–¿Le duele la cabeza, jefe? –preguntó Bryant.

–¿Y el Papa caga en el bosque? –Trumbo se incorporó mientras sonaba la radio. Era la frecuencia de seguridad–. Aquí Trumbo.

–Señor Trumbo –se oyó la voz de Fredrickson–, buenas noticias. Hemos encontrado a Sunny Takahashi. Cambio.

Trumbo se puso de pie de un salto y apretó la radio con fuerza.

–¿Está vivo?

–Sí, señor; y, por lo que veo, ni siquiera está herido. Cambio.

Byron Trumbo cogió a Will Bryant por los brazos, lo puso de pie de un tirón y le hizo bailar a saltitos. Soltó a su ayudante y apretó el botón de la radio.

–Perfecto... tráelo aquí, Fredrickson. Enseguida. Te daremos una gratificación, muchacho.

Se oyeron interferencias.

–Creo que será mejor que venga usted, señor Trumbo. Cambio.

El multimillonario frunció el ceño.

–¿Dónde está?

–En el campo de petroglifos. Ya sabe, donde el sendero de *jogging* pasa por las rocas, al sur de...

–Coño, ya sé dónde está el campo de petroglifos de mierda. ¿Por qué quieres que vaya yo? ¿Sunny está contigo?

–Sí, señor, está aquí, y el señor Dillon también. Cambio.

Trumbo intercambió una mirada con Will Bryant.

–¿Dillon está ahí? –dijo a la radio–. Oye, Fredrickson, quiero que traigas a Sunny Takahashi lo antes posible, así que no empieces a joder con ningún otro...

–Creo de verdad que tiene que ver esto, señor Trumbo

–Se oyó la voz del empleado de seguridad. Sonaba extraña, hueca, como si hablara desde dentro de un tonel.

–Oye, coño, trae al nipón aquí en cuanto... ¿Fredrickson? ¿Fredrickson? ¡Mierda!

La comunicación se había cortado, sólo se oían interferencias. Trumbo se dirigió a la puerta, cogió la Browning nueve milímetros y comprobó el seguro. Willy se puso de pie para ir con él.

–No –le indicó con un gesto–, tú quédate y reúne a Sato y su gente en la sala de juntas para que firmen. Volveré con Sunny dentro de diez minutos. Me da igual que le hayan hecho una lobotomía; lo pondremos presentable. Ve a ver a Sato para decirle que su chico de oro está bien y después arréglatelas para que firmen esos papeles de los cojones.

–A sus órdenes, general –respondió Will saliendo hacia el ala de Sato mientras su jefe tomaba el ascensor para bajar.

Trumbo se detuvo en el vestíbulo, se dirigió al restaurante y lo cruzó rumbo a la inmensa cocina. Jimmy Kahekili estaba sentado ante un mostrador de acero inoxidable comiendo pasteles con una mano y con el hacha en la otra. Michaels, el empleado de seguridad, lo vigilaba como un halcón.

–¡Señor Trumbo! –exclamó Bree, el jefe de cocina, levantando, nervioso, las manos–. Hace horas que esta bola de grasa no para de molestarme. ¡Gracias a Dios que ha venido usted!

–Cállate, Bree –le cortó Trumbo; y añadió–: Tengo que ir un momento al campo de petroglifos y quiero que me acompañes como guardaespaldas.

–Por supuesto, jefe –respondió Michaels mientras se abotonaba la chaqueta de lino sobre la pistola.

–Tú no –replicó Trumbo, y señaló al hawaiano de doscientos veinte kilos–. ¡Tú!

Jimmy Kahekili, que seguía comiendo pasteles con la rechoncha mano y sostenía el hacha a la altura del mostrador, ignoró a Trumbo.

–Te pagaré otros diez mil dólares –agregó Trumbo mientras se daba la vuelta y enfilaba hacia la puerta.

Jimmy Kahekili se limpió el pastel de las manos sobre el pecho con un gesto exquisito, bajó del taburete, hasta entonces oculto bajo la masa de su cuerpo, y se dio prisa con torpeza para alcanzar a Trumbo.

Kahekili no entraba en el cochecito de golf. Trumbo decidió ir a pie. El hawaiano lo seguía como un pato apurado; su sombra caía sobre la del millonario mientras cruzaban de prisa los jardines y pasaban junto al bar El Naufragio en dirección al sur.

Acababan de llegar a la piscina grande cuando Trumbo se detuvo tan bruscamente que Kahekili casi le pasa por encima. Los hombros del millonario se hundieron de repente.

En el sendero, delante de él, estaban Caitlin Sommersby Trumbo, Maya Richardson y Bicki. Myron Koestler holgazaneaba apoyado contra un cocotero y sonreía con afectación. Las tres mujeres charlaban animadamente hasta que Trumbo apareció por el camino. Se cruzaron de brazos y tamborilearon los dedos. El sol del atardecer brillaba sobre las largas uñas de las damas.

–Byron Trumbo, justo el hombre a quien quería ver –dijo Caitlin con su pausado y perfecto acento de Nueva Inglaterra.

18

La noche ha caído sobre Pana-ewa y la tormenta arrecia;
las ramas de los árboles se inclinan;
se agitan las flores y las hojas de los lehua*;*
el dios Pana-ewa gruñe enfadado,
su cólera se revuelve dentro de él.
¡Ay, Pana-ewa!
Os hiero.
Mirad, os doy los duros golpes de la batalla.

Hechizo de Hi'iaka contra los enemigos de Pele.

18 de junio de 1866, en una aldea sin nombre de la costa de Kona.

La criatura de bruma y noche eligió al reverendo Haymark como víctima y cayó sobre él tan rápidamente que aunque el señor Clemens hubiera podido moverse –y, por lo que vi, seguía inmóvil dominado por fuerzas invisibles–, habría sido demasiado tarde para ayudar. El hombre-bruma, que antes era el chico Halemanu, saltó como una pantera y pareció envolver al desafortunado clérigo. El reverendo gritó, pero fue un sonido débil, como si viniera de muy lejos. Traté de levantarme, de correr hacia él, pero me sorprendí retenida en mi lugar por la misma brujería que sujetaba a mis compañeros. En aquel momento brotó de la terrible silueta de bruma un gruñido y un rechinar de dientes que espero no volver a oír jamás. Era como si hubieran soltado en medio de nosotros a una espantosa fiera sobre un trozo de carne.

Al fin cesaron los esfuerzos del reverendo Haymark, y la criatura de bruma –¿Pana-ewa?– pareció solidificarse, aunque tal solidez era de una negrura más profunda que la no-

che. Los gruñidos y el rechinar de dientes parecían el ruido producido por una bestia asquerosa al beber con voracidad, como si lamiera agua de una gran calabaza. Después, el ruido también cesó.

El anciano que había estado sentado junto al reverendo Haymark cantó algo en hawaiano antiguo. La fiera de bruma se alejó del cuerpo inerte de nuestro amigo y, de pronto... cambió.... se transformó en algo lleno de escamas, no completamente reptil pero bastante alejado de lo humano, que se agachó en un rincón oscuro.

Los ancianos siguieron cantando en ese idioma suyo que parecía líquido. Reconocí el nombre de Pana-ewa, que se repetía con frecuencia. El hombre-reptil se balanceaba al ritmo de los cánticos. Sus ojos, humanos, se movían de un lado a otro a la luz de la lámpara de aceite, para observarnos al señor Clemens y a mí con expresión casi burlona. Tenía unos dientes afilados y húmedos. Sacaba una larga lengua, que se agitaba como para probar el aire. Miré al señor Clemens para tranquilizarme, pero el periodista no miraba más que a aquel horrendo reptil, con la boca floja y abierta debajo del bigote y ojos de susto. Miré de nuevo al reverendo Haymark, pero el clérigo estaba absolutamente inmóvil. Temí lo peor.

Por fin los ancianos dejaron de cantar y, uno por uno, se levantaron para salir en fila de la choza. Sólo quedamos una anciana en las sombras, el señor Clemens, el cuerpo de nuestro compañero, yo y esa cosa llamada Pana-ewa, que dijo:

–Vuestras almasssss son mías, haole. *Volveré por ellasssss.*

Y, con esto, el monstruo cavó en el blando suelo de la choza y desapareció. Como si me hubieran soltado unas invisibles ataduras, salí casi despedida hacia delante; tan intensa era la sujeción y tan insistente la inconsciente fuerza que yo ejercía.

El señor Clemens y yo nos precipitamos sobre el clérigo. Mientras yo le buscaba el pulso, el periodista examinaba el enorme agujero que había hecho el monstruo para salir.

–Extraño, muy extraño —comentó el corresponsal de California.

Lo miré escandalizada.

–El reverendo Haymark está muerto –dije–. No tiene pulso.

Pero más impresionante que la falta de pulso era la temperatura del cuerpo de nuestro compañero: estaba frío como el hielo. Habría podido formarse escarcha sobre los ojos abiertos del pobre hombre y tenía la carne dura, como una res congelada.

El señor Clemens se acercó y confirmó mi diagnóstico.

–Muerto, tieso como un bacalao –murmuró el escritor.

–No está muerto –dijo la anciana desde las sombras. Hablaba un inglés lento y con un acento fuerte pero correcto.

Creo que a ambos nos sobresaltó la voz. La vieja había estado tan quieta y callada durante la última media hora de aquella asombrosa escena que casi nos habíamos olvidado de su presencia.

El señor Clemens se alisó los bigotes.

–Me temo que no coincido con la señora –le dijo a la anciana que estaba en la penumbra–. Nuestro amigo no sólo está exánime, sino también frío y rígido como una rana de Minnesota en invierno.

–No está vivo, pero no está muerto –replicó la mujer lentamente.

El señor Clemens y yo intercambiamos miradas.

–¿Quién es usted? –pregunté a la vieja.

No se molestó en contestar. Oímos que los hombres, fuera, empezaban a cantar otra vez.

–¿Por qué sus amigos han matado a nuestro amigo? –le pregunté a la mujer–. ¿Para qué han invocado a ese demonio?

La mujer hizo un grosero sonido con la garganta.

–Esos kauwa kahuna, *esos brujos sin tierra, sin cerebro y sin verga no son amigos míos. Son hombres inferiores. No me ven. Aquí, sólo vosotros podéis verme.*

Volví a intercambiar miradas con el señor Clemens. Lo que decía la anciana era absurdo; pero todo lo sucedido durante ese día y esa noche interminables estaba más allá de lo que concebíamos como cordura.

–¿Nos van a matar? –le pregunté al señor Clemens.

Pero contestó la mujer:

–Van a rezar por vuestra muerte. Ahora mismo, mientras

hablamos, lo están intentando. ¿Los oís? Pero sus cantos son inútiles.

El señor Clemens miró el cuerpo rígido de nuestro compañero.

–La invocación de ese demonio les ha funcionado bastante bien.

La mujer volvió a resoplar groseramente.

–Invocar demonios es un juego de niños. Son niños. Pana-ewa podía robar el alma de uno sólo de vosotros, y eligió a vuestro amigo porque, como era vuestro kahuna, *lo consideraba el más poderoso. Son tontos. –Escupió en el suelo.*

Miré el ancho agujero por el que había desaparecido el monstruo.

–¿Va a... volver?

–No, tiene miedo –respondió la mujer.

–¿Miedo de qué? –preguntó el señor Clemens.

–De mí –dijo ella; y se levantó. No se puso de pie; simplemente, se elevó sentada y se quedó flotando a un metro del suelo.

Miré fijamente al señor Clemens y supe que su expresión debía de ser un reflejo de la mía.

–Escuchadme –continuó–. Debéis abandonar este lugar, abandonar el cuerpo de vuestro amigo...

–No, no podemos hacer algo que... –empezó el señor Clemens.

–¡SILENCIO!

Estoy segura de que el eco de la montaña volcánica intensificó el grito de la mujer. Hizo callar al señor Clemens, pero fuera seguían los cantos de los ancianos con sus vibrantes voces.

–Dejaréis el cuerpo de vuestro amigo aquí –continuó–. No le pasará nada malo; yo misma lo cuidaré. Pero es importante que recuperéis su alma.

–Su alma... –empezó el señor Clemens; pero se calló.

–Para hacerlo, debéis ir a la abertura del mundo de los muertos que esos tontos kauwa *han abierto con su arrogancia e ignorancia. No saben cómo cerrarla. Con sus estúpidos intentos de echar a los* haole kahuna, *han liberado fuerzas terribles.*

»Iréis a la abertura del mundo de los muertos y bajaréis allí –continuó con una voz tan rítmica como los cantos que se oían al otro lado de las paredes de paja de la choza–. Cuando lleguéis a la entrada del mundo de los fantasmas, os despojaréis de la absurda vestimenta haole *con la que os envolvéis el cuerpo...*

Eché una mirada a las faldas, la blusa, el chaleco, los guantes y las botas. ¿Qué tenía nuestra ropa de absurdo? La había comprado en las mejores tiendas de Denver.

–Cuando os hayáis quitado vuestros harapos haole *–explicó la anciana–, os frotaréis el cuerpo con aceite de frutos podridos de* kukui. *A los fantasmas no les gusta el olor.*

El señor Clemens levantó una ceja mirándome de reojo, pero, con toda sensatez, contuvo su lengua.

–Después haréis una cuerda con ramas de enredadera ieie *y bajaréis al mundo de los muertos –dijo la vieja flotante levantando un dedo admonitoriamente–. No debéis permitir que los fantasmas, demonios y dioses de allí sepan que vosotros no sois fantasmas. Si reveláis que sois seres vivos, Panaewa o los suyos os robarán el alma y no podré hacer nada para ayudaros.*

Cerré los ojos esperando que todo esto fuera un sueño. El canto distante, el viento que silbaba por el techo de paja, el sonsonete de la voz de la mujer... todo seguía. Abrí los ojos. La bruja de pelo blanco flotaba a un metro de las llamas de las lámparas.

–Debéis buscar no sólo el fantasma robado de vuestro amigo –decía–, sino todos los fantasmas haole *que se han llevado al mundo inferior desde que estos tontos abrieron la entrada hace dos semanas. Traedlos a todos. Si hay que volver a sellar la entrada, no pueden quedar espíritus* haole *en los dominios de Milu.*

El señor Clemens y yo nos pusimos de pie, de modo que nuestros ojos quedaran a la altura de la oscura mirada de la mujer que flotaba.

–¿Y si los hombres de fuera tratan de detenernos? –preguntó el corresponsal.

–Matadlos –dijo con voz desapasionada.

Noté por primera vez que los labios de la mujer no se movían cuando hablaba; pero, después de todo lo que había pasado, esto no parecía excesivamente extraño.

El señor Clemens asentía como si todo fuera muy normal.

–Una cosa –dijo–; mejor dicho, un par de cosas. Eh... ¿cómo encontraremos la entrada al mundo de los muertos? Y... eh... ¿dónde se puede comprar aceite de frutos podridos de kukui *y trozos de enredadera* ieie*?*

–¡MARCHAOS! –ordenó la bruja señalando la puerta. Su voz sonaba como la de una madre harta de los absurdos caprichos de un niño idiota.

Los dos partimos mirando atrás, al cuerpo sin vida del reverendo Haymark iluminado por la débil luz de las lámparas de aceite. La vieja había vuelto a su rincón oscuro, en una punta de la alargada choza.

Fuera, los hombres nos miraron como sorprendidos de que aún estuviéramos vivos. Interrumpieron sus cánticos y se acercaron a nosotros mientras el señor Clemens desataba los caballos y me tendía las riendas de Leo*. Después sacó el revólver de su abrigo y apuntó al pecho del jefe de la pequeña banda. Echó hacia atrás el percutor, sonando un nítido «clic». El hawaiano levantó las manos, enseñó un solo diente con una sonrisa tonta y retrocedió.*

–La magia haole *a veces funciona –dijo el periodista con un gruñido mientras se daba impulso para montar.*

Salimos de aquella espantosa aldea por donde habíamos entrado y cruzamos por traicioneros terraplenes de lava mientras bajábamos la colina. Detrás de nosotros, más allá del humeante volcán, el cielo empezaba a clarear por el este.

–¿Qué hacemos? –pregunté cuando salimos sanos y salvos de la aldea.

El señor Clemens guardó el arma.

–Lo único sensato sería ir a Kona a buscar ayuda. Sería lo único sensato.

Miré atrás, a las oscuras rocas que ocultaban la aldea a lo lejos.

–Pero el reverendo Haymark...

–¿De verdad cree que podemos devolverle la vida? –dijo

el señor Clemens con una voz tan dura como la roca que pisaban los caballos–. A fin de cuentas, hace años que nadie realiza adecuadamente ese tipo de milagros.

No dije nada. Sentía cierto escozor en la garganta y confieso que estaba peligrosamente al borde de las lágrimas.

–Pues bien –suspiró el periodista–, como nada de esto ha sido sensato, no hay razón para que empecemos ahora con la sensatez. Vayamos al mundo de los fantasmas.

–¿Pero cómo lo vamos a encontrar? –dije frotándome los ojos.

El señor Clemens frenó su caballo hasta detenerse. Leo *y yo nos habíamos limitado a seguirle y, hasta entonces, yo no había mirado hacia delante. Lo hice en aquel momento. A diez metros del caballo del señor Clemens, flotando sobre el terreno de* a'a *como una ilusión óptica, un globo de fuego azul se agitaba a dos metros de altura sobre una senda apenas marcada; parecía aguardarnos como un paciente guía de montaña que se detiene a la espera de los excursionistas rezagados.*

–¡Ea! –dijo el señor Clemens, y el caballo echó a andar por el basalto.

La ilusión óptica flotaba delante como un perro suelto dispuesto a jugar.

Miré al cielo, que se aclaraba lentamente, murmuré algo que habría podido ser una plegaria y espoleé a mi cansado caballo.

Una sombra cruzó sobre la página. Cordie levantó la mirada y frunció los ojos para ver quién la proyectaba.

–Un libro interesante, ¿no? –preguntó Eleanor.

Cordie se encogió de hombros; los tenía quemados por el sol.

–Los personajes son bastante interesantes y el argumento engancha.

Eleanor se rió entre dientes y se sentó en la silla de al lado. El viento soplaba ahora del suroeste, dejando la costa relativamente libre de humo. El cielo, sobre las palmeras, estaba azul. Cordie se había sentado en la tumbona de espaldas a la playa, para que el sol de las últimas horas de la tarde iluminara las páginas. La sombra de las palmeras sobre la hierba era cada vez más larga.

–En serio, ¿qué piensas? –preguntó Eleanor.

Cordie marcó la página con una tarjeta que venía en una revista y cerró el diario.

–Creo que comprendo para qué has venido aquí, Nell.

Eleanor la miró detenidamente. La cara llena de Cordie Stumpf estaba roja por el sol, pero debajo había una cierta palidez y tenía los labios blancos. Eleanor sabía que su amiga tenía dolores.

–Qué bien, ya sabía que lo entenderías –dijo tocando el pecoso brazo de Cordie.

–Lo leí de un tirón y ahora estoy releyéndolo –explicó Cordie–. Los detalles parecen importantes.

Eleanor asintió.

–¿Y qué has hecho hoy, Nell? ¿Tontear con el experto en arte?

–Vaya, nadie lo diría. –Eleanor le explicó la visita a los *kahuna*–. Cuando volvimos, hablamos durante un buen rato. No fue idea de Paul invocar a los viejos dioses y abrir la puerta de Milu... de su mundo de los muertos... Pero cuando su tío abuelo se lo sugirió, estuvo de acuerdo. Resulta que él también es *kahuna*, pero sólo un novicio.

–Eso es alguien que estudia para sacerdote, ¿no? –preguntó Cordie.

–Sí.

–Bueno, ¿y le has dicho que tu recontratatara tía abuela vio a sus recontratataros bisabuelitos cagarla del mismo modo que él y sus tíos?

–No –respondió Eleanor–. Pero sabe que he tenido acceso a información de la época... algo sobre Mark Twain que nunca se publicó.

Cordie replicó con un gruñido.

–¿Y tú qué? ¿Un día tranquilo? –preguntó Eleanor.

Cordie sonrió.

–Sí, fui a dar una vuelta en piragua por la bahía y a nadar un poco.

Ante la mirada de sorpresa de Eleanor, Cordie le contó la historia. Le habló tranquila y desapasionadamente. Cuando terminó, Eleanor trató de hablar... cerró la boca... agitó la cabeza... y lo intentó otra vez.

–Creo que te has topado con Nanaue, el hombre-tiburón –le dijo.

Cordie volvió a sonreír.

–La parte de hombre no me dio miedo; fue la parte de tiburón lo que me preocupó un poco. –Levantó el diario–. Tu tía Kidder no habla mucho de Nanaue. ¿Sabes algo más sobre él?

Eleanor se quedó absorta durante un rato mordiéndose el labio.

–Sólo lo que cuentan las leyendas –respondió al fin.

–Yo no sé lo que cuentan las leyendas, Nell –dijo Cordie–. Lo único que sé es que un cabrón con una joroba en la espalda y dientes en la joroba arrancó un trozo de la piragua de un mordisco. Me gustaría saber algo más sobre él.

Eleanor observó a su amiga con una mirada escrutadora.

–Cordie, no me da la impresión de que te hayas hecho un gran problema de todo esto.

–*Au contraire, mi amiga*[1] –replicó Cordie–. Siempre que alguien trata de merendárseme es un problema.

–Sabes a qué me refiero, a hacerte un problemas de... la improbabilidad de todo esto. Estamos hablando de cosas imposibles.

La sonrisa de Cordie se desvaneció. Bajó la vista y se miró las recias manos.

–Nell, supongo que tú dirías que nunca crecí lo suficiente como para salir de mi propio universo creador de mitos. Algo en mi infancia me preparó... bueno, creo que me preparó para creer en mis sentidos y no en mucho más. Hoy en el agua algo trató de matarme y quiero saber qué era.

Eleanor asintió casi imperceptiblemente.

1. En español en el original. *(N. de la T.)*

–Hace mucho tiempo, poco después de que los primeros hawaianos se instalaran en las islas, hubo una especie de dios llamado Ka-moho-ali'i... el rey de los tiburones. Como la mayoría de los dioses hawaianos, podía aparecer en su forma original de tiburón o como humano. Con el tiempo, Ka-moho-ali'i se enamoró de una mujer mortal llamada Kalei. Salió del agua en el extremo norte de esta isla, adoptó la forma de un hombre y se casó con ella. Vivieron en el valle de Waipio, justo en la otra punta de la isla, en la costa norte. Tuvieron un varón al que llamaron Nanaue. El niño tenía una joroba en la espalda y una marca de nacimiento en la joroba... con la forma de la boca de un tiburón.

Eleanor se detuvo y Cordie sonrió ligeramente.

–Continúa, Nell. Me gusta la voz que tienes cuando cuentas cuentos.

–Pues bien, según la leyenda, Ka-maho-ali'i regresó al mar y dejó atrás su vida humana...

–Típicamente masculino –comentó Cordie.

–Dejó a su mujer, pero le advirtió que jamás debía permitir que nadie viera la marca de nacimiento de Nanaue ni que el niño comiese carne. Kalei cumplió los deseos de su marido y protegió a Nanaue hasta que éste se convirtió en un hombre. Le cubría la joroba, cada vez más grande, con tela *kapa*, y le preparaba comidas sin carne. Pero cuando el niño se convirtió en hombre empezó a comer en los restaurantes y a mostrar por la carne un apetito insaciable. Cuando nadaba, lo que invariablemente hacía solo, se transformaba de tal modo que parecía más un tiburón que un hombre... Algunas leyendas sostienen que es completamente un tiburón; otras dicen que todavía tiene algo de hombre...

–Las últimas son las correctas –dijo Cordie–. Continúa.

–Esto es más o menos todo –concluyó Eleanor encogiéndose de hombros–. Con el tiempo se descubrió su secreto. Tenía la mala costumbre de atraer al agua a los habitantes del lugar... le gustaban especialmente las aguas frescas, como las del estanque situado debajo de las cascadas de Waipio, donde les atacaba y se los comía. Cuando la gente se volvió contra él, huyó al mar, pero no pudo vivir demasiado tiempo en el océano. Las leyendas cuentan que un grupo de *kahuna* persiguió a Nanaue hasta Maui, cerca del pueblo de Hana, y después hasta la isla de Molokai. Más adelante lo capturaron y lo devolvieron a la isla de Hawai. A esta altura, las leyendas divergen. Algunas dicen que lo cortaron en pedazos en la colina de Puumano; otras, que desapareció en el mundo de los muertos de Milu, con otros demonios y semidioses malignos, cuando Pele luchó contra ellos en 1866.

Cordie asintió con la cabeza y señaló el diario de la tía Kidder.

–En fin, sabemos qué versión de esa historia hace agua, por así decirlo –comentó con una ligera sonrisa.

Eleanor se recostó en la tumbona. Le dolía el cuerpo, aunque no sabía si por los suaves ejercicios del día o por las no tan suaves tensiones. El cielo estaba gris hacia el este por los fuegos que había visto antes, pero despejado sobre el Mauna Pele por la brisa del suroeste. Eleanor trató de imaginarse cómo sería relajarse en ese hotel: jugar al tenis con alguien, nadar en la maravillosa bahía sin preocuparse por hombres-tiburones, correr por los campos de petroglifos sin ver antorchas subterráneas, dar paseos al anochecer sin esperar a que algo agazapado saltara de la maleza. La idea parecía agradable pero tediosa.

–Necesito saber más de todas esas leyendas –dijo de repente Cordie Stumpf mientras devolvía a Eleanor el diario–. Si esta noche vamos a trabajar juntas, necesito saberlo todo.

Eleanor suspiró.

–Sí, lamento haber tardado tanto. –Se incorporó–. No tienes por qué involucrarte en todo esto, ¿sabes?

Cordie soltó su desenfadada risa.

–Nell, chica, ya estoy metida en esto y seguiré hasta que liquidemos todo el asunto. –Echó una mirada al sol, que bajaba hacia el horizonte del océano por encima del hombro de Eleanor–. Y sospecho que será esta noche. Es posible que esta noche las cosas se pongan difíciles por aquí. Nos hace falta un plan, chica. –Miró hacia atrás, a la Gran

Hale–. ¿Todavía dan de cenar, o a los cocineros se los comió Pana-ewa o alguno de esos monstruos?

–Paul dice que sólo quedan unos pocos huéspedes. Pero los cocineros todavía trabajan y hay suficiente personal para que el restaurante principal siga funcionando. Evidentemente, esta noche el señor Trumbo tiene algo importante entre manos y pagará buenas bonificaciones a los empleados que vengan a trabajar.

–Perfecto, porque estoy muerta de hambre –dijo Cordie mientras se ponía de pie y recogía la toalla y el bolso de paja–. ¿Qué te parece si cenamos juntas y charlamos mientras nos tomamos unos Fuegos de Pele helados? Quiero saberlo todo sobre la señora Pele.

Eleanor también se levantó y miró el reloj.

–Tenía que ir a dar un paseo en helicóptero al anochecer...

Los ojos de Cordie brillaron.

–Creo que sé para qué has planeado el paseo. Aún no son las seis... tienes un par de horas hasta el anochecer. Vayamos a comer. –Como Cordie vio que Eleanor dudaba, añadió–: Probablemente va a ser una noche muy larga, Nell.

–Nos vemos en el restaurante dentro de quince minutos –asintió al fin Eleanor; y se dirigió a su *hale* para arreglarse y vestirse de cara a las actividades de la noche.

Trumbo se detuvo.

Las tres mujeres le bloqueaban el paso. Caitlin llevaba unos pantalones y una ligera blusa de algodón; la tela, de fibras naturales, se agitaba bajo la suave brisa que venía del sur. Llevaba un bolso Bally y tenía una mano dentro. Maya estaba en el centro del trío; la modelo llevaba un floreado pareo hawaiano, una sencilla tela de algodón de un metro y medio envuelta a manera de falda sobre el mismo traje de baño color naranja con el que había salido en la tapa de la edición de verano de *Sports Illustrated*. Tenía las uñas y los labios pintados de color carmesí. Bicki iba con un diminuto bikini color café que combinaba casi perfectamente con el color de su piel. Salvo por las pulseras y los anillos de oro, daba la impresión de estar completamente desnuda. Tenía los brazos cruzados y las piernas separadas en posición de disparar.

–Hola, chicas –saludó Byron Trumbo.

El único sonido que se escuchó durante un minuto fue el batir de las hojas de las palmeras y el jadeo de Jimmy Kahekili, que estaba detrás de él.

–Cabroncete hijo de puta –dijo al fin Caitlin Sommersby Trumbo.

–Imbécil soplapollas de mierda –saludó Maya con fuerte acento británico.

–Hola, T –sonrió Bicki con la misma mueca que aparecía en montones de vídeos de la MTV.

–Hola, Bick –respondió Trumbo.

–Hemos hablado y hemos decidido cortarte la polla y los cojones; cada una guardará una pieza de recuerdo –anunció Bicki.

–Lo siento, chicas, pero tengo prisa. –Se salió del sendero para esquivarlas por la izquierda, pero las tres se movieron también hacia allí, rápidas como *cow-boys*.

Myron Koestler se retiró del árbol en el que estaba apoyado y se acercó.

–Señor Trumbo... eh... Byron, me temo, que todo esto complica las cosas considerablemente. A la luz de... estos nuevos acontecimientos... me temo que las razonables demandas de mi clienta deben... eh... revisarse al alza.

Trumbo apoyó una mano en el brazo de Jimmy Kaheklli. El antebrazo del hawaiano era más voluminoso que el muslo de Trumbo.

–Jimmy –le dijo señalando con un dedo acusador al abogado–, si esta hemorroides andante dice una sola palabra más, quiero que cojas el hacha y la cortes en pedazos lo suficientemente pequeños para alimentar a un ratón. *¿Comprendes?*[1]

La bola de grasa lanzó, detrás de Trumbo, un gruñido de expectativa. Koestler retrocedió rápidamente, miró a las

1. En español en el original. *(N. de la T.)*

mujeres, abrió la boca como si fuera a decir que ellas eran testigos de la amenaza, miró a Jimmy Kahekili y cerró la boca.

Las mujeres no se movieron del camino de Trumbo.

–Escuchad, me encantaría quedarme a charlar... –explicó con una leve sonrisa–. Sé que todas queréis saber cómo son las otras cara a cara..., pero de veras que tengo prisa. –Dio un paso hacia ellas.

Caitlin sacó una lustrosa semiautomática de su bolso y apuntó al estómago de Trumbo. Era un arma más grande que la de Maya.

Trumbo se detuvo y suspiró.

–¿Qué? ¿Había rebajas de pistolas en Bergdoff?

Caitlin cogió el arma con ambas manos. Las otras dos mujeres miraban sin expresión.

–Si me matas no sacarás ni un duro, nena. Probablemente te pondrán en la celda que tienen reservada para Leona Helmsley y... cómo se llama, la foca que se cargó al médico de las dietas.

Caitlin levantó la pistola para apuntar a Trumbo a la cara.

–De verdad que no tengo tiempo para estas gilipolleces –se irritó Trumbo mientras volvía a mirar el reloj. Tenía que encontrarse con Hiroshe para tomar unas copas antes de la cena–. Vamos, Jimmy –y pasó por delante de las mujeres.

Maya se apartó. Caitlin giró como una veleta oxidada, con los brazos rígidos y extendidos, la pistola firme, siguiendo a Trumbo mientras pasaba junto a ella. Bicki le lanzó una mirada iracunda que sólo las orgullosas mujeres afroamericanas pueden echar. Jimmy Kahekili miraba nervioso a izquierda y derecha, detrás de Trumbo, mientras éste aceptaba el desafío. Myron Koestler se ocultaba detrás de una palmera; sólo se veían los pálidos dedos y la coleta.

Trumbo dio unos pasos, giró por un recodo del sendero, perdió de vista a la mujeres y respiró hondo.

–Tenemos que darnos prisa y llevar a Sunny Takahashi antes de que a Sato se le enfríen los pies.

–Tú un tío *lolo*, coño. La *haole wahine* tiene mucho *hu hu*.

–Sí, lo que tú digas –respondió Trumbo trotando sobre el sendero asfaltado que atravesaba el campo de petroglifos.

Fredrickson estaba esperando donde acababa el sendero y empezaban los campos de *a'a*. El vigilante tenía una semiautomática en una oscura mano y no paraba de mirar por encima del hombro a los campos de lava mientras Trumbo y el gigante se acercaban.

–¿Dónde está? –preguntó Trumbo. Vio que Fredrickson se asustaba de Jimmy y su hacha–. No te preocupes. ¿Dónde está Sunny?

Fredrickson se pasó la lengua por los labios.

–Y Dillon... Dillon también está aquí –respondió.

–Dillon me importa una mierda, quiero a Sunny Takahashi. Si me has hecho venir hasta aquí, al último pedo... –El millonario y el enorme hawaiano dieron un paso al unísono.

Fredrickson retrocedió hasta el campo de lava.

–No, no... señor Trumbo... Señor, tiene que verlo... Bueno, no llamé a nadie más porque me dijeron que... bueno... –Se volvió y los llevó por la lava.

El foso estaba a menos de cien metros del sendero de *jogging*. Por el aspecto de las piedras caídas en el borde del cráter, el conducto de lava se había desmoronado pocas horas antes. Fredrickson avanzó cuidadosamente hasta el borde de la abertura con la pistola levantada. Trumbo lo seguía impaciente. Jimmy Kahekili se quedó bastante detrás.

–¿Qué coño tiene todo esto que ver con...? –empezó Trumbo y se calló.

El conducto de lava no era muy profundo a esa altura; unos cuatro metros y medio quizá. La parte de la cueva que daba al mar estaba cubierta de piedras por derrumbe, pero la parte *mauka*, o del lado de la montaña, seguía intacta; era una elipse negra que entraba en la tierra.

Dentro de esa elipse negra estaban Dillon, el jefe de seguridad, Tsuneo «Sunny» Takahashi, el gran amigo de Hiroshe Sato, y un cerdo del tamaño de un *pony*. Dillon y Sunny estaban desnudos. Sus dos cuerpos brillaban con un resplandor verde claro, como si los hubieran metido en un bote de pintura fosforescente. Tenían los ojos abiertos y la mirada fija, en blanco, como en trance. El cerdo estaba entre los dos y su lomo era más alto que los hombros de Dillon. La porcina aparición tenía un conjunto de órbitas negras donde debía estar cada ojo; Trumbo contó ocho ojos en total. Brillaban; y a Trumbo le recordaron el bañador color naranja de Maya a la luz de la tarde. El animal abrió la boca y les sonrió. Los dientes parecían humanos; más grandes pero humanos.

Trumbo se volvió hacia Fredrickson. El empleado de seguridad se encogió de hombros, impotente.

–Me dijo que no llamara a nadie más que a usted, jefe.

–¿Quién? –preguntó Trumbo–. ¿Quién demonios...?

–Yo –dijo el cerdo.

Trumbo se volvió de repente y se sacó la Browning nueve milímetros de debajo de la camisa hawaiana. El cerdo le lanzó una sonrisa más amplia. Los ocho ojos estaban húmedos y parecían felices.

–¿Qué...? –empezó Trumbo; que notó que, aunque ligeramente, le temblaba la voz, lo mismo que la pistola. Empuñó el arma con la otra mano también.

–No, no, Byron –dijo el animal–. No hace falta. Tenemos demasiado en común para arruinar así nuestra relación. –Tenía una voz tan grave como la que cabía esperar de un puerco de cuatrocientos kilos.

Byron Trumbo sintió que el sudor le corría por la caja torácica, debajo de la camisa suelta. Se volvió en busca de Jimmy Kahekili, pero el hawaiano se había marchado. Había tirado el hacha en su ansiedad por escapar.

–Shhh –llamó el cerdo–. Ven aquí.

Trumbo se volvió. El sonriente cerdo y los dos hombres desnudos seguían allí.

–¡Dillon! –gritó Trumbo. El ex jefe de seguridad ni se inmutó. Por encima de la barba negra, destacaban sus ojos abiertos y vidriosos.

–No, no –volvió a decir el cerdo–. Es conmigo con quien tienes que hablar.

Trumbo se lamió los labios.

–De acuerdo. ¿Qué quieres?

–¿Qué quieres tú, Byron? –dijo el cerdo tranquilamente.

–Quiero a Sunny Takahashi. Puedes quedarte con Dillon.

El enorme puerco se rió. El ruido parecía una mezcla de un fuelle gigante y rocas girando en un recipiente de piedra.

–Ja, ja –replicó la horrible criatura–. No es tan sencillo. Tenemos que hablar.

–Y una mierda –exclamó Trumbo; y apuntó la Browning entre los dos grupos de ojos del animal.

–Si aprietas el gatillo –dijo el cerdo en un tono amable–, subiré, te arrancaré las tripas y me comeré tus testículos como si fueran caramelos.

–Tendrás que hacer cola –replicó Trumbo sosteniendo firmemente la pistola.

El cerdo rió entre dientes.

–¿Quieres a éste? –preguntó empujando con el hocico al japonés hipnotizado.

Trumbo asintió y esperó.

–Si de verdad lo quieres, es tuyo –continuó el cerdo. Los ocho ojos parpadearon y los dos hombres fosforescentes se volvieron y desaparecieron en las profundidades del conducto de lava–. Lo único que tienes que hacer es bajar y hablar conmigo. –La monstruosa criatura se volvió con gracia, casi con delicadeza, y trotó unos pasos en la oscuridad. Echó una mirada por encima del erizado lomo; sus ojos ya no eran juguetones–. Pero no esperes demasiado, Byron. Las cosas se van a poner interesantes dentro de unas horas. –El animal desapareció en la oscuridad.

Trumbo oyó el retumbar de las patas sobre el basalto durante un momento hasta que todo quedó en silencio y bajó la pistola.

–Hostia puta, hostia puta, hostia puta –dijo Fredrickson; y se sentó pesadamente sobre la lava. Tenía la cara de color ceniza.

–No te desmayes sobre mí, maldita sea –exclamó Trumbo–; pon la cabeza entre las rodillas. Así.

Fredrickson levantó la vista, con los ojos abiertos de par en par.

–Pensé que me había flipado, que me había vuelto a subir un ácido... pero nunca he tomado ácido. Él... esa cosa... me dijo que lo llamara a usted por radio...

–Ya vale –interrumpió Trumbo metiéndose de nuevo la pistola en el cinturón–. ¿Se lo has dicho a alguien más?

Fredrickson balanceó las muñecas sobre las rodillas y respiró hondo.

–No, no. El cerdo me dijo que usaría mis tripas como liguero si llamaba a alguien más. Eso fue lo que dijo... que usaría mis tripas como liguero.

Trumbo sopesó esa imagen durante un momento.

–Vale –repitió.

Fredrickson levantó la vista. Parecía que recuperaba el color.

–¿Piensa bajar, señor? –Trumbo le dedicó una mirada asesina–. Estaba seguro de que no lo haría –continuó el empleado de seguridad precipitadamente–. Pero si reunimos a todos nuestros hombres, a los hombres de Sato y algunos refuerzos con metralletas Uzis y Mac-tens y...

–Cállate –ordenó Trumbo. Miró su reloj–. Me cago en la hostia; llego tarde para las copas con Hiroshe. –Apuntó a Fredrickson con el dedo–. Tú quédate aquí y mantén la frecuencia de la radio abierta. Yo voy...

El hombre se levantó de un salto.

–¡Ni hablar! No pienso quedarme aquí solo, en medio de esta jodida noche y con ese asqueroso trozo de tocino parlante en esa mierda de...

Trumbo se acercó rápidamente y lo abofeteó dos veces con fuerza.

–¡Quédate aquí! Si lo haces te esperan diez mil dólares. Diez de los grandes sólo por esta noche. Si esa cosa sale del agujero puedes escapar cagando leches, pero avísame por radio. ¿De acuerdo? Si me fallas, haré todo lo que haga falta para joderte a ti y a toda tu familia... hasta tus primos quintos. ¿Está claro?

El empleado de seguridad miraba fijamente, con una expresión como sobrenatural que recordaba ligeramente la de Sunny y Dillon.

–Muy bien –continuó Trumbo–. Antes de medianoche haré que alguien venga a traerte comida. –Le dio una palmadita en el hombro helado y empezó a alejarse rápidamente hacia el sendero que llevaba al Mauna Pele.

El viento soplaba otra vez del sur y producía una sensación de calor pegajoso. Trumbo recordó que a ese viento lo llamaban *kona*, que era también el nombre de toda esa parte de la costa. La nube de ceniza proveniente de las erupciones no era problema, pero el humo de las corrientes de lava se acercaba de nuevo a la costa como una cortina pesada y gris que producía un espeso bochorno.

De pronto refrescó, como si el sol ya se hubiera ocultado. Las sombras desaparecieron mientras la nube de humo se volvía cada vez más espesa y un manto crepuscular se posaba sobre todo el paisaje. Las palmeras se agitaban y susurraban, y un viento cálido silbó a través de los campos de *a'a*.

Trumbo echó un último vistazo a su reloj y se apresuró en dirección al oscuro oasis de árboles.

–¿Por dónde quieres que empiece? –preguntó Eleanor mientras llegaban los segundos Fuegos de Pele.

Estaban sentadas en la terraza del Mirador de Ballenas observando cómo la tarde se tornaba súbitamente gris.

–Por Pele –respondió Cordie levantando la copa para brindar.

–Hummm... de acuerdo. Pele es la diosa tutelar básica y posee la habitual variedad de poderes y obligaciones que implica... –empezó Eleanor.

–No, Nell, no me sueltes el rollo académico. Cuéntamelo como un cuento.

Eleanor tomó un trago de Fuego de Pele, se aclaró la garganta y empezó otra vez.

–Pele no es uno de los dioses más antiguos, pero proviene de la mejor familia. Su padre era Moe-moea-au-lii; literalmente, «el jefe que soñaba con problemas», pero desapareció pronto y no figura en ninguna de las más recientes leyendas de Pele...

–Típicamente masculino –murmuró Cordie mientras bebía un trago–. Sigue.

–Sí, en fin... La madre de Pele era Haumea, también llamada Hina o La'ila'i. Haumea es el supremo espíritu femenino en sus diversas formas, diosa del trabajo de las mujeres y de la fertilidad, madre de todos los dioses menores y de toda la humanidad, y, en general, la contrapartida femenina de todo el poder masculino del universo.

–¡Bien hecho! –exclamó Cordie levantando un puño.

Eleanor se calló y frunció el ceño.

–Ya te has tomado dos copas. ¿Estás segura de que quieres...?

Cordie estiró el brazo y le dio una palmadita en el dorso de la mano.

–Confía en mí, Nell –dijo con voz clara–. Aguanto muy bien los Fuegos de Pele. Continúa.

–Los poderes de Pele surgieron del útero de la Madre Tierra, que los antiguos hawaianos llamaban Papa.

–Madre Tierra es igual a Papa –reflexionó Cordie mientras mascaba un palillo de cóctel–. Perdona, Nell, sigue. No volveré a interrumpirte.

–Los antiguos concebían el universo como un equilibrio de los opuestos. La luz masculina penetraba la oscuridad femenina y engendraba un universo de opuestos.

Cordie asintió pero no dijo nada.

–Pele llegó más adelante a estas islas –continuó Eleanor con su voz de «narradora»–. Ka-moho-ali'i' guió su canoa...

–Eh, ése es el rey tiburón del que me hablaste hace un rato. El padre del chaval que trató de devorarme hoy. Lo siento... no puedo mantener cerrada la boca.

–Así es. Ka-moho-ali'i era hermano de Pele. En Bora-Bora, de donde procedían los dos, también era conocido como rey de los dragones. De todas maneras, ayudó a guiar la canoa de Pele hasta Hawai. Ella llegó primero a Niihau y después siguió hasta Kauai. Pele, al ser la diosa del fuego, tenía una herramienta mágica para cavar; creo que se llamaba *paoa*. Usó la *paoa* para cavar fosos de fuego en los cuales vivir, pero el mar los inundaba y apagaba sus llamas. Entonces, Pele recorrió el archipiélago hasta llegar aquí, a la isla de Hawai, donde, con el tiempo, encontró el Kilauea. Ésa ha sido su morada durante miles de años.

Se oyeron unos chillidos salvajes que llenaron el aire y Eleanor se calló. Las dos mujeres observaron una pelea de pájaros tropicales, con gran despliegue de brillante plumaje, mientras daban un sorbo a sus copas.

–Pues bien, antes de instalarse aquí, Pele tuvo una enorme lucha con su hermana mayor, Na-maka-o-kaha'i, la diosa del mar...

–Yo nunca he tenido una hermana mayor, sólo hermanos, y todos eran un coñazo, salvo el que murió de pequeño. Lo siento. Continúa.

–Pele y su hermana lucharon hasta que Pele la mató.

–¿La mató? –preguntó Cordie confundida.

–Los dioses tienen lados humanos –explicó Eleanor–. Cuando Pele perdió los suyos, se convirtió en una diosa aún más poderosa. Y como murió aquí, en Hawai, su espíritu era libre para volar hacia los volcanes Mauna Loa y Kilauea, donde vive hasta el día de hoy.

–Creí que Pele podía presentarse como mortal... –dijo Cordie frunciendo el ceño.

–Y así es –respondió Eleanor. Había llegado la tercera ronda de copas–; sólo que ya no es mortal.

–No comprendo, pero sigue. Yo bebo y tú hablas.

–Es complicado –corroboró Eleanor–. Por ejemplo, Pele es la diosa del fuego pero no puede hacer fuego... ésa es una prerrogativa masculina. Pero puede controlarlo; y lo hace en estas islas. Tiene varios hermanos, dioses también, que controlan el trueno, las explosiones, las erupciones de lava, la llamada lluvia de fuego... todos los aspectos del fuego más ruidosos e impactantes pero menos poderosos.

–Típico –volvió a murmurar Cordie.

–Pero Pele controla la gran fuerza de la naturaleza que representa un volcán. En general, Pele duerme, pero en el transcurso de los siglos ayudó a algunos reyes humanos que le caían bien...

–Kamehameha –dijo Cordie.

–Sí –afirmó Eleanor mientras apartaba la tercera copa–. Será mejor que no beba más, ya me da vueltas la cabeza y, como has dicho... va a ser una noche bastante ajetreada. No quiero que Paul y su amigo el piloto piensen que estoy borracha.

Cordie se encogió de hombros.

–A mí en general me importa un bledo lo que piense la gente. –Levantó la mirada mientras la camarera les preguntaba si querían comer en el restaurante o en la terraza–. ¿Qué prefieres, Nell? A mí me gustaría quedarme fuera.

–A mí también.

Hicieron el pedido. De primer plato, Eleanor decidió probar el pastel de *ahi*, hecho de capas de berenjena marinada y asada, cebollas Maui, albahaca, y *ahi* tostado, con queso de cabra de Puna por encima y aderezado con limón. Cordie pidió pastel de langosta con patatas doradas a la vinagreta de mostaza. De segundo plato, las dos probaron paletilla caramelizada de cordero de Sonoma con tomillo fresco y puré de patatas.

La comida, que llegó rápidamente era deliciosa. Las dos mujeres hablaron entre bocado y bocado. El cielo empezó a oscurecerse. En un momento dado, Paul Kukali se acercó a la mesa, pero sólo para comunicar a Eleanor que el helicóptero aún tardaría media hora en llegar. El experto en arte parecía distraído, tanto al saludar a las mujeres como al alejarse.

–Muy bien, volvamos a Pele –dijo Cordie mientras retiraban los segundos platos–. Nuestro problema es saber si está de nuestro lado o detrás de todo este follón del Mauna Pele.

–Sí –replicó Eleanor mientras bebía agua–, pero tú sabes lo que pienso.

–Claro, he leído el diario de Kidder.

Eleanor hizo un suave gesto con la mano y se detuvo a mirársela a la luz del crepúsculo. Le recordaba la de su madre. «¿Desde cuándo tengo las manos de mi madre?», pensó. Sacudió la cabeza y trató de concentrarse.

–Tenemos que suponer... o, al menos yo, tengo que suponer... que estos acontecimientos provienen de fuerzas opuestas a Pele.

Los pequeños ojos de Cordie brillaban.

–Sí, ¿pero qué enemigos de Pele están detrás?

–No lo sé –respondió Eleanor. De pronto se sintió cansada–. Pele tenía muchos enemigos. Además de pelear con Na-maka-okaha'i, la diosa del mar, también Pliahu, la diosa de la nieve que vive en la cumbre del Mauna Kea, era su enemiga. Tuvieron una disputa hace unos cuantos miles de años porque las dos estaban enamoradas del mismo hombre.

–Hummm –murmuró Cordie.

Llegaron los postres. Cordie había pedido tarta de queso *lilikoi* y quiso probar, además, la crema de limón con base de almendras amargas. Eleanor tomó café.

–Por lo que sabemos, parece que Pana-ewa, el hombre reptil de bruma, está detrás de esta guerra y de la de 1866 –dijo Eleanor–. Pero, por muy poderoso que sea, no es una figura de suficiente envergadura para encabezar una rebelión contra Pele.

–¿Quién más la odia? –preguntó Cordie cortando un trozo de pastel de queso.

–La mayoría de los dioses masculinos; incluso los más viejos, como Lono y Ku, están celosos de la devoción que los hawaianos sienten por Pele.

–La típica inseguridad de los hombres –murmuró Cordie.

–¿Qué?

–Nada. –Probó la crema de limón–. Dios mío... qué buena está. ¿Quieres un poco?

–Por supuesto. –Eleanor cogió un poco con la cuchara, la probó y cerró los ojos–. Deliciosa.

–¿Quieres más?

–No, gracias. –Eleanor tomó un trago de café cargado y sintió que parte del alcohol empezaba a disiparse–. ¿Dónde estaba?

–En que los dioses masculinos estaban celosos de Pele.

–Ah, sí. Vimos ese perro negro; y Ku adopta la forma de un perro.

–Y ese otro... cómo se llama... Lono, ¿cómo aparece?

–No estoy segura. Lono puede ser humano, pero creo que rara vez se presenta así. Es el más feroz y exigente de todos los dioses... La mayoría de los sacrificios humanos de esta costa se ofrendaban a Lono... Pero creo que no tuvo ninguna disputa específica con Pele.

Cordie alternaba trozos de pastel de queso con cucharadas de crema de limón.

–Así que los enemigos de Pele aquí podrían ser Ku, el chucho, o, probablemente, Pana-ewa y sus colegas demonios.

Eleanor vio cómo se desvanecía la luz sobre la copa de los árboles al otro lado de la terraza.

–O algún otro. –Comprobó su reloj y volvió a mirar a Cordie. Todavía le quedaban unos minutos antes de encontrarse con Paul para ir a dar una vuelta en helicóptero. La idea la ponía nerviosa–. Pele tuvo una terrible pelea con su hermana favorita, Hi'iaka, en algún punto de esta costa. Otra vez se trataba de una disputa por un hombre. ¿Qué?

–No he dicho nada –respondió Cordie.

–Hi'iaka, gran bailarina, era la hermana menor de Pele –continuó Eleanor– y se llevaban muy bien. Siguió siendo fiel a Pele a pesar de estar enamorada de uno de los amantes de su hermana, un humano llamado Lohi'au. Pele pensó que tenían un lío y atacó a Hi'iaka en algún punto de esta costa...

Las dos mujeres miraron al sol, que se ponía sobre el océano. La nube de humo y ceniza pendía sobre la costa como una capa de alquitrán con los bordes encendidos por el sol, que lo teñía todo de un matiz anaranjado rojizo. Las olas del mar se movían perezosamente, como un océano de sangre.

–¿Quién ganó? –preguntó Cordie. Se había terminado los postres y soltó la cuchara de la crema sobre el plato con un gesto de satisfacción.

–¿Eh? Ah, ¿cuando Pele se peleó con Hi'iaka? Empataron, pero Pele mató accidentalmente a Lohi'au.

Cordie asintió con la cabeza.

–Parece un sábado por la noche en Chicago. La típica bronca doméstica.

–Esa historia tiene un final relativamente feliz –dijo Eleanor–. Uno de los hermanos dioses de Pele encontró el espíritu de Lohi'au volando sobre el océano y lo llevó de vuelta a la tierra para ponérselo otra vez en el cuerpo.

–¿Como en el diario de Kidder?

–Supongo que sí. De todas formas, Hi'iaka y su nuevo amante se marcharon juntos a Kauai. Pero es muy probable que todavía le guarde rencor; y es una diosa muy poderosa...

Cordie se cruzó de brazos y se reclinó contra la silla.

–No sé, Nell, pero, por alguna razón, no creo que Paul y esos *kahuna* se las arreglaran para llegar a un espíritu femenino. Creo que el que trabaja para ellos debe de ser algún dios, un cerdo machista y chovinista.

Eleanor rió con ganas.

–¿Qué te hace tanta gracia? –preguntó Cordie.

–Hay un dios cerdo –respondió Eleanor–; o, al menos, un jabalí: Kamapua'a. Es la quintaesencia del dios masculino... y enemigo de Pele. También era amante de Pele.

Cordie se inclinó hacia delante. Los últimos rayos de sol le hacían brillar la cara quemada.

–Háblame de él.

Eleanor se encogió de hombros.

–Los polinesios y los hawaianos creían que el cerdo era el animal más grande de la tierra. Es la encarnación del poder masculino. Kamapua'a adopta la forma de un puerco o de... un hombre guapo. Es un dios poderoso, aunque prefiere estar en la parte lluviosa y ventosa de las islas y se le asocia a los bosques y lugares oscuros. Su apetito siempre le pone en apuros. Kamapua'a trató de violar una vez a la hermana de Pele, Kapo, pero ésta logró escapar deshaciéndose de su vagina y lanzándola como señuelo... Lo siento, ¿qué?

La redonda cara de Cordie había adoptado una expresión impenetrable.

–Nada, Nell. Estaba pensando en lo útil que sería... Sigue. Esto es mejor que el programa *Hospital general*.

–Sólo que Kamapua'a también violó a Pele un montón de veces en el transcurso de los siglos. Hay un lugar al otro lado del extremo sur de la isla, en Puna, llamado Ka-lua-o-Pele, donde la tierra está revuelta y separada; las leyendas cuentan que allí fue donde Pele perdió su primera gran batalla con Kamapua'a y donde él... la poseyó.

–Se la folló –aclaró Cordie–. La violó.

Eleanor asintió.

–He visto fotos del lugar. Parece unas sábanas revueltas.

–Qué lástima que Pele no fuera lo suficientemente fuerte para repeler al marrano –dijo Cordie mientras la camarera retiraba los últimos platos.

–Habría podido hacerlo. Fue una batalla terrible: los fuegos de Pele contra las lluvias torrenciales de Kamapua'a, que hasta mandó a miles de cerdos a que se comieran la maleza para que no hubiese nada que pudiera quemarse. Pele convirtió sus huracanes en vapor. Cubrió sus tierras con lava. Él devolvió el golpe con más torrentes. Pele estaba dispuesta a que la destruyeran antes que rendirse a Kampaua'a. Pero las leyendas dicen que sus hermanos, los que estaban al cargo de los palos para hacer fuego, le ordenaron que se rindiese. Tenían miedo de que todos los fuegos se mojaran.

–Típico –comentó Cordie haciendo sonar los nudillos.

–Sí –murmuró Eleanor–, Kamapua'a podría ser un probable sospechoso, pero raramente aparece por la parte seca de la isla, según...

–¡Hostia puta! –exclamó Cordie. Miraba por encima del hombro de Eleanor.

Las dos mujeres se levantaron y se acercaron a la barandilla de la terraza. A la luz de los últimos rayos del sol crepuscular que se filtraban por la nube de ceniza baja, millares de minúsculos filamentos flotaban a la deriva por el aire, descomponiendo la luz como delgadas fibras de color puro. Cordie y Eleanor salieron de prisa de la terraza del Mirador de Ballenas y se dirigieron al jardín, entre la Gran Hale y la playa. Había hebras de ese material sobre la hierba, los senderos y el follaje del camino. Montones de fibras flexibles, algunas de un metro o más de largo, yacían onduladas como el pelo de una mujer.

–¿Qué es eso? –preguntó Cordie.

Ahora que el sol se había ocultado, los filamentos casi habían perdido su color y parecían de un rojo desteñido o de un gris plateado brillante. La impresión de estar viendo la cabellera de una mujer era extraordinaria.

–El cabello de Pele –dijo una voz a sus espaldas.

Se volvieron y vieron a Paul Kukali. El experto en arte aún parecía preocupado.

–Es una forma de cristal hilado que se produce cuando el Mauna Loa y el Kilauea están en erupción intensa –dijo en un tono apagado–. Tóquenlo... ¿Ven lo flexible que es? Es muy raro que llegue tan lejos. –Miró hacia el este, donde el cielo estaba más rojo y brillante que al oeste. Como si aquella noche hubiese dos puestas de sol–. La erupción debe de estar empeorando.

Eleanor tocó por última vez las fibras y se levantó.

–¿Significa que no podremos salir en helicóptero? –preguntó.

–No, al contrario. El helicóptero ya ha llegado; y será mejor que nos demos prisa antes de que la nube de ceniza se haga más espesa y no nos permita despegar.

Eleanor se volvió hacia Cordie.

–¿Estás segura de que no quieres...?

–No, no –respondió ésta–. No hay muchas cosas que me asusten, Nell, pero volar me hace cagar de miedo. No quiero hacerlo cuando no es absolutamente imprescindible. Pero os acompaño para veros salir.

Paul había traído un cochecito de golf, en el que subieron las mujeres. Rodearon la Gran Hale, pasaron junto a las canchas de tenis y cruzaron por una parte del campo de golf del norte hasta llegar al helipuerto, en pleno campo de *a'a*. Por esa parte, al otro lado de los árboles, el cielo estaba más claro, pero la nube de ceniza seguía siendo una presencia constante a unos cientos de metros de altura.

El helicóptero estaba en el centro del círculo de asfalto, con las hélices girando lentamente. Era mucho más pequeño de lo que Eleanor se había imaginado, apenas una burbuja con cola y una hélice en la parte de atrás. El viento del sureste inflaba el cono de tela que pendía de un poste a un lado de la pista de aterrizaje. A causa del reflejo del cielo sobre la cabina de plexiglás, el piloto sólo era una vaga silueta.

Eleanor se volvió y cogió a Cordie del brazo.

–Nos vemos dentro de una o dos horas.

Cordie miró a Eleanor directamente a los ojos.

–Ten cuidado, Nell. Si encuentras a quien yo creo que estás buscando, dale un saludo de mi parte.

Cordie se alejó del batir de las hélices. Desde donde estaba no veía al piloto, pero observó cómo Paul subía primero y después Eleanor, que se ponía el cinturón en el asiento delantero. El ruido del motor del helicóptero se hizo más fuerte, las hélices giraron más aprisa y el aparato alzó el vuelo como una libélula. Cordie vio que daban una vuelta al complejo a baja altura y después giraban hacia el océano para seguir la costa rumbo al sur.

–Buena suerte, Nell –murmuró; y se volvió hacia el oasis de sombras que era el Mauna Pele.

19

Los brillantes dioses del otro mundo
que relumbran en Vavau son dioses de la noche.
Los dioses se apiñan en busca de Pele.

Plegaria a Pele

18 de junio de 1866, en una aldea sin nombre de la costa de Kona.

Detrás de nosotros, el sol todavía no había salido por encima de la mole del volcán. Había nubes, pero el cielo ya estaba iluminado con un gris nítido cuando el espejismo que nos guiaba nos llevó hasta la entrada del mundo de los muertos de Milu.

El último kilómetro que descendía hacia la costa era un camino elevado de piedra de macadán de anchura uniforme. Hasta pasados unos minutos no advertí que mi cansado caballo hacía un ruido diferente al andar. Fue entonces cuando me molesté en mirar abajo, a la luz de la semipenumbra. El camino estaba pavimentado con piedras planas, obviamente antiguas, dispuestas con notable talento de ingeniería vial. Eran piedras gastadas y lisas.

–Me recuerda a esos antiguos caminos romanos que se ven en los rotograbados –dijo el señor Clemens poniendo su caballo a la par del mío ahora que el camino se había ensanchado.

Delante de nosotros, la esfera de gas azul ardiente flotaba como un perro de caza dirigiendo la marcha por los campos. Nuestros caballos, agotados, la seguían sin signos de miedo.

–Ojalá fuéramos a Roma –respondí mientras me daba cuenta de lo cansada e impresionada que estaba.

–Ajá –coincidió el señor Clemens–. Hasta visitar al Papa sería una perspectiva más agradable que tener una inminente audiencia con el rey de los fantasmas.

Temblé a pesar de que el aire era cada vez más cálido.

–No deberíamos bromear –señalé, y después, como me pareció que quizá mi tono había sido demasiado duro, pregunté–: ¿Ha estado usted en Roma?

–Caramba, no, pero espero ver toda Europa antes de llegar a viejo, si llego a viejo... –En aquel momento me miró con una expresión que parecía indicar reparos por haberme asustado–. ¿Ha estado usted en Roma, señorita Stewart?

Suspiré. Era un gesto de cansancio.

–Acabo de empezar a viajar, señor Clemens. Todavía no he visto mucho mundo, y mi mayor pena en la vida es no poder vivir lo suficiente para verlo todo. Esperaba visitar Roma en este viaje.

Vi que mi compañero levantaba las cejas.

–Sin embargo dijo que desde aquí se dirigía al oeste por el Pacífico...

–Sí –respondí–. Como he visto las Montañas Rocosas y escribí un relato de mis viajes por... –Me callé, incómoda por mi indiscreción.

–¿Usted escribe? –exclamó el señor Clemens–. ¡Una cronista de viajes! ¡Una colega escritora!

Bajé la mirada, furiosa conmigo misma por reconocer algo así y por el rubor que cubría mis mejillas.

–Sólo una especie de diario de cartas que envío a mis hermanas. Van a... publicarse privadamente... no es un libro de verdad.

–¡Qué absurdo! –exclamó el señor Clemens levantando la voz–. He estado viajando con un alma gemela sin saberlo. Ambos hemos abandonado el trabajo honesto por los placeres de la pluma vagabunda.

Apreté las riendas con fuerza e intenté cambiar de tema.

–De las islas Sandwich tengo planeado ir a Australia –dije–. Después a Japón. De allí quizás a China... donde tengo un primo misionero... Y después a India, para dirigirme

tal vez desde allí a Tierra Santa... Y, luego, Europa... Roma... –Me callé, espantada de mi propia charlatanería.

El señor Clemens asentía como si estuviera impresionado.

–Un respetable itinerario para una damita que viaja sola. –Se palpó los bolsillos del abrigo como si buscara un cigarro, frunció el ceño y continuó–. ¿Cuánto tiempo piensa dedicar a esta circunnavegación?

Levanté la cara a la fresca brisa que soplaba de las zonas boscosas que había entre nosotros y la costa. El mar se veía bastante bien desde aquel lugar, brillante por el reflejo de la luz del cielo.

–Un año. ¿Dos? Quizá más. Eso es lo de menos –respondí.

–¿No hay nada en... eh... Ohio que la espere? –preguntó.

–Mi padre me ha dejado una considerable herencia en su testamento –dije en lugar de contestar directamente–. Durante unos años he sufrido dolencias crónicas y mi médico me aconsejó viajar.

Los ojos del señor Clemens brillaron.

–Difícilmente imaginó el doctor que su paciente fuera a dar la vuelta al mundo. –Levantó una pierna y se sentó de lado sobre la silla de montar con gesto lánguido. Tenía las botas cubiertas de polvo–. Si su médico hubiera sabido las aventuras que le aguardaban en las islas Sandwich, dudo que se las hubiese recetado.

Desesperada por cambiar de tema, eché una mirada a la derecha.

–Qué raro –dije–, las olas están a más de un kilómetro pero se oyen perfectamente.

El señor Clemens miró sobre el hombro el lejano rompiente, abajo.

–¿Ha tenido ocasión de presenciar el pasatiempo nacional de los paganos? –preguntó.

Negué con la cabeza. Los caballos caminaban sobre las piedras planas. El espejismo que nos guiaba casi me parecía normal, con el aturdimiento que me daba el cansancio y la impresión por la muerte del reverendo Haymark.

–Deslizarse sobre las olas –dijo el periodista pelirrojo, que volvía a palparse los bolsillos por si algún cigarro había

escapado a su registro. Evidentemente no le quedaba ninguno.

–Ah... no. He oído hablar de ello en Honolulú, pero no lo he visto –comenté.

–Un deporte extraordinario –señaló el señor Clemens volviendo a sentarse a horcajadas en la silla–. En mi segundo día en Oahu me encontré con un grupo de muchachas nativas que se bañaban y jugaban desnudas con las olas, y fui a sentarme junto a sus ropas para que no se las robaran. Les rogué que saliesen porque el mar estaba subiendo y me parecía que corrían cierto riesgo, pero ellas parecían muy tranquilas y continuaron con su deporte.

Bajé la mirada y no dije nada. Volví la cara para que el descarado joven no viera mi sonrisa. De repente vinieron a mi memoria las palabras de la vieja: «Os despojaréis de la absurda vestimenta haole *con la que os envolvéis el cuerpo...»; y la sonrisa se desvaneció.*

–Al cabo de un rato –continuó el señor Clemens–, los jóvenes del pueblo se unieron a las chicas y yo empecé a interesarme en su deporte. Llevaban una corta tabla consigo, remaban hacia alta mar unos trescientos o cuatrocientos metros, esperaban que viniera una ola especialmente fuerte, arrojaban la tabla sobre la cresta de espuma y se lanzaban sobre la tabla. Era asombroso, señorita Stewart. Los mejores, hombres o mujeres, se deslizaban veloces hacia la costa como un proyectil, como un tren expreso. Y, mientras tanto, se balanceaban sobre una pierna, se saludaban con la mano, hacían piruetas, se trenzaban el pelo sobre las tablas, que llegaban a la orilla rugiendo sobre las poderosas olas.

Sonreí de nuevo, esta vez para mostrar mi incredulidad.

–¿Y usted ha practicado ese deporte? –pregunté.

–¡Claro! –respondió el periodista. Frunció el ceño ante el recuerdo–. Confieso que me salió mal. Puse la tabla bien y en el momento correcto, pero me falló la parte de lanzarme yo sobre ella. La tabla llegó a la orilla en tres cuartos de segundo sin ninguna carga a bordo, y yo choqué contra el fondo al mismo tiempo que tragaba varios litros de agua. Sos-

pecho que nadie más que los nativos llegará a dominar el arte de deslizarse sobre las olas.

El cielo brillaba ahora con la luz de la mañana, aunque el sol permanecía oculto tras la cumbre del volcán. Las nubes se movían bajas e indolentes cerca del mar. A pesar del viento, había un hedor sulfuroso en el aire.

Volví a suspirar. Sabía que toda la verborrea de mi compañero era para subirme el ánimo y distraerme del terror que nos aguardaba, pero el extraño impulso seguía tan real dentro de mí como el espejismo que ahora dejaba el viejo camino de piedras y se dirigía por los campos de a'a *hacia la costa. Los caballos dudaron un instante, claramente reacios al esfuerzo de volver a abrirse paso a través de la afilada piedra, pero los obligamos y terminaron por obedecer. La esfera de gas azul, que había parecido esperarnos hasta que entramos en el campo de lava, ahora flotaba otra vez delante.*

Me esforcé por hablar en el mismo tono despreocupado que había utilizado el señor Clemens y dije:

–Me temo que voy a tener problemas para llevarme a los fantasmas haole *del mundo de los muertos porque... no creo en fantasmas.*

El señor Clemens se aclaró la garganta como preparándose para contar otra anécdota.

–Yo tampoco creía –replicó–. Hasta que una noche de otoño, hace dos años, en Carson City... –Se calló y tiró de las riendas del caballo hasta detenerlo.

Delante de nosotros había una abrupta pared de lava que una antigua cascada había erosionado y convertido en una especie de anfiteatro circular que daba a una ancha bahía. Debajo, a unos cuatrocientos metros, las olas rompían sonoramente. En el anfiteatro había un bosquecillo de cocoteros y unas pocas casas en ruinas.

–Creo que esto es la bahía de Kealakekua –dijo el señor Clemens en voz baja, como si alguien nos pudiera oír–, donde hace años mataron y cocinaron al capitán Cook.

Se llamara como se llamase, el extraño círculo de piedra erosionada y ondulada estaba dividido por una gran fisura, una estrecha grieta que era, obviamente, el límite derrumbado de uno de los muchos conductos de lava que habíamos encontrado por el camino. En el lugar por el que el espejismo había desaparecido, el suelo se separaba y la abertura de la grieta parecía la entrada de una cueva.

Los caballos no quisieron acercarse a menos de diez metros de esa fisura. Desmontamos, el señor Clemens ató a los cansados animales, sacó una larga cuerda de su montura y caminamos lentamente hacia la entrada.

La sensación de acceder a una cueva resultó engañosa; incluso allí, donde el terreno era un declive de pliegues de lava, la fisura parecía más vertical que la de una cueva. A causa de las rocas que sobresalían, era imposible ver si la grieta tenía dos metros de profundidad o doscientos.

Mi compañero había atado una piedra a un extremo de la cuerda que llevaba y la metió por la abertura que teníamos a nuestros pies.

–Necesitamos una plomada –comentó distraído. La piedra golpeó la roca a menos de seis metros–. Perfecto –dijo; y, recogiendo la cuerda, la enrolló con la desenvoltura que da una incesante práctica–. Mark Twain[1], *creo. –La lanzó de nuevo, esta vez más lejos–. Sí –añadió.*

Puse cara de no entender nada.

–Es un viejo término de navegación fluvial –explicó el señor Clemens–. Significa que la plomada marca dos brazas, tres metros y medio. Profundidad suficiente para que pase la quilla. Buenas noticias para el patrón. En realidad, me gusta tanto el término que la semana pasada, cuando mandé el artículo sobre el Hornet, *lo...*

–¿Cómo vamos a hacer para bajar tres metros y medio? –pregunté. No quería interrumpir, pero estaba mucho más interesada en la tarea que teníamos delante que en sus pintorescos cuentos de marinero.

–La vieja bruja dijo algo sobre unas ramas de ieie *–respondió el señor Clemens–. Pero he pensado que esta cuerda*

1. Literalmente: «marcados». Juego de palabras con su propio nombre. *(N. de la T.)*

nos iría mejor... –Se calló y se puso a mirar por encima de mi hombro con una expresión tan rara que me volví instantáneamente.

Una mujer estaba de pie detrás de mí, a menos de dos metros. No la había oído acercarse a pesar de que al caminar sobre los guijarros y la roca se hacía ruido. Era una nativa joven y bella, de piel morena y lustrosa, ojos oscuros y brillantes y una sensual mata de pelo de color negro azabache. Llevaba dos cosas en sus finas manos: una calabaza tapada y una cuerda hecha con lo que parecían ramas de enredadera trenzadas.

Antes de que ninguno de los dos pronunciáramos una palabra, nos dijo:

–Daos prisa. Pana-ewa y los demás duermen un rato antes del amanecer, pero tienen el sueño ligero y se despiertan fácilmente. Rápido, quitaos esas prendas haole... *–La voz era joven, vibrante, suave, con esa líquida pronunciación nativa de las vocales... inconfundiblemente, una versión joven de la voz de la vieja bruja–. ¡Rápido! –repitió la muchacha haciendo un gesto con la mano que sostenía la cuerda–. Quitaos la ropa.*

El señor Clemens y yo nos miramos embarazadamente.

–Will, he hablado con un cerdo –dijo Byron Trumbo tomándose de un trago el segundo vodka con hielo–. ¡Con un maldito cerdo!

Will Bryant asintió con la cabeza mientras echaba una mirada a Hiroshe Sato y los demás, que estaban al otro lado de la larga mesa de bufet.

–Lo sé –respondió Will–. La señora Trumbo se niega a irse y su abogado insiste en que...

–No me refiero a ese cerdo –interrumpió Trumbo volviéndose bruscamente mientras se enjugaba el labio superior–, sino a uno de verdad. Un marrano. Un puerco. Un asqueroso y enorme cochino.

El asistente ejecutivo de Trumbo observó que su jefe fruncía el ceño y prefirió no hacer ningún comentario.

–¡No me mires así, coño! –rugió Trumbo en voz alta. Sato, el viejo Matsukawa y el doctor Tatsuro se volvieron a mirarle.

Trumbo se alejó llevándose a Will consigo.

–No me mires como si estuviera loco –masculló furioso–. He dicho exactamente lo que quería decir... En un agujero del campo había un gigantesco puerco con Sunny Takahashi... que brillaba como el dial de una maldita radio de los años cincuenta... Y tenía ocho ojos, creo. El cerdo, digo. –Trumbo cogió a Will Bryant por encima del codo–. Me crees, ¿no? Dime que me crees.

–Le creo, señor Trumbo. –Y se soltó suavemente. Trumbo lo miraba con desconfianza, pero Will Bryant asentía con la cabeza–. Por aquí están pasando muchas cosas extrañas y si usted dice que ha hablado con un cerdo..., ha hablado con un cerdo.

El millonario le dio una palmada en el hombro.

–Eso es lo que me gusta de ti, Will... Debajo de ese digno porte de Facultad de Derecho de Harvard, late el corazón de un auténtico lameculos. Sin ánimo de ofender, Will.

–No se preocupe, jefe –respondió Will–. Pero debo decirle que hemos encontrado a Sunny Takahashi...

Trumbo casi tiró la botella de vodka de la que se estaba sirviendo.

–¿Ha vuelto? ¿Ha salido del agujero? ¿El cerdo lo ha soltado?

–No sé nada del cerdo, pero han encontrado el cuerpo de Sunny en una de las cámaras frigoríficas del restaurante. El doctor Scamahorn dice que lleva unas doce horas muerto. Todavía no he informado al señor Sato ni a su grupo porque sabía que querría hacerlo usted. También se ha encontrado, en el mismo lugar, el cuerpo del jefe de seguridad Dillon. Tratamos de ponernos en contacto con usted, pero no respondía a las llamadas de radio. Scamahorn quiere hacer la autopsia después de que se notifique a las autoridades y...

Trumbo lo cogió otra vez del brazo y lo llevó lejos de la mesa de bufet.

–¿Dónde está el cuerpo?

–¿De quién?

–¡De Sunny! –chilló Trumbo; y volvió a bajar la voz–. De Sunny; Dillon me importa un carajo. ¿Dónde está?

–En la enfermería. Han llevado allí los dos cuerpos hace unos veinte minutos.

Trumbo apoyó un pesado dedo contra el pecho de Will.

–Llama por radio... No, ve personalmente. Ocúpate de que el cuerpo de Sunny..., no, los dos cuerpos, sean llevados otra vez a la cámara frigorífica. Manténlo todo en secreto. No se lo digas a nadie.

Esta vez, Will Bryant miró sorprendido a su patrón.

–Jefe, ya no hay nada que hacer. Ahora que su amigo ha sido asesinado aquí, el señor Sato jamás firmará. Tenemos que...

Trumbo obligó a Will a alejarse aún más de la reunión.

–No, no lo comprendes. He visto a Sunny Takahashi hace menos de media hora. Es verdad que tenía un extraño brillo y se tambaleaba como un zombi, pero era Sunny. Si estuviera muerto y congelado desde hace doce horas como cree Scamahorn, eso significaría que el cerdo tiene a su fantasma como rehén o algo...

–¿A su fantasma? –se asombró Will Bryant. El asistente ejecutivo jamás bebía alcohol pero, de repente, agarró la botella de vodka.

–Fantasma, espíritu, lo que cojones sea –replicó Trumbo tratando de hablar en voz lo más baja posible–. No sé nada de toda esa religión hawaiana de mierda. Pero el cerdo estaba dispuesto a devolverme a Sunny..., sabía que era importante para mí y estaba dispuesto a negociar. No sé nada sobre dioses cerdos hawaianos, pero sé cuándo alguien está dispuesto a negociar, y ese jodido cerdo lo estaba.

Will Bryant tomó de golpe un trago de vodka y asintió.

–De acuerdo –dijo–. Pero Sunny y Dillon siguen muertos...

–Dillon puede seguir muerto –soltó Trumbo–, pero quizás el cerdo me devuelva a Sunny. Me dijo que si de verdad lo quería era mío, que lo único que tenía que hacer era meterme en el agujero y hablar con él..., hablar con el cerdo sobre el asunto. –Trumbo se calló y se mordió el labio.

Will apoyó cuidadosamente el vaso de vodka sobre el mostrador.

–Tenemos que volver a la fiesta. Hiroshe y los demás están listos para cenar.

Trumbo asintió distraído.

–¿Pero crees que firmarán si vuelve Sunny?

–Ya se han revisado todos los papeles. La sala de juntas está preparada. A Sato no le gusta hacer negocios por la noche, pero están hablando de marcharse mañana a primera hora.

Mientras asentía con la cabeza, Trumbo tenía la mirada muy lejos de todo lo que sucedía en aquella habitación.

–Muy bien..., creo que sé cómo recuperar a Sunny y terminar el negocio antes de mañana. Tú vete a supervisar el traslado de los dos cuerpos a la nevera... –Willy puso mala cara–. ¡Me cago en la hostia! –exclamó Trumbo–. Puedes lavarte las manos antes de volver al banquete, pero ocúpate de que esos cuerpos vuelvan a la cámara. A lo mejor, el cerdo nos devuelve gratis a Dillon. No permitas que Scamahorn le haga la autopsia a ninguno de los dos fiambres... Sunny no valdrá ni un céntimo si su fantasma vuelve a un cuerpo sin cerebro o sin hígado. –Le dio un suave empujón–. ¡Vete! Yo entretendré a Hiroshe y haré que todos se sienten.

Will Bryant asintió y se dirigió a la puerta trasera de la suite. Al llegar a ella se detuvo.

–¿Qué? –preguntó Trumbo.

–Me preguntaba... Y después, ¿qué?

En aquel momento se apagaron las luces.

Eleanor había partido en helicóptero justo después de la puesta de sol, antes de que se hiciera de noche. El humo de los campos de lava era pesado. La vorágine de las hélices del pequeño helicóptero producía complicadas espirales detrás de ellos mientras daban una vuelta sobre el Mauna Pele y se dirigían luego por la costa hacia el sur.

Paul Kukali estaba apretujado en la parte posterior, más

bien un estrecho banco con cinturón de seguridad que un verdadero asiento, y Eleanor se había instalado delante. Con el ruido de las hélices y el ajetreo, no había entendido el apellido del piloto durante las presentaciones a gritos. El nombre sí; se llamaba Mike. Antes de que éste sacara unas gafas de sol del bolsillo de la camisa tejana y se las pusiera, Eleanor había percibido los ojos grises más impresionantemente claros que había visto en un hombre. Mike parecía más o menos de su edad –algo más de cuarenta–, estaba bronceado y tenía una agradable sonrisa, una barba bien recortada, fuertes antebrazos y unas delicadas manos apoyadas en los controles. Tenía una palanca de mando entre las piernas y otra a su izquierda. Sus pies, calzados con zapatillas de deporte, permanecían sobre los pedales. Eleanor vio el suelo, debajo de los pies, a través de la transparente cabina de plexiglás.

Paul Kukali se había puesto unos auriculares y se inclinaba hacia delante para indicar a Eleanor que hiciera lo mismo. Los auriculares estaban en una guantera de la abarrotada consola, entre ella y el piloto. Eleanor los sacó, se los puso y ajustó el pequeño micrófono que tenían delante.

–Mejor así, ¿no? –decía Mike–. Esta máquina es muy elegante, pero hace mucho ruido. Es más fácil hablar por el intercomunicador. ¿Me escucháis bien?

–Sí –respondió la voz de Paul, que a Eleanor le sonó muy débil.

–Sí –dijo ella.

–Perfecto... Encantado de conocerla, Eleanor –la saludó Mike al tiempo que le tendía la mano. Obviamente, había entendido la presentación a gritos que había hecho Paul.

Eleanor le estrechó la mano y parpadeó por la impresión de fuerza y sensibilidad al mismo tiempo que le produjo el breve contacto.

–¿Vamos? –preguntó el piloto–. Pronto será de noche.

Eleanor asintió y al cabo de unos segundos se oyó el creciente rugido del motor y el estrépito de las hélices. La pequeña nave pareció rebotar una vez y saltar en el aire con una agilidad que dejó a Eleanor literalmente sin respiración y la hizo agarrarse a los lados del asiento. Junto a ella había una delgada puerta que Paul había cerrado, pero la ventana corredera estaba completamente abierta y no había ninguna barrera entre ella y las hojas de las palmeras, que se agitaban, a pocos centímetros al parecer, cuando la nave se lanzó hacia delante y giró a la izquierda mientras se elevaban.

–Puede cogerse de esa palanca –le decía Mike por el intercomunicador–, pero no acerque los pies a los pedales. Gracias.

Eleanor volvió a asentir con la cabeza. Se sentía bastante ridícula, pero toda su turbación desapareció cuando empezó a mirar fuera de la cabina mientras sobrevolaban la Gran Hale y el bar El Naufragio. Divisó a Cordie por el sendero casi cien metros debajo de ellos; levantaba su cara redonda y enrojecida por el sol para ver pasar el helicóptero. Eleanor la saludó con la mano, pero no vio si su amiga le devolvía el saludo. Después sobrevolaron las terrazas de las suites de lujo del hotel y cruzaron la playa. Eleanor vio el conjunto de palmeras, las *hales* plantadas sobre sus precarios pilotes y los techos de paja que quedaban detrás mientras atravesaban la bahía. Las aguas verde claro daban paso a un azul oscuro más allá de los arrecifes de coral.

–Se avecina tormenta del oeste –dijo Mike señalando hacia el mar abierto–. Dentro de dos horas, dicen. Tenemos tiempo para hacer una pequeña excursión antes de que yo regrese a casa.

–¿Dónde vive? –preguntó Eleanor. Oyó resonar su propia voz en los auriculares y se dio cuenta de que estaba gritando al micrófono.

–Mike vive en Maui –llegó la voz de Paul. Eleanor se volvió para mirar al encargado de arte y arqueología. Llevaba abrochado el cinturón de seguridad, pero la cabina del helicóptero era tan pequeña que, cuando se inclinaba hacia delante, sus hombros casi tocaban los de Eleanor y el piloto–. Cerca de Hana –añadió.

–Kipahulu –puntualizó Mike–. No hay electricidad, ni agua corriente, ni televisión por cable. Me encanta.

–Mike está casado con una famosa investigadora y tiene dos hijos encantadores –continuó Paul–. Tiene una casa de estilo japonés en medio de la selva, cerca de la costa, y su vecino más cercano es... uno de los Beach Boys.

Eleanor asintió, aunque no estaba segura de si Paul se refería a uno de los miembros del viejo grupo de rock o a alguna personalidad de Maui.

–¿Qué tipo de investigación hace su mujer? –preguntó.

–Médica –respondió el piloto al tiempo que movía dos mandos de la consola que tenía delante y se reclinaba cómodamente.

Avanzaban hacia el sur, a poco más de un kilómetro de los acantilados de la costa. El batir de las olas a su izquierda y el brillo de las rocas le recordó a Eleanor el comienzo de ciertos viejos seriales de televisión... *Magnum, investigador privado*. Sonrió y observó que dejaban atrás el campo de petroglifos y el sendero por el que había hecho *jogging* aquella mañana. Divisó fugazmente el agujero que arrojaba vapor.

–¿Se dedica profesionalmente a hacer excursiones en helicóptero? –preguntó.

Mike sonrió. La sonrisa le producía unas atractivas arrugas alrededor de los ojos, visibles por un costado de las gafas de sol.

–Más o menos. La máquina es mía y trabajo para grupos científicos... –Las gafas se volvieron hacia ella–. Hay unas instalaciones sobre el Haleakala... un enorme volcán dormido al este de Maui... la mayor parte del trabajo que se realiza allí es de astronomía, meteorología y clasificación de informes para la Fuerza Aérea, pero Kate..., mi mujer..., trabaja en un laboratorio de inmunología que hay allí arriba y la llevo al trabajo todos los días desde nuestra casa, al nivel del mar, hasta el laboratorio, a tres mil metros de altura.

A Eleanor le pareció asombroso: eso era ir y volver todos los días del calor tropical a los hielos árticos.

–¿Por qué tienen un laboratorio de inmunología tan arriba y tan lejos? –preguntó.

Mike se encogió de hombros. Tenía la mano derecha relajada sobre la palanca mientras controlaba la velocidad de las hélices con la izquierda.

–Supongo que piensan que si algún bicho se pierde por

ahí, se muere. Entretanto, Kate debe de ser la única persona que va a trabajar todos los días en sandalias y parka. –Mike inclinó el aparato hacia la orilla. Pasaron sobre una península y divisaron ruinas de piedra y figuras de madera tallada que parecían mirar al mar–. La Ciudad de Refugio –indicó.

Al cabo de un momento llegaron al primer torrente de lava. Eleanor, en medio de la luz del crepúsculo y el humo, vio un ancho río de humeante lava que cruzaba la cinta de asfalto gris de la autopista. La aldea costera de Milolii resplandecía bajo los patines del helicóptero y Eleanor se inclinó hacia delante para ver el abanico de lava en el punto donde llegaba al océano. La nube de vapor todavía se elevaba a más de quince mil metros de altura, una columna blanca y espantosamente sólida plantada hasta el cielo a menos de ochocientos metros a la derecha.

–Es mejor que no nos acerquemos demasiado –se oyó la voz de Mike por el intercomunicador. Movió la palanca y giraron a la izquierda con una sacudida tipo parque de atracciones que hizo que a Eleanor se le encogiera el corazón.

–Allá –dijo Eleanor señalando a través de la cabina de plexiglás.

Las corrientes de lava parecían más cercanas a la caravana de Leonard y Leopold Kamakaiwi, los *kahuna*. La hierba y la maleza en llamas rodeaban la pequeña estructura y el resplandor naranja del fuego se reflejaba en la oscura carrocería del vehículo con forma de escarabajo.

Mike voló más bajo, describiendo círculos.

–¿Tenemos que ayudar a alguien ahí? –preguntó.

–No, ellos están bien. Su camioneta no está –respondió Paul.

–¿Y adónde habrán ido? –se interesó Eleanor mirando de un lado a otro.

Hacia el suroeste, la columna de vapor se elevaba como una explosión nuclear. Hacia el este, los ríos de lava que bajaban del Mauna Loa se ramificaban hasta la zona de fallas del suroeste, separando la costa sur de Kona del extremo sur de la isla y de Ka'u con mayor efectividad que un campo de minas.

–Están bien –repitió Paul–. El tío Leonard y el tío Leopold son tercos, pero no están locos.

–De acuerdo –dijo el piloto–. ¿Qué tal si vamos a ver los volcanes?

–Sí –respondió Eleanor; y añadió sin pensar–: Por favor.

Cruzaron por el extremo sur de la isla, manteniéndose lejos –como explicó el piloto– de la mayor nube de ceniza de la erupción del Mauna Loa.

–Paul le habrá explicado seguramente que hace tiempo que no tenemos erupciones del Kilauea y el Mauna Loa al mismo tiempo –comentó Mike mientras cruzaban la zona de fallas que llegaba hasta el extremo de la isla como una dentada columna. El crepúsculo se extinguía, pero la tierra que tenían delante estaba encendida.

–Sí –respondió Eleanor.

–Creo que la última vez que el Mauna Loa arrojó lava hacia el lado oeste, como ahora, fue en 1950 –continuó Mike. Se había quitado las gafas y sus ojos iban del tablero de instrumentos al elevado terreno que tenía delante. El helicóptero continuaba subiendo, manteniéndose siempre por encima de los trescientos metros de los torturados campos de lava de Ka'u–. La lava avanza a unos nueve kilómetros por hora... y puede llegar a la costa en menos de cuatro horas. Además, hay decenas... cientos... de conductos que llevan ríos de lava derretida por debajo de la superficie. Esta tarde acompañé a unos científicos de Kona hasta el Kilauea y vieron cómo surgía un nuevo torrente de lava por el norte, cerca del Complejo Mauna Pele.

Eleanor le escuchaba, pero tenía puesta toda su atención en la escena que aparecía ante ellos: líneas de fuego rojo y anaranjado mientras un torrente de lava fluía a la izquierda y, justo delante, la más viva erupción del Kilauea mandaba al mar ríos de fuego de más de treinta kilómetros. Los manantiales de llamas se movían contra las nubes de ceniza negroazuladas, más oscuras que las de las tormentas de verano. Un millar de pequeños fuegos de árboles, maleza y, presumiblemente, algunas construcciones humanas, se encendían solos en un instante a causa del indescriptible calor.

–Aunque cueste de creer, puedo presurizar esta pequeña cabina –dijo Mike–. Y deberé hacerlo si subimos por encima del Mauna Loa, a cuatro mil metros de altura... Pero volaremos más bajo. Podemos ver ambas erupciones y mantener el nivel de oxígeno.

Eleanor ya veía las dos erupciones. A quince kilómetros, el Kilauea era un lago rebosante de fuego. Los conos de ceniza se hicieron visibles en medio de la penumbra, iluminados por los manantiales de magma que salía a chorros por los flancos del Kilauea.

Pero era el Mauna Loa lo que acaparaba su atención. Mientras la cumbre del volcán, varios kilómetros al norte y aproximadamente unos mil metros por encima de ellos, vomitaba una densa columna de ceniza que flotaba en lo alto como un tejado, la línea de fisuras que bajaba por el macizo suroccidental ardía, brillaba y llameaba como una grieta en el techo del infierno. Eleanor vio tiras de llamas de diez kilómetros o más, columnas de gas incandescente que horadaban el cielo de la noche, chorros de lava que volaban, a trescientos metros de altura, a lo largo de los diez kilómetros de grietas.

–¡Dios mío! –murmuró.

–Sí –corroboró Paul.

Pasaron por encima de una cortina de fuego a una distancia de poco más de sesenta metros. El helicóptero dio un bandazo por lo elevado de la corriente y Mike movió las manos y los pies con destreza para estabilizar el bamboleo de la máquina. Eleanor sintió el calor a través de la suela de los zapatos.

–¡Dios mío! –repitió.

Pasaron justo al sur de la caldera, varios cientos de metros por debajo de la abertura real del Mauna Loa, y se precipitaron montaña abajo hacia la tormenta de fuego del Kilauea.

Estaba lo bastante oscuro para que tierra y mar se descompusieran en distintos grados de oscuridad entre los innumerables ríos y afluentes de llamas. En cada río había olas, manantiales y texturas de fuego líquido. El fuego fluía ladera abajo en ondas visibles, lentas, imparables. Miles de fuegos subsidiarios ardían a lo largo del sendero de cada torrente de lava. Cada árbol *ohi'a* en llamas se convertía en un faro concreto, en parte del incendio general pero, al mismo tiempo, separado. El humo flotaba sobre los géiseres y ríos de llamas como una cortina desgarrada; a veces bloqueaba las llameantes fisuras de color naranja, pero nunca llegaba a oscurecerlas.

Mike los llevaba a cien metros del ondulado lago que era el Halemaumau en erupción. Eleanor miró las emanaciones de gases de debajo, los géiseres rojos dentro de los manantiales naranjas, el burbujeante caldero de magma recalentado, y pensó en un posible fallo del motor, en el helicóptero girando sobre sí mismo y cayendo en picado sobre... Y deseó no volver a pensar en ello. El calor traspasaba la cabina de plexiglás como una ráfaga hirviente a través de un horno abierto. Dejaron atrás el lago Halemaumau, el desbordante cráter del Kilauea, y siguieron uno de los torrentes de lava montaña abajo a una velocidad vertiginosa, ladeándose para rodear las columnas de humo negro que se alzaban ondulantes sobre ellos como troncos de árboles gigantes en la noche.

–Están todos activos –decía Mike–. Los viejos lagos y los conos... el Nauna Ulu, el Pu'u O'o, el Puu Huluhulu, el cráter Pauahi, el Halemaumau... Mire allí.

Eleanor siguió el dedo que señalaba a su izquierda y vio una bóveda de lava que se elevaba como un globo dentado en un lago llameante. La bóveda burbujeaba a decenas de metros sobre la superficie de *pahoehoe*, se convirtió en algo muy parecido a una esfera –color rojo sangre, con negras aristas deslizándose del hemisferio en capas de lava que se solidificaba– y empezó a hundirse lentamente. Pero, en aquel momento, se dio cuenta de que Mike señalaba algo más allá de la cúpula que formaba aquel lago de fuego; señalaba una fuente a lo largo de la fisura principal que bajaba hacia el macizo suroccidental. Eleanor vio una mancha diminuta frente a la columna anaranjada y advirtió que era otro helicóptero volando en círculos, una partícula insignificante a la deriva delante de una fuente de cientos de metros de llamas.

Mike apretó un botón, habló rápidamente por el micrófono, con voz segura y precisa, y volvió a accionar el intercomunicador.

–El científico que he llevado hoy estima que por esa abertura sale más de un millón de metros cúbicos de lava por hora. Hemos localizado nueve aberturas en esta zona.

Eleanor cabeceó, incapaz de hablar.

–Se está haciendo realmente de noche –continuó Mike–. Será mejor que os lleve de vuelta al Mauna Pele y yo me vaya a casa a cenar.

Volaron rumbo al oeste. Mientras cruzaban la larga cadena montañosa de la isla, Eleanor vio nubes de lluvia a lo lejos, sobre el Pacífico; las laderas occidentales del volcán aún retenían con fuerza la última luz crepuscular. Las dilatadas fisuras de llamas avanzaban aquí por un paisaje despejado: el vasto y alto desierto de Ka'u.

Eleanor se sorprendió a sí misma tocando el brazo de Mike y miró a éste interrogativamente.

–Mike... –empezó; pero tuvo que reordenar sus ideas para continuar–. Este viaje ha sido un regalo extraordinario... Le estoy muy agradecida..., pero me gustaría preguntarle... –respiró hondo– si conoce una región llamada Ka-hau-komo que está por aquí.

Mike echó una mirada a sus instrumentos, enderezó la nave con un diestro toque y la miró.

–¿Ka-hau-komo? ¿Lo que en *hau* significa «hierro»?

–Sí.

–He oído hablar del lugar. –Echó una mirada a la ladera oscura de la montaña, trescientos metros más abajo.

–Está por aquí abajo, pero nunca lo encontraremos con esta luz. Los árboles *hau* han desaparecido, creo.

–Sí –dijo Eleanor–, pero hay una roca grande llamada Hopoe...

–Eleanor –intervino Paul con voz severa por los auriculares–, creo que no es una buena idea.

Ella se volvió.

–Creo que sí, Paul, y sus tíos también, pero tienen miedo de pedírselo.

–Conozco la roca Hopoe –intervino Mike–. Hicimos cerca ejercicios de vuelo cuando saqué la licencia en Hawai. Es difícil de encontrar con esta luz, pero está justo aquí debajo... –Señaló con la cabeza el interminable reborde de rocas dispersas, en medio de las cuales se extendían dos fisuras a lo largo de kilómetros.

–Hay una mujer, quizás esté atrapada –advirtió Eleanor.

El suave resplandor rojizo del tablero de mandos iluminaba la cara de Mike; parecía preocupado.

–¿Molly Kewalu?

–¿La conoces? –Era la voz de Paul; sorprendido.

–Creí que era una leyenda –respondió Mike.

–Lo es –dijo Paul.

–No, no lo es –replicó Eleanor–. Está viva en una cueva, justo al lado de una roca llamada Hopoe, y quizá necesite ayuda.

–Puedo llamar por radio al equipo de búsqueda y socorro –dijo Mike.

–¿Saldrían esta noche? –insistió Eleanor.

Mike dudó un instante.

–No; como muy pronto, mañana al amanecer.

Fue Eleanor la que señaló en aquel momento las llameantes grietas de la tierra. El helicóptero había sobrevolado la ladera oeste del Mauna Loa y los torrentes de lava se veían muy bien, mucho más anchos que los ríos que bajaban del Kilauea.

–Debemos de estar a unos cinco minutos de donde se puede ver la roca Hopoe –dijo Mike–; creo que pucdo llegar. Está por alguna parte, aquí dcbajo..., tal vez justo debajo de esa gran abertura.

Eleanor se dio cuenta de que seguía tocando el brazo del piloto y retiró la mano.

–Gracias –le dijo.

–Es muy escarpado para aterrizar –continuó Mike, preguntándose, evidentemente, qué debía hacer–. Puedo dejarla ahí y volar en círculos, pero será muy complicado. Hay un equipo de emergencia debajo de su asiento, con una linterna muy potente. Yo puedo utilizar la luz de búsqueda de la parte de abajo de la nave. Pero es una zona muy escarpada...

–Lo haré –dijo Eleanor. El corazón le latía con violencia.

–Tenemos sitio para una persona más –informó Mike–. Pero sólo una más. Si la loca de Molly Kewalu está ahí con su familia y nietos..., olvídelo.

–La anciana está sola –afirmó Paul desde su asiento con voz monótona, fría.

–De acuerdo –dijo Mike–. Si no me equivoco... la roca Hopoe está un kilómetro y medio más adelante, a un grado.

Eleanor se esforzó en ver, pero sólo divisó un montón de rocas, grandes como casas, iluminadas por detrás por el torrente de lava que había formado un canal entre ellas en su frenético camino al mar.

–Estamos bajando –dijo Mike–. Salte.

Cordie estaba en su *lanai* privado, viendo la tormenta que llegaba del mar, cuando se apagaron las luces. No se sorprendió. Había colocado una linterna, cerillas, velas y un farolillo sobre la mesa, al lado de la tumbona, antes de que terminara de oscurecer. Encendió la linterna a fin de examinar la suite –puertas y ventanas estaban cerradas– y volvió al *lanai* para encender las velas. Empezaba a levantarse viento del océano, pero aun a quince o veinte kilómetros del frente de tormenta vio el perfil del estratocúmulo iluminado por los relámpagos y se dio cuenta de que se avecinaba una borrasca seria. Ojalá volviera Nell. Mientras no empezase la tormenta oiría desde la terraza el regreso del helicóptero, pero deseaba que su amiga llegara antes de que se hiciese completamente de noche.

Cordie encendió tres velas dentro, una en cada habitación de la suite, y dejó el farolillo en el *lanai*. El viento empezaba a ser fuerte y las hojas de las palmeras se agitaban como un público inquieto ante un desenlace de suspense. Extrajo la treinta y ocho y una caja de balas de su bolso de paja, abrió el arma, sacó los cartuchos vacíos y los reemplazó.

Llamaron a la puerta.

–Un momento –respondió en voz baja poniendo los tres últimos proyectiles en su sitio. Cerró el arma, hizo girar el tambor, quitó el seguro y se encaminó hacia la puerta–. ¿Quién es?

Respondió una voz de hombre con un murmullo.

Cordie dejó puesta la cadena, ocultó la pistola detrás de la espalda y abrió tan sólo un palmo.

Stephen Ridell Carter estaba delante con un farolillo en la mano.

–¿Señora Stumpf? Lamento molestarla, pero como se ha cortado la electricidad estamos pidiendo a los huéspedes que se reúnan en la séptima planta.

–¿Para qué? –preguntó Cordie. No terminó de abrir la puerta ni quitó la cadena.

El director del hotel carraspeó.

–Eh... Tenemos un generador que alimenta las suites de esa planta, señora Stumpf, y pensamos que sería... eh... más cómodo.

–Estoy bien –dijo Cordie–. A lo mejor la nevera gotea un poco cuando se descongele, pero por lo demás estoy de fábula.

Carter dudó. El pelo perfectamente peinado le brillaba a la luz de la vela, pero parecía más viejo, con el rostro más demacrado que la última vez que Cordie lo había visto.

–Pues, vera, señora Stumpf... eh... como sabe, la mayoría de los huéspedes se han marchado... y pensamos que, por cuestiones de seguridad, es mejor que las personas que quedan se reúnan en la séptima planta.

–¿Seguridad? ¿Cuál es el peligro, señor Carter?

El director se mordió el labio.

–Están ocurriendo algunos... eh... sucesos infrecuentes en el hotel, señora Stumpf.

–Estoy enterada, señor Carter. –Cordie seguía ocultando la pistola.

–¿Está segura de que no quiere ir a la séptima planta? Las suites son... eh... aún más cómodas que éstas.

Cordie le sonrió.

–Gracias de todas formas, señor Carter, pero ya estoy

acostumbrada a la cama de esta habitación. Además, mis amigos saben que me encontrarán aquí. No se preocupe.

Cordie empezó a cerrar la puerta, pero Stephen Ridell Carter puso dos dedos dentro. La mujer esperó.

–Señora Stumpf, por favor... eh... tenga cuidado.

Cordie le mostró el arma pero no la levantó.

–Sí, le prometo que lo tendré.

El director del hotel asintió con la cabeza y retiró la mano. Cordie mantuvo la puerta entreabierta el tiempo suficiente para oír las pisadas que se alejaban por el pasillo de baldosas. El patio estaba muy oscuro. Cerró la puerta y volvió al *lanai*. El viento era cada vez más fuerte, la llama del farolillo oscilaba, las hojas de las palmeras se agitaban con mayor violencia delante de la terraza.

–Ven, Nell –murmuró Cordie mientras observaba el cielo, en el que las estrellas empezaban a desaparecer detrás de las nubes que avanzaban–. Vuelve, Nell.

Se oyó un crujido que no provenía de las palmeras. Cordie dejó la pistola sobre la mesa y se asomó por la terraza. Algo grande, rápido y de cuatro patas corrió por la vegetación hasta las sombras de la Gran Hale. Al cabo de un instante le siguió algo más grande, una criatura de dos patas pero que caminaba más torpemente, como si arrastrase una cola.

Cordie cogió la pistola y volvió a la barandilla. El sendero de asfalto y la terraza de abajo estaban vacíos; el único ruido procedía de las antorchas que bordeaban el camino.

–Vuelve, Nell –murmuró de nuevo.

18 de junio de 1866, en una aldea sin nombre de la costa de Kona.

«Desnudaos», nos había ordenado la muchacha.

Creo que hasta aquel momento, toda la aventura de las islas Sandwich –el volcán, el templo por la noche, los nativos kanaka *muertos y hasta la aparente muerte del reverendo Haymark– me había parecido un sueño, algo de lo que podía escribir, y escribía, con el desapego de un naturalista que viaja por tierras extrañas, algo de lo que podía escribir, y escribía, del modo aturdido, casi divertido, propio de una mujer blanca y cristiana que viaja por tierras paganas. Veía cosas, comentaba cosas, pero no dejaba que esas cosas me afectaran.*

–Desnudaos –dijo la bella nativa–. Rápido.

Pensé en el reverendo Haymark, muerto o en estado de coma en la choza de la humeante ladera volcánica, a bastantes kilómetros de nosotros. Pensé en las cosas extrañas que habíamos visto y en los fantásticos acontecimientos que aún nos aguardaban. Empecé a desabotonarme el chaleco.

–Señorita Stewart –dijo el señor Clemens mirándose las botas y con los puños apretados–, creo que... me parece que debo descender solo a este abismo. No es lugar para una...

Jamás me enteraría de para quién no era un lugar, porque la muchacha le interrumpió:

–¡No! Debe haber un hombre haole *y una* haole wahine. *Los fantasmas masculinos sólo seguirán al hombre; los femeninos, sólo a la* wahine. *¡Desnudaos de prisa! Pana-ewa y los otros duermen... ¡pero despertarán pronto!*

El señor Clemens y yo nos dimos la espalda y nos quitamos la ropa. Me saqué los guantes de montar, el sombrero de ala estrecha que me habían dado en Hilo las familias misioneras, el rojo pañuelo de seda, el gastado chaleco de cuero y la falda de tela basta de montar. Eché una mirada de reojo al señor Clemens y, terriblemente ruborizada, me desabroché la blusa de grueso algodón y la dejé sobre el montón de ropa cuidadosamente plegada.

–¡Rápido! –dijo la mujer. Sus fuertes manos sostenían la cuerda de enredadera y la calabaza.

Empezaba a hacerse de día a nuestro alrededor, aunque las nubes de ceniza todavía oscurecían la luz, ésta ya era lo bastante intensa para poder leer.

Ojalá hubiera estado leyendo en mi habitación de Hilo o de Honolulú. Es mejor leer aventuras, decidí, que vivirlas.

Me quité las enaguas y el corpiño de algodón, las botas de montar y los gruesos calcetines. Me quedé en corsé, pantaloncillos y camisola desabrochada, temblando más de ver-

güenza que por el frío de la brisa de la mañana, y miré a la mujer. Creo que percibí un ligero amago de sonrisa en sus gruesos labios.

–La anciana os dijo que para entrar en el mundo de los muertos debíais estar desnudos –dijo la bella aparición.

–Tú eres la anciana –repliqué, maravillada por la seguridad de mi voz.

–Naturalmente –respondió la nativa. Y, volviéndose hacia el señor Clemens, añadió–: ¡De prisa!

Sintiendo el rubor en las mejillas, me desabroché los lazos del corsé y me lo quité junto con el resto de mi indumentaria, que puse cuidadosamente encima de la otra ropa.

–¿No podemos ir calzados? –pregunté, sorprendida de nuevo por la firmeza de mi voz–. Nos lastimaremos los pies.

–No. Miradme a mí –respondió la nativa.

El señor Clemens y yo nos volvimos para mirarla, tratando de no mirarnos entre nosotros. No obstante, vi que el pecho del periodista estaba cubierto de un fino y rojizo vello que brillaba como cobre a la luz del alba. Su rostro estaba muy colorado y tenía la mandíbula tensa.

La mujer –en aquel momento, yo creía de verdad que era Pele– tendió la cuerda al señor Clemens.

–La cuerda de ieie *os sostendrá. Debéis dejar un extremo atado al mundo exterior o jamás escaparéis del reino de los fantasmas. Ahora, acercaos.*

Nos aproximamos a la mujer. Yo estaba intensa y absurdamente pendiente del calor que emanaba la pierna derecha del periodista junto a mi pierna izquierda. Las manos le colgaban con laxitud a ambos lados del cuerpo. La nativa destapó la calabaza. El señor Clemens y yo, olvidándonos de nuestra desnudez, retrocedimos por reflejo y nos cubrimos la cara, inútilmente, para protegernos del hedor que nos invadía.

–No, no –dijo la mujer–. El aceite de frutos de kukui *impedirá que los fantasmas se acerquen a vosotros. Se sienten turbados por los malos olores.*

–Entonces confío en que haya muchos fantasmas turbados antes de que acabemos el trabajo de hoy –comentó el se-

ñor Clemens frunciendo la nariz con asco mientras la mujer vertía el pestilente y viscoso líquido de la calabaza sobre las manos y los brazos del corresponsal.

–Restriégatelo por todo el cuerpo –le ordenó.

–Esencia de mofeta –murmuró mi compañero; y se untó el cuerpo con el fétido ungüento.

Después me llegó a mí el turno. La mujer me tendió la calabaza y derramó la viscosa sustancia sobre mis palmas levantadas y mis antebrazos desnudos, como si celebráramos algún sacramento. Quizá, de una forma pagana, lo estábamos haciendo.

–Restriégatelo por todo el cuerpo –repitió.

Derramó el líquido de la calabaza y me lo pasé por los brazos, la garganta, el pecho, el estómago, los muslos y la espalda. La sensación no era desagradable. Salvo por el nauseabundo olor a aceite podrido, parecía que nos estuviéramos preparando para un masaje en unas termas de las Montañas Rocosas.

Cuando terminamos de aplicarnos el pestilente aceite, la joven dio un paso atrás y nos observó con una leve sonrisa.

–Muy bien. Oléis como haole *muertos.*

El señor Clemens se alisó el bigote.

–¿Los haoles *muertos huelen diferente de los* kanaka *muertos? –preguntó, utilizando la palabra local que designaba a los nativos de las islas Sandwich.*

Nuestra guía no le hizo caso. Sus modales eran, al mismo tiempo, imperiosos y traviesos; parecía una princesa de una casa reinante que no se toma su puesto demasiado en serio.

–Cuidado con el cerdo –dijo, sin embargo, con toda circunspección.

–¿Cómo dice? –inquirió el señor Clemens.

La mujer retrocedió un paso.

–Pana-ewa tiene el sueño ligero. Nanaue, el niño tiburón, casi no duerme. Si Ku, el hombre perro, percibe vuestro auténtico olor debajo del aceite de kukui, *vuestras almas estarán perdidas. –Se volvió para mirarme directamente–. Si Kamapua'a se despierta, te violará antes de matarte y comerte el* hi-hi'o.

Tragué con dificultad. Tenía los brazos cruzados sobre el pecho, pero me sentía expuesta y vulnerable.

–¿Comerme el hi-hi'o*? –repetí. Mi mente danzaba en busca de posibles traducciones de esa sencilla palabra hawaiana.*

–Tu alma viajera –respondió la mujer que bien podía ser Pele–. El hi-hi'o *es el* uhane*, el alma de los vivos una vez que ha abandonado el* kino*, el cuerpo. Si tu amigo* kahuna *ha sido muerto por Pana-ewa, lo que queda de él es su* lapu.

*–¿*Lapu*? –preguntó el señor Clemens.*

–Su fantasma –dijo la belleza de pelo de azabache.

–Los fantasmas que tenemos que sacar del mundo de los muertos, los hi-hi'os*, ¿son las almas robadas de los vivos o son* lapus*, fantasmas de los muertos? –pregunté confundida.*

–Pana-ewa robó el uhane *de vuestro amigo, lo que lo convierte en un* hi-hi'o*. Los otros, si son* hi-hi'os*, volverán a sus cuerpos; si no, irán adonde van las* lapu *cristianas cuando abandonan el cuerpo.*

–¿Adónde van? –preguntó el señor Clemens.

Los dientes de la muchacha eran muy blancos y uniformes.

–¿Por qué me lo preguntas? Los cristianos sois vosotros, ¿no?

El señor Clemens respondió con un suspiro escéptico, pero la mujer lo distrajo cuando le dio la cuerda de enredadera ieie *y una cáscara de coco con una tapa.*

–La cáscara es para capturar el uhane *de vuestro amigo –explicó.*

El señor Clemens y yo miramos con dudas el coco.

–Atad bien la cuerda, es vuestro único camino para salir de la tierra de los fantasmas –recomendó la muchacha dando otro paso atrás.

–¿Atarla dónde? –preguntó el señor Clemens volviéndose para mirar la fisura y la meseta de lava casi pelada.

Avergonzada aún por mi desnudez pero distraída por la conversación, también me volví para examinar la entrada de la cueva.

–La cuerda no es lo suficientemente larga para atarla a esos árboles –dije–. ¿Qué tal a una de esas rocas?

El señor Clemens carraspeó como para hablar y se volvió. Al cabo de un segundo, hice lo mismo. La muchacha que yo creía que era Pele había desaparecido. A diez metros, los caballos dormían con la cabeza gacha. Detrás de ellos había cientos de metros de campos de lava vacíos que llegaban hasta el océano o hasta los acantilados.

En aquel momento, si nos hubiera quedado algún vestigio de cordura, habríamos cogido nuestra ropa y escapado al galope del lugar para llegar a Kona antes del anochecer e informar a las autoridades de la extraña insurrección de la costa sur; y alguien habría vuelto a buscar el cuerpo del reverendo.

Pero no nos quedaba ningún vestigio de cordura. Estar desnudos en aquel anfiteatro de lava nos daba más bien una sensación estremecedora, estimulante; excitante, en cierto modo.

Dejamos nuestro montón de ropa y caminamos unos metros sin hablar hasta la fisura. El señor Clemens, aparentemente perdido en sus pensamientos, se puso en cuclillas, examinó de nuevo la entrada vertical a la cueva, dejó el coco en el suelo y dio varias vueltas a la cuerda alrededor de una roca que salía lo suficiente. La ató con unos complicados nudos que parecían sencillos sólo por la práctica con que los hacía. Nos quedaban, por lo menos, unos quince metros de cuerda trenzada de enredadera.

–Señorita Stewart, sigo pensando que debería ir solo... –empezó a decir sin mirarme directamente.

–De ninguna manera –repliqué agachándome junto a él, tan cerca que su piel debió sentir el calor de la mía–. Creo en lo que nos ha dicho ella: hace falta un hombre y una mujer para sacar a los fantasmas masculinos y femeninos del mundo de los muertos.

En aquel momento nos miramos mutuamente; nuestros ojos –estoy segura– brillaban de un modo inexplicable. ¿Quién habría imaginado que la locura tenía su propia lógica y su propio placer?

Nos quedamos junto al borde de la caverna. El señor Clemens cogió el extremo libre de la cuerda e hizo una especie de lazo corredizo con un habilidoso nudo, pero dudó antes de pasármelo por la cabeza y los hombros. Me di cuenta de que él iba a tener que bajarme al abismo, pero que no quería que fuera la primera en descender a la oscuridad. También advertí que había otra razón que lo hacía titubear para pasarme la cuerda por el cuerpo.

Cogí la cuerda trenzada y me la pasé por debajo de los hombros y el pecho. El señor Clemens se ruborizó, pero hizo otro nudo para que no me apretara demasiado.

A fin de romper la tensión, dije:

–Señor Clemens, se me acaba de ocurrir que sería más correcto decir «el hábito hace al monje» que lo contrario... –Levantó la vista, sorprendido–. Las personas desnudas –continué–, seguramente tendrían muy poca o ninguna influencia en la sociedad.

Durante un segundo hubo un silencio, interrumpido sólo por las distantes olas; al cabo de un momento, las carcajadas de mi compañero taparon el ruido del mar.

–Shhh, que despertaremos a Pana-ewa –dije.

Dejó de reírse pero siguió sonriéndome.

–O a Ku.

–O a Nanaue, el niño tiburón.

–O a Kamapua'a, el cerdo –murmuró.

Continuamos sonriéndonos mutuamente durante un buen rato, y debo dejar constancia de que una intensa energía circulaba entre nosotros. Debió de ser la excitación del momento, esa fuente de vigor y vértigo que los soldados dicen experimentar justo antes de la batalla; pero era también... algo más.

El señor Clemens apretó el nudo y tiró de la cuerda.

–Señorita Stewart –dijo mientras se preparaba para bajarme al abismo–, esto me recuerda a un día, hace no mucho tiempo, cuando en San Francisco pasé por casualidad por un hotel que se incendiaba. Había una dama atrapada en el cuarto piso, y toda la gente que me rodeaba había perdido la cabeza y corría de un lado a otro inútilmente. Sólo yo conservaba mi sangre fría... –Se calló para tironear de la cuerda y comprobar el nudo de la piedra. La trenzada enredadera

aguantaba–. Sólo yo tuve la presencia de ánimo suficiente para acercarme a un caballo atado cerca de allí, sacar el lazo, lanzar la cuerda hasta la indefensa dama del cuarto piso y darle a gritos las instrucciones de cómo atarse.

Retrocedí hasta el borde de la fisura y esperé mientras el señor Clemens aflojaba la cuerda.

–¿Y? –le dije.

Me miró; le brillaban los ojos debajo de sus expresivas cejas.

–Entonces, cuando se ató la cuerda, le grité: «¡Salte! Yo la sostengo».

Nos quedamos quietos un instante, unidos por aquella extraña energía que flotaba entre nosotros igual a la del misterioso espejismo que nos había guiado hasta allí.

–Dé un paso atrás, señorita Stewart –dijo en voz baja pasando la cuerda por mi antebrazo para mostrarme por donde me tenía que coger con fuerza–. Yo la sostengo.

Me incliné hacia atrás, me dejé caer de la roca hacia la nada y empecé el descenso al mundo de los muertos.

20

¡Oh, dioses en los cielos!
Dejad que venga la lluvia, dejad que caiga.
Dejad que Paoa, la espada de Pele, se rompa.
Dejad que la lluvia se aparte del sol.
¡Oh, nubes en los cielos!
¡Oh, grandes nubes de Iku! ¡Negras como el humo!
Dejad que el cielo caiga sobre la tierra,
dejad que el cielo se abra para la lluvia,
dejad que venga la tormenta.

Canto de guerra de Kamapua'a

¡E Pele e! Aquí está mi sacrificio: un cerdo.
¡E Pele e! Aquí está mi obsequio: un cerdo.
Aquí hay un cerdo para ti.
Oh, diosa de las piedras ardientes.
Vida para mí. Vida para ti.
Las flores de fuego se balancean suavemente.
Aquí está tu cerdo.

Canto tradicional a Pele

Una sensación de irrealidad se había ido apoderando de Eleanor a lo largo de toda la tarde y, en ese momento, cuando saltó del patín del helicóptero suspendido en el aire a la amplia superficie de la «Piedra de Baile» llamada Hopoe, la sensación de irrealidad se hizo agradable y parecida a un sueño. «Como un sueño, pero nada apacible», pensó al agacharse mientras el helicóptero empezaba a ascender en medio de un torbellino de viento y arena marrón. Sintió una descarga de adrenalina que le levantó el ánimo. «¡Esto es estar viva!»

Mike, el piloto, le había dado diez minutos. Era lo máximo que le podía conceder debido al consumo de gasolina y a la sospecha de que se avecinaba una tormenta. Mientras tanto, daría vueltas en el aire –había dicho «orbitar»– y ella le tenía que hacer una señal con la linterna a fin de indicarle que regresara a la roca llamada Hopoe para recogerla.

Eleanor encendió la linterna para asegurarse de que funcionaba y la volvió a apagar. Había supuesto que la ladera de la montaña estaría muy oscura, pero el resplandor del volcán reflejado en las nubes y la llameante luz del torrente de lava a menos de quince metros proyectaban en cada roca y en cada grieta una luz sangrienta y espesa. Se dirigió hacia el centro de la piedra gigante sobre la cual había aterrizado.

Al pie de la enorme roca había un espacio abierto y una sombra más oscura que podía ser la entrada a una cueva. La lava descendía por la colina a menos de diez metros de la entrada. Fluía como un río desbordado, era negra y roja y pasaba a la velocidad de un tren de mercancías; la elevada temperatura del magma obligó a levantar el brazo a Eleanor para protegerse la cara. A unos cien metros, había un géiser de lava de unos ciento cincuenta o doscientos metros de altura. Eleanor se acordó de los fuegos artificiales que había visto de niña en su adormecida ciudad de Ohio, cuando la traca final lanzaba chispas y un fuego líquido igual a éste. Igual no. Unos trescientos metros más abajo, vio otro géiser, más alto y brillante, y, más abajo, más grietas y géiseres en llamas, y así sucesivamente hasta el mar invisible, a unos trece kilómetros. Eleanor se preguntó si la lava líquida habría llegado ya al complejo Mauna Pele. Miró hacia arriba, pero no pudo ver el helicóptero oculto por las nubes de humo y ceniza. El cabello de Pele brillaba aquí y allá, los filamentos se esparcían por las gigantescas piedras y las negras grietas mientras cada mechón absorbía la infernal luz.

–Eleanor –dijo una voz.

Eleanor se volvió rápidamente y vio la figura de una mujer junto a la oscura entrada de la cueva.

–¿Molly Kewalu?

–Entra –dijo la mujer; y retrocedió hacia las sombras.

Eleanor miró el reloj y escaló de prisa la ladera del talud. Disponía de menos de siete minutos antes de que regresara el helicóptero.

Al entrar, la cueva se ensanchaba unos cincuenta metros. Eleanor se fijó en la alfombra sobre el suelo cubierto de lava, la fina mesa antigua con dos sillas, una mecedora junto a una mesa de centro hecha con cajas de embalaje, los libros colocados encima de otras cajas convertidas en estanterías, la zona de la cocina con sus brillantes cacerolas de cobre y las tres siseantes lámparas que iluminaban la cueva con su cálida luz. La sensación de sueño no había disminuido. Eleanor no preguntó cómo la mujer sabía su nombre.

–Siéntate –dijo Molly Kewalu.

Al principio, Eleanor pensó que era la anciana que había visto en el remolque de Leonard y Leopold, pero no lo era. Quizá Molly Kewalu fuera la vieja loca de la isla de Hawai, pero a Eleanor le recordó a una antigua directora del Departamento de Literatura de Oberlin. Molly llevaba el pelo gris recogido hacia atrás en un moño y sujeto con una peineta de carey. Tenía el rostro casi sin arrugas, realzado por unas hermosas cejas y un mentón firme, y los ojos, más que locura, expresaban alegría. Llevaba una falda de sarga, una camisa de seda roja abierta por el cuello, del que colgaba un collar de turquesas de un diseño que parecía navajo, unas resistentes botas y una pulsera de pequeñas conchas, sencilla pero elegante.

–Por favor, siéntate –dijo Molly Kewalu señalándole la mecedora. La anciana acercó una de las sillas que estaban junto a la mesa.

–Sólo dispongo de un minuto –dijo Eleanor mientras se reclinaba en la silla y se preguntaba: «¿Esto es real?» Era real. Oía el siseo de las lámparas, olía aún el azufre de la lava que fluía muy cerca de la entrada de la cueva.

–Ya lo sé –dijo Molly Kewalu. Se inclinó hacia delante y tocó la rodilla de Eleanor–. ¿Ya sabes en qué clase de asunto te has metido, Eleanor Perry de Ohio?

Eleanor pestañeó.

–Hay una batalla –dijo la profesora en voz baja–. Pana-ewa y los demás demonios...

Molly Kewalu alzó la mano con desdén.

–Pana-ewa no es nada. *Nada*. Es Kamapua'a el que lucha contra Pele por el poder en la isla. Kamapua'a fue el que utilizó a los *haole* para allanar el camino.

–Allanar el camino –repitió Eleanor. Sintió que la sangre se le acumulaba en las orejas–. Incluso con Kidder y Mark Twain era...

–El puerco –dijo Molly Kewalu–. Los hombres *kahuna* dicen que adoran a Pele, pero, en el fondo de su corazón, sirven al puerco.

–El puerco –repitió Eleanor.

Molly se inclinó un poco más y cogió a la profesora por los brazos.

–Tú eres valiente, Eleanor Perry de Ohio. Crees que descenderás al mundo de Milu al igual que tu antepasada.

Eleanor volvió a pestañear. «¿Cómo lo sabe?»

–Fracasarás, Eleanor Perry. Tu cuerpo morirá antes de que eso ocurra. Pero no debes perder el valor. El valor callado y nocturno de las mujeres es lo que une nuestros poderes y equilibra el valor diurno y ruidoso de los hombres. Nuestro valor es la fuente de la oscuridad que produce oscuridad, ¿me entiendes, Eleanor Perry de Ohio?

–No –dijo Eleanor. Pensó: «¿Mi cuerpo morirá?»; y dijo–: Quiero entender, pero no puedo.

«Enseño historia y literatura de la Ilustración. *Has meus ad metas sudet oportet equus.*»

–Escucha –dijo Molly Kewalu poniéndose de pie. Cantó suavemente:

> Cuando la tierra se calentó,
> cuando el cielo dio una vuelta,
> cuando el sol se oscureció,
> para que brillara la luna,
> en los tiempos de la ascensión de las Pléyades,
> el fango: ésa era la fuente de la tierra,
> la fuente de la oscuridad que producía oscuridad...

«Una canción de la creación –pensó Eleanor–. Un sencillo canto de la creación. ¿Voy a morir?»

–Cuando el espacio dio una vuelta, la tierra se calentó –cantaba Molly Kewalu.

> Cuando el espacio se dio vuelta, el cielo se invirtió.
> De la fuente de fango se formó la tierra,
> de la fuente de oscuridad se formó la oscuridad,
> de la fuente de la noche se formó la noche.

«La unión –pensó Eleanor–. La cuna de la noche. El lugar de nacimiento del universo al enfrentarse los opuestos. Incluso la guerra entre Pele y Kamapua'a debe continuar.»

–De las profundidades de la oscuridad, una oscuridad tan profunda –cantaba Molly Kewalu.

> Oscuridad del día, oscuridad de la noche,
> sólo de la noche;
> la noche dio a luz:
> por la noche nació Kumulipo, un varón;
> por la noche nació Po'ele, una hembra.

«Pero la violación tiene que acabar –pensó Eleanor–. Hay que restituir el equilibrio o se perderá.» Una parte de su mente entendía. La otra parte se mostraba indiferente. «¿Debo morir?»

–El hombre ha nacido para el arroyo estrecho –cantó Molly Kewalu. Le tocó la mano. Eleanor se levantó y la siguió hasta la oscura entrada de la cueva. Fuera, la lava silbaba y desprendía una luz roja. Se oyó un rugido procedente de algún lugar más arriba.

> La mujer ha nacido para el arroyo ancho
> la noche, de los dioses ha nacido.

Molly Kewalu le soltó la mano.

–Regresa, Eleanor Perry de Ohio. Regresa y cumple con tu deber. Ten valor.

Eleanor se volvió, empezó a alejarse y, asustada, se dio la vuelta.

–¡No! Tú también tienes que estar allí. Para ayudar –dijo.

–Habrá alguien que ayudará –repuso Molly Kewalu con suavidad; sus palabras se perdían en medio del silbido de la lava–. Siempre hay una comadrona que nos ayuda cuando sufrimos.

Eleanor negó lentamente con la cabeza. Poco antes había creído entenderlo.

–Tienes que venir...

–Esta noche no –contestó Molly Kewalu. Con el dedo, señaló el río de lava hasta la ladera del volcán–. Esta noche tengo que hacer una ofrenda en otro sitio. –Se acercó rápidamente, estrechó la mano de Eleanor y desapareció por la entrada de la cueva.

Eleanor vaciló un instante y, enseguida, comenzó a avanzar a ciegas por la falda del talud hasta la cima de la roca llamada Hopoe, la «Piedra de Baile».

Poco después, al descender el helicóptero, sintió que un chorro de arena la cegaba y el estruendo la ensordecía. Unas manos la alzaron. Alguien le gritaba algo una y otra vez y tardó un rato en entender lo que le decían; le había parecido que le hablaban en una lengua desconocida.

–No –dijo por fin mientras Paul le abrochaba el cinturón de seguridad–. No la vi. No habia nadie.

–De acuerdo –dijo Mike, el piloto de los ojos bonitos.

El motor rugió. Se elevaron en el aire, se recostaron en sus asientos y se alejaron.

–Byron-san –dijo Hiroshe Sato cuando llegaron los *escargot mezzanine*: caracoles cocidos con mantequilla de pesto, tomates secados al sol y vino blanco–, parece que aquí la electricidad no es muy de fiar. –Los faroles parpadeaban sobre la mesa resplandeciente. Los camareros traían cuencos con ensalada de gambas malasias, brochetas de langostinos aderezados con un aliño de cacahuetes *gadogado* y verduras rehogadas servidas sobre un lecho de lechuga.

–Es el tiempo –dijo Byron Trumbo–. Esta noche hay tormenta, pero los generadores de seguridad responderán. –Le hizo una señal a Bobby Tanaka, quien le dio a un interruptor y se encendieron las velas eléctricas en los candelabros. Bobby apagó las luces–. Pero preferimos la luz de las velas –añadió Trumbo.

Los camareros, vestidos con blancas libreas, trajeron una ensalada griega de espinacas para los que no querían gambas. El aliño de cebolla, ajo y eneldo con un toque de ouzo hizo pestañear a Trumbo. El queso feta desmenuzado añadía un agradable contraste a la lechuga. Trajeron el pan italiano caliente, recién salido del horno. André, el anciano sumiller, abrió las botellas y acercó los corchos a Trumbo. Trumbo los ignoró e hizo un gesto para que se sirviera el vino.

–Estamos preocupados por nuestro amigo Tsuneo –susurró Hiroshe, inclinándose para que no le oyera nadie–. Por muy irresponsable que sea, no es propio de él faltar a una reunión de negocios.

–Claro, lo comprendo –dijo Trumbo–, pero estoy seguro de que Sunny está bien. De hecho, tengo la certeza de que estará aquí cuando firmemos después de cenar.

–Grrr –exclamó Sato; era esa especie de gruñido que no compromete a nada que acostumbran a hacer los japoneses en ciertos momentos. Se concentró en las gambas malasias.

–Discúlpeme un momento, Hiroshe –dijo Trumbo cuando vio que Will Bryant acababa de entrar en la habitación y se ponía a hablar con dos guardias de seguridad. Trumbo hizo señas a su ayudante para que saliera a la terraza. El viento rugía; las nubes, iluminadas por el brillo del volcán, pasaban rápidamente.

–Los cuerpos vuelven a estar en la cámara refrigerada –dijo Bryant en voz baja–. Tenemos el séptimo piso acordonado. Michaels tiene a gente vigilando el ascensor, la escalera y el entresuelo.

–¿Y qué hay de Friedrickson?

–Acaba de llamar –dijo Will Bryant–. Está asustado. Dice que se avecina una tormenta. Quiere volver.

–Dile que se quede donde está –dijo Trumbo. Cogió a

Bryant por el brazo y lo acercó a la barandilla–. Will, tengo que encargarte un trabajo.

El ayudante esperó. Llevaba las gafas redondas de Armani con la montura de concha y, ahora, sus ojos parecían más grandes detrás de los cristales.

–¿Te acuerdas de aquella cueva de la que te hablé? ¿Y del cerdo? ¿Y de que Dillon y Sunny Takahashi parecían fantasmas o zombis o algo por el estilo?

Will Bryan asintió y esperó.

–Pues –prosiguió Trumbo– el cerdo me dijo que si quería a Sunny sólo tenía que ir a buscarlo.

Will Bryant volvió a asentir.

–Will –dijo Trumbo–, quiero que vayas tú a buscarlo.

Will Bryant volvió la cabeza despacio hasta mirar fijamente a su jefe con ojos de lechuza.

–Ahora mismo –dijo Trumbo.

–Eh... –contestó el ayudante. Se humedeció los labios y añadió–: Pero si acabo de dejar el cadáver de Sunny Takahashi en el congelador.

–Ya –dijo Trumbo agitando la mano como para restar importancia a ese detalle–, pero parece ser que el cerdo posee su espíritu o algo así. Debes ir a buscarlo y veremos si podemos meterlo en el cuerpo del japonés a tiempo para que Sato firme el contrato esta noche.

Los ojos de Will Bryant no pestañearon detrás de los redondos cristales.

–¿O sea que usted quiere que salga en medio de la tormenta, que encuentre la cueva que Fredrickson está vigilando, que entre, que hable con un cerdo y que traiga el espíritu de Sunny Takahashi a tiempo para firmar?

–Sí –dijo Trumbo, aliviado. Siempre que las instrucciones estuvieran claras, Will Bryant no le fallaba.

–Váyase a la mierda –dijo Bryant.

Trumbo parpadeó.

–¿Qué?

–Váyase a la mierda. –Y después, como para redondear la frase, añadió–: Jefe.

Trumbo resistió el impulso de agarrar al licenciado de la

Facultad de Empresariales de Harvard y lanzarlo por la barandilla del séptimo piso. De hecho, eso fue lo que le hizo a su último ayudante ejecutivo.

–¿Qué has dicho?

–He dicho: «Váyase a la mierda» –repitió Bryant con voz tranquila–. Hay muchos muertos por aquí y no estoy dispuesto a ser uno más. No me interesa. Esa cláusula no está incluida en mi contrato.

Trumbo temblaba de rabia. Se llevó las manos detrás de la espalda para ocultar el temblor.

–Haré que te interese –dijo con los dientes apretados. Will Bryant espero.

–Diez mil dólares –dijo Trumbo.

Will Bryant se rió suavemente.

–De acuerdo, maldita sea, cincuenta mil –dijo Trumbo. Hubiese podido enviar a los guardias de seguridad a buscar a Sunny, pero eran demasiado estúpidos; no serían capaces ni de mear sin salpicarse los zapatos. Bobby Tanaka también era un cretino, y en cuanto a Stephen Ridell Carter, él mismo lo había despedido. Tenía que hacerlo Bryant.

Will Bryant negó con la cabeza y esperó.

–Maldita sea –murmuró Trumbo con el rostro y el cuello enrojecidos–, ¿cuánto?

–Cinco millones de dólares –contestó Will Bryant–. En efectivo.

La vista de Trumbo se estrechó. De pronto, sólo veía un largo y oscuro túnel decorado con manchas rojas. Cuando recuperó la visión dijo:

–Un millón.

–Váyase a la mierda –repuso su ayudante.

O liquidaba esta pequeña molestia del chantaje o se marchaba. Dio media vuelta y se alejó para regresar a la cena. Los camareros estaban sirviendo el plato principal, consistente en opakapaka con pastel de gengibre y chuletas de cordero asadas con nueces de macadamia, coco y miel en una salsa de anís estrellado.

–¿Se encuentra bien, Byron-san? –preguntó Sato, preocupado–. Tiene la cara del color de una langosta.

–Estoy bien –dijo Trumbo mientras levantaba el cuchillo y pensaba en lo agradable que sería deslizarlo entre las costillas de cierto traidor–. Comamos de una vez esta cena de mierda.

18 de junio de 1886, en una aldea sin nombre de la costa de Kona.

Por un momento, me quedé sola en el mundo de los fantasmas de Milu. El tubo de lava se alejaba, pero no hacia la oscuridad. Las paredes resplandecían con una suave fosforescencia. Retumbaban unos tenues sonidos procedentes de detrás del recodo de la cueva. Sentí la aspereza del estriado suelo de la caverna bajo mis pies descalzos. Olía el aceite rancio de kukui *que me impregnaba la piel.*

Desaté los nudos rápidamente, me quité la rama de enredadera y tiré de la cuerda trenzada para indicarle al señor Clemens que podía descender. La luz del sol se reflejaba en la agrietada pared, allá arriba, pero una roca sobresaliente me impedía ver a mi compañero. Aparté la mirada mientras él se deslizaba por la gruesa cuerda.

Tras mirarnos el uno al otro y sentirnos menos desnudos bajo la tenue luz, empezamos a caminar hacia el resplandor.

–Sigue recordándome la luz de la luciérnaga –susurró el señor Clemens.

Nos detuvimos al llegar al recodo de la cueva y el señor Clemens asomó la cabeza antes de seguir. Retrocedió, con el bigote temblándole de excitación.

–Fantasmas –susurró.

–¿Cuántos? –le pregunté.

–¿Cuántos? –repitió el señor Clemens–. ¿Cuántos? No lo sé... Alrededor de novecientos ochenta y siete mil seiscientos treinta y uno, según mis cálculos.

Lo miré atónita.

–¡No sé cuántos hay! –cuchicheo el señor Clemens con énfasis–. Como en un baile. Quizás un regimiento. No tengo por costumbre contar fantasmas. Hay suficientes para for-

mar varios equipos de bridge y todavía nos sobrarían algunos para jurado.

Torcí el gesto ante su frivolidad en un momento tan serio.

–¿Y cómo sabe que son fantasmas, señor Clemens? ¿Sólo porque nos dijeron que estarían aquí?

El pelirrojo corresponsal asintió, se encogió de hombros y se llevó la mano al pecho desnudo como si buscara un puro en unos imaginarios bolsillos.

–Sí, señorita Stewart –repuso–. Por eso, porque brillan como el fuego de san Elmo, y porque puedo ver a través de ellos como si fueran caldo. Ésas son las principales pistas; pero tampoco soy detective. Podría tratarse de una comisión del senado que necesita quórum, pero, como están desnudos, no lo creo. Apostaría a que son fantasmas. –Vacilé; y es posible que el señor Clemens confundiera la pausa con el miedo, pues dijo–: ¿Seguimos? ¿O volvemos arriba?

–Seguimos –repuse en el acto. Al percibir cierto sonrojo en las mejillas del señor Clemens, añadí–: No se preocupe por nuestro atuendo, señor. Nuestros nobles progenitores, Adán y Eva, se encontraban a gusto en este mismo estado.

El señor Clemens emitió un ruido suave y nasal, y susurró:

–Es verdad, señorita Stewart. Y, por cierto: aunque no soy un experto en la Biblia, creo que Adán y Eva se tuteaban.

–¿Seguimos, señor Clemens?

El corresponsal se volvió y me tendió el brazo. Uní el mío al suyo. De este modo entramos en el reino de Milu: con la cordialidad y elegancia de dos ciudadanos de San Francisco que llegan a un baile oficial. Al parecer, los fantasmas se pasaban la vida después de la muerte realizando las mismas actividades que cuando vivían. La caverna empezó a ensancharse y vimos el resplandor de numerosos fuegos. Sin duda, todos los fantasmas eran nativos de las islas Sandwich; algunos dormían, varios jugaban a los juegos que habíamos visto practicar con piedras en Hilo y en otros pueblos menos importantes, unos pocos lanzaban cocos por el suelo apuntando a un palo y se repartían premios consistentes en huesos mientras otros comían –había unos cuantos alrededor de un enorme cuenco que contenía una pasta violeta que los nativos llaman poi*– y otros tan sólo se paseaban, los hombres con los hombres, las mujeres con las mujeres, y las pocas parejas que había parecían flirtear, muertas, de un modo muy parecido a cuando estaban vivas.*

El señor Clemens y yo avanzamos lentamente sin acercarnos a los espíritus. El aceite de nuez kukui *nos procuraba un brillo que no se diferenciaba del espectral resplandor de los fantasmas que nos rodeaban. En diversas ocasiones, un espíritu abandonaba su actividad y se dirigía hacia nosotros; parecía querer darnos la bienvenida, pero en cuanto se acercaba y le llegaba el olor del aceite rancio se volvía rápidamente y hacía una mueca, como si dijera: «¡Cómo apesta este fantasma!». Tras uno de estos encuentros, me di cuenta de que, pese a que los espíritus de la enorme caverna parecían estar conversando entre ellos –las bocas se abrían y cerraban, las mandíbulas se movían, los rostros cambiaban de expresión–, no se oían las conversaciones; de hecho, no se oía ningún tipo de sonido salvo el del viento que soplaba a través de las numerosas grietas que había en esa cámara principal.*

El señor Clemens alargó la mano, me apretó el brazo y señaló con la cabeza una cueva anexa. Como para poner en duda la conclusión a la que había llegado acerca del silencio en ese espectral reino, un enorme cerdo –el verraco debía de pesar más de cuatrocientos kilos– dormía junto a la entrada de la pequeña cueva. Los ronquidos del cerdo eran más que audibles; de hecho, yo había confundido el sonido producido por el silbido del aire que entraba y salía por el cavernoso hocico del animal con el viento que atravesaba las grietas de la caverna.

Recordé la advertencia de la mujer a propósito de que no debía despertar al cerdo y me dispuse a caminar de puntillas en dirección contraria, pero el señor Clemens volvió a señalar algo con la cabeza.

Detrás del cerdo, en un profundo nicho abierto en la pared de la caverna, había varias formas resplandecientes que, si bien estaban desnudas como las demás, se advertía que no eran espíritus de los nativos. La mayoría de los espíritus hao-

le eran masculinos, pero pude ver al menos una mujer de avanzada edad en la congregación (pues era una auténtica congregación). Estaban colocando un trozo de lava de metro y medio de largo cuya parte superior era bastante lisa y que, evidentemente, pretendían utilizar como púlpito; y varios fantasmas parecían esperar a que llegara la hora del sermón. Había un espíritu de mayor edad, y más alto, que debía de ser el reverendo Whister. La mujer anciana situada en medio de la multitud debía de ser su mujer. Había más hombres; intenté recordar los detalles de la historia de la Casa del Volcán; el joven más alto podía ser August Stanton, el difunto marido de la viuda Stanton. Otro joven, el señor Taylor. Hice una mueca al recordar que habían encontrado al señor Stanton casi sin sangre y que el relato de la defunción del señor Taylor detallaba haber sufrido «una fractura en la cabeza que produjo el mismo ruido que se hace al partir un coco por la mitad». Como espíritus no tenían mejor aspecto, pese a que sus ojos revelaban cierta categoría moral que quizás hubieran poseído en vida.

El señor Clemens volvió a señalar hacia un punto: estuve a punto de exclamar algo en voz alta cuando vi al siguiente orador en el púlpito. La gordura del reverendo Haymark era igual de impresionante ahora, desnudo, que cuando lo cubrían sus hábitos. Nuestro antiguo compañero apoyó las manos en el borde de la roca con la soltura de quien está acostumbrado al púlpito, se inclinó hacia delante y empezó a articular inaudibles perogrulladas. Los asistentes escuchaban con un aire de zombis que no se diferenciaba del de los feligreses de cualquier iglesia presbiteriana en un cálido domingo.

El señor Clemens acercó los labios a mi oído para que no se oyera su susurro.

–¿Cómo haremos para meterlo en el coco?

Negué significativamente con la cabeza. Ni siquiera sabía cómo íbamos a pasar al lado del cerdo. De hecho, para acceder a la cueva lateral había que pasar por encima de su hocico. Me estremecí al pensarlo.

Como si me leyera el pensamiento, mi compañero volvió a susurrarme:

–Usted quédese aquí. Intentaré acercarme al reverendo Haymark.

Respondí cogiendo al señor Clemens por el brazo y negando de nuevo con la cabeza. Los espíritus se acercaban cada vez más pese al olor del aceite, que empezaba a secarse, y la idea de quedarme allí sola mientras aquellas cosas muertas me rozaban se me hacía insoportable.

El señor Clemens lo entendió, asintió e iniciamos la lenta travesía hacia el cerdo dormido. El suelo de la caverna era abrupto y sentí un creciente terror al pensar que podía perder el equilibrio y caer sobre aquella masa erizada. Al verlo de cerca, el cerdo parecía todavía más grande que de lejos; debía de pesar al menos una tonelada. Era como un elefante pequeño, con la típica piel erizada de los jabalíes y una terrorífica cabeza. Cuando llegamos al lugar en el que había que pasar por encima de su morro, sentí una oleada de vértigo al ver que la bestia durmiente tenía múltiples párpados... no dos o cuatro, sino, por lo menos, ocho. Vislumbré las órbitas, que parecían hechas de mineral volcánico, bajo los párpados semicerrados, y pensé durante un instante que el monstruo simulaba estar dormido para que nos acercáramos a él. Cuando levanté el pie descalzo a fin de pasar por encima del hocico, mi imaginación me proporcionó una repentina visión de los ojos que se abrían de repente, de la boca con dientes humanos que se abría y volvía a cerrarse al cogerme por el tobillo; oí el mordisco y el desgarro de los cartílagos y los huesos mientras el cerdo se tragaba mi pie de un bocado y después levantaba aquella cabeza del tamaño de un tonel para devorar el resto de mi pierna...

El señor Clemens me sostuvo antes de que cayera desmayada. En medio de mi ataque de vértigo, estuve a punto de caer sobre el erizado lomo del cerdo, pero me sostuvo el fuerte brazo izquierdo del antiguo patrón de barcos fluviales. Quedamos abrazados, como dos bailarines en una lenta pirueta, hasta que me repuse y recuperé el equilibrio.

Pasamos por encima del cerdo y llegamos hasta el profundo nicho practicado en la pared de la caverna. Si se despertaba en ese momento –y, de pronto, recordé que el olfato de un *cerdo es muy fino y que, sin duda, nuestro olor lo despertaría–, nos quedaríamos atrapados junto con los demás fantasmas* haole. *Recordé la advertencia de la mujer Pele de que el cerdo me violaría y se comería mi* hi-hi'o *si se despertaba. De nuevo me mareé de asco y se me enfrió la piel; y otra vez el señor Clemens me sostuvo apoyando el brazo en mi espalda desnuda. Semejante intimidad, que habría sido inconcebible una hora antes, en ese momento incluso me confortaba.*

Atravesamos la pequeña congregación de espíritus cristianos. Habíamos ido en busca de nuestro amigo, el reverendo Haymark, pero la anciana de la choza nos había ordenado que nos lleváramos a todos los haole uhane *de la caverna para que Pele pudiera reanudar la batalla contra sus enemigos. Miré al señor Clemens, pero era evidente que él tampoco tenía la menor idea de cómo íbamos a sacar aquellas resplandecientes formas de semejante lugar. El problema no tardó en solucionarse. Como a los espíritus les desagradaba nuestro olor tanto como a los* kanakas, *nos abrieron paso. El señor Clemens avanzó hacia el púlpito, donde el fantasma del reverendo Haymark seguía sermoneando a un público poco atento. El espíritu de nuestro corpulento amigo me hizo pensar en una mala imitación de cera del hombre que había conocido. Movía la boca sin emitir ningún sonido hasta que el señor Clemens le tocó el brazo. De inmediato, el* uhane *del reverendo Haymark se volvió, como atendiendo a una llamada, y, tras apartarse del improvisado púlpito, siguió al señor Clemens cuando éste volvió a pasar entre la multitud.*

Probé la misma táctica y funcionó. Sólo con tocar el brazo de los fantasmas, estos respondían como a una llamada silenciosa. La primera vez que lo hice –toqué a la mujer; la señora Whister, supongo–, aparté la mano rápidamente. El brazo del espíritu no era más sólido que una brisa, una brisa helada. Pero ella se volvió obedientemente y me siguió hacia el hocico del cerdo y hacia la libertad.

Tras media docena de toques, los espíritus haole *nos siguieron como ocas detrás de su madre. El señor Clemens iba en cabeza; sólo hizo una breve pausa antes de levantar el pie desnudo por encima del morro del cerdo. Durante un segundo temí que los pies ectoplásmicos del reverendo Haymark despertaran al monstruo, pero recordé que los espíritus no tocan el suelo al caminar.*

Cuando me llegó el turno de pasar al lado del animal, sentí que mi corazón latía tan violentamente que temí que el puerco lo oyera y se despertase. Pero saqué fuerzas de flaqueza y volví a levantar la pierna por encima del espantoso hocico. Pude ver los dientes de la monstruosa criatura; eran enormes, afilados, brillantes. A su lado, en el suelo, se había formado un pequeño charco de baba.

Pasé sin que se produjera ningún incidente. Los espíritus ni siquiera se fijaron en el cerdo mientras flotaban detrás de mí; me pregunté qué haría si se pasaban el resto de la eternidad siguiéndome a todas partes. Mientras avanzábamos hacia la entrada de la caverna y el reverendo Haymark y los demás fantasmas flotaban detrás de nosotros como globos atados, decidí que resolvería ese problema cuando me enfrentara a él en el mundo exterior.

Pasamos entre los demás espíritus y algunos siguieron nuestra procesión por una especie de curiosidad espectral. No se oyó ningún grito ni señal de alarma; de hecho, no se oyó nada a excepción de la chirriante respiración del monstruo: un sonido que disminuía pero no llegaba a desaparecer por mucho que nos alejáramos por el tubo de lava.

La mayoría de los espíritus nativos regresaron a la cueva antes de que llegáramos a la entrada; salvo uno de ellos –un atractivo joven que tenía los ojos en blanco–, quien no dejaba de seguirnos. De pronto me sobrevino la certeza de que era el leal pero desventurado nativo Kaluna, a quien el reverendo Whister mató accidentalmente cuando el muchacho había alzado el cuchillo para hacer un juramento. No importaba. La anciana no nos había dicho que nos llevásemos espíritus nativos cuando nos marcháramos; además, el uhane *del joven tampoco intentó seguirnos cuando finalmente salimos por la grieta.*

El señor Clemens se inclinó hacia mí y susurró:

–Voy a salir yo primero y después la subiré.

La idea de quedarme sola en la semioscuridad con aquellas cosas resplandecientes y carentes de entendimiento no me hizo ninguna gracia, pero me mordí el labio y asentí. Sin embargo, el señor Clemens hizo antes de saltar algo increíble. Tras destapar la cáscara de coco que la anciana le había dado, la sostuvo junto a la forma ectoplásmica del reverendo Haymark y empezó a empujar y a retorcer el espectro. De un modo increíble, la forma de nuestro antiguo compañero empezó a fluir hacia el coco igual que la niebla por el ojo de una cerradura. El señor Clemens se esforzó todavía más, palpando los nubosos restos del clérigo para darle una forma maleable e introducirla por la pequeña abertura. No resultó fácil: según dijo el señor Clemens más tarde, fue como doblar una gran vela para meterla dentro de una maleta.

Al final, la cosa se doblegó. El señor Clemens introdujo la última protuberancia ectoplásmica del misionero, tapó el coco y empezó a subir por la cuerda.

–¿Y éstos qué? –susurré con urgencia mientras le señalaba la ciega congregación formada por el anciano reverendo Whistler, su mujer, su yerno, el señor Stanton, el señor Taylor y uno o dos más a quienes no conocíamos.

El señor Clemens se inclinó hacia atrás y murmuró:

–Lo mejor será que salgan como puedan. Creo que no deben de tener ningún cuerpo al que regresar, así que están solos. Por lo que dijo la anciana, deben de ser lapus, fantasmas de los muertos, y no hi-hi'o secuestrados, o espíritus de los vivos, como el de nuestro amigo. –Jadeó ligeramente al sostenerse colgado de la cuerda, casi en línea perpendicular a la pared de la cueva. Me sorprendí al darme cuenta de que empezaba a acostumbrarme a la presencia desnuda del señor Clemens–. Además –dijo, concentrándose en la escalada–, no creo que quepan en el coco.

El señor Clemens subió hasta desaparecer. Durante un momento, me quedé sola con los resplandecientes espíritus que me habían seguido hasta allí, incluido el nativo Kaluna, cuyo triste rostro reflejaba la única emoción sentida en el mundo de los fantasmas de Milu.

De pronto, se me aceleró el pulso y me volví; sentí que algo se había movido entre las sombras. Me vinieron a la mente imágenes de Pana-ewa, pero en el tubo de lava no había ninguna lagartija ni criatura de la noche ni de la niebla.

Tardé un segundo en darme cuenta de que lo que me asustó no había sido una repentina presencia, sino una ausencia.

El cerdo había parado de roncar.

Cordie oyó el helicóptero antes de verlo. Después apareció por encima de la Gran Hale; el reflector que iluminaba las palmeras parpadeó una vez como para saludarla antes de que las hélices pasaran por encima de ella y la forma en movimiento se perdiese en la oscuridad de la noche.

Cordie conocía el plan de Nell. Sabía que a menos que la anciana de la montaña la hubiera disuadido, Eleanor pretendería descender al mundo de los muertos y sacar los espíritus *haole* para que Pele pudiera luchar contra sus enemigos sin temor a los rehenes. Cordie sabía también que Nell habría intentado convencer a ese imbécil de encargado de arte para que la acompañase a la cueva en el supuesto de que siguiera vigente la norma de que los espíritus habían de ser rescatados por un hombre y una mujer.

A Cordie, el plan le daba igual. También le daba igual salvar el complejo de Maune Pele o rescatar a los fantasmas de los huéspedes desaparecidos y todo lo demás. Lo único que quería era salir viva de allí junto con su amiga Nell. Con un escalofrío, Cordie Stumpf se dio cuenta de que tendría que ir al helipuerto para avisar a Nell y a Paul de lo que ocurría por la noche..., pero ir hasta el helipuerto significaba adentrarse en la oscuridad y exponerse a aquello que ocurría por la noche.

–Mierda –dijo. Se colgó el bolso de mimbre del hombro, comprobó que llevaba todo lo que necesitaba y abrió la puerta de la suite.

El pasillo de la sexta planta estaba a oscuras. Oyó las risas y la música procedentes de la fiesta de Trumbo en el piso de arriba, pero todo lo demás estaba oscuro y silencioso. Cordie supuso que el ascensor de los huéspedes no funcionaría, lo cual significaba que tendría que bajar los seis pisos por una de las escaleras de los extremos este u oeste de la Gran Hale. Las escaleras eran exteriores, afortunadamente, pero la única iluminación sería la de las linternas, las luces de arriba y el infernal resplandor del volcán situado al este.

«Suficiente como para ver cerdos, supongo», pensó Cordie. Llevaba la pistola en la mano derecha y cerró la puerta de la suite tras ella. Avanzó cuatro pasos, frunció el ceño y se apoyó en la barandilla que daba al patio central para quitarse los zapatos, que metió en el bolso. En calcetines, apenas hacía ruido al pisar las baldosas. «Mejor», pensó.

Cordie avanzó rápidamente hacia la escalera.

Eleanor apenas recordaba la última parte del trayecto en el helicóptero debido a la confusión de ideas y emociones que tenía. El piloto se mostró preocupado por el paradero de Molly Kewalu; y no se conformaba por mucho que Eleanor le repitiera que la cueva estaba vacía. El silencio de Paul, sentado en el asiento trasero, ponía de manifiesto su escepticismo.

Se acercaron desde el mar, haciendo círculos, hasta el Mauna Pele.

–Las luces están apagadas –dijo Mike mientras daba a un interruptor en la consola y encendía un reflector que iluminaba la noche. Eleanor vio las *hales* oscuras, la playa vacía, el bar El Naufragio abandonado y el follaje del jardín agitándose al viento.

–No sé si debería dejaros aquí –dijo Mike al acercarse al helipuerto oscuro–. Veo que ni siquiera se han molestado en encender los generadores de seguridad. –El helicóptero se quedó suspendido en el aire mientras el piloto miraba primero a Eleanor y después a Paul Kukali–. De todas formas, seguro que mañana por la mañana darán la orden de evacuar la zona. ¿Por qué no os dejo en Kona de camino hacia el norte?

–Estaremos bien –dijo Paul. La voz del encargado de arte sonaba cansada.

–No lo sé –dijo Mike–. Ya habéis visto esa grieta cuando descendimos. Hay un géiser activo a menos de cuatro kilómetros de aquí y Dios sabe lo que está ocurriendo en esos tubos de lava.

–Estaremos bien –repitió Paul.

Mike vaciló un momento y después hizo descender el helicóptero, iluminando la pista de aterrizaje vacía con el reflector. El viento zarandeó la pequeña máquina y Eleanor admiró la habilidad de Mike al aterrizar tan suavemente. Una vez en tierra, la profesora apretó la mano del piloto que sujetaba la palanca de mando.

–Gracias –dijo–. Este viaje ha sido muy importante. Nunca lo olvidaré.

Mike la miró y asintió, pero había varias preguntas sin formular en sus sorprendentes ojos grises.

–¿Tendrás problemas para regresar a Maui? –preguntó Paul.

Mike negó con la cabeza y dio unos golpecitos a los auriculares.

–La torre de Keahole me dice que tengo casi media hora antes de que llegue la verdadera tormenta. Me da tiempo a llegar hasta el norte y cruzar el mar. –Sonrió a Eleanor–. Los niños ya habrán cenado, pero Kate siempre me espera para cenar juntos. Bueno, que tengáis suerte, muchachos.

Eleanor y Paul se desabrocharon los cinturones y saltaron de la máquina, agachándose instintivamente para colocarse bajo las hélices. El viento seguía soplando con fuerza incluso cuando llegaron al borde del pavimento del helipuerto, alejados ya de la ráfaga de las hélices.

Mike encendió las luces rojas de la cabina, saludó con la mano y después volvió a apagarlas. Al cabo de un segundo, el ruido del motor se hizo más fuerte; la ágil máquina parecía hacer equilibrios sobre sus patines hasta que se alzó por el aire, en dirección al norte, con las luces de navegación parpadeando.

–Molly estaba allí, ¿no es así? –preguntó Paul después

de que las luces verdes y rojas desparecieran en una nube.

–Sí. –Eleanor se abrazó a sí misma temblando pese a que el viento era cálido.

–¿Qué te dijo?

Eleanor empezó a hablar, pero titubeaba.

–No estoy segura –dijo por fin–. Recuerdo que cantó algo, pero era como si al mismo tiempo me hablase por otro canal.

–Los *Pele kahuna* pueden hacer esas cosas –dijo Paul–. Al menos con otras mujeres. –Había cierto tono de amargura en su voz.

Eleanor se dio cuenta de algo.

–Tú... tú y tus tíos y los demás *kahuna*... intentasteis invocar a Pele para que la isla se libere del hotel, ¿verdad? Llamasteis a Pele antes de soltar a Kamapua'a, a Pana-ewa y a todos los demás.

Paul no respondió, pero Eleanor adivinó en su rostro, incluso bajo la débil luz, que lo que acababa de decirle era verdad.

–Las cosas se han desequilibrado –repuso el experto en arte–. Las antiguas costumbres..., las antiguas canciones... ya no funcionan. Pele no responde como con nuestros antepasados.

–Es por la violación –dijo Eleanor.

–¿Qué? –Paul pareció asustarse.

–La violación –repitió Eleanor; aunque sorprendida por su propia seguridad, supo que no se equivocaba–. Hace siglos que vuestro dios cerdo, Kamapua'a, viola a Pele cuando le da la gana. Ha desequilibrado las cosas. Sus batallas formaban parte de un esquema, pero la violación lo ha estropeado todo. –Contempló el camino asfaltado y el campo de golf detrás de la buganvilla, en la oscuridad–. Es como este complejo: es una violación demasiado grande.

Antes de que Paul pudiera hablar, unos poderosos faros los iluminaron. Ambos retrocedieron, pero el vehículo avanzó por la carretera de acceso y giró hacia la zona asfaltada del helipuerto a una gran velocidad. Los frenos chirriaron.

–Si estuviera en vuestro lugar, entraría en el coche –gritó

Cordie mientras sacaba la cabeza por la ventana del jeep–. Dentro de nada va a caer una tormenta de cojones.

Los dos subieron al jeep; Paul se sentó detrás y Eleanor delante, igual que en el helicóptero. Habían girado y ya volvían a la Gran Hale cuando Eleanor dijo:

–Éste es el jeep que alquilé. Las llaves las tengo yo. ¿Cómo lo has puesto en marcha?

–Haciendo un puente –dijo Cordie–. Y te aseguro que no es tan fácil como lo pintan en las películas.

–¿Por qué? –preguntó Paul Kukali.

–¿Que por qué no es tan fácil? Pues, en primer lugar, los cables de encendido no están ahí colgando a la espera de que alguien venga a quitarles el forro para ensamblarlos. Aunque con este maldito jeep no ha sido mucho más...

–No –interrumpió Paul–. Lo que te pregunto es por qué lo has hecho.

Cordie miró al hombre por el espejo retrovisor. El viento le agitaba el pelo lacio detrás de las orejas.

–Esta noche están ocurriendo cosas muy extrañas. Pero vosotros ya lo sabéis. O, por lo menos, tú sí que lo sabes, Nell.

Eleanor asintió.

–Tenemos que bajar esta noche al mundo de los muertos –dijo.

–¿Esta noche? –exclamó Cordie–. Joder.

–Imposible –gritó Paul desde el asiento trasero.

El jeep se detuvo en el aparcamiento. El vestíbulo estaba a oscuras. Ni siquiera había una vela.

Eleanor se revolvió en su asiento.

–¿Por qué es imposible?

Paul Kukali hizo un ademán con sus delgadas manos.

–Por la mañana hay un momento en el que los dioses duermen. Entonces no hay nadie para vigilar el mundo de los muertos. Por la noche... Kamapua'a se comería tu espíritu.

–Que se joda Kamapua'a –dijo Eleanor. Pensó: «¿Lo he dicho yo?».

Paul frunció el ceño.

–Kamapua'a pertenece a nuestra religión, Eleanor. Es una fuerza igual de importante que Pele.

–Es posible –repuso Eleanor–, pero también es un violador. Y un cerdo. –Recobró el aliento–. Si queremos que Pele no le permita seguir matando a todos los habitantes de la costa, tenemos que liberar a los espíritus *haole* para que pueda actuar.

–¿Te lo ha dicho Molly Kewalu? –preguntó Paul.

–Sí –repuso Eleanor–. No. –Frunció el ceño y se frotó las cejas–. Me cuesta recordar con exactitud lo que dijo. –Alzó la vista y añadió–: Pero tenemos que ir pronto. Y tú también tendrás que ir, Paul.

–Yo te acompaño, Nell –dijo Cordie en voz baja.

Eleanor puso la mano en el brazo de su amiga.

–Te lo agradezco. Pero tienen que hacerlo un hombre y una mujer. Ya has leído el diario de Kidder.

Cordie hizo una mueca.

–A lo mejor eso ya no es así.

–No –insistió Eleanor–. Tienen que ser un hombre y una mujer. Paul... Tú has empezado. ¿Bajarás conmigo?

El encargado de arte se quedó callado un buen rato. Cordie oyó el crujir de las hojas de las palmeras por encima de ellos. Los relámpagos parpadeaban por detrás de la Gran Hale.

–Sí –repuso al final–. Pero no esta noche. Sería mortal. En cuanto amanezca.

Eleanor suspiró, aunque ni siquiera ella sabía si era de frustración o de alivio.

–De acuerdo.

–Ahora que eso ya está decidido –intervino Cordie–, quiero proponer algo.

Los dos la escucharon.

–Si esto fuera una de esas películas estúpidas que mis niños solían ver –dijo–, ahora nos separaríamos y cada uno se iría por su lado, de manera que los monstruos nos eliminarían uno por uno. En ese momento siempre me pongo del lado de los monstruos, porque son más listos que los buenos. ¿Me seguís?

–Estoy de acuerdo –dijo Paul–. Esta noche va a ser caótica. Deberíamos quedarnos juntos.

–O marcharnos –propuso Cordie–. Ya tenemos el jeep. Podríamos coger la autopista y recorrer cincuenta kilómetros hasta el Mauna Kea, o el pueblo de Kona, o el Mauna Lani, y ver la cadena de televisión HBO hasta que salga el sol.

–No –repuso Eleanor–. Mike ha dicho que es probable que mañana por la mañana den la orden de evacuar el complejo. Si lo hacen antes de que regresemos, no podremos ir al mundo de los muertos.

–Vaya –murmuró Cordie–, qué problema.

Eleanor miró seriamente a su amiga.

–Ya has leído el diario de Kidder. Sabes lo importante que es.

–Sí –reconoció Cordie–. De acuerdo. Pero no nos separaremos. Propongo que vayamos corriendo hasta la escalera del lado oeste, que subamos a mi suite, encendamos las linternas, cerremos las puertas y las ventanas y juguemos al póquer hasta el amanecer.

–De acuerdo –repuso Eleanor–. Pero antes tengo que ir a mi *hale*.

Esta vez fue Cordie quien miró fijamente a Eleanor.

–¿Para qué?

–Tengo que ir a buscar el diario de Kidder.

Cordie dio unos golpecitos al volante.

–Mierda. De acuerdo, pero vayamos ahora mismo. Y juntos. Y volveremos aquí también juntos.

Los otros dos asintieron y Cordie dirigió el coche hacia la salida, en dirección a la Gran Hale por una vía de acceso que recorría el lado sur, cogiendo después el camino del jardín. A pesar de que el jeep ocupaba todo el sendero asfaltado, Cordie no iba a menos de cincuenta por hora; se desviaron por el bar El Naufragio y aceleraron hacia la zona de las *hale*. Los faros iluminaban el follaje. Empezó a llover.

Al acercarse a la *hale* de Eleanor, Cordie frenó de golpe y dijo:

–Paul, coge el volante. Es posible que Nell y yo tengamos que salir corriendo.

Tras saltar del jeep, sacó la pistola y la linterna del bolso.

–Cordie, no hace falta que...

–Cállate, Nell –repuso Cordie. Dirigió la luz de la linterna hacia la escalera y el porche–. Esta noche ni siquiera han encendido las antorchas. Vamos. Abre la puerta y da un paso atrás. Yo entraré con la linterna.

Eleanor obedeció. Se sentía un tanto melodramática, como si actuaran así a causa de haber visto demasiadas series policíacas por la televisión, pero Cordie parecía muy seria cuando abrió la puerta de una patada y entró con la linterna y la pistola.

La *hale* estaba vacía, tal y como Eleanor la había dejado, salvo que la cama estaba hecha. Cogió el diario de Kidder, metió el neceser y unos cuantos objetos en el bolso, lo cerró y enseguida volvieron a salir.

Paul había dado la vuelta al jeep. Cordie se sentó detrás y dejó que Eleanor lo hiciera delante. El jeep aceleró por el estrecho camino en dirección a la Gran Hale.

Un árbol caído interceptaba el camino asfaltado poco antes del bar El Naufragio.

–Mierda –exclamó Paul.

–Rodéalo –dijo Cordie–. Pon la tracción en las cuatro ruedas y métete entre los arbustos.

Paul negó con la cabeza.

–No, es imposible. Hay demasiadas rocas y tuberías. Tenemos que buscar otro camino.

–La playa –sugirió Eleanor. Estaba a la izquierda, a sólo veinte metros. Si daban marcha atrás, podían coger el camino que pasaba por la piscina pequeña, ir hasta la playa y, desde allí, hacia la Gran Hale.

Paul asintió y puso la marcha atrás. En aquel momento se derrumbó un árbol, que habría aplastado a Cordie si él no hubiese frenado a tiempo. Aún así, Cordie cayó por la parte de atrás del jeep, dándose de cabeza sobre la fronda del árbol derribado.

–¡Cordie! –gritó Eleanor medio saliéndose del asiento para ayudar a su amiga.

–Mierda –repitió Paul Kukali. Hubo algo en su voz que hizo que Eleanor se volviera hacia él.

Ante la luz de los faros, claramente visibles pese a la lluvia torrencial, estaban el enorme perro negro, el retorcido hombre-tiburón, la criatura en forma de reptil rodeada de una turbulenta niebla y un cerdo del tamaño de un coche pequeño. El cerdo y el perro sonreían mostrando sus dientes brillantes. El hombre tiburón se volvió y enseñó los suyos, muy afilados, que tenía en la espalda. La criatura de bruma presentaba una sonrisa de reptil. Había más cosas que se movían y golpeaban la maleza.

El motor del jeep se apagó. Paul sujetaba el volante sin fuerza, boquiabierto.

Eleanor se volvió, intentando saltar al asiento trasero para ver si Cordie se había hecho daño, pero, antes de llegar, unas fuertes manos la cogieron por el brazo y la sacaron del vehículo.

–No puedo tocarte, mujer –dijo el cerdo con voz suave y grave–. Pero los demás sí.

Pana-ewa dio vueltas alrededor de Eleanor y su forma se la tragó.

Los gritos, tanto masculinos como femeninos, pronto se convirtieron en alaridos, pero la Gran Hale estaba a varios kilómetros y era imposible que alguien los oyera en medio del ruido de la tormenta y de la orquesta que tocaba para la fiesta de Byron Trumbo.

21

Las estrellas arden.
Los meses son calientes.
La tierra se eleva en las islas;
los altos rompientes son como montañas.
Pele arroja fuera su cuerpo.
Dolientes masas de lluvia bajan del cielo;
la tierra tiembla con los terremotos.
Ikuwa, el mes lluvioso, retumba con los truenos.

Canto del parto de *Wela-ahi-lani-nui*, el primer hombre

18 de junio de 1866, en una aldea sin nombre de la costa de Kona.

En cuanto oí el silencio que anunció el despertar del cerdo gigante, el suelo tembló y me caí. Las rocas rodaron, las estalactitas se derrumbaron y los espíritus se arremolinaron a mi alrededor como plancton fosforescente agitado por la patada de un nadador.

En ese instante pensé que estaba condenada, que estaba destinada a morir desnuda y sola en el mundo de los fantasmas, pero un segundo más tarde la cuerda de enredadera ieie *descendió con el lazo ya hecho. La tierra volvió a temblar y volví a caer al suelo; sin embargo, la grieta de arriba no se había cerrado, así que me apresuré a colocarme el lazo alrededor de la cintura tal y como el señor Clemens me había enseñado y me elevé hacia la luz, lastimándome los pies descalzos con la áspera pared de la cueva mientras daba patadas para impulsarme hacia arriba. Los fantasmas* haole *me siguieron, revoloteando como motas de polvo ilumina-*

das por un rayo de sol. A mis espaldas, oí un rugido procedente del túnel, aunque no sabría decir si era del terremoto o de un dios cerdo furioso al despertar.

Ya no me preocupaba por el decoro mientras subía a gatas hacia el reborde de la grieta, respirando el aire húmedo y casi cegada por la luz. La tierra siguió temblando, el aire apestaba a azufre, el cielo había adquirido un sangriento tono naranja, los espíritus de los misioneros muertos volaban a mi alrededor y se disipaban como la niebla agitada por un fuerte viento, pero toda mi atención se centraba en la aparición que tenía ante mí.

Confieso que empecé a reír y no pude parar. Desnuda como Eva y de rodillas, en una postura que ninguna mujer cristiana mantendría ni un minuto ni siquiera a solas, me quedé paralizada por la risa.

–¿Qué? –preguntó el señor Clemens soltando la cuerda y sosteniendo el coco con firmeza bajo el brazo–. Las necesitaba para tirar e izarla, señorita Stewart –explicó el corresponsal, sonrojándose más que nunca.

Intenté parar de reír y por fin lo conseguí. Pero tardé varios minutos; mientras, la tierra temblaba a nuestro alrededor y el volcán seguía en plena erupción a mis espaldas. La imagen del señor Clemens tirando de la cuerda tan serio, con el coco que contenía los restos inmortales de nuestro amigo el misionero bajo el brazo, ruboroso y desnudo pero calzado con sus botas, que había tenido tiempo de ponerse... bien podía justificar un momento de histeria.

El señor Clemens sostenía ahora el coco delante de él como si fuese la hoja de una higuera.

–Si ha terminado –dijo con cierta guasa–, le sugiero que nos vistamos y abandonemos este lugar. Parece que madame Pele ha empezado su jornada laboral.

Al oírlo, me volví y contemplé el gran anfiteatro de lava seca. Las llamas se elevaban de las grietas en la ladera de la montaña, que se hallaba a menos de dos kilómetros. La lava volaba varios centenares de metros por los aires y grandes nubes de gases sulfurosos avanzaban por el paraje rocoso. Las terrazas de piedra que una hora antes habían sido resi-

duos de lava antigua estaban rojas por los ríos derretidos que corrían y chorreaban ante mis ojos. Era una visión aterradora.

Tardamos menos de un minuto en vestirnos, aunque he de reconocer que me dejé algún botón sin abrochar. Me sentí extraña con la ropa puesta, como si mi breve tiempo de inocencia edénica con el señor Clemens me hubiera reavivado ancestrales evocaciones de nuestros primeros días en el Jardín. Pero me alegré de llevar mi falda de montar cuando me subí al caballo. Los animales estaban aterrorizados por el ruido, el temblor y el olor, pero el señor Clemens los había atado con mano experta y no habían podido huir pese al pánico reflejado en sus ojos. Los espoleamos y nos dirigimos hacia el noreste. Detrás de nosotros, la lava fluía como un río desbordado, prendiendo fuego a los pocos arbustos y parcelas de hierba que crecían en el campo de pahoehoe. *No había ningún fuego fatuo para guiarnos en nuestro viaje de regreso, pero el señor Clemens se había fijado en el camino y, aunque estaban agotados, los caballos escalaron la larga pendiente con determinación, espoleados por el cataclismo volcánico que teníamos detrás. El señor Clemens había puesto el coco en la perilla de la silla.*

–No estaría bien perder al reverendo Haymark después de tantas molestias –apuntó en un momento dado–. El coco podría salir rodando hasta un cocotal, podríamos confundirnos de coco al recogerlo, y, después de recorrer tantos kilómetros para regresar al pueblo, descubrir que llevamos un nativo comerciante de caballos o algo por el estilo.

–No tiene gracia, señor Clemens –dije; aunque, por algún motivo, probablemente el profundo agotamiento que sentía en ese momento, me resultó ligeramente divertido.

Seguimos cabalgando hasta el amanecer. En varias ocasiones, la isla entera parecía temblar con tanta furia que tuvimos que desmontar y sujetar a los aterrorizados caballos. Las piedras rodaban por la ladera, destrozando los arbustos o pequeños árboles ohi'a *mientras, por detrás, las nubes de ceniza y humo ocultaban el sol. Una de las veces que nos detuvimos, y mientras sujetábamos los caballos sólo con nues-*

tra fuerza de voluntad, el señor Clemens señaló la ladera que llegaba hasta la costa. Al principio no vi casi nada debido al humo y las nubes, pero enseguida vislumbré lo que le había alarmado: a varios kilómetros de la costa, una ola de gigantescas proporciones se acercaba a la tierra. En ese momento estábamos a varios kilómetros por encima del nivel del mar y no teníamos nada que temer, pero la visión de la enorme ola –creo que los japoneses las llaman tsunamis– *me dejó sin aliento.*

Desde el lugar que ocupábamos, contemplamos el gigante encrespamiento de agua verde que atravesaba la línea de acantilados, avanzaba implacablemente por los cocotales, los derribaba como si fuera un juego de manos de un prestidigitador y seguía su marcha. Desde lejos, la ola parecía bastante inofensiva, apenas más grande que las demás, pero no costaba nada imaginar la terrible destrucción que sembraba a su paso. Pensé en los templos que habíamos visto y el pueblo en el que nos habíamos quedado a dormir –¡hacía tan sólo dos noches insomnes!– y me pregunté si serían arrasados por aquel terrible monstruo marino. La ola recorrió la cuenca de lava que abandonamos de un modo tan apresurado y, cuando el agua alcanzó la grieta de lava hirviendo, se elevó una nube de vapor que me hizo estremecer; parecía que el señor Clemens, los caballos y yo fuéramos a ser cocidos como gambas en una cazuela.

La nube de vapor se mantuvo a más de un kilómetro de donde estábamos, pero tapó la parte más terrible de la escena: la destrucción que traía consigo ese gran tsunami *que, al retroceder hacia el mar, arrastraba árboles, casas y seres vivos a insondables profundidades.*

Seguimos cabalgando. Tras la excitación, el cansancio que nos sobrevino fue todavía mayor. En varias ocasiones me desperté y me di cuenta de que me había quedado dormida sentada en la silla. Tenía las manos, las piernas y los pies llenos de arañazos y heridas que me había hecho durante la escalada y la exploración de la cueva que habíamos realizado au naturel, *y todavía apestábamos al rancio aceite de* kukui *que ninguno de los dos habíamos tenido tiempo de quitar-*

nos debido a las prisas; pero ni siquiera esas incomodidades me impidieron dormirme mientras cabalgábamos.

A primera hora de la tarde, quizás a una hora del pueblo que buscábamos, el señor Clemens se detuvo. Al principio estaba demasiado dormida para entender por qué nos parábamos –no había ningún terremoto y habíamos dejado atrás el humo y las cenizas–, hasta que miré a mi pobre caballo, Leo, *y me di cuenta de que tenía el cuello arqueado y estaba bebiendo. Habíamos encontrado algo muy infrecuente en ese paisaje volcánico: un arroyo de montaña con agua fresca y cristalina.*

Enseguida bajé a beber. A pesar de la poca cantidad de agua que me llevaba a la boca con las manos ahuecadas, me costó imitar el método agreste del señor Clemens, que consistía en tumbarse sencillamente en el suelo y sorber el agua igual que un perro. Sin embargo, debo reconocer que su método era más eficaz.

Cuando ya habíamos bebido lo suficiente y advertimos que los caballos se habían quedado dormidos de pie, sugerí a mi compañero que aprovecháramos la pausa para quitarnos el aceite del cuerpo. Mi dócil corresponsal accedió, ambos procedimos a ocultarnos tras sendas rocas de gran tamaño –el señor Clemens río arriba y yo río abajo– y me lavé, sin desvestirme, lo mejor que pude. Por supuesto, a esas alturas el terrible olor había impregnado la ropa que estuvo en contacto con el aceite, así que, a pesar de que saqué otra blusa y un pantalón limpio de la alforja, la mayor parte de nuestros esfuerzos no sirvieron para nada.

Cuando nos reunimos otra vez, el señor Clemens sacó el coco.

–Había pensado meterlo en el agua para que el reverendo disfrutara con nosotros de nuestras abluciones –dijo; y, tras guardar el coco en la alforja, añadió–: pero una parte de mí ha vetado la propuesta.

–Una parte de mí piensa que la otra ha perdido el juicio –respondí. Incluso a mí me pareció que mi voz sonaba como drogada por el cansancio.

El señor Clemens asintió. Y, entonces, hizo algo muy ex-

traño; de pronto, dio un paso hacia delante y alargó la mano hacia mi hombro. Al principio pensé que iba a ajustarme el cuello del vestido o arreglarme algún mechón suelto, pero, en cambio, apoyó la mano en mi hombro, se inclinó y me besó.

Me cogió totalmente desprevenida. No protesté. No me aparté. El señor Clemens me volvió a besar.

Al final, retrocedí, azorada, empujándole con las manos, aunque débilmente.

El señor Clemens saltó sobre un pie y luego sobre el otro.

–Lo siento, señorita Stewart, pero desde que estuvimos en el barco hablando de temas cósmicos a la luz de las estrellas que deseo hacerlo. Disculpe mi presunción y torpeza. No me disculpo por el sentimiento que originó la torpeza. Mis intenciones son las más nobles y no debe confundirlas con un impulso pasajero.

Me quedé estupefacta. Por fin, conseguí responder:

–Realmente, señor Clemens... –lo cual hizo que mi compañero se pusiera más nervioso y se sonrojara tanto como cuando me había reído de él unas horas antes.

Mientras me arreglaba el pelo y manifestaba mi desagrado mediante el gesto y una mirada poco amistosa, confieso que mis pensamientos retrocedieron para revivir la sensación que me había producido por el contacto de sus labios con los míos y sus dedos, fuertes y sensibles, sobre mi hombro.

–Deberíamos seguir –dije por fin mientras tiraba de las riendas para despertar a Leo.

–Debo disculparme una vez más, señorita Stewart, por...

–Hablaremos más tarde –repuse con sequedad, quizá con mayor sequedad de la que pretendía. El cuero de la silla crujió cuando me senté a horcajadas, como montaba desde mi llegada a las islas. El señor Clemens se acercó corriendo para ayudarme, pero yo ya me había sentado y tiré de las riendas–. Deberíamos darnos prisa –dije–. No sabemos cuánto tiempo el espíritu del reverendo Haymark permanecerá en su hogar provisional.

El señor Clemens emitió un sonido que pareció una señal

de asentimiento. Se montó en su caballo y seguimos recorriendo las laderas cubiertas de lava del Mauna Loa; mis pensamientos estaban igual de sinuosos y confusos que la lava a'a *que nos rodeaba.*

Llegamos a la aldea a media tarde. Estaba demasiado agotada para mirar el reloj. No se veían los habitantes del pueblo por ningún sitio, lo cual, de algún modo, me alivió. Me preocupaba que el señor Clemens se viera obligado a disparar a unos cuantos para convencerlos de que nos dejaran tranquilos. Mi compañero parecía compartir ese alivio, pues estaba de mejor humor que cuando lo reprendí en el río. Me ayudó a desmontar de mi caballo, que resollaba como si estuviera a punto de reventar.

La anciana nos esperaba en la choza, al igual que el cuerpo sin vida del reverendo Haymark. Me arrodillé junto al cadáver del clérigo, en busca de las primeras señales de putrefacción que me convencieran de que todo lo ocurrido en las últimas horas había sido un sueño opiáceo.

Aunque el cuerpo del misionero permanecía inerte y frío al tacto, no exhibía ninguno de los síntomas que habrían aparecido inevitablemente doce horas después de producirse la muerte.

–Lo habéis traído –dijo la mujer de un modo que sugería que no era una pregunta.

Me calmó comprobar que ya no flotaba en medio de la habitación, sino que estaba sentada sobre una estera igual que yo.

El señor Clemens le enseñó el coco.

–Muy bien –dijo la anciana. Tras observarla detenidamente, ya no estuve tan segura de que fuese la hermosa joven que había visto en la grieta, pero estaba demasiado cansada para que me importase.

La anciana me abofeteó. Sorprendida, me llevé la mano a la ardiente mejilla.

–Debes estar despierta para hacer esto –dijo–. Debes entender y recordar cada paso. Si te equivocas, el espíritu de tu amigo kahuna *se perderá para siempre.*

Sólo pude mirarla fijamente.

–Lo haré yo –dijo el señor Clemens interponiéndose entre la anciana y yo.

Sacudió negativamente la cabeza gris.

–Sólo la mujer, la seguidora de Pele, puede hacerlo.

–No soy una seguidora de Pele –dije con los labios entumecidos por el estupor–. Soy una cristiana de Ohio.

La anciana tan sólo sonrió. Acercó una calabaza con un espeso líquido en su interior.

–Bebe esto –ordenó.

Miré con desconfianza el líquido viscoso, pero al final bebí. Pocos segundos después, me invadió una extraña energía.

–Ahora –dijo la anciana–, vamos a empezar.

Se oyó un estrépito procedente de la puerta abierta.

–¡Dios mío! –exclamó el señor Clemens mirando por encima de mi hombro.

El cerdo gigante, llegado del mundo de los muertos de Milu, ocupaba toda la entrada. Mi corazón dio un brinco. La anciana apenas se detuvo mientras hacía los preparativos.

–No puede entrar –informó con aspereza. Me apoyó la arrugada mano sobre la cabeza, miró al cerdo y le dijo–: Kamapua'a: te hago saber que esta haole wahine *y todas sus descendientes han sido elegidas por mí. Están bajo la protección de Pele. No puedes hacerles daño.*

El cerdo resopló furioso y después sonrió.

–Pero me puedo comer sus almas.

–No puedes entrar –advirtió la mujer–. Esta choza está a salvo de ti. He invocado la fuerza de Kilauea. Aquí no tienes ningún poder.

El cerdo dio zarpazos en el suelo, mostrando su frustración.

–Escucha –me dijo la anciana–. No debes equivocarte en ningún momento; de lo contrario, el uhane *de tu amigo se perderá para siempre.*

En ese momento empezaron los cantos. Se inició el rito.

Cordie recobró el conocimiento rodeada de una pila de hojas de palmera rotas. No tuvo ni un momento de confusión:

supo exactamente dónde estaba y lo que había ocurrido justo antes de perder el conocimiento. Recordó a las monstruosas criaturas que cerraban el paso en la carretera, el desesperado intento de Paul de dar marcha atrás, el árbol que se caía y su propia caída por la parte trasera del vehículo. Lo único que no sabía era si todo eso había ocurrido hacía treinta segundos o tres horas. Seguía lloviendo, aunque no tanto como cuando regresaban de la *hale* de Eleanor; en los últimos días, las tormentas cambiaban de intensidad en pocos minutos.

Mientras luchaba contra las náuseas que le producía el golpe en la cabeza, Cordie se abrió paso entre las hojas y se agarró al parachoques trasero del jeep para levantarse. Algo pequeño, mojado y peludo le rozó la pierna; Cordie cerró los puños instintivamente antes de darse cuenta de que era una rata. «Viven en las palmeras húmedas. Seguro que cincuenta bichos asquerosos estuvieron correteando por mi cuerpo mientras estuve desmayada.» Se estremeció; pero apartó la idea de su mente. Se había criado en la pobreza y de pequeña había vivido al lado de un vertedero, en el que jugaba a diario. La mayor parte de su vida adulta la pasó entre basuras. Odiaba a las ratas, pero estaba acostumbrada a ellas.

Al ponerse de pie, buscó su bolso. Recordó que cuando el jeep chocó contra el árbol tenía la correa alrededor del hombro, pero el bolso había salido volando a la vez que ella. Lo encontró treinta segundos más tarde, con el velcro cerrado. Cordie lo abrió y sacó la treinta y ocho y la linterna. Con el pulgar sobre el percutor, mientras la cabeza le daba vueltas a causa de lo que quizás había sido una ligera conmoción, miró por la parte trasera del jeep blandiendo la pistola y la linterna.

El jeep estaba vacío. Avanzó entre las afiladas ramas hasta el asiento del conductor. Los faros seguían iluminando la lluvia, pero no había el menor rastro de las extrañas criaturas. No se movía nada entre los arbustos. Se acercó al capó del jeep moviendo la linterna. Tampoco había nada delante del coche. La lluvia caía en medio de la oscuridad.

Un ligero ruido a su izquierda le hizo agacharse y apoyar

una rodilla en el suelo mientras elevaba el nivel del cañón de la pistola a la par que el haz de la linterna. Volvió a oírlo; era un gemido. Cordie bajó la linterna y vio el pie descalzo de un hombre que sobresalía de un arriate. Unas pequeñas placas clavadas en el suelo junto al pie exhibían unos letreros que Cordie pudo leer incluso a esa distancia: «Hibisco», «Lantana» y «Helecho hapu'u». El hombre volvió a gemir. Con la linterna en la mano, segura de que no había nadie más en los alrededores, Cordie se acercó al cuerpo que yacía en el suelo.

Era Paul Kukali. Tenía la camisa desgarrada, los pantalones hechos trizas, como destrozados, por unas garras, la mejilla izquierda lacerada y un ojo hinchado y morado. Era evidente que el brazo izquierdo tenía dos fracturas, le faltaba un dedo en la mano derecha y mostraba profundos cortes en el pecho y el muslo. El tobillo derecho se veía muy torcido.

–Dios santo –musitó Cordie–, te han hecho una verdadera faena. –Aunque ese hombre no le caía demasiado bien y, por algún motivo, nunca había confiado en él, no soportaba verlo en tal estado.

El encargado de arte volvió a gemir. Cordie se inclinó hacia él y depositó la mano sobre su pecho desnudo. Pese a las heridas, la respiración del hombre parecía fuerte y clara y los latidos del corazón constantes.

–Paul –susurró–, ¿dónde está Nell? ¿Dónde está Eleanor?

Paul Kukali volvió a gemir. No estaba del todo consciente. Cordie le dio unas palmadas en el hombro y se incorporó. Tenía suficientes conocimientos médicos como para saber que lo mejor sería dejarlo allí y buscar ayuda; quizá tenía una fractura en la espalda o graves lesiones internas que lo matarían si intentaba trasladarlo. Pero Cordie sabía también que en ese insensato lugar y a esa insensata hora, la ayuda podía tardar en llegar. Las horribles criaturas que le habían hecho todo eso a Paul podían encontrarla a ella antes de que llegara a la Gran Hale, en cuyo caso el hombre moriría en la oscuridad.

–Enseguida vuelvo –dijo Cordie; y empezó a buscar el

sendero asfaltado y los arriates con la linterna. Había huellas –humanas y no humanas– y arriates destrozados, pero ningún rastro de Nell. De pronto, el haz de la linterna iluminó algo pálido a varios metros entre los árboles, a unos veinte pasos a la derecha del árbol caído que les había interceptado el paso. Agachada, apuntando con la pistola, avanzó entre las ramas. La lluvia caía de las hojas con un ruido intermitente que, en otras circunstancias, habría llegado a ser relajante.

Era Eleanor. La ropa no estaba rota y no mostraba ninguna señal de agresión. Cordie se metió la pistola en el cinturón y palpó la muñeca y la garganta de su amiga. Acercó la mejilla al pecho de Eleanor. Nell no tenía pulso. No respiraba. Tenía la piel fría.

–Mierda –dijo Cordie. Sujetó la linterna con la boca y arrastró el cadáver de Eleanor por el barro y entre los arbustos. Cuando llegó al sendero, Cordie estaba sin aliento y mareada a causa de un agudo dolor de cabeza. Tuvo que sentarse sobre una de las piedras que bordeaban el arriate y esperar que se le pasaran el mareo y las náuseas. Después, cogió a Eleanor en brazos con ternura, la llevó hasta el jeep y la depositó cuidadosamente en el mojado asiento trasero.

Paul Kukali seguía respirando pero había dejado de gemir. Cordie utilizó un pañuelo para envolver la ensangrentada mano derecha con el dedo cortado; después, procurando no tocar el destrozado brazo, medio transportó y medio arrastró al herido hasta el asiento delantero del jeep. Paul volvió a gemir durante su traslado, especialmente cuando el tobillo roto tocaba la tierra, pero no se despertó.

Tras sujetar al hombre con el cinturón de seguridad y acomodar a Eleanor en el asiento trasero para que no rodara al suelo del vehículo, se reclinó un momento en el jeep hasta que se le pasó el mareo, tiró el bolso al interior del coche, se inclinó para hacer otro puente, encendió el motor y permaneció sentada en el asiento del conductor durante un rato. El jeep no podía avanzar a causa del árbol caído; ni retroceder, porque había otro, más pequeño, que bloqueaba el paso por detrás. Pero el que estaba delante era una palmera; la fronda tan sólo era una masa de follaje que cubría el arriate a la derecha.

Cordie puso la tracción en las cuatro ruedas y el jeep pasó por encima de la fronda rompiendo las ramas. Suponía que algo de los árboles caería sobre ella, pero estaba demasiado absorta intentando que el vehículo no volcara como para preocuparse. Por fin llegó al camino asfaltado que conducía hasta la Gran Hale y vio, oscura, la fachada del bar El Naufragio delante de ella.

Quitó la tracción de cuatro ruedas y aceleró.

Al principio, la orquesta hawaiana de cinco instrumentos se había negado a ir al Mauna Pele, pero después de ofrecerles Trumbo un suplemento de mil dólares, allí estaban, tocando el saxo, la guitarra y el ukelele, bajo la tenue luz de los faroles que iluminaban la sala de banquetes, mientras la gente de Sato bebía sake como si se fuera a agotar. Trumbo agradecía la música, pues tapaba el ruido de la tormenta y distraía de la inhabitual quietud del hotel semiabandonado. Además, le permitía pensar en lugar de hablar.

Pensar no le resultó una actividad muy productiva. Según el plan inicial, Sato tenía que haber firmado los papeles aquella misma tarde y se suponía que ésta tenía que ser la fiesta de celebración para las dos partes. Pero, aunque los términos del acuerdo ya estaban fijados, Hiroshe Sato y sus consejeros estaban disgustados por la desaparición de Sunny Takahashi y se negaban a firmar hasta que regresara el muchacho. Por lo que sabía Byron Trumbo, Sunny no estaba realmente muerto, sino que se había convertido en una especie de fantasma y permanecía en un tubo de lava al sur del complejo, vigilado por un cerdo gigantesco y parlante que estaba dispuesto a devolverlo si él –Byron Trumbo, el multimillonario– bajaba a parlamentar.

«Todo esto es la hostia de raro», pensó Trumbo. Aunque no era supersticioso ni religioso ni sentía el menor interés por lo paranormal, estaba acostumbrado a las cosas raras. Uno no amasa una fortuna de más de un billón de dólares sin encontrarse con cosas raras. Y tampoco amasa uno esa fortuna si no sabe concentrarse; y, en este momento, Byron Trumbo se concentraba en la manera de conseguir que se firmara el contrato para quitarse de encima el Mauna Pele y disponer de un capital que lo sacase de la crisis financiera en la que se encontraba. El cerdo parlante podía esperar sentado un análisis racional. Igual que la otra cerda parlante, Caitlin Sommersby Trumbo, aunque dudaba de que pudiera volver a ocurrir algo racional entre ellos dos.

Michaels, el jefe de seguridad en funciones, se le había acercado un rato antes para susurrarle al oído que la señora Trumbo y las otras dos señoras, más el abogado Koestler, estaban juntos y bajo vigilancia en el séptimo piso de la Gran Hale. Trumbo había ido a buscar a las otras dos con la excusa de que se avecinaba un huracán, lo cual parecía cierto. Lamentaba que las tres mujeres se hubieran encontrado; Maya no suponía una gran pérdida –de todos modos, la relación ya estaba llegando a su fin–, pero a Trumbo le había gustado el raro apareamiento con Bicki. «Bueno, a lo mejor no está del todo perdida», pensó; y rápidamente, apartó de sí ese problema para concentrarse en el más inmediato.

El problema más inmediato era cómo conseguir que Hiroshe firmara el acuerdo. Trumbo sospechaba que, pese a la aparente despreocupación del grupo Sato por el caos que reinaba en el Mauna Pele, la desaparición de Sunny sólo había sido el remate de una vaga intranquilidad. A pesar de su virulenta historia hasta y durante la Segunda Guerra Mundial, los japoneses modernos sentían terror a la violencia y podían olerla.

Por otro lado, Trumbo sabía también que el joven Hiroshe intentaba alejarse de la sombra de su padre; y ese hermoso club de golf en la isla de Hawai era el camino más corto para conseguirlo. O se convertía en un gran empresario, millonario por derecho propio, o hundía la fortuna de su padre. A Byron Trumbo le importaba un bledo lo que ocurriera siempre y cuando el complejo se vendiese y él recibiera el dinero.

Trumbo se preguntó si hubiese debido poner más luces.

Aunque había apostado guardias alrededor del generador de emergencia y funcionaba bien, quería ahorrar electricidad para el ascensor, las alarmas de seguridad del séptimo piso y las luces de la sala de conferencias cuando llegara el momento de firmar... si llegaba. En cualquier caso, a los japoneses no parecía importarles la luz de los faroles, por lo que decidió dejar las cosas como estaban.

Los miembros de la orquesta estaban sudando, Will Bryant había regresado a la mesa pero evitaba prudentemente la mirada de su jefe, y Trumbo mantenía una conversación estúpida con Hiroshe, el viejo Matsukawa y el doctor Tatsuro cuando regresó Michaels. Trumbo detestaba que le susurraran al oído, así que se apartó de la mesa un instante.

–Dos cosas –dijo el guardia de seguridad con nerviosismo–. En primer lugar, Fredrickson no está en la frecuencia de radio.

–¿Te refieres a que no ha llamado a la hora que le tocaba?

–No –repuso Michaels–. Quiero decir que no está en el aire. Lo teníamos en una banda... de modo que sólo tenía que dar la réplica si le pasaba algo; y...

–¿Dar la réplica? –preguntó Trumbo con irritación. No podía soportar que la gente utilizara términos técnicos o profesionales.

Michaels se sonrojó.

–Es una expresión que utilizábamos en el Vietnam, señor. Quiere decir que él tenía su propia banda, una que los demás no utilizábamos, y que se limitaba a apretar el botón de transmisión para comunicarse. Eso era lo que hacíamos en el culo del mundo cuando no queríamos que los del Vietcong oyeran las...

–Ya, ya –cortó Trumbo–. No me vengas ahora a contar batallitas. De modo que Fredrickson sólo tenía que apretar un botón y no lo hizo.

–No lo sabemos, señor Trumbo. No está en el aire. Es como si algo le hubiera destrozado la radio.

–O comido –dijo Trumbo.

–¿Perdón?

–Nada –dijo Trumbo.

–¿Enviamos a unos hombres a buscarlo, señor? –dijo Michaels–. Aquí está todo muy tranquilo; podríamos...

–No –dijo Trumbo–. Si Fredrickson sigue vivo, estará cumpliendo con su trabajo y encontrará la manera de informarnos si ve algo que sale de ese agujero. Y si no lo está, ¿para qué vamos a desperdiciar hombres? Y, ahora, ¿qué más tenías que decirme?

–Ha venido una mujer a verle, señor.

Trumbo suspiró.

–¿Cuál? ¿Caitlin?

–No, señor –repuso Michaels apresuradamente–. Una huésped. La señora Stumpf.

Trumbo hizo una pausa.

–¿Una huésped? Creía que se habían marchado todos.

–No todos, señor. La señora Stumpf es la que ganó el concurso...

–Sí, ya lo sé –le interrumpió Trumbo–. Bueno, dile que la veré mañana después del desayuno o algo así.

Michaels se agitó intranquilo.

–Es que... señor, dice que es muy importante. Dice que se trata del perro y el tiburón y el cerdo; que usted ya lo entenderá.

Trumbo miró el comedor. Los camareros estaban sirviendo el postre –helado de mango local, tarta de chocolate y café de Kona– y parecía que los invitados iban a estar ocupados durante un rato.

–De acuerdo –dijo–, ¿dónde está?

Estaba en la antesala de la suite. Trumbo ya había visto a esa mujer bajita y fornida con cara de luna cuando ella, el encargado de arte y la otra mujer dijeron que habían visto a un perro llevándose restos humanos, pero se sorprendió al comprobar que aún tenía peor aspecto con el pelo mojado y la ropa empapada.

–¡Señora Stumpf! –dijo con aire expansivo, alargando los brazos pero sin llegar a abrazar la mojada aparición–. ¡Estamos encantados de que haya aceptado nuestra invitación a la suite del séptimo piso hasta que pase la tormenta! ¿Qué podemos hacer para que su estancia sea más agradable?

La señora Stumpf gruñó.

–Dígale a su guardaespaldas que se marche –dijo.

Michaels se erizó, pero Trumbo, simplemente, volvió a sonreír.

–No se preocupe, señora Stumpf, mi amigo es de confianza. Lo que tenga que decir no saldrá de aquí.

–Dígale que se vaya a la mierda –dijo la mujer bajita.

Trumbo parpadeó y su sonrisa se desvaneció ligeramente.

–Vete a la mierda –le dijo a Michaels.

El guardia de seguridad se mostró perplejo, pero desapareció por la puerta hasta el pasillo donde esperaban los demás guardias.

–Y ahora –dijo Trumbo–, ¿qué es eso de los tiburones, cerdos y todo eso?

Cordie Stumpf volvió a gruñir.

–Mire, Byron, usted tiene dos problemas. El primero es que su hotel está siendo invadido por bestias mitológicas. Antes de aparcar el jeep en el vestíbulo vacío, he visto jabalíes hozando por el jardín; y ese perro con dientes humanos está en el pasillo del segundo piso.

–¿Ha aparcado el jeep en el vestíbulo? –preguntó Trumbo. Tras recobrar la calma, añadió–: No hay por qué preocuparse, señora Stumpf. Reconozco que las cosas han estado un poco... eh... raras los últimos días, pero mañana todo volverá a la normalidad. Le diré al guardia que la acompañe a su suite. –Le puso la mano en la espalda, percibiendo la blusa mojada y los músculos firmes, y empezó a acompañarla hasta la puerta. Ella no se resistió.

–Ah –dijo–. Le he dicho que había dos problemas.

Trumbo resistió el impulso de suspirar.

–¿Sí?

Cordie Stumpf se detuvo, se volvió ligeramente, metió la mano en el bolso y, tras sacar la treinta y ocho, la hundió en las costillas de Byron Trumbo.

–Éste es el segundo problema –dijo con suavidad; y levantó el percutor.

Trumbo contempló el problema sin moverse.

–De acuerdo –dijo al final–. ¿Cómo lo solucionamos?

Cordie señaló con la cabeza la puerta trasera.

–Vamos a salir por ahí, por esa puerta, y vamos a bajar. Usted irá conmigo. Y mantendrá la boca cerrada. No les hará ninguna señal a sus lacayos. Si hace la menor señal o me da cualquier disgusto, apretaré el gatillo.

–Se da cuenta de que está como un cencerro, ¿verdad? –dijo Byron Trumbo.

–Sí –dijo Cordie; y le hundió el cañón todavía más en las costillas–. Míreme.

Trumbo contempló sus ojos pequeños y pálidos. Ese mismo día se había enfrentado a un revólver en manos de su furiosa esposa, pero entonces supo adivinar los límites de su locura. En el brillo de los ojos de esta mujer no vio ningún límite.

–De acuerdo –dijo–. No le voy a causar ningún problema. Saldremos por la puerta de atrás. Pero, por favor, baje esa pistola.

–La bajaré cuando lleguemos al sitio al que tenemos que ir –repuso Cordie. Su voz sonaba cansada y monótona, pero firme–. O cuando tenga que apretar el gatillo.

Trumbo sintió que se le ponía la carne de gallina pero se volvió y echó a andar, salió de la suite y recorrió el pasillo interior para evitar el banquete. Cordie bajó la pistola y la puso en el bolso sin dejar de encañonarle. Trumbo sintió la boca de la pistola apuntándole desde dentro.

Salieron a la terraza por la puerta de atrás. Trumbo saludó con la cabeza a los guardias de seguridad apostados a la entrada y junto al ascensor.

–¿Quiere que bajemos con usted, señor T? –preguntó un tipo enorme.

Trumbo dijo que no con la cabeza y entró en el ascensor con la mujer bajita. El cesto seguía pegado a sus costillas.

–¿Qué piso? –preguntó.

–El sexto.

Trumbo se sorprendió. Esperaba que dijera el vestíbulo. Una vez allí, se dirigieron a la suite de la señora Stumpf.

–Paul Kukali se ha hecho mucho daño –dijo la mujer bajita con su acento de la región central de Estados Unidos–.

Lo he dejado con un par de guardias de seguridad que se lo han llevado al séptimo piso para que lo vea un médico.

–El doctor Scamahorn –dijo Trumbo automáticamente–. Ha trasladado la enfermería allí arriba para...

–Ya –interrumpió Cordie mientras abría la puerta de su suite y le hacía señas a Trumbo de que entrara. Iluminó el interior con la linterna y después abrió la puerta del dormitorio. El cuerpo de una mujer estaba tapado con la colcha hawaiana hecha a mano.

–Dios mío –exclamó Trumbo al tocarle la muñeca helada. Era la otra mujer que había visto al perro: la doctora Perry. Tenía la piel tan fría que Trumbo pensó que debía de llevar muerta varias horas; quizá se había ahogado en el mar–. ¿Qué pasó? –inquirió.

«Ese maldito cerdo. Tiene que haber sido el cerdo», pensó.

–Fue el cerdo –dijo Cordie con voz cansada, como si le hubiese leído el pensamiento–. Pero como el cerdo no podía tocarla debido al mandato de Pele de 1866, hizo que Pana-ewa la atacara.

Trumbo miró a la mujer bajita como si se hubiera puesto a hablar en swahili.

–Da igual –dijo Cordie haciéndole señas para que saliera de la habitación–. Sólo quería ver cómo estaba. Los bichos piensan que no volveré aquí. Aunque, en realidad, creo que yo no les importo.

–¿Los bichos? –preguntó Trumbo.

Le irritaba que una regordeta ama de casa lo estuviera paseando a punta de pistola cuando debía estar arriba cerrando el trato con Sato, pero era la guinda suficientemente absurda del surrealista helado que había estado comiendo en los últimos días; y, de algún extraño modo, empezaba a disfrutarlo.

–Da igual –dijo Cordie Stumpf.

Salió al pasillo oscuro, cerró la puerta con llave y escuchó un momento. Trumbo también escuchó, consciente una vez más de la pistola que tenía clavada en las costillas. Había ruido de pasos en los pisos de abajo y le pareció oír un gruñido.

Cordie lo empujó hacia la escalera.

–No haga ruido al caminar –susurró. Trumbo la obedeció y sus zapatillas apenas hicieron ruido.

Esta vez se detuvieron en el primer piso y avanzaron por el vestíbulo oscuro hacia el restaurante. Estaba cerrado con llave.

–Espero que tenga la llave –susurró Cordie. Algo se movió entre los arbustos situados detrás de las estatuas del Buda arrodillado junto al vestíbulo.

Trumbo iba a decir que no tenía la llave, pero el ruido procedente de los arbustos le decidió a no hacerlo. Abrió la puerta y, después de entrar en el restaurante, volvió a cerrarla con llave. Cordie exploró la sala con el haz de la linterna sin perder de vista a Trumbo, quien esperaba el momento para intentar cogerle la pistola. ¡Lo más rápido posible!

–¿Ésa es la cocina? –murmuró Cordie mientras iluminaba la puerta.

–Sí.

Le hizo señas de que avanzara y entraron en la cocina por la puerta de batiente. Las encimeras y los armarios de acero inoxidable brillaban a la luz de la linterna.

–La despensa –ordenó ella.

Trumbo iba delante preguntándose si la mujer sería una especie de bulímica que iba a comer hasta la muerte mientras le apuntaba con la pistola. Si lo hacía lo suficientemente rápido como para permitirle regresar a la fiesta con Sato, le daba igual.

En la despensa, Cordie intentó encender la luz, pero no había electricidad.

–¿Necesita algo? –preguntó Trumbo mientras observaba las hileras de latas y de manjares propios del restaurante de un hotel de cinco estrellas.

«¿Arsénico? –pensó–. ¿Vidrio molido?»

Cordie vaciló sólo un momento.

–Pasta de anchoas –repuso mientras iluminaba un estante inferior.

Trumbo parpadeó, pero enseguida se acercó para coger el oscuro tubo de pasta cuando ella lo señaló con la pistola.

–Será mejor que coja dos tubos –dijo la mujer bajita y regordeta–. Y ése otro largo de pasta de ajo, ése de ahí..., sí, ése.

Trumbo sacó el pesado tubo de ajo líquido. Se sentía como un marido calzonazos en un supermercado.

–¿Qué pone en ese tarro negro y pequeño? –preguntó Cordie.

Trumbo se acercó y leyó la etiqueta a la luz de la linterna.

–Marmite –repuso–. Es una pasta que algunos huéspedes ingleses se ponen en las tostadas y...

–Sé lo que es –dijo la mujer–. Una vez la probé en Londres. Es esa cosa negra de levadura que huele como si un ratón se hubiera metido en el tarro y se hubiese muerto uno o dos años antes. Y sabe todavía peor. Más vale que también coja ese tarro.

«Sea cual sea el bocadillo que quiere hacer –pensó–, no pienso probarlo.»

–Queso –ordenó Cordie; y se dirigieron a la nevera.

–Mire –dijo Trumbo cuando estaban delante de las estanterías de los quesos–, si tiene hambre venga conmigo al piso de arriba y únase al banquete...

–Cállese –interrumpió Cordie. Le hizo señas con la pistola–. Coja un poco de ese Limburger. Y el azul.

–Necesito un cuchillo para cortarlo –dijo Trumbo. Empezó a caminar hacia la cocina.

–Muy listo –ironizó Cordie indicándole que regresara–. Utilice las manos. No, mejor, coja el Limburger entero.

–Pero si pesa más de cinco kilos –protestó Trumbo mientras hacía juegos malabares con la pasta de anchoa y los tubos de ajo para agarrar el apestoso queso.

–Venga, que usted es un tío fuerte –dijo Cordie. Le abrió la puerta y siguió apuntándole con la pistola mientras volvían a cruzar el restaurante.

Ella se detuvo un momento junto a la puerta, que dejó ligeramente abierta.

–¿Y ahora qué? –susurró Trumbo.

«Si se acerca dos pasos más, podré derribarla con este maldito queso», pensó. El olor que desprendía el Limburger le dio ganas de vomitar

Cordie escuchaba el ruido de algo que rascaba en el pasillo del segundo piso.

–Iremos por la escalera –dijo–. Si utilizamos el ascensor los guardias de seguridad bajarán a ver lo que pasa.

Empezó a caminar hacia la puerta y de pronto se detuvo.

–Hostia –gruñó en voz baja.

–¿Qué? –preguntó Trumbo sujetando con el mentón el tubo de ajo encima del queso. Los ojos le lloraban por el olor–. ¿Se le ha olvidado el pan?

Cordie sacudió negativamente la cabeza.

–Me falta el coco.

–Lástima –murmuró Trumbo–. ¿Eso significa que se anula la merienda?

Ella no respondió.

–¿Dónde está la bodega? Un lugar tan elegante como éste tiene que tener una bodega.

Trumbo señaló con la cabeza una puerta al lado de la cocina.

La bodega era de piedra y estaba detrás de la cocina. Aún conservaba la temperatura de la refrigeración a pesar del corte de electricidad. Cordie recorrió los estantes, iluminando con la linterna los corchos y las etiquetas.

–¿Cuál es el mejor vino?

Trumbo se encogió de hombros.

–No tengo la menor idea. –Miró los estantes de selectos vinos iluminados por la linterna–. Este Lafite-Rothschild del 48 cuesta más dinero del que usted nunca llegará a ver.

–Perfecto –dijo Cordie Stumpf; y cogió el valioso vino. Metió la mano en el bolso y sacó una navaja suiza, extrajo el sacacorchos y añadió–: Póngase ahí. –Y mientras Trumbo, a diez pasos, echaba chispas, sujetó la botella con las rodillas y la abrió con una mano mientras sostenía la pistola con la otra.

–Oiga –dijo el millonario–, esa botella cuesta...

–Cállese. –Tras sacar el corcho y olerlo, Cordie asintió, como si fuera una experta en vinos, y bebió un trago. Después, vació el resto de la botella en el suelo.

–¡Dios mío! –exclamó Trumbo. Volvía a estar furioso.

Iba a soltar el queso cuando vio el haz de la linterna y la negra boca de la treinta y ocho.

–Ah –dijo Cordie–, ¿quería un poco? –Volvió a tapar la botella con el corcho.

–Voy a meterla en un manicomio para el resto de su jodida y miserable vida –amenazó Byron Trumbo en un tono que normalmente reservaba para los serios acuerdos contractuales.

Cordie asintió.

–Se lo agradecería; me vendría muy bien el descanso, amigo Byron. Coja sus quesos. –Silbó dos compases de *Jesús es nuestro amigo* mientras Trumbo levantaba la carga.

–Espere –dijo–. Paul Kukali me ha dicho que varios de los hombres al servicio de usted han desaparecido. A lo mejor también usted quiere llevarse una botella.

–¿De qué coño está hablando? –preguntó Trumbo.

–De fantasmas –dijo Cordie–. Del transporte de fantasmas. Esta botella es para el mío. Es posible que también usted quiera coger una si desea traerse a alguien.

–El transporte de fantasmas –repitió Trumbo–. Eso es lo más estúpido que he... –Se detuvo–. Sí –dijo–, a lo mejor sí que necesito una botella.

–¿Sólo una? –inquirió Cordie mientras iluminaba los estantes.

–Sí. Tengo las manos ocupadas. ¿Puede cogerla usted?

–Claro –repuso Cordie y, mientras seguía apuntándole con la pistola, cogió una botella.

–Que no sea de las más caras –dijo Trumbo con brusquedad–; con esa barata de Gallo basta.

Cordie se encogió de hombros, cogió la botella de Gallo y la depositó bajo el mentón de Trumbo, encima de los tubos de pasta de anchoa y de ajo.

–Vamos –ordenó.

Bajaron al sótano por la escalera.

–Pero qué cojones –dijo Trumbo–. Aquí no hay nada salvo...

–Catacumbas –prosiguió Cordie–. Creo que será más fácil que intentar recorrer uno o dos kilómetros bajo la tormenta. Sospecho que todos estos túneles de lava están conectados; y creo que sus hombres fueron engullidos por algo que está en esos túneles.

–¿Pero de qué está hablando? –preguntó Trumbo.

–Camine –dijo Cordie señalando el pasillo a oscuras.

–Y una mierda –repuso Trumbo retrocediendo hacia el rincón–. Yo por ahí no me meto.

–Claro que sí –ordenó Cordie Stumpf; y alzó la pistola. Trumbo se quedó mirándola fijamente.

–Tendrá que dispararme –dijo–. No pienso...

El ruido del disparo fue terriblemente sonoro por el eco del lugar.

La bala rozó la oreja de Trumbo, llevándose un trozo minúsculo del lóbulo, y rebotó en el túnel de cemento. El ruido y el olor a pólvora parecían llenar el mundo.

Trumbo soltó los tubos, los quesos, el bote de Marmite y la botella y extendió el brazo mientras se llevaba la otra mano a la oreja.

–No dispare, no dispare, no dispare...

–No está herido –dijo Cordie–. Todavía no. Creo que puedo apuntar a unos cuantos puntos débiles sin necesidad de derribarlo. Ahora recoja las cosas.

Trumbo obedeció en el acto.

–Su amigo el fantasma ha tenido suerte de que la botella no se rompiera –dijo Cordie mientras lo iluminaba con la linterna.

Trumbo respondió con un ruido.

–Vamos –ordenó ella señalando el oscuro túnel–. Ya verá cómo todo se arregla.

Trumbo murmuró algo al apestoso Limburger.

–¿Cómo dice? –preguntó Cordie–. Creo que no lo he oído.

–He dicho –repuso Trumbo– que no veo cómo se arreglará.

La voz de la mujer se suavizó tras el brillo de la luz de la linterna.

–Cuando lleguemos a la entrada de la cueva –dijo–, nos desnudaremos y nos frotaremos con esto.

22

No se necesita mucha imaginación para ver esos lechos de lava poblados de extrañas formas, como monstruos antediluvianos forjados para instruirnos en el Palacio de Cristal. Parece que aquí hay toda clase de seres que se deslizan y se arrastran por el suelo: lagartos gigantescos y monstruosos, jibias de muchos tentáculos.

Señorita C. F. GORDON-CUMMING
Fuentes de fuego, 1883

18 de junio de 1866, en una aldea sin nombre de la costa de Kona.

Me arrodillé junto al cadáver del reverendo Haymark y la anciana se sentó delante de mí. El señor Clemens miraba. El dios cerdo y otros innombrables seres se agitaban por la aldea, terriblemente frustrados al verse excluidos de la choza por orden de Pele.

La anciana me pasó el coco que contenía el uhane *de nuestro amigo.*

–Debes actuar con determinación –me indicó–. Es posible que el espíritu no quiera regresar al cuerpo. Se ha acostumbrado a la libertad y no querrá que lo vuelvan a encerrar. Debes abofetearle hasta que se someta.

–Abofetearle –repetí.

–Abofetearle –insistió la anciana–. Debes abofetearle para que entre y se quede en el cuerpo hasta que se caliente. Si escapa mientras lo haces... –la anciana señaló la puerta abierta–... Kamapua'a o Pana-ewa se lo comerán y nunca más volverás a verle. Incluso ahora, mi lava está llenando el

mundo de los muertos. Dentro de poco, mis enemigos tendrán que marcharse de aquí. Pero los fantasmas también serán sepultados.

–Abofetearle –repetí. Con el coco en la mano, y mirando al señor Clemens en busca de ayuda, pregunté–: ¿El espíritu dónde...? ¿Cómo...?

La anciana tocó la comisura del ojo del reverendo Haymark.

–Éste es el lua-uhane, *la «puerta del alma». El espíritu abandonó el cuerpo por aquí... Pana-ewa lo extrajo como si hubiera chupado un coco para sacarle le leche. Es posible que el espíritu quiera regresar por el mismo camino. ¡No le dejes! El espíritu debe regresar por los pies del cadáver y avanzar hacia arriba hasta que cubra todo el cuerpo. Ahora, quítale las envolturas* kahuna *de los pies.*

Me incliné hacia las botas del reverendo Haymark, pero me detuve confusa. Nunca había desvestido a un hombre, ni siquiera le había quitado las botas a mi padre cuando bebía demasiado, y no me parecía correcto hacerlo en ese momento. Por suerte, el señor Clemens advirtió mi confusión y se acercó al clérigo para quitarle las botas y los calcetines. Poco después, los diez dedos de los pies de nuestro amigo apuntaban hacia el cielo como unos pálidos indicadores de tumbas. La idea de tocar esos pies fríos y muertos me hizo estremecer.

La anciana me posó las manos sobre la cabeza y un hombro.

–A partir de este momento te nombro sacerdotisa de Pele –canturreó–. Ahora perteneces a la hermandad de las brujas de Pele. Hablarás en nombre de Pele. Pondré las palabras en tu mente. Tu voz será mi voz. Tus manos las mías. Tu corazón el mío. Pele ha hablado.

En el acto, sentí una gran sacudida, como si me hubiera alcanzado un rayo. Me desapareció el agotamiento. Sentí que el poder fluía de la punta de mis dedos. Miré al señor Clemens y vi en sus ojos abiertos que mi rostro había cambiado, quizá reflejara el brillo de energía y entendimiento que sentí en ese instante.

Abrí el coco. El espíritu del reverendo Haymark salió como una melaza espesa y gris; primero se deslizó por el suelo y después se elevó y adquirió forma humana. Me puse a su lado mientras se aglutinaba. El murmullo de la anciana se convirtió en un lejano ruido de fondo; o quizá sólo estaba en mi mente. No lo sé.

Cuando el fantasma hubo adquirido forma humana, se onduló como humo agitado por una suave brisa y empezó a deslizarse hacia la puerta. No necesité que la anciana me dijera lo que tenía que hacer.

Colocándome entre el espíritu del reverendo Haymark y la puerta abierta, abofeteé la forma ectoplásmica y mis dedos tocaron algo aunque se deslizaron entre la humeante silueta.

El fantasma regresó, pero la parte inferior había perdido su forma humana y se puso a dar vueltas alrededor del cadáver del reverendo Haymark girando como un ciclón mientras le buscaba las comisuras de los ojos.

Le volví a abofetear con violencia para apartarlo. Tras descubrir que podía asir al fantasma, lo cogí por los hombros y lo arrastré hasta los pies descalzos. A esas alturas, el espíritu casi había perdido su forma humana y sentí que mis manos calientes tocaban una niebla tangible. Empujé la niebla para que entrara por los pies; al principio sentí que se resistía, pero poco después empezó a ceder y a someterse; finalmente, se produjo la penetración osmótica por los pies desnudos y vulnerables. Era como pasar nata espesa por un filtro muy fino.

El espíritu se resistió un momento todavía y las siguientes palabras me vinieron a la mente de un modo espontáneo. Empecé a cantar:

¡Ah, la cima del Kilauea!
¡Ah, las cinco vetas de la mina!
El fuego *kapu* de la mujer.
Cuando el cielo tiembla,
cuando las grietas de la tierra se abren,
el hombre cae
y yace en el suelo.

El relámpago de kane despierta.
Kane avanza rápido en la noche.
Mi sueño es interrumpido.
¡E ala e! ¡Despierta!
El cielo despierta.
La isla de tierra está despierta.
El mar está despierto.
¡Despierta!
Aquí estoy.

En ese momento, la tierra tembló y la choza se agitó como la falda de paja de una muchacha nativa en una de sus sensuales danzas. Oí crujidos y estruendos, aunque no sé si se debieron a relámpagos, un terremoto o las dos cosas. El señor Clemens estaba de rodillas, pero en ningún momento apartó la vista del combate que estaba teniendo lugar entre el espíritu del reverendo Haymark y yo. De algún modo, supe en ese instante que Pana-ewa, Kamapua'a y los demás enemigos habían sido expulsados a un lugar muy lejano, y también que el mundo de los muertos de Milu había sido sellado por la corriente de lava.

Me concentré en mi labor. El sudor me goteaba por la nariz y el mentón mientras obligaba al fantasma a subir por las piernas del clérigo hasta la cadera. Una vez allí, la lucha arreció, como si el espíritu se resistiera a alcanzar los órganos vitales y a permitir que el cuerpo respirase y volviera a vivir. Tendí la mano como si supiese que la anciana sostenía una jarra de barro a mis espaldas. Y así fue. Tras coger agua fresca de la vasija, la derramé sobre el cuerpo y canté:

¡Yo te hago crecer, oh, Kane!
Yo, Lorena Stewart, soy la profetisa:
Pele es la diosa.
Esta obra es suya.
Ella hace posible el crecimiento.
Aquí está el agua de la vida.
¡E ala e! ¡Despierta! ¡Levántate!
Haz que vuelva la vida.

El *kapu* de la muerte se ha acabado.
Ha sido levantado,
se ha marchado volando.

De pronto, el espíritu cedió y pareció deslizarse con suavidad hacia arriba mientras yo abofeteaba y masajeaba el vientre y los costados del misionero muerto. Masajeé el espíritu por los brazos inertes y abofeteé los dedos hasta que sentí que entraban en calor. Finalmente, froté el cuello, masajeé la mandíbula y toqué la cara y la cabeza del muerto con mis dedos brillantes.

Poco después me eché hacia atrás; de pronto, volví a estar agotada, la energía divina me abandonaba de un modo tan repentino que acerqué los dedos a las comisuras de mis ojos para asegurarme de que mi propio uhane *no se me escapaba.*

El reverendo Haymark hizo unos extraños ruidos, como si se estuviera ahogando, y poco después abrió los ojos. Movió los labios. Empezó a respirar.

Creo que el señor Clemens me cogió por detrás cuando me desmayé.

De pie en la oficina del astrónomo, tras iluminar con la linterna la desgastada pared y la oscura caverna y ver las manchas de sangre en el suelo, la pared y el techo, Cordie retrocedió y dijo:

–Bueno, ha llegado el momento de quitarse la ropa.

–Ni lo piense –dijo Byron Trumbo. Se lanzaría a pecho descubierto sobre esa puta antes que someterse a semejante indignidad.

Cordie suspiró como cansada y alzó la pistola.

–En ese caso, ¿dónde la quiere? ¿En el muslo o en ese neumático de recambio que lleva encima? En cualquier caso, tiene que ser en un sitio que le permita seguir caminando. –Levantó el percutor con tranquilidad, ya que estaba demasiado lejos para tener que darse prisa.

Trumbo empezó a maldecir mientras se desabrochaba la camisa. Cuando se quitó los calzoncillos, ya había soltado todos los tacos aprendidos en su pintoresca vida y empezaba a improvisar otros. Detrás de la luz de la linterna, Cordie también se estaba desvistiendo.

–¿Y ahora qué? ¿Me va a violar? –preguntó Trumbo cuando sólo le quedaban los calcetines y a la mujer bajita y regordeta la pistola y el bolso.

–Por favor –repuso Cordie–. He comido hace sólo un par de horas. Quítese esos calcetines.

–Si nos metemos ahí dentro, las rocas me cortarán los pies –dijo Trumbo, y percibió un quejido en su voz que le dio asco.

Cordie se encogió de hombros.

–Los fantasmas no llevan calcetines. Así que supongo que nosotros tampoco. Quíteselos.

Trumbo rechinó los dientes y obedeció.

–¿Pretende llevar ese bolso? ¿Cree que los fantasmas se pasean con cestas?

–Me importa un bledo –contestó Cordie–. Lo necesito para llevar mis cosas. No pienso dejar el diario de Kidder.

–¿El diario de quién?

–A usted no le importa –dijo Cordie–. Ha llegado el momento de untarnos. Usted primero. Empiece con la pasta de ajo.

Los siguientes minutos superaron todas las experiencias en la vida de Byron. Bajo la mirada de un solo ojo de la pistola, se untó la pasta semilíquida de ajo y después la de anchoas. El olor le dio arcadas.

–Ahora el queso –ordenó Cordie mientras se embadurnaba con el ajo a la vez que sujetaba la pistola.

–Vaya mierda –gruñó Trumbo; y empezó a desmenuzar el queso–. No se pegará.

–Sí que se pegará. Siga untándose.

Trumbo obedeció. El Limburger se le apelmazó en el pecho. Se le formaron migas en las axilas que cayeron al vello púbico. Se frotó las piernas con aquella cosa apestosa.

–Fantástico –exclamó la mujer cogiendo el resto del queso para seguir embadurnándose.

Trumbo procuró no mirar el cuerpo de Cordie. Desde

que ganara su primer millón, todas las mujeres que había visto desnudas eran físicamente atractivas, lo más cercanas a la perfección que se puede comprar. Al mirar a esa mujer de pechos pequeños y caídos, celulitis en el culo, muslos gordos, cicatrices en la barriga y piernas rechonchas, pensó en su madre, en que todos nos hemos de morir y en todas esas cosas que creía haber dejado atrás para siempre. De pronto le entraron ganas de llorar.

Cordie hizo caso omiso de sus miradas.

–Ahora el Marmite –ordenó–. Póngaselo en el pelo y en la cara.

Trumbo abrió el bote y, al acto, a punto estuvo de devolver la cena del banquete. No era sólo el hedor a levadura podrida de la oscura pasta, sino el efecto de la mezcla con los demás olores que desprendía su piel. Controlando el estómago sólo a fuerza de voluntad, se aplicó Marmite en el pelo y detrás de las orejas.

–Si quiere, puede vomitar –dijo Cordie en un momento dado–. Así olerá más.

Trumbo no le hizo caso.

–¿Pero para qué coño estamos haciendo esto? –le preguntó cuando le pasó el bote de Marmite. La maldita foca tenía la pistola lo suficientemente lejos como para que él no pudiera arrebatársela.

–Es lo que dice el diario de Kidder –respondió la mujer bajita mientras se frotaba la pasta negra en el pelo–. A los fantasmas no les gustan los olores desagradables. Miran a otro lado. Si supieran que estamos vivos, nos atacarían y nos robarían los espíritus, como le hizo Pana-ewa a la pobre Nell. –Tiró el bote vacío al suelo–. Ojalá tuviéramos un poco de arenque en salsa. Y quizá comida en lata para gatos. Puss'N'Boots estaría bien. Esa porquería siempre me daba ganas de vomitar cuando se la daba a mi gato.

–Está usted chiflada –dijo Byron Trumbo con los dientes apretados.

Cordie asintió.

–Bueno, ya está; ahora podemos irnos. –Señaló el agujero en la pared.

–¿Pretende que me meta con usted por ese tubo de lava hasta que encontremos fantasmas?

–Ése es el plan –repuso Cordie mientras se quitaba un pegote negro de Marmite del mojado flequillo que le cubría los ojos.

–¿Y por qué yo?

–Las reglas dicen que tiene que haber un hombre –dijo Cordie–. Usted parecía disponible. Lo siento, pero es así. La vida suele hacer esas cosas.

Trumbo consideró un momento la respuesta y, después, tensó los músculos para saltarle a la yugular.

–Ni lo sueñe –dijo la mujer bajita mientras le apuntaba con la pistola.

Apretando los puños, Trumbo cruzó por la pared rota para entrar en la caverna.

–Esto está oscuro como boca de lobo –dijo mientras oía un ligero eco.

–Ya voy –repuso Cordie.

Arriba y fuera, en la tierra, en el cielo y bajo el mar, la batalla se ha iniciado.

El volcán del Mauna Loa se eleva a cuatro mil cien metros por encima del nivel del mar pero, bajo las olas, la masa de la montaña se sumerge otros cinco mil quinientos metros hasta el fondo. Si el océano desapareciera, el Mauna Loa mediría nueve mil seiscientos metros de altura y sería la cima más alta de la tierra. El Kilauea, que ahora está en plena erupción junto con su hermano mayor, el Mauna Loa, no tendría sus modestos mil doscientos metros, sino que se revelaría como un cono volcánico de seis mil setecientos metros de altura.

En estos momentos, en el permanente depósito de magma hirviente, a más de once kilómetros por debajo de la cima del Mauna Loa, unas fuerzas internas expulsan grandes cantidades de lava hacia arriba por una roca tan llena de grietas que parece una esponja gigante. Esta eyaculación de llama derretida es tan poderosa que provoca terremotos por toda la isla de Hawai y a más de cincuenta kilómetros mar adentro.

En el Complejo Mauna Pele, los temblores son lo suficientemente fuertes como para que los japoneses, expertos en terremotos, salgan disparados hacia la puerta. Entretanto, Bill Bryant intenta localizar a su jefe o al doctor Hastings en el observatorio del volcán por medio del teléfono celular o la radio. Nadie contesta. En el observatorio del volcán, Hastings y varios científicos observan los instrumentos que registran el terremoto más fuerte desde 1935 y la más potente erupción simultánea del Mauna Loa y el Kilauea desde 1832, año en el que los científicos empezaron a observar el fenómeno en la isla.

En la zona de las fallas del sudoeste, donde está el Complejo Mauna Pele, se registra una docena de nuevas erupciones en menos de diez minutos mientras la tremenda presión que se eleva hacia la caldera se descarga por las fallas, frías e inactivas durante mucho tiempo. Pese a que el estallido no es de veinte megatones como la erupción de 1980 en el monte St. Helens, en el Estado de Washington, ni como la de 1985 en el Nevada del Ruiz, en Colombia, que mató a más de veintitrés mil personas, esta erupción lateral es lo suficientemente poderosa como para provocar innumerables géiseres de lava de sesenta metros de altura en la ladera sudoeste del Mauna Loa.

Los gases, que exceden los dos mil cien grados Fahrenheit, salen por una grieta de veinte mil metros, formando grandes nubes de vapor sulfuroso entre las llamas y las corrientes de lava. Decenas de miles de fibrosos mechones de sílice de la cabellera de Pele descienden hacia los bosques tropicales y campos de helechos. Fragmentos de roca vuelan por los aires, los más pesados caen cerca de la grieta, pero los guijarros y las partículas más ligeras recorren cientos de kilómetros hasta el mar transportados por las nubes de ceniza.

Por toda la zona del sudoeste que llega hasta el mar, los antiguos tubos de lava se llenan de magma. A partir de los cuatrocientos mil metros de altura y llegando hasta el mar, la roca, que se había vuelto porosa tras miles de años de enfriamiento, de pronto se empieza a llenar de lava y tiembla con el terremoto. Saturada de agua a varios kilómetros por encima del depósito, la roca explota en un instante de gran calor. Las nubes de vapor rivalizan con las nubes de azufre a la vez que las explosiones continúan en la zona cercana a la fisura de veinte mil kilómetros, como una andanada de petardos gigantes. La corriente de lava, de más de setecientos mil metros cúbicos, establece un nuevo récord en el observatorio del volcán.

Delante de esta corriente lateral, los bosques están en llamas. Las carreteras desaparecen bajo los flujos de lava de un kilómetro, que avanzan más rápido que un hombre corriendo. Las casas se volatilizan. Los coches y los camiones abandonados se elevan como juguetes por encima del vapor del magma y son arrastrados a cuarenta kilómetros por hora; la pintura desaparece en un instante, el interior estalla en llamas y los depósitos de gasolina arden como un contrapunto menor a la lava que fluye.

Al mismo tiempo, la tropical tempestad de Kamapua'a choca con la costa en llamas como el chorro de una manguera contra un incendio. El vapor se eleva en los diez mil puntos donde el aguacero del monzón se encuentra con los tubos desbordados de lava, pero la simple lluvia tardará varios milenios en vencer a la roca fundida por el calor. Un *tsunami* podría apagar algunas llamas, pero Pele ha planeado las erupciones de esta noche de tal modo que mientras los terremotos sigan, no habrá ningún maremoto. Las olas de sesenta metros de altura se estrellan contra los acantilados en llamas, pero la ola volcánica gigante no aparece.

Como parte de la centenaria estrategia de Kamapua'a, miles de jabalíes andan sueltos por la tierra para comer los arbustos y la vegetación, negando a Pele el combustible para su fuego. La mayoría de estos jabalíes mueren en los primeros treinta minutos de esta nueva explosión lateral, engullidos por los riachuelos de lava. En medio del olor a azufre y el rugido del vapor, la noche se llena del aroma *luau* de cerdo asado.

De pie junto al marco de la puerta de la sala de banquetes

de la suite presidencial del Mauna Pele, Hiroshe Sato observa los riachuelos de lava abriéndose paso hasta el mar a menos de quinientos metros al sur del complejo; y murmura para sí una y otra vez:

–Jodel.

–Creo que nos estamos acercando –dijo Cordie.

Los túneles parecían extenderse varios kilómetros, un tubo de lava se unía a otro y tanto Cordie como el millonario ya no sabían dónde estaban, esperando encontrar el mar en cualquier momento o toparse con la caldera del volcán. En cambio, llegaron a un lugar en el que las paredes brillaban.

–Es una buena señal –dijo Cordie mientras daba palmadas al bolso que colgaba de su hombro desnudo–. Kidder dice en el diario que en el país de los fantasmas todo brilla.

–Fantástico –exclamó Trumbo. Tenía los pies destrozados por los arañazos. La piel le escocía debido al apestoso mejunje que ella le había obligado a ponerse. Se cayeron al suelo cuatro o cinco veces debido al terremoto, que lanzaba rocas y polvo del techo de tubos de lava. Cada segundo que pasaba, Trumbo esperaba que un muro se les derrumbase encima–. El país de los fantasmas –prosiguió–. Realmente fantástico.

Los fantasmas, cuando los encontraron, resultaron un poco decepcionantes. Unas formas brillantes –algunas transparentes, con forma casi humana– formaban parejas y grupos reducidos. Al ensancharse la caverna, vieron a centenares de espíritus que jugaban, estaban acostados o comían *poi*.

–Igual que en el libro –dijo Cordie.

Los espíritus se acercaban a ellos flotando hasta que, de pronto, los olían y se alejaban. Trumbo no los culpaba.

Cordie se le acercó, bajando la pistola, y le susurró al oído:

–A partir de ahora no podemos hacer ruido. No hablan. Y, si lo hacen, nuestros oídos no lo pueden captar.

Trumbo asintió mientras pensaba que, en ese momento,

podía coger a la mujer por el brazo y arrebatarle la pistola. «¿Para qué? Tenemos que encontrar lo que vinimos a buscar y salir de aquí.» Muy a su pesar, había empezado a admirar a la valiente mujer; incluso empezaba a acostumbrarse a su desnudez. Se dio cuenta de que, más que gorda, era musculosa, y de que tras sus ojos pequeños ardía una voluntad más caliente que la lava que con toda probabilidad iba a consumirlos a los dos. «¡Qué coño!», pensó Trumbo. Todos hemos de morir alguna vez, y ésta sería una original manera de hacerlo. Sólo lamentaba no haber concluido el acuerdo sobre el Mauna Pele. Si tenía que morir, habría sido mejor hacerlo con el acuerdo firmado.

Los fantasmas siguieron jugando, trabajando y conversando en silencio. Estaban todos desnudos, hombres y mujeres, y se veían pocos niños.

«Si esto es la vida después de la muerte, paso. Parece un viernes por la noche en Filadelfia», pensó Trumbo.

–¡Ahí! –susurró Cordie casi silbándole en el oído.

Trumbo tardó en ver lo que le señalaba. De pronto, los vio en una caverna lateral: varios espíritus que parecían más *haole* que el resto. Trumbo tardó un poco más en darse cuenta de lo que estaban haciendo: los fantasmas de Dillon, de Fredrickson y de su antiguo guardaespaldas, Briggs, jugaban a unos dados invisibles con tres hombres rechonchos con pinta de vendedores de coches de Nueva Jersey. El espíritu de Sunny Takahashi parecía hacer apuestas con dinero invisible. Otros, turistas al parecer, jugaban al golf y comían comida invisible en una mesa invisible. El antiguo astrónomo del Mauna Pele estaba sentado leyendo una revista invisible mientras otros dos hombres de mediana edad miraban una televisión invisible y cambiaban de canal con unos mandos invisibles.

El espíritu de Eleanor Perry estaba solo y se paseaba como si buscara un sitio por donde escapar.

–Nell –musitó Cordie; y cruzó la caverna dirigiéndose hacia ella. Tardó menos de un minuto en descorchar la botella de vino e introducir el espíritu en su interior. Fue como si la botella se llenara de humo.

–Toque a los demás –susurró Cordie– y le seguirán cuando salga. Pero tiene que elegir a los que quiere que regresen a sus cuerpos. –Tendió a Trumbo la otra botella.

Trumbo vaciló. Briggs y Fredrickson le habían servido muy bien. Dillon no había sido realmente asesinado; al parecer, sólo le habían robado el alma. El astrónomo y los demás empleados que reconoció no se merecían ese destino. Pero el regreso de Sunny Takahashi significaba dinero.

Trumbo cogió la botella de Gallo y metió a Sunny en su interior. No resultó tan difícil como pensaba. Mientras tanto, el barbudo fantasma de Dillon revoloteaba a su alrededor como una molesta mosca. Al final, Trumbo se ablandó y descorchó la botella.

–Mira –susurró–, mientras haya sitio, a mí me da igual... –El espíritu entró como agua en una bota.

Trumbo metió la botella llena de humo en el bolso de Cordie.

–Salgamos de aquí –murmuró, consciente de que nunca conseguirían regresar por el camino que habían venido.

Cordie asintió y se volvió. Ambos se quedaron petrificados.

Kamapua'a les interceptaba el paso. El cerdo gigante sonreía.

23 de junio de 1866, a bordo del buque de Estados Unidos Boomerang.

Acabo de leer las notas que escribí de prisa y corriendo y casi no puedo creer lo que digo. Esas palabras y esos acontecimientos pertenecen a otra persona, a otra vida.

El barco de vapor acaba de zarpar del muelle de Kona-Kawaihae para iniciar su lenta travesía hacia Lahaina, donde espero encontrarme con unos amigos y tomarme una semana de descanso en su plantación antes de seguir a Honolulú y, desde allí, a Oriente con el barco correo Costa Rica. *El señor Clemens y el reverendo Haymark se marcharon ayer a Honolulú en el paquebote interinsular* Kilauea; *el reverendo Haymark regresaba a su misión en Oahu y el señor Clemens a California vía Honolulú. Posee un billete para el barco de vela* Smyrniote *y confía en que llegará a San Francisco, si bien le parece imposible que un barco con un nombre tan extraño sea recibido en Davy Jones's Locker.*

De las horas y los días posteriores al rescate del reverendo Haymark, mis recuerdos son confusos, por no decir otra cosa. Ni siquiera me acuerdo de haber escrito esas fantásticas líneas anteriores a esta anotación. Los detalles de la resurrección de nuestro compañero son como un sueño... no, más que un sueño... son como algo muy lejano, como si le hubiera ocurrido a un personaje ficticio.

Recuerdo nuestra llegada a Kona. Recuerdo la propuesta de matrimonio que me hizo el señor Clemens hace dos noches, cuando estábamos en el muelle y mirábamos la puesta de sol. Recuerdo mi rechazo.

A mi amigo le dolió. Y a mí me dolió hacerle daño. Recuerdo que me quité el guante y le toqué la mejilla con delicadeza.

–¿Puedo preguntarle por qué no puede contemplar esta proposición, señorita Stewart? –inquirió con voz dolida.

–Sam –repuse con suavidad. Fue la única vez que pronuncié y que pronunciaré su nombre de pila–. No es que no quiera casarme con usted... o que no le ame... Lo que pasa es que no puedo.

Vi confusión en su rostro.

–Cuando la anciana me tocó –empecé, sabiendo que no sería capaz de explicarlo–, sentí... algo: mi destino. Debo viajar y escribir y hacerme un nombre en el mundo, por insignificante que sea, y eso sería imposible si me convierto en la señora de Samuel Langhorne Clemens. –En ese momento sonreí–. Ni tampoco la señora de Thomas Jefferson Snodgrass o la de Mark Twain.

Mi amigo y compañero del alma no me devolvió la sonrisa.

–No lo entiendo –dijo–. Yo quiero escribir. Quiero viajar. Ya he preparado una carta a mi periódico en la que propongo dar la vuelta al mundo y enviar el mismo tipo de artículos que escribí en las islas Sandwich. ¿Por qué no podemos disfrutar juntos de todo eso mientras ejercemos nuestra profesión, señorita Stewart?

Sólo pude suspirar. Cómo explicar a ese hombre bueno y valiente que él era un hombre *–y para él todo era posible– mientras que yo era* una mujer *y tenía que* hacer posible *aquello que deseaba.*

Pero reconozco que, en ese momento, hubiese querido aceptar. Samuel, mi valiente compañero. Mi amor.

–Siempre te amaré –dijo después, cuando el sol se puso bajo la línea de tierra en algún lugar de Oriente–. Nunca me casaré con otra.

Volví a tocarle la mejilla. Cómo explicarle que estaba segura –lo sabía*– de que ese destino que describió para sí, sería el mío, mientras que él encontraría sin duda a otra mujer dentro de poco tiempo. Su necesidad de compañía era tan tangible como el suave contacto de su mejilla con la palma de mi mano.*

Me doy cuenta de que me estoy explayando en estas cuestiones personales a expensas de la descripción de la perplejidad del reverendo Haymark de estar vivo, o nuestra fantástica caminata por la costa de Kona en medio del fuego, las llamas y el terremoto, o el asombro de los habitantes cristianos de Kona y Kawaihae al ver que habíamos sobrevivido.

Por un acuerdo tácito, ninguno de nosotros habló de nuestra aventura. Nadie mencionó a Pele ni a los cerdos que hablaban ni el mundo de los fantasmas de Milu. Las islas Sandwich todavía no tienen un manicomio –no hay ningún frenopático oficial–, pero hay varios lugares aislados en los que podrían habernos abandonado si hubiéramos hablado de todas esas cosas.

No me apetece escribir sobre esas horas y días después de la resurrección y nuestro regreso. Diré lo triste que me sentí cuando regresé a la choza y descubrí que la anciana se había marchado. Sabía que estaría conectada con ella hasta el resto de mis días; de hecho, sospecho que mis descendientes, por lo menos las mujeres, compartirán esa conexión durante varias generaciones. Lloré su marcha.

Ayer lloré la partida del amor de mi vida. El señor Clemens y yo nos dimos la mano en el muelle con formalidad, delante del reverendo Haymark y una docena de personas.

Vi la emoción en sus ojos. Espero que él haya visto las lágrimas en los míos.

También en estos momentos hay lágrimas en mis ojos. No lo permitiré. Pararé de escribir hasta que se me pase.

Una cucaracha del tamaño de una cuchara acaba de pasar por la almohada de mi litera hacia el áspero trozo de lana que llaman manta. Me observa con unos ojos redondos como cuentas y se nota que sabe que las cucarachas me dan miedo y que no me atrevo a tocarla.

No puede ser. Me he enfrentado a ojos más redondos y a adversarios más feroces. Los días, y las horas, de los bichos están contados.

Sentirse libre del miedo es embriagador, más fuerte que el whisky... Ya pueden prepararse todas las cucarachas de este gran planeta.

–Byron –dijo el cerdo–, me alegro de que hayas venido a verme. –Apuntó el hocico hacia Cordie–. ¿Es una ofrenda para mí?

Trumbo miró a Cordie y volvió a mirar al cerdo.

–Por supuesto –repuso.

El cerdo emitió un ruido con la garganta.

–Ya me la comeré. Antes, tenemos que hablar.

Trumbo esperó.

–Veo que te has agenciado el alma de Sunny –dijo Kamapua'a.

–Creía que esto era un autoservicio –replicó Trumbo encogiéndose de hombros.

Quizás el rugido proveniente del estómago del monstruo fuera una risa.

–Muy bien, muy bien –dijo–. Pero tiene un precio.

–¿Mi alma? –preguntó el millonario.

–Me cago en tu alma –repuso el cerdo–. Te hablo de un intercambio.

A Trumbo le temblaron los párpados, pero no dijo nada.

–Cuando derrote a esa perra de Pele y recupere el control de esta isla –prosiguió Kamapua'a–, pienso convertirme en un hombre durante una o dos décadas. Entonces podré volver a pasearme por el mundo. He observado desde mi celda subterránea los cambios que se han producido en la superficie. Si adopto la forma de un mortal podría volver a convertirme en el jefe de una de esas tribus, pero tengo otros planes.

–Un intercambio –dijo Trumbo.

El cerdo sonrió todavía más.

–Exacto. –Se acercó dos pasos y las pezuñas resonaron en el duro basalto. Cordie vio la humedad en su hocico y sintió el calor de su aliento–. Podemos hacer un trato, Byron –dijo con un susurro conspirador y como varonil–. Tú y yo.

–¿Por qué iba a hacerlo? –preguntó Trumbo.

El cerdo gigante se acercó otro paso. Su aliento era increíblemente apestoso.

–Porque si no lo haces te comeré las entrañas y los huesos y abandonaré tu alma en el más espantoso rincón de esta cueva para el resto de la eternidad –dijo el cerdo elevando la voz.

–De acuerdo –repuso Trumbo–. Te escucho.

El cerdo retrocedió un paso.

–Tú devuelves el *uhane* de Sunny a los japoneses, firmas el contrato y cobras tus trescientos millones de dólares –dijo la monstruosa criatura–. Después, vuelves aquí y hacemos un intercambio.

–¿Qué tipo de intercambio? –inquirió Trumbo–. ¿Quieres el dinero?

El cerdo gruñó.

–Los miserables *kahuna* nos han ordenado destruirte –repuso–. Pero no pensamos hacerlo. A quien quiero destruir es a Pele. Tú y yo nos parecemos, Byron. Hemos nacido para dominar. Para someter... a las mujeres... a la tierra. Entiendo tu necesidad de avasallar y violar. La entiendo muy bien. No quiero tu dinero.

Trumbo asintió, meditando.

–Sigo sin entender qué es lo que quieres intercambiar –dijo al final.

Kamapua'a exhibió su sonrisa. Le brillaban los ojos.

–Quiero que intercambiemos nuestros cuerpos, mi querido amigo Byron. Yo me convierto en ti y tú te conviertes en mí.

El rostro de Trumbo no se inmutó.

–A ver si lo entiendo... ¿El trato que me propones es que nos intercambiemos? ¿Que tú te quedes con mi cuerpo y yo con el tuyo?

El cerdo asintió.

–Tú te conviertes en un apuesto millonario con casas y mujeres en tres continentes –prosiguió Byron Trumbo– y yo tengo que pasar un par de décadas convertido en un enorme y apestoso cerdo que vive en una cueva de Hawai. ¿Ése es el trato?

Kamapua'a siguió sonriendo.

–Así es, Byron.

–¿Y por qué cojones me iba a interesar un trato así?

–En primer lugar –gruñó el cerdo con una voz que parecía proceder del estómago–, podrás seguir viviendo. No te comeré las entrañas y los huesos. En segundo lugar, te garantizo que en los quince o veinte años que ocupe tu cuerpo, ampliaré tu imperio financiero de un modo jamás visto en este planeta. Has venido aquí como un hombre en decadencia... un hombre que intenta, mediante la venta de este miserable hotel por unos cuantos cientos de millones de dólares, salvar desesperadamente un imperio que se está viniendo abajo. Cuando regreses a tu cuerpo, serás el amo del mundo, Byron Trumbo. Y no lo digo en sentido figurado.

–Acabaré siendo el amo del mundo si me quedo en mi cuerpo –dijo Trumbo.

El cerdo gruñó.

–En tercer lugar –prosiguió, como si Byron no hubiese dicho nada–, mientras seas el rey del mundo de los muertos gozarás de un poder ilimitado sobre los fantasmas y los demonios de este mundo. Tendrás poder sobre los elementos, estarás al mando de los rayos, las mareas y los grandes *tsunamis*. Catarás un poder que la gente como tú ni siquiera ha soñado.

Trumbo se frotó la mejilla.

–¿Tendré los mismos poderes que tú?

Kamapua'a negó con su erizada cabeza.

–Tampoco soy tonto, Byron. Si asumieras todos mis poderes, podrías anular nuestro acuerdo cuando quisieras y establecerte como rey del mundo de arriba. No, necesitaré la mayor parte de mis poderes mientras ocupe tu cuerpo, que utilizaré para hacerte más rico y famoso de lo que jamás hayas imaginado. Y también te aseguro que cuando seas Kamapua'a, señor del mundo de los muertos y de todo lo que controla, alcanzarás el punto álgido de tu vida. Después, cuando recuperes tu cuerpo mortal, heredarás las riquezas y el poder que habré amasado para ti.

–¿Y qué pasará si decides que quieres seguir siendo humano para siempre? –preguntó Trumbo.

–No, no –protestó el cerdo–. Tu cuerpo mortal está bien, pero es mortal. No deseo morir. Soy un dios.

–Ése es otro problema –dijo Trumbo–. Mi cuerpo estará viejo si te lo arriendo durante dos décadas... Tendrá casi sesenta años.

Los dientes del cerdo brillaban bajo la tenue luz.

–Estará en la cúspide del poder, Byron. Trataré tu cuerpo mortal con más cuidado que tú ahora. Estará perfecto, en plena forma... Al fin y al cabo, sentiría que malgastaras el imperio que te habré construido. Y he de recordarte que durante el breve período en el que serás un dios te prepararás para cosas más grandes que las que jamás ha realizado ningún mortal.

–¿Así que ése es el trato? –preguntó Trumbo–. ¿No hay nada más?

–Sí –repuso Kamapua'a–. Si dices que no, morirás; y tú y tu alma os pudriréis aquí para siempre. Si dices que sí, obtendrás un poder ilimitado y riquezas y conocerás la magnificencia de un dios. ¿Qué te parece, Byron Trumbo?

Trumbo se quedó ensimismado durante un rato. Cuando alzó la vista, su rostro reflejaba decisión.

–Bueno –dijo–, ya que me lo planteas así, vete a la mierda.

Cordie jamás se habría imaginado que la cara de un cerdo fuese capaz de expresar perplejidad, pero ésta lo hizo.

–A la mierda tú y la madre que te parió –repitió Trumbo por si no le había oído bien.

El cerdo gigante bramó y el rugido resonó en el techo de tubo de lava.

–¿Por qué desprecias todo para rechazarme, mortal?

Byron Trumbo se encogió de hombros.

–Nunca me gustó el tocino –repuso.

El cerdo mostró sus enormes dientes.

–Estoy deseando devoraros a los dos –dijo con un gruñido–. Y después devoraré vuestros fantasmas.

–¡Mira! –exclamó Cordie señalando detrás del cerdo.

El monstruo miró por encima de su erizado lomo. La joven hawaiana que estaba a unos veinte pasos no era un fantasma –apenas una mujer, más bien una hermosa muchacha– y tenía unos brillantes y duros ojos negros.

Kamapua'a bufó.

–Vete, bruja –le dijo el puerco a Pele–. Tú aquí no tienes poder. Éste es mi territorio. Estos mortales son mi cena.

La joven hawaiana no se movió ni parpadeó.

–Y ahora –dijo Kamapua'a tras volverse hacia Trumbo y Cordie–, morid. –El monstruo avanzó con sus cortas patas de cerdo.

Cordie se interpuso entre Trumbo y el muro de carne, metió la mano en el bolso y sacó la pistola. Levantó el percutor justo cuando el monstruo lanzaba una carcajada.

–Estás de broma –dijo.

Sacudió el hocico y la pistola salió volando de las manos de Cordie, estrellándose contra la pared de la cueva. El puerco trotó hacia la mujer, quien sólo le veía la cara y los dientes.

Un súbito golpe de aire tiró a Cordie y a Trumbo al suelo de piedra. Incluso el cerdo gigante se detuvo, apoyándose en las pezuñas. Dijo con un gruñido:

–Maldita bruja. Te he dicho que aquí no tienes poder. Enseguida me ocuparé de ti.

Byron Trumbo y Cordie oyeron el estruendo antes de sentir el calor. Había algo que avanzaba hacia ellos por el tubo de lava a la velocidad y con el ruido de un tren de mercancías. De pronto, un brillo naranja iluminó las paredes.

–¡Lava! –gritó Trumbo; y se dispuso a correr. No tenían tiempo.

Kamapua'a se rió y enseñó el trasero a Pele.

–Haz lo que quieras, bruja. Morirán por mis dientes antes de que tu fuego nos alcance. –El cerdo gruñó y se abalanzó sobre Cordie.

Cordie sostenía la botella de vino que contenía el alma de Eleanor y, en ese momento, la descorchó. La forma de Eleanor salió y revoloteó como un torbellino de humo.

El puerco se detuvo en el acto. Había más fantasmas revoloteando, agitados por la lava que se acercaba. El brillo naranja se había intensificado y el calor era insoportable.

–¡Sal de aquí, maldita seas! –rugió el monstruo al tiempo que el fantasma de Eleanor se arremolinaba entre él y Cordie. Mediaban menos de treinta centímetros entre los molares del cerdo y el rostro de Cordie, pero la fantasmagórica figura se retorcía e interceptaba sus embestidas.

–No puedes hacerle nada –dijo Cordie con un hilo de voz–. Pele lo ha ordenado.

En ese momento, Kamapua'a rugió con fuerza y varios trozos del techo de la cueva se derrumbaron. El cerdo se volvió y se precipitó hacia el atónito Byron Trumbo. El brillo de la lava que se acercaba iluminaba la cueva como la luz de una linterna de color naranja.

El fantasma de Eleanor se desplazó como el mercurio, colocándose entre el monstruo y el hombre. Una vez más, Kamapua'a tuvo que detenerse para no violar el *kapu* inquebrantable de la diosa Pele. El puerco se volvió hacia Cordie, que estaba desprotegida. Se veía la lava detrás de ella, girando por la curva sobre un horno de roca derretida.

–Rápido –ordenó la joven hawaiana–. A mi lado.

Cordie salió disparada por el lado izquierdo del monstruo y Trumbo por el derecho. Kamapua'a empezó a dirigirse hacia Cordie, pero el fantasma de Eleanor se interpuso; el cerdo retrocedió para agarrar a Trumbo con los dientes, y de nuevo se lo impidió el fantasma. Las pezuñas del gigantesco puerco golpearon y retumbaron sobre la piedra. Los dos mortales eran demasiado rápidos. Cuando el monstruo se hubo dado la vuelta, tanto Cordie como el millonario ya habían recorrido veinte pasos y se habían colocado al lado de la muchacha hawaiana.

–¡NO! –gritó el cerdo; y el eco hizo que la caverna temblara como con un terremoto.

Kamapua'a bajó la cabeza, dio varios zarpazos en el suelo y arremetió como un toro descomunal en un pequeño ruedo. Cordie y Trumbo se encogieron y el monstruo se estrelló contra una barrera invisible a un metro de la hermosa muchacha hawaiana.

La joven alzó las manos. Tenía una voz tan hermosa como su aspecto.

> ¡Ah, la cima de Kilauea!
> ¡Ah, las cinco vetas de la mina!
> El cielo despierta.
> La tierra está despierta.
> El mar está despierto.
> Yo, Pele, soy la diosa.
> Ésta es mi obra.
> Traigo el fuego.
> Traigo la llama de la vida.
> *¡E ala e!* ¡Llamas, despertad! ¡Lava, levántate!
> El *kapu* de la violación y la muerte se ha acabado.
> Se ha retirado.
> Se ha ido volando.

Los fantasmas *haole* revolotearon en torno a Pele, Cordie y Trumbo como un remolino de humo, llenando el aire que los rodeaba. El fantasma de Eleanor regresó a su botella de vino y Cordie volvió a taparla con el corcho. Kamapua'a volvió a rugir. Las rocas rodaron y las grietas se abrieron. El muro de lava recorrió los últimos diez metros que casi no lo vieron aparecer.

Cordie observó que las cerdas del puerco estallaban en llamas un segundo antes de que la lava lo envolviera. Después se agachó, cerró los ojos al sentir el calor de la roca derretida y se extrañó de que su último pensamiento no fuera algo más importante que *«¡mierda!»*.

La lava fluyó a su alrededor; el calor era terrible pero no mataba, como podía esperarse. Cordie oyó el último grito del monstruo, aunque no vio cómo la corriente de lava lo volatilizaba o lo arrastraba consigo. El magma rodeó la cáscara invisible de la barrera y fluyó a su lado transportando piedras negras y naranjas. Por detrás, cuando la lava llegó al océano, se oyó la explosión de vapor.

De pronto, la muchacha elevó los brazos y los tres empezaron a subir como en un suave e invisible ascensor. Atravesaron la grieta y salieron por un agujero.

La muchacha bajó los brazos. Cordie parpadeó y sintió la brisa del mar. Olió la lluvia. La barrera había desaparecido. Detrás y por el sur, la lava fluía y el vapor silbaba, pero no había nada entre ellos y el Mauna Pele en cien metros hacia el norte.

–Acompáñame –dijo Cordie a la muchacha-diosa–. Te necesito. –Alzó la botella con el alma humeante.

La joven negó con la cabeza.

–Tú ya tienes las palabras.

Alargó la mano y tocó la cabeza de Cordie Cooke Stumpf.

–Ahora ya perteneces a la hermandad de Pele. Vete.

Byron Trumbo empezó a alejarse, pero advirtió que sus piernas no le obedecían. Se sentó con torpeza en una roca.

Cordie se agachó a su lado.

–¿Se encuentra bien?

–Sí. –Trumbo veía manchas.

–Ponga la cabeza entre las rodillas. Así.

Trumbo se mantuvo en esa posición hasta que las manchas desaparecieron.

–A lo mejor me mareé por ese maldito olor –dijo, elevando la cara hacia la lluvia–. Pero ¿dónde se ha metido?

Cordie miró por encima del hombro. La muchacha había desaparecido.

–Está allá arriba –dijo Cordie señalando el brillo naranja del volcán–. Vamos, le echaré una mano. –Ayudó a Trumbo a levantarse.

–Haremos regresar a Eleanor –dijo Cordie– y después le ayudaré con su amigo japonés.

Trumbo dijo que no con la cabeza.

–Es un fantástico truco de salón. Si pudiéramos patentarlo, ganaríamos una fortuna.

–Usted ya tiene una fortuna –le recordó Cordie.

Byron Trumbo gruñó.

–La tuve. Lo más probable es que los japoneses ya se hayan marchado a Tokio.

Cordie apretó el puño y dio una palmada a Trumbo en el hombro.

–¿Insinúa que no es capaz de volver a ganar un millón de dólares aun en el caso de que haya quebrado?

Trumbo titubeó un instante.

–Qué va –repuso–. Claro que podría hacerlo.

–¿Y verdad que sería divertido? –preguntó la mujer bajita.

Trumbo no respondió, pero su ligera sonrisa pronto se convirtió en una risa abierta. Echaron a andar hacia la Gran Hale.

–Joder, cómo apestamos –exclamó.

Cordie asintió.

–Siga caminando –dijo–. La lluvia nos quitará la mayor parte del olor y nos ducharemos cuando lleguemos al hotel.

–Ojalá tuviéramos algo de ropa –se lamentó Trumbo pisando suavemente con los pies descalzos.

Cordie le sonrió.

–Para ser hombre, tampoco está usted tan mal desnudo –dijo.

23

El cielo se ha formado.
La tierra se ha formado.
Sujetas y bien sujetas,
siempre unidas,
medio ocultas en la oscuridad,
un grupo de islas
se extiende como una bandada de pájaros.
Los divididos lugares se elevan hacia arriba.
Muy arriba está el cielo.
Las lámparas descansan en el cielo,
pulidas por los rayos.
Ahora las nubes avanzan,
el gran sol sale con esplendor,
la humanidad despierta al placer;
el cielo, que avanza, está arriba.

Del *Kumulipo*, canción de la creación

Cordie y Eleanor durmieron hasta muy tarde, ajenas a los ruidos matinales de los helicópteros que aterrizaban, despegaban y volvían a aterrizar. Al final, las despertó el canto de los pájaros.

Eleanor se levantó del sofá y entró en la habitación donde Cordie dormía despatarrada en la cama de matrimonio, todavía con la arrugada camisa y los tejanos que llevaba la noche anterior.

–Buenos días –dijo Eleanor.

Cordie abrió un ojo y Eleanor le dio una taza de café caliente.

–¿De dónde lo has sacado? –preguntó Cordie, aceptando agradecida la blanca taza.

–Hay una cafetera en tu cocina y unos cuantos filtros. –Eleanor se llevó la mano a la cabeza–. Qué dolor.

–Sí –dijo Cordie mirando fijamente a su amiga–. ¿Recuerdas..., recuerdas lo ocurrido?

Eleanor forzó una sonrisa.

–¿Te refieres a cuando estuve muerta? ¿A cuando resucité? –La sonrisa se desvaneció–. No. Sólo recuerdo imágenes como en un sueño; ya te lo conté anoche..., o esta mañana...

–Aparte del dolor de cabeza, ¿cómo te encuentras? –preguntó Cordie.

Eleanor lo pensó un momento.

–Bastante bien. Me duelen las plantas de los pies. Cordie gruñó.

–Tuve que abofetearlas unas cuantas veces para meter tu *uhane*. No quería entrar.

–Lo más raro de todo esto –comentó Eleanor– es que yo nunca he creído en el alma ni en la vida después de la muerte.

–Yo tampoco –dijo Cordie.

–Y lo más raro de todo –prosiguió Eleanor– es que sigo sin creer.

Cordie sorbió el café.

–Te entiendo, Nell. Es como si estuviéramos atrapadas en otro universo. Es como si esto no fuera real..., como si no fuera universal; o algo así.

–Cuando me desperté –dijo Eleanor–, pensé que me resultaría muy difícil volver a dar clases sobre la Ilustración. Pero no lo será. Es posible que todo eso haya adquirido ahora otro significado para mí.

Cordie sorbió el café.

–¿Qué te parece si nos vestimos y vamos a ver cómo ha quedado todo esto? –preguntó Eleanor.

–Una idea estupenda –dijo Cordie. Se miró la ropa arrugada–. Yo ya estoy vestida, pero supongo que podría ducharme y cambiarme.

–Esa colonia que llevas es muy interesante –sonrió Eleanor.

Cordie hizo una mueca.

–*Eau* de ajo-anchoa-Limburger –repuso–. Garantizada para repeler a los fantasmas.

Eleanor se detuvo junto a la puerta.

–No te he dado las gracias. Quiero decir que no sé cómo...

Cordie la interrumpió.

–Ya sabes que no tienes que hacerlo, Nell. Lo sabes.

Eleanor asintió.

–Las comadronas. Siempre estamos ahí cuando la otra sufre y nos necesita.

–Sí –asintió Cordie tomando un último sorbo de café–. Joder, Nell, haces un café espantoso.

Recorrieron el hotel juntas. El primer piso estaba invadido por el barro y los muebles se veían tirados por el suelo. El jardín aparecía cubierto de ramas y flores pisoteadas. Se veían corrientes de lava a menos de quinientos metros al sur y al norte, pero no había llegado hasta los jardines del hotel, pese a que estaban dañados por la tormenta.

Los trabajadores y equipos de emergencia pululaban por todas partes, con sus cascos amarillos brillando bajo el sol matinal. Un viento del norte se había llevado la nube de ceniza hasta el mar, aunque de vez en cuando les llegaba una bocanada de azufre mezclada con el aire fresco del océano.

Los equipos de televisión estaban grabando a la entrada del Mauna Pele. Les tendieron los micrófonos, pero Cordie y Eleanor los apartaron con la mano y subieron la escalera, pasando junto a los somnolientos guardias de seguridad.

Encontraron a Byron Trumbo en medio de las ruinas de la sala de banquetes. El multimillonario estaba en la terraza. Vestía un pantalón corto, una camisa hawaiana limpia y sandalias. Will Bryant estaba con él.

–Buenas –dijo Cordie.

Trumbo la miró largamente.

–No he olvidado lo que ocurrió anoche.

Cordie sonrió.

–Estaba segura. Yo tampoco tengo intenciones de olvidarlo. ¿Cómo está Paul?

–Se lo llevaron en avión al amanecer –repuso Will Bryant. El ayudante vestía un traje de lino blanco que a Eleanor le hizo pensar en Mark Twain.

–¿Cómo estaba? –preguntó Eleanor.

–Los médicos han dicho que se recuperará –replicó Bryant–. Ya se han llevado a todos los heridos. No hubo ninguna víctima mortal.

–¿Y qué hay de Caitlin, Maya y Bicki? –inquirió Trumbo–. ¿Se salvaron de la matanza de anoche?

–Sí –repuso Will Bryant.

–Mierda –exclamó Trumbo.

–Se marcharon juntas al amanecer en el jet de Maya –dijo el ayudante de Trumbo–. Jimmy Kahekili iba con ellas.

–¿El hawaiano gigante? ¿Y eso? –preguntó Trumbo.

–Dijeron algo de pagar al Frente de Liberación Hawaiano para asesinarlo a usted –explicó Will Bryant.

Byron Trumbo gruñó.

Eleanor miró a su alrededor.

–¿Y los japoneses?

–Ésos se marcharon antes del amanecer –repuso Trumbo–. Ahora deben de estar cruzando el Pacífico.

–¿No hubo trato? –preguntó Cordie.

Byron Trumbo se rió.

–Hablaban de ponerme una demanda por más de treinta y cinco millones de dólares.

–¿Qué fue lo que les asustó? –preguntó Eleanor–. ¿El terremoto? ¿Los disturbios? ¿Que la lava se acercara tanto?

Trumbo sonrió.

–En realidad no fue nada de eso. Cordie, ¿te acuerdas de cuando abofeteamos el espíritu de Sunny Takahashi para que regresara a su cuerpo?

–Claro. –Cordie estaba bebiendo su segunda taza de café.

–Pues por lo visto lo saqué de la botella de Gallo con tantas prisas que me olvidé de que había metido dos espíritus. Después, cuando se lo hicimos a Dillon, ¿te acuerdas de lo mucho que nos costó que ese maldito espíritu le entrara por los pies?

–Sí –repuso Cordie.

–¿La gente cuerda puede escuchar estas cosas? –inquirió Will Bryant mirando a Eleanor.

–A mí no me lo pregunte –repuso la profesora–. Yo también estuve allí.

–¿Y qué pasó con los fantasmas? –preguntó Cordie. Se había puesto un vestido blanco de algodón que le sentaba sorprendentemente bien.

–Nos equivocamos de cuerpo al meter los fantasmas –dijo Trumbo–. Cuando me llevé a Sunny para que se reuniera con sus queridos amigos pensando que Sato, al verle, firmaría cualquier cosa, de pronto Takahashi empezó a hablar como Dillon. Después entró Dillon y se puso a farfullar en japonés. Y entonces se armó la de Dios es Cristo.

La luz matinal iluminaba las pocas palmeras que quedaban.

–¿Y al final se arreglaron las cosas? –preguntó Cordie.

–Qué va –repuso Trumbo; se dirigió a la barandilla y se desperezó–. Tanto Dillon como Sunny decidieron que les gustaban sus nuevos cuerpos. Quieren probarlos durante un tiempo.

Will Bryant meneó la cabeza.

–¿Pero yo no te despedí anoche? –preguntó Trumbo volviéndose hacia su ayudante.

–Bueno, en realidad no –repuso Bryant–. Después de que los japoneses fliparan un rato y de que usted y yo nos tomáramos unas cuantas copas, me dijo que yo era para usted como un hijo.

–Y un huevo –exclamó Trumbo.

–Es verdad –insistió Will Bryant–. Lo dijo. Y dijo también que cualquiera que hubiese aceptado entrar en esa cueva con un cerdo de dos toneladas habría sido demasiado idiota como para trabajar para usted, así que no estaba despedido.

Trumbo se rascó la cabeza.

–Mierda.

Eleanor miró los destrozos del banquete.

–¿Qué representa todo esto, señor Trumbo? En términos económicos, quiero decir.

Trumbo se encogió de hombros.

–¿En términos económicos? Supongo que significa que estoy bien jodido. Supongo que significa que mi mujer me va a dar por el culo y además se quedará con el Mauna Pele. Supongo que significa que tendré que empezar otra vez; no de cero, pero sí con un juicio por quiebra. –De pronto le sonrió a Cordie–. No es el peor destino, ¿verdad?

Cordie dejó su taza sobre la baranda.

–No es el peor destino. Pero tampoco es la única posibilidad. ¿Qué le ofreció el grupo de Sato cuando empezó las negociaciones? ¿Trescientos millones?

Trumbo parpadeó.

–Sí. ¿Y qué?

-Ofrezco trescientos veinticinco millones y firmamos esta misma tarde.

Byron Trumbo se echó a reír, pero de pronto paró.

–¿En efectivo?

–Si lo prefiere, sí, aunque mis asesores me aconsejan que en este caso es mejor pagar una parte en efectivo y otra con acciones.

Eleanor observaba, confusa.

–La señora Stumpf, de Chicago... Chicago... ¿Cooke? ¿No era Cooke? –Will Bryant se agitaba como si lo pincharan con un aguijón.

–¿Qué? –exclamó Eleanor observando la perplejidad que asomaba a los rostros de Bryant y de Trumbo–. ¿Qué?

–Sistemas de Recogida Cooke, de Chicago –dijo Trumbo abofeteándose la frente–. La mayor empresa de basura de Norteamérica. Trabajan para todas las universidades entre Nebraska y Vermont y para la mitad de las grandes ciudades. Stumpf..., ¿cómo se llamaba?..., murió hace poco y ahora su mujer lleva el negocio. Se rumoreaba que en realidad siempre se había ocupado ella.

–Y es verdad –asintió Cordie.

–Se vendió hace un par de meses –dijo Will Bryant–. Un año después de que se hiciera empresa de interés público.

Richie-Warner-Matsu pagó setecientos cincuenta mil millones de dólares.

–Eso fue sólo lo que se pagó en efectivo –dijo Cordie. Se apoyó en la barandilla al lado de Trumbo–. ¿Qué me contestas, Byron? Mis asesores me dicen que trescientos veinticinco es una cifra adecuada para este lugar. –Miró a su alrededor–. Sin contar la limpieza.

Trumbo abrió la boca y la volvió a cerrar.

–Cordie... –intervino Eleanor–. ¿De veras...? Quiero decir, ¿de verdad te apetece meterte en el negocio de los hoteles?

–De ninguna manera –dijo Cordie–. Me aburriría soberanamente. ¿Pero te acuerdas que te dije que esto sería un buen hospital y centro de investigación para enfermos de cáncer?

–¿Un hospital? –preguntó Trumbo con un hilo de voz–. ¿Un hospital?

Cordie se encogió de hombros.

–Todos los centros de tratamiento del cáncer de Norteamérica parecen estar en una oxidada zona industrial. ¿Por qué no podemos montar una institución donde la gente se ponga morena mientras recibe ayuda... aunque se esté muriendo?

–Y por qué no –dijo Will Bryant para sí.

–Además –prosiguió Cordie–, la situación económica de esta isla está fatal. Y nunca mejorará si los nativos sólo trabajan de camareros, mozos y lavanderos. Si el Mauna Pele fuera una clínica internacional de oncología y un centro de formación médica, a lo mejor algunos de estos chicos o chicas se plantearían estudiar medicina. Hostia, seguro que Byron Trumbo, Sociedad Anónima, estaría dispuesta a financiar una o dos becas si la venta del hotel dependiese de ello.

Trumbo la miró detenidamente.

–Bueno, ¿qué me dices, Byron? –preguntó Cordie–. Mis abogados llegan al mediodía. ¿Tendrás los papeles listos a esa hora? –Tendió su mano grande y callosa.

Trumbo le miró la mano, miró a Will Bryant, volvió a mirar la mano y la estrechó.

Los dos hombres se quedaron conversando y Eleanor y Cordie se llenaron de nuevo las tazas de café y bajaron por la escalera que daba al sendero que conducía a la playa. Una vez allí, se detuvieron para contemplar la luz del sol, que bailaba en el agua límpida, y el lento movimiento de las olas.

–Será un hermoso lugar para recuperarse –dijo Eleanor.

Cordie se limitó a asentir.

–¿Te preocupa...? –Eleanor señaló el sur.

–¿Kamapua'a? –preguntó Cordie– ¿Pana-ewa? ¿Ku? ¿Nanaue, el hombre tiburón?

–Sí –repuso Eleanor–. Todos ellos.

–Qué va –sonrió Cordie mostrando sus pequeños dientes–. Dudo que quieran volver a liarse con la «hermandad de Pele»; por lo menos durante unos cuantos siglos.

Eleanor sonrió también y sorbió el café. La luz del sol brillaba y le calentaba la piel. Se quitó las sandalias para enterrar los dedos de los pies en la cálida arena.

–Nell, ¿has decidido qué vas a hacer estos próximos días?

–Sí –respondió Eleanor–. He venido para pasar una semana de vacaciones. No creo que las haya tenido. Así que le voy a preguntar a la nueva propietaria si puedo prolongar mi estancia.

Cordie se frotó el labio inferior.

–Tengo la sensación de que la nueva propietaria incluso te va a invitar a pasar otra semana más. A lo mejor también te propone que vayamos a darnos un baño y tomemos una copa en el bar El Naufragio.

Cordie se quitó los zapatos y las dos mujeres empezaron a caminar por la línea curva de playa blanca mientras bebían el café. Eleanor entrecerró los ojos; e imitando a Bogart, casi con el mismo ceceo, dijo:

–Louie, creo que esto puede ser el principio de una hermosa amistad.

–Y que lo digas –repuso Cordie Stumpf. Y saltó por encima de una ola hacia la tranquila piscina natural.

Carta encontrada dentro del diario de la tía Kidder:

Quinta Avenida, 21
Nueva York, Nueva York

18 de junio de 1906
Señorita Lorena Stewart
3279 W. Patton Blvd.
Hubbard, Ohio

Querida señorita Stewart,

Por fin contesto a su amable carta de hace un año. Lo hago con un gran sentimiento de culpa y cierta turbación. Como ya sabe, la noche del sábado 6 de junio se cumplió un año desde que perdí a mi querida Livy en Florencia. Sé que me comprenderá si le digo que no ha pasado ni un solo día de ese año sin que deseara reunirme con ella.

Pero, como usted y yo aprendimos hace ya tantos años en las hermosas islas Sandwich, los vivos tienen deberes para con los vivos, y su bella y generosa carta del año pasado me recordó ese hecho olvidado.

En su carta me pidió que le contara algún día cómo Livy y yo nos conocimos y cómo acabamos casándonos. Ese día ha llegado.

Supongo que recordará que después de despedirnos convencí a mi periódico de que me enviara a dar la vuelta al mundo; así, durante el viaje me dediqué a enviar artículos para que el populacho se entretuviera. Cuando estuve en Tierra Santa trabé amistad con un joven llamado Charley Langdon. Un día, Charley me enseñó una miniatura de ébano de su hermana; y, nada más verla, me enamoré de ella.

La vi en carne y hueso por vez primera el siguiente mes de diciembre. Era esbelta, hermosa e infantil: era una niña a la vez que una mujer. Al cabo de dos años nos casamos.

Contado así parece muy fácil, pero es raro que un amor verdadero no encuentre ningún obstáculo. Me las arreglé para pasar una semana en casa de los Langdon, pero casi no pude estar a solas con Livy a lo largo de esa frustrante semana. Fue en el carruaje que me llevaba a la estación de tren donde el destino intercedió por mí con esa fuerza que tan bien sabe utilizar. Parece ser que el asiento trasero no estaba bien sujeto y, en cuanto el cochero azotó al caballo, Charley y yo nos caímos por la parte de atrás del carruaje. Charley fue el único que se hizo daño de verdad; yo fingí sufrir una conmoción y me desvanecí hasta que me llevaron a la casa y me metieron por la garganta el suficiente coñac para asfixiar a un caballo irlandés sin que por ello recuperase el conocimiento; yo ya me ocupaba de eso.

Para abreviar esta larga y dulce historia: conseguí mantener ese estado de inconsciencia hasta que Charley y su otra hermana renunciaron y delegaron en Livy los masajes y las caricias en mi insensata frente. Aguanté lo máximo que pude hasta que mis ojos se abrieron y Livy y yo nos dijimos hola de verdad por primera vez.

Al margen de esta aventura, conseguí una prórroga de tres días, lo cual me fue de gran ayuda. Poco después, el señor Langdon me pidió cartas de recomendación y se las proporcioné como pude. Cuando el padre de Livy leyó las cartas hizo una larga pausa y, al final, dijo:

–¿Qué clase de gente es ésta? ¿Es que no tiene usted ni un solo amigo en el mundo?

–Al parecer no –repuse.

–Entonces yo seré su amigo. Yo le conozco mejor que ellos. Quédese con la muchacha.

El anillo de compromiso fue sencillo pero de oro macizo, grabado con la fecha del 4 de febrero de 1889. Al cabo de un año le pedí que se lo quitara para convertirlo en el anillo de boda, grabando la fecha de ésta: el 2 de febrero de 1870. Nunca más volvió a quitárselo del dedo; ni siquiera un instante.

El verano pasado, en Italia, cuando la muerte había devuelto a su dulce rostro la juventud perdida y yacía hermosa y con el mismo aspecto que de joven, iban a quitarle el anillo para dárselo a nuestros hijos. Pero yo no permití que se cometiera ese sacrilegio. Y ahora está enterrado con ella.

Se lo cuento, señorita Stewart, porque a lo largo de décadas, cuando mi amada Livy me preguntaba –como preguntan todas las novias– si había tenido una rival, terminé contándole lo nuestro; le hablé del aroma a sándalo que descendía del bosque junto al mar, de la luz que emite un volcán y de lo agradable que es sobrevivir a una erupción, de nuestro sueño de descenso al reino de la muerte para recuperar el *uhane* de nuestro amigo misionero.

De algún modo me consuela pensar, sin creerlo, que el espíritu de Livy me espera en algún lugar.

Y también me ha consolado, señorita Stewart, saber que mi pueril decepción cuando usted rechazó mi torpe propuesta aquel lejano día de junio estuvo mal dirigida. Me ha consolado y agradado a lo largo de los años leer sus maravillosos libros de viajes; creo que los que más me gustaron fueron Huellas indelebles en Japón: la visita de una dama de Ohio a la corte de Japón, Vida de una dama de Ohio en las Montañas Rocosas, Viaje por el Sahara en camello y Luz de luna; aunque he de confesar que he esperado en vano durante todos estos años que saliera un libro sobre las islas Sandwich.

Yo mismo empecé uno. Mis primeras conferencias trataron de las islas Sandwich y, una vez encontrado un filón tan rico, tuve la intención de explotarlo hasta el final. En 1884 comencé mi novela sobre las islas: sobre los viejos reyes, las antiguas costumbres, la lepra y la idolatría, sobre superficiales misioneros cristianos y sobre extraños ritos paganos; pero poco a poco la historia se fue desviando y acabó convirtiéndose en un cuento más extenso que llamé Un yanqui de Connecticut en la corte del rey Arturo. Pero el cuento de las islas Sandwich sigue por aquí, y si estos viejos huesos y esta vieja cabeza consiguen despertar de su artrítico sueño, algún día lo rescataré y lo volveré a escribir, como ya hice con un libro que tuve abandonado durante mucho tiempo sobre un niño llamado Huckleberry. A lo mejor le dicto el cuento a mi hija Jean, que ahora vive conmigo. A Jean le encanta decir que ya no logro sorprenderla.

Señorita Stewart, estoy desvariando. Lo que quería decirle, además de volver a darle las gracias con toda sinceridad por la bondad y comprensión que mostró en el momento de la dolorosa pérdida de mi esposa hace un año, es lo agradable que se ha vuelto, en este lado del océano de la memoria, el recuerdo del tiempo que pasamos juntos en esas lejanas islas.

Pese a que no he sido tan viajero como usted, he conocido un poco de este triste y viejo mundo después de los días que pasamos juntos, y debo decir que para mí sólo hay una tierra extranjera en todo el planeta que tenga un encanto tan profundo e intenso; ninguna otra tierra me ha obsesionado con tanta ansiedad y persistencia, tanto despierto como dormido, a lo largo de toda una vida, como esa isla. Hay cosas que me abandonan, pero la isla permanece; hay cosas que cambian, pero la isla sigue igual.

Para mí, señorita Stewart, su aire balsámico sigue soplando, su mar estival sigue brillando bajo el sol, el latido de su oleaje sigue en mi oído; veo sus riscos engalanados, sus elevadas cascadas, sus plumosas palmeras adormecidas junto a la orilla, sus remotas cimas que flotan como islas sobre las nubes; siento el espíritu de su soledad silvestre, oigo el chapoteo de sus arroyos; en mi nariz sigue vivo

el olor de las flores que se marchitaron hace ya casi cuarenta años.

Y en todas estas visiones, señorita Stewart, veo su rostro noble e indómito. Oigo su estimulante risa. Nos veo a los dos –jóvenes, inocentes, incorruptos y orgullosos a través del tiempo– y me pregunto si acaso nuestro *uhane*, en lugar de ir al cielo cristiano, no podría ir volando hasta las islas Sandwich cuando se libere de este viejo y decrépito envoltorio.

Por mi parte, espero que sea verdad. No creo que lo sea, pero lo espero. Supongo que no hay ninguna flota de islas, de todas las que han echado anclas en el mundo, tan bonita como ésa, y me encantaría tener la oportunidad de regresar allí con otra vestidura para que usted conozca a Livy y Livy la conozca a usted. Nos tumbaríamos en unas hamacas durante uno o dos siglos, charlaríamos contemplando la puesta de sol –el único intruso de otros reinos para recordárnoslos– y nos dejaríamos llevar por el perfumado aire hasta olvidar que hubo otro mundo aparte de esas islas encantadas.

Le ruego, señorita Stewart, que me escriba. Conozco su prosa y la admiro. Espero con ansia seguir gozando de ella.

Hasta ese día, soy su viejo pero obediente servidor,

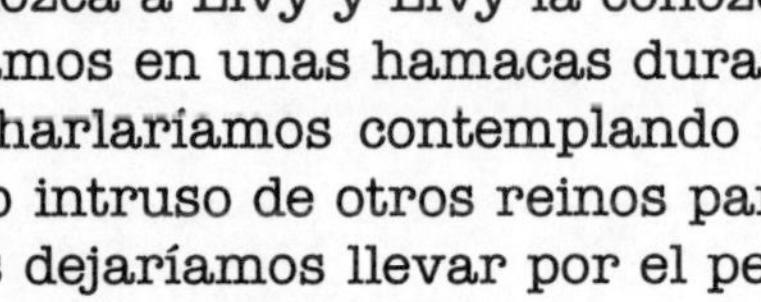

Samuel Langhorne Clemens

Título de la edición original: *Fires of Eden*
Traducción del inglés: Silvia Komet,
cedida por Ediciones B, S.A.
Diseño: Winfried Bährle
Foto de sobrecubierta: Fototeca Stone

Círculo de Lectores, S.A. (Sociedad Unipersonal)
Valencia, 344, 08009 Barcelona
1 3 5 7 9 7 9 0 2 8 6 4 2

Licencia editorial para Círculo de Lectores
por cortesía de Ediciones B, S.A.
Está prohibida la venta de este libro a personas que no
pertenezcan a Círculo de Lectores.

Depósito legal: B. 821-1997
Fotocomposición: gama, s.l., Barcelona
Impresión y encuadernación: Printer industria gráfica, s.a.
N. II, Cuatro caminos s/n, 08620 Sant Vicenç dels Horts
Barcelona, 1997. Impreso en España
ISBN 84-226-6397-x
N.º 33316